Hic & Hec
Die Gespräche der Aloisia Sigea

Honoré-Gabriel de Riquetti
Comte de Mirabeau

Hic & Hec

oder

Die Stufenleiter der Wollust

Herausgegeben, ins Deutsche übertragen
und mit einem Nachwort versehen
von Eberhard Wesemann

Nicolas Chorier

Die Gespräche der Aloisia Sigea

Deutsche Übersetzung von Heinrich Conrad

Herausgegeben, neu durchgesehen
und mit einem Nachwort versehen
von Eberhard Wesemann

area

Honoré-Gabriel de Riquetti Comte de Mirabeau:
Hic & Hec oder Die Stufenleiter der Wollust

Titel der Originalausgabe:
Hic-et-Hec ou l'Élève des RR. PP. Jésuites d'Avignon
Herausgegeben, ins Deutsche übertragen und
mit einem Nachwort versehen von Eberhard Wesemann

Nicolas Chorier: Die Gespräche der Aloisia Sigea

Titel der Originalausgabe: Aloisiae Sygeae satira
sotadica de arcanis Amoris et Veneris
Deutsche Übersetzung von Heinrich Conrad
Herausgegeben, neu durchgesehen und
mit einem Nachwort versehen von Eberhard Wesemann

Lizenzausgabe für area verlag gmbh, Erftstadt

Einbandgestaltung: rheinConcept, Wesseling
Einbandabbildungen:
Sammlung Hans-Jürgen Döpp, Frankfurt/Main
Bildmotive:
Henri Monnier, o. T., 1830
Deveria et. al., »Lithographies Romantiques«, 1835
Anonymus, 1780
Mihaly Zichy, »Liebe«, 1895
Satz und Layout: Andreas Paqué, Ramstein
Druck und Bindung: Oldenbourg Taschenbuch GmbH,
Hürderstraße 4, 85551 Kirchheim

Printed in Czech Republic 2004
3-89996-278-8

Inhalt

Honoré-Gabriel de Riquetti
Comte de Mirabeau

Hic & Hec

oder

Die Stufenleiter der Wollust

Mit einem Nachwort
von Eberhard Wesemann

*Meine Herkunft und meine Bildung**

Dass ich auf die Welt gekommen bin, verdanke ich der Zerstreuung eines ehrwürdigen R. P., eines Jesuitenpaters aus Avignon, der mit meiner Mutter, einer Wäscherin des dortigen Ordenshauses, promenierend, in der Dunkelheit den ihm bekannten engen Pfad einschlug statt des breiten, aber ihm nur wenig vertrauten Hauptweges.

Ich war kaum sechs Jahre alt, als mich seine väterliche Liebe aus Barmherzigkeit in die niederste Klasse der Klosterschule aufnehmen ließ; dort verrichtete ich alle Dienste, die man von meinem Alter erwarten durfte. Dank den glückli-

* Die Überschriften entsprechen nicht dem französischen Original, sie sind vom Herausgeber eingesetzt, um durch diese Zäsuren etwas Ruhe in den Text zu bringen.

chen Anlagen, mit denen mich die Natur ausgestattet hatte, zog ich meinen Nutzen daraus. So konnte ich mit zwölf Jahren bereits die Tertia ausfegen und für Pater Natophilos, der dort Regens war, Besorgungen erledigen.

Ich war frühreif in allem; mein hochaufgeschossener und schlanker Wuchs, mein rundes, zartes Gesicht, mein kastanienbraunes Haar und meine großen verständigen schwarzen Augen ließen mich älter erscheinen, als ich in Wirklichkeit war: Man hielt mich für einen Knaben von vierzehn Jahren. Meine niedere Herkunft und meine ärmliche Kleidung ließen keine nähere Bekanntschaft mit meinen Schulkameraden zu und hielten mich somit ihrer Sittenverderbnis fern. So gab ich mich allein dem Studium hin. Der Regens, zufrieden mit den Fortschritten, die ich machte, gewann eine Vorliebe für mich. So gewährte er mir die Gunst, sein Zimmer in Ordnung zu bringen, sein Bett zu machen und ihm alles zu besorgen, was er so brauchte. Als Belohnung gab er mir nach Schulschluss Privatstunden auf seinem Zimmer. So durfte ich bereits Autoren lesen, die man ansonsten in der Öffentlichkeit nicht in die Hand bekam und auch nicht übersetzte.

Eines Tages – ich war damals reichlich dreizehn Jahre – hielt er mich zwischen seinen Beinen fest, um mir bei der Übersetzung einer Satire des Petronius mit den Augen zu folgen; dabei bemerkte ich, wie sich sein Gesicht erhitzte, seine Augen zu funkeln begannen, er schneller atmete und ab und zu schnaufte. Ich beobachtete das mit Besorgnis erregender Neugier, die mich, da ich nicht mehr ganz bei der Sache war, einen Übersetzungsfehler machen ließ.

»Was denn, du kleiner Schelm«, sagte er mit einem Ton in der Stimme, die mich vor Angst erbeben ließ, »nicht einmal ein Sextaner würde einen solchen Fehler machen! Du hast die Rute verdient!«

Ich mochte noch so um Entschuldigung und um Gnade flehen, es war alles vergebens. Das Urteil war gesprochen, und ich musste mich der Strafe unterwerfen. Er bewaffnete sich also mit einem Bündel dünner Ruten, befahl mir alsdann, meine Hose herunterzulassen, stieß mich auf sein Bett, und in der Besorgnis, ich könnte mich vielleicht der Züchtigung entziehen, legte er mir seinen linken Arm um die Hüfte, dergestalt, dass seine Hand mein Edelreis zu fassen bekam, dessen Gebrauch ich noch nicht kannte, obgleich seine zeitweilige Steifheit mir seit einem Jahr mancherlei Anlass zum Grübeln gegeben hatte.

»Also, du Schlingel, ich werde dir deine Schwäche, die Syntax zu beherrschen, schon einbläuen!«

Alsdann versetzte er mir leichte Schläge mit seinen Ruten auf meine Hinterbacken, sie dabei mehr anreizend, als sie zu verletzen. Meine Furcht oder vielleicht auch nur das sanfte Reiben seiner Hand ließ das auferstehen, was er festhielt.

»Na, du Schlingel, was fühle ich denn da an dir? Ah, nun wirst du sie erst richtig zu spüren bekommen!« Dabei fuhr er mit seiner sanften Rutenstreichelei fort, bis dass, überwältigt von Wollust, sich ein Strom von warmem Nektar ergoss, der seine Bemühungen krönte und mich bis zur Glückseligkeit erhob. Darauf legte er die Ruten beiseite und fragte:

»Wirst du das nächste Mal besser auf die Syntax achten?«

»Ach, Pater«, antwortete ich, »es gibt kein süßeres Mittel, als von Eurer Hand korrigiert zu werden!«

»Du siehst also ein, dass ich zornig werden musste, und verzeihst mir? Nun gut, dann sei in Zukunft fleißiger! Wenn du dies tust, werde ich dich ebenso sehr belohnen, wie ich dich soeben mit der Rute bestraft habe.«

Voller Freude küsste ich ihm die Hand, er umarmte mich, strich mir über meine hinteren Globen und bedeckte mich mit Küssen.

»Da du ja mit deiner Strafe so zufrieden warst, mein liebes Kind«, fuhr er dann fort,

»müsstest du eigentlich meine Mühen mit Gleichem vergelten.«

»Niemals würde ich mir unterstehen ... Hand an meinen Regens zu legen und ihn zu schlagen!«

»Versuch es, er bittet dich darum! Wenn nicht, gebietet er es dir.«

Schamhaft errötend ergriff ich die Ruten, er ließ seine Hose herunter und entblößte seinen Hintern. Nur sehr vorsichtig wagte ich ihn mit den Ruten zu berühren, er aber schrie mir heiser zu: »Stärker, viel stärker! Die Fehler der Lehrer müssen strenger gezüchtigt werden als die der Schüler.«

Ich fasste mir schließlich ein Herz, packte sein Zepter, wie er es mit mir gemacht hatte, und peitschte so heftig auf ihn los, dass ihm vor Vergnügen die Tränen kamen.

Von diesem Tage an herrschte zwischen uns engstes Vertrauen; er täuschte eine Erkältung vor, um jemanden bei sich als Hilfe haben zu können, und ließ also mein Bett in ein Zimmerchen stellen, das neben dem seinen lag, doch geschah dies nur der Form halber, denn sobald er sich niedergelegt hatte, rief er mich zu sich, damit ich, von ihm umschlungen, schlief oder wachte. Auf diese Weise wurde er mein Sokrates und ich sein Alkibiades.

Der Reihe nach aktiver und passiver Teil, setzte er seinen Ehrgeiz darein, meine Erziehung zu vervollkommnen.

Als ich vierzehn Jahre alt war, beherrschte ich Griechisch und Latein, besaß Grundkenntnisse in Logik und Philosophie und kannte mich auch schon ein wenig in der Theologie aus. Doch um mich in dieser angeblichen Wissenschaft gründlicher auszubilden, die so oft den Dolch des Fanatismus gewetzt hatte, musste ich, da Pater Natophilos fast ausschließlich für die schöne Literatur zuständig war, in andere Hände übergehen und meine Studien unter Professor Acontini fortsetzen.

Nichtsdestoweniger behielt ich meine Schlafstätte bei Pater Natophilos, der recht wohl begriff, dass ich, um in meiner neuen Laufbahn besser vorwärts kommen zu können, verpflichtet sein würde, Acontini die gleichen Gefälligkeiten erweisen, und so setzte er mir zuliebe selbst die Artikel des Teilungsvertrages auf. Um für den Kurs in Theologie zugelassen werden zu können, bedurfte es der Zustimmung des Superiors. Natophilos stellte mich diesem vor, und da ich nach seinem Geschmack war, so blieb mir nichts anderes übrig, als ihm meine Studiengebühr in Naturalien zu entrichten.

In dem nun folgenden Jahr verbrachte ich meine Tage mit dem Studium der Theologie, die

Nächte aber, um mir die Gunst meiner Lehrer zu verdienen. Auf Grund meiner Fortschritte hatte ich mir einen Namen gemacht, und mir eröffneten sich schon die glänzendsten Aussichten, als die Katastrophe hereinbrach, die die ›Gesellschaft Jesu‹ vernichtete.

Niedergeschmettert durch diesen Schicksalsschlag, beschlossen Natophilos und Acontini, sich nach Italien abzusetzen; Natophilos jedoch, um mich nicht mittellos zurückzulassen und mir einen Brotverdienst zu verschaffen, empfahl mich Madame de Valbouillant, die für ihren siebenjährigen Sohn einen neuen Hauslehrer suchte, da der bisherige gerade gestorben war.

Mein Ansehen und Aussehen, verbunden mit dem Zeugnis, das meine beiden Lehrer mir ausstellten, waren ausschlaggebend, dass ich trotz meines jugendlichen Alters den Posten zugesprochen bekam.

Bei den Valbouillants

Madame de Valbouillant mochte etwa vierundzwanzig Jahre alt sein, sie hatte perlweiße Zähne, dunkle Augen, eine Stupsnase, üppiges braunes Haar, eine herrlich zarte Haut, einen schwellenden Busen, einen prallen Hintern und Hände von entzückender Schönheit. Mein Zögling war ihr einziges Kind, ihr Gemahl weilte seit sechs Monaten in Italien zwecks Regelung einer Erbschaft, die ihm zugefallen war. Pater Natophilos stellte mich ihr vor und trug auch Sorge, dass ich mit der Kleidung eines Abbé und ein wenig Wäsche ausgestattet war.

Die Dame empfing mich sehr wohlwollend, ja liebenswürdig, und versprach Pater Natophilos, mich so zu behandeln, dass zwischen ihr und mir jenes gegenseitige Vertrauensverhältnis entstünde, das meinen Bemühungen um ihren Sohn zugute käme.

Sobald mein Einführer gegangen war, maß mich die Dame von oben bis unten mit einem langen und angeregten Blick; ich aber senkte die Augen und errötete. Ich war wohl imstande, den lüsternen Blicken all meiner Lehrer standzuhalten, doch die einer reichen und vornehmen Frau, von der mein Schicksal abhängen sollte, machten mich schüchtern und brachten mich derart außer Fassung, dass ich es nicht beschreiben kann.

»Was sehe ich denn da!«, sagte sie. »Sie erröten? Sollte mich Pater Natophilos getäuscht haben? Sie haben nicht nur die Züge eines jungen Mädchens, Sie sind auch so schüchtern wie ein solches. Vielleicht sind Sie am Ende sogar eines?«

Bei diesen Worten errötete ich noch mehr.

»Na«, fuhr sie lachend fort, »da würde ich ja meinem Sohn einen hübschen Lehrer beibringen! Dessen will ich mich doch erst einmal vergewissern.« Damit griff sie mir unter das Jabot meines Hemdes und tat so, als suchte sie an meiner Brust feststellen zu wollen, ob ich ein Mädchen wäre. Ihre Brüste, die sich fast gänzlich meinen Augen zeigten, versetzten mich in einen Zustand, der ihre Zweifel hinlänglich hätten zerstreuen können. In dieser Situation verlor ich all meine Schüchternheit, nahm ihre andere Hand und drückte sie auf den greifbaren Beweis ihres ungerechtfertigten Verdachtes.

»Oh«, rief sie aus, »wie ich mich getäuscht habe! Sie haben aber auch ein zu hübsches Gesicht! Aber mein Irrtum ist verzeihlich; aber noch so jung … und schon einen von solcher Größe! Auf Ehre, Abbé, Sie sind ein Ungeheuer!«

»Aber leicht zu zähmen«, erwiderte ich und kniete zu ihren Füßen. »Ich würde mein Leben für das Glück hingeben, nur Ihnen zu gefallen.«

»Ach, mein Irrtum ist in der Tat ärgerlich. Ohne ihn lägen Sie mir nicht zu Füßen! Aber so stehen Sie doch auf … Was für eine Kühnheit!«

»Nein, Madame, ich stehe erst dann wieder auf, wenn Sie mir Pardon gewährt haben, und ich werde ihn erhalten, wenn Sie die Macht Ihrer Reize beschauen; die Wirkung Ihrer Reize auf mich, ich muss es gestehen, ist schier unglaublich …«

Ihre Augen hefteten sich auf meinen Außerordentlichen, dessen Hochmut dabei sichtlich noch wuchs. In den Augen einer Frau gibt es keinen so beredten Strafverteidiger als einen solchen. Ich bemerkte den Erfolg seines wortlosen Plädoyers, ergriff wiederum ihre Hand und presste sie auf den Maître.

»Ah, Schlingel!«, rief sie aus und legte ihren anderen Arm um meinen Hals. Wie sie mein Gesicht an ihren Busen drückte, fühlte ich sogleich die Bedeutung dieses ›Ah, Schlingel!‹, nutzte die Gelegenheit und die günstige Stellung und wurde so sehr mit Händen und Knien tätig, dass in Sekundenschnelle alle Hindernisse aus dem Weg geräumt waren und die innigste Vereinigung meine Bemühungen krönte. Ihre Augen schmolzen halbgeschlossen dahin, ihr Atem schien unter Seufzern zu vergehen, und ihre Lippen hingen an den meinen. Von Wollust hingerissen, waren unsere Zungen viel zu sehr beschäftigt, um Worte für unsere Verzückungen zu finden; und so blieben wir einige Augenblicke restlos in jener Trunkenheit versunken, indes einen die Sinne unbeschreiblich überwältigen. Mein Erguss erfüllte meine Wünsche, ohne unsere Begierden zu entkräften, und das Haupt mit Myrten geschmückt, ruhte ich nicht eher, als bis ich einen neuen Triumph errungen hatte.

Mein Liebesstreiter, bezaubert von seiner Niederlage und seiner hartnäckigen Tapferkeit, stürzte sich mit Eifer neuerlich ins Gefecht, das, nun weniger rasant, aber stärker genossen, uns in einen Sinnestaumel stürzte. Sobald wir aus diesem Meer von Wonne wieder aufgetaucht waren, bedeckten wir alle Reize, die wir einander durchkostet hatten, mit glühenden Küssen und kamen überein, die strikteste Diskretion gegenüber der Welt und den Domestiken über unser

Verhältnis zu wahren, uns aber beim Tête-à-Tête der größten Ausgelassenheit zu überlassen.

Jeder Tag enthüllte mir neue Reize bei meiner Eroberung, die sich mir, immer mehr gefesselt durch die Sinnenlust, mit der Zärtlichkeit einer Liebenden hingab. Da das Zimmer meines Zöglings, in dem auch ich schlief, eine Verbindungstür zu ihrem Kleidergemach besaß, so schlich ich mich des Abends, sobald alles im Schlaf lag, in ihren Alkoven, um in ihren Armen meine Liebesglut zu löschen. Noch bevor der Tag graute, kehrte ich auf demselben Weg in mein Zimmer zurück. Ohne irgendwelche Störung genossen wir die Liebe, als Monsieur de Valbouillant, der seine Geschäfte erfolgreich zu Ende geführt hatte, von seiner Reise zurückkehrte.

Ich wurde ihm vorgestellt, aber als er mich sah, schien ich ihm reichlich jung für einen Hauslehrer. Da er das Temperament seiner Frau kannte, zweifelte er keinen Augenblick, dass sie meine Bemühungen nicht ausschließlich nur ihrem Sohn zufließen ließ. Doch war er alles andere als eifersüchtig, im Gegenteil, er hatte in Florenz Geschmack an der sokratischen Liebe gefunden, und deshalb war ich Jüngling für ihn verführerisch. Er glaubte, die Schwäche seiner Frau nutzen zu können, um sich meiner Gefälligkeit zu versichern.

Am Abend gab er vor, unter Kopfschmerzen zu leiden, entschuldigte sich, dass er allein in seinem Zimmer schlafen wolle, und sagte zu Madame, indem er sie zärtlich in die Arme nahm, er hoffe, sie zu entschädigen, sobald diese unvorhergesehene Unpässlichkeit ihn nicht mehr quälen würde. Sie gab mir daraufhin einen Wink mit den Augen, den ich sogleich verstand. Als ich sicher war, dass er sich zurückgezogen hatte, schlüpfte ich ins Bett meiner Schönen, und wir beeilten uns, eine Gelegenheit nicht verstreichen zu lassen, die sich uns, wie wir glaubten, so bald nicht mehr bieten würde. Doch wir waren kaum beim Werkeln, als wir Valbouillant im Hemd eintreten sahen, in der Hand einen Dolch. Er riss uns die Decke vom Bett, packte mich mit der linken Hand und sagte: »Man betrügt mich nicht ungestraft, doch ich bin kein Unmensch. Trefft Eure Wahl zwischen den beiden Dolchen hier!« Mit diesen Worten hob er den, den er in der Hand hielt, und zeigte mir den, mit dem Jupiter in der Sage Ganymed den Hintern spießte.

Mein Lebenswille ließ mir keine andere Wahl, als mich den herrschenden Umständen zu fügen. Und Madame de Valbouillant, glücklich, sich so glimpflich aus der Affäre gezogen zu sehen, hielt mich in der Stellung zurück, in der ich mich befand, und so wurde ihr Mann der meine.

In seinem heftigsten Entzücken mit mir überschüttete er seine Frau mit Küssen und pries ihre Untreue, die ihm eine so köstliche Lust verschaffte.

»Du verzeihst mir doch?«, fragte sie und umarmte ihn.

»Wie kann man denn zwei so liebenswerten Missetätern böse sein? Dieser Busen«, sagte er und küsste ihn – sie hatte aber auch einen prächtigen –, »und diese Zwillingshügel hier«, fügte er hinzu und strich mit der Hand über den Altar, auf dem er soeben geopfert hatte, »würden einen Tiger besänftigen. Überdies habe ich, da ich dein Temperament kenne, nicht damit gerechnet, dass du mir während meiner so langen Abwesenheit treu sein könntest. Meine Reise hat mir eine ansehnliche Erbschaft und Hörner auf dem Kopfe eingebracht. Die Erbschaft verschafft mir mehr Gewinn als die Hörner Schaden bringen. Vermeiden wir es, uns dem öffentlichen Hohngelächter auszusetzen, deshalb lasst uns diskret sein und uns bedenkenlos aller Wollust hingeben, die unser Alter und unser Vermögen uns bieten; allein dem Skandal dürfen wir uns nicht aussetzen, alles andere soll uns ein Lächeln kosten.«

Madame de Valbouillant war entzückt über die Art, wie er ihre Untreue hinnahm, und überhäufte ihn mit Zärtlichkeiten.

»Ach, mein Freund, deine Güte überwältigt mich! Nein, niemals im Leben möchte ich dir mehr Anlass zu irgendwelchen Vorwürfen geben! Von jetzt an verzichte ich …«

»Halte ein und keine Schwüre! Ich würde dir sowieso kein Wort von alledem glauben. Ich erwarte lediglich Vertrauen von dir, keine Treue, Letzteres wäre wohl ein unmögliches Ansinnen. Schau dir nur unseren Abbé da an, wie er strahlt! Ich habe zwar euer Vergnügen unterbrochen, doch will ich euch desselben nicht berauben; also, Hic & Hec, nehmen Sie Ihr Werk wieder auf.«

»Dieser Scherz scheint mir zu bitter, mein Freund, wo du doch siehst, dass ich bereue«, erwiderte Madame de Valbouillant.

»Zu scherzen liegt mir fern«, sagte der Marquis, »denn ich habe dem Abbé das gegeben, was ich dir zugedacht habe. Und es ist nur recht und billig, dass er dich dafür entschädigt. Das Vergnügen, das du mit ihm genießt, kann meine Gefühle nicht verletzen, da es meine Zustimmung findet und meine Augen dieses Bild genießen werden.«

Mit diesen Worten brachte er seine Frau in eine mir bequeme Position und drängte mich, ich solle mich in ihre Arme werfen. Dies alles erschien mir merkwürdig und ließ mich zögern. Er jedoch bestand darauf, und ich gab nach, gestehe aber, dass ich es nur allzu gern tat. Hierauf schloss er uns beide in seine Arme und bedeckte uns mit Zärtlichkeiten. Seine Frau, anfangs verlegen, ließ es darauf ankommen, drückte ihm die Hand, gab sich rückhaltlos meiner Leidenschaft hin und kam zur gleichen Zeit wie ich zum gewünschten Ziel.

»Nun, meine Lieben«, sagte Monsieur de Valbouillant daraufhin, »bin ich nicht ein äußerst gefälliger Ehemann?«

Wir antworteten mit neuerlichen Liebkosungen.

»Da, schau dir die Wirkung an«, sagte er zu seiner Frau, »die euer Schauspiel bei mir erregt hat!« Dabei entblößte er sein Liebeszepter, das aufs Respektabelste in die Höhe starrte.

»Wie bedrohlich es anzusehen ist!«, rief sie.

»Ach, mein lieber Hic & Hec, machen Sie sich darauf gefasst, doch noch erdolcht zu werden!«

»Aber nein, Madame, diesmal werde ich mit meiner Leidenschaft über Sie herfallen. Sollten Sie mich vielleicht in neun Monaten zum Vater werden lassen, möchte ich nicht die Gewissheit haben, dass das Kind nicht von mir ist.« Mit diesen Worten nahm er seine Rechte als Ehemann wahr und den Platz ein, den ich ihm geräumt hatte.

Monsieur de Valbouillant mochte noch keine dreißig Jahre alt sein, war ausnehmend gut gewachsen, sein frischer, wohlgeformter Körper war blendend weiß; der Anblick seines Hintern gab mir meine Manneskraft zurück. Also stürzte ich mich auf ihn, fuhr mühelos in ihn ein, und da meine Bewegungen seinen Bemühungen sekundierten, konnte er viel tiefer in die glühende Grotte seiner Frau eindringen.

»Ah, lieber Abbé«, rief er aus, »was für eine Wonne, Sie verdoppeln meine Lust!«

Hitzig stieß ich weiter, und bald krönte ein dreifacher Erguss unsere Glückseligkeit. Als wir aus unserem Taumel wieder zu uns gekommen waren, küsste er mich mit zärtlicher Leidenschaft, um mir das Vergnügen zu entgelten, das ich ihm bereitet hatte.

»Sie setzen mich in Verwunderung«, sagte seine Frau, »glaubte ich doch immer, dass beim Hintenrum der Aktive ein lebhaftes Vergnügen auskostet durch den Druck, den er auf dem engen Wege empfindet, doch ist mir unverständlich, wieso der Passive gleiche Lust zu fühlen vermag.«

»Ach, meine Liebe, Sie haben davon keinerlei Vorstellung. Die Rolle des Aufgespießten ist ebenso wonnevoll wie die des Stößers; der Kitzel im Innern ist einfach hinreißend. Ich habe

Frauen gekannt, die ihre Liebhaber lieber im Hintertürchen empfingen als auf dem gewöhnlichen Wege.«

»Sonderbar! Und warum haben Sie mich das nie kosten lassen?«

»Ich habe es nicht gewagt, Ihnen das vorzuschlagen. Und ohne den Zufall, wie er sich jetzt zugetragen hat, hätte ich Ihnen vielleicht auch nichts davon erzählt.«

»Ich hätte schon große Lust, es auch einmal zu versuchen, doch fürchte ich, dass es sehr wehtut.«

»Ihr Gatte und ich«, versetzte ich, »wir haben es schon ertragen können, da wir fast noch Kinder waren. Mit ein wenig Pomade wird es schon flutschen.«

»Sie machen mir Mut, obwohl ich mir nicht vorstellen kann, dass ein derart gewaltiges Instrument« – sie gab dem ihres Mannes einen Stups –, »in einem so engen Etui Platz finden sollte!«

»Nichts einfacher als das, mein Herz! Wollen wir deinen Acker urbar machen, müssen wir die Furche zuerst mit der spitzen Pflugschar ziehen.«

Die Prüfung ergab, dass mein Zapfen sich als geeignet erwies, um das Fass anzustechen, und als nach einer Weile des Ausruhens meine Manneskraft wiederhergestellt war, verließen Madame und ich das Bett, und Valbouillant legte sich rücklings darauf. So dann musste sich Madame auf ihren Mann platzieren, der sie an sich drückte und sie durch florentinische Küsse aufreizte. Auf diese Weise erhob sich ihr Sterz vor meinen Augen und bot mir einen zwiefachen Weg zum Glück. Ich wählte den vereinbarten Weg, den ich durch Pomade genugsam schlüpfrig gemacht hatte. Aber der Umfang der Pflugschar ließ sie zunächst doch einen kleinen Schrei ausstoßen. Ich unterbrach meine Arbeit für einen kurzen Augenblick, um daraufhin vorsichtig weiterzuziehen, und nach einigen Sekunden hatte ich die Furche so weit gebrochen, dass die Hälfte meiner Pflugschar im Acker stak. Nochmals hielt ich inne und fragte Madame:

»Tut es jetzt noch weh?«

»Nur noch ein bisschen.«

Also stemmte ich mich auf die beiden Pflugsterzen, sprich Halbkugeln, vor mir und zog mit kräftigem Hin und Her den Boden so tief auf, wie es im Ackerbau allgemein üblich.

»O Gott«, rief sie, »wo bin ich? Mir schwindelt, ich brenne! Ach, solche Wollust, ich zerschmelze, ah … ah … ich vergehe … sterbe … Gnade, lieber Freund … ich kann nicht mehr …«

Auch ich fühlte mich außer Rand und Band; so zog ich meine Schar aus der Furche und stieß sie tief in die danebenliegende, die ich von einem Wollustregen überschwemmt fand.

Auch ich verspritzte dort meinen Schauer, sodass sich beide vermischten und wir auf dem Bett in jene selige Ermattung sanken, die immer auf die genossene Wollust folgt.

»Oh, liebe Freunde«, stammelte Madame de Valbouillant, »wie konnte ich bisher nur leben, ohne ein solch großes Entzücken gekannt zu haben? Großer Gott, wie glücklich das macht, wie unbeschreiblich befriedigt man sich fühlt!«

Valbouillant, der sie währenddessen zärtlich wieder in Glut brachte, schlug ihr vor, das Experiment, bei dem sie sich so wohl befunden hatte, zu wiederholen.

»Von Herzen gern«, erwiderte sie, »nur gönnt mir ein wenig Ruhe, ich brauche einige Augenblicke zum Verschnaufen und zur Sammlung nach einem so vollkommenen und für mich so neuartigen Genuss.«

Nach diesen Worten legte sie ihren Kopf auf meine Brust und schlummerte ein. Auch mir fielen die Augen zu, und ich schlief, die eine Hand auf ihrer Hüfte, mit der anderen hielt ich eine ihrer Brüste. Der Marquis folgte unserem Beispiel. So schliefen wir etwa zwei Stunden. Während des Schlafes muss unsere Schöne einen erregenden Traum gehabt haben, denn sie bewegte ihre

Hüften hin und her und umarmte mich mit einem Temperament, dass ich auf der Stelle aufwachte. Auch ihr Mann fuhr aus dem Schlaf auf.

»Jetzt bin ich an der Reihe«, sagte er, »sie andersrum zu ergötzen.«

»Einverstanden«, antwortete ich, »aber glauben Sie mir, wir könnten die Lust für sie verdoppeln.«

»Wie das?«

»Ich werde mich auf den Rücken legen und sie auf die natürliche Weise bedienen, während Sie zu gleicher Zeit die schmale Bahn benutzen.«

Beide stimmten begeistert meinem Einfall zu, und so machten wir uns unverzüglich ans Werk. Ich legte mir ein Kissen unter den Hintern, um dort eine höhere Stellung zu haben; meine Heldin legte sich rittlings auf mich, stieß sich dabei meinen Dolch in ihre Scheide und drückte ihre Brust an die meine, sodass ihr Hinterteil sich in der vorteilhaftesten Position für ihren zweiten Kämpen darbot. Dieser zögerte nicht einen Augenblick, mit seinem Rammbock zwischen ihre beiden Bollwerke zu fahren, der sich auch bald eine Bresche geschlagen hatte. Wollusttrunken biss, kratzte und küsste sie mich, lief über und schien mich schier zu erdrücken. Doch welche Wollust mich auch ergriff, so begann ich doch bald meinen Vorschlag zu bereuen, als glücklicherweise durch das Scheuern unserer eifrigen Brunzrüssel an der sie trennenden zarten Scheidewand der seine im beschleunigten Triumph überlief und das Innere des Hintertempels seiner Frau völlig überschwemmte, sodass er aus dem Sattel stieg und mich von seinem Gewicht befreite. Daraufhin erst konnte ich schneller ein- und ausfahren, und indem ich den Begeisterungssaft in den hintersten Winkel der Wollustgrotte verspritzte, verschmolzen für einige Augenblicke die Seele meiner Schönen und die meine. Anschließend gestand Madame, dass sie sich in ihrem ganzen Leben keine so entzückende Vorstellung von solch einer Wollust hätte machen können. Sie drückte ihren Mann und mich vor Dankbarkeit an ihre Brust und meinte, bedauernd seufzend:

»Leider gewährt die Natur dem Menschen zu wenig Kraft, um solche Lust noch länger auszukosten.«

Dies letzte Stechen hatte unsere Körper gänzlich erschöpft. Wir zogen uns also, jeder für sich, in unser eigenes Bett zurück, um in Morpheus' Armen die Erholung zu finden, die wir brauchten.

Jungfer Babet

Am folgenden Morgen wurde ich um elf Uhr von der jungen Babet, einem Taufkind von Madame de Valbouillant, geweckt, die mir ausrichtete, dass die Herrschaft mich zur Frühstücksschokolade erwarte und ich kommen solle, wie ich wäre.

Da ich Gelegenheit haben werde, bald wieder auf Babet zu sprechen zu kommen, werde ich, während sie hier im Zimmer ist, ein Porträt von ihr entwerfen. Sie mochte etwa vierzehn Jahre alt sein, und ihre hoch gewachsene zarte Gestalt hätte Albano als Modell dienen können, um die Jüngste der Grazien zu malen. Um zwei rosige Knöpfchen, die sich dem Auge wie zwei von der Sonne noch nicht ganz gereifte verlockende Erdbeeren darboten, begannen sich zwei kleine feste Brüstchen zu runden; ihr Gesicht glänzte noch in der Farbe der Unschuld; in ihren Augen konnte man noch die unbekannte Freude an der Liebe ahnen; und der naive Frohsinn, der um ihren halbgeöffneten Korallenmund spielte, ließ zwei entzückende Grübchen in ihren Wangen sehen.

Ich hatte bis dahin kaum Notiz von ihr genommen. Trotz der anstrengenden Nacht, die ich verbracht hatte, ließ mich der Dämon des Morgens nicht ohne Erregung so viele Reize sehen. Babet musste mir dreimal ihre Bestellung wiederholen, obgleich ich sie wohl bereits beim ersten Mal verstanden hatte.

»Sind Sie es, reizende Babet«, fragte ich sie, schlug meine Bettdecke zurück, um aufzustehen und ihrer Herrin meine Aufwartung zu machen, »Sie, die diese vortreffliche Schokolade zubereitet?«

»Aber ja, Monsieur l'Abbé, ich!«

»Wie sehr möchte ich in diesem Falle die Schokolade sein! Unter Ihren Händen würde ich schäumen!«

»Ein Abbé und schäumen? Das wäre doch allzu spaßig!«

»Aber ganz natürlich.«

»Wollen Sie sich über mich lustig machen? Denn wie könnte das möglich sein?«

»Du wirst es sofort sehen«, sagte ich und zog sie auf das Bett. »Stelle dir vor, das hier wär der Stiel des Quirls!«

»Oh, wie das aussieht! Ach nein, ich will lieber gehen ...«

Und obwohl sie so tat, als wollte sie weggehen und das Gesicht abwenden, bemerkte ich wohl, wie ihr Seitenblick den für sie neuen Gegenstand von oben bis unten genau musterte.

»Man verlässt mich nicht so!«, sagte ich und hielt sie mit einem so festen Griff zurück, dass sie das Gleichgewicht verlor und seitlich auf mein Bett fiel, derart, dass, um sich zu halten, sie gerade den Stiel des Quirls zu fassen bekam. Da mir ein solcher Zufall nur allzu gelegen war, behielt ich sie in dieser Stellung.

»O mein Gott, wie hart er ist!«, meinte sie, vertraulicher geworden, und betrachtete ihn nunmehr und betastete ihn wohlgefällig.

»Wozu mag er nützlich sein?«

»Um dir, genau wie mir, Freude zu bereiten.«

»Das wäre sonderbar! Und wie?«

»Indem man ihn in die Schokoladenkanne steckt.«

»Die Kanne steht auf Madames Kamin, ich werde gehen und sie holen.«

»Du brauchst sie nicht zu holen, denn du hast alles bei dir, was ich brauche.«

Mit diesen Worten fasste ich unter ihr Kleid, streichelte sie mit einem Finger an einer gewissen Stelle und ließ sie fühlen, welches das Gefäß war, dessen ich bedurfte.

»Wie Sie mich an der … kitzeln!«

»Wie? An was denn? Sie sind füreinander gemacht, und ihre Vereinigung ist es, die uns die größte aller Freuden bringen wird.«

»Ah, allein Ihr Finger bereitet mir Freude! Wie sonderbar das doch ist! Und Sie meinen, dass das, was ich in der Hand halte, mir noch mehr davon spenden würde?«

»Dafür stehe ich ein, nichts ist damit vergleichbar.«

»Dafür sollte ich ihn vielleicht küssen?«

Und während mein Finger sein liebreiches Werk fortsetzte, begann die unschuldige Kleine, den Stiel in ihrer Hand mit Küssen zu bedecken.

»Oh …! Ah …! Welche Lust!«, rief sie, verdrehte die Augen und bewegte ihren Schoß. »Ich kann nicht mehr … ich sterbe … ach! Ich bin ja ganz nass!«

Mit Wonne verfolgte ich, wie sich die Wollust immer mehr auf ihrem unschuldigen zarten Gesicht widerspiegelte, und ich hätte ihr noch größere verschafft, wenn mich nicht Geräusche draußen auf dem Gang gezwungen hätten, das Spiel zu unterbrechen, mich dieses Vorhabens zu enthalten und die Unterweisung meiner zauberhaften Schülerin auf ein anderes Mal zu verschieben.

»Bis auf heute Abend!«, sagte ich zu ihr. »Wenn alle im Hause schlafen, werde ich dir alles zeigen. Wünschst du es?«

»Und ob ich es wünsche! Ich bitte Sie sogar darum.«

»Aber kein Sterbenswörtchen zu jemanden über das, was wir gemacht haben! Und vergiss nicht, deine Kammertür nicht zu verschließen!«

»Ich werde tun, wie Sie sagen.«

Sie war kaum aus meinem Zimmer geschlüpft, als Monsieur de Valbouillant eintrat.

»Wie, noch immer nicht aufgestanden, Sie Schlafmütze? So ist es, wenn man Ihnen eine junge Botin schickt. Monsieur haben dann mehr diese als die Botschaft im Kopfe.«

»Ich schlief noch tief und fest, und Babet hatte Mühe, mich wach zu bekommen.«

»Doch hat sie dabei genau die empfindliche Stelle getroffen.«

»Wie meinen Sie das?«

»Aber Sie haben sich dafür auch erkenntlich erwiesen.«

»Was, Sie glauben wirklich, dass …?«

»Ich habe alles mit angesehen, Sie Schlingel, doch habe ich mich zurückgezogen, weil ich kein Spielverderber bin. Sodann habe ich beim Zurückkommen genug Geräusche gemacht, damit Sie mein Eintreten nicht überrascht. Babet ist wirklich reizend. Seit meiner Rückkehr bin ich ganz versessen auf die Kleine. Ich werde Sie in aller Ruhe Ihren Abstecher machen lassen, aber nur unter der Bedingung, dass sie, sobald Sie sich bei ihr eingeführt haben, an unseren Vergnügungen teilnimmt.«

»So sei es, Monsieur!«, erwiderte ich. »Aber lassen Sie mir acht Tage Zeit, um sie dafür vorzubereiten, danach gebe ich sie Ihnen und allen zur liebenswürdigsten Gesellschaft.«

»Acht Tage, pah! Monsieur l'Abbé, wenn Sie in diesem Tempo fortfahren, ist die Zeit zu lang bemessen. Die kommende Nacht, zugegeben! Doch danach wird es Ihnen gefallen müssen, dass sie uns allen gehört. Ich hoffe wohl, dass Sie das einsehen!«

Während dieser Unterredung hatte ich Hose und Strümpfe angezogen und einen Schlafrock übergeworfen; so folgte ich Valbouillant zu seiner Frau in deren Boudoir, wo bereits die Schokolade zum Frühstück bereitstand, die uns Babet kredenzte. Als sie mir die Tasse reichte, errötete sie unwillkürlich.

Der Marquis de Valbouillant gab ihr irgendeinen Auftrag, der sie für einige Minuten entließ. Während sie aus dem Zimmer war, erzählte er seiner Frau von den Spielen, bei denen er mich und ihren Täufling ertappt hatte.

»Wie, Sie Lüstling«, sagte sie, »schon jetzt mir untreu! So nachsichtig wie mein Mann werde ich nicht sein. Entweder ich mache Ihnen einen

Strich durch die Rechnung, oder ich werde meine Augen an Ihrem Erfolg weiden.«

»Aber wie wollen Sie es anstellen, Madame, dass sich die Kleine beim ersten Mal vor den Augen anderer hingibt?«

»Das lassen Sie nur meine Sorge sein«, sagte sie. »Babet ist noch vollkommen unschuldig, sie hat das vollste Vertrauen zu mir, und sollten die Großtaten der vergangenen Nacht Monsieur l'Abbé nicht außer Gefecht gesetzt haben …«

»Außer Gefecht?«, rief ich und zeigte ihr, dass bei mir alles im Stande war.

»Meiner Treu, Monsieur l'Abbé sind ein Recke! Also ich verlange, dass Babets Jungfernschaft nicht mehr als nur eine Stunde zu leben hat und wir bei dieser Beisetzung zugegen sind. Ich werde schon dafür sorgen.«

»Wie wollen Sie das zu Wege bringen, Madame?«

»Zerbrechen Sie sich darüber nicht den Kopf, sondern lassen Sie mich nur machen! Dass alles gut abläuft, dafür bürge ich.«

Es dauerte nicht mehr lange, und Babet trat wieder ein. Die Marquise befahl ihr mit ernstem Ton in der Stimme, doch nicht streng:

»Sage im Hause Bescheid, dass wir ausgefahren wären und man niemanden vorlässt, dann,

Babet, kommst du sofort zurück, da ich dir wichtige Dinge mitzuteilen habe!«

Die Kleine richtete alles aus, dann kehrte sie zurück.

»Setze dich dorthin, Babet!«, begann Madame de Valbouillant.

Das Mädchen zögerte.

»Wirst du wohl gehorchen!«

Babet nahm Platz.

Die Marquise fuhr fort:

»Ich bin deine Patin und weiß nur allzugut in der Religion Bescheid, welche Verpflichtungen ich übernommen habe, als ich dich über die Taufe hielt: die Verpflichtung, dich im Leben anzuleiten, dich zu beschützen und, so ich kann, für dich zu sorgen.«

»Das haben Sie immerdar getan, Madame, und meine Dankbarkeit …«

»Unterbrich mich bitte nicht! Jeder Lebensabschnitt bringt etwas Neues. Seit geraumer Zeit bemerke ich, dass du Busen bekommst.«

»Madame, dafür kann ich nichts!«

»Das war auch nicht als Vorwurf gemeint, doch muss ich wissen, in welchem Zustand er ist.«

Die arme Kleine errötete kläglich.

»Monsieur l'Abbé«, fuhr die Marquise unbeirrt fort, »schnüren Sie ihr das Mieder auf! Da Sie ja ihr Beichtvater sein werden, ist es nur allzu vernünftig, dass Sie selbst urteilen, welche Hilfestellung mein Patenkind nötig haben wird.«

Ich schickte mich an, der Aufforderung Folge zu leisten. Das arme Ding saß verwirrt und sprachlos da und wusste nicht, ob sie nachgeben oder sich sträuben sollte.

»Du bist nun kein Kind mehr«, sprach die Marquise, »deshalb werde ich jetzt zu dir reden wie zu einem erwachsenen Mädchen, doch musst du dich auch entsprechend verhalten. Ich hoffe, du glaubst nicht, dass ich etwas tun würde oder dich tun ließe, was nicht schicklich wäre! Im Übrigen dürfte dir allein schon die Anwesenheit meines Gemahls Beruhigung genug sein. Doch um all deine Verschämtheit zu zerstreuen, will ich dir mit gutem Beispiel vorangehen.«

Mit diesen Worten entfernte sie ihr Fichu vom Dekolleté und entblößte diesen wohlgerundeten Busen, den wir in der Nacht zuvor so sehr gefeiert hatten. Daraufhin ließ Babet alle Verzagtheit fahren und ließ mich aus ihrem Leibchen zwei allerliebste Brüstchen, weiß und fest wie Alabaster, hervorholen. Ich war wie geblendet, da ich sie sah.

»Gut«, sagte Madame und berührte sie leicht, »sie zeigen schon deine Reife an. Wollen sehen, ob das Übrige genauso weit ist! Vor einigen Jahren hattest du dort unten noch keine Haare. Ist das jetzt auch noch so?«

»Madame ...«

»Also?«

»Ich wage es nicht zu sagen.«

»Sage es nur und schäme dich nicht!«

»Seit einem halben Jahr ...«

»Und weiter!«

»Ist es mir gekommen ...«

»Nun was?«

»Es ist vielleicht unanständig.«

»Kann das, was die Natur hervorbringt, unanständig sein? Also, Abbé, schauen Sie nach ...!«

Babet geriet bei der ersten Bewegung, die ich machte, in noch größere Verwirrung und zuckte unwillkürlich zurück.

»Was für ein Kind du doch noch bist!«, sagte ihre Herrin. »Muss ich dir auch dabei mit gutem Beispiel vorangehen? Also gut!« Sie hob ihre Röcke und zeigte das braunste und am herrlichsten gekrauste Vlies, das man nur je sehen konnte. Als getreuer Nachahmer, der ich war, entblößte ich bei Babet die sprießende Hecke, die den Eingang des hübschesten Tempels, den die Liebe je geschaffen hatte, umbuschte. Madame de Valbouillant griff mit dem Finger daran, und ihr Kitzeln verursachte dort bald jene süßen Schauer, die zur Wollust führen.

»Die Zeit des Liebesbedürfnisses ist gekommen, und um dafür Sorge zu tragen, mein liebes Kind, ist meine Wahl auf den Abbé gefallen. Also Hic & Hec, führen Sie Babet auf meine Chaiselongue und geben Sie ihr allen Beistand, dessen Sie fähig sind.«

Der Marquis und ich brannten vor Begierde beim Anblick so vieler Reize. Auch die Kleine war erregt, doch die Gegenwart ihrer Herrschaft verwirrte sie einigermaßen und brachte sie zum Erröten. Madame de Valbouillant, die ihrerseits Nutzen aus unserer Erregung ziehen wollte, nahm ihren Mann bei dem, was sich an ihm aufbäumte.

»Komm, zeigen wir dem Kind«, sagte sie zu ihm, »wie sie es machen muss!«

Durch dieses ihr Vorbild überzeugte sie die kleine Unschuld, die ich in die für die Opferung günstigste Stellung brachte.

»Ach, lieber Abbé«, sagte sie und platzierte sich so, wie ich es wollte, auf der Chaiselongue, »wer mir heute früh gesagt hätte, dass ich, ohne tüchtig ausgeschimpft zu werden, Ihnen das preisgeben dürfte, was Sie so lieblich gekitzelt haben, das zu berühren, was, wie Sie sagten, mir so viel Wonne bereiten würde, ich hätte es nicht für möglich gehalten und nicht geglaubt! Wie froh ich bin, eine so gute Patin zu haben!«

Während sie das sagte, nahm ich meine Stellung ein. Die Spitze meines Spießers konzentrierte alle Kräfte, um die bis dahin kalte Kammer aufzubrechen, deren Schamtür den Zugang zur Wollust versperrte. Der Anblick von Madame de Valbouillant, die in diesem Augenblick unter den Stößen ihres Mannes gerade vor Lust außer Rand und Band geriet, stachelte Babets Begierden an und hinderte sie, den meinen zu widerstreben, welchen Schmerz ihr auch meine Stöße bereiten mussten. Diesen Moment der Trunkenheit nutzte ich, umfasste ihre Hüften, stieß so heftig zu, dass ich alle Breschen durchbrach und meinen Brückenkopf in der Schanze des Gegners einrichtete, der meiner Attacke nachgab.

»Ach, ich bin tot, Grausamer!«, stöhnte sie. »Sind das die Wonnen, die Sie mir versprochen haben?«

Ich gab keinen Deut nach.

»Das Schlimmste ist vorbei«, antwortete ich, »hab noch etwas Geduld, liebe Babet, und du wirst merken, dass ich dich nicht getäuscht habe!«

Sie weinte und wimmerte, ich jedoch gewann immer mehr Terrain. Währenddessen hatten der Marquis und seine Frau ihr Liebesstechen beendet und kamen mir zu Hilfe. Die beflissene Patin griff tatkräftig mit der Hand in den Kampf ein und kitzelte an Babets aufgebrachtem Damendegen, der durch seine Härte die Ankunft der Wollust ankündigte; Valbouillant hingegen hatte liebevoll eine der Erdbeeren ihrer Brüste in den Mund genommen und zuckelte an ihr. All das brachte Babet auf den Gipfel der Trunkenheit. Sie vergaß ihren Schmerz, sobald sie unten und oben aufgereizt wurde.

»Ach, mein Gott«, stöhnte sie lustvoll auf, »mir wird ganz anders! … Was fühle ich? … ach … ach, ich sterbe … Halte mich … ich vergehe … ach, du mein Gott!«

Mit dem letzten Wort schienen ihre Augen zu brechen, sie zuckte, wurde steif, und der reiche Erguss bewies mir hinlänglich die Lust, die sie empfand. Ich selbst brauchte auch nicht länger, um meinen Tribut zu entrichten, denn eine gehörige Flut von Lebensbalsam, die ich in sie spritzte, vollendete ihre Glückseligkeit, und sie stammelte:

»Ach, mein lieber, mein göttlicher Abbé, was für eine Lust, welch süßer Nektar!«

Von Neuem verlor sie ihre Sprache wie ich meine Kräfte. Ich stand auf vom Kampfplatz, gekrönt mit blutiger Waffe.

»Nun, Babet, wie fühlst du dich jetzt?«, fragte die Marquise.

»Es hat mir sehr wehgetan, aber es war eine Wonne.«

»Na, die Schmerzen sind auf immer und ewig vergessen, und nur Wonne und Lust werden sich noch einstellen. Die Spitzbübin, von welcher Sturmflut der Wollust sie überschwemmt ist!«

Unter dem Vorwand, die Ordnung von Babets Kleidern wieder herzustellen, zog sie sie splitterfasernackt aus und ließ uns einen Körper sehen, auf den sogar Hebe eifersüchtig geworden wäre.

An der Art, wie Madame de Valbouillant jeden einzelnen der Reize ihres Patenkindes liebkoste, als sie sie so nach und nach entkleidete, erkannte ich sofort, dass sie, bei allem Geschmack nach dem starken Geschlecht, auch eine gierige Anhängerin der Sappho war und sich auch mit einer hübschen Nymphe zu vergnügen wusste, sobald kein Phaon zur Verfügung stand. Ich sah, wie ihr Gesicht vor Eifer glühte, wie ihr Busen wogte, wie ihre Augen funkelten, als ihre Hände über die entzückenden Formen dieses von den Grazien geformten Körpers glitten.

»Wie hübsch sie ist! Welch göttlich frischen Leib sie hat!«, rief sie und drückte das Mädchen fest an sich. »Ah, mein kleiner Liebling, ich brenne vor Verlangen, leih mir deine Hand!« Und dabei zog sie die Kleine auf eine Duchesse, fachte die

Begierden Babets an, während diese mit noch unkundiger Hand ihr Lustgebüsch durchstöberte.

»Halten Sie bitte Ihre Leidenschaft noch etwas im Zaume«, sagte ich zu ihr, »und entledigen Sie sich der Kleider, die Ihren kommenden Freuden und der Lust unserer Blicke im Wege sind! Reißen Sie sich den lästigen Stoff vom Leibe, der Sie und uns beim Zuschauen stört!«

Sie nickte zustimmend, und mit meiner Hilfe stand sie bald da, nackt wie Diana, die aus dem Bade steigt. Hierauf warf sie sich von neuem auf ihre Beute, klemmte ein Bein derart zwischen die Schenkel des Mädchens, dass sich die Lustwiesen der beiden Streiterinnen brünstig aneinander rieben. Sie hielten sich dabei eng, Brust an Brust, umschlungen; beider Lippen saugten sich einander fest und ließen nur dann und wann nach, um ein Stöhnen der Lust auszustoßen; ihre Lenden bewegten sich auf und nieder, hin und her; die aufgelösten Haare flossen über ihre Körper, die sich durch die wild zuckenden Bewegungen rosig färbten. Nach den glühenden Seufzern, die zu hören waren, hätte man meinen können, Venus lösche während der Abwesenheit von Mars ihre Lust mit Euphrosyne.

Dann aber, mitten in der Bewegung, hielten sie inne, fünf oder sechs schnell aufeinander folgende Zuckungen zeigten uns an, dass die Entladung bevorstand, und kurz darauf rieselten ihnen die Freudentränen von den Schenkeln auf den Kampfplatz.

»Ach, liebe Patin; ach, lieber Abbé, wie schön ist es, kein Kind mehr zu sein!«, rief die Kleine.

Nach diesem erlösenden Ausruf und einigen Liebkosungen, die die Erschöpfung linderten, wollten unsere beiden Schönen sich wieder anziehen, doch der Marquis, den dieses Schauspiel mehr denn je aufgezäumt hatte, meinte:

»Was denn, soll ich der Einzige sein, der diesem reizenden Mädchen kein Vergnügen bereitet hat? So geht das nicht, wenn beliebt!«

Mit diesen Worten schloss er Babet in seine Arme und warf sie wieder auf den Kampfplatz, den sie soeben verlassen hatte.

»Ich kann es ihm nicht verübeln«, sagte Madame de Valbouillant zu mir, »etwas Verführerischeres als sie habe ich noch nie gesehen. Aber sollen wir beide untätig herumstehen und zuschauen?«

»Nein, meine Königin, keineswegs! Haben Sie aber erst die Güte, mir zu gestatten, den Nektar aufzuschlecken, den Sie verströmt haben, um Platz für den zu schaffen, den ich vergießen möchte.«

Sie stimmte dem zu, und meine verliebte Zunge durchstöberte alle Winkel und Ecken der

Vorhalle ihres Venustempels, labte sich an diesem göttlichen Likör und entzündete ihre und meine Begierde aufs Neue. Hierauf zog ich sie auf mich, und während sie sich meine Genusswurzel in die rechte Stelle pflanzte, gab ich ihr mit meinem genugsam angefeuchteten Finger Rückendeckung im kleinen Nebengelass. Auf solche Weise verdoppelte ich ihren Begeisterungsgalopp, sodass wir beide gemeinsam ins Ziel einliefen, als auch der Marquis es mit schlaffen Lenden auf der jungen Babet erreichte. Unsere Seufzer verschmolzen, wir lagen eine geraume Zeit unbeweglich und betrachteten ruhig und befriedigt die Schönheit der an uns geschmiegten Körper.

Madame brach als erste das Schweigen, das der Sinnenlust gefolgt war: »Ach, Valbouillant, was ist schon die Ehe im Vergleich zu den Wonnen, deren wir uns erfreut haben!«

»Es ist, wie du sagst, meine Liebe!«, erwiderte der Marquis und umarmte Babet, seine Frau und mich. »Ich kann dem Abbé von ganzem Herzen nur dankbar sein, dass er mir Hörner aufgesetzt hat.«

Sodann halfen wir unseren beiden Schönen, sich wieder anzukleiden; das geschah eher ausgelassen als in aller Schicklichkeit. Und nachdem wir Babet ans Herz gelegt hatten, über alles, was wir getrieben, das größte Stillschweigen zu bewahren, gingen wir auseinander. Die Kleine hatte solchen Geschmack an den Freuden der Liebe gefunden, dass sie gewisslich ohne unseren Hinweis und unsere Warnung, solche nicht mehr genießen zu dürfen, ihren jungen Freundinnen unzweifelhaft alles ausgeplaudert hätte, so aber verschloss ihr die Furcht, all der Freuden beraubt zu werden, den Mund.

Sobald ich den Unterricht mit meinem Zögling beendet hatte, führte ich ihn zum Mittagessen mit seinen Eltern. Bei Tisch waren einige mir fremde Personen zu Gast, die sich erstaunt zeigten, dass man mich in meinem jugendlichen Alter zum Hofmeister bestellt hatte.

»Monsieur l'Abbé hat eine ausgezeichnete Erziehung und Ausbildung genossen«, versetzte der Hausherr, »und Madame und ich finden das Vertrauen, das wir in ihn gesetzt haben, bestätigt. Dass er noch so jung ist, bekümmert uns in keiner Weise.«

Diese Antwort ließ alle Bemerkungen seitens der Gäste verstummen. Ich hatte nunmehr während der Unterhaltung etwas von meiner Gelehrtheit anklingen zu lassen und hier und da meine Beschlagenheit in der Literatur zu beweisen, sodass nach Beendigung des Mahles alle Fremden entzückt und des Lobes voll waren von meinen vornehmen Umgangsformen, meinem bescheidenen Wesen wie dem tugendhaften Gebaren, das ich an den Tag legte. Die Bedenken, die man anfänglich gegen mich gehegt hatte, waren somit gänzlich aus dem Weg geräumt und ins Gegenteil umgeschlagen.

Nachdem alle Gäste gegangen waren, machten wir einen Spaziergang, begaben uns anschließend zum Souper, sodann – mein Zögling war zu Bett gebracht worden – zogen wir uns mit der jungen Babet, die, seit den Geschehnissen vom Morgen, hinfort an all unseren Vergnügungen teilnehmen sollte, ins Boudoir von Madame de Valbouillant zurück. Die Anstrengungen der letzten Nacht und des darauf folgenden Morgens hatten uns veranlasst, etwas maßvoller in unseren Gelüsten zu sein. Der Marquis fragte mich, wie es komme, dass ich in meinem jugendlichen Alter schon so profunde Kenntnisse in den diversen Arten der sexuellen Ausschweifungen haben konnte. Ich erzählte ihm alles, was zwischen mir und Pater Natophilos vorgefallen war.

»Wie«, riefen alle drei gleichzeitig, »Rutenstreiche waren der Grund Ihrer ersten Gelüste?«

»Ja, gewiss«, entgegnete ich, »und so gewaltig, dass ich der Heftigkeit der Leidenschaften nicht Einhalt gebieten konnte.«

»Dies ist wundersam!«, war die Antwort.

»Ja, wundersam, weil es die Wirkung nie verfehlt, auch in dem etwas abgeschlafften Zustand, in dem wir uns augenblicklich befinden, würde es uns aufputschen.«

»Sie scherzen, Monsieur l'Abbé!«, meinte die Marquise.

»Keineswegs, Madame! Sie sehen doch meine Demütigung!«

»Pfui doch, Hic & Hec, verbergen Sie dieses Elend!«

»Wohlan, Madame, machen wir die Probe aufs Exempel! Mithilfe eines Reisigbesens würde Ihnen meine Genusswurzel binnen zweier Minuten in voller Pracht erstehen.«

»Und sind Sie sich dessen sicher, dass dies die gleiche Wirkung bei meinem Manne zeitigen würde?«

»Dessen bin ich gewiss!«

»Sollen wir es auf eine Probe ankommen lassen?«

»Aber gern!«, riefen der Marquis und ich gemeinsam.

Also wurde Babet beauftragt, die Reiser zu holen, die am Abend ganz frisch ins Haus gebracht worden waren. Ich stellte die Reiser zusammen und nahm die stärksten, gab sie ihr in die Hand, entblößte meinen Hintern und sagte:

»Ich stelle mich Ihren Schlägen zur Verfügung. Beginnen Sie ganz sacht, sodann schlagen Sie so kräftig zu, wie Sie können! Sie werden das Resultat bald vor sich stehen sehen.«

Sie machte sich ans Werk, allein die Furcht, mich zu verletzen, ließ sie so gelinde vorgehen, dass ich kaum eine Berührung verspürte.

»Mehr«, rief ich, »stärker!«

Aber sie getraute sich nicht. Die waghalsige Babet jedoch nahm ihr das Bündel aus der Hand und meinte:

»Lassen Sie mich das machen, er wird mir schon sagen, wann es genug sein wird!«

Und mit kräftiger Hand versetzte sie mir einige schnelle derbe Schläge, dass all meine Sinne sich in die ›Niederlande‹ zogen und ich mich dort unten alsobald in der besten Verfassung befand. Madame de Valbouillant, dies sehend, stürzte sich auf mein Liebstöckl, steckte sich die pralle Knospe zwischen ihre weichen schmeichelnden Lippen, saugte und zuzzelte daran mit ihrer liebestollen Zunge und bereitete mir das lebhafteste Vergnügen. Sobald ich meine Säfte steigen fühlte, ließ ich meine Zuchtmeisterin im Stich, die sich sogleich dem Marquis zuwandte, und führte meine Dame auf die Chaiselongue, legte meine Füße unter ihren Kopf und meinen Mund auf ihr Lustschloss, saugte an ihrer Prinzessbohne, während ihre zu einem Schmollmund geformten Lippen meinen Saftstiel reizten. Wir genossen einige Minuten die Wonnen dieser Lage, die uns bald eine gleichzeitige Entladung des köstlichen Saftes bescherte, ohne welchen die hintergangene Vorsehung aufhören würde, das menschliche Geschlecht sich fortpflanzen zu sehen. In einem unaussprechlichen Sinnesrausch schluckten wir jeder die Schlippermilch des anderen bis auf den letzten Tropfen. Als unser Rausch verflogen war und wir wieder zur Besinnung gekommen waren, sahen wir den Marquis, auf den die Rutenstreiche gleichfalls die ersehnte Wirkung ausgeübt hatte, mit den Händen die beiden hinteren Halbkugeln Babets umfasst halten, die ihrerseits ihre Arme um seinen Hals geschlungen und ihre Beine über seinen Hüften gekreuzt hatte und von seinem kraftstrotzenden Schaft gepfählt wurde. Sie war nahe dem Augenblick des Glückes, das wir soeben genossen, doch Valbouillant, der seine Säfte emporsteigen fühlte, trug sie in derselben Stellung zum Fußende des Bettes, warf sich dort mit ihr nieder, und im gleichen Moment ersahen wir an den Stoßseufzern der beiden, wie sie abfuhren, und dann, dass ihr Durst gelöscht war. Ich ging zu den beiden und fragte Babet, wie sie die Aufklärungen, die wir ihr in den letzten beiden Tagen verschafft hätten, fände.

»Bis jetzt war ich unbeseelt, aber nun lebe ich!«, antwortete sie. »Allen anderen Gedanken, allen anderen Freuden sage ich Adieu; ich möchte nur noch, dass jeder Tag doppelt so lang währte, um jede Minute diese zauberhaften Lektionen zu genießen, die ich jetzt empfangen habe.«

»Sei ehrlich«, fragte Madame de Valbouillant, »hast du dir je etwas vorstellen können, was dem gleicht?«

»Seit einem Jahr fühlte ich unten einen gewissen Kitzel. Ich erzählte davon meiner Tante, um zu erfahren, ob es mir schaden könnte, wenn ich dort rieb, wie ich es schon getan hatte. ›Es würde deiner Seele schaden‹, gab sie mir zur Antwort, ›und es würde dir ewige Verdammnis einbringen, wenn du damit fortfährst.‹ Und da Weihnachten vor der Tür stand, sprach sie darüber mit Pater Tatonet, einem Karmeliter, der mein Beichtvater war. Als ich zu ihm ging, um alle meine Sünden zu beichten, befahl er mir zu warten. Er wollte mich zum Schluss drannehmen, und zwar in der kleinen Kapelle hinter der Sakristei, zu der er den Schlüssel hatte. Und in der Tat führte er mich, nachdem alle anderen Beichtkinder abgefertigt waren, dorthin. Ich sagte mein Miserere auf, ganz wie es die Ordnung verlangt, sodann, da er bemerkte, dass ich zögerte, befragte er mich nach dem sechsten Gebot. Dieser Prüfung verdanke ich das Wenige an Aufklärung, das ich bis zu dem Augenblick hatte, als Sie mich unterrichteten. Als ich ihm den Juckreiz und mein Reiben gebeichtet hatte, fragte er mich, und dabei schien er mich mit den Augen auszuziehen:

›An welcher Stelle genau war das?‹

›Leider dort‹, gestand ich, ›etwas unterhalb meines Schnürleibchens!‹

›Das ist gewiss ein Streich des Bösen Geistes‹, meinte er, ›aber ich werde ihm einen dagegen spielen, denn in diesem Becken hier habe ich läuterndes Wasser.‹

Mit diesen Worten feuchtete er darin seinen Zeigefinger an, befahl mir, mich auf seinen Schoß zu setzen, und unter dem Vorwand, mir des Teufels Jucken mit dem geweihten Wasser auszutreiben, befingerte er mich da unten, während ich, auf seine Aufforderung hin, meinen Rosenkranz hersagen musste. Ich hatte noch keine fünfzehn Perlen hinter mir, da versagte mir bereits die Stimme. Die Wollust, die ich in diesem Augenblick empfand, hielt ich für Segen, der von dem geweihten Wasser herrührte. Er befahl mir darauf, niederzuknien und mit meiner Beichte fortzufahren. Ich sah, wie sich etwas unter seiner Soutane aufreckte, das seine Hand heftig hin- und herbewegte, und kurz darauf zog er diese Hand hervor, um mir die Absolution zu erteilen. Bei dieser Gelegenheit sah ich, dass seine Hand von einem weißen klebrigen Saft bedeckt war, von dem etwas auf meine Hand tropfte. Ich wagte nicht, ihn zu fragen, was das sei. Er verbot mir, jemals wieder Hand da unten anzulegen, trug mir auf, mich während der Novene mit einem Instrument zu kasteien, das er mir übergab und das ›Discipline‹ hieß und eine Art Peitsche mit geknoteten Schnüren war. Ferner erlegte er mir während der Geißelung fünf Paternoster und Ave-Maria zu beten auf. Nach Ablauf dieser neun Tage sollte ich wieder zu ihm zur Beichte kommen, damit er mit der Austreibung des Bösen beginnen könne. Sie wissen, bis zu welchem Grad der religiöse Eifer gehen kann, wenn man jung ist. Ich verdoppelte also die Buße, die der Pater mir auferlegt hatte, und geißelte mich so sehr, wie ich es gerade noch aushalten konnte. Je mehr ich mich an den Schmerz gewöhnte, verwandelte sich dieser in ein Lustgefühl. Ich fühlte, wie mein inneres Feuer bei jedem Schlag mit der ›Discipline‹ immer mehr aufloderte, doch getraute ich mir nicht, mir Linderung mit dem Finger zu verschaffen. Sobald die verordnete Bußzeit verstrichen war, kehrte ich zu meinem

Scheinheiligen zurück, der mir wieder in der abgelegenen Kapelle die Beichte abnahm und anschließend meinte: ›Der Böse Geist ist doch hartnäckiger, als ich glaubte. Es reicht nicht aus, ihn mit dem Finger auszutreiben, ich werde wohl einen ganzen Weihwedel dazu benötigen.‹ Ich musste mich niederknien und die Erde küssen, währenddessen sollte ich, ohne meine Stellung zu ändern, den Psalm Miserere hersagen. Inzwischen wollte er seinen ungeheuren Weihwedel bei mir einführen. Der Schmerz, den er mir dabei verursachte, war jedoch so groß, dass ich einen gellenden Schrei ausstieß und mich auf die Seite warf. Dadurch verlor mein Scheinheiliger seinen Halt und also das Gleichgewicht, dass er auf die Nase fiel und den Boden der Kapelle in seiner ganzen Länge ausmaß. Da Geräusche in der Sakristei zu hören waren, sprang er schnell auf und sagte mir, da ich nun einmal aus Liebe zum Herrgott nicht einmal einen kleinen Schmerz ertragen könne, lasse er alle Hoffnung fahren, mich dem mir innewohnenden Dämon zu entreißen; nichtsdestoweniger sollte ich nach Verlauf einer Woche wiederkommen, in seiner Zelle würde er mir dann die Beichte abnehmen.

Meine Tante, die über mein häufiges Beichtegehen erstaunt war, fragte mich darüber aus, und ich erzählte ihr in meiner ganzen Unschuld alles, was vorgefallen war. Daraufhin verbot sie mir, noch einmal diesen Karmeliter aufzusuchen. Ich wäre noch so unwissend wie damals, wenn Sie sich nicht meiner Unterrichtung in diesen Dingen hätten angenommen.«

Babets Erzählung gab uns Anlass, um Betrachtungen über die Scheinheiligkeit der Mönche und der Beichtväter anzustellen.

»Wie konnte es nur kommen«, fragte die Marquise das Mädchen, »dass du durch die ›Discipline‹ keinerlei Verletzungen davontrugst? Mir scheint, dass es schrecklich wehgetan haben muss.«

»Da haben Madame ganz recht, die ersten Hiebe tun weh; doch beginnt man zuerst sanft zu schlagen, verursacht es ein aufreizendes Feuer, und schlägt man dann so heftig wie möglich zu, bereitet es einem ein solch großes Lustgefühl, dass manchmal meine Wollusttränen ebenso reichlich flossen, wie Madame sie mich hat vorhin vergießen lassen.«

»Hast du die ›Discipline noch?«

»Ich habe sie in meinem Zimmer liegen. Wenn Madame es wünschen, werde ich sie sofort holen gehen.«

Babet verließ das Zimmer, und während sie weg war, geizten wir nicht mit Lobsprüchen über dieses Mädchen, das wie kein anderes die besten Anlagen für jede Art von Liebe bewiesen hatte. Es dauerte nicht lange, und Babet trat wieder zu uns ins Zimmer, in der Hand das Werkzeug der Frömmigkeit.

»Wie verfährt man denn damit?«, fragte unverzüglich die Marquise.

Auf diese Frage hin entledigte sich Babet gänzlich ihrer Kleider und begann sich gehörig zu geißeln. Die durch die Hiebe geröteten beiden hinteren Halbkugeln erregten das Mitleid der zuschauenden Dame, die sie bat, einzuhalten in ihrem Tun; jene aber erwiderte:

»Greifen Sie nur einmal hin, Madame! Sie wissen schon wo, dann werden Sie merken, ob ich leide!«

Madame tat es, und im selben Augenblick ergoss sich eine Welle von Lustsahne auf ihre Hand.

»Oh, welche Überraschung!«, rief die Marquise. »Und das in so jungen Jahren! … Wenn dem so ist, möchte auch ich dieses Mittel probieren!«

Kaum gesagt, stand sie schon nackt da, nahm die ›Discipline‹, aber bereits bei den ersten Schlägen, obgleich noch zaghaft versetzt, verzog sie das Gesicht vor Schmerz.

»Lassen Sie mich das für Sie tun!«, meinte Babet und nahm ihrer Herrin das Gerät aus der

Hand. »Sobald ich Ihren prächtigen Hintern erst einmal leicht aufgereizt habe, werden Sie keinen Schmerz mehr verspüren.«

Madame sagte nicht nein, und schon bald forderte sie die Kleine selbst auf, kräftiger zuzuschlagen. Nicht lange, und sie rief:

»Ich kann nicht mehr, ich stehe in Flammen! Ah, welche Liebesglut … Hau zu … mehr …!«

Dieses Schauspiel vor uns hatte Valbouillant und mir wieder einen Steifen gebracht. In dem Zimmer standen zwei Betten, getrennt durch einen Zwischenraum von etwa drei Fuß Breite. Madame de Valbouillant, die bäuchlings und quer auf einem der zwei Betten lag, bot den Teil, wo der Rücken seinen anständigen Namen verliert, den Geißelhieben Babets dar. Der Marquis nahm den Platz der Zuchtmeisterin ein, ohne jedoch die Stellung der vor ihm Liegenden zu verändern, und stieß seiner Frau seine Feuerspritze, so weit es ging, in den glühenden Ofen. Desgleichen verfuhr ich mit dem Mädchen, nachdem ich sie bäuchlings auf das gegenüberstehende Bett platziert hatte, sodass bei jedem Stoß, den der Marquis und ich taten, unsere Hintern zusammenprallten und wir dadurch noch kräftiger ins Ziel stießen und den Genuss im Tempel unserer beiden Schönen weit tiefer als gewöhnlich hineintrugen. Madame de Valbouillant, deren sämtliche Sinne sich durch die Geißelung alle an ihrer empfindlichen Stelle konzentriert hatten, floß dreimal über, während es bei ihrem Angreifer nur zu einer geballten Ladung kam. Was nun mich betrifft, mir kam es zur gleichen Zeit wie der reizenden Babet, bei der ich übrigens mit neugierigem Finger den engen Nachbarweg untersuchte. Dabei machte ich die Feststellung, dass sie mir die wünschenswerte Empfindlichkeit für die Wonnen zu haben schien, die ich zu einem anderen Zeitpunkt von ihr erwartete. Die Kleine, überrascht, zwischen zwei Feuer geraten zu sein, rief:

»Mein Gott, was ist das! Wie seltsam ist das! Oje, oje, ich fühle es hier wie dort! Ich kann nicht mehr, ich vergehe …!«

Das waren die letzten gestöhnten Worte, bevor die Wogen der Lust über ihr zusammenschlugen.

Wir fühlten uns so befriedigt von diesem Quartettgenuss, dass der Beschluss gefasst wurde, des öfteren im Viereck zu verfahren. Madame de Valbouillant konnte gar kein Ende finden, Lobpreisungen auf die Ruten, diese schlagenden Beweise, auszubringen, aber auch ihr Mann schwor, sich noch nie halb so brünstig befunden zu haben wie bei diesem Spießrutenlaufen. Babet und ich, die wir das Schinkenklopfen schon länger kannten, wir waren entzückt, dass die beiden anderen einen solchen Geschmack daran gefunden hatten. Das Resultat dieser allgemeinen Begeisterung war, dass sich ein jeder mit einer Hand voll Reiser bewaffnete und einer den anderen derart durchwalkte, dass die Kehrseiten unserer Schönen kirschrot anliefen und die unsrigen von blutenden Striemen überzogen waren. Wir vier waren jedoch von einer solchen sinnlichen Raserei beherrscht, die uns voll und ganz für die geringen Schmerzen entschädigte.

»Versuchen wir«, rief ich den anderen zu, »den größten Nutzen aus unserem seligen Zustand zu ziehen und ihn so lange wie möglich zu verlängern. Sobald wir entladen haben, lasst uns unterbrechen und uns zurückziehen. Wir werden dann auf den Kampfplatz zurückkehren, wenn sich unsere Sinne ein wenig beruhigt haben.«

Unsere Schönen setzten sich Seite an Seite auf eine Bettkante, und wir, wir stellten uns zwischen sie, während sie ihre Beine um unsere Hüften schlangen. In dieser vortrefflichen bequemen Lage waren wir Herr über all ihre Reize. So konnten wir, ohne uns ins Gehege zu kommen, die Liebesäpfel der einen wie der anderen streicheln, ihnen auch unsere ›Pistole‹ auf die Brust setzen, und selbst unsere Münder konnten diese mit Küssen überhäufen und an den Begeisterungsknöpfchen knuspern, ohne dass die wesentlichen Teile sich verrückten, im gewissen Sinne auch wieder verrückt wurden. Ich hielt ein, als ich meine Säfte bis oben hin steigen fühlte, und hielt auch Valbouillant zurück, hörte ich doch, wie seine Stoßseufzer den fälligen Erguss ankündigten.

Nachdem wir so etwa eine Stunde auf allen Tastaturen gespielt hatten, sagte ich zu ihm:

»Lassen Sie uns doch die Plätze wechseln!«

Er entwand sich den Armen und Beinen Babets und ging in die seiner Frau, die ich wiederum verließ, um mich um die Kleine zu kümmern. Unsere beiden weiblichen Mitstreiter jedoch, weniger sparsam, weil besser bei Kasse, hatten mehrmals ihrem Wonnekleister freien Lauf gelassen; und schließlich, um nachzuholen, was geht, und da doch alles einmal ein Ende haben muss, bohrte ich den Mittelfinger meiner linken Hand in den Hinterkasten des Marquis, und er, nicht begriffsstutzig, erwies mir denselben Dienst mit seinem rechten. Dies Übermaß an Sinnenkitzel führte uns bald an das gewünschte Ziel; doch da wir uns bei unseren Partnerinnen so lange wie möglich zurückgehalten hatten, fiel unser Überfluss reichlicher aus als je. Alle waren wir dermaßen erschöpft, dass wir gerade noch Kraft fanden, in die Betten zu finden, da wir der Ruhe nur allzu bedürftig waren.

Nichtsdestoweniger gingen wir am Abend des folgenden Tages, zwar gestärkt durch Kraftbrühen und andere stärkende Mittel, die jedoch nur teilnahmslose Küsse und einiges pflichtgemäßes Fingerspiel gegenüber unseren beiden Schönen zustande brachten, die mehr von uns erwartet hatten, wieder zu Bett, um neue Kraft zu schöpfen.

Am dritten Tage kam unseren beiden Partnerinnen die Post vom Spielwiesenschoner, die unserer Ruhe für einige Zeit zustatten kam, doch Madame de Valbouillant, die wir im Darmzupfen unterwiesen hatten, gab uns zu bedenken, dass, wenn die Toreinfahrt versperrt war, immer noch der Hintereingang offen stand. Wir instruierten Babet von diesem Noteingang und ließen sie die prächtige Art der hinteren Einfahrt kosten.

Neuer Zugang

Doch nun zur Tante von Babet! Sie fand ihre Nichte von jetzt an aufgeweckter, gewitzter, unbeschwerter und weniger vertraulich, was den genannten Juckreiz betraf. Sie ahnte zum Teil, was mit ihr geschehen war; und da sie freien Eingang zum Hause Valbouillant hatte, suchte sie sich ein Versteck zur Beobachtung unserer Orgien. Was sich ihren Augen und Ohren bot, ließ ihr keinerlei Zweifel mehr. Sie war gebürtige Italienerin, mithin abergläubisch, kleinmütig und rachsüchtig. Allerdings wagte sie nicht, offen gegen den Marquis de Valbouillant vorzugehen, denn sie bedachte seinen Reichtum und fürchtete seinen Einfluss. Deshalb glaubte sie, dass es ihr gelänge, sich zu rächen, indem sie sich des Bischofs der Stadt versicherte, den sie um eine Privataudienz bat, bei der sie ihn über unsere Freuden zu viert unterrichtete und ihm anbot, selbst Augenzeuge unserer Ausschweifungen zu sein. Ihr genauer Bericht ließ den scheinheiligen Bischof das Wasser im Munde und noch woanders zusammenlaufen und reizte seine Neugierde. Die Tante führte den Priester in ein kleines Kabinett, das neben dem Schlafzimmer der Marquise lag und eine Tür mit Fenster hatte, durch das er mit lüsternen Blicken das ganze Geschehen verfolgen konnte.

Dies war wenige Tage nach der Schonzeit unserer Schönen. Um das Ende dieser Diät besser feiern zu können, hatten wir alle Hüllen fallen lassen; es herrschte eine angenehme Wärme im Zimmer, und wir befanden uns im Aufzug wie Adam und Eva im Garten Eden. Unsere stolzen Schlangen reckten herrisch ihre Köpfe, und der Anblick, den die Äpfel unserer beiden Evas uns boten, ließ uns vor Verlangen erschauern. Wir probierten viele verschiedene Stellungen, und die Erfüllung des letzten Genusses aufschiebend, konnten wir unsere Instrumente scharf halten. Babet, rücklings auf einem Bett liegend und die Beine um meine Hüften geklammert, war außer sich vor Lust und presste in ihren heißen Milchtopf meinen flotten Schaumschläger, den ich mit einer Behändigkeit hineintitschte und herauszog, dass es sie bald an den Rand des Überkochens brachte. Der Marquis indessen kehrte seiner

Frau, die auf dem nämlichen Bett lag, den Keller und vermehrte deren Wonnen dabei, in dem er mit diensteifrigem Finger auch die Lustklinke ihrer Vordertür putzte.

Ehrwürden platzte vor Aufregung fast aus allen Hosennähten, und Babets missvergnügte Tante zog ihn am Ärmel und rief:

»Monsignore, wie grauenhaft!«

»Wie wollüstig!«, stöhnte dieser außer Atem.

Wir hörten diese Ausrufe, und der Umstand ließ uns, ohne dass wir uns verabredet hatten, gemeinsam zu dem klugen Einfall kommen, aus unseren Pupillenverrenkern Mitstreiter zu machen. Unsere beiden Schönen bemächtigten sich der alten Tante, warfen sie ohne Federlesen auf das Ruhebett, hielten die Zappelnde dort fest, und ich stürzte mich, tapfer wie einstmals Curtius, auf sie und zum Wohle aller in diese alte Tasche.

Monsignore war Italiener, meine Stellung und mein Hinterkasten, der sich seinen Blicken darbot, ließen ihn keine Sekunde zögern: Er fühlte sich wie Jupiter und nahm mich als Ganymed. Und der Marquis, um das Bild zu vervollständigen, stattete ihm das zurück, was jener mir pumpte. Indessen hatte Babet, die sah, wie ihre Tante vom Gewicht dreier Personen niedergehalten wurde, sodass sie das ihr so unverhofft widerfahrende Glück nicht verhindern konnte, Babet hatte also eines der Rutenbündel, womit wir immer versehen waren, in die Hand genommen und bestrich mit diesem den Blanken ihres Herrn, währenddessen seine Frau sich rücklings auf den freien Platz des Bettes ausgestreckt hatte, uns dabei den Schatz ihres Alabasterbusens und ihre Elfenbeinschenkel sehen ließ und mich einlud, meinen Goldfinger durch ihr ebenholzschwarzes Lustgebüsch in sich aufzunehmen. Ich tat dies, ohne die Bresche der alten Zitadelle, wo ich mich eingenistet hatte, verlassen zu müssen.

»Gütiger Gott!«, rief diese unter mir und bewegte das Scharnier. »Ach, süßer Jesus, warum muss das eine Sünde sein!«

»Sag lieber ›Welches Glück‹«, rief der Priester, indem er die Bewegungen Valbouillants an mich weitergab. »Nichts kommt der verbotenen Frucht gleich!«

»Ich verfalle der ewigen Verdammnis!«, erwiderte die Alte und wackelte weiter mit dem Steiß.

»Mach nur weiter, ich kann dir auch für die schwersten Sünden Absolution erteilen!«

Dies hörend, war die Alte zufrieden, presste mich in sich hinein und tobte sich an mir aus, dass alle meine Dämme brachen und ich eine Sturmwelle verspritzte, die sie mir doppelt zurückgab. Der Bischof und der Marquis, die beiden Darmputzer, trafen zu gleicher Zeit ins Schwarze. Madame de Valbouillant, die schon vor uns fertig geworden war, stand vom Bett auf und beglückwünschte mit Babet die alte Tante zu dem unerwarteten Glück, dessen sie teilhaftig geworden war. Es gab zu viel Zeugen der Wonne, die sie dabei genossen hatte, als dass sie es hätte ableugnen können. So ließ sie sich also von ihrer Nichte küssen und gab ihr lediglich den Rat, dass kein Fremder von ihrem Tun jemals etwas erführe.

»Nur keine Sorge«, versetzte ich, »Sie haben ja am eigenen Leibe verspürt, wie wir den Neugierigen all ihre Münder stopfen!«

»Ich glaube nicht, dass dies die richtige Art und Weise ist, jene zu belehren«, meinte der Prälat.

Von dieser Stunde an herrschte zwischen uns vollstes Einverständnis, und alles Eis war gebrochen, jeder Zwang abgestreift. Der Prälat wurde die Seele unserer Orgien. Die vielen Jahre, die er in Italien gelebt hatte, hatten ihm eine tief schürfende Theorie aller Arten der Liebeslust verschafft, und seine ungewöhnlichen Kenntnisse mit der Praxis verbindend, ließ er uns mit Erfolg dreißig Stellungen kosten, die der Darstellung durch den Pinsel eines neuen Clinchetet würdig gewesen wären. Der Marquis de Valbouillant befand sich in einem Sinnenrausch, und seine Frau machte dem heiligen Mann den Vorschlag, ihr dies alles auf die natürliche Art entgelten zu wollen. Die Höflichkeit gebot ihm, dieses Anerbieten nicht abzulehnen. Um ihm für seine Gefälligkeit den gebührenden Lohn zu verschaffen, putzte ich seinen Keller, während er am Werke war. Babet, auch nicht müßig, legte sich auf den Marquis, der sich ziemlich nahe rücklings auf das Bett geworfen hatte, und bot den lüsternen Blicken des ehrwürdigen Vaters ein wohlgekurvtes Wonnegebirge, das selbst Ganymed eifersüchtig gemacht hätte. Die Tante, um nicht untätig zu sein, streichelte mit der einen Hand Monsignores Brunzkugeln, während sie mir mit der anderen kurze, kräftige Schläge mit einem Rutenbündel versetzte, wodurch ich zwar tiefe Striemen an meinen Hüften davontrug, was aber nichtsdestotrotz meine Stöße verdoppelte.

»Na, Ehrwürden«, fragte der Marquis in dem Augenblick, als er den Höhepunkt der Wollust kommen fühlte, »wie finden Sie meine Frau?«

»Im Paradies würde sie der heiligen Magdalena die Kunden abspenstig machen.«

Da es bereits spät am Abend war, zog sich der Bischof wieder an, überschüttete uns mit Liebkosungen und dankte, bevor er in sein Palais zurückkehrte, Babets Tante für die Genüsse, die sie ihm durch ihre Sorge und Gewissensqualen um Babet verschafft hatte. So schenkte er ihr, bevor er das Haus verließ, noch die Lustprothese, die ihm eine von ihm protegierte Äbtissin als Modell übergeben hatte mit der Bitte, ihr ein halbes Dutzend davon für den Dienst in ihrem Kapitel anfertigen zu lassen. Die gute Tante zierte sich zuerst, nahm diese dann aber doch an, und wir sahen es ihren Augen an, dass sie von dieser Devotionalie ausgiebiger Gebrauch machen würde als vom Rosenkranz.

Wir nahmen ein leichtes Mahl zu uns und legten uns sodann zum Schlafe nieder, nicht jedoch, ohne vorher sehr herzlich über das der alten Tante widerfahrene Glück gelacht zu haben.

Am nächsten Tage, ich war kaum aufgewacht, überbrachte man mir einen Brief des Bischofs, der folgendermaßen lautete:

Meine Beförderung

Auf den vorteilhaften Bericht hin, Monsieur, der Uns zu Ohren gekommen ist, über die Beflissenheit, die Sie bei der Ausübung Ihrer Studien an den Tag gelegt haben, über die Fortschritte beim Studium der Philosophie, der Wissenschaft der Natur sowie der Sittenlehre, und nicht zuletzt der Fähigkeiten, die Sie zu den größten Hoffnungen für die Theologie berechtigen, halten Wir es für Unsere Hirtenpflicht, ein aufgehendes Licht wie Sie nicht weiter unter dem Scheffel stehen zu lassen und dieses Ihr Licht in den Leuchter zu stecken. Um Ihre Talente sogleich zu fördern und zu mehren, bieten Wir Ihnen bei Uns die Stelle eines Vorlesers an und werden es Uns angelegen sein lassen, für Sie zu sorgen, bis eine vorteilhafte Pfründe als Belohnung für Ihre Verdienste gefunden ist. Die Erziehung des Sohnes von Monsieur de Valbouillant kann anderen Händen anvertraut werden, denn es würde einem Diebstahl an der Heiligen Mutter Kirche gleichkommen, ihr eine Person vorzuenthalten, die zu ihrem Ruhm beizutragen berufen ist. Durch Unseren Einfluss und Rat hin begünstigt und befördert, werden Sie nicht allein das Amt des Vorlesers erfüllen, denn Uns liegt sehr ein Werk am Herzen, dem Wir Uns mit brennendem Eifer widmen, und Sie werden dabei Unser Mitarbeiter sein. Wir halten dieses Anerbieten für zu vorteilhaft, dass Sie es ablehnen könnten. Die guten Dienste, die Sie Monsieur und Madame de Valbouillant leisten, können Sie dabei fürderhin verrichten, sind es doch hoch angesehene Personen, deren Lebenswandel Wir sehr schätzen. Wir werden Sie mit allen Uns zur Verfügung stehenden Kräften unterstützen.‹

Das Anerbieten war für mich in der Tat von Vorteil, doch bedauerte ich zutiefst, die gute Madame de Valbouillant, die kleine Babet und auch den Marquis verlassen zu müssen; sie liebten mich so sehr; sie hatten mir so lebhafte, so abwechslungsreiche Wonnen bereitet … Ich brachte ihnen also den Brief zum Lesen und legte die Entscheidung, ob ich annehmen oder ablehnen sollte, in ihre Hand. Sie waren ebenso bekümmert wie ich, doch den Wunsch eines Bischofs abzuschlagen in einem Lande, wo eine allmächtige Kirche herrschte, war zu gefährlich. Somit entschlossen wir uns, dass ich in den Dienst Seiner Ehrwürden treten, aber alles daransetzen sollte, mich so oft wie möglich beurlauben zu lassen, um mit ihnen alle Freuden zu genießen, mit denen ich sie bekannt gemacht hatte.

Ich übermittelte dem Bischof meine Antwort nicht schriftlich, sondern zog mich mit aller Sorgfalt an und trat bescheiden und mit gesenktem Blick vor den heiligen Mann.

Sobald ich vor ihm stand, forderte er mich würdevoll auf, in eines seiner Privatgemächer zu gehen. Er beeilte sich, den Fiskal und den Offizial, die sich mit ihm in irgendeiner Angelegenheit der Diözese beraten wollten, loszuwerden, sodann kam er zu mir, nachdem er sich ausdrücklich erbeten hatte, ihn nicht eher zu stören, bevor er klingle. Kaum waren wir allein, ließ er all sein bischöfliches Gehabe fallen, umarmte mich leidenschaftlich und meinte:

»Nun, mein lieber Hic & Hec, werden wir zusammen leben oder nicht?«

»Monsignores Wunsch sind mir Befehl.«

»Gut also, dann nehmen Sie sogleich Ihren Dienst als Vorleser auf!«

Er überreichte mir das ›Satyricon‹ des Petronius aufgeschlagen an der Stelle, wo die aufreizende Sommerliebesszene geschildert wird, ließ mich auf einen Stapel Betkissen knien und machte mit mir beim Vorlesen das, was er hörte. Und er trieb die Szene, bis sich alles auflöste. Anschließend nahm er das Buch und meine Stellung ein, und ich lieferte ihm den Beweis, dass ich ebenso attackieren wie einen Angriff auszuhalten vermochte. Nachdem dies geschehen, brachten wir unsere Kleider wieder in Ordnung; er ging zu seinem Schreibtisch, auf welchem einige Werke der Kasuisten lagen, setzte sich und ließ auch mich Platz nehmen, klingelte dann nach dem Bruder Kammerdiener und ließ bitten. Mehrere Personen, Großvikare und andere, wurden hereingeführt. Er jedoch sagte zu mir, als würde er in einem Gespräch fortfahren:

»Ich bin mit Ihnen sehr zufrieden. Die Grundsätze, die Sie vertreten, teile ich. Sie sind sehr beschlagen in der besagten Materie, noch einige Jahre der Arbeit, dann werden Sie ein zweiter Sanchez sein. – Messieurs«, wandte er sich an die Anwesenden, »wir haben da einen jungen Bruder vor uns, der zu den größten Hoffnungen berechtigt. Seit einer Stunde schon, da ich ihn allseits examinierte, um mich seiner Anlagen zu versichern, habe ich ihn nicht einen Augenblick verlegen oder von Fehlern befunden. Seine Argumente sind schlagkräftig, und er weiß sich vor allem gegen andere zu behaupten. Aus diesem Grunde bin ich zu dem Schluss gekommen, dass er einmal für unsere Heilige Mutter Kirche Ruhm und Ehre einlegen wird. Ich habe ihn zu meinem Vorleser gemacht, und nach dem Mittagessen werde ich ihm die vier ›niederen Weihen‹ geben. Bekommt man schon einmal ergebene Diener zu Gesicht, soll man sie auch nicht lange warten lassen.«

Alle Anwesenden überhäuften mich, um ihrem Oberhirten zu gefallen, mit Lobessprüchen. Ich hingegen hüllte mich in den Mantel jener heuchlerischen Bescheidenheit, der einem jungen Mann bei anderen so gut ansteht, von dem sich jedoch die scharfsichtigen Leute täuschen lassen.

Nach dem Essen löste der Bischof jedes seiner Worte ein; somit ward ich Subdiakon, ohne je ein anderes Seminar besucht zu haben als das auf Monsignores Betkissen und das Boudoir von Madame de Valbouillant.

Der Prälat gestattete mir übrigens, dieser Dame meinen Besuch abzustatten, um ihr von meiner Beförderung Mitteilung zu machen. Er rief mich jedoch noch einmal zurück und flüsterte mir zu:

»Ich werde nachkommen, so bald ich mich von diesen lästigen Schmeißfliegen hier befreit habe. Geben Sie den Valbouillants darüber Bescheid, damit wir dann nur noch unter uns sind!«

Ich verneigte mich voll Demut und ging.

Voller Freude wurde ich im Hause Valbouillant empfangen. Monsieur und seine Frau bestürmten mich mit Fragen, die ich, so gut ich es vermochte, beantwortete. Ich erzählte ihnen, auf welchem Wege ich die Weihen erhalten hatte, und fügte hinzu, dass der Bischof, sobald er frei sei, es sich angelegen sein lassen würde, ihnen selbst mitzuteilen, was er für ihren Schützling getan hätte.

Babet, die herbeigeeilt war, als sie hörte, ich sei da, überschüttete mich mit Küssen; und wenn ich gekonnt hätte, wie ich wollte, so hätte ich keinen Augenblick gezögert, ihnen allen drei für die Anteilnahme, die sie für meine Beförderung bezeigten, meine Dankbarkeit durch Taten zu beweisen; doch die Ungewissheit, wann der Prälat nachkommen könnte, und die Absicht, ihm eine richtige Orgie zu bereiten, ließen uns unser Verlangen aufschieben. Wir mussten aber nicht lange auf ihn warten. Sobald er angekommen war, wurden die Türen für jedermann geschlossen, dann sprach man ihm Dank aus, machte ihm jedoch auch Vorwürfe (denn was er für mich tat, entschädigte nicht für das, was man während meiner Abwesenheit versäumte). Der heilige Mann versprach, dass ich sie oft besuchen dürfte und er mir mit Saft und Kraft beistehen wolle, um ihnen die Zeit so angenehm wie möglich zu vertreiben. Nach diesem gegenseitigen Komplimentieren ließ man Babet kommen, die sich bei Monsignores Ankunft erst einmal zurückgezogen hatte, und da das Wetter sommerlich warm war, entledigten wir uns auf Vorschlag des Prälaten aller unserer Kleider und versetzten uns also in den Zustand, wie sich unsere Ureltern im Garten Eden befunden hatten, bevor der besagte fatale Apfel sie belehrt hatte, dass sie splitterfasernackt waren.

Beschaute man sich Madame de Valbouillant, hätte man meinen können, dass sie die Wollust im Ornat der Frische war; was ihrer Figur an Leichtigkeit und Grazilität abging, wurde wettgemacht durch die Zartheit ihrer Haut, ihr dralles und griffiges Fleisch, den Reiz ihrer wohlgeformten Rundungen sowie das Temperament, das ihre glänzenden Augen und ihre sinnlichen roten Lippen verhießen.

Um Babet zu beschreiben: Sie wäre würdig gewesen, für Albano oder Boucher Modell zu stehen als Jüngste der Grazien. Ihre biegsame zierliche Gestalt hatte noch nicht die Vollkommenheit weiblicher Formen, aber man merkte bereits, dass keine zwei Jahre vergehen würden und sie jene Rundungen besitzen würde, die man in solch zartem Alter noch nicht antrifft. Pechrabenschwarzes Haar, das ihr in dicken Locken bis zu den Knien reichte, hüllte sie in einen natürlichen Schleier, der ihre Formen und Reize mehr verriet als bedeckte. Der Prälat konnte sich angesichts dieses Lustkörpers nicht mehr zurückhalten; Babet war die erste, die seine Huldigung empfing.

Nachdem der Bischof das Startzeichen für unsere Orgie gegeben hatte und wir eines Augenblicks der Ruhe bedurften, meinte er:

»Nehmen wir die Gelegenheit wahr, die Unterbrechung, die uns die Natur auferlegt zwischen der Erschöpfung und der Auferstehung der Kräfte, durch eine amüsante Geschichte auszufüllen! Ich werde Ihnen in der Zwischenzeit von einem Erlebnis berichten, da ich noch Seminarist war.«

»Erzählen Sie, wir hören zu!«

Wir setzten uns im Kreise um den Prälaten und harrten der Erzählung, die er zum Besten geben wollte.

Des Bischofs Erzählung

»Ich war sechzehn Jahre alt«, begann er, »und war ein recht hübscher junger Mann. Meine Tante, in deren Haus und Besitz ich gewöhnlich meine Ferien verbrachte, machte sich bei Gelegenheit ein Vergnügen daraus, mich als Mädchen zu verkleiden und dabei die Kleider von Faustine, ihrer Tochter, anziehen zu lassen, die in meinem Alter war. Cousine Faustine hatte eine Wespentaille, und im Wuchs und in der Grazie ähnelte sie sehr der liebenswerten Babet. Diese Verkleidungen hatten zwischen uns beiden eine Vertraulichkeit und eine Freiheit aufkommen lassen, die wir nicht versäumten, zu unserem Vorteil auszunutzen. Faustine hatte ein Temperament wie unsere Babet, ich brannte immer gleich lichterloh wie Hic & Hec. Meine Tante hegte nicht das geringste Misstrauen; außerdem hatte sie mit ihrem Beichtvater zu tun, der ihr die Langeweile der Witwenschaft vertrieb, ja, wenn er einige Tage auf das Schloss zu Besuch kam, hatten wir noch mehr Freiheit als sonst, denn die Tante wünschte die frommen Aufmunterungen des heiligen Mannes in völliger Ungestörtheit zu genießen.

Meine Cousine und ich fuhren dann oft in einem leichten zweirädrigen Einspänner auf die benachbarten Landgüter spazieren, und es war uns sogar erlaubt, manchmal dort zu übernachten, denn diese Landsitze gehörten Leuten, die mit der Tante befreundet waren.

Eines Tages nun, als sich wieder einmal der Gottesmann bei der Tante einquartiert hatte, kam es meiner Schwester (so nannte ich damals Faustine) und mir in den Sinn, auszufahren. Ziel war die Quelle oder Fontaine de Vaucluse, die uns interessierte. So erzählten wir meiner Tante von unserem Plan und sagten, dass wir auf der Rückfahrt, etwa auf halber Distanz, bei einer alten Verwandten von ihr übernachten wollten, die sie sehr in ihr Herz geschlossen hatte.

Wir fuhren also los, und nach zwei Meilen hielten wir an einem Wirtshaus an, das an der Straße lag, um dort zu Mittag zu essen. Während man uns das Essen zubereitete, kam mir der Einfall, mit Faustine die Kleider zu tauschen, die mir am Tage zuvor so sehr gefallen hatten.

›Gern, Bruder‹, sagte Faustine, ›wenn ich dir damit eine Freude bereite, aber ich habe meine Zofe nicht hier. Wie wollen wir das dann bewerkstelligen?‹

›Nichts leichter als das, denn ich werde dir helfen.‹

›Schon, aber das ist nicht schicklich!‹

›Wer sollte schon davon Kenntnis bekommen? Du misstraust mir doch nicht etwa, Schwester?‹

›Nein, nicht im geringsten! Aber dennoch möchte ich nicht, dass du mich siehst, wie ich ganz und gar …‹

›Wie du beschaffen bist, nicht wahr? Aber, aber! Ich kann es mir schon vorstellen.‹

›Das glaube ich schon, doch …‹

›Du kannst dir ja auch vorstellen, wie ich beschaffen bin.‹

›Ein bisschen schon, aber wirklich nur ein bisschen.‹

›Und wer oder was hindert uns, unsere Neugierde zu befriedigen?‹

›Doch Mama …‹

›Glaubst du denn, dass sie sich vor Hochwürden Pater Cazzoni geniert?‹

›Oh, ich möchte meine Nase nicht in ihre Geheimnisse stecken!‹

›Ebensowenig werden wir ihr etwas von unseren erzählen. Also schnell, streif deine Kleider ab und schnüre dein Leibchen auf!‹

›Versprich mir aber, dass du brav bleibst!‹

›Ich verspreche es, doch ich will alles sehen.‹

›Na gut, wenn ich alles bei dir sehen kann!‹

›Herzlich gern, doch du wirst zu niemandem ein Sterbenswörtchen sagen?‹

›Nein, nie! Du aber auch nicht?‹

›Ich schwöre es dir!‹

Also begannen wir, uns mit fieberhaftem Eifer auszuziehen. Ich riss mir die Soutane vom Leib, sie streifte ihr Busentuch und das aufgeknöpfte Mieder ab. So standen wir mit nacktem Oberkörper da und betrachteten uns.

›Ach, Faustine‹, rief ich, ›was für zwei entzückende Halbkugeln du da hast! Und die beiden Knöpfchen drauf, wie die Pole! Sie sind so frisch und so schön rot! Und die blauen Äderchen überall, sie lassen den Glanz der Alabasterkugeln noch mehr prangen.‹

Die Worte erstarben mir vor Begeisterung auf den Lippen, dafür liebkoste ich mit ihnen die entzückenden vorstehenden Beeren.

›Lass das, lieber Bruder, du bringst mich ganz aus der Fassung …! Wenn du so weitermachst, kann ich mich nicht fertig ausziehen.‹

Ich gehorchte ihr, verschlang sie jedoch mit meinen Blicken.

›Zieh dich nur weiter aus!‹, sagte sie ungeduldig. ›Du stehst nur da und schaust mich an; du wirst noch deine Hosen anhaben, wenn ich längst splitterfasernackt bin.‹

Ich tat, wie sie befohlen, und hatte im Nu meine Hosen aus, als sie, die schon ihre Unterröcke hatte fahren lassen, ihr Hemd als letzte Hülle abstreifte.

Wie wir so ganz ohne etwas dastanden, richteten sich die Augen eines jeden auf den ihn interessierenden Mittelpunkt.

›Ach, wie niedlich das ist!‹, rief ich aus und streckte lüstern eine Hand nach dem sprießenden Mooskissendreieck aus, das den Eingang zum hübschesten Liebestempel zu verdecken begann.

›Ach, wie schön das ist!‹, sagte sie und umfasste mit ihrer Hand das glänzende Abbild der Schlange, die einst unsere Urmutter Eva verführte. ›Und wie steif das ist! Das lässt sich ja abschälen! Und das da unten, wozu soll das sein?‹

Das Betasten meiner Unterwelt brachte mich in eine Verfassung, die mich außerstande setzte, auch nur ein Wort der Erwiderung über meine Lippen zu bringen. Außerdem starrte ich wie gebannt auf das magische Dreieck, das sich meinen Blicken bot. Bereits vorher hatte ich die Riegel der Kammertür geschlossen, und so konnte ich Faustine ohne Mühe dazu bestimmen, sich auf das Bett zu legen, da wir uns dort bequemer gegenseitig vergleichen konnten.

›Das, was ich da unten habe‹, erklärte ich ihr, ›ist von der Natur dazu gemacht, dort einzudringen, wo ich jetzt meinen Finger bei dir habe.‹

›Oh, wie mich das kitzelt, schau nur!‹

›Wahrhaftig? Willst du, dass ich es ausprobiere?‹

›Ei freilich, ich möchte schon gern, doch wenn Mama etwas davon erfährt!‹

›Wer sollte ihr denn etwas erzählen? Ich bestimmt nicht!‹

›Also gut, probieren wir es!‹

›Wir probieren es.‹

Daraufhin suchten wir mit der ganzen Unbeholfenheit von Unwissenden und der ganzen Leidenschaft von Liebenden das ins Werk zu setzen, was nötig war. Die Furcht, Faustine wehzutun, ließ mich immer dann in meinen Bemühungen innehalten, wenn ich sah, dass sich ihr Gesicht vor Schmerz verzog. Zog ich mich dann zurück, spornte sie mich wieder an, doch wir stießen immer auf das gleiche Hindernis … Da fiel mir plötzlich ein, dass auf der Schule mein Regens in der Sekunda, als er sich wieder einmal mit mir vergnügen wollte, Spucke als Achsenfett verwendet und mir dabei das Sprichwort eingeprägt hatte: Colla pazienza e la sputa si chiavarebbe una mosca. Ich nahm also etwas frische Butter, die man uns zusammen mit den Radieschen auf dem Zimmer serviert hatte, und mithilfe dieses Gleitmittels erneuerte ich meine Bemühungen. Faustine fasste all ihren Mut zusammen, hielt stand, ohne auch nur einen Deut zurückzuweichen, sodass der Kopf meiner Kolonne die Bresche anrannte, ich rannte noch stärker an, der Rammbock drang in die halbgesprengte Mauer ein, die Begierde stürmte durch die Bresche, bewegte sich dort im freigekämpften Raum und hisste die Fahne der Wollust. Wir fanden dieses Kampfspiel so angenehm und aufregend, dass wir nicht ohne Mühe davon ablassen konnten. Die Furcht jedoch, dass das Hausmädchen uns dabei überraschen könnte, wenn sie uns das bestellte Mittagessen servierte, zwang uns, wieder in die Kleider zu schlüpfen.

Ich staffierte mich mit Faustines Sachen aus, sie mit den meinen; ich setzte ihre Perücke auf, sie die meine; und als man uns das Essen brachte, war sie ein kleiner Abbé, ich ein recht hübsches Mädchen. Faustine nahm, ihrem neuen Kostüm gemäß, das dreiste Benehmen eines jungen Bruder Liederlich an und wirkte dabei überzeugender als ich, der ich die zu meiner Kleidung entsprechende Zurückhaltung zu spielen hatte. Die Magd, die uns das Essen brachte, hatte einen strammen Busen, stattlich geformte Beine und trug eng anliegende Strümpfe sowie einen kurzen Rock, wie fast alle unsere hübschen Mädchen aus der Gegend von Vaucluse. Faustine neckte sie handgreiflich, doch Javotte, die Magd, gab ihr einen Klaps auf ihre vorwitzigen Hände. Der frisch gebackene Abbé ließ sich das jedoch nicht verdrießen, er griff ihr von hinten unter den Rock und berührte ihre empfindliche Stelle.

›Was soll denn das heißen, du Schlingel!‹, rief diese. ›Wenn mich nicht der schuldige Respekt vor Mademoiselle, Eurer Schwester, zurückhielte, würde ich euch eine Tracht Prügel verabreichen. Nein, so ein Grünschnabel, was der sich herausnimmt!‹

›Tun Sie sich nur keinerlei Zwang an‹, versetzte ich und lachte, ›das ist ein kleiner Lüstling, und ich werde kein gutes Wort für ihn einlegen!‹

Ermutigt durch meine Worte, packte Javotte Faustine mit ihren kräftigen Händen, zog ihr im Nu die Hose herunter, legte sie übers Knie und versetzte ihr zwei Schläge auf den Hintern, dass es nur so klatschte. Als sie aber Ausschau hielt nach dem, was den vermeintlichen Abbé so frech machte, stieß sie vor Überraschung einen Schrei aus, denn statt einer stolzen Felsspitze, wie sie geglaubt hatte, fand sie eine hübsche Grotte.

›Oh, verzeihen Sie, Mademoiselle, wenn ich gewusst hätte, dass Sie von meinem Geschlecht sind, wäre ich nicht so spröde gewesen. Wenn Sie daran Spaß finden sollten, dann bin ich ganz die Ihrige!‹

Um sich nicht ungefällig gegen Javotte zu erweisen, stimmte Faustine zu, das nun freiwillig zu empfangen, was sie vorher hatte erhaschen wollen, und mit geschäftigem Finger ließ sie sich den gleichen Dienst erweisen.

Während die beiden Mädchen sich so geschäftig zur Hand gingen, erzählte ich Javotte, dass ›Abbé‹ Faustine und ich Schwestern wären und zu einer Verwandten unterwegs wären, in der Absicht, diese durch die Verkleidung Faustines zu belustigen. Damit sie unser Geheimnis nicht verrate, gab ich ihr einen Taler.

›Oh, von Herzen gern!‹, sagte sie. ›Aber Sie sind viel zu hübsch, um hier bloß zuschauen zu können.‹ Dabei wollte sie mir unter den Rock fassen.

›Nein, Javotte, das ist gut gemeint, und ich danke dir, aber das geht nicht.‹

›Bei dir ist wohl Rosenmontag?‹

›So ist es!‹

›Was macht das schon! Wir haben Wasser genug und können uns die Hände waschen.‹

›O nein, in diesem Zustand nie …‹

›Da sind Sie aber nicht wie ich, denn gerade wenn bei mir Rosenmontag ist, stehe ich in hellen Flammen.‹

Da sie sah, dass bei mir nichts zu machen war, servierte sie uns das Essen. Wir aßen in aller Eile und brachen dann auf. Wieder in unserem Wagen, lachten wir schallend über den Erfolg von Faustines Verwegenheit und die Verlegenheit, in die mich Javottes Anerbieten gestürzt hatte. Wir beruhigten uns erst wieder, als wir uns die Zärtlichkeiten, mit denen wir uns überhäuft hatten, und die Aufklärung, die wir uns gegeben, ins Gedächtnis zurückriefen. Die Erinnerung daran beschäftigte mich derart, dass ich nicht auf den Weg Acht gab, den wir nahmen, und eine tiefe Wagenspur, in die wir gerieten, als ich gerade Faustine umarmte, gab unserem Gefährt einen solchen Stoß, dass einer der Hängeriemen des Wagens riss. Wir konnten nicht umhin anzuhalten, denn ein Kuss konnte uns da nicht weiterhelfen. Wir wussten nicht, zu welchem Heiligen wir hätten beten sollen, der geringste aller Dorfwagensattler wäre uns von größerem Nutzen gewesen als die Fürbitten aller in den Litaneien genannten Schutzheiligen zusammen. Wie wir so vor uns hin murrten, sahen wir zu unserer Linken einen Schlossherrn dieser Gegend spazieren, auf dem Kopf eine gestutzte Perücke, angetan mit grauem Hut und grauen Schuhen und einem großen Stock, an dessen Ende eine Raupenschere war, in der Hand. Seinem Gesicht nach zu urteilen, mochte er um die fünfzig Jahre alt sein. Seine bessere Hälfte, deren Gesicht verbarrikadiert war durch eine enorme Calèche, garniert mit klatschmohnfarbenen Bändern, schritt majestätisch dahin, gestützt auf ein schillerndes Bambusrohr. Diese Dame, schon zehn Jahre majorenn, bemühte sich seit drei Lustren, der illustren Familie Cornucio, deren Oberhaupt ihr Gemahl war, einen Erben zu schenken. Die Vorsehung jedoch, ihren Wünschen abhold, hatte in ihrem Herzen in keiner Weise die Hoffnung verlöschen lassen, zum Erfolg zu gelangen, durch welchen Kollaborateur auch, den ihr der Zufall bescherte.

Dieses würdige Paar nun, welches unseren Unfall bemerkte, trat auf uns zu, um uns all die Hilfe anzubieten, die ihnen möglich war. Wir waren glücklich über ihre Hilfsbereitschaft. Einer ihrer Domestiken brachte unseren defekten Wagen zum Schloss, und wir schlossen uns dem Spaziergang des Ehepaares Cornucio an. Die

Dame bemächtigte sich des Armes des vorgeblichen Abbés, und der Gemahl führte mich. Je näher wir dem Schloss kamen, umso mehr begannen ihre Augen zu leuchten, ihre Ellbogen pressten unsere Arme an ihre Herzen, ihre Stimmen verrieten Erregung, und ihre Unterhaltung suchte uns zu schmeicheln. Kaum waren wir im Schloss oben angelangt, da begann man schon zu beraten, wo wir logieren sollten. Sie hatten nur zwei kleine Zimmerchen für uns übrig, wobei das eine dem Schlafzimmer von Madame benachbart war, während das andere an das von Monsieur stieß. Es schien ganz natürlich, den Abbé neben dem Zimmer des Gemahls unterzubringen und die vorgebliche Demoiselle neben der Dame; doch sie entschieden im gegenseitigen Einverständnis anders, da ein jeder aus seiner Nachbarschaft seinen Vorteil zu ziehen gedachte. Hätte ich am Abend die Zimmer mit Faustine tauschen können, wäre das Paar zugleich zufriedengestellt gewesen und das Geheimnis unserer Verkleidung wäre bewahrt geblieben, jedoch die Vorstellung, sie in den Armen dieses alten Satyrs zu sehen, brachte mich auf; so wartete ich ab, wie sich Rat unter diesen Umständen finden könnte.

Cornucio und seine Gemahlin überschütteten uns den ganzen Abend über mit Zuvorkommenheit, und nach dem Nachtmahl, das mit ausgezeichneten Weinen begossen wurde, führten sie uns in unsere Schlafräume.

›Seien Sie nur hübsch brav, lieber kleiner Abbé‹, sagte die Dame und umarmte Faustine, ›denn es besteht nur eine klitzekleine dünne Wand zwischen Ihrem Bett und dem meinen.‹

Ich konnte alles hören.

›Und dann‹, flüsterte sie ihr ins Ohr, ›die Tür, die uns trennt, ist nicht verschlossen.‹

Der Schlossherr machte mir die gleichen Eröffnungen, fügte jedoch hinzu, mir die Hand drückend, dass er Schlafwandler wäre; darauf zog er sich in sein Zimmer zurück. Ich lachte über diese Missdeutung und legte mich zu Bett. Faustine tat dasselbe in ihrem Zimmerchen, und es verdross mich, mit ihr keine Verbindung zu haben, denn unsere Zimmer lagen im Schloss weit voneinander entfernt. Um zueinander zu kommen, hätte man einen langen Korridor durchqueren müssen, vorbei am Appartement der Dame, am Speisesaal und am Appartement des Schlossherrn.

Ich hatte kaum meine Augen geschlossen, da hörte ich, wie jemand mein Zimmer betrat und sich meinem Bett näherte. Ich fühlte wohl, dass es mich einen Kampf kosten würde, deshalb ergriff ich den Nachttopf, den ich vor dem Schlafengehen benutzt hatte, und als Cornucio meine Schlafdecke hob und zu mir ins Bett schlüpfen wollte, ergriff ich diesen Topf und stülpte ihn ihm über den Kopf; sodann lief ich, so schnell ich konnte, den Korridor entlang bis zu Faustines Zimmertür, die ich mit dem Knie aufstieß. Ich sah, dass Faustine gegen die Zudringlichkeiten ihrer Zimmernachbarin ankämpfte wie einst der keusche Joseph gegen die Frau des Potiphar. Meine Cousine hatte sich so fest in ihre Decke gewickelt, dass unsere brünstige Gastgeberin noch nicht gemerkt hatte, dass jene ein Mädchen war. Als die Dame meiner ansichtig wurde, stand sie wie versteinert. Ich beklagte mich bitter, dass mir ihr Gemahl hatte Gewalt antun wollen, und schalt meinen angeblichen Bruder aus, dass er sich nicht schämte, die Güte unserer ehrenwerten Gastgeberin zu missbrauchen.

›Ich die Güte missbrauchen, Bruder!‹, rief der falsche Abbé, ›der Himmel ist mein Zeuge, dass Madame es war, die mich belästigte!‹

›Ich glaubte, Sie stöhnen zu hören, und fürchtete, dass Sie Beschwerden hätten, deshalb bin ich herbeigeeilt, um Ihnen zu helfen, sofern es in meinen Kräften steht.‹ – ›Ihr Mann, Madame, steht Ihnen, wie ich sehe, in der Liebe zum Nächsten in nichts nach; ich werde also keinen

Schritt aus dem Zimmer meines Bruders weichen, denn er allein kann mich vor den unkeuschen Gelüsten Ihres Mannes schützen.‹

›Lege dich nur hier ins Bett, Schwester‹, sagte Faustine zu mir, ›ich werde dich in dem Fauteuil neben dem Bett bewachen. Ich hoffe doch, dass Madame nichts dawider hat und uns gestattet, hier bis Tagesanbruch ein wenig auszuruhen; danach werden wir das Haus verlassen, wo die Unschuld so wenig geachtet wird.‹

Die Dame stammelte einige leere Entschuldigungen und ging aus dem Zimmer. Kaum war sie fort, da verbarrikadierten wir die Tür, fielen uns unter verhaltenem Kichern um den Hals und befriedigten nach Herzenslust und ungestört unsere sinnlichen Wonnen, von denen wir schon in der Herberge eine Stichprobe genommen hatten.

Anderntags, es war kaum hell geworden, zog jeder wieder seine eigenen Kleider an, und hierauf brachen wir auf, ohne uns von unseren verbrunzten Gastgebern zu verabschieden. Mit dem inzwischen reparierten Wagen fuhren wir zu meiner Tante zurück, wo ich bis zum Ende der Ferien noch sinnenreiche Tage verlebte, auch an der Hochzeit meiner liebenswürdigen Cousine teilnahm, deren Mann, von Natur aus unstet und nervös, in keiner Weise bemerkte, dass ich ihm schon den Weg geebnet hatte, auf dem er sich nur mühsam vorwärts bewegte.«

Während der Prälat seine Geschichte zum Besten gab, hatten wir neue Kräfte gesammelt, und der Reihe nach berauschten wir uns den ganzen Abend über an allen sinnlichen Wonnen, die die Natur und die ausschweifende Fantasie den Menschen eingeben, die, voller Kraft, frei von aller Scham und jeglichem Vorurteil und weit davon entfernt, ihren Begierden Einhalt zu gebieten, sie im Gegenteil noch durch die Suche nach neuen Möglichkeiten der Wollust erhöhen.

Als Prinz von Pegu

Einige Tage nach dem soeben geschilderten Abend teilte mir mein Bischof, bei dem ich eifrig meinen mir von ihm erteilten Obliegenheiten nachkam, mit, ich solle meine Vorbereitungen treffen, um ihn auf seiner Reise nach Bedarrides zu begleiten, wo er, drei Meilen von Avignon entfernt, ein Lusthäuschen besäße und wo er sich zwei Wochen von seinen bischöflichen Amtsgeschäften zu erholen gedächte. Ich würde dort seine Schwester, eine vornehme Dame aus dem Bénévent, kennen lernen sowie deren Tochter, ein über alle Maßen stolzes, doch mit allem Liebreiz ihres Standes versehenes Stiftsfräulein. Er vertraute mir an, dass seine Schwester, mit ihren fünfunddreißig Jahren noch eine schöne und appetitliche Erscheinung, sicher Gefallen an mir finden würde, und er hoffe, dass ich ihm zur Hand gehen werde, ihr die Honneurs des Hauses zu machen. Was seine Nichte anbeträfe, so stünde sie in der Blüte ihrer siebzehn Jahre, hätte schwarze Haare und Augenbrauen, schmachtende Augen, schwellend sinnliche Lippen und die glücklichsten Anlagen, um eines Tages in die Fußtapfen ihrer Mutter zu treten. Jedoch der Stolz auf ihre vierundsechzig Ahnen hätte sie bis jetzt verhindert, da sie bisher in der genealogischen Suppe ihrer Verehrer immer ein Haar gefunden habe, und dies, obwohl der Stand eines Stiftsfräuleins, den sie wegen ihres geringen Vermögens gewählt habe, sie auf eine Ehe verzichten lassen müsse und ihr lediglich die ›Fantasie mit Schneegestöber‹ oder die in den Klöstern übliche Lustprothese Trost bieten könne.

Ich beklagte sie wegen eines Vorurteils, das so sehr der menschlichen Natur wie der christlichen Demut entgegensteht.

»Ich rechne auf Sie, lieber Hic & Hec, sie von diesem Vorurteil zu befreien; Ihr Aussehen, Ihre verführerischen Blicke und nicht zuletzt Ihre tief schürfenden Kenntnisse in der Liebeskunst können das verirrte Lämmchen zur Herde zurückfinden lassen.«

»Und wie, glauben Sie, sollte mir das gelingen?«, fragte ich ihn. »Mir, der ich weder Namen noch Titel noch blaublütige Vorfahren habe? Verachtung wird das Einzige sein, das ich ihr damit einzuflößen vermag.«

»Lassen Sie das nur meine Sorge sein, die Intrigen meines Romans sind bereits gesponnen. Ich habe mir das folgendermaßen gedacht: Ein Jesuitenpater, der als Missionar in Indien weilte und nun aus dem Königreich Pegu zurückgekehrt ist, hat Sie auf Befehl des dort lebenden und bekehrten Prinzen, dessen natürlicher Sohn Sie sind, hierherbringen müssen, um Sie in der christlichen Religion zu erziehen.«

»Wenn diese Mystifikation Monsignore Vergnügen bereitet, will ich nur zu gerne mitmachen.«

»Im Übrigen wirst du für deine Gefälligkeit reichlichen Lohn empfangen, denn Laura ist gewachsen wie eine Pinie, und an ihr ist nicht das Geringste auszusetzen, außer ihrem übermäßigen Adelsstolz. Ich übergebe sie dir, um sie zu entkorken, doch unter der gleichen Bedingung, die Valbouillant für die Grundsteinlegung bei Babet verlangt hat: Alles wird uns gemeinsam gehören, wenn du sie von ihren Vorurteilen geheilt hast.«

Das erschien mir drollig, und so versprach ich dem Prälaten alles, was er wollte.

»Da kommt mir noch ein glänzender Einfall!«, rief mein Bischof. »Um unserer List noch mehr

Glaubwürdigkeit zu verleihen und die Angelegenheit zu beschleunigen, sage ich so nebenher während der Unterhaltung, dass in Pegu alle Prinzen von Geblüt an ihrem Körper ein Zeichen haben, das ihre edle Herkunft beweist.«

»Ein Zeichen? Und welches, Monsignore?«

»Nichts einfacher als das! Den Kopf eines weißen Elefanten unter dem Nabel! Der Maler, der gerade mein Porträt fertig gestellt hat, wird dich dort unten schnell mit diesem Zeichen versehen.«

»Was für eine Posse!«

»Ich werde die beiden neugierig machen, dieses Phänomen in Augenschein zu nehmen, und ich zweifle keinen Augenblick, dass der bedrohliche Rüssel des Tieres, wenn er seine Kraft und Regsamkeit spielen lässt, ihre Aufmerksamkeit nicht verfehlen wird.«

Gesagt, getan! Der Maler begann schon am nächsten Tag sein Werk, und zwei Tage später zierte meinen Unterleib der schönste Elefantenkopf, der je gesehen ward. Monsignore prüfte das Meisterwerk und spielte mit dem echten Rüssel des gemalten Tieres, dass dieser unter seinen geweihten Händen so in Steife geriet, die den Spieler in Entzücken versetzte.

Am Abend desselben Tages besuchten wir Madame de Valbouillant, und man zollte der

Bemalung allgemein Bewunderung. Zum Glück hatte der Maler das Bild in Öl gefertigt, sonst hätte es bei dem kräftigen Gebrauch, den ich mit dem Rüssel unternahm, Schaden gelitten. Die kleine Babet, die noch nie in ihrem Leben ein solches Tier gesehen hatte, wurde nicht müde, es zu examinieren, und fand, dass man ebensolchen Nutzen daraus ziehen konnte wie aus einem Schokoladenquirl. Das arme Kind, wenig mit der Kunst vertraut, führte in ihren Anschauungen alles auf die Natur zurück. Das lüsterne Ehepaar Valbouillant, von dem Prälaten unterrichtet über den Zweck dieses Gemäldes und der ins Auge gefassten Mystifikation, versprach, dabei zu helfen und uns zu diesem Zwecke auf das Landhaus Seiner Gnaden zu folgen, der, seit er an unseren Orgien teilnehmen durfte, nicht mehr das Vergnügen entbehren konnte, das die Ausschweifung unserer Fantasie immer neu variierte. Es wurde auch beschlossen, dass die niedliche Babet die Reise mitmachen sollte. Das Mädchen entwickelte mit jedem Tag immer neue Reize, ihr Körper bekam frauliche Formen, ihre Brüste wurden voller, und die Liebeslust hatte ihr einen erfahrenen und beherzten Blick gegeben, der vorher nur verschämt und unsicher gewesen war. Ihre Hände, nun nicht mehr für grobe Hausarbeit verwendet, waren nunmehr nicht mehr rissig und grob, sondern weiß und zart geworden; ihre zarten, flinken Finger, sonst in der Küche hantierend, handhabten jetzt den Eierschläger der Liebe mit mehr Grazie als Hebe die Keule des Herkules.

Am nächsten Tag in aller Frühe reisten der Bischof und ich ab; seine Schwester und seine Nichte waren schon zwei Stunden vor uns im Lusthäuschen von Bedarrides eingetroffen. Als wir ankamen, fanden wir sie im Salon. Die Schwester, auf einer Ottomane liegend, las mit der einen Hand in einem kleinen Buch, das sie in der Tasche versteckte, als sie unser ansichtig wurde, während ihre andere Hand aus dem Kleide fuhr. Das junge Stiftsfräulein saß über den Stickrahmen gebeugt und stickte auf einen Strickbeutel mit allen heraldischen Akzedenzien ihr Familienwappen.

Der Bischof stellte mich, nach dem er sie beide umarmt hatte, als Prinz aus Pegu vor, den der König, mein Vater, als Neubekehrter nach Europa schickte, um mich im Glauben und in den Künsten instruieren zu lassen, die den Ruhm des glücklichen Frankreich ausmachten.

Der Titel eines Prinzen vom Ende der Welt und Cousins des Weißen Elefanten sicherte mir die Gunst des erhabenen Stiftsfräuleins; meine schmachtenden und liebesfeurigen Augen, meine dichten brünetten Haare waren auch nicht ohne Einfluss auf ihre Mutter. Die eine bat mich um Aufklärung über die siamesischen und peguanischen Wappen, die andere über die Bekleidung der Bajaderen und die Form der Chaiselongue in Indien. Ich befriedigte ihren Wissensdurst nach bestem Wissen und Gewissen, das heißt nach dem, was ich in entsprechenden Reisebeschreibungen gelesen hatte.

Nach dem Essen, bei dem alles, was ich sagte, mit Erstaunen bewundert wurde, auch dass ein junger Mann aus Indien sich mit so viel gesundem Menschenverstand und so viel Leichtigkeit französisch auszudrücken vermochte, gingen wir in einem nahe gelegenen reizenden Park spazieren, der nicht weit vom Lusthäuschen entfernt war; die Comtesse Magdalani erwählte mich zum Kavalier, der Bischof hingegen nahm den Arm des Stiftsfräuleins und tat währenddessen alles, um sie für mich einzunehmen.

Die Mutter befragte mich indessen über die Sitten und Gebräuche in Pegu, über das Schönheitsideal der Frauen und wie man es dort mit der Liebe hielte; ich gab ihr die Versicherung, dass schlanke Frauen mit elastischer Fülle dort am begehrtesten seien (sie hatte solche Formen), dass sich die Männer gegenüber den Damen keinerlei Avancen erlaubten, aus Furcht, von ihnen für aufdringlich gehalten zu werden, hingegen jedoch eifrig jenen entgegenkämen, die ihnen ihre Gunst gewährten.

»Wie denn! Wenn ich also eine Dame aus Pegu wäre und Sie mich begehrenswert fänden, dann würden Sie es mir mit keinem Sterbenswörtchen sagen?«

»Nein, in diesem Falle hätte ich zu große Furcht, Sie zu beleidigen.«

»Und wie muss sich denn dann eine Frau verhalten, um einen Mann zu ermuntern, der ihr gefällt?«

»Sie muss ihm ins Gesicht sehen und die Spitze ihres linken Zeigefingers küssen, daraufhin wird sich ihr der Kavalier schüchtern nähern.«

»Und was macht die Dame dann?«

»Sie legt ihre rechte Hand auf ihr Herz.«

»So etwa?«

»Ganz genauso!«

»Ich mache es also richtig?«

»Ganz entzückend.«

»Und der Kavalier?«

»Wenn er mit der Schönen allein ist, sinkt er vor ihr auf die Knie und gehorcht ihren Befehlen; aber auf keinen Fall würde er es wagen, ihnen zuvorzukommen. Sind sie hingegen nicht allein, tut er so, als verstünde er nichts, schlägt die Augen nieder und seufzt dabei.«

»Sie haben sie eben niedergeschlagen?«

»Sie haben richtig beobachtet.«

»Hören Sie, Bruder«, sagte sie zu dem Bischof, der mit seiner Nichte hinter uns ging, »ich möchte nicht, dass Sie Ihren Spaziergang meinetwegen unterbrechen; ich fühle mich ein ganz klein wenig erschöpft und werde mich hier auf dem Rasen etwas ausruhen. Prinz Hic & Hec wird mich in der Zwischenzeit weiter über die Sitten und Gebräuche in Indien unterhalten; Sie werden uns dann entweder hier oder im Salon wiedertreffen.«

»Wie Sie wünschen«, sagte der Gottesmann und ging lächelnd mit seiner Nichte weiter.

»Nehmen wir unsere Lektion über Indien hier wieder auf!«, sagte die Dame zu mir. »Wie war das doch gleich? So?« Sie küsste den Zeigefinger ihrer linken Hand.

»Ja, sollte ich das Glück haben, Ihnen zu gefallen?«

»Und dann muss ich die rechte Hand auf mein Herz legen?«

»Vorausgesetzt, Sie wollen, dass ich einiges wage!«

»Lassen Sie es uns versuchen.« Dabei gab sie mir ein aufmunterndes Zeichen und sank auf den Rasen. Ich legte mich zu ihr und hatte behände alle Hindernisse aus dem Weg geräumt, und bald waren wir nur noch eines.

»Hoch lebe die indische Methode! Wie sie doch alle Förmlichkeiten abkürzt!«, rief meine Italienerin begeistert, presste mich dabei leidenschaftlich an sich, kniff und biss mich vor Verlangen, kam im Staccato auf hohe See und ging darin unter, indem sie durstlöschend Brahma, Wischnu und alle Götter Indiens pries. Als sie bald darauf wieder zu sich gekommen war, sagte sie, mich wieder und wieder an ihren Busen drückend:

»Abbé, lieber Abbé, was machen die indischen Frauen, um zu beweisen, dass sie zufrieden sind?«

»Indem sie von neuem eine weitere Huldigung empfangen.«

»Ohne sich auszuruhen! Oh, lieber Abbé, ich komme mit Ihnen nach Pegu«, rief sie und legte sich zurecht, um mir ihre Dankbarkeit zu bezeigen. Die indischen Sitten waren so nach ihrem Geschmack, dass sie mich weitaus angenehmer fand als das Buch, mit dem sie sich bei unserer Ankunft beschäftigt hatte. Sobald die zweite Tour beendet war, stand sie auf, brachte ihre Kleider in Ordnung, nahm meinen Arm, und zusammen gingen wir zum Salon zurück. Sie war bei diesen beiden indischen Diwan-Nummern so von meinem kräftigen Lingam in Anspruch genommen, dass ihr dabei gar nicht mein Elefantenbild aufgefallen war. Sie plauderte mit mir in aller Ruhe über die verschiedenen Religionen in Asien, und ich erzählte ihr von der Sekte der ›Multiplikanten‹ und der ›Gemeinschaft der Freuden‹, die in den Familien dieser Kaste Usus sei.

»Wie denn«, sagte sie, »die Mutter in den Armen ihres Sohnes, die Tochter in denen des Vaters …!«

»Ei, Madame, können Sie sich nicht erinnern, einmal gelesen zu haben: ›Wer anders als derjenige, der den Baum gepflanzt hat, soll von den Früchten kosten.‹«

»Ja, ich kenne es, und es spricht die Wahrheit. Doch das Vorurteil der anderen?«

»Das Vorurteil, kann es gegen das Gesetz des Schöpfers an?«

»Gibt es denn überhaupt ein solches, dass einem Vater, einer Tochter, einem Bruder, einer Schwester erlaubt …? Pfui, das ist abstoßend!«

»Zu wem hat der Schöpfer gesagt: ›Seid fruchtbar und mehret euch!‹ Es war doch wohl zu Adam, Eva, zu ihren Söhnen und Töchtern! Für Gott war der Inzest kein Verbrechen, da er ihn ja geradezu befahl.«

»Wie? Sie haben in der Tat Recht!«

»Und kann der Wille des Himmels wankelmütig sein und sich ändern? Ist es möglich, dass das, was zu der einen Zeit als Vorschrift galt, in einer anderen Zeit eine Schandtat sei oder wäre? Sagen wir lieber: Da uns die Natur ohne Rücksicht auf die Verwandtschaft die Neigung zum anderen Geschlecht eingegeben hat, waren es allein die Gesetze der Menschen, die diese engen Bindungen verhindert und verboten haben; statt also die Menschen die Freuden der Liebe, die ihnen von Natur aus zur Hand sind und die sie in der Familie finden konnten, einander austauschen zu lassen, hat man diese Beziehungen durch den Zwang der Menschen nach Liebe, die sich ansonsten nie begegnet wären, ersetzt. Nur die Gesetzgeber und die Regierenden, aber nicht Gott und die Natur, haben aus rein egoistischen Gründen Bindungen verboten, die die Familien voneinander getrennt hielten, und sie haben aus natürlichen, also unschuldigen Neigungen Verbrechen gemacht. Nehmen Sie beispielsweise das Gesetz des jüdischen Volkes, wonach der Bruder verpflichtet ist, die Witwe seines Bruders zu heiraten; dass also die gleiche Frau, sofern sie ihren Mann überlebte, von einem Bruder zum anderen ging. Und Sie machen aus dem Spaß, den der Cousin mit seiner Cousine verlebt, ein Verbrechen, wenn der Stellvertreter Christi auf Erden keinen Dispens in barer Münze gewährt? Doch hat der Erlöser nicht selbst gesagt, wie es uns die heiligen Bücher überliefert haben: ›Ich bin nicht auf die Erde gekommen, um das Gesetz zu ändern, sondern um es zu erfüllen.‹«

Ich war so richtig in Schwung, und durch die Übung im Disputieren, wie ich es auf der Schule gelernt hatte, hätte ich noch weiter Argument auf Argument folgen lassen, wenn nicht der Prälat mit seiner Nichte zurückgekommen wäre, der ihr gegenüber, wie ich am Glanz ihrer Augen und ihrem mehr als sonst geröteten Gesicht ersah, die gleiche These vertreten hatte. Signora Magdalani bemerkte dies sehr wohl, wagte jedoch nicht, sich etwas anmerken zu lassen; der Reichtum und das einflussreiche Ansehen ihres Bruders, die finanzielle Unterstützung, die sie von ihm empfing, ließen sie darüber hinwegsehen. Außerdem wusste sie nur zu gut, dass das Beispiel, das sie ihrem Kinde gab, sie alles andere als dazu berechtigte, sich als allzu strenge Mutter aufzuspielen.

»Nun, liebe Schwester«, fragte der Bischof, »haben Sie sich gut die Zeit vertrieben mit dem Prinzen Hic & Hec? Sind Sie nun wohl unterrichtet über die Sitten und Gebräuche in Indien?«

»Ich bin sehr zufrieden mit seinen Enthüllungen; er ist so aufgeschlossen, besitzt so handfeste Argumente und eine Tiefe des Geistes … geradezu ein unerschöpflicher Brunnen …«

»Und seine Moral?«

»Etwas ungewöhnlich, doch tief schürfend. Ich gebe zu, dass er mich von manchem Vorurteil befreit hat.«

»Ja, darin liegt seine Stärke. Doch sagen Sie uns, von welchen Vorurteilen er Sie befreit hat!«

»Vor meiner Tochter kann ich nicht …«

»Wie kindisch! Ihre Tochter ist in einem Alter, wo sie alles wissen kann, ja, ich gehe noch weiter und behaupte, dass es geradezu von Schaden sein könnte, sie darüber nicht aufzuklären. Denn wie viel Fehler werden aus Unkenntnis der Dinge begangen! Ein junges Mädchen, dem man nichts verbirgt, ist besser gegen die Verführung gewappnet. Und sollte sie der Verführung auch erliegen, so weiß sie doch wenigstens einen Skandal zu vermeiden, der, ich sage dies nur unter uns, das schlimmste moralische Übel ist. Was schert es die anderen, die gute Gesellschaft, ob ich meine körperlichen Bedürfnisse befriedige oder nicht, vorausgesetzt, ich schade nicht dem Glück der anderen, beraube sie nicht ihres Vermögens, verderbe ihnen nicht ihre Freuden und Genüsse oder verursache ihnen weder Kummer noch Schmerz!«

»Lieber Bruder«, meinte die Signora, »würden Sie solche Ansichten auch in Ihren Predigten vertreten?«

»Aber gewiss doch, wenn ich wüsste, dass ich zu Leuten mit gesundem Menschenverstand spräche, die ich aufklären möchte; auf der Kanzel vor aller Welt jedoch nicht. Denn die Masse des Volkes will betrogen sein, die Unwissenden lieben das Unglaubliche, das Wunderbare; aber ein Glauben ohne Wunder würde nur wenig Anhänger finden, und die Mysterien, die der Vernunft widersprechen, ziehen doch gerade die Leichtgläubigkeit der großen Masse an. So werde ich dem Volke weiter Sand in die Augen streuen, meinen Freunden gegenüber werde ich indessen offen, ehrlich und rückhaltlos sein.

Laura ist siebzehn Jahre alt und weiß ganz gewiss über den Unterschied zwischen Mann und Frau Bescheid, allein die Einzelheiten, sie wird sie nicht kennen. Wenn wir uns ihretwegen Zurückhaltung auferlegen, so werden wir nur ihre Neugierde anstacheln. So kann es geschehen, wenn sie uns eines Tages verlässt, dass sie sich bei ihrer Kammerfrau Rat holt, die, weniger zurückhaltend und weniger aufgeklärt, ihr zwar ein Bild des Vergnügens, aber nicht das der Gefahren malen wird.«

»Ach«, rief Laura, »wie liebenswürdig mein Onkel doch ist!«

»Wenn sie merkt, dass wir vor ihr keine Geheimnisse haben, wird sie auch keine vor uns haben; so werden wir in ihrer Seele lesen und ihr die Gefahren ersparen können, ohne ihr das Vergnügen vorenthalten zu müssen. Ich weiß, dass Sie nicht den Wunsch hegen, sie zu verheiraten, und sie unterwirft sich Ihrem Willen. Aber auch wenn sie auf die Ehe verzichtet, so seien Sie versichert, dass sie auf keinen Fall auf die Ersatzleistungen verzichten wird, die sich so viele Stiftsfräulein zu verschaffen wissen. Lassen wir also jede Zurückhaltung vor ihr fahren, solange wir nur unter uns sind. Sollte Besuch kommen, dem gegenüber Misstrauen zu beobachten ist, versehen wir uns schnell wieder mit der Maske der Zurückhaltung.«

Signora Magdalani betrachtete ihre Tochter zärtlich und sagte:

»Also, ich gebe mich geschlagen, da mein Bruder es so wünscht, doch, mein Herz«, fügte sie hinzu und küsste Laura auf die Stirn, »bewahre dir wenigstens dein unschuldiges Erröten, denn nichts gereicht den jungen Mädchen, sowie besonders ihren Müttern, mehr zur Ehre, als so zu erröten.«

»Also abgemacht, liebe Schwester! Aber jetzt erzähle, worum es in dem Gespräch mit Hic & Hec ging!«

Die Signora berichtete getreulich, was ich ihr über die Sekte der Multiplikanten und über den Schoß der Familie gesagt hatte.

»Nun, Schwester, das ist doch haargenau das, was ich Ihnen sagte, als Sie so erbost über einige ausgelassene Vergnügungen waren, die Ihnen nichtsdestoweniger so viel Freude bereitet haben.«

»Oh, Bruder, ist es unbedingt nötig, dass wir das vor meinem unschuldigen Kind erwähnen?«

»Aber Mama, ich hatte schon einen Verdacht, obwohl ich nicht wagte, mit Ihnen darüber zu reden.«

Bei solcher Naivität konnte ich nicht an mich halten. Ich ergriff ihre Hand und bedeckte sie leidenschaftlich mit Küssen. Laura errötete. Die Mama warf mir einen strengen Blick zu, der mir aber nicht imponierte. Der Bischof machte dem Disput ein Ende, indem er mit scharfer Stimme sagte:

»Pfui, Schwester, wie können Sie nur dabei so üble Laune bekommen! Es ist an der Zeit, dass die Kleine von unseren Freuden ihren Anteil kostet. Der Abbé ist ja ungefähr in Lauras Alter.«

»Aber, lieber Bruder … glauben Sie wirklich …?«

»Papperlapapp! Ich weiß, dass er die notwendige Vorsicht walten lässt, um die Ankunft kleiner ungebetener Gäste zu verhindern.«

»Aber Onkel …!«

»Willst du mir etwa wieder irgendwelche Vorstellungen über das Alter seiner Familie machen? Sei versichert, deine vierundsechzig Ahnen müssen sich geehrt fühlen, wenn sie verbunden werden mit dem Cousin des Weißen Elefanten.«

»Wenn ich wenigstens sein Wappen einmal sehen könnte?«

»Nichts einfacher als das, denn die Prinzen des Königshauses von Pegu tragen es immer bei sich.«

»Oh, dann lasst es mich sehen!«

»Also dann, Hic & Hec, zeigen Sie der Neugierigen Ihren Stammbaum!«

Die Küsse, mit denen ich die hübsche Hand des Stiftsfräuleins bedeckt hatte, versetzten meinen Stammbaum in einen Zustand, in dem ich mich sehen lassen konnte. Als ich mit einer Handbewegung den Rüssel des Elefanten entblößte, rief die Mutter:

»Wie unanständig!«

Und der Bischof: »Schaut nur sein Siegel an, es ist der Kopf eines weißen Elefanten.«

»Wie das«, meinte die Signora, »der ist mir doch vorhin gar nicht aufgefallen!«

»Sie sind wohl schon in dieser Gegend dort herumgestöbert, Schwester?«

Die Dame errötete und murmelte: »Dass mir das auch rausrutschen konnte!«

»Wohlan, schaut euch nur in aller Muße seinen Stammbaum an! Hast du jemals ein schöneres Wappensiegel gesehen, meine Nichte?«

Überwältigt gestand die Mutter ein, dass das wunderbar wäre, und die junge Laura, verdutzt, stammelte mit vor Begierde fast tonloser Stimme:

»Das ist so schön … Das superbe Wappenschild …!«

»Also los, mein Prinz«, rief mir der Prälat zu, »nageln Sie Ihren Stammbaum an das Lustschloss dieser Jungfrau, und während Sie sie ihre erste Hymne auf die Liebe singen lassen, werden ihre Mutter und ich gemeinsam den Takt dazu schlagen.«

Ich warf mein Stiftsfräulein auf das Sofa, der Bischof schnürte seiner Nichte das Korsett auf und enthüllte meinen geblendeten Augen zwei alabasterne Hügel, durchzogen von einem feinen blauen Geäder; meine heißen Lippen fuhren darüber hin und hatten in kurzer Zeit das ganze Terrain erkundet. Trotzdem, aus Furcht, auf die falsche Fährte zu gelangen, wurde mein Anker in einem Meer von Wollust nass. Der Prälat, der inzwischen seine Schwester auf die nebenstehende Ottomane geworfen hatte, bemerkte mit einem

Seitenblick die doppelte Woge, die ich verursacht hatte.

»Oha«, rief er, »dieser Tempel ist von einem Ungläubigen befleckt worden, doch mit diesem meinem Weihwedel werde ich ihn wieder reinigen.«

Nach diesen Worten drang er in den Vorhof des Tempels, bewegte sich im Gewölbe einige Male hin und her, bevor er zum Altarraum gelangte, den er mit einem reichlichen Strahl seines Weihwassers reinigend besprengte.

In diesem Augenblick verdrehte die Kleine ihre Augen, lag wie steif und stöhnte:

»Oh, König von Pegu, wie gut, dass du dich hast bekehren lassen!«

Wie groß auch der Taumel war, in den mich ihr Sinnenrausch versetzte, so behielt doch die Vernunft die Oberhand über die Leidenschaft. Mich gehorsam an das Gebot des ehrenwerten Prälaten haltend, verbreitete ich mein Opfer auf dem Architrav der Säulen des Tempels. Die Mutter und der Onkel bekomplimentierten mich zu meinem klugen Rückzug, doch Laura schien davon weniger erbaut. Ich beeilte mich also, sie darüber zu trösten, indem ich von neuem in die sinnlich glühende Höhle tauchte, die mich nur mit Bedauern hatte rausschlüpfen gefühlt. Ich fuhr also wieder ein und aus und verschaffte ihr eine neuerliche Entladung, ohne selbst dafür etwas ausgeben zu müssen. Der Bischof und seine Schwester waren währenddessen zu uns getreten, und die Dame, die ihre Tochter auf die Stirn küssen wollte, kam durch das Herabbeugen mit einer Duttelwarze ihrer Brüste in Richtung meiner Lippen. Ich nahm sie geschwind in den Mund und zuckelte an ihr, indessen der Prälat mit zärtlicher Hand meine Kehrseite presste und dort mit dem Mittelfinger Höhlenforschung betrieb.

Schließlich machten wir uns wieder zurecht, indem wir die notwendigen Waschungen vornahmen und unsere Kleider wieder in Ordnung brachten. Sodann erwarteten wir die Ankunft des Marquis de Valbouillant, seiner Frau und Babets, die auch nicht lange auf sich warten ließen. Die ersten Minuten des Zusammentreffens vergingen mit den üblichen Komplimenten.

»Prinz«, fragte mich ganz leise die hübsche Laura, »warum hat mein Onkel diese Leute da hierher eingeladen? Der Besuch wird uns eine Zurückhaltung aufnötigen, die ich vor unserer intimen Verbindung zu ertragen gewusst hätte, die mir aber jetzt, da ich die Wonnen der Liebe kennen gelernt habe, unerträglich ist.«

»Seien Sie unbesorgt«, versetzte ich, »die Anwesenheit dieser Herrschaften wird unserem

Drang nach wollüstigen Begierden keinerlei Fesseln anlegen, sondern uns im Gegenteil die Stufenleiter der Wollust noch höher steigen lassen.«

»Aber ein verheirateter Mann …! Die Anwesenheit des Gatten muss dabei der Frau doch peinlich sein!«

»Wenn dem so wäre, müsste ein junges Stiftsfräulein die Anwesenheit der Mutter auch genieren, trotzdem …«

»Aber ich bitte Sie, nicht alle Mütter sind so gut und verständnisvoll wie meine!«

»Oh, auch nicht alle Ehemänner sind so verständnisvoll wie der Marquis!«

Inzwischen hatte man Platz genommen, und jeder beobachtete jeden. Allen stand das Verlangen auf den Gesichtern geschrieben, dass gegenseitiges Einvernehmen und Zwanglosigkeit aufkommen möge, doch niemand wagte das Eis zu brechen. Der Bischof lächelte über die allgemein herrschende Verlegenheit, dann nahm er seine Nichte bei der Hand und führte sie Madame de Valbouillant zu.

»Erlauben Sie, Madame«, sagte er, »dass ich Ihnen diese frisch gepflückte Blume vorstelle! Sie hat die besten Anlagen, und auf Ihre Ratschläge hörend, wird sie in der Öffentlichkeit alle Vorurteile zu beachten, sie jedoch im engen vertrauten Kreis abzulegen wissen. Ich erbitte

Ihre Freundschaft für sie. Mit dieser Bitte möchte ich, dass wir uns aller gesellschaftlichen Zurückhaltung entledigen und uns hier in meinem Lusthäuschen so geben wie in Ihrem Boudoir in Avignon.«

»Ihr konntet mir damit, Monsignore«, erwiderte Madame de Valbouillant, »kein größeres Vergnügen bereiten. Ich nehme an, dass Ihr keine ungebetenen Gäste erwartet.«

»Nein, Madame! Und auch keiner vom Hauspersonal wird hier einzutreten wagen, es sei denn, auf meinen ausdrücklichen Befehl.«

»Also gut, wenn dem so ist, wie Ihr sagt, schlage ich vor, wir ziehen uns aus und zeigen uns im Kleide der Wahrheit, um unsere Vereinigung zu befestigen und uns genauer und rascher kennen zu lernen. Ich glaube, das Kleid der Wahrheit wird der Signora und diesem schönen Kind sehr vorteilhaft stehen.«

Signora Magdalani tat einen Augenblick so, als zögere sie und wolle sich zieren, der Bischof jedoch fackelte nicht lange, zog ihr das Brusttuch weg und schnürte ihr das Korsett auf. Madame de Valbouillant tat das gleiche bei Laura, deren Busen und wohlgeformte entzückende Arme sie mit Küssen bedeckte. Währenddessen hatten Seine Ehrwürden einen in der Wandtäfelung versteckten Schrank geöffnet und daraus vier entzückend geschneiderte Morgenmäntel aus gänzlich durchsichtiger Gaze hervorgeholt, mit denen er unsere Nymphen bedeckte, deren Reize sich dadurch unseren lüsternen Blicken umso wollüstiger darboten.

Signora Magdalani war groß, hatte prachtvolle Formen und schien von den Grazien umgeben; den Bischof hätte man für Apollo aus dem Vatikan halten können, Valbouillant glich dem Gott der Gärten, und ich, so befanden unsere Schönen, hätte viel von der Anmut des Ganymed.

Der Prälat konnte seine zauberhafte Nichte nicht ansehen, ohne dass ihn das Verlangen überwältigte, sich auf dem Pfad durchzuwinden, den ich geschlagen hatte. Laura schlug, als sie es bemerkte, die Augen nieder, sah schüchtern fragend ihre Mutter an, deren Lächeln sie bestimmte, sich darein zu schicken. Die Signora ging ihr voraus zu dem nebenstehenden Canapé, wo sie ihr durch ihr Beispiel Mut einflößte, indem sie sich der Leidenschaft Valbouillants hingab, der, die Beine der hübschen Mutter um seine Schultern schlingend, sich sehr tief in ihre Gunst einführte. Ich schob mich in die von Madame de Valbouillant ein, die hinwiederum, mit ihrem flinken Trostfinger Babets Lustzapfen anstachelnd, das doppelte Vergnügen genoss, das sie uns spendete.

Sechs raffiniert über den Ottomanen angebrachte Spiegel reflektierten die drei liebestollen Paare und vervielfältigten ihr Bild schier ins Unendliche; die durch diesen aufpeitschenden Anblick trunkenen Sinne schürten in doppeltem Maße die Glut aller Mitstreiter, von denen ein jeder sich geschämt hätte, bei diesem Ringelstechen besiegt zu werden. Die Magdalani bewies Valbouillant mit dem Staccato ihres Bauchtanzes, dass sie mit ihren fünfunddreißig Jahren nichts von ihrem Temperament eingebüßt hatte und dass ihre Tochter, trotz ihrer Jugend, sie an Gewandheit und Anmut der Bewegungen nicht übertraf. Trotzdem beglückwünschte der Prälat seine Nichte zu dem Eifer, mit dem sie dem Beispiel ihrer Mutter folgte. Madame de Valbouillant, Babet und ich brauchten zwar solche Aufmunterung nicht, denn dieses neue Schauspiel machte uns nur noch erpichter, dem Gott von Lampsakos zu huldigen.

Nachdem bei allen die Post angekommen war und jeder abgesahnt hatte, rückten wir die drei Sofas zusammen und ruhten uns aus; der Sinnenlust auf den Gesichtern folgten fröhliche, zufriedene Mienen, von Erschöpfung oder gar Unlust keine Spur, denn das feine, einladende Lächeln und die schelmischen Blicke versprachen eine baldige Wiederkehr der Lüsternheit. Man beglückwünschte allerseits Laura für ihr couragiertes Verhalten, das sie bei ihren ersten Himmelsstößen bewiesen hatte, und auch Signora Magdalani empfing das Lob für ihr kluges Verständnis, mit dem sie, sich über alle Vorurteile hinwegsetzend, durch ihr vorbildliches Tun die höchstmögliche menschliche Glückseligkeit ihrer Tochter gefördert hatte. Das junge Stiftsfräulein schlang die Arme um ihre Mutter, die sie vor Glück und Freude mit Küssen überhäufte und mit neugierigem Finger den Sachschaden herauszufinden trachtete, den meine Bemühungen sowie die ihres Bruders gestiftet hatten. Dieses Abfingern brachte die Sinnenlust des Mädchens so sehr zum Kochen, dass der Topf sofort in vollen Strömen überlief und die ganze Sahne die Hand der Signora benässte, die daraufhin von Laura in der gleichen Weise bedient wurde.

Madame de Valbouillant, um uns die Zeit der Wiederkehr unserer Kräfte nicht langweilig werden zu lassen, schlug vor, uns eine anekdotische Geschichte vorzulesen, die ihr soeben aus Paris zugegangen war. Wir stimmten diesem Vorschlag freudig zu, und ich gebe hier wieder, was sie uns vorlas.

Die neuen Pferde

Adeline, Schauspielerin am Théâtre Italien, berühmt durch ihre hübschen Beine und durch ihr bezauberndes, verschmitztes Wesen, gelang es, sich den reichen Vézère zu angeln, der mit Gold und Geld in Überfülle um sich warf. Adeline erhielt von ihm ein hübsches Lusthäuschen an der Barrière blanche; er stattete es aus mit allem möglichen Luxus, überhäufte seine Mätresse mit Diamanten und las ihr überhaupt jeden Wunsch von den Lippen ab. Trotzdem bewahrte er, was Geschenke betraf, immer eine gewisse finanzielle Knausrigkeit, obwohl er Gold unbeholfen zum Fenster hinauswarf.

Eines Tages nun ließ er ihr einen Wagen bequemster und modischster Bauart anfertigen, der Fond bezogen mit narzissengelbem Samt und verziert mit silbernen Fransen, die Wagenschläge geschmackvoll bemalt und glänzend poliert. Als der Wagen fertig war, ließ er ihn zu ihr bringen. Sie können sich vorstellen, dass sich die falschen Freunde und die Schmarotzer des Hauses nicht genugtun konnten, das Loblied auf den neuen Wagen zu singen, der nach ihrer Meinung das allergrößte Aufsehen in Longchamp erregen musste. Adeline jedoch bemerkte, dass der neue Wagen nicht zu ihren alten Pferden passte oder umgekehrt. Vézère, der mit dieser zusätzlichen Ausgabe nicht gerechnet hatte, zeigte sich darüber verstimmt, aber da Mademoiselle schmollte, gab er schließlich nach und sagte ihr, dass man nach Javard, dem Pferdehändler, schicken würde und, sofern dieser mit sich handeln ließe, ihre Pferde gegen andere, passendere, eintauschen würde. Die Schöne fand ihre Ausgelassenheit wieder, und eine drei viertel Stunde später traf Javard mit zwei edelrassigen Braunen ein, mit feurigen Augen, schlanken Fesseln, tänzelnden Bewegungen, von ebenmäßigem Wuchs und stolzer Haltung. Diese Pferde sehen und haben wollen war eines. Vézère hingegen fragte mit gleichgültigem Blick, was die beiden edlen Tiere kosten würden. Bevor Javard die Summe nannte, ging er zuerst auf deren Vorzüge ein, pries sie in allen Einzelheiten, ließ sie traben und galoppieren, erging sich in ihrem Lob mit allem Eifer eines Pferdehändlers und meinte dann schließlich, dass er die Tiere unter Brüdern für nicht weniger als zweitausend Francs abgeben würde.

Vézère: Zweitausend Francs! Wollt Ihr Euch denn über mich lustig machen?

Javard: Von jedem anderen hätte ich hundert Louisdor verlangt, aber weil Ihr es seid, Monsieur, sage ich: Zweitausend Francs und die Pferde gehören Mademoiselle.

Vézère: Ich biete Euch zwölfhundert Francs. Was meint Ihr dazu?

Javard: Bei diesem Handel würde ich mehr als dreißig Louisdor verlieren.

Vézère: Ihr wollt also nicht im Preis heruntergehen?

Javard: Ich kann es nicht, auf Ehre!

Vézère: Na, na, die Ehre eines Pferdehändlers …! Nun, Ihr werdet die Pferde für einen anderen bestimmt haben.

Adeline: Sie würden doch so gut zu meinem Wagen passen, der so hübsch ist!

Vézère: Hübsch hin, hübsch her, Ihr werdet Eure alten Pferde behalten müssen. Mit Euren Launen bringt Ihr mich an den Rand des Ruins.

Sie aber bestand auf den neuen Pferden. Er ärgerte sich, nahm Stock und Hut und ging von dannen.

ADELINE: Was für ein Geizkragen! Immer macht er nur alles halb. Er schenkt mir einen entzückenden Wagen, aber die dazugehörigen Pferde will er nicht kaufen. Und dabei sind diese doch so herrlich ...! Schade, sehr schade!

JAVARD: Ich verstehe nicht, wie ein so reicher Herr sich für lumpige zweitausend Francs so lange nötigen lässt, vor allem wenn es darum geht, einer so hübschen Frau eine Gefälligkeit zu erweisen, die doch nur sein Glück im Sinne hat. Oh, wenn ich an seiner Stelle wäre!

ADELINE: Dann würdet Ihr höchstwahrscheinlich genauso handeln, die Männer sind nur spendabel, wenn sie uns begehren.

JAVARD: Ich bin zwar nur ein Pferdehändler, aber ich würde Euch ganz gewiss nicht meine Pferde vorenthalten, wenn ich für diesen Preis nur eine Nacht an Stelle von Monsieur de Vézère sein dürfte.

ADELINE *lächelnd*: Ihr würdet Euch aber damit selbst übers Ohr hauen, wenn ich Euch beim Wort nähme.

JAVARD: Meiner Treu, aber nein! Von ganzem Herzen würde ich das Opfer bringen.

ADELINE: Ihr scherzt ...

JAVARD: Nein, ich schwöre es! Sagt ja und die Pferde sind in Eurem Stalle!

ADELINE: Was, im Ernst?

JAVARD: Auf Ehre!

ADELINE: Wisst Ihr, dass Eure Pferde mich sehr in Versuchung bringen?

JAVARD: Ihr bringt mich viel mehr in Versuchung.

ADELINE: Wenn ich zustimmen würde …

JAVARD: Ich schmeichle mir, dass Ihr mit der Nacht so zufrieden wäret, dass Ihr mir zuweilen gewisslich noch eine andere gewähren würdet.

ADELINE: Ihr glaubt … Na und?

JAVARD: Na und?

ADELINE: Da Ihr es unbedingt so wollt … also dann lasst die Pferde unverzüglich in meinen Stall bringen!

Die Pferde wurden in den Stall gebracht, und Javard war obenauf. Er war ein kecker Kerl von gutem Aussehen, breiten Schultern, aufgewecktem Blick, wettergebräunter Haut und so recht geschaffen als Eintreiber von Schulden. Er wollte unverzüglich zu Werke gehen, um sich für seine Pferde in Adelines Schatulle zu entschädigen. Adeline hingegen trug zu großes Verlangen, mit ihren Pferden in Longchamp zu glänzen, um dem Pferdehändler nach seiner Großzügigkeit irgendwelche Schwierigkeiten zu bereiten. Ihr Boudoir wurde, noch vor dem Souper, dreimal zur Bank, wo er seine Wechsel einlöste. Ein treffliches Mahl, begossen mit einem guten Wein, brachte beide sodann wieder zu Kräften, danach sah Adelines Bett fünfmal den gierigen Javard, wie er fleißig mit seinem Dietrich in das Schuldgefängnis einbrach und seine Forderungen eintrieb. Vézère hatte ein ähnliches Fest bei Adeline noch nicht erlebt. Mit Begeisterung ließ sie sich die Spielbank sprengen. Der Pferdehändler jedoch, nicht auf den Kopf gefallen, wie er war, stand frühzeitig auf, begab sich eilig zu Vézère und ließ sich melden.

JAVARD: Meine Pferde, Monsieur, stehen nun in Mademoiselles Stall. Ich habe es einfach nicht übers Herz gebracht, sie ihr abzuschlagen.

VÉZÈRE: Ah, ich verstehe, und jetzt rechnet Ihr damit, dass ich, ohne darin eingewilligt zu haben, die Dummheit begehen würde, Euch die zweitausend Francs dafür zu bezahlen.

JAVARD: Keineswegs, Monsieur, ich habe mit Mademoiselle einen entsprechenden Vergleich getroffen.

VÉZÈRE: Und welchen, wenn's beliebt?

JAVARD: Sie hat einen Ring, den ich zum Pfand genommen habe.

VÉZÈRE: Ihren Ring?

JAVARD: Ja, und er gefällt mir sehr …

VÉZÈRE: Verteufelt, ich glaube es; er hat mich zweitausend Taler gekostet. Da seid Ihr nicht schlecht dabei weggekommen! Also gut, gebt mir Eure Rechnung; ich werde sie bezahlen, doch von dem Ring soll keine Rede mehr sein.

JAVARD: Aber, Monsieur, der Handel ist abgemacht …

VÉZÈRE: Und ich muss ihn ausbaden. Teufel, wie Ihr auch drauflos geht! Also her mit der Rechnung, hier ist das Geld!

JAVARD: Ach was, da Ihr sie doch so liebt!

Er stellte die Rechnung aus, nahm das Geld in Empfang und zog sich zurück, zufrieden, die Pferde so gut verkauft und gratis eine so prächtige Nacht verbracht zu haben.

Vézère kleidete sich inzwischen an, nahm Hut und Stock und fuhr zu Adeline. Die Kammerzofe mochte ihm vorhalten, was sie wollte, dass Adeline noch schliefe und dass sie die ganze Nacht auf Achse gewesen sei, er ließ sich nicht abweisen und trat ein, indem er vorgab, dass er ihr ein Mittel gegen ihre Migräne bringe. Durch diesen Wortwechsel erwachte Adeline.

ADELINE: Kommt Ihr schon wieder, um mich aufzuregen und zu kränken, wie Ihr es gestern getan habt?

VÉZÈRE: Nein, du Spitzbübin; du weißt recht wohl, dass ich am Ende alles tue, was du willst. Sieh her, hier ist die bezahlte Rechnung für deine Pferde!

ADELINE: Was soll ich damit anfangen, Monsieur, da ich die Pferde doch bezahlt habe?

VÉZÈRE: Ja, mit deinem Ring! Javard hat mir alles erzählt; aber ich verstehe das nicht. Behalte ihn! Hier ist der Schein über die Löschung deiner Rechnung. Javard hat mir versprochen, dir deinen Ring zu lassen.

Adeline erriet ohne Mühe die ganze Hintergründigkeit, biss sich auf die Lippen, um nicht in helles Gelächter auszubrechen; und um sich ihre Verlegenheit nicht anmerken zu lassen, war sie so gefällig, den Geldsack zu seiner Entschädigung in ihr Schließfach sofort aufzunehmen, das der Pferdehändler vergangene Nacht so ausgiebig geplündert hatte.

Wasserspiele

Diese Geschichte fand allgemeinen Beifall, und um den Durst der Erzählerin und ihrer Zuhörer zu löschen, lud der Bischof zu einem Punsch ein.

»Gern«, meinte Signora Magdalani, »aber wäre es nicht besser, sich vor dem Punsch durch ein Bad zu erfrischen. Mein Bruder besitzt draußen im Garten ein bezaubernd gelegenes Becken; es ist zu dieser Jahreszeit schon so heiß, dass die Sonne das Wasser genug erwärmt haben dürfte. Große Umstände wird uns das nicht kosten, denn unsere Morgenmäntel sind nur durch ein Band zusammengehalten.«

»Der Einfall ist köstlich«, erwiderte Madame de Valbouillant, »doch wird uns dabei auch niemand beobachten können?«

»Keinesfalls«, sagte der Bischof, »denn das Bassin liegt direkt neben diesem Salon, und keiner kann dort hingelangen. Ich allein besitze einen Schlüssel. Wir nehmen den Punsch mit, stellen ihn auf den Beckenrand und trinken ihn, während wir uns im Wasser tummeln.«

Alle waren einverstanden, und wir gingen zu diesem reizenden Bassin, das mit Stuck verkleidet war. Eine mächtige Platane, zwei Sykomoren sowie zwei große Trauerweiden mit ihren herunterhängenden dichten Zweigen umgaben es und spendeten ihren Schatten. Jasmin und Geißblatt rankten sich um ihre Stämme und bildeten zwischen den Bäumen einen dichten, duftenden Vorhang. Nur einige Schritte weiter erhoben sich inmitten einer Hecke verschiedenartiger Rosen Pfeifensträucher, auch Weißdorn, Akazie und Berberitze wuchsen dazwischen. Auf dem Rasen, der zwischen diesen Sträuchern und dem Bassin lag, wuchsen Veilchen, Stiefmütterchen, Anemonen und Narzissen, und um die langstieligen Lilien rankten weißblühende Wicken empor. Ein paar Schritte weiter boten Mooskissen, aus denen Tausendschönchen und Johanniskraut sprossen, einen weichen und natürlichen Ruheplatz der Nymphe, die, dem Bade entstiegen, sich trocknen wollte, bevor sie wieder ihre Kleider anlegte. Hier war es, wohin wir uns begaben, um von unseren Anstrengungen zu verschnaufen. Albano und Boucher hätten sich glücklich geschätzt, wären sie dabei gewesen; ihre Pinsel hätten zu tun bekommen. Jede unserer vier Schönen hätte ihnen Anregung für zwanzig Bilder gegeben. Sie hätten glauben müssen, Thetis zu sehen inmitten ihrer Najaden, wie sie Phöbus empfing, indessen die Horen die Pferde von seinem Wagen abspannten. Valbouillant schien wie Comus, der Gott der Festgelage, während ich, mit den hübschen Badenixen herumtollend, dem Gotte glich, der mit Flügeln an den Schuhen das Fest ankündigte.

Wir folgten also dem Prälaten und eilten in das kühlende klare Wasser, das die Reize unserer Nymphen nur auffrischte, sie unseren Blicken aber nicht entzog. Die Morgenmäntel, die sie abgestreift hatten, wurden durch ihre aufgelösten Haare ersetzt, die in langen Locken wie ein durchscheinendes Kleid um ihre zauberhaften Glieder bis zu den Hüften flossen. Das Wasser reichte den Schönen nur bis zu den Brüsten, hin und wieder tauchten sie bis zum Kinn unter, und wenn sie wieder emporkamen, so erweckte die Feuchtigkeit auf ihren elfenbeinfarbenen verführerischen Brüsten den Eindruck, als wäre es der frische Tau, wie man ihn auf ausgereiften, prallen Pflaumen findet und den man Reif oder Schmelz nennt. Mit welcher Gier wir Männer uns beeilten, diesen abzuküssen, welche Sprünge wir machten und welche Kurzweil wir doch in diesem Bassin trieben!

Unsere vier Najaden waren schön, doch jede in ihrer Art anders. Signora Magdalani, verhältnismäßig groß, hatte etwa die Formen, die wir an Mademoiselle Saucerotte in der Rolle der Dido bewundert haben. Ihre langen kastanienbraunen Haare hoben den Schimmer der von azurblauen Äderchen durchzogenen milchweißen Haut hervor. Ihre fülligen Formen beließen ihr die Frische, die sie unweigerlich durch den häufigen Liebesgenuss eingebüßt hätte, wäre sie so schlank geblieben, wie sie es mit zwanzig Jahren war. Bei Laura, viel kleiner als ihre Mutter, doch anmutig gebaut, fielen über ihre jungen Brüste eine Fülle aschblonder Haare; sie hatte blaue Augen, lange Wimpern, die ebenso schwarz waren wie die schön gebogenen Brauen; im Übrigen verdiente sie mehr als ehedem die Thévenin den Namen Pique-As. Ich werde es an dieser Stelle unterlassen, noch einmal Madame de Valbouillant und die liebliche Babet zu beschreiben. Die erstere hatte, wie schon gesagt, zwei Wonnehügel, die so prall waren, dass man sie dort nicht kneifen konnte, zwei Reihen Zähne wie Perlen und den dahinschmelzenden Blick, wenn sie kurz vor dem höchsten

Genuss der Wollust stand. Babet mit ihren dunklen Augen und ihrem kastanienbraunen Haar glich Hebe, der Göttin der Fortpflanzung, da sie Herkules weckt.

Nach unzähligen gegenseitigen Schäkereien verfolgte Madame de Valbouillant, ausgelassen wie Sappho mit ihren Gespielinnen, die junge Laura, warf sie auf ein Büschel Schilfgras und ließ uns das Rot und Rosa inmitten ihres Pique-Asses sehen. Währenddessen war der Marquis zu den beiden geeilt, drehte das Stiftsfräulein auf die Seite, legte sich selbst auf den Rücken und drang ihr in die purpurrote Raute, während seine Frau die Kleine weiter am Lustzapfen kitzelte. Der Bischof hatte sich in der Zwischenzeit Babet vorgenommen und sie so neben das auf und nieder tanzende Paar flankiert, dass Babet mit ihrem Spielfinger ihrer Herrin den gleichen Dienst erweisen konnte wie jene der kleinen Laura. Und um das Quintett zu einem Sexspänner werden zu lassen, legte sich Signora Magdalani auf ihren Bruder, umfasste dessen presto vibrierende Lenden und bot mir durch diese Stellung Hauptportal und Hintertür zur Auswahl an. Zuerst heizte ich die Signora im Hinterzimmer an, bis sie in hellen Flammen stand, dann drang ich durch die Vordertür ein und löschte den Brand mit einem vollen Erguss. Der froh gemute Gegensatz zwischen dem kühlenden Nass des Wassers und der Hitzigkeit unserer Begierden putschte die Sinnenlust so auf, dass wir einhellig fühlten, es könne keine Steigerung der Verzückung mehr geben.

Wir verließen das Bad ebenso frisch, wie wir hineingegangen waren, und leerten die Schale Punsch, die der Bischof am Bassinrand bereitgestellt hatte. Ich machte dabei den Mundschenk, und alle fanden, dass ich dies mit ebensolcher Anmut tat wie der phrygische Prinz, der Jupiter den Nektar servierte.

Unsere Schönen legten wieder ihre Morgenmäntel an, wir ein leichtes Gewand aus Taft; so kehrten wir in den Salon zurück, wo wir die zärtlichsten Liebkosungen austauschten. Signora Magdalani machte dabei die Bemerkung, dass in einem Kreis von Menschen, so bezaubernd er auch sein möge, doch immer eine Einbuße darin bestehe, dass es mehr Glocken als genügend Klöppel gebe und dass, untersuchte man die Angelegenheit nach der physisch-mathematischen Proportion, es sich mehr gehörte, wenn sechs Männer mit vier Frauen, und dass es, um des lieben Friedens willen, nötig wäre, die Zahl der Männer zu verdoppeln.

Der Bischof stimmte zwar dieser Theorie seiner Schwester zu, wies jedoch auf die Schwierigkeit hin, dies in die Tat umzusetzen, ohne seinen Ruf zu riskieren, der doch die Grundlage für den Wohlstand seiner Familie bildete. Die Signora, beschämt, wusste nicht, was sie antworten sollte, als Laura das Wort nahm und ihren Onkel an die Kleinode erinnerte, die er so gefällig gewesen war, ihr über ihre Tante, die Visitantin, zukommen zu lassen. Der gute Prälat lächelte, alle bedrängten ihn deswegen, und schließlich bedeutete er seiner Nichte, ihre Kleinode herbeizuholen, falls sie noch welche besäße.

»Und ob ich sie noch habe!«, rief diese. »Sie sind mein ganzer Trost gewesen, seit Sie sie mir zum Geschenk gemacht hatten!«

Mit diesen Worten zog sie aus ihrem Pompadour zwei der schönsten Nonnentröster, die das Kunsthandwerk als Ersatz für den männlichen Glockenschwengel erfunden hat: Eine zinnerne Röhre, naturgetreu gebaut, verkleidet mit rotem Samt, ausgerüstet mit einem Druckkolben, der, je nach Bedarf, heiße Milch verspritzte. Die fromme Äbtissin vom Visitantinnenorden hatte, aus Sorge um das sinnliche Wohl ihres Klosters, den Prälaten, ihren Cousin, gebeten, ihr verschiedene Kaliber von diesen Samthanseln für die Postulantinnen, die Novizen und die Klosterschwestern zu besorgen. Um sicher zu sein, dass ihre Gemeinschaft nicht brachliegen würde, hatte sie sich einige als Reserve beiseite gelegt, die nunmehr, da die religiöse Begeisterung nachließ und jedes Nönnchen mit dieser Mönchsprothese ausgestattet war, bei ihr ungenutzt lagen. Der Bischof, die Bedürfnisse seiner geliebten Nichte vorhersehend, hatte von seiner Cousine zwei zurückerbeten, und die fromme Mutter Äbtissin, eifrig um das Seelenheil ihrer jungen Verwandten besorgt, hatte die Gürtel, an denen diese ›tragbaren Ehemänner‹ befestigt waren, mit dem Bild des Agnus Dei und mit geweihtem Palmholz geschmückt, womit sie den Namen des ›Holzes vom wahren Kreuze Christi‹ ehren wollte, damit sie die Gedanken Lauras, wenn diese vom Kloster fern war, zu Gott erhob.

Die von der Liebe aufgeputschte Gesellschaft im Salon bewunderte das Genie des Erfinders als auch die Art, wie der Handwerker dieses Werkzeug ausgeführt hatte. Die ausgelassene Babet wollte sich auf der Stelle diesen geweihten Gürtel um die Hüften binden, doch auf die Vorstellung des Stiftsfräuleins hin musste sie abwarten, bis die dazu notwendige Milch herbeigeschafft und auf die entsprechende Temperatur erhitzt worden war.

Um die Zeit, bis dies geschehen, abzukürzen, schlug jemand vor, dass unsere Schönen wahrheitsgetreu von einem ihrer Abenteuer erzählten. Der Vorschlag wurde von allen mit Freuden angenommen, und Signora Magdalani als die älteste Dame in unserem Kreise berichtete uns Folgendes:

Von Signora Magdalanis ersten Liebesfreuden

Ich verlor meine Mutter, als sie mich zur Welt brachte. Mein Vater ließ mich auf das kleine Schloss meiner Tante, das nicht weit von Nizza lag, bringen. Da diese im Müßiggange lebte, hatte sie nichts anderes zu tun, als sich der Frömmigkeit zu weihen, und so verbrachte sie ihre Tage in der Kirche oder schwatzte mit den Nachbarinnen. Sie war es, die mich die Litaneien der Heiligen Jungfrau lehrte, und so sprach ich mit aller dazu gehörigen Emphase: ›Turm aus Elfenbein, geheimnisvolle Rose, auserwähltes Rüstzeug, betet für uns!‹ Doch, um ehrlich zu sein, mit diesen unzusammenhängenden Anrufungen verband sich mir kein Sinn. Meine Tante indessen beglückwünschte sich zu ihrem Lehrtalent wie zu meinen Anlagen, die sie beförderte, weil ich bereits mit zwölf Jahren die sieben lateinischen Bußpsalmen auswendig hersagen konnte, zum Beispiel das ›Salve Regina‹ und das ›Angelus‹. War meine Tante ausgegangen und ich war mit dem Saumnähen fertig, das sie mir anzufertigen aufgegeben hatte, so lief ich in den Park, um mich mit den Kindern des Gärtners Marcel auszutoben. Der Älteste von diesen Knaben war ein kleiner liederlicher Schlingel von etwa fünfzehn Jahren, wettergebräunt, mit aufgewecktem Gesicht, einem Doppelkreuz und breiten Schultern. Die Haushälterin des Pfarrers, eine Witwe des Glöckners und zwischen vierzig und fünfzig Jahren alt, hatte es auf sich genommen, ihm Unterricht zu geben, und hatte sich für ihre Lektion bezahlen lassen. Sobald ich auf der Bildfläche erschien und meine aufblühenden Reize ihn stärker fesselten als die überalterten seiner Lehrerin, suchte er ungeduldig die Gelegenheit, mir von seinen Kenntnissen mitzuteilen, die er erworben hatte, doch ich übertrumpfte ihn. Eines Abends, da ich im Park spazieren ging, um Luft zu schnappen, und er ein Beet mit Lattich pflanzte, schaute ich ihm zu, wie er in die Löcher, die er mit dem Stock gegraben hatte, die Wurzeln einpflanzte. Ich stellte ihm einige Fragen über seine Arbeit, und er fühlte sich geschmeichelt, mit der Naivität seines Alters und seiner Bildung, mir zu antworten. Sodann verschlang er mich mit glühenden Blicken, obwohl er seine Augen niedergeschlagen hatte.

›Ich habe‹, sagte er, ›noch einen anderen Pflanzstock, der mehr taugt.‹

›Wenn du meinst, dann lass ihn mich einmal sehen, wie du mit ihm umgehst!‹

›Oh, mit dem geht man nicht in der Erde um, sondern man benutzt ihn im Treibhaus.‹

›Nun gut, das ist gleich nebenan, gehen wir dorthin!‹

›Nur zu gern‹, sagte er, ›folgt mir!‹

Der Eifer, darüber etwas zu erfahren, war es, der mich ihm folgen ließ.

›Nun lass einmal deinen Pflanzstock sehen!‹

›Also gut, sofort!‹

Er warf mich auf einen Humushaufen, und mit der einen Hand legte er mein Beet bloß, das er kultivieren wollte, mit der anderen Hand ließ er seinen herrlichen Pflanzstock sehen. Überrascht und neugierig, wie ich war, nahm ich ihn in die Hand.

›Wie steif und fest er ist!‹, sagte ich. ›Er muss wohl leicht eindringen!‹

Er: ›Dieser Pflanzstock kann alles. Er gräbt das Loch, er kann einpflanzen und begießen.‹

›Na, dann lass einmal sehen, wie du das anstellst!‹

Ich glaubte, er würde ihn in den Humus einrammen, doch ich täuschte mich, denn der Schlingel, der meine Lage ausnutzte, stürzte sich in meine Arme, hob meine Beine unter seine Arme, zog mich an sich, sammelte all seine Kräfte und drang, alle Hindernisse hinter sich lassend, in den Winkel, wo die Wollust noch ihren Dornröschenschlaf hielt. Er hatte das Prinzesschen aufgeweckt, was nicht ohne Schmerz abging, und ich machte alle Anstrengungen, um mich zu befreien. Doch seine muskulösen Arme ließen mich nicht los. So blieb ich an dem Humushaufen kleben und ergab mich, obwohl unfreiwillig, in den Schmerz, den ich erlitt. Doch nicht lange, und der Schmerz schwand nach und nach. Dieser Gartengast, der mir zuerst so schrecklich erschien, wurde nunmehr in meinen Augen zu einem Tafelfreund, in dessen Gesellschaft man sich wohlfühlen konnte, und ich wünschte bereits weniger, dass er sich zurückzog. Allmählich ertrug ich meinen Schmerz mit Geduld und hatte bald darauf nur noch die Befürchtung, dass er den in hellen Flammen stehenden Ort, dem er schließlich die höchsten Wonnen bereitete, verlassen könnte. Mein Sinnenrausch nahm immer mehr zu und beruhigte sich erst durch den reichlichen Erguss eines Balsams, der meine Wunden kühlte und mich auch innerlich die süßesten Freudentränen vergießen ließ. Als seine Leidenschaft abgeklungen war, kam der Pflanzstock in weniger bedrohlichem Zustand wieder zum Vorschein. Ich war geradezu verdutzt über die Schlaffheit, in der er sich befand; ich nahm ihn neugierig in die Hand und sah mit Erschrecken, dass er rot von meinem Blute war. Jedoch verzieh ich ihm sein rohes Vorgehen und war eigentlich nur betrübt über seinen schlaffen Zustand.

Bastien, so hieß der Sohn unseres Gärtners Marcel, beschaute sich die Verwüstung, die er bei mir angerichtet hatte, und das, was er sah, und meine warme Hand, die seinen Pflanzstock noch umfasst hielt, belebten seinen Stolz, und ich hätte wohl diesen wieder gebrochen, wenn uns Geräusche nahe beim Gewächshaus nicht gestört hätten. Es war meine Tante, die von der Abendandacht nach Hause kam und ihren Rückweg durch die kleine Parktür genommen hatte. Mein zerknitterter und von der Humuserde beschmutzter Rock, mein glühendes Gesicht und mein ganzes verlegenes Verhalten weckten ihren Verdacht. Eine alte Betschwester, die in ihrer Begleitung war, bestärkte diesen noch durch frommes Gerede. Das Ende vom Lied war, dass man meine Unterwäsche examinierte, und nachdem man gefunden, was man gesucht, musste ich unverzüglich in ein Kloster, wo ich bis zu meinem fünfzehnten Lebensjahr blieb. Danach verheiratete man mich an einen Mann, der mich für eine Jungfrau hielt.«

»Wie, Mama, er hat nicht bemerkt, dass …?«

»Nein, mein Herz! Der kleine Bastien hatte mir zwar ein Loch gebohrt, doch er war noch zu jung, um eine größere Grube zu schaufeln. Und dein Vater glaubte, dass ich mich während der drei Jahre im Kloster der dort üblichen Hilfsmittel bedient hätte. Ich bestärkte ihn in seiner Meinung durch ein entsprechendes Geständnis, um gar nicht erst schlimmere Gedanken aufkommen zu lassen.«

Die schöne Italienerin hatte kaum ihre Erzählung beendet, da verkündete uns schon Babet, dass die Milch warm wäre. Sie brachte sie in einer Kaffeekanne und füllte sie in die beiden Nonnentröster; sodann band sie sich den größeren um die Hüften und forderte die schöne Laura auf, ihn mit ihr auszuprobieren. Obwohl das Stiftsfräulein darauf brannte, zauderte sie doch, da die liebliche Babet von niedriger Herkunft war.

»Eine schöne Vorstellung von Adel!«, sagte der Prälat. »Wenn Babet auch nicht von erlauchter Geburt ist, so ist sie doch durch ihre Bauchschwägerschaft geadelt. Sie kann ihr Wappen mit meinem Siegel, mit dem des Prinzen Hic & Hec und dem des Marquis schmücken.«

Bei diesen Worten gab Laura nach und ließ Babet gewähren. Während sich die beiden mit der Prothese verbanden, drückte ich mich von hinten an Babet und erwies ihr den gleichen Dienst auf die natürliche Art. Ich saugte mich mit dem Mund an ihrer Schulter fest. Während ich mit der linken Hand die Hüften der schönen Laura presste, glitt meine rechte zwischen die Brüste der beiden Mädchen und knetete gierig deren elastische Auslagen. Wie wir drei so am Wirken waren, verabreichte sich Signora Magdalani selbst die zweite Spielrübe, und Valbouillant, ihre Gunst genießend, kam ihr auf dem hinteren Wege entgegen. Um einen Blick auf den Prälaten zu werfen: Er suchte mit schmeichelnder Zunge nach Götterspeise in der tiefen, engen Wollustgrotte der gefälligen Madame de Valbouillant, die ihrerseits auf der Hirtenflöte des Kirchenfürsten ihre himmlisch lockenden Melodien blies.

Die Frauen probierten eine nach der anderen diese wohltätigen Lustspritzen aus, und die große Kaffeekanne war bereits fast geleert, als unserem findigen Prälaten der Einfall zu einem neuen Experiment kam. Er nahm den größeren der beiden Tröster, schnallte ihn sich so um, dass er etwas unterhalb seiner Hüften nach hinten stand, gleich einem auf englische Art gestutzten Pferdeschwanz, stellte sich sodann in die enge

Gasse zwischen zwei genügend hohen Betten, platzierte seine Nichte auf das eine und seine Schwester auf das andere, und zwar so zwischen sich, dass ihre Oberkörper auf das eine Bett und ihre Beine auf das jeweils andere Bett zu liegen kamen; auf diese Weise etablierte er sich auf natürliche Art im Tempel seiner Nichte und mit dem Tröster in dem seiner Schwester ein. Mit schnellen Bewegungen, die er vollführte, bediente er zu gleichem Vorteil die vordere wie die hintere Empfängerin. Und als er seine natürlichen Säfte steigen fühlte und entlud, betätigte er die künstliche Spritze, sodass alle gleichzeitig die Wogen der Wollust genießen konnten.

Diese Stichprobe war die letzte an diesem Abend. Köstliche Früchte und ausgezeichnete Liköre erfrischten die kleine Gesellschaft und ließen sie wieder zu Kräften kommen. Anschließend ging man, ein jeder für sich, zu Bett, um sich ungestört der Ruhe des Schlafes zu überlassen, die alle nach den genossenen Freuden des Liebeskampfes nötig hatten.

Im Übrigen muss an dieser Stelle eines nachgetragen werden: Der Prälat war ein Mann, der seine festen Prinzipien und Regeln bei Orgien hatte, die mit religiöser Strenge und Folgsamkeit einzuhalten waren. Für alle Mitglieder einer solchen Nacktballgemeinde war verbindlich, dass Gemeinnutz vor Eigennutz ging, dass also auch die Freuden allen gemeinschaftlich gehörten. Keine der Freuden oder Vergnügungen durfte vor den lüsternen Blicken der anderen Teilnehmer verborgen gehalten werden; ein solches Vergehen konnte mit Ausschluss geahndet werden. Verboten war fernerhin den Frauen, sich insgeheim einen Kost- oder Schoßgänger zu halten, denn das würde bedeuten, die Gemeinschaft um etwas zu bringen, was geteilt werden müsste. Dahingegen war alles erlaubt, sofern man vorher kundtat, was man zu tun beabsichtigte, damit alle teilhaben konnten, falls es sie danach gelüstete.

Am Morgen des folgenden Tages, nach neunstündigem erholsamem Schlaf, verließen unsere Schönen das Zimmer:

> Alors belles sans art, dans le simple appareil
> De beauté que l'on vient d'arracher au sommeil.
> Und schön, ganz ohne Schmuck im schlichten Kleid
> der Reize, wie man sie aus dem Schlaf gerissen.

(Racine, Britannicus)

Sie liefen von Zimmer zu Zimmer. Laura, als Erste aufgestanden, befand sich bereits in dem ihrer Mutter, die sie in ihre Arme schloss, um ihr die Freude zu bezeigen über die Freiheit, die sie ihr am Abend zuvor gewährt hatte. Sie küsste die Signora und sagte:

»Ach, Mama, wie schön du doch bist! Erst seit gestern kenne ich deine Reize; die Ehrfurcht, die ich bisher vor dir hegte, hat mir mehr Zurückhaltung als Liebe eingeflößt. Seitdem du mich an deinen Freuden hast teilhaben lassen, schwimmt mein Herz auf den Wogen der Wonnen, und ich fühle, dass es mich glücklicher machen würde, dir solche zu bereiten, als die von einem Manne, selbst dem verführerischsten, zu empfangen. Da, sieh nur deine Brüste, die ich dir soeben geküsst habe!«

»Ich fühle ebenso, mein Kind, aber …«

»Was aber? Wer könnte uns daran hindern, unsere gegenseitigen Begierden zu befriedigen?«

»Hast du unsere Vereinbarungen vergessen?« Und Signora Magdalani erinnerte ihre Tochter an die Bestimmung, dass keinerlei Vergnügen den Augen der anderen verborgen bleiben dürfte.

»Also gut, Mama«, sagte Laura, »gehen wir nach unten zu den anderen und sagen wir ihnen, was wir möchten; sie sollen dabei sein, wenn sie wollen. Aber eines schwöre ich dir: Ich erlaube keinem mir gegenüber irgendwelche Zärtlichkeiten und werde auch keine irgendwem erweisen, bevor du nicht einwilligst, dass wir einander unsere Leidenschaft teilen.«

Valbouillant und der Bischof kamen gerade hinzu, als Laura dies sagte, und die Tochter teilte ihnen ihre Absichten mit. Und als auch ich mit Madame de Valbouillant und Babet hinzustießen und wir hörten, worum es ging, ersuchte ich dringend Signora Magdalani, den Leidenschaften ihrer Tochter nachzugeben, damit sie beide wieder denen der anderen zur Verfügung ständen.

»Also, Mama«, rief Laura, »was zaudern wir noch? Komm auf dieses Sofa dort!«

Da die Signora zögerte, meinte der Marquis:

»Wir wollen uns zurückziehen, denn hier handelt es sich um Familienangelegenheiten, in die wir uns nicht einmischen sollten! Gehen wir in den Salon, unsere schönen Freundinnen werden schon nachfolgen, wenn sie die Lust dazu verspüren.«

»Sind alle mit dem Vorschlag einverstanden?«, fragte der Bischof und schaute uns drei an.

»Aber gewiss«, erwiderten wir einstimmig, »doch da es eine Familienangelegenheit ist, sollten Monsignore doch dabei zugegen sein.«

»Nein«, versetzte Laura lebhaft, »wir brauchen nicht lange und werden also bald in den Salon nachkommen!«

»Wie es dir beliebt«, meinte der Onkel Bischof lächelnd, »wir haben genug auch ohne euch beide zu erledigen, denn das Frühstück muss bereitet werden.«

Wir gingen hinunter in den Salon. Mutter und Tochter traten wieder ins Zimmer, aus dem sie gekommen waren. Die hitzige Laura führte ihre Mutter auf das Bett, das sie soeben verlassen hatten, und warf sich dort in ihre Arme. Nichts, weder Röcke noch Korsetts, behinderte die Raserei ihrer Sinne.

»Was für herrliche Formen!«, rief das Stiftsfräulein und bedeckte ihre Mutter mit heißen Küssen.

»Wie frisch und fest du bist!«, rief jene zurück und streichelte die geheimsten Reize Lauras.

Ihre Beine verschlangen sich, sie pressten ihre Brüste gegeneinander, und zwischen den halb geöffneten Lippen schienen sich ihre Zungen zu vereinigen. Die Augen geschlossen, so betasteten und streichelten sie sich, dass ihre Sinne noch mehr in Feuer gerieten; über ihre feuchten Lippen kamen wollüstige Stoßseufzer; wie vom Delirium erfasst, zuckten ihre Hüften, und ihre geschäftigen Finger wurden vom Begeisterungssaft überschwemmt.

»O meine Venus! O meine Hebe!«, riefen sie sich in wilder Leidenschaft zu und drückten sich liebevoll aneinander.

»Oh, ihr Götter ...!«, hörte man es noch einmal, dann versagte ihnen die Stimme.

O Sappho! O Raucourt! Habt ihr je so tief eure Leidenschaft empfunden? Die Liebe von Mutter und Tochter schien den Sinnenrausch so zu verstärken, dass auch die reichlichste Entladung den Durst nicht zu löschen vermochte.

Der Bischof, der mit dem Marquis und mir auf Zehenspitzen die Treppe leise emporgestiegen war, hatte ihrem Rausch mucksmäuschenstill und genießerisch zugeschaut, dann brach er sein Schweigen und trällerte ein Stück Arie aus der Oper ›Lucile‹:

»Wo kann man besser aufgehoben sein
als im Schoß der Familie?«

»Da seht ihr einmal«, erwiderte Signora Magdalani, ohne die Fassung zu verlieren, »ihr anmaßenden Sterblichen, dass man ohne euch auskommen kann und dass Laura und ich einander zu genügen wissen.«

»Schon möglich, schöne Dame«, entgegnete ich, »aber da die Quelle des wahren Glücks sich bei Ihnen befindet, müssen Sie zugestehen, dass es unmenschlich von Ihnen wäre, wenn Sie sich weigerten, dort unseren Durst zu stillen.«

»Wir verweigern nichts«, meinte Laura, »vorausgesetzt, Sie zwingen uns nicht, auseinander zu gehen.«

Daraufhin umarmten sie sich von neuem fest. Der Bischof und Valbouillant, flink wie Windhunde, eilten zum Bett und begannen die beiden Schönen, die auf der Seite lagen, nach Art dieser Tiere zu bespringen. Einen Augenblick lang blieb ich Zuschauer, doch bald dieser Rolle müde, ging ich meinen Bischof von hinten an, und seine Bewegungen zeigten mir an, dass er meine Rückvergütung annahm. Nicht lange, und kurze Stoßseufzer, langes lustvolles Stöhnen und leichtes konvulsivisches Zucken von Mutter und Tochter verrieten uns, dass ihre Quellen wieder überflossen. Wir pumpten noch mehr drauflos und verlängerten so ihre Trunkenheit, bis dass auch unsere Schleusen sich öffneten.

Madame de Valbouillant und Babet, die während des Gefechtes hinzugekommen waren, wollten auch nicht untätig sein, hatten sich der Spielplempen bemächtigt, mit denen sie sich, entsprechend den Bewegungen der Haupttruppe, gegenseitig angingen.

Nachdem das Treffen beendet war, erhob und beglückwünschte man sich und begab sich nach unten in den Speisesaal. Gute Fleischbrühen, ausgezeichnete Trüffel in feinstem Olivenöl und mit Anchovis belegte Butterbrote stellten die Kräfte aller Mitstreiter wieder her, dazu trank man die vorzüglichsten Weine. Lose und anzügliche Lieder erheiterten das ausgelassene Frühstücksmahl. Sowie dieses beendet war, machte der Prälat den Vorschlag, in seinen herrlichen Park zu gehen, um sich dort zu verlustieren. Dem wurde allseits zugestimmt, und beschwingt und lachend folgte man dem frommen Mann und seiner reizenden Schwester.

Nichts war, was Geschmack und Vielfalt anbetraf, mit einem solchen Zaubergarten vergleichbar. Akazie und Lärche vereinigten ihre Äste mit der Zeder vom Libanon zu einem Dach. Nicht weit davon warfen ein Trompetenbaum und eine borkenlose Platane mit ihren hohen Wipfeln dem sich durchs Gras schlängelnden kristallklaren Bach wohltuenden Schatten, während die Trauerweide ihre schlanken biegsamen Zweige in das dahinplätschernde Wasser hängen ließ. Veilchen, Rosen, Thymian, Schwertlilien und andere Blumen und Pflanzen überzogen den Rasenteppich und lieferten reiche Ernte der fleißigen Biene, die in den Blüten den belebenden Nektar sammelt, aus dem sie Honig macht. Wohlriechende Sträucher, duftender Jasmin sowie das die Zweige und

Äste des Zitronen- und des Orangenbaumes sich hinaufrankende Jelängerjelieber berauschten mit ihren bunten und duftigen Girlanden Auge und Geruchssinn des Menschen. Ein schmaler Pfad, der sich durch dicht wachsende Haselnusssträucher und wilde Maulbeerbäumchen wand, führte zu einer ganz entzückenden Grotte. In dieser Grotte bedeckten künstlich angebrachte bunte Steine, rote Korallen, schimmernde Muscheln und glänzendes Perlmutt die Wände; frisches, glasklares Wasser, durch den Felsen geleitet, sammelte sich in herrlichen flachen Schalen, aus denen es als Kaskaden in granitene Bassins schoss, von denen man meinen konnte, die Natur hätte sie ausgehöhlt. Nirgendwo fiel auf, dass hier Menschenhand am Werk gewesen war, und gerade deswegen war die Wirkung umso größer. Trat man zum Eingang, so war zu lesen: ›Hier verirrt man sich.‹ Im Hintergrund der Grotte, erhellt durch eine in der Wölbung malerisch angebrachte Öffnung, boten dichte blühende Moospolster dem erschöpften Spaziergänger ein bequemes Ruhelager. Über diesem war zu lesen: ›Hier findet man sich wieder.‹

Signora Magdalani streckte sich auf diesem Ruhelager aus und fragte verheißungsvoll lächelnd:

»Wer möchte sich mit mir wiederfinden?«

Ich meldete mich als erster.

»Ich bewundere Ihren Eifer, den Sie unserer Familie bezeigen. Heute Morgen haben Sie meinem Bruder Ihren Dienst erwiesen, nun wollen Sie mir gefällig sein, und ich wette, dass Sie, noch bevor wir zum Schloss zurückkehren, auch meiner Tochter, dem reizenden Kind, von Nutzen sein möchten! Doch ich will nicht, dass sich Ihre Kräfte verzehren! Spielen wir mit der Wollust, aber lassen wir uns nicht von ihr hinreißen und weichen wir vor dem Höhepunkt zurück! Madame de Valbouillant und Babet haben heute noch kein rechtes Vergnügen genossen. Mein Bruder und der Marquis sollen sie aufs Korn nehmen; meine Tochter und ich, wir werden uns schon an Hic & Hec Genüge tun. Er hat Geist genug in den Fingerspitzen, und von diesem möchte ich im Augenblick mehr Gebrauch machen als vom Rüssel seines Elefanten. Komm, liebe Laura, setze dich an meine Seite und öffne wie ich deinen Morgenmantel! Seine Hände sollen unseren Muff streicheln, sein Mund soll uns abwechselnd küssen und an deinen und meinen Brüsten saugen; aber lass uns sparsam umgehen mit dem kostbaren Schlagobers, den er an uns verschwenden möchte!«

Ich stimmte dem Vorschlag, den sie mir machte, zu, und wenn die Sinne zu heftig wurden, zwang sie mich einzuhalten, um dann nach kurzer Rast das Spiel wieder aufzunehmen. Laura machte ein so allerliebstes Gesicht, wenn sie zum erwünschten Ziel kam, dass ich dem Verlangen nicht widerstehen konnte, meinen Mund an die Blüte zu legen, aus der der warme Liebeshonig tropfte. Die Bewegung, die ich dabei machte, entblößte meinen Rüssel, der sich in glänzendster Verfassung befand. Die Signora nahm ihn zwischen ihre heißen Lippen und ließ ihn sich so gierig auf der Zunge zergehen, dass mir der Eierlikör ebenso lief wie der Begeisterungssaft ihrer Tochter. Und meine linke Hand, die in Signoras Rosamunde auf Posten geblieben war, empfing den flüssigen Beweis ihrer Ergriffenheit.

Während wir mit solchem Spiel beschäftigt waren, hatten sich Madame de Valbouillant und Babet Rücken an Rücken gestellt und empfingen so den Bischof und den Marquis, deren Stöße mit jeweiligen Rückschlägen eine gleichermaßen einschneidende wie eigentümliche Reaktion hervorriefen.

Nachdem dies Spiel beendet war, wir uns etwas ausgeruht und einige Gläser Punsch getrunken hatten, wurde der Marquis de Valbouillant gebeten, eine kleine Geschichte zum Besten zu geben.

Geschichte von der Kupplerin Sarah

Ich weiß eigentlich keine zu erzählen, höchstens die von der schlauesten Kupplerin der Grafschaft. Keine Frau hatte wohl je eine so weitläufige Verwandtschaft wie diese. Sie hatte immer zwei oder drei Nichten, die sie auf der Promenade begleiteten oder ins Theater, und sobald ihre Nichten ein wenig zu bekannt geworden waren, zogen sie sich nach Orange oder Carpentras zurück, wo sie alsdann das, was sie bei Tante Sarah gelernt hatten, weitergaben, die ihre Nichten dann durch neue ersetzte, die aus den Dörfern der Umgebung kamen. Diese bildete sie dann mit der gleichen Sorgfalt aus wie die vorangegangenen.«

»O ja, ich erinnere mich«, sagte der Bischof, »Sarah ist klein und dick, hat eine niedrige Stirn, tief liegende Augen, rotes Haar und eine Nase mit Pickeln.«

»Richtig, und gewiss seid Ihr schon mehr als einmal ihr Neffe gewesen.«

»Ich will das keineswegs ableugnen, doch was ist ihr denn geschehen?«

»Gestern, als sie mit Justine, ihrer jetzigen Nichte, auf dem Wall promenierte, hatte sich ihnen ein Kaufmann aus Basel angeschlossen. Man war ins Gespräch gekommen; sie, die Nichte, hatte sich zuerst ganz züchtig benommen, doch dann war sie aufgeknöpfter geworden, und der gute Baseler hatte sie zum Souper eingeladen. Sarah, immer da, wenn es sich ums Essen handelt, hatte das Anerbieten angenommen, und man war übereingekommen, dass der Kaufmann anschließend mit der Nichte schlafen dürfe, sofern er auf dem Nachttischchen zehn Louisdor hinterlegte, von denen er je einen nach jeder Nummer, die er der aufschlussreichen Nichte liefern würde, zurückerhalten sollte. Sarah, die bisher nur mit eleganten Franzosen oder biederen französischen Bürgern Geschäfte gemacht hatte, war der Meinung, dass der Schweizer nicht mehr als ihre tatkräftigen Landsleute zu leisten vermöchte, und beeilte sich also, handelseinig zu werden. Das Souper verlief in fröhlicher Stimmung, man sprach fleißig dem weißen und dem roten Burgunder zu; die Alte hatte gegessen und getrunken wie zehn Scheunendrescher und war dabei immer munterer geworden. Sodann hatte sie den beiden zum Bett geleuchtet. Sie hatte gesehen, wie das Gold auf das Nachttischchen gelegt wurde, und hatte sich dann zurückgezogen, um das glückliche Paar in Ruhe sein Geschäft erledigen zu lassen. Als sie um neun Uhr in der Frühe in das Zimmer von Justine kam, hatte sie kein Geld mehr auf dem Nachttischchen vorgefunden, und der Schweizer hatte behauptet, dass sie ihm zwei Louisdor schulde. Justine, befragt nach den vorgefallenen Tatsachen, hatte die Behauptungen des Schweizers bestätigt. Da hatte die Alte noch lauter geschrien, doch der Schweizer, um sie zu beruhigen, hatte sie aufs Bett geschmissen und machte ihr den dreizehnten Louisdor zum Geschenk. Sie hatte ihr Leid mit Geduld ertragen, doch schwur sie bei allen Heiligen, dass sie solchen Handel nur noch mit Franzosen abschließen würde.«

»Die Nichte war weniger schlecht gestimmt«, bemerkte der Bischof, »als die Tante.«

Madame de Valbouillant fügte hinzu, dass der gute Baseler sich zweifelsohne so verhalten habe, um den zwölf heiligen Aposteln zu huldigen, und Judas sich für die alte Sarah vorbehalten habe.

»Wie dem auch immer sein möge«, versetzte ich, »ich würde mich auch zum Schweizer machen lassen, wenn ich sicher wäre, solche Talente zu erhalten.«

»Wenn man so wie Sie versehen ist, Abbé, braucht man solche Wünsche nicht zu hegen! Sie sind der leibhaftige Beweis dafür, dass der Priesterstand immer noch die für die Liebe allertauglichsten Partner liefert.«

Für dieses Lob musste ich mich bedanken. Ich umarmte Madame de Valbouillant, sie indessen prüfte mit der Hand, ob ich auch jetzt noch ihres Lobes würdig sei, das sie mir soeben gespendet. Die Verfassung, in dem sie meinen Meister Iste fand, ließ sie tief aufseufzen.

Neue Belustigungen

Nachdem so alle Kommentare über die Geschichte der Kupplerin Sarah verflogen waren, dachten alle über neue Belustigungen nach, deren man sich bis zur Stunde des Mittagessens hingeben könnte.

»Der Abbé«, schlug Madame de Valbouillant vor, »sollte uns mit einigen Spielen bekannt machen, die er auf der Schule gelernt hat.«

Ich sagte, dass die gebräuchlichsten und somit die beliebtesten Spiele ›Das schmelzende Pferd‹, ›Heiße Hand‹ und ›Schlotwind schlucken‹ gewesen seien.

»›Heiße Hand‹«, sagte Laura, »habe ich selbst des öfteren im Kloster mitgespielt. Ich stand dabei manchmal eine Viertelstunde, ohne zu gewinnen. Mir war das Spiel langweilig, denn zuletzt hatte ich nur eine eingeschlafene Hand.«

»Gäbe es vielleicht nicht doch eine Möglichkeit«, fragte der Bischof, »das Spiel pikanter zu machen?«

»Höchstens die, dass diejenige, die das Rätsel löst, mit der erratenen Person anstellen könnte, was sie wollte.«

»Das wäre zweifelsohne eine Variante«, meinte Signora Magdalani, »aber dennoch werden wir dabei wenig gewinnen, da unser Wille sowieso für die Männer unseres kleinen Kreises Gesetz ist.«

Hierauf zog man ›Das schmelzende Pferd‹ in Erwägung, fand es jedoch zu gefährlich für die Lenden desjenigen, auf dem die Hauptlast ruhen würde. Also verwarf man auch das. Das Spiel ›Schlotwind schlucken‹ fand, als man es beschrieben hatte, mehr Anhänger. Aber drei Männer auf vier Frauen, das ging nicht auf, doch Signora Magdalani verzichtete in selbstloser Weise und bot sich als Schiedsrichter an.

»Dafür«, entschied der Bischof, »empfängt die Signora als Entschädigung die Liebkosungen des Paares, das gewonnen hat.«

Nachdem alles so vereinbart war und wir die Morgenmäntel und Überwürfe abgelegt hatten, begann das Spiel. Der Prälat nahm die knusprige Madame de Valbouillant, der Marquis wählte Laura, und ich bekam meine liebenswerte Babet zugesprochen. Bald auf meinen Händen, bald auf meinen Füßen, auf diese Weise hatte ich meine Augen gerade vor ihren wohlgerundeten appetitlichen Hügeln und ihrem anmutigen Lustgebüsch, das die Ränder ihres Jungbrunnens umgab und worauf ich ab und zu, wenn wir Rad schlugen, meine Lippen presste. Der Prälat war genauso entzückt von den vorderen wie hinteren Reizen der Marquise, die, einmal auf den Händen, einmal auf den Füßen stehend, bei jedem Halt ihre schmeichelnden Lippen auf den Bischofsstab des frommen Hirten presste. Valbouillant und das Stiftsfräulein schlugen mit dem gleichen Eifer das doppelte Rad. Wir machten dreimal die Runde in der Grotte. Teils unter, teils über unseren Schönen hielten wir drei Paare schließlich zu Füßen von Signora Magdalani inne, und die Stellung, in der wir uns befanden, ausnutzend, spielten wir die lustvolle Szene des jungen Saturnin mit Madame Dinville nach.

Signora Magdalani sprach mir und Babet den Siegespreis zu. So nahm sie, auf der Seite liegend, mich denn als Belohnung in ihre Arme, und Babet, die sich einen Samthansel umgebunden hatte, ließ ihn in den Ort gleiten, den Venus Kallipygos anbeten lässt. Währenddessen gruppierten sich die anderen vier um uns und suchten das Vergnügen in jeweils den Stellungen, die ihnen beliebten.

Um aber wieder auf mich zu kommen: Ich sammelte mit meiner Zunge zwischen den halb geöffneten Unterlippen der schönen Magdalani den Wollusthonig; eine meiner Hände glitt an ihrem Schenkel hinab und erreichte den Brunstbusch der ausgelassenen Babet unterhalb des Trösters, den diese auf den engen und abgelegenen Weg der Göttin gebracht hatte, die wir bedienten, und das Streicheln meines Goldfingers an Babets Begeisterungsknöpfchen belebte deren Eifer dermaßen, dass sie die Stöße ihrer Hüften noch beschleunigte.

»O Gott«, rief die Signora, »welche Lust, welches Feuer ...! Ich vergehe!«

Ihre Dämme brachen, und sie überschwemmte mich. Doch ich ließ nicht in meinen Bemühungen nach, im Gegenteil!

»Himmel«, hörten wir sie stöhnen, »ich brenne lichterloh, und die Flammen der Lust schlagen noch höher! Oh, wenn ich nur diese anbetungswürdige Babet küssen könnte, die mir solche Wonnen bereitet!«

»Wenn Sie es wünschen«, erwiderte ich, »können wir die Posten tauschen, sie und ich!«

»Nur zu gern, göttlicher Freund!«

Im Nu war der Wechsel vollzogen, der künstliche Kavalier nahm den gebahnten Weg, und ich stieß in den Seitenweg vor. Wie herrlich weiß ihr Rücken war, so glatt und drall, wie wohlgerundet ihre Hüften; alles fest und frisch, so zartgliedrig ihre Schultern, so rund ihre Arme und so feingliedrig ihre Hände! Mein Mund glitt über all diese Schönheiten hin, während meine Hände ihre herrlich gedrechselten Brüste kneteten und diese wiederum von denen Babets gedrückt wurden, die die geiligen Berührungen der Signora Magdalani mit ebensolcher Lust empfing wie die, die sie erregte. Unsere Leidenschaften wurden zu lebhaft, um länger andauern zu können. Unser Rausch war auf dem Gipfel, wir verloren zur gleichen Zeit all unsere Kräfte und lagen wie erstarrt einige Sekunden, um die erregten Wogen zu glätten und das Abklingen des Rausches auszukosten. Der Bischof und der Marquis gossen jedem von uns ein Glas alten Alicanteweines ein, der uns wieder zu Bewusstsein und zu Kräften brachte. Und nachdem wir uns erholt und wieder angezogen hatten, baten wir den Marquis de Valbouillant, uns eines von seinen Abenteuern zu erzählen, bis die Stunde herankam, da uns das Essen im Schloss erwartete.

Das Liebesabenteuer des Marquis in Lothringen

Ich war zwanzig Jahre alt«, erzählte der Marquis, »war zu dieser Zeit Rittmeister bei den Dragonern, und mein Regiment, das in Lothringen lag, genoss alles Wohlleben, das dieses schöne Land in Überfülle bietet. In der kleinen Stadt, in der wir einquartiert waren, lebte die junge Frau eines alten Generals, der sich auf einer Inspektionsreise befand, mit der ihn die Regierung beauftragt hatte. Seine Frau war musikalisch, hatte eine gute Stimme, konnte recht artig Komödie spielen und tanzte mit Leichtigkeit und Grazie. Ich besaß die nämlichen Talente, und diese Übereinstimmung zog mich an und erweckte in mir den Wunsch, mit ihr näher bekannt zu werden. Ich begleitete sie mit meiner Geige zu einer kleinen italienischen Arie, und meine Beifallsbezeugungen schienen ihr zu schmeicheln. Ich bat sie, ihr den Hof machen zu dürfen, und sie hatte nichts dawider; jedoch eine alte Schwägerin, die immerzu im Salon zugegen war, durchkreuzte mein Verlangen, ihr die zärtlichen Gefühle zu gestehen, die ich für sie hegte. Sie bemerkte dies wohl, lächelte schelmisch darüber, tat aber nichts, um uns von dem lästigen Zeugen zu befreien. Ich steckte ihr heimlich Briefchen mit leidenschaftlichen Versen zu; sie nahm sie entgegen, schien darüber erfreut, doch eine Antwort erhielt ich niemals. Ihr wisst, wie feurig und gleichzeitig ungeduldig ich bin! Ich musste also all meine Beherrschung aufbieten, um diesen für mich unbefriedigenden Zustand zu ertragen. Es ärgerte mich, dass ich immer nur auf der Stelle trat. Um weiterzukommen, mich ihr ohne einen störenden Dritten erklären zu können und sie gleichwohl nicht zu kompromittieren, schützte ich eine Reise vor, die ich nach Nancy zu unternehmen hätte, wo sie, wie ich wusste, Verwandte hatte. Ich bot mich an, Briefe für sie nach dort mitzunehmen, und bat sie zu diesem Zwecke, sie am kommenden Morgen zum Lever aufsuchen zu dürfen, um diese in Empfang zu nehmen.

›Es ist sehr freundlich und zuvorkommend von Ihnen‹, sagte sie, ›aber ich weiß nicht, ob ich dem zustimmen darf; ich bin nämlich sehr schläfrig und mache immer recht spät Toilette. Sie würden mich nicht gerade sehr vorteilhaft zu Gesicht bekommen.‹

›Oh, Madame, wenn man alle Vorzüge, die die Natur verteilt, besitzt, dann kann die Kunst der Toilette nur schaden. So werde ich Sie in der morgendlichen Unordnung nur um so reizvoller finden.‹

›Glauben Sie? Ich habe da so meine Zweifel, doch als Belohnung für mein Entgegenkommen muss ich Ihnen die Verpflichtung auferlegen, mir ohne Hehl zu sagen, ob ich viel verliere, wenn ich noch keine Toilette gemacht habe. Kommen Sie also um zehn Uhr, dann werde ich auch meine Briefe geschrieben haben!‹

Ein aufmunternder Blick, mit dem dieser Bescheid begleitet war, erfüllte mein Herz mit der süßesten Hoffnung. Am nächsten Morgen kam ich pünktlich zur vereinbarten Zeit zu ihr, wandte mich an Marton, ihre Zofe, um zu ihr vorgelassen zu werden.

›Madame‹, sagte mir diese, ›hat in dieser Nacht wegen einer schrecklichen Migräne kein Auge zugetan und liegt noch zu Bett.‹

›Mein Gott‹, rief ich aus, ›noch zu Bett! Und mit einer Migräne! Was für ein Pech! Ich hatte mir das Glück erhofft, sie sehen zu können.‹

›Das hatte sie auch erhofft.‹

›Dann muss ich also wieder gehen …?‹

›Das habe ich nicht gesagt. Wenn Sie in ihr Zimmer hinaufgehen wollen, bitte, Sie sind ein Herr; doch verhalten Sie sich still und sprechen Sie leise, denn bedenken Sie, ihr Kopf …‹

Nach diesen Worten ging sie mir voraus, und ich folgte ihr auf den Fußspitzen. Sie öffnete das Schlafzimmer ihrer Herrin, ließ mich eintreten, schloss die Tür wieder und nahm den Schlüssel an sich. In dem halbdunklen Zimmer – die Vorhänge waren nur einen Spalt offen – erblickte ich die schöne Adèle wohlig ausgestreckt auf einem eleganten Bett, ein durch eine flachsfarbene Bandschleife nachlässig zusammengehaltenes Korsett ließ zur Hälfte ihre weichen weißen Brüste hervorquellen; ihr durchsichtiges und durch einen unruhigen Schlaf verrutschtes Busentuch ließ eine der rosigen Brustbeeren sehen; ein Teil der Haare, unter der mit kostbaren Spitzen bedeckten Haube frei geworden, fiel in wallenden Locken auf das Elfenbein ihres Halses, zu dem die ebenholzschwarzen Haare einen herrlichen Kontrast bildeten; eine hauchdünne Seidendecke mit einem holländischen Umschlagtuch umschlossen ihren schönen Leib und ließen ihre prächtigen Formen ahnen. Ich näherte mich ihr mit allem Eifer der Liebe und der Schüchternheit, die der Respekt einflößt (ich war ja noch ein Debütant).

›Ach, Sie sind es, Monsieur?‹, sagte sie mit einer Stimme, die sich bemühte, schwach zu klingen. ›Sie müssen schon zugeben, dass ich sehr wenig Koketterie beweise, Sie in dem Zustand der Ermattung zu empfangen, in dem ich mich befinde.‹

›Ach, Madame, die lebhafteste Anteilnahme für Ihren Zustand vermehrt nur noch die Erregung der Gefühle, die mir Ihre Reize einflößen.‹

›Sie wollen mir schmeicheln, Monsieur, denn sehen Sie nur, welche Ringe ich um die Augen habe!‹

›Es ist keineswegs so‹, sagte ich, ›dass, wer den Schaden hat, für den Spott nicht zu sorgen braucht. Mein Herz, das diese Augen entzücken, ist der beste Beweis hierfür.‹ Und nach diesen Worten raubte ich ihr einen Kuss.

›Lassen Sie das, Monsieur, und missbrauchen Sie nicht das Vertrauen, das ich in Sie gesetzt hatte!‹

Und dabei wehrte sie sich mit einer solch entzückenden Ungeschicklichkeit, die meinen Augen noch mehr Reize entdeckte.

›Wenn jemand einträte, auf welche Gedanken würde der kommen können. Marton, Marton! Wie das, sie ist nicht da …‹

›Sie ist wieder hinuntergegangen.‹

›Das nachlässige Mädchen … Aber wenn jemand anderes …?‹

›Sie hat den Schlüssel mit sich genommen.‹

›Oh, wie böse ich ihr bin …! Wieso konnte sie das tun? Sie bringt mich wahrhaftig in eine peinliche Lage.‹

›Und mich versetzt sie in die Lage, zum glücklichsten Menschen zu werden, sofern Sie für die zärtlichste Liebe empfänglich sind.‹

Ich wollte mir noch weitere Freiheiten herausnehmen.

›Aber, Monsieur, es wäre grausam von Ihnen, meine Schwäche, in die mich meine Migräne versetzt, zu missbrauchen. Ich bin sterbenskrank, und Sie … Lassen Sie mich also, bitte! Ich fühle wohl Ihre Hand!‹

›Oh, diese glückliche Migräne! Wie gut Sie Ihnen steht! Sie lässt Sie noch frischer erscheinen.‹

›Oh, wie kühn Sie sind! Ich bin ja fast gänzlich entblößt … Nein, Monsieur, halten Sie ein … Ich bin nicht die Frau, die erlaubt, dass …‹

Ich hörte nicht mehr auf sie, und meine geschäftigen Hände tummelten sich auf den geheimsten Reizen. Ein Knie hatte ich auf dem Bett und war schon dabei, mich auf sie zu stürzen, um das Bett mit ihr zu teilen, als sie mich zurückstieß, sich selbst mit aller Kraft herumwarf und an der Klingelschnur zog. Ich bekam einen Schreck und fürchtete, sie zu beleidigen, deshalb war ich mit einem Satz aus dem Bett und am Kamin, um meine Kleider wieder in Ordnung zu bringen für den Fall, dass ihre Leute kämen. Den Umständen entsprechend wollten mir schon Worte wie: Undankbare! und andere von den Lippen, als Madame unter Lachen sagte:

›Ich bin gerettet. Er weiß nicht, dass meine Klingel kaputt ist.‹

Mit einem Sprung war ich wieder bei ihr im Bett, doch nun leistete sie mir nur noch, um die Dehors zu wahren, Widerstand. Ich ließ meine Kräfte spielen, sie unterwarf sich dem hochfahrenden Bedürfnis, und nicht lange, da gaben unsere miteinander verschmelzenden Seufzer die Heftigkeit und Hitze unserer Wonnen wider. Kaum hatte ich mein Ziel erreicht, da zog ich im Galopp eine neue Bahn. Bevor wir uns trennten, hatte ich sie sechsmal glücklich gemacht, sie mich fünfmal. Sie nannte mich ihren lieben Dragoner und gab mir einen Schlüssel zu ihrem Zimmer, wovon ich jede Nacht Gebrauch machte, bis Befehle eintrafen, die mich zwangen, diese reizende Gegend zu verlassen.«

Wir zollten der Erzählung des Marquis Beifall, und die Damen priesen seine Tüchtigkeit. Signora Magdalani fragte ihn, welche natürlichen Grenzen, nach seiner Meinung, dem Liebeswerk gesetzt seien.

»Das weiß ich Ihnen nicht mit Genauigkeit anzugeben, doch sind Formen und Reize wie die Ihren dazu angetan, sie zu erweitern.«

»Das ist sehr liebenswürdig, wenn Sie so sprechen, aber nennen Sie mir die Höchstleistung, die Sie erreicht haben!«

»Das war in Brüssel, als ich von der Armee zurückkam und mich lange der Liebe habe enthalten müssen. Ich wandte mich, um das nachzuholen, an einen Lohndiener, der mir auf meiner letzten Reise als Kuppler gedient hatte. Dieser machte mich mit einer Tänzerin namens Aurora bekannt. Sie konnte mich jedoch nicht in ihrer Wohnung empfangen, da sie von einem eifersüchtigen alten österreichischen Offizier ausgehalten wurde; deshalb lud sie mich zum Souper im Hause eines Speisewirtes ein. Einziges Möbel in dem Zimmer war ein großer verstellbarer Fauteuil, wie man ihn auch oft im Biwak der Offiziere vorfindet. Für den ganzen Abend musste ich zwei Louisdor berappen, doch hatten wir wenigstens ein leidlich gutes Essen. Man servierte uns Gang für Gang, und nach jedem Gang, den man abtrug, legten wir einen auf dem Fauteuil ein. In viereinhalb Stunden waren das neun Gänge, wobei wir keinen Zwischengang ausließen. Aus diesem Grunde wollte mir das großmütige Mädchen dann auch meine zwei Louisdor zurückgeben.«

»Das ist echte Uneigennützigkeit«, rief der Bischof, »oder der Sieg der Liebesleidenschaft über Geld und Geiz; das wunderbare Gegenteil zur Verzweiflung der alten Sarah.«

»Die dicke Kupplerin meinen Sie?«, fragte der Marquis.

»Genau die!«

Eine Hand tastete an mir herum und war dabei, meine männliche Zierde wiederauferstehen zu lassen, als die Glocke ertönte und zum Essen in den Salon rief. Das Mahl verlief in fröhlicher Stimmung; der Bischof hatte einen mechanischen Tisch aufstellen lassen, einen solchen wie der, den Ludwig XV. lüsternen Angedenkens von Choisy hatte bauen lassen, um die Schamlosigkeit seiner Orgien vor den Augen der Domestiken zu verbergen. Beim Dessert ließen wir alle Kleider und allen anderen Luxus fahren und beendeten das Mahl splitterfasernackt, so wie es Ravannes von den Gelagen des Regenten uns überliefert hat.

Hier nun befindet sich eine sehr lange Lücke im Manuskript dieser erbaulichen und wahren Geschichte. Sobald wir in der Lage sind, sie zu schließen, werden wir uns beeilen, das verehrte Lesepublikum davon in Kenntnis zu setzen.

Anmerkungen

10 *Tertia:* lat., drittletzte Klasse einer Schule.

Regens: lat., Ober- bzw. Klassenlehrer.

11 *Satire des Petronius:* Gemeint ist Gajus Petronius Arbiter, der in der Kaiserzeit Neros (37–68) lebte und als Verfasser des ›Satyricon‹ gilt, ein als Fragment überliefertes Werk, in dem die Sittenverwilderung jener Zeit geschildert wird: Aberglauben, unersättliche Geschlechtsgier (hier vor allem auch die Knabenliebe) und die Völlerei.

Sextaner: lat., Schüler einer ersten Klasse.

13 *Sokrates … Alkibiades:* Dem griechischen Philosophen Sokrates (469–399 v.u.Z.) wurde päderastischer Verkehr mit seinem Schüler Alkibiades (um 450–404 v. u. Z.), dem späteren athenischen Politiker, Feldherrn und Abenteurer, und anderen nachgesagt. Wegen seines Urteils über freieren Verkehr der Geschlechter und also sittlicher und geistiger Verführung der Jugend musste er den Schierlingsbecher trinken. Sein Name ist durch die genannte Verleumdung der Sophisten in späteren Jahrhunderten sprichwörtlich für homosexuellen Verkehr (›sokratisieren‹) geworden.

15 ›*Gesellschaft Jesu*‹: lat., Societas Jesu; 1534 von Ignatius von Loyola (1491 oder 1495–1556) gegründeter katholischer Orden, der seine Aufgabe darin sah, mit allen Mitteln die Gegenreformation durchzusetzen und die Herrschaft des Papsttums zu sichern. Der Jesuitenorden war streng

militärisch organisiert (z. B. Ordensgeneral, Kadavergehorsam), und seine Mitglieder kämpften als Beichtväter, Diplomaten und Politiker gegen jeden Fortschritt. Wegen seines Gewinnstrebens und seiner politischen Umtriebe wurde der Orden im 18. Jahrhundert verboten (1759 in Portugal, 1764 in Frankreich, 1767 in Spanien). 1773 wurde er von Papst Clemens XIV. gänzlich aufgelöst, doch 1814 durch Papst Pius VII. wieder zugelassen.

18 *Maître:* frz., Bezeichnung in Frankreich für den Advokaten, hier im Sinne von ›Redner‹.

21 *Jupiter ... Ganymed:* Ganymedes, der Sohn des Tros und Urenkel des Dardanos, hieß es in der griechischen Mythologie, soll der Schönste unter den Sterblichen gewesen sein, sodass ihn die Götter, d. h. Zeus in der Gestalt eines Adlers, von der Erde zum Olymp entführt hätten, wo er den Göttern als Mundschenk diente. Zeus, der in sexueller Hinsicht ziemlich frei war, soll auch diesbezüglich Gefallen an Ganymedes gefunden haben.

23 *Hic & Hec:* lat., auch Hic und Haec (Er und Sie); hier als ›nomen est omen‹ bezeichnet, das heißt, er war hetero- wie homosexuell veranlagt.

39 *Fichu:* frz., Bezeichnung für ein meist weißes dreizipfliges Tüchlein, das das Dekolleté verhüllte.

44 *Hebe:* Aus der Götterehe des Jupiter und der Juno entspross auch Hebe, die Göttin der Jugend. Sie galt als Sinnbild der Fortpflanzung, wodurch die Gattung immer neu geboren wurde und sich in ewiger Jugend erhielt.

Sappho: Größte Dichterin der Antike, lebte zwischen 630 und 570 v. u. Z. zumeist in Mytilene auf Lesbos im Kreise junger schöner Freundinnen, die sie in der Dichtkunst und Musik unterrichtet haben soll. Diese ihre Freundschaft wurde später als unsittlich verleumdet und ihr Name und Lesbos sprichwörtlich für weiblich homosexuelle Liebe.

Phaon: Die Dichterin Sappho war mit einem reichen Mann aus Andros verheiratet, dem sie eine Tochter, namens Klais, gebar. Spätere Zeiten verleumdeten sie nicht allein dadurch, dass sie mit ihren Schülerinnen homosexuellen Verkehr gehabt haben soll, man sagte ihr auch nach, sie hätte daneben auch einen Jüngling namens Phaon geliebt, und da sie von demselben verschmäht und verlassen worden sei, hätte sie sich aus Verzweiflung vom leukadischen Felsen ins Meer gestürzt.

Duchesse: nach vorn verlängerter Polsterstuhl mit gondelähnlich abgerundeter Rücken- und Seitenlehne, der von 1745 bis 1780 in Mode war.

45 *Diana:* in der griechischen Mythologie die Tochter des Jupiter und der Latona. Sie wird als die Göttin der Jagd gepriesen und immer mit Köcher und Bogen abgebildet. Sie lenkt am Himmel allnächtlich auch den Wagen des Mondes und wird auf Erden in jugendlicher Schönheit immer neu geboren. Ihre Begleiterinnen auf der Erde sind die Nymphen. Als Schwester des Apollo schimmert Diana unter den Göttinnen am hellsten hervor, weil dieser seinen Glanz mit auf sie wirft. Als menschlicher Zug ist ihr die Keuschheit eigen. So sind Diana und Venus in ihrem Wesen die Allerentgegengesetzten unter den himmlischen Göttergestalten. Unter allen Lieblingen der Götter hat die altgriechische Dichtung den schönen Jäger Endymion eines besonderen Vorzugs gewürdigt, weil Diana selber, von seinen Reizen gefesselt, die Macht der Liebe empfand.

Euphrosyne: In der griechischen Mythologie vermählte sich eine Tochter des Okeanos, Eurynome, mit Jupiter und gebar diesem die Grazien Aglaja, Thalia und Euphrosyne, deren Augen Liebe einflößten. Dem Amor und den Musen wurden die Grazien zugesellt, sie umgaben selbst Jupiters Thron. Im Himmel und auf der Erde erkannte man ihre Herrschaft an und huldigte ihrem Einfluss, ohne den die Schönheit nicht vollständig ist, ›denn durch die Grazien, in tanzender Stellung abgebildet, wird vorzüglich der Reiz der Bewegung im Gang, Gebärden und Mienen ausgedrückt, wodurch die Schönheit am meisten die Seele fesselt‹. (Moritz, Götterlehre, Leipzig [Insel-Verlag] 1984, S. 229.)

55 *Novene:* ital., die neuntägige Andacht (Gebete und Gesänge).

56 *Psalm Miserere:* lat., Erbarme dich; katholischer Kirchengesang, dem als Text der 57. Psalm (beginnend: Miserere mei, Domine) zu Grunde liegt und der zumeist mittwochs und freitags in der Fastenzeit, besonders jedoch in der Karwoche, gesungen wird.

66 *tapfer wie einstmals Curtius:* Gemeint ist wahrscheinlich M. Curtius, ein mutiger junger Mann, der sich im Jahre 362 v. u. Z. in einen auf dem römischen Forum möglicherweise durch ein Erdbeben entstandenen Schlund, der nicht durch Erde auszufüllen war, auf prächtig geschmücktem Pferd mit kostbaren Schätzen stürzte, um, dem Orakelspruch gemäß, den Zorn der Götter zu sühnen, worauf sich dann auch der Schlund wieder geschlossen haben soll. Das Beispiel des Curtius führte Mirabeau in zahlreichen seiner revolutionären Reden an.

68 *Clinchetet* (oder auch Klingstedt oder Klingstaedt): ein zu Anfang des 18. Jahrhunderts berühmter Miniaturmaler, den man den ›Raphael der Tabatieren‹ nannte und dessen Sujet zumeist frivol-galante Szenen waren.

69 *heilige Magdalena:* Gemeint ist die im Neuen Testament erwähnte große Sünderin Magdalena, die durch ihre Erniedrigung vor Jesus im Hause des Simon zum rechten Lebenswandel und Glauben gelangt. Der nach ihr benannte Orden kümmerte sich um gefallene Mädchen. Im Mittelalter und der Renaissance galt sie den Prostituierten als Schutzheilige.

73 *Fiskal:* hier der in der Diözese Zuständige für die Steuern und Finanzen.

Offizial: Geheimer Rat eines geistlichen Fürsten oder Bischofs.

74 *Sanchez:* Tómas Sanchez (1550–1610), berühmter jesuitischer Theologe, heftig bekämpft von den Jansenisten und Protestanten.

75 *›niederen Weihen‹:* Die Ordination ist ein Akt der Weihegewalt, durch den dem Kleriker die spirituelle Befähigung übertragen wird. Man unterscheidet u. a. die ›ordines minores‹ (niederen Weihen), z. B. des Ostiarius, Lektors oder Exorzisten; sowie die ›ordines majores‹ (höheren Weihen),

z. B. des Episkopus, Presbyters oder Diakonus. Die Bezeichnung ›niedere Weihen‹ ist hier, wie der Leser selbst gemerkt haben wird, doppeldeutig gemeint.

77 *Albano:* Francesco Albani (1578–1660), genannt Albano, italienischer Maler vorwiegend mythologischer Themen in einem graziösen Stil.

Boucher: François Boucher (1703–1770), französischer Maler pastoraler, mythologischer und frivol-galanter Themen in einem graziös-dekorativen Stil.

85 *Colla pazienza …:* ital., mit Geduld und Spucke fängt man eine Mucke.

89 *Calèche:* Die Allegorie herrschte im 18. Jahrhundert in der Hutmode und der Frisur der Dame. Die Mode forderte Kopfputz mit ganzen Gärten, Gemüsebeeten und pastoralen Landschaften. So gab es auch Haartrachten z. B. à la Cabriolet oder auch Hüte à la Calèche, man trug aber auch Schiffe und andere Gegenstände als Kopfputz. Möglich, dass Mirabeau hier den Hut bewusst als Anspielung auf den defekten Wagen der Schlossgäste gewählt hat.

92 *Joseph … Frau des Potiphar:* Nach der biblischen Erzählung (1. Moses 39) war Potiphar des Pharaos Kämmerer, dessen Frau den keuschen Joseph zu verführen suchte.

95 *Pegu:* ehemaliges Königreich auf dem heutigen Gebiet von Burma. Ein deutsches Lexikon aus dem 18. Jahrhundert beschreibt es folgendermaßen: ›Asiatisches Königreich auf der indischen Halbinsel, jenseits des Ganges gelegen. Es gehört dem König Ava. Das fruchtbare Land wird von den Europäern gern besucht. Die Hauptstadt gleichen Namens ist weitläufig, sehr bevölkert und besitzt einen prächtigen Königspalast. Die Stadt liegt am Flusse Pegu.

Bénévent: Die unteritalienische Provinz Bénévent gehörte im 18. Jahrhundert zum Kirchenstaat.

97 *Mystifikation:* frz., Fopperei.

100 *als Hebe die Keule des Herkules:* Hebe, die Göttin der ewigen Jugend, wurde nach des Schicksals Beschluss Herkules vermählt, nachdem dieser zum Olymp und damit zum Gott hat aufsteigen dürfen. In der Dichtung, aber auch auf

Bildern wird Herkules oft mit einer riesigen Keule dargestellt; die Anspielung im Text liegt auf der Hand.
heraldische Akzedenzien: lat., gemeint sind die verschiedenen Wappenfiguren, -farben oder -elemente, die Auskunft über die familiäre Herkunft geben.

105 *Lingam:* indische Bezeichnung für den Penis; im Lingam-Kult wurde das männliche Glied auf ähnliche Art als Symbol der Fruchtbarkeit verehrt wie in der griechisch-antiken Tradition in dem Wort ›Phallus‹.
›Multiplikanten‹: lat., gemeint ist der Geschlechtsverkehr zwischen mehreren Personen.

107 *›Ich bin nicht auf die Erde gekommen …‹:* Genau heißt es: Ihr sollt nicht wähnen, dass ich gekommen bin, das Gesetz … aufzulösen; ich bin nicht gekommen, aufzulösen, sondern zu erfüllen (Matthäus 5, 17).

118 *Apollo aus dem Vatikan:* Statue des Apollo von Belvedere.

119 *Gott von Lampsakos:* In dieser ionischen Stadt am Hellespont war der Hauptsitz des Priaposkults.

122 *Longchamp:* Gemeint ist die Avenue de Longchamp im Bois de Boulogne, ein Ausflugsort der Pariser, wo man sich zu Pferde oder im Wagen zeigte. Longchamp ist heute Pferderennplatz.

131 *Thetis:* Tochter von Nereus, dem Gott der ruhigen Meeresfläche, ihre Schwestern waren die Nereiden. Thetis wurde mit dem König Peleus verheiratet, mit dem sie Achill zeugte.
Najaden: In der griechischen Mythologie hießen die Nymphen der Landgewässer Najaden, die sich wiederum in Flussnymphen, Quellnymphen und Nymphen der stehenden Gewässer teilen.
Phöbus: griech., Beiname von Apollo.
Horen: Göttinnen der Ordnung in der Natur, die Fruchtbarkeit brachten. Die Göttinnen von ihnen, die die Pflanzen zur Blüte und Reife brachten, ernährten auch die aufblühende Jugend und brachten das Tun der Menschen zu einem glücklichen Ende.
Gotte … mit Flügeln an den Schuhen: Hermes der Götterbote.

132 *Mademoiselle Saucerotte:* berühmte französische Tragödin im 18. Jahrhundert.
Rolle der Dido: Dido soll eine phönizische Prinzessin gewesen sein und gilt als Gründerin Karthagos. Der römische Dichter Vergil hat in der ›Aeneis‹ die Sage von der Dido nach seinen Zwecken umgestaltet. In seinem Epos endet Dido ihr Leben auf dem Scheiterhaufen, weil der von ihr geliebte Aeneas auf Beschluss des Schicksals und Befehl Jupiters sie heimlich verlässt. Der Stoff ist im 18. Jahrhundert oft dramatisiert und vertont worden. Am bekanntesten ist die Tragödie ›Didone abbandonata‹ (1723) von Pietro Metastasio, eine Operndichtung, die von Tommaso Albioni 1725, von Johann Adolf Hasse 1742, von Niccolò Jommelli 1747 und von Tommaso Traetta 1757 vertont worden ist. Um welches Stück oder welche Oper es sich hier handelt, ist ungewiss.
Thévenin: französische Schauspielerin in der zweiten Hälfte des 18. Jahrhunderts, damals bekannt unter dem Namen Mademoiselle Sophie.

135 *Postulantinnen:* lat., Bewerberinnen für ein Kloster.
Novizen: lat., Probenonnen.

136 *Agnus Dei:* lat., Lamm Gottes; hier Bild, auf dem ein Lamm mit Kreuzfahne und ein Heiliger dargestellt waren.

146 *Racine, Britannicus:* Der klassische französische Dichter Jean Baptiste Racine (1639–1699) schrieb 1669 die Tragödie ›Britannicus‹. Das Stück hat die Eifersucht Neros auf das Liebesglück seines Halbbruders Britannicus mit Junie zum Inhalt.

162 *Saturnin mit Madame Dinville:* Szene aus dem erotischen Roman ›Histoire de dom B…, portier de Chartreux‹ (1742) von J. C. Gervaise de Latouche.

Nachwort

Du gibst mir das Leben wieder durch die Hoffnung

Leiden und Leidenschaften des Comte de Mirabeau

Honoré-Gabriel de Mirabeaus Geburt am 7. März 1749 auf Schloss Bignon in der Provence leitete tragische Folgen für sein Leben ein. Er kam, zur Qual seiner Mutter, mit einem Riesenkopf, in dessen Mund bereits zwei Zähne ausgebildet waren, und mit einem schiefen Bein zur Welt. Endlich war wieder für den schöngeistigen und viel schreibenden Marquis de Mirabeau, den Vater, ein Stammhalter in der Familie, denn der Erste hatte es nicht weit gebracht, er hatte das Tintenfass seines Erzeugers ausgetrunken. Kurios an dem neuen Erdenbürger: Bei ihm, der einmal der größte und sprachmächtigste Redner seines Jahrhunderts werden sollte, war das Zungenband noch nicht gelöst. Überhaupt schien dieses Kind ein Ausnahmewesen zu sein. Hatte Herakles in der griechischen Sage als Baby irgendwelches Schlangengezücht mit der Hand erwürgt, so muss ihm Mirabeau, was kraftstrotzende Gesundheit anging, nicht viel nachgestanden haben. Der Vater am 15. April 1749 an den Duc de Nivernois: ›Ich habe dir von meinem Riesensohne nichts zu sagen, als dass er seine Amme schlägt, die ihm dann auch nichts schenkt, und sie puffen und stoßen sich beide nach besten Kräften; da sind zwei gute Köpfe zusammengekommen.‹

Das Unglück brach über das Kind im dritten Lebensjahr herein. Es bekam die zusammenfließenden Blattern, als deren traurige Reminiszenz die entsetzlichsten Pockennarben blieben, die nicht nur sein Gesicht, sondern damit auch sein zukünftiges Leben entstellten.

Dass Kinder von ihren Eltern, auch oder besonders in den besseren und höchsten Kreisen, vernachlässigt wurden, war in diesem Jahrhundert nichts Außergewöhnliches; das erklärt sich aus den Vorstellungen von Kindererziehung jener Zeit. ›Les grands aiment leur postérité, et ne se soucient point de leurs enfants.‹ – ›Die Großen der Gesellschaft möchten zwar Nachkommen haben, doch kümmern sie sich in keiner Weise um ihre Kinder‹, schreibt der scharfsichtige Sittenbeobachter Charles Pinot Duclos (1704–1772). Und in den Memoiren der Marquise de Créqui ist zu lesen: ›Der Marquis de Villeneuve meinte, der Papagei seiner Frau würde besser als seine vier Kinder ernährt. Da alle Kinder hungrig waren, weinten sie den ganzen Tag. Einige Knaben revoltierten dagegen: Die drei Bethunes und die Choiseuls verbündeten sich und brachen nachts in die Speisekammer ihrer Großmutter, der Duchesse de Sully, ein, um sich Essen zu stehlen. Aber die armen kleinen Mädchen, die nichts Gutes stehlen konnten, waren schlecht dran: Sie sollen Katzenfutter gegessen haben.‹ Oder: Der Politiker Talleyrand, der spätere Freund Mirabeaus, wurde gleich nach seiner Geburt einer Amme übergeben, fiel, wenige Monate alt, von einer Kommode, brach sich ein Bein und bekam einen Klumpfuß, wovon die Eltern erst Jahre später zufällig erfuhren. Zerlumpt spielte er in einem Armenvorort von Paris mit den Gassenjungen.

Es war eben nicht so, wie Nathaniel Hawthorne über George Washington meinte: ›Ich stelle mir vor, dass er vollkommen angekleidet geboren wurde, mit gepudertem Haar, und sich bei seinem ersten Auftritt in der Welt gemessen verbeugte.‹

Lieblosigkeit, Ungerechtigkeit und Gleichgültigkeit, die diese Kinder erleiden mussten, obwohl sie zur Vorzugskaste des Ancien Régime gehörten, waren alltäglich und haben viele für ihr Leben geprägt.

Im Falle Mirabeaus nun war es so, dass sein Vater sich sehr wohl um das Schicksal seines Sohnes ›kümmerte‹: Er hat ihn sein Leben lang mit Hass verfolgt. Der Stammhalter war durch seine Pockennarben grundhässlich, was das Ehrgefühl dieses kleinen Provinzadligen verletzte. Er titulierte ihn ›die kleine Fratzenfigur‹, ›das kleine Monstrum‹ (unter ›monstre‹ verstand man dazumal in Frankreich eine Missgeburt) oder auch das ›Ungeheuer in Miniatur‹. Was aber für diesen Hass wirklich ausschlaggebend war: Der Sohn hatte in Aussehen und Wesen Ähnlichkeit mit seiner Mutter, mit der sich der Marquis auseinander gelebt, die er 1762 aus dem Hause gejagt hatte und mit der er sich über fast siebzehn Jahre hin, also bis zu seinem Tode, einen erbitterten Scheidungskampf, der ein Krieg um ihre Erbschaft war, lieferte. Und mittendrin die elf Kinder, vor allem der älteste Sohn und eine seiner Schwestern, mal auf der Seite der Mutter, mal auf der des Vaters.

So erklärt sich der unverminderte Hass des Marquis, der in der gelehrten Öffentlichkeit durch seine gleichnamige Schrift ›Ami des hommes‹ (Freund der Menschen) genannt wurde. Dabei hätte er allen Grund gehabt, auf seinen Ältesten stolz zu sein oder zumindest von ihm das Beste zu erhoffen. Honoré-Gabriel war zwar wie alle Provenzalen von hitzigem Temperament, hatte einen Hang zum Leichtsinn und eine lebhafte Fantasie, er besaß jedoch auch einen aufgeweckten Geist, lernte gut und schnell, war von einnehmendem Wesen und sprühte von gescheiten und witzigen Einfällen. Als der Siebenjährige am 23. September 1756 aus den Händen eines Kardinals das Sakrament der Firmelung erhalten hatte, machte er beim anschließenden Gastmahl folgende naiv-witzige Unterscheidung, von der er später in seinen Briefen aus dem Kerker von Vincennes berichtet: ›Man erklärte mir, dass Gott nichts Widersprechenderes hätte erschaffen können wie zum Beispiel einen Stock, der nur *ein* Ende habe; ich fragte, ob denn nicht ein Mirakel so ein Stock sei, der nur *ein* Ende habe. Meine Großmutter (väterlicherseits) hat mir das nie verziehen.‹

Sein Onkel, der Bailli de Mirabeau, hatte die Talente des Neffen erkannt und schrieb deswegen an seinen Bruder, den Marquis: ›Ich möchte zu einer Repetieruhr werden, um dir hundertmal den Satz zu wiederholen, dass, wenn der kecke Jüngling mich nicht täuscht … ja, wenn er durch Gottes Gnade am Leben bleibt, ich dann nicht weiß, ob er von den größten Männern unseres Zeitalters auf andere Weise als durch seine Stellung differiert‹ (Brief vom 22. Mai 1770). Was für ein Horoskop, und wie Recht sollte er doch in allem haben! Auch der Marquis schien das von Anfang an gespürt zu haben, trotzdem tat er alles, um seinem Sohn das Leben so sauer wie möglich zu machen. ›Die kleine Fratzenfigur hat sich schließlich in einen Eulenspiegel verwandelt; lebhaft, neugierig, sprachselig, witzig; – er gibt uns Unterhaltung, aber wir bewachen ihn …‹ (Brief vom 24. Mai 1754 an seinen Bruder).

Ja, er bewachte ihn oder ließ ihn über 30 Jahre streng bewachen. Zuerst in der Knabenanstalt des Abbé Choquart [›Mein unbändiger Sohn hat endlich eine Residenz bekommen nach seinen Verdiensten; ich habe die öffentliche Erziehung geprüft und den Abbé Choquart dazu erwählt. Dieser Ehrenmann ist streng und kennt keine Schonung, wenn bestraft werden soll; ich habe ihn noch ganz besonders darum ersucht.‹ (Brief an den Bruder vom 2. Juni 1764)], dann beim Militär, wo er seinen Sohn, dem er seinen Namen verweigert und ihn Pierre Buffière nennen lässt, in eine Art ›Strafkompanie‹ schickt [›Ich schicke ihn fort als Volontär in die rauheste aller Militärschulen ... Ein Mann, der aus dem eisernen Stoffe einer entschwundenen Heldenzeit gezimmert ist, der Marquis de Lambert, hat ihn in sein Regiment aufgenommen ...‹ (Brief an den Bruder vom 31. März 1767)]. Als der Zögling seinen Obristen, eben den besagten Marquis de Lambert, bei einer Frau aussticht und auch wohl kleinere Beträge Schulden macht, verlässt er aus Angst heimlich das Regiment und flieht nach Paris.

Die Strafe des Vaters folgt auf dem Fuße: Er lässt Pierre Buffière Mirabeau in der Zitadelle auf der Insel Ré bei La Rochelle einsperren. Das ist der erste Gefängnisaufenthalt, den der ungeliebte Sohn erdulden muss. Auf der Zitadelle bleibt er sechs Monate, und die Haft hätte wohl noch länger gedauert, wenn der Marquis ihm nicht den Wunsch gewährt hätte, an der militärischen Expedition Frankreichs nach der Insel Korsika teilnehmen zu dürfen (in der Legion Lothringen). Verständlich, dass der junge Mann seine Freiheit unter allen Umständen wiedererlangen wollte, auch um den Preis eines gefährlichen Abenteuers! Aber der Marquis, hegte er damit vielleicht die Hoffnung, dass seinen Sohn bei diesem Feldzug eine korsische Kugel treffen könnte?

Nun, Pierre Buffière machte seiner Familie in jeder Hinsicht alle Ehre: Er war ein guter Soldat, schrieb während seines Aufenthaltes auf Korsika eine Geschichte dieser Insel, und so hässlich er auch war, so grobschlächtig seine Manieren und so wenig gepflegt sein Äußeres (Geld konnte er von zu Hause nicht erwarten), seine Persönlichkeit setzte sich durch, er gewann die Achtung seiner Kameraden und Vorgesetzten. Er wusste durch seine mitreißende Beredsamkeit, sein Wissen, seinen Geist und Witz zu bestricken. Zeitlebens besaß er die Fähigkeit, Menschen für sich einzunehmen und in seinem Sinne zu lenken, ausgenommen den Vater.

Auf Drängen des Onkels und der Verwandtschaft durfte der Stammhalter des Marquis ab 8. Oktober 1770 den Namen Mirabeau tragen. Damit fing der Leidensweg aber erst richtig an. Man organisierte für ihn die Heirat mit der achtzehnjährigen Émilie de Marignan, die zu den reichsten Erbinnen in der Provence zählte. Wie es der alles andere als ansehnliche Sohn angestellt hat, dieses von vielen reichen Männern umworbene Mädchen für sich zu gewinnen, ist nur zu ahnen. Erzählt wird, er habe es ›kompromittiert‹, was nichts anderes heißen kann, als dass er es durch seine athletische Kraft ›überzeugt‹ hat.

Die Hochzeit wurde im Juni 1772 in Aix mit großem Pomp gefeiert, wie das in der schönen Provence so üblich war. So musste unter anderem der frisch gebackene Ehemann, dem Brauch gemäß, jedem der zahlreichen Gäste ein Geschenk spendieren, und auch die Ehe musste standesgemäß gerichtet werden; dies alles kostete Geld. Und da sich weder Vater noch Schwiegervater finanziell entsprechend legitimierten, mussten Schulden gemacht werden, die Mirabeau bald über den Kopf wuchsen. Reaktion des Vaters: Er ließ seinen Sohn durch eine ›lettre de cachet‹ (königlichen Haftbefehl) in die Kerker des Château d'If auf der Reede von Marseille bringen und ihn entmündigen. Wer nicht auf Anhieb weiß, was das für ein Gefängnis war, der erinnere sich des Abenteuerromans ›Der Graf von Monte Christo‹ von Alexandre Dumas. Die Haft dort dauerte sieben Monate, dann wurde Mirabeau im Mai 1775 ins Fort Joux bei Pontarlier in der Franche-Comté überführt. Er war jetzt siebenundzwanzig Jahre alt, entmündigt und stand unter Kuratel. Zwar war er verheiratet, doch hatte sich das Verhältnis zu seiner Frau gelockert, da diese ihre eigenen Wege ging und sich um den mit dem Makel des Gefängnisses behafteten Mann in keiner Weise bekümmerte.

Bedenkt man, dass Mirabeaus einziges Unrecht darin bestand, dass er hässlich war, einige Jugendstreiche, einige Schulden, Liebschaften und Garnisonszwistigkeiten begangen hatte, die im Vergleich zu den Sitten der damaligen Adelsgesellschaft mehr als harmlos erscheinen, und dafür wie ein Schwerverbrecher von einem Gefängnis zum anderen geschleppt wurde; bedenkt man ferner, welche Begabungen in diesem gewaltigen Kopf und welcher Drang nach Aktivität in diesem herkulischen Körper schlummerten, niedergehalten durch Zwang und Haft; bedenkt man weiter, dass dieser Mann bei jedem Blick in den Spiegel eigentlich Minderwertigkeitskomplexe hätte bekommen müssen und trotzdem den Mut und die Vitalität nicht verlor, dann ist zu ermessen, dass er das Verlangen verspüren musste, seine verpfuschte Jugend hinter sich zu lassen und aus diesem Teufelskreis der aufgezwungenen Unmündigkeit auszubrechen.

Für einige Zeit sollte ihm dies nur gelingen, als er im Chateau Joux, ›diesem von einigen Invaliden bewohnten und belebten Eulennest‹, wie er es rückblickend in den Briefen aus Vincennes ausdrückt, einsaß, wo die Zucht weniger streng war und der Gefangene den Gefängnisgouverneur für sich zu gewinnen wusste. So durfte er auch im Hause des Marquis de Monnier, des ehemaligen ersten Präsidenten der königlichen Rechnungskammer von Dôle, dem vornehmsten Hause von Pontarlier, verkehren. Hier nun begann die große Liebesromanze in Mirabeaus Leben; es sollte auch seine einzige bleiben. Der Marquis de Monnier war ein bejahrter Mann von nahezu siebzig Jahren, dessen Frau Sophie mit ihren achtzehn Lenzen alles andere als glücklich war, da ihre jugendlich-sinnliche Leidenschaft in dieser Ehe unbefriedigt bleiben musste. ›Ihre Anmut‹, schrieb Mirabeau später, ›ihre Jugendfrische, ihre feine, sanfte, wollüstige Physiognomie, ihre so glücklichen und natürlichen Einfälle, die wie ein Blitz hervorbrechen und umso besser treffen, je unerwarteter sie sind.‹ Und über seine seelische Verfassung lesen wir an gleicher Stelle: ›Ich war unendlich unglücklich, und das Unglück verdoppelte meine Gefühlsamkeit; man interessierte sich lebhaft für mich (sein Schicksal war publik und lief ihm voraus), – man entwickelte mir ohne Vorbehalt alle Reize, die mich unwiderstehlich mit fortreißen können und müssen … Ich suchte eine Trösterin, und welche bessere, sanftere Trösterin gibt es als die Liebe? Bis dahin hatte ich nur einen Austausch von Galanterien gekannt, der nicht Liebe, sondern nur die Täuschung der Liebe, die durch eine Lüge in ein Laster verwandelte Wollust ist.

Oh, wie eisig kalt war solch eine Leidenschaft, die ewig fallende Schneelawine, neben der, die mich mit ihrem Flammennetz umspannt! Ich besitze die Tugenden und Fehler meines Temperamentes, und nur durch Wettergläser erfährt man die wahre Temperatur; macht mich aber auch dieser angeborene Charakter mehr denn gebührlich lebhaft und sogar ungestüm, so bildet er dabei mein zagendes Herz mit jenem Prometheusfeuer aus, das meiner unerschöpflichen Zärtlichkeit zur Nahrung dient.‹ Wortexplosionen eines Mannes, der nie Zärtlichkeit und selten genug Verständnis erfahren hat, im Stil eines Jean-Jacques Rousseau.

Obwohl Mirabeau dem weiblichen Auge alles andere als wohlgefällig erscheinen musste, das Feuer seines Temperamentes und der Reiz seiner Beredsamkeit bringen die angestaute Sinnlichkeit von Sophie de Monnier zum Sieden. Hinzu kommt, dass sich bei beiden Missgeschick und Unglück wie Hunger und Durst verbanden. Sie schrieb ihm damals in Pontarlier (sie duzen sich bereits): ›Vermisse nicht den funkelnden Esprit, den du behauptest, verloren zu haben! Weißt du, warum er die Frauen besiegt? Weil er sie verblüfft! Du bringst sie dabei viel weiter, als sie wollen, und sie wissen überhaupt nichts auf deine Überredungskunst zu antworten. Du attackierst ihre Sinne und hast sie gefangen, ohne dass sie es wollen.‹ Die kleine zierliche Frau, sie hatte das Geheimnis der Ausstrahlung dieses Riesenkerls durchschaut!

Was platonisch anfing, wird zur glühenden Leidenschaft.

›Was‹, schreibt ihr Mirabeau, ›du teilst mein Verlangen und widerstrebst noch meinen Leidenschaften! ... Du hast mir dein Herz geschenkt und verweigerst mir deine Gunst! Ich drücke meine Lippen auf deine vor Verlangen schmelzenden Augen. Von deinen Lippen pflücke ich die süßesten Küsse ... du berauschst mich vor Liebe und willst nicht das Feuer löschen, das du in mir entzündet hast und das mich verzehrt!‹

Er war ganz Feuer, sie ganz Zunder, sie brannten schließlich beide lichterloh. Und der alte Ehemann merkte, wie in einer Novelle Boccaccios, nichts; im Gegenteil, er beförderte unfreiwillig diese Liebe, indem er Mirabeau die freundschaftlichste Zuneigung entgegenbrachte und ihn immer wieder in sein Haus einlud. Anders die Familie von Sophie. Man hatte ihr als Tugendwächterin für die Nacht eine ältere Schwester, ein Stiftsfräulein, beigesellt – auch wie bei Boccaccio –, die durch einen Faden am Arm mit dem Fuß der Bewachten verbunden war. Doch

Liebe macht bekanntlich stark und erfinderisch: Die beiden Liebenden verbrachten bei klirrender nächtlicher Kälte heiße Stunden in einem Garten. Schließlich gelang es der jungen Frau, sich der Wächterin und der Aufsicht durch ihre Familie zu entledigen, indem sie bei ihrem Ehemann intervenierte. Sobald das gelungen, war der Moment gekommen, den beide herbeigesehnt hatten: die endgültige Erfüllung ihrer Liebe durch die Flucht ins Ausland. 1776 entflohen sie nach der Schweiz und von dort nach Holland, wo sie sich unter dem Namen Saint-Mathieu in Amsterdam niederließen und ganz der Liebe lebten. Diese Mariage-Concubinage dauerte, solange Geld und Schmucksachen, die Sophie zu Hause hatte schnell zusammenraffen können, für den Lebensunterhalt ausreichten. Als alles aufgebraucht war, blieb Mirabeau nichts anderes übrig als zu arbeiten. In dieser Zeit der finanziellen Not in Amsterdam, der damaligen Offizin der Aufklärung, wurde er zum Schriftsteller. Sein in Pontarlier verfasstes Erstlingswerk ›Essai sur le despotisme‹ (Abhandlung über den Despotismus), hier ließ er es erscheinen. Es erregte in Frankreich Aufsehen und wurde von der französischen Regierung verfolgt. Ebenso erschien von ihm der ›Avis aux Hessois‹ (Bekanntmachung an die Hessen), ein Pamphlet gegen den Fürsten von Hessen-Kassel, der seine Landeskinder an England verkaufte, damit sie gegen den Unabhängigkeitskampf der Amerikaner zu Felde zogen. Aus seiner Feder in Amsterdam stammen auch die kleine geistvolle Abhandlung über Musik ›Le lecteur y mettra un titre‹ und viele literarische Gelegenheitsarbeiten.

Verhängnisvoll wurde für ihn, dass er von Holland aus in die bereits erwähnten Prozessstreitigkeiten seiner Eltern schriftlich eingriff, und zwar zugunsten seiner Mutter.

Das Gericht von Pontarlier hatte zwar den Entführer Mirabeau zu einer Geldbuße von 40 000 Livres und zur Enthauptung in effigie verurteilt, Sophie zu lebenslangem Kloster – Raub einer Unschuld oder Verführung galt dazumals als lässliche Sünde, Entführung jedoch als Eingriff in die Privatsphäre –, doch eine Verfolgung des Liebespaares kam erst in Gang, als der Marquis de Mirabeau, gereizt durch die Parteinahme seines Sohnes, beschloss, diesen für immer unschädlich zu machen, indem er die Auslieferung der beiden an Frankreich bewerkstelligte. Im Mai 1777 wurden Honoré-Gabriel und die schwangere Sophie verhaftet und nach Frankreich gebracht. Er kam ins Staatsgefängnis von Vincennes, das nach der Bastille zum fürchterlichsten Kerker des Königreiches zählte, sie bis zu ihrer Entbindung in strengen Privatgewahrsam.

Vincennes vollendet die Tragödie von Mirabeaus Leben. Mehr als drei Jahre sollte er in dieser Zwingburg verbringen. Allein mit sich – ohne Papier und Bücher –, damit wollte man ihn geistig zermürben und in den Wahnsinn treiben. ›Ich sollte mich weder mit den Lebenden noch mit den Toten unterhalten‹, schreibt er später rückblickend. Und es gehörte schon die Vitalität und die Willensstärke eines solchen Titanen dazu, um ohne Schaden an Geist, Seele und Körper in dieser Hölle des Schweigens zu überleben. Doch auch hier gelang es ihm, Menschen, selbst solche verhärteten und verstockten wie die Schließer, für sich zu interessieren und zu gewinnen. Er erreichte es, dass man ihm Bücher, Papier und Schreibzeug besorgte. In seinen ›Briefen aus dem Kerker von Vincennes‹, wie sie nach seinem frühen Tod 1791 veröffentlicht wurden, beginnt er ein schriftliches Zwiegespräch mit der Außenwelt – denn Briefe sind ja doch, für uns Spätergeborene glücklicherweise, verhinderte Gespräche – und enthüllt ein Bild seiner inneren Verfassung: Wut und Trauer über eine verlorene Jugend, Fluch über die despotische Welt, philosophische Gedanken, aber doch vor allem seine Sehnsucht und Liebe zu Sophie, sein Vaterglück, als diese ihm eine kleine Gabrielle-Sophie geboren hat, und sein unermesslicher Schmerz, als das Kind starb. Es sind tausende von Briefen – die meisten an Sophie, der er sich über alles, was ihn bewegt, mitteilt, um mit ihr zu teilen, der er in aller Offenheit, Unmittelbarkeit und Intensität des Gefühls seine Liebe und Sinnlichkeit immer wieder beteuert und die sie in ebensolcher Weise beantwortet, ihn damit aufrichtet, wenn er verzagt, den Mut zu verlieren beginnt, mit Resignation und Verzweiflung ringt.

ER: ›O meine geliebte Freundin, deinen Brief, deinen köstlichen Brief habe ich erhalten; tausend und abertausend Mal habe ich ihn an meine brennenden Lippen gedrückt … Liebe Sophie, wie natürlich und rührend ist doch alles, was du schreibst, und wie genau kennst du doch den Weg zum Herzen deines zärtlichen Freundes … Meine einzige Geliebte, trotzdem ist dein Brief, der mein ganzes Glück ausmacht, traurig. Du verstehst wohl, was ich damit meine. Aber ich weiß nur allzu gut, dass du nicht anders kannst, als traurig zu sein, doch du scheinst mir besorgt, wenn auch nicht über meine Gefühle, wohl aber über meine Gedanken … du mein Alles! Mein Gut! Weißt du denn nicht, dass ich nie an deiner Liebe, an deiner Beständigkeit … zweifeln kann? Weißt du nicht, dass ich dich ebenso verehre, wie ich dich anbete? Ach, wenn ich an meiner Sophie zweifelte, wie könnte ich dann leben?‹

SIE: ›O mein lieber Freund, du gibst mir das Leben wieder durch die Hoffnung, die du wieder geschöpft hast … Ich weiß auch, dass du nicht so leicht schmeichelst, dass du nicht wie ich deine Hoffnungen am gleichen Tage entstehen und vergehen siehst, deswegen habe ich das größte Vertrauen dazu. O mein lieber Freund, sollte es wirklich wahr werden, dass du frei sein wirst und dass wir uns wiedersehen sollen? Sei es, ich genieße schon drei Viertel meiner Freiheit. Aber ich habe sie oft schon so fern gesehen, dass ich schließlich befürchtete, der Ekel am Leben gewinne letzten Endes die Oberhand. Ich sah, wie du in deinem letzten Brief nach dem Tod riefst, und ich sah auch schon, wie er uns zärtlich trennte, bevor wir wieder vereinigt waren. Gabriel, ich habe dabei heiße Tränen vergossen! Alles verband sich in dem Brief; unter dem Vorwand, mit mir über Tibull zu reden, sagtest du so traurige Dinge. Ich glaubte, du wärest gewiss, dass wir uns nie wiedersehen würden. ‚Ach‘, sagte ich, ‚Gabriel hat mir so oft gesagt, dass er nicht wünschte, nicht für mich gelitten zu haben, und er verliert den Mut! Er will den Schmerz nicht länger ertragen; der Tod scheint ihm jetzt das Beste.‘ … Wie, Gabriel, sterben, ohne dich zu sehen! … Welche Opfer hat er nicht der Liebe gebracht! Wird er auch dieses noch bringen? Ja, er wird für mich und meine Tochter leben; ich will ihn darum bitten, und er wird mir diese Bitte nicht abschlagen, denn er hat mir nie etwas abgeschlagen … Ja, mein Freund, wir werden uns wiedersehen; ich glaube es, weil du es mir sagst! Was würde ich nicht alles glauben, wenn du es mir versicherst! Wir werden glücklich sein.‹

Dieser Briefwechsel ist nicht allein ein wertvolles zeitgenössisches Dokument, er gehört durch seinen Gefühlsreichtum – denn so fern und fremd uns diese Zeit und Welt auch ist, ist sie uns doch in Glück und Unglück, Freud und Leid nah – zum Bestand der Weltliteratur dieses Genres. Wie Sophie, so drückt auch Mirabeau all sein Leid, seine Enttäuschungen, seine Hoffnungen, die Erinnerung an erlebtes Glück, erträumte Seligkeiten und die wild sich aufbäumende Sinnlichkeit aus. Überhaupt bäumt sich in Mirabeau alles auf, und durch Schreiben versucht er es zu kompensieren: seine Liebe und den fehlenden lebendigen Kontakt – er schreibt Briefe, unter anderem an Sophie; seinen Gerechtigkeitssinn – er schreibt eine Abhandlung über die verhassten ›lettres de cachet‹ und Gefängnisse des Regimes; seinen Drang zu aktiver Lebensbetätigung – er übersetzt Boccaccio, Tibull, die ›Basia‹ des Johannes Secundus; die ihn quälende Sexualnot – er verfasst erotische Romane wie ›Ma conversion ou Le libertin de qualité‹ oder eben auch ›Hic & Hec‹.

All dies zusammen ist wie eine Art Psychohygiene, durch die er sein natürliches Wesen bewahrt und seinen Hass auf den Despotismus in politisch vorwärts weisende Bahnen lenkt, sodass er gleich bei Ausbruch der Revolution ins aktuelle Geschehen eingreift und auf Grund seiner Talente einer ihrer Führer wird. Er war es, der beim Zusammentreten der Generalstände 1789, nachdem der König die Räumung des Saales angeordnet hatte und die Deputierten des Dritten Standes ausharrten, dem Oberzeremonienmeister, dem Marquis de Dreux-Brézé, die historischen Worte zurief: »Monsieur, wir sind hier versammelt durch den Willen des Volkes und werden nur der Gewalt der Bajonette weichen!«

Im Gegensatz dazu steht der Marquis de Sade, der zur gleichen Zeit wie Mirabeau in Vincennes eingesperrt ist, ohne dass sich die beiden, der eine wie der andere Provenzale und sogar entfernt verwandt, persönlich kennen. Beide leiden unter dem gleichen Zwang, dem gleichen Hass, und sie schreiben beide, um sich abzureagieren und um zu überleben. Beide widerspiegeln zwar in ihren Texten die ausschweifenden Sitten der höheren Stände des Ancien régimè, doch während Mirabeau erotische Romane schreibt – sie erschienen alle erst in den achtziger Jahren, ›Hic & Hec‹ erst postum 1798 mit dem fingierten Druckort Berlin –, um der verzehrenden Leidenschaft und bedrängten Männlichkeit ein Ventil zu schaffen und die Erhöhung des Genusses als Ausdruck seiner Sinnlichkeit zu feiern, wird Sades Hass zur nihilistischen Weltanschauung, die alle menschlichen Beziehungen leugnet, ›in düstere Bezirke des Erotismus ausbrach‹ und mit seinen Texten über ›Justine‹, ›Juliette‹, ›Die Philosophie im Boudoir‹ und ›Die 120 Tage von Sodom‹ eine Enzyklopädie und ein Plädoyer des Bösen schuf.

Durch Zugeständnisse an seinen Vater, der die Wiederherstellung der Ehe des Sohnes und dessen Unterstützung im Kampf gegen die Mutter wünscht, öffnen sich Mirabeau am 13. Dezember 1780 die Gefängnistore. Alles hatte sich der Gefangene für diesen Tag der Freiheit bewahrt, doch Verzicht war der Preis dafür, Verzicht auf seine Liebe zu Sophie. Sophies Liebe war so groß, dass sie auf ihn verzichtete, ja, sie riet ihm sogar, gewiss mit blutendem Herzen, aber in selbstloser Weise, zur Aussöhnung mit seiner Frau, was aber nie zu Stande kam. So gingen die Wege der beiden auseinander. Mirabeau verlor mit aufsehenerregender Bravur, die ihm im Königreich große Popularität einbrachte, den Scheidungsprozess *seiner* Frau, bevor er zum großen Tribun der Revolution wurde. Sophie hatte noch einmal Hoffnung auf Liebe geschöpft, nachdem ihr Mann gestorben war, und wollte sich wieder verheiraten und neues Glück finden. Es sollte nicht sein! Der Erwählte starb kurz vor der Heirat. Da ist wohl alles in ihr zerbrochen, da hat sie resigniert und im September 1789 den Freitod gewählt. Als man Mirabeau während einer Sitzung der Nationalversammlung die Nachricht vom Selbstmord seiner einzigen Liebe überbrachte, da soll er sich zutiefst erschüttert aus dem Saal geschlichen und tagelang nicht gezeigt haben. Danach hat er seine Gesundheit auf der politischen Bühne und im wilden Genussleben verschlissen. Trotz aller Leiden, die seinen Körper in den letzten Lebensjahren wie ein zu großer Docht eine Kerze verzehrten, erschien er doch immer in der Nationalversammlung und bestieg, halb erblindet von einem Augenleiden, das er sich durch seine Kerkerhaft in Vincennes zugezogen hatte, und an Kopf und Hals verbunden, wo man ihn durch Blutegel zur Ader gelassen hatte, die Rednertribüne. ›Bis ich Mirabeau kannte‹, meinte ein Zeitgenosse, ›habe ich keine Vorstellung davon gehabt, was in der Zeit von vierundzwanzig Stunden ein Mensch alles leisten kann.‹ Und Madame de Staël sagte von ihm: ›Die Dämonen der Leidenschaft hielten ihn umstrickt, wie die Schlangen den Laokoon.‹ Nach der Scheidung von seiner Frau fand er zwar noch einmal eine von seinem mitreißenden Wesen gebannte und von seinem bedauernswerten Lebensweg tief gerührte und stark beeindruckte Gefährtin: Madame de Nehra, eine gebürtige Holländerin, doch sie vermochte ihn nur wenige Zeit durch ihre hingebungsvolle, zarte Liebe zu fesseln. Dann brach sein unbändiges Naturell mit ihm durch, und es schien, als wollte er in der Liebe und Wollust all das nachholen, was er in seiner Jugend versäumt hatte. Er lebte nun so, wie er es sich in seinen erotischen Romanen ausgemalt hatte. Seine Nächte verbrachte er beim Duc de Lauzun, dem ›Grand amoureux‹ Frankreichs, dem ein Lustschlösschen an der Barrière du Maine gehörte, wo sich neben diesem und Mirabeau noch andere Lebemänner wie Narbonne und Talleyrand mit einer Schar von ›Sirenen der Oper‹ trafen, die man ausloste und, war das Los ungünstig ausgefallen, auch austauschte.

Seinen Tod machte Mirabeau, als echter Sohn des Südens, zu einem melodramatischen Ereignis. Und bei der Vorstellung, die er bewusst erlebte, fehlte es nicht an Zuschauern: das Sterbehaus in der Rue de la Chaussée d'Antin war dicht umdrängt von Leuten aus allen Ständen und Volksschichten. Eines seiner letzten Worte soll gewesen sein: ›Ich nehme das Leichengewand der Monarchie mit mir, um seine letzten Fetzen werden sich nun die Parteien streiten.‹

Am frühen Morgen des 2. April 1791 starb Mirabeau. Er hat seinen Vater, der finanziell völlig ruiniert war, um nur zwei Jahre überlebt; seine Mutter ist drei Jahre nach ihm bettelarm im Gefängnis gestorben. Der Kampf der Familie und das Leid, das daraus erwuchs, war zu Ende.

Eberhard Wesemann

Nicolas Chorier

Die Gespräche der Aloisia Sigea

Mit einem Nachwort
von Eberhard Wesemann

Vorrede

Vor einhundertdreißig Jahren lebte die spanische Edeldame Aloisia Sigea aus Toledo. Hervorragend durch ihren Geist und ihre Bildung, war sie ein leuchtendes Beispiel aller jener Tugenden, die dem Weibe zur höchsten Zier gereichen – und besonders dem ehr- und tugendsamen Weibe. Aber nach ihrer Auffassung bestand ›Tugend‹ keineswegs in einer erniedrigenden und stumpfsinnigen Fügsamkeit des Charakters, nicht in der Erfüllung schmutziger Haushaltungspflichten, nicht im eifrigen Bemühen um nichtige Dinge. Nein! Sich mit den freien Künsten und Wissenschaften zu beschäftigen, durch literarische Arbeit ewigen Ruhm zu erwerben, nach der höchsten Weisheit, nicht aber nach großem Reichtum zu trachten – das war nach ihrer laut ausgesprochenen Meinung allen anderem weit vorzuziehen, obgleich die meisten Frauen in ihrer Gleichgültigkeit sich wenig daraus machen und auch viele Männer in ihrer Dummheit und Torheit für ein solches Streben nur Verachtung haben. Als kühne Wahrheitsfreundin sprach sie offen herbsten Tadel über die sittenlosen Frauen aus; jeden Gedanken, jedes Gefühl äußerte sie frei und laut, und so thronte sie gleichsam auf einem Richterstuhl und übte Zensorenamt, das von allen Weibern mit scheelen Augen betrachtet und doch zugleich von allen gefürchtet wurde. Besonders eifrig war sie in ihrem Zorn über die Ausschweifungen des weiblichen Geschlechts, ihre schamlose Unzüchtigkeit, und sie bestrebte sich, ihre Zeitgenossinnen zu bessern, indem sie sie wenigstens zum Erröten brachte. Unerträglich sei es ihr – so sprach sie –, wenn Frauen von glänzender Schönheit, aus berühmten altadligen Geschlechtern, um eines kurzen Genusses willen oder gar in der bloßen Hoffnung auf einen solchen sich zum Gespött der Welt machten. Wenn es für die Tugend Ruhm und Ehre sei, sich vor den Augen der Menschen nackt zur Schau zu stellen, so sei dies für das Laster ewige Schmach. Darum wollte sie die vornehmen Damen, die wie Dirnen lebten, aus den Schlupfwinkeln, in denen sie sich verbargen, hervorziehen und nackt und bloß auf der Bühne des menschlichen Lebens zur Schau stellen, um durch ihr Beispiel darzutun, dass Frauen von stolzem Namen, von stolzer Miene, von stolzem Geschlecht nicht ungestraft der Ehre Hohn sprechen dürfen. In der Tat: Die Damen, die sie unter den Namen Tullia, Ottavia, Sempronia, Vittoria in ihren Gesprächen auftreten lässt, sie waren wirklich existierende Gattinnen oder Töchter von Herzögen, Markgrafen und Grafen, sie hat von ihnen nichts erzählt, was sich nicht wirklich zugetragen hätte. Und da sie nun eine ausgesprochene Feindin von Lüge und aller Heuchelei war, so hat sie sich der denkbar freiesten Ausdrucksweise bedient – der einzigen, die in diesem Falle angebracht war. Sie bezeichnete ihr aus sieben Gesprächen bestehendes Werk als sotadische Satire und widmete es ihrer Jugendfreundin, der Gemahlin des Markgrafen Rodrigo, Eleonora Margarita, auf deren Geheiß sie an die Abfassung des Werkes gegangen war, das sie dann auf deren dringende Bitten – wie es wörtlich in einem an sie gerichteten Briefe ihrer Freundin heißt – in der Zeit von einem einzigen Monat beendete. Über Sotades brauche ich nichts zu sagen: Jedermann weiß, dass er ein sehr freier Schriftsteller war und dass er erotische Werke verfasste. Aber auch der Umstand, dass eine Frau sich damit befasste, derartige Themata zu behandeln, braucht dem Leser nicht auffällig zu erscheinen. Nicht nur Elphantis, sondern noch mehrere andere junge Mädchen haben sich ja durch derartige Schriften berühmt gemacht. Zudem ist ein Weib, wenn es nur mit einem gewissen Maße geistreicher Sinnlichkeit begabt ist, besonders dazu veranlagt, solche Gemälde zu entwerfen. Ist doch das Weib selber der Tummelplatz der Liebesfreuden, auf welchem verführerische Genüsse und köstlichste Wonnen wachsen, blühen, gedeihen, um es in ein Wort zusammenzufassen, der Sonne gleich auf- und untergehen. Vielleicht war sie auch nicht so kalt und standhaft, dass sie ihr Herz gar nicht durch ein Gefühl der Liebe hätte erweichen lassen und niemals die Freuden des Lebens gekostet hätte; ich bin der Meinung, die Abenteuer, die sie erzählt, sind zum Teil selbst erlebt, und gerade die besten werden ihre eigenen sein.

Aloisia schrieb ihr Buch in spanischer Sprache; der gelehrte Johannes Meursius, eine der hellsten Leuchten der Leidener Akademie, übersetzte das Buch ins Lateinische; er war damals ein junger Mann, kaum dem Knabenalter entwachsen. Ohne Zweifel hat er etliche Zusätze gemacht, von denen ich kaum annehmen kann, dass sie der Dame Aloisia hätten einfallen können. Aber Aloisias Buch ist verloren gegangen; nur die Meursius'sche Handschrift – die man meinetwegen als Kommentar des spanischen

Werkes bezeichnen kann – ist in unsere Hände gelangt. Eine bestimmte Meinung, was in diesem Buch von Aloisia und was von Meursius stammt, möchte ich nicht aufstellen. Wie dem auch sei: Die ›Gespräche‹ entstammen weder einem unfruchtbaren Geiste noch einer dürftigen Einbildungskraft; sie sind kurzweilig zu lesen, und ein wahrhaft Weiser braucht sich über sie nicht zu ärgern.

Wir veröffentlichen hier zunächst die ersten fünf Gespräche,* die durch einen glücklichen Zufall uns in die Hände geraten sind: Es wäre eine Schmach gewesen, sie unserem Zeitalter vorzuenthalten, das die schönen Wissenschaften so sehr liebt, und die Unterdrückung dieses Werkes würde für die nachdenklichen Freunde der erhabenen Wissenschaft ein harter Verlust gewesen sein. Die beiden Gespräche, deren Herausgabe wir uns für später vorbehalten haben, übertreffen nach dem Urteil von Leuten, die sie gesehen haben, die ersten fünf bei weitem durch ihre Vollendung und durch ihre geistreiche Sinnlichkeit: Das sechste Gespräch begnügt sich nicht mit einer bloßen Beschreibung, es stellt vielmehr dem Beschauer lebensvolle Gemälde vor Augen, das siebente bringt in köstlicher Menge von Ge-

* Vgl. Nachwort.

schichten und Anekdoten, die im Zusammenhang mit dem Thema stehen: Es ist ein Leckerbissen für den Geist, gleichsam eine mit attischem Salz gewürzte Speise, von der man niemals genug bekommen kann. Binnen kurzer Zeit werden auch diese beiden letzten Gespräche durch meine Vermittlung der Öffentlichkeit geschenkt werden. Denn wer wäre wohl so stumpf und gefühllos, um sich nicht zu ärgern, wenn so würz- und scherzhafte, ja man kann sagen: so nützliche Lebensregeln ihm vorenthalten blieben? Redner Tullius empfiehlt die guten Sitten, Philosoph Plato lehrt sie in seiner Schule, aber die Schauspieler Publius Syrus und Laberinus wissen viel wirksamer dazu zu mahnen. Wer ›das Nützliche mit dem Angenehmem zu verbinden weiß, der wirkt viel tiefer auf den Geist, und der wortreiche Redner, der dürre Philosoph sind sehr weit entfernt davon, sich solches Verdienst zuschreiben zu dürfen. Der Arzt gibt seinen Heilmitteln vermehrte Kraft, indem er sie von den Kranken überzuckert einnehmen lässt und dadurch ihren Widerwillen und Ekel besiegt.

So dachte auch Aloisia. Sie glaubte sich des allgemeinen Beifalls sicher zu sein, die sie so sinnreich, so scherzhaft das Angenehme mit dem Nützlichen zu vereinigen gewusst hatte.

Erstes Gespräch

Geplänkel

TULLIA: Wie reizend, liebstes Bäschen, wie reizend ist es, dass endlich deine Hochzeit mit Caviceus verbrieft und abgemacht ist; denn die Nacht, die dich in seinen Umarmungen zur Frau machen wird, diese Nacht wird dir, glaube mir, die allerhöchste Wonne bringen – wenn anders Venus dich beglückt, wie deine himmlische Schönheit es verdient.

OTTAVIA: Heute früh hat meine Mutter mir gesagt, übermorgen würde sie mich mit Caviceus vermählen. Und wie ich sehe, wird bei uns zu Hause bereits alles mit größter Sorgfalt gerüstet, was dazu erforderlich ist: das Bett, das Brautgemach usw. Aber dies flößt mir wahrhaftig weniger Freude als Furcht ein; denn was das für eine Wonne sein kann, von der du, geliebte Base, die ich höher halte als alle Wonnen, mir sprichst, das weiß ich nicht, ja, ich kann mir nicht einmal eine Vorstellung davon machen.

TULLIA: Dass du in deinem zarten Alter – du bist ja kaum fünfzehn – davon nichts weißt, ist durchaus kein Wunder, denn ich selber war bei meiner Heirat, obwohl ich damals älter war als du jetzt bist, völlig unwissend in diesen Dingen, die meine Pomponia mir in Aussicht stellte und auf Grund ihrer dreijährigen Erfahrung als etwas Köstliches pries.

OTTAVIA: Ah, dass du von diesen Dingen nichts gewusst hast – erlaube mir, in diesem letzten Augenblick vor dem Verlust meiner Mädchenfreiheit ein wenig freier zu sprechen – das wundert mich wirklich sehr! Denn wenn du sie auch natürlich aus eigener Erfahrung nicht kennen konntest, so hätte doch deine große Gelehrsamkeit dir die Zugänge zu diesem Allerheiligsten öffnen müssen. Wie oft höre ich, dass man mit begeistertem Lob deine Kenntnisse bis über die Wolken erhebt und von dir rühmt, du beherrschtest die lateinische und griechische Literatur und fast alle freien Künste so gründlich, dass du *alles* zu wissen scheinst.

TULLIA: Ich danke es hauptsächlich meinem Vater, dass ich nach dem Ruhm strebte, ein gründlich gebildetes junges Mädchen zu sein, während fast alle anderen nur für schön und anmutig gelten wollen. Und man behauptet – denn man schmeichelt ja lieber, als dass man die Wahrheit sagt – seine Mühe sei nicht ganz vergeblich gewesen.

OTTAVIA: Leute, die gewiss nicht schmeicheln wollen, behaupten auch, unsere Mitschwestern, die als gelehrt gelten und darin Ruhm suchen, könnten kaum als züchtig und sittsam angesehen werden.

TULLIA: Wollen sie mir etwa meine Sittsamkeit abstreiten, wenn sie mich als gelehrt anerkennen?

OTTAVIA: Nein doch! Nichts hat dir so die allgemeine Bewunderung gewonnen, wie gerade das, dass deine guten Sitten, deine Keuschheit unter deiner Gelehrsamkeit nicht gelitten haben. Du stehst darum wie ein wahres Wundertier da. Aber wie ist es möglich, dass man die Musen, die doch selber für Jungfrauen gelten, der jungfräulichen Ehre gefährlich glaubt? Sie, die doch gleichsam Fackeln sind, an denen sich die Seelen entzünden, sie, die uns alle, Männer wie Weiber, zu großem und löblichem Tun entflammen, sie sollen unsere Seelen beflecken? Gewiss missgönnen uns die Männer aus böswilliger und törichter Anmaßung jene

Schätze, mit denen sie selber prahlen, und haben in solcher Abgunst *unseren* Verkehr mit den Musen mit ihrem Fluch belegt. Gifte und schädliche Kräuter fliehen die Männer ebenso ängstlich wie wir, die sie das ›schwächere Geschlecht‹ nennen – denn ein Pestkeim, der uns das Leben rauben kann, kann auch ihnen es rauben. Wenn also für uns die gelehrte Bildung ein Gift, ein Pestkeim ist, wie sie verleumderischerweise behaupten – wie kann denn ein so schlimmes Ding plötzlich völlig seine Natur ändern, sodass es den Männern zum Nutzen ist? Denn dass es ihnen zum Nutzen sei, leugnen sie nicht. Wenn ihrer Eigenart nach die Gelehrsamkeit für uns gleichsam eine Quelle alles Bösen und alles Unheils ist, wie kommt es dann, dass sie, die Männer, aus demselben Born den Nektar unsterblichen Ruhmes trinken – wir aber, wir unglücklichen, elenden Weiblein, eine Art stygischer Flüssigkeit, einen Schwefeltrank, der unser Herz zu jenen Lüsten anreizt, zu denen sie uns durch ihr Machtgebot zwingen oder durch ihr Beispiel verlocken? Ich erinnere mich: So sprachst du dieser Tage, als du mit meinem Caviceus einen Disput hierüber hattest. Wahrlich, du kannst es dir zur Zier anrechnen, dass du bis auf den heutigen Tag den Ruf der Ehrbarkeit unversehrt bewahrt hast – du, ein Weib, dessen Schönheit auch die Kältesten entflammt, dessen Gelehrsamkeit auch die fesselt, die gegen deine Schönheit unempfindlich sind.

TULLIA: Ei, wie du zu reden verstehst! Wie du schon weißt, dass die Liebe die Herzen der Menschen entflammt! Du bist nicht mehr so völlig unerfahren, wie ich glaubte.

OTTAVIA: Könnte ich denn so gänzlich unwissend sein, da meines Caviceus Augen, Stirn und ganzes Antlitz so oft zu mir sprachen, auch wenn er selber schwieg? Ja freilich, als er vor acht Tagen sich mir gegenüber etwas frei benahm, da habe ich mich wohl gewundert, wie man zu so stürmischen Küssen sich kann hinreißen lassen. Was aber dieser stürmische Drang, diese Hitze bedeuteten, das habe ich nicht recht begriffen.

TULLIA: War deine Mutter nicht zu Hause? Warst du allein? Hattest du gar keine Angst vor ihm?

OTTAVIA: Meine Mutter war ausgegangen. Warum aber hätte ich vor ihm Angst haben sollen? Ganz gewiss hatte ich *keine* Angst!

TULLIA: Außer Küssen verlangte er nichts von dir?

OTTAVIA: Nein, und auch diese hat er mir gegen meinen Willen geraubt, indem er mit seiner glühenden Zunge an meinen Lippenrändern hin- und herfuhr – der Wahnsinnige!

TULLIA: Was für ein Gefühl hattest du dabei?

OTTAVIA: Ich will es nur gestehen: eine bis dahin nie gekannte, unbeschreibliche Glut durchfuhr mich; wie ein Feuer brannte es mir in allen Gliedern. Ob er wohl glaubte, es sei Schamröte, was mir ins Gesicht stieg? Er hielt einen Augenblick in seinem tollen Treiben inne und zog seine vorwitzige Hand zurück.

TULLIA: Und weiter!

OTTAVIA: Ewig werde ich diese räuberischen Hände hassen, so sehr haben sie mich gequält, müde gemacht, in Glut versetzt.

TULLIA: Ein schöner Grund für solchen Hass!

OTTAVIA: Was hatte das zu bedeuten? Er fuhr mir mit der Hand an den Busen, packte erst die eine, dann die andere Brust und als erst die eine, dann die andere von seinem Griff hart wurde, presste er seine Finger dagegen, dann warf er mich trotz allem Sträuben rücklings hintenüber.

TULLIA: Du wirst rot. Die Sache ist vor sich gegangen!

OTTAVIA: Seine linke Hand gegen meinen Busen gestemmt – ich erzähle den Hergang, wie er sich zutrug – wurde er mit leichter Mühe aller meiner Widerstandsversuche Herr; mit der

Rechten aber griff er mir unter den Rock. Ich schäme mich, ich schäme mich, weiterzuerzählen ...

TULLIA: Lass doch diese lächerliche Schamhaftigkeit; denke, du erzähltest dir selber, was du mir sagst!

OTTAVIA: Bald hatte er den Rock bis über meine Knie hochgehoben und griff mir an die Schenkel. Oh, wenn du gesehen hättest, wie seine Augen funkelten!

TULLIA: Wie glücklich warst du in jenem Augenblick!

OTTAVIA: Indem nun seine Hand höher glitt, richtete sie ihren Angriff gegen jene Stelle, die uns, wie man sagt, von dem anderen Geschlecht unterscheidet und aus welcher mir, jetzt seit einem Jahre, allmonatlich einige Tage lang eine Menge Blut zu rinnen pflegt.

TULLIA: Bravo, Caviceus! Hahaha!

OTTAVIA: O dieser schlechte Mensch! »Dieses Plätzchen«, rief er, »wird mich bald mit der höchsten Wonne beseligen. Bitte, lass mich gewähren, meine Ottavia!«, Ich wäre bei diesen Worten beinahe in Ohnmacht gefallen.

TULLIA: Nun, und was machte er dann?

OTTAVIA: Du wirst es kaum glauben – aber ich habe an jener Stelle nur eine ganz, ganz schmale Ritze.

TULLIA: Aber eine heiße, eine feurige!

OTTAVIA: In diese Ritze steckte er seinen Finger, und da die betreffende Stelle sehr empfindlich ist, so verursachte er mir damit einen heftigen, brennenden Schmerz. Er aber rief: »Ich habe eine Jungfrau!«, Und mit diesen Worten bog er mir geschwind die Schenkel auseinander, obwohl ich sie mit aller Kraft zusammenpresste, und warf sich auf mich, während ich auf dem Rücken lag.

TULLIA: Du schweigst plötzlich? Hat er bloß seinen Finger da hineingesteckt?

OTTAVIA: Wie könnte ich wohl so schamlos sein, hiervon noch weiter zu erzählen!

TULLIA: Oh, auch ich, auf die du doch so große Stücke hältst, habe das durchgemacht! Niemand ist kecker als ein Verlobter, den jede Verzögerung, bis er die Blume seiner Braut gepflückt hat, geradezu außer sich bringt.

OTTAVIA: Bald fühlte ich zwischen meinen Beinen etwas Schweres, Hartes, Heißes. Er drang mit Gewalt auf mich ein; mit einem heftigen Stoß suchte er jenes Harte in meinen Leib und in die Ritze hineinzupressen. Ich aber nahm alle meine Kräfte zusammen, warf mich auf die Seite, brachte meine linke Hand zwischen ihn und mich und legte sie schützend auf die Stelle, um die ein so wilder Kampf gekämpft wurde.

TULLIA: Konntest du mit *einer* Hand eine so gewaltige Kriegsmaschine zur Seite lenken?

OTTAVIA: Ja, es gelang mir gut. »Nichtswürdiger«, rief ich, »was quälst du mich so furchtbar? Verzeih, aber wenn du mich liebst, so sage mir, was habe ich getan, dass ich solche Strafe verdiene?« Und Tränen entströmten meinen Augen. Aber dabei war mein Geist in solcher Verwirrung, dass ich nicht einmal wagte, den Mund aufzutun oder um Hilfe zu schreien.

TULLIA: Hat dich denn Caviceus nicht mit seiner Lanze durchbohrt und deine Verschanzung durchbrochen?

OTTAVIA: Ich streckte meine Hand aus, packte sie und lenkte sie zur Seite. Aber o Gräuel! Sofort fühlte ich mich von einem glühend heißen Regen überströmt, der mich ganz benässte, da ich bis zum Gürtel nackt war. Ich streckte abermals die Hand aus; als ich aber in den Saft fasste, womit der wilde Mensch mich besprengt hatte und der sich klebrig anfühlte, da wich voll Angst und Abscheu meine Hand zurück.

TULLIA: So ist also weder ihm noch dir der Sieg geblieben; denn es hat nicht viel gefehlt, so hätte er einen vollständigen Sieg davongetragen.

OTTAVIA: Seit jenem Tage erscheint Caviceus mir viel angenehmer. Und von einer seltsamen, ohnmächtigen Begier brennt mir die Seele. Was ich begehre, weiß ich nicht und vermag es nicht zu sagen. Nur so viel weiß ich, dass von allen Sterblichen Caviceus mir bei weitem am besten gefällt; von ihm allein erwarte ich mir die höchste Wonne, die ich mir nicht vorstellen kann, da ich nicht weiß, was und wie sie sein wird. Ich wünsche nichts, und doch sehne ich mich nach etwas.

TULLIA: Gut, dass du mich hast, die in diesen Irrgängen deiner Gedanken dir als rätsellösender Ödipus dienen kann. Die folgenden Verse, die der Lehrmeister und Dolmetsch der Liebeskunst, Ovidius Naso, auf Biblis schrieb,* passen sicherlich geradezu köstlich auf diesen deinen Fall:

Anfangs begreift sie nichts von diesen verzehrenden Gluten,
Glaubt nichts Böses zu tun, da sie stürmisch die Küsse erwidert – …
Denn sie kennt sich selber noch nicht; in der Unschuld der Sinne

* Ovid, Metamorphosen, Buch IX, Vers 456 ff.

Keimt kein Wunsch noch empor, obgleich in Flammen sie lodert…
Dennoch huscht im Wachen sogar eine lüsterne Hoffnung
Manchmal ihr durch den Geist; und ruht sie in friedlichem Schlummer.
Ach, da sieht sie gar oft den Geliebten – und brünstig umschlingen
Ihre Glieder des Bruders Leib. Sie errötet im Schlafe;
Aber ist sie erwacht, dann sinnt sie schweigend dem Traum nach,
Der ihr die Ruhe gestört, und ruft mit zagendem Herzen:
›Ach, ich Arme! Was wollen die Bilder der schweigenden Nacht mir?
Möchten sie nie verwirklichen sich! Wie träum ich nur solches?‹

Man schämt sich des Traums – und doch liebt man ihn. Und während die Seele spielend an dem Bilde der Lust sich ergötzt, vergehen die Sinne, in höchster Wonne schmelzend. Du errötest? Das ist mir ein Geständnis und mir ist, als sagtest du mir:

Wenn nur im Wachen ich nicht in solche Versuchung falle,

Nun, dann möge recht oft ein solcher Traum
mir erscheinen!
Ohne Zeugen naht sich der Traum, doch nicht
ohne Wonnen.
O du Göttin der Liebe und du, geflügelter
Knabe –
Welche Wonne ward mir zuteil! Wie drang
mir die Wollust
Tief in die Seele hinein und tief in das Mark
meiner Glieder!
Süß ist es, dran zu denken – doch ach, wie
kurz war die Freude!
Neidisch eilte die Nacht hinweg und kürzte
mein Glück mir!

OTTAVIA: Ich will es nicht leugnen: Tag und Nacht steht mir Caviceus vor Augen, und meinen Geist beschäftigt ganz und gar die Hoffnung auf eine unaussprechliche Wonne. Und wahrhaftig, oft habe ich meinem Caviceus eine ähnliche Gelegenheit gewünscht, wie ich an jenem Tage in meiner Unbeholfenheit und Unerfahrenheit sie leider ungenutzt gelassen habe.

TULLIA: Was würdest du dann tun?

OTTAVIA: Das kannst du dir selber sagen. Ich wüsste dann schon besser Bescheid, und er wäre glücklicher. Ich hatte mich noch nicht beruhigt, hatte kaum mein Kleid wieder heruntergelassen und er hatte kaum das Hemd, das aus seinem Hosenlatz heraushing, wieder hineingestopft – da kam meine Mutter zurück.

TULLIA: Du Arme! Ich kenne ja ihre Sittenstrenge!

OTTAVIA: Sie hat jedoch weder zu mir noch zu Caviceus etwas Unangenehmes gesagt. Sie fragte lächelnd, was wir denn miteinander gesprochen hätten? Wer von uns beiden am verliebtesten wäre? »Denn wer von euch am meisten Liebe verdient«, sagte sie, »danach frage ich nicht: Das bist du, Caviceus, und dagegen wirst du, Ottavia, denke ich, nichts einzuwenden haben. Doch möchte ich wohl, da ja Hymens Bande euch bald vereinen werden – und wie ich hoffe, zu Glück und Segen – dass du, Caviceus, meine Ottavia, die ja auch die Deine ist, nicht nach ihrer geringen Würdigkeit, sondern so liebst, wie dein edles Herz es dir eingeben wird. In solchem Herzensbunde werdet ihr beide glückseligste Jahre verbringen.«

TULLIA: Aber wie wurde es denn, nachdem Caviceus fortgegangen war?

OTTAVIA: Sie begann mich auszufragen, was zwischen uns beiden vorgefallen wäre. Denn dass etwas gewesen sei, hätte sie mit eigenen

Augen uns angesehen. Ich wollte mich entschuldigen; meine Mutter aber drängte mich, ich möchte die Wahrheit gestehen. Da klagte ich ihr denn, er habe mir beinahe Gewalt angetan; was er von mir gewollt und begehrt habe, das wisse ich nicht; so viel mir indessen bewusst sei, habe ich einen Fehltritt nicht begangen. – Sie fragte weiter und wollte wissen, ob er mir einen Schaden an meinem Leibe getan. Ich sagte: »Nein.« Hierauf ermahnte sie mich, ich sollte mich ja vor ihm in Acht nehmen; und wenn ich auf ihren Rat nicht hören wollte, so drohte sie mir mit schlimmen Folgen: »Denn sieh mal«, sprach sie, »nur wenige Tage noch und du bist mit ihm vermählt, liebes Kind! Aber verlass dich darauf, wenn er vorher die letzte Gunstbezeugung von dir erlangt, so wird er dich entweder auf immer verlassen, oder er wird, wenn ihm am Ruf eines beständigen Mannes gelegen ist und er daher sein Wort hält, dich im Grunde seiner Seele verachten. Von diesen beiden Möglichkeiten ist die eine ebenso traurig wie die andere, und eine Tochter aus gutem Hause darf sich keinesfalls ruhig in solches Geschick ergeben, sie muss sogar den Tod vorziehen.« Seit jenem Tage wachte meine Mutter über mich mit unruhiger Sorge, sodass

Caviceus mich niemals wieder allein gefunden hat; auch hat er kein Wort unter vier Augen mehr mit mir gesprochen.

TULLIA: Das ist gewiss, und diese Wahrheit ist auch dem weisen Stagyriten nicht entgangen: Wenn ein ganz junger Mensch – wie Caviceus es ja ist – den ersehnten Leib einmal in unumschränktem Besitz gehabt hat, so hasst er, kaum dass das Werk vollbracht ist, meistens diesselbe, nach der er sich vorher in wahnsinniger Liebe verzehrte. Ich freue mich aber deiner Offenheit, Ottavia, und will zum Dank dafür ebenso offen gegen dich sein, damit du nicht den geringsten Zweifel an mir hegst: Deine Mutter hat mich selber gebeten, dir die intimsten Geheimnisse des Ehebettes zu enthüllen, dich zu belehren, wie du dich gegen deinen Gatten benehmen musst, ferner wie dein Mann sein wird, und dich überhaupt über jene Sächelchen aufzuklären, über die die Männer so sehr in Feuer und Flamme geraten. Damit ich dich über dies alles recht unumwunden belehren kann, so werden wir heute Nacht zusammen in meinem Bette schlafen. Möchte ich von diesem sagen können, es sei die süßeste Stechbahn der Venus gewesen! Später wirst du einen besseren Bettgenossen haben, als ich dir Bettgenossin sein konnte.

OTTAVIA: Du machst dich über mich lustig, liebste Tullia! Unterlasse bitte solche Bemerkungen. Sie beeinträchtigen meine Liebe zu dir in einer Weise, dass du es nicht würdest ertragen können, wenn du mich wirklich aus Herzensgrunde liebtest!

Zweites Gespräch

Tribadikon

OTTAVIA: Nun, da liegen wir also in deinem Bett! Du hast ja so oft gewünscht, ich möchte während der Abwesenheit deines Gatten Callias einmal eine ganze Nacht nicht nur an deiner Seite, sondern in deinen Armen verbringen.

TULLIA: Und ich, ich habe in diesem Bett gar viele schlaflose Nächte verbracht, weil die Liebe zu dir alle meine Adern durchströmte; denn in dieser Liebe verzehrte ich mich, und sie versengte mich wie ein Feuerbrand.

OTTAVIA: Du liebtest mich? Du liebst mich also jetzt nicht mehr?

TULLIA: Ich liebe dich, teuerstes Schwesterchen, und ich sterbe an dieser Liebe eines elenden Todes.

OTTAVIA: Du stirbst? Ist das dein Ernst? Für dich würde ich ja gerne mein Leben hingeben! Was ist denn das für eine Krankheit, an der deine Seele leidet? Denn dass du körperlich wohl dich befindest, daran kann ich ja nicht zweifeln.

TULLIA: Wie du deinen Caviceus liebst, so liebe ich dich.

OTTAVIA: Drücke dich klar und deutlich aus! Was besagen diese verschleierten Worte?

TULLIA: Sei's! Aber höre: Du bist so reizend, so schön, so zärtlich – lass vor allen Dingen alle Schamhaftigkeit beiseite!

OTTAVIA: Du wolltest ja, dass ich mich ganz nackt in dein Bett legte. Ich habe dir diesen Gefallen getan. Du wolltest mich so in deinem Bett haben, wie ich mich meinem Caviceus ergeben würde. Habe ich denn nun noch nicht alle Schamhaftigkeit von mir abgetan?

TULLIA: Jene Königin von Lydien sagte ja allerdings: ›Ich habe mit meinem Hemde zugleich auch alle meine Scham abgestreift.‹

OTTAVIA: Deinem Rat bin ich gefolgt und habe meine Schüchternheit überwunden; wie du habe ich über mich selbst triumphiert.

TULLIA: Gib mir einen Kuss, liebenswürdiges Kind!

OTTAVIA: Warum nicht? So viele du willst und so feurig du sie willst!

TULLIA: Oh, wie göttlich ist die Form deines Mundes? Oh, wie leuchten deine Augen – heller als der Tag! Oh, wie ist deine Schönheit einer Venus würdig!

OTTAVIA: Und du wirfst auch noch die Decken ab? Ich weiß nicht – ich möchte Angst bekommen, wenn du nicht Tullia wärest. Und ich bitte dich, sage mir, was bedeutet dies? Du hast mich ja nackt; was willst du denn noch?

TULLIA: O Götter, wie sehnlich wünsche ich, ihr gestattet mir, des Caviceus Stelle zu vertreten!

OTTAVIA: Was heißt das? Wird etwa Caviceus meine beiden Brüste ergreifen, wie du es jetzt tust? Wird er so stürmisch seine Küsse mit den meinigen verschmelzen? Wird er meine Lippen meinen Hals, meinen Busen mit seinen Zähnen beißen?

TULLIA: Dies, mein Herzchen, wird das Vorspiel zum Kampfe sein, die Einleitung zum Fest der Venus.

OTTAVIA: Hör auf! Deine Hand gleitet über meinen ganzen Leib hin; und jetzt geht sie gar noch tiefer hinunter! Was betastest du meine Schenkel? Ah, ah, ah! Tullia – was kitzelst du mich da unten? Du wendest ja deine Augen nicht mehr davon ab.

TULLIA: Mit wollüstiger Neugier betrachte ich mir diesen Tummelplatz der Frau Venus; er ist nicht groß, er ist nicht geräumig, und doch ist er voll köstlichster Wonnen; deine unersättliche Venus wird darauf die Kräfte deines Mars bis aufs Letzte erschöpfen.

OTTAVIA: Du bist von Sinnen, Tullia; wenn du Caviceus wärest, ich wäre nicht in Sicherheit! Was hast du dich jetzt aufrecht gesetzt und verschlingst mit deinen Augen alle meine hingestreckten Glieder von vorn und hinten? An mir ist doch nichts, was deine eignen Reize überträfe. Sieh nur dich selber an, wenn du etwas sehen willst, was deiner Liebe und deines Lobes würdig ist.

TULLIA: Es wäre eine Dummheit von mir und keine Bescheidenheit, wenn ich leugnen wollte, mit einiger Schönheit begnadet zu sein. Ich stehe in der Blüte des Lebens, bin kaum sechsundzwanzig geworden und habe meinem Callias nur ein einziges Kind beschert. Wenn deine Sinne sich an mir irgendeine Wonne verschaffen können, so genieße ihrer; ich werde dir's nicht wehren, Ottavia!

OTTAVIA: Und auch ich werde es dir nicht wehren. Koste jede Lust, die ich dir bereiten kann; ich erlaube es dir. Aber ich weiß recht wohl, eine Jungfrau wie ich vermag überhaupt keine

Wollust zu bereiten, und ebenso wenig kann ich Wollust an dir finden, obwohl du wirklich ein Zaubergarten voll von allen möglichen Wonnen und Genüssen bist.

TULLIA: O nein! Einen Garten hast *du*! – einen Garten, worin Caviceus seine wollüstige Begier mit gar saftigen Früchten laben wird.

OTTAVIA: Ich habe keinen Garten, den nicht auch du hättest, und die Früchte des meinigen sind auch in dem deinen in reichster Fülle. Was nennst du denn einen Garten? Wo ist er? Welches sind seine Früchte?

TULLIA: Ich verstehe dich, du kleine Unart? Du hältst mir meinen Garten vor, weil du den Deinen vollkommen so genau kennst, wie ich den meinen.

OTTAVIA: Vielleicht bezeichnest du mit diesem Namen jenen Teil, auf den du deine rechte Hand gepresst hältst, den du mit deinen Fingern bearbeitest, den du mit deinen Nagelspitzen kitzelst?

TULLIA: Ganz recht, liebes Schwesterchen! Du weißt nur noch nichts damit anzufangen, mein süßes Dummchen; aber ich werde es dich schon lehren.

OTTAVIA: Wenn ich's vor meiner Hochzeit lernte, so wäre ich nicht mehr keusch und wäre auch nicht mehr deiner Liebe würdig, denn dann wäre ich ja ganz anders als du! Sag mir nun, wozu der Garten dient! Vor allen Dingen aber strecke dich im Bett aus; denn wenn du so sitzen bleibst, machst du uns beide müde!

TULLIA: Den Gefallen will ich dir tun. Nun aber spitze die Ohren; denn verlass dich drauf: Je aufmerksamer du die Ohren spitzest, desto leichter und häufiger wird auch Caviceus etwas spitzen. Das gebe Frau Venus! Und nimm du es als gutes Zeichen an, Ottavia!

OTTAVIA: Ich tu's… du lachst laut auf! Was für ein boshafter Sinn versteckt sich denn hinter deinen Worten? Wahrhaftig, ich vermag ihn nicht zu entdecken!

TULLIA: Aber du wirst sehr wohl fühlen, dass ich mit diesem Glückwunsch deinem Gärtchen viele Wonnen wünsche.

OTTAVIA: Du sprichst zu tauben Ohren!

TULLIA: Gebe Venus, dass du verstehst und begreifst. Dieses dein Gärtchen, dem ich wünsche, dass ihm niemals, weder im Lenz noch im Winter, die Früchte fehlen – dieses Gärtchen ist die Stelle, die unter der Erhöhung des Unterleibes ein dichtes Vlies – bei dir nur erst ein leichter Flaum – bedeckt. Man nennt sie die Scham. Wenn dieser Flaum zuerst erscheint und zu sprießen beginnt, so ist das ein Anzeichen, dass hier eine Jungfernschaft für

Venus reif geworden ist und gepflückt werden kann. Cymba, navis, concha, saltus, clitorium, porta, ostium, portus, interfemineum, lanuvium, virginal, vagina, facandrum, vomer, ager, sulcus, larva, annulus – dies sind die lateinischen Bezeichnungen dafür. Die Griechen dagegen nennen es: αἰδοῖον, δέλτα, χοῖρος, ἐσχάρα. Julia, die Tochter des Augustus, sagte oft, sie wäre sicher, ihrem Gatten Agrippa nur Kinder zu schenken, die ihm ganz und gar ähnlich wären, weil sie nur dann Fahrgäste in ihren Kahn aufnähme, wenn dieser schon voll wäre. 'εσχάρα bedeutet Herd und Kamin; χοῖρος Sau; δέλτα ist der vierte Buchstabe, Δ, d, den die Griechen so nannten; aber die Form dieses Buchstabens weicht von der unseres Gärtchens ganz beträchtlich ab. Wenn diese Nacht herum ist, dann sollst du, Schwesterchen, aus meinen Armen klüger hervorgehen, als wenn du auf dem Parnass geschlafen hättest; du sollst auf Griechenart lieben können. Was das bedeutet, hast du aus dem Juvenal gelernt.

OTTAVIA: Ich möchte lieber so gelehrt sein wie du, liebe Schwester; das stände mir höher als die Sättigung mit allen Wollüsten. Wenn ich dich so jung und so gescheit sehe, da möchte ich, du wärest Caviceus. Mit welcher Freude würde ich alle Schätze meiner Schönheit dir ausliefern!

TULLIA: Umarme mich, liebes Kind! Ich brenne vor Liebe zu dir. Lass meine Blicke und Liebkosungen überall umherschweifen! Caviceus wird dadurch um nichts zu kurz kommen – und du auch nicht! Ach, wie eitel und vergeblich ist all dies mein Bemühen! Was will ich denn nur eigentlich, ich Unglückliche? Wie heiß, wie innig liebe ich dich!

OTTAVIA: Lösche die Glut deiner Begierden, überlass dich dieser Trunkenheit deiner Sinne! Was du willst, das begehre auch ich mit allen Fibern!

TULLIA: Nun, so lass denn dein Gärtchen mein eigen sein; lass mich seine Herrin sein – leider, ach, eine ohnmächtige Herrin! Denn ich habe weder den Schlüssel, um sein Pförtlein zu öffnen, noch den Klopfer, um daran anzupochen, noch den Fuß, um das Gärtlein zu betreten.

OTTAVIA: Ich gebe dir das Gärtlein ganz und gar zu Eigen, denn ich selber bin ja ganz und gar dein. Was ist denn an mir, das nicht gänzlich dir gehörte? Aber wie? Du legst dich auf mich? Was soll das bedeuten?

TULLIA: Weiche doch nicht zurück, Liebling! Öffne die Beine!

OTTAVIA: Du siehst, ich hab's getan. Und nun hast du mich ja ganz und gar! Dein Mund ist auf meinen Mund gepresst, deine Brust auf meine Brust, dein Schoß auf meinen Schoß. Darum will auch ich dich umklammern, wie du mich umklammert hast!

TULLIA: Hebe die Unterschenkel noch höher! Schließe deine Lenden über meinen Lenden zusammen. Ich lehre dich in deiner holden Unerfahrenheit jetzt eine neue Venus kennen. Wie eifrig du mir gehorchst! Schade, dass ich nicht so gut kommandieren kann, wie du exerzierst!

OTTAVIA: Ach, ach, meine liebe Tullia, meine Herrin, meine Königin! Wie du mich stößest, wie du dich hin- und herbewegst! Ich wollte, diese Lichter würden ausgelöscht; ich schäme mich, dass das Licht es mit ansehen soll, wie ich unter dir liege.

TULLIA: Gib doch Acht, was du zu tun hast! Wenn ich stoße, so musst du gegenstoßen; rüttle, bewege deine Hinterbacken, wie ich die meinen bewege; hebe sie so hoch, wie du nur kannst! Fürchtest du, die Luft könnte dir ausgehen?

OTTAVIA: Wirklich, du machst mich mit deinen schnellen Stößen ganz müde; du presst mich zusammen; glaubst du, ich würde mir von einer anderen in so wilder Weise Gewalt antun lassen?

TULLIA: Komm, Ottavia, umklammere mich! Nimm mich hin! Da! Da strömt mein Leben! ... Oh!, wie glüht mir der Busen! Ach, ach, ... ach!

OTTAVIA: Dein Gärtchen setzt das meinige in Brand. Hör doch auf!

TULLIA: Endlich, meine Göttin, bin ich dir Mann gewesen ... meine Braut! Meine Gattin!

OTTAVIA: Oh, wollte der Himmel, du wärest mein Gemahl! Welch eine liebende Gattin würdest du an mir haben! Welchen angebeteten Gatten würde ich besitzen! Aber du hast mein Gärtchen mit einem Regen überschwemmt; ich fühle mich ganz und gar nass! Mit was für Gräueln hast du mich überströmt, Tullia!

TULLIA: Ja, freilich – ich bin fertig geworden. Aus dem untersten Kielraum meines Schiffchens hat in blinder Trunkenheit die Liebe ihren Venussaft in deinen jungfräulichen Kahn geschleudert. Aber sage mir: Hat in deinem Innersten jemals eine größere Wollust alle deine Sinne in Aufregung gebracht?

OTTAVIA: Nein, überhaupt keine! Möge Venus mir verzeihen, aber was du tatest, das hat mir, soviel ich bemerkte, gar keine Wonne bereitet. Ich war ein bisschen aufgeregt, als ich fühlte, dass du im allerhöchsten Entzücken schwebtest, und einige Funken deiner Flamme fielen in jenen Teil, den du so eifrig mit deinen Stößen bedrängtest; aber sie haben mich nur darauf aufmerksam gemacht, dass es *bei dir* brannte, mich selber haben sie nicht in Flammen gesetzt... Aber sage mir, Tullia, verfolgt denn diese Leidenschaft, die dich beseelt, auch andere Frauen, sodass sie junge Mädchen lieben und umarmen?

TULLIA: Alle Frauen lieben sie und schließen sie brünstig in ihre Arme, wenn sie nicht stumpfsinnig und kalt wie Stein sind. Denn was gibt es Wonnigeres als ein frisches, reines Mädchen – frisch und rein, wie du selbst es bist? Genauso war, vor ihrer Verwandlung in einen Knaben, Iphis* in Liebe zur Ianthe entbrannt:

Iphis liebt und verzweifelt, jemals die
Geliebte zu freien:
Höher nur lodert darum die Liebe des
Mädchens zum Mädchen.
Tränen im Auge ruft sie: Was wird das
Schicksal mir bringen?

* Ovid, Metamorphosen, Buch IX, Vers 723 ff.

Mir, der mit nie zuvor gekannter, mit grausiger Liebe
Venus das Herz erfüllt? Wenn hold die Götter gewesen,
Hätten den Tod sie mir gesandt, doch sollte ich leben,
Warum gewährten sie nicht die Lust mir natürlicher Liebe! …
›Sieh, kein strenges Gebot des Vaters wehrt dir – die Freundin
Schmiegt sich willig dir an – und doch wird niemals das Glück dir
Lächeln, mögen auch Menschen und Götter mithilfe dir nahen!‹ …
Was ich wünschte, ist Alles erfüllt nun – huldvoll gewährten,
Was sie nur konnten, die Götter; es haben meinem Verlangen
Sich ohne Murren gefügt der Vater, die Braut und der Schwäher.
Doch die Natur, die mächtiger ist als Menschen und Götter,
Die unerbittlich ist – ihr Machtwort hat sie gesprochen.
Endlich ist er gekommen, der Hochzeitstag, und Ianthe
Wird jetzt mein – o nicht doch!
Wie Tantalus dursten am Quell wir!

Sag, was willst du bei uns, o eheschüttende Iuno?
Wer von uns beiden soll zu deinem Altare die andre
Führen, o Hymen? Wir tragen ja beide den Schleier der Jungfrau!

Ich muss es dir gestehen, Ottavia: Wir Frauen sind recht liederlich, wenigstens die meisten von uns. Weißt du, was bei Petronius die Quartilla sagt? ›Möge Junos Zorn mich treffen, wenn ich mich erinnern kann, jemals Jungfrau gewesen zu sein! Als ganz kleines Gassenmädchen habe ich mit meinen Altersgenossen schlechte Sachen getrieben; später dann, im Lauf der Jahre, habe ich mich größeren Knaben hingegeben, bis ich schließlich zu dem Alter heranwuchs, in dem ich jetzt stehe.‹

OTTAVIA: Bis jetzt, Tullia – davon hast du dich ja selber überzeugt –, bin ich keusch an Leib und Seele geblieben. Du schiltst mich leidenschaftslos und dumm; aber jetzt fühle ich mich von sinnlichen Lüsten, von verliebten Begierden gekitzelt. Mein Hochzeitstag naht – und dessen bin ich froh, denn, wie ich glaube, können wir nur in den Armen eines Mannes, an dessen Seite wir ruhen, einer wahren echten Wonne genießen.

TULLIA: Darin hast du Recht, und du wirst es nächste Nacht erfahren. Möge die Wonne von Lampsakos dich glücklich machen! Jedoch das Anschwellen des Leibes, die Schwangerschaft, die Niederkunft sind leider die unmittelbaren Folgen der allzu unbekümmerten Belustigungen der Männer mit uns und der ›turgentis verbera caudae‹.* Außerhalb der Ehe ist diese Liebesglut, die die jungen Mädchen zum vollständigen Beischlaf lockt und treibt, von Gefahren und Leiden vergiftet; unter dem Deckmantel der Ehe dagegen geht alles frei und fröhlich zu. Der Schleier, mit dem die Jungvermählten sich das Haupt umhüllen, dient zugleich dazu, ihre sündigen Ausschweifungen zu verbergen; dank diesem Schleier entziehen sie sich aufs Beste dem wachsamen Auge der Gesetze und der Öffentlichkeit. Folglich, meine Ottavia, müssen die Jungfrauen und die unvermählt Bleibenden auf einem anderen Wege die Liebeswonne suchen, zu der es, so sagt Lukrez, alle Geschlechter lebender Wesen mit einer Gewalt treibt, die nichts besänftigen kann als die Gewalt der Venus selber. Es ist also nicht zu verwundern, wenn eine Jungfrau von einer

* Schläge der strotzenden Rute (Horaz, Satiren, 2. Buch, VII, 57)

Jungfrau geliebt wird, da ja die erlauchtesten Heroen einst bei ihrem eigenen Geschlecht Befriedigung ihrer Liebesbrunst fanden.

OTTAVIA: Aber du – du bist ja keine Jungfrau, du hast schon mit einem Mann zu tun gehabt; es steht dir jederzeit frei, die Wonnen der Liebe in ihrem ganzen Umfang auszukosten. Wie ist es also möglich, dass du mich liebst, dass du die Freuden der Liebe in diesen Künsten suchst, mit denen Venus sich selbst betrügt?

TULLIA: Ich will vor dir aus all meinem Tun kein Hehl machen. Meine geliebte Pomponia, meine vertrauteste Freundin von der Wiege an, sie war es, die vor einigen Jahren zuerst diesen Tanz mit mir zu tanzen begann. Pomponia ist in der Liebe höchst erfinderisch, aber auch höchst schamlos, ausschweifend wie keine, aber dabei auch vorsichtig wie keine. Anfangs hatte ich Ekel vor einem solchen Geschmack; die Erfüllung ihrer Wünsche erschien mir als eine wahre Qual – allmählich aber gewöhnte ich mich daran. Pomponia ging mir mit gutem Beispiel voran; sie begnügte sich nicht damit, meinen Launen den Genuss ihres Leibes zu überlassen, sondern sie befahl mir, kühn meinen Wünschen zu folgen; so war sie mir süße, hingebende Geliebte und verschaffte zugleich sich selber himmlische Genüsse. Nachdem ich eine lange Lehrzeit in allen diesen Liebesfreuden durchgemacht hatte, kam es schließlich so weit, dass ich meine Freundin kaum entbehren konnte. Seitdem aber du, Ottavia, mit unzähligen Pfeilen mir das Herz durchbohrt hast, bin ich in solcher Liebe zu dir entbrannt und brenne noch so stark, dass ich im Vergleich mit dir alle Menschen hasse, selbst meinen lieben Callias. Mir ist's, als umschlössen deine Umarmungen alle Wollust, die es gibt. Halte mich darum nicht für schlechter als die anderen; dieser Geschmack ist fast über die ganze Welt verbreitet. Die Italienerinnen, die Spanierinnen, die Französinnen lieben gern ihre Geschlechtsgenossinnen, und wenn die Scham sie nicht zurückhielte, würfen sie sich am liebsten brünstig einander in die Arme. Besonders bei den Lesbierinnen herrschte dieser Brauch: Sappho hat den Namen ›Lesbierin‹ berühmt, ja sie hat ihn adelig gemacht. Wie oft haben ihre Lieblinge Andromeda, Athys, Anaktoria, Mnais und Girino die Wonnen ihres Leibes genossen! Die Griechen nennen die Heldinnen dieser Art *Tribaden;* die Lateiner bezeichnen sie als *Frictrices* und *Subagitatrices.* Philaenis, die sich dieser Lust leidenschaftlich hingab, gilt als die Erfinderin derselben; durch ihr Beispiel, denn sie war eine hoch angesehene Frau, verbreitete sie unter Frauen und Mädchen den Geschmack an einer vor ihrer Zeit unbekannt gewesenen Wollust. *Tribaden* nannte man sie, weil sie abwechselnd pressen und sich pressen lassen; *Frictrices*, weil sie ihre Leiber aneinander reiben; *Subagitatrices* von den heftigen Bewegungen ihrer Lenden … Was willst du noch mehr, liebste Ottavia? Machen und sich's machen lassen – so ziemt sich's für eine Frau, die keine dumme Gans ist und der das Herz kräftig in der Brust schlägt.

OTTAVIA: Himmlische Güte! Du erzählst mir von niedlichen Dingen – aber sie sind nicht weniger ungereimt als spaßhaft. Nun, du bist also heute Abend Tribade sowohl wie Frictrix und Subagitatrix gewesen. Aber wie willst du denn nun *mich* nennen?

TULLIA: Meine zärtliche, meine reizende, meine göttliche Cypris! Übrigens habe ich nichts gemacht, was deiner jungfräulichen Unbescholtenheit den geringsten Schaden hätte zufügen können, habe kein Hilfsmittel angewandt, um dieses Pförtchen zu erbrechen, um die Blume deiner Jungfernschaft zu pflücken.

OTTAVIA: Wie wäre dir denn auch so etwas möglich gewesen?

TULLIA: Die Milesierinnen machten sich aus Leder Dinger von acht Zoll Länge und entsprechender Dicke. Aristophanes sagt uns, die Frauen seiner Zeit hätten sich solcher Werkzeuge bedient. Auch heute noch nimmt bei den Italienerinnen, und besonders bei den Spanierinnen, auch bei unseren asiatischen Geschlechtsgenossinnen, dieses Instrument den Ehrenplatz auf dem Putztisch der Damen ein und ist der kostbarste Gegenstand der ganzen Einrichtung. Es ist sehr wertvoll.

OTTAVIA: Ich begreife nicht, was das für ein Ding ist und wozu es gut sein kann.

TULLIA: Du wirst es später schon begreifen … aber sprechen wir von etwas anderem.

Drittes Gespräch

Anatomie

OTTAVIA: Hahaha! Wie stürmisch du dich auf mich geworfen hast! Oh, hätten doch die Götter dich als Mann geschaffen!

TULLIA: Ebenso wird sich dein Gatte auf dich stürzen, wenn du mit gespreizten Schenkeln daliegst. Deinen Mund wird er mit Küssen bestürmen, wird an dem Schwesternpaar deiner schwellenden Brüste saugen, wird seine Brust gegen die deinige pressen, wird dich drücken, mit Stößen dich erschüttern, aber viel stärker und viel kräftiger als ich es habe tun können, denn er wird stärker sein und kräftiger als ich. Stoßen wird er, dass dein Bett erzittert, ja sogar der Fußboden deines Schlafzimmers. In jener ersten Nacht, da Callias meiner jungfräulichen Scham Gewalt antat, stürzte er sich mit solcher stürmischen Anspannung aller Kräfte auf mich, dass das Krachen meines Bettes von denen gehört wurde, die im Nebenzimmer mir zu Ehren die Nachtwache der Venus hielten. Sieh nur, wie mich dieser Kampf mitgenommen hat, und doch bin ich als Siegerin aus ihm hervorgegangen.

OTTAVIA: Wie wird es denn wohl mir ergehen, wenn ich mit solch einem gewaltigen Athleten zu tun bekomme? Du warst ja doch um mehrere Jahre älter als ich, und warst körperlich reifer, als du in deines Callias Hände gegeben wurdest. Ich sehe, es steht mir eine grausame Marter bevor.

TULLIA: Ich will es dir nicht verhehlen, Ottavia; du wirst eine harte Mühsal zu erdulden haben. Wenn ich versuchte, es zu leugnen, so würde ich mit deiner Unwissenheit Missbrauch treiben. Die Geschichte wird folgendermaßen vor sich gehen.

OTTAVIA: Unterrichte mich recht genau über alles, was für mich zu wissen von Wichtigkeit ist. Was wird das für ein Schmerz sein, den ich werde auszuhalten haben? Ist er sehr heftig, dauert er sehr lange? Lieber wäre es mir, er wäre heftig und kurz, als schwächer und von langer Dauer.

TULLIA:

Dir auch bleibt der Schmerz nicht erspart – doch nur in der ersten
Nacht ist er nennenswert; leicht wird er später dir sein.

OTTAVIA: Gewiss werde ich ihn ertragen, und wie ich hoffe, mutig und standhaft. Was sollte ich auch anders machen? Aber sage mir: Was werde ich auszuhalten haben?

TULLIA: Jenen Teil unseres Körpers, von dem wir bereits gesprochen haben, nennen die Lateiner und unsere Landsleute, die Italiener: *vulva, cunnus, fregna, fica, potta. Vulva* bedeutet Tasche, Ficke. Bei *Cunnus* denkt man an *Cuneus,* den Keil, den man hineintreiben muss, weil es bei den ersten Versuchen eines großen Kraftaufwandes bedarf. Man leitet das Wort auch vom griechischen κυνός ab, um damit gleichsam anzudeuten, dass jener Geruch, den das Maul eines Hundes aushaucht, auch jenem unserem unteren Munde entströmt; oder man führt es auf das griechische Wort κόννος zurück, das *Bart* bedeutet; Spaßvögel behaupten nämlich, wir hätten unseren Bart da unten, und nennen Bart jenes Vlies, das unsere Scham ganz und gar umgibt und bekleidet. In Wirklichkeit aber kommt *cunnus* wohl von κονvειν, was bedeutet ›mit Vernunft begabt sein‹; wie *mentula* von *mens* abzuleiten ist, so würde *cunnus* mit dem Begriff der Vernunft in Zusammenhang zu bringen sein. So viel ist gewiss: Wie die *mentula,* das männliche Glied, sich selber regiert, wie wenn es mit eigenem Willen begabt wäre, und wie es sich um den Willen, der seinen Sitz oben im Kopfe hat, nur sehr wenig kümmert, so verhält sich auch das andere Organ: Es hat seine eigenen Begriffe und richtet, gegen alle Gesetze der Vernunft, Empörungen an, die sich durchaus nicht durch mentale Einwirkungen, sondern nur durch die der mentula beschwichtigen lassen. Wir Frauen nennen dieses Ding, mit einem schicklicheren Namen, die *Scham.* Die Lippen, die ihren Eingang verschließen, nannte man, wie ich bei einem alten Grammatiker las, Schamlefzen. Gegen diese Stelle wird Caviceus mit aller Kraft den Stoß seiner gewaltigen Lanze richten; in jenem Augenblick wird er dir eine furchtbare Folterqual antun, bald nachher aber dir noch viel größere Wonnen verschaffen.

OTTAVIA: Möchten diese Wonnen recht, recht schnell den Schmerz vergessen machen!

TULLIA: Du siehst, wie wundervoll dieser Körperteil gebaut ist. Zunächst bildet die Scham einen Vorsprung, dank jener Erhöhung, die bei dir von einem leichten Flaum bedeckt ist. Und glaube nicht etwa, sie sei zwischen den Schenkeln verborgen, wie ein Ding, dessen man sich zu schämen habe. Hiermit hat die Scham nichts zu tun! Sie nimmt im Gegenteil diesen Platz deshalb ein, weil sie so bequem für den Gebrauch gelegen ist, zu dem sie bestimmt ist. Diese Erhöhung wird *Venusberg* genannt, und wer diesen einmal erklommen hat, der zieht ihn für immerdar dem Parnass, dem Olymp und den allerheiligsten Bergen vor.

OTTAVIA: Gebe der Himmel, ich bekomme einen so fröhlichen Bergsteiger, wie du es bist! Dann brauchte ich den Parnass nicht um seinen Apollo und den Olymp nicht um seinen Jupiter zu beneiden!

TULLIA: Hier befinden sich nun zwei Öffnungen, eine unter der andern, mittels deren dieser Venusberg zum vollständigen und vollkommenen Liebeswerk sich öffnet. Die erste hat man als ›große‹ bezeichnet, die andere ist tiefer nach innen zu gelegen. Die Weite der Ersteren ist sehr bequem für die Niederkunft; wir sind in der Tat, meine liebe Ottavia, sozusagen Werkstätten, in denen das Menschengeschlecht angefertigt wird. Wenn diese Öffnung enger wäre, so ließe sie sich, in dem Augenblick, wo das Kind das Licht der Welt erblickt, nicht ohne fürchterliche Schmerzen genügend ausweiten; es ist daher sehr notwendig, dass sie recht dehnbar und weit ist. Junge Leute, die zum ersten Mal da herumstöbern dürfen, bilden sich ein, Jungfrauen und Frauen seien so weit gebaut, wie es nach dieser Außenpforte den Anschein hat; ich habe Dummköpfe gesehen, die bei diesem Anblick entsetzt zurückprallten. Aber die innere Pforte ist enger. Die Lippen, die den Rand der großen Öffnung bilden, nennt man, wie gesagt, Schamlefzen; innerhalb der kleineren, versteckter gelegenen Öffnung befinden sich Lappen, die bei mir sehr weit hervorragen. Bei Jungfrauen, wie du es bist, befinden sich unter diesen Lappen außerdem noch vier Klappen. Sie versperren den Weg zur Gebärmutter, jenen Weg, den bei den ersten Liebesumarmungen der Mann seinen wollüstigen Begierden nicht ohne große Mühe und gewaltige Anstrengungen zu bahnen vermag.

OTTAVIA: Ich ahne schon: Während dieser Bemühungen macht sich der Schmerz, von dem du sprachst, am heftigsten bemerkbar.

TULLIA: Lass mich nur meine Beschreibung erst zu Ende bringen! An ihrem Vereinigungspunkt bilden diese vier Häutchen eine kleine Röhre von der Form einer Gewürznelke. Sie versperren nicht in die Quere, etwa wie ein vorgezogener Vorhang, den Weg zum Uterus; sie bilden vielmehr einen Vorsprung vor dem äußeren Eingang des Gartens; an der oberen Seite öffnen sie sich jedoch ein wenig und auf diesem Wege fließen die Ausscheidungen ab, die die Natur aus unserem Leib hervortreibt. Aber ich habe vergessen, dir von der Klitoris zu sprechen. Diese ist ein häutiger Körper, der unter dem Schamberg sitzt und im Kleinen die Gestalt eines männlichen Gliedes hat. Und wie wenn sie eine Rute wäre, so bringt die verliebte Begier sie zum Stehen und entflammt sie zu einem so starken Jucken, dass eine Frau oder ein Mädchen mit einem nur einigermaßen feurigen Temperament, wenn man zur Kurzweil sie mit der Hand berührt, meistens ihren Saft fließen lassen, ohne auch nur auf den wackeren Reiter zu warten. Mir selber ist das oft genug begegnet, wenn Callias seine ruchlosen Lüste an mir ausließ, wenn er diesen Lustdocht streichelte und betastete. Seine Hände, die sich tändelnd ergötzen, überfließt aus meinem Gärtlein plötzlich ein reichlicher Tau. Das ist für ihn Anlass zu einer Menge von Witzen, von guten und schlechten Scherzen. Aber was kann ich dabei machen? Er lacht laut heraus, ich lache ebenfalls; ich werfe ihm vor, er sei zu stürmisch, er wirft mir vor, ich sei zu wollüstig; so werfen wir einander den Ball zu und während wir so zum Scherz streiten, stürzt er plötzlich sich auf mich, streckt mich auf den Rücken, mag ich mich wehren oder nicht, fährt in mich hinein und erstattet mir in reichlicher Menge den Saft zurück, den, wie er scherzhaft bemerkt, mein Gärtchen verloren habe; er tue das, sagt er, damit ich mich nicht beklage, durch seine Schuld zu kurz gekommen zu sein.

OTTAVIA: Ihr beide führt ein glückliches und von Wonne erfülltes Leben. Ihr genügt euch vollkommen zu eurer gegenseitigen Glückseligkeit.

TULLIA: Der Raum ferner, der vom Eingang des Gartens bis zu dessen Hintergrund sich erstreckt, ist *Scheide* genannt worden. In diese wird die Rute eingeführt, wenn das Weib den Stoß empfängt. Die Ärzte nennen sie Gebärmutterhals oder Uteruskanal oder auch wohl innere Scham. Diese Scheide umschließt und umfasst saugend das männliche Glied, sobald es in sie eindringt; sie ist, meine Ottavia, gleichsam der Schacht, durch den das menschliche Geschlecht aus den finsteren Tiefen des Nichts an das Licht des Tages gefördert wird.

OTTAVIA: Du weißt so trefflich zu schildern, dass es mir ist, als sehe ich selber all dieses in meinem Leibesinnern Verborgene so deutlich vor mir, wie wenn es offen vor meinen Augen läge.

TULLIA: Bei dir, liebe Base, stehen diese innere Öffnung und der an sie sich anschließende Gang nicht so weit offen wie bei mir. Wohlan! Dies alles mit trunkenen Blicken zu betrachten, ist auch eine Art von Wollust. Spreize die Schenkel so weit du kannst, ohne dass es dir Schmerzen macht!

OTTAVIA: Da liege ich. Aber was willst du denn von mir mit deinen Schelmenaugen? Du biegst mit deinen Fingern diese beiden Lippen zur Seite; was siehst du drinnen?

TULLIA: Süßes Mädchen! Ich sehe eine Blume, die jeder, der sie erblickt, allen Blumen und allen Düften vorziehen wird!

OTTAVIA: Ach, Tullia! Ich bitte dich, halt ein mit deiner geschäftigen wollüstigen Hand! Ziehe diesen Malefizfinger zurück, den du hineingesteckt hast. Du hast mir wirklich wehgetan, als du tiefer eindrangst.

TULLIA: Du tust mir Leid, kostbare Muschel, die du würdiger bist, Venus erstehen zu sehen, als jene, aus der der Sage nach Venus hervorgegangen sein soll. Unter Glück verheißenden Zeichen wahrlich ist dieser Caviceus geboren, dem aus dieser Muschel eine neue Venus erstehen wird!

OTTAVIA: Und doch sagst du, ich tue dir Leid?

TULLIA: Ja, denn ich sehe dich schon auf erbarmungswürdige Weise zerfetzt.

OTTAVIA: Wie wird es damit sein?... Aber du bist überrascht? Warum denn?

TULLIA: Da dein Gärtchen nur ein ganz enges Pförtchen, einen sehr schwierigen *Zugang* besitzt, so fürchte ich, deinem Caviceus wird eine Arbeit beschieden sein, die, so angenehm sie auch an und für sich ist, doch nicht verfehlen kann, ihm – mindestens anfangs – weniger süß als peinvoll zu sein. Du hast den Rammbock gesehen, womit er die Bresche in deine Festung legen soll?

OTTAVIA: Nein, gesehen habe ich ihn nicht; aber, beim Castor, ich habe gefühlt, dass er war, wie man die Keule des Herkules abbildet: dick, steif und sehr lang!

TULLIA: Deine Mutter hat mir in der Tat gesagt, er sei bewunderungswürdig ausgestattet, und sie ist dessen herzlich froh; ihrer Meinung nach ist in der ganzen Stadt niemand besser versehen als er. Auf ihre Prahlereien habe ich geantwortet, meines Mannes Dolch sei acht Zoll lang. – »Das ist gar nichts«, antwortete sie mir, »im Vergleich mit dem, den Caviceus hat.« Sie beklagte dein Schicksal und beneidete dich zugleich darum; im Ganzen genommen hielt sie dich für recht glücklich. Sie behauptet, Caviceus habe eine Stange von elf Zoll Länge und von der Dicke deines Armes, wie er am Handgelenk ist.

OTTAVIA: O Gräuel! Und dieses ganze ungeheure Ding wird er mir mit Gewalt in den Leib stoßen? Werde ich das aushalten können? Mir wird schwach, wenn ich an das Unheil denke, das mich armes Mädchen erwartet!

TULLIA: Nun, verliere nur nicht den Mut! An Länge kann Callias es mit Caviceus nicht aufnehmen, dafür aber übertrifft Caviceus an Dicke keineswegs meinen Callias. Siehst du meinen Arm?

OTTAVIA: Gewiss sehe ich ihn; ich wäre blind, wenn ich ihn nicht sähe.

TULLIA: Nun, zu solcher Dicke schwillt ihm das Ding an, wenn es gegen mich in Wut gerät; und doch passt diese Klinge sehr bequem in meine Scheide.

OTTAVIA: Was ist denn diese glorreiche Scheide, diese verwetterte Scheide! Das möchte ich wohl wissen!

TULLIA: Der Unterschied zwischen einer stechenden Wanze und einer stechenden Lanze ist nicht größer als der zwischen deiner und meiner Scheide. Hier hast du sie: sieh sie dir an, betrachte sie, untersuche sie!

OTTAVIA: Strecke dich im Bett aus und biege dich zurück. Denn wenn du sitzst, kann ich sie nicht ordentlich sehen.

TULLIA: Hier liege ich. Sieh dir nur alles recht genau an! Dir wird das recht nützlich sein, und ich werde auch mein Vergnügen daran haben.

OTTAVIA: Ich sehe einen Schlund! Ich sehe den Abgrund, in den Curtius sich stürzte und der ihn mitsamt seiner Rüstung und seinem Streitross verschlang! Ich will die Hand daran legen, und die Seitenwände auseinander halten; ich könnte wahrhaftig in aller Bequemlichkeit die ganze Hand hineinstecken, wenn ich wollte. Ich begnüge mich aber, meinen Finger einzuführen – natürlich den Venusfinger – und ich übertrage ihm die Aufgabe, dieses Land zu erforschen, um mir darüber zu berichten und mir zu sagen, wie weit es ist, wie hoch und wie der männliche Zapfen seine Bequemlichkeit darin findet … Prächtig! Priap selber würde damit zufrieden sein, und sogar einer, der noch besser berutet wäre als Priap. Aber an meine Nase dringt ein garstiger Duft –

so dringet aus schwarzen Schlünden
betäubender Pestgeruch in die Nase.

Welch übel riechende Blumen trägt doch dein Garten! Venus würde sich's verbitten, wollte man ihr ein Blumengewinde oder einen Kranz daraus flechten.

TULLIA: Du bist lustig, liebes Herzchen, und deine Scherze sind recht niedlich. Auch du wirst einmal so werden, wie ich jetzt bin, und zwar binnen weniger Monate, sobald du nämlich geboren hast. Dann wird dir ein unermesslicher Spalt klaffen, wie du ihn bei mir jetzt klaffen siehst; dir wird drinnen der Muttermund offen stehen, wie es jetzt bei mir der Fall ist. Und du, deren unterer Mund so frischen Atem ausduftet wie der obere, du wirst meine Nase mit giftigem Dunst anhauchen und wirst meine Hand beflecken, wenn sie dich berührt. Das sind die Übelstände des Heiratens, das sind die bösen Folgen unserer Wonnen. Ja, verlass dich darauf, so wird es sein!

OTTAVIA: Und wie wird es denn so werden? Das möchte ich gern wissen!

TULLIA: Wenn der Stängel des Mannes zu seiner vollen Größe angeschwollen ist, dringt er mit solcher Begier in unseren Leib ein, dass er drinnen jedes Stellchen besudelt, befleckt, bespritzt.

OTTAVIA: Aber vergiss nicht, was du mir versprochen hast!

TULLIA: Ich verstehe, was du wünschst, und bin schon mit der Antwort bei der Hand. Dieses so echt männliche, so unartige, so stolze Glied weiß eine liebende Frau, eine, die es kennen gelernt hat, nicht hoch genug zu preisen. Dass eine, die es kennen gelernt hat, es nicht liebt, kommt gar nicht vor.

OTTAVIA: So werde also auch ich es leidenschaftlich lieben, wenn ich es kennen gelernt habe!

TULLIA: Vortrefflich... Die Lateiner nennen dieses Glied teils in wörtlicher, teils in übertragener Bedeutung: *veretrum, mentula, penis, phallus, taurus, machaera, pessulus, peculium, vas, vasculum, pomum, nervus, hasta, traps, palus, muto, verpa, colei, scapus, caulis, virga, pilum, fascinum, cauda, mutinus, noctuinus, columna.* Die Griechen haben ebenfalls mehrfache Bezeichnungen dafür, bei ihnen heißt es nämlich: φλεψ, ϰανλος, γονιμη, οὖϱα, ϰϱιθη, πεος, σαθη, ἐμβολον, σημα, συϱινξ, ϰαπϱος, τυπας, τυλος, ϰωλη, ῤαψη, ἀναγϰειον, ἀφιδος.

Wenn es nicht zum Dienst der Venus gebraucht wird, hängt das männliche Glied schlaff herab; zu jenem Dienste aber richtet es sich auf, schwillt an, gerät in Raserei und wächst zu solcher Größe, dass es uns anfangs einen heftigen Schreck einjagt, bald auch der Jungfrau einen brennenden Schmerz verursacht, dann aber dem aufgebrochenen Mädchen die höchste Wonne, hinter der die Furcht und der Schmerz weit zurücktreten.

OTTAVIA: Von der Wonne weiß ich nichts, und von dem Schmerz möchte ich am liebsten nichts wissen. Ich spüre vor allem Angst vor jenem Ding.

TULLIA: Unten an der Wurzel des Gliedes und im Zusammenhang mit demselben befindet sich ein Beutel, den man *scrotum* nennt; er ist mit dichten, gekräuselten, ziemlich harten Haaren bekleidet und bewachsen. In diesem Beutel befinden sich die Zeugen der Männlichkeit, die für uns zugleich die freundlichen Zeugen der Liebe sind, die die Männer uns zollen.

OTTAVIA: Von diesen Zeugen habe ich niemals etwas gehört noch gesehen. Sage mir schnell, was das ist!

TULLIA: Es sind zwei kleine Kugeln, die jedoch immerhin nicht gar zu klein sind; sie sind nicht von völlig runder Gestalt, ziemlich hart, und je härter sie sind, desto besser sind sie zum Dienste der Wollust geeignet. Weil sie zwei an der Zahl sind, haben die Griechen sie διδυμοι genannt, und viele große Männer haben diesen Namen getragen. Manchem hat die Natur in ihrer Freigiebigkeit noch ein Kügelchen hinzubeschert, sodass sie drei hatten. Zu diesen gehörte der Tyrann von Syrakus, Agathokles, den man daher Triorchis nannte. Berühmt in dieser Hinsicht ist bei uns das edle Geschlecht der Coleoni, dem jener gewaltige Held der italischen Kriege, Bartolomeo Coleoni, angehört. Fast alle männlichen Angehörigen dieses Geschlechtes sind mit drei Testikeln begabt und sind kräftig in den Kämpfen der Venus, wie sie hochherzig in die Schlachten des Mars gehen. Glücklich können ihre Gattinnen sich preisen! Denn in den Höhlungen der Kugeln ist gleichsam die Werkstatt, in der jener ambrosische Tau bereitet wird, der uns so wonnig kitzelt und der die Wunden, welche beim Eindringen in unseren Leib der Dolch verursacht hat, so wundersam heilt, dass sie nicht lange schmerzen. Diesem Tau verdanke ich mein Püppchen, ihm verdanke ich alle meine Freuden; ihm verdankt das Menschengeschlecht sein Dasein. Gemeiniglich nennt man ihn *semen* oder *Sperma;* beide Wörter bedeuten *Samen*, das eine ist lateinischer, das andere griechischer Herkunft. Dieser Samen, in die Furche des Weibes ausgestreut, bildet sich nämlich bald zu einem Menschen. Von allen Tieren gibt der Mensch die größte Menge Samen von sich. Diejenigen aber, bei denen drei Arbeiter an demselben Werkstück schaffen – wie unter anderen Fulvio, der Bruder meiner Freundin Pomponia – die überströmen natürlich die Frauen mit einem noch reichlicheren Regen als andere Männer, die nur zwei Zeugen haben. Die Sache verhält sich, wie ich dir sage.

OTTAVIA: Vielleicht hat auch Caviceus drei, denn er besprengte mich mit jenem Tau bis zum Gürtel hinauf und machte mein ganzes Hemd nass.

TULLIA: Für einen kräftigen Jüngling, den heiße Begier nach deiner Liebe erfüllte, liebe Base, wäre es schmachvoll gewesen, mit leeren Gefäßen dir und deiner Venus zu opfern. Aber ich bin noch nicht fertig und will fortfahren: Diese schaumige, weiße, klebrige Flüssigkeit, die das Glied ausspritzt, wird von jener Stelle, an der es destilliert ist, bis an die Spitze des Schlauches gebracht und springt aus diesem mit solchem Ungestüm hervor, dass der Mann, der sie von sich gibt, den Strahl nicht weniger als drei Fuß weit fortschleudert.

Wenn daher nach vielen Stößen das Werk sich seinem Ende naht, so wird der Saft mit solcher Gewalt in die Tiefen des Uterus hineingespritzt, dass keine Frau, es müssten ihr denn alle Sinne erlahmt sein, sich von diesem heißen Regen getroffen und benetzt fühlen kann, ohne dass ihr die Wollust alle Glieder durchzuckt. Es fehlen mir die Worte, liebe Ottavia, um dir diese Wonne gebührend zu beschreiben; binnen weniger Stunden wirst du ja selber es dir sagen können.

OTTAVIA: Aus dem Kopf des Rüssels entströmen also diese Milchbäche? Dass Priapus einen solchen Kopf hat, will ich nicht leugnen; er zog sich ja von der menschlichen Gesellschaft von Lampsakos zurück, weil er ein so ungeheures Ding hatte, und gewiss auch um den Göttinnen nahe zu sein, von denen du mir erzählt hast – aber ich wusste nicht, dass auch bei den Menschen dieses Glied einen Kopf hätte. Dass also jeder Mann zwei Köpfe hat, davon wusste ich in meiner Dummheit nichts.

TULLIA: Und wahrlich, selig und glücklich wäre und ruhmvoll unter den Heroen würde wandeln, wer auch drei Glieder hätte! Den länglichen obersten Teil des Gliedes nennt man *balanus, Eichel,* und wenn du diese mit den

Fingerspitzen drückst, so würdest du ihm damit nicht im Geringsten wehtun, sondern ihm nur ein recht süßes Jucken verursachen. Und wenn du in höchster sinnlicher Begier brennst, wirst du niemals auf leichtere und schnellere Weise als durch dieses Mittel deinen Caviceus von allen anderen Gedanken ablenken und ihn dahinbringen, dich als Gatte brünstig zu umfangen. Und bedeckt ist dieser Priapskopf mit einem Käppchen; man nennt es Vorhaut, und der wackere Nachtarbeiter legt es fast niemals ab, es sei denn, um dich zu begrüßen und mit entblößtem Haupte den Vorhof der Herrin zu betreten.

OTTAVIA: Du bist wundervoll! Dich anzuhören, werde ich niemals satt bekommen. Möchte auch Callias, wenn er bei dir schläft, nimmer zu ersättigen sein!

TULLIA: Meine Augen sind bereits schlummerschwer, denn langes Wachen zu ertragen, bin ich nicht geschaffen. Und was du eben sagtest, das hast du denn auch wirklich erst gesagt, als du bemerktest, dass ich bereits halb im Schlafe sprach, während ich dir meinen Vortrag über diese Dinge hielt.

OTTAVIA: Bitte, bitte, schlafe doch nicht! Tu mir den Gefallen, da ich dich doch so hübsch artig bitte!

TULLIA: Bei deiner Venus und bei meiner und auch bei der Venus deines Caviceus! Du hast den Schlaf noch nötiger als ich, denn in der nächsten Nacht wirst du bei deines Gatten Umarmungen, Küssen, Umklammerungen, Stößen und Liebesrasereien keinen Schlaf zu sehen bekommen. Ruhe deinen so zarten, so verwöhnten Körper aus! Bereite dich vor, den Kampf wacker zu bestehen!

OTTAVIA: Ich werde tun, was du wünschst, aber mir liegt deine Gesundheit mehr am Herzen als die meinige: Schlafe also nur ruhig ein, ich werde kein Sterbenswörtchen mehr sagen.

TULLIA: Gib mir einen recht, recht süßen Kuss; das wird meine Wegzehrung für die Nachtruhe sein!

OTTAVIA: Ich liefere dir meinen Mund, meine Lippen und meinen ganzen Leib aus. Genieße meiner und ergötze dich an mir, soviel du willst. Ich bin ganz und gar die deinige!

TULLIA: O Küsse, um die Jupiter mich beneiden würde! O wonnige Umarmungen! O verführerische Berührungen! Erlaube mir, dass ich mit dem Gesicht zwischen deinen beiden Brüsten einschlafe, die eine Hand an deinem Gärtlein, die andere an deine harten, festen Hinterbacken gepresst. So pflegt Mars in den

Armen seiner Cypris zu schlafen! Wenn nicht mehr der Schlaf meine Glieder in Banden hält, werde ich meine Belehrungen fortsetzen und werde mit der gleichen Gewissenhaftigkeit, mit der ich begann, dir sagen, was noch übrig ist, meine süße Jungfrau, meine Gebieterin!

OTTAVIA: Jetzt bist du geschwätziger, als eigentlich der Sache angemessen ist; schweig und schlafe! Mach es nur so, wie du es dir so schön ausgedacht hast.

Viertes Gespräch

Der Zweikampf

TULLIA: Ich kann dir gar nicht sagen, wie wundervoll erfrischt ich mich nach diesem langen Schlummer fühle, der sieben Stunden hintereinander alle meine Glieder umfangen hielt. Du aber, Ottavia …?

OTTAVIA: Ich bin schon seit einer Stunde wach, nachdem ein fürchterlicher Traum, ein Albdrücken, mich zitternd und bebend aus dem Schlafe aufgeschreckt hat.

TULLIA: Erzähle mir diesen Traum, wenn's gefällig ist!

OTTAVIA: Mir war's, liebe Tullia, als sei ich mit Caviceus zusammen und lustwandelte mit ihm am schattigen, grünen Ufer des Po unter dem Dach der Weidenzweige, die uns gegen den Sonnenbrand schützten. Caviceus liebkoste mein Ohr und meine Seele mit den sanftesten Blicken, in denen seine Liebe ihn sich ergießen ließ. Er bat mich um einen Kuss – ich verweigerte ihn. Mir war's, als redetest du mir zu, ich solle ihn geben. So gab ich ihn denn – und er nahm ihn. Als er auch mit der einen Hand an meinen Busen griff und mit dem anderen Arm mich umschlang, da vermochte ich kaum, dank dir, dank deinen Ratschlägen, seiner Umklammerung mich zu entwinden. Als ich von ihm frei war, ergriff ich die Flucht, er verfolgte mich. Und als er mich gerade erreichen will, wende ich mich um – und ach, Tullia, was für ein Ungeheuer erblicke ich!

TULLIA: Hatten sich etwa Wölfe auf Caviceus gestürzt, um deinen Herzallerliebsten zu zerreißen? Oder hatte er sich selber mit seinem Schwert durchbohrt?

OTTAVIA: Was für Witze! Möchte er mich lieber mit seinem Dolch durchbohren!

TULLIA: Schau das Mädchen, was für ein drolliges Gesicht sie macht, die Schelmin!

OTTAVIA: Ich sehe ihn in das gräulichste Tier verwandelt; er sah genau wie ein Satyr aus, wie wir sie auf Bildern gemalt sehen, und gar nicht mehr wie Caviceus. Von Haaren starrte sein ganzer Leib, auf seinem Kopf waren zu beiden Seiten der Stirn ein Paar Bockshörner gewachsen, die in eine lange Spitze ausliefen. Ohren aber, Stirn, Augen, Nase und das ganze Antlitz waren genau wie bei Caviceus sonst. Mit einer Lanze zielte er nach mir, die doppelt so lang und so dick war wie bei dem wackersten Mann, der unter dem Zeichen der Venus ficht; der übrige Teil des Körpers hatte wieder Bocksgestalt. Er stürzte sich auf mich, wollte mich schänden, presste seinen Mund auf den meinigen. Was soll ich noch weiter sagen? Dieses so ungewohnte Schauspiel erschreckte mich tödlich. Kannst nun du, die du mit diesen Sachen so gut Bescheid weißt, mir sagen, welches Unheil mir dieser Traum bedeutet?

TULLIA: Ich kann es dir sagen, liebe Base, und werde es dir zur rechten Zeit sagen. Unter den gegenwärtigen Umständen hat es keinen Zweck, dass du es weißt.

OTTAVIA: Lass mich doch nicht länger von Wissbegierde verzehrt werden, meine Gebieterin, mein teurer Gatte –

Sag's! Ich beschwöre dich, wenn dir je zur
Wonne mein Leib war.

TULLIA: Süße Früchte der Liebe mit anderen sagt dir, der blühenden, zarten Schönheit, dieser Traum voraus; dem Caviceus aber kündet er, wenn auch keinen Schmerz, so doch die Verletzung seines ehelichen Lagers.

OTTAVIA: Ferne, ferne sei mir solche Schmach!

TULLIA: Die Männer, deren Ehefrauen nicht der ehrbaren Venus huldigen, sondern aus Wollust von anderen Männern sich besteigen lassen – diese Männer nennt man gemeiniglich Böcke und Hörnerträger.

OTTAVIA: Ich verstehe. So werde ich also in solche Treulosigkeit verfallen? Ich werde den Genuss meines Leibes nicht meinem Caviceus allein vorbehalten? Lieber will ich sterben, als mich solcher Schmach überantworten! Oder hast etwa auch du mit ehebrecherischer Wollust zu tun gehabt? Möchte ich so etwas nicht von dir denken müssen! Möchtest du nicht etwa hoffen, mich je zu Ähnlichem bereit zu finden!

TULLIA: Hierüber, liebes Mädchen, wollen wir zu geeigneterer Zeit uns unterhalten, wenn du deine Jungfernschaft verloren hast, und wenn Caviceus etliche Monate hindurch dich bei Tag und bei Nacht zerquetscht, zermahlen, zerrieben hat. Andere Zeiten, anderer Sinn – verlass dich darauf, das weiß ich ganz genau.

OTTAVIA: Du musst ganz anderen Sinnes geworden sein; und deine Meinung kann jetzt nicht mehr die Gleiche sein wie damals, als du Callias heiratetest. Wie könntest du sonst von mir so denken!

TULLIA: Wer möchte dir's zum Vorwurf machen, wenn du einem unwiderstehlichem Drange nachgäbest, wenn das Geschick dich zur Liebesraserei treibt, zu der es auch mich getrieben hat, der auch Minerva selbst nicht entgehen könnte? Aber hast du in deinem Traum sonst nichts an Caviceus gesehen?

OTTAVIA: Ganz und gar nichts weiter. Als ich hellwach lag, während du noch von tiefem Schlummer umfangen lagst, da habe ich die ganze Zeit bis jetzt in meiner Seele alles das erwogen, was deine Worte mir von den Geheimnissen der Liebe enthüllt hatten.

TULLIA: Dies geht Caviceus an und nicht deine Mutter, die dich mir geschickt hat, damit ich dich unterrichte. Je besser eingeweiht du aus meinen Umarmungen in die des Caviceus übergehst, mit desto köstlicheren Früchten wird deine Venus ihm lohnen. Was aber alle diese Früchte seien, das verlangt dich zu wissen, und mich verlangt es, dir zu sagen, welche unsäglich süße Lust du nach dieser ersten Nacht kosten wirst. Du weißt bereits, dass zwischen deinen Schenkeln durch die beiden Öffnungen, die ich dir beschrieben habe, jene Lanze eindringen soll, die dich bis zur siebenten Rippe durchbohren wird.

OTTAVIA: Du lachst, Tullia! Wie wäre dies möglich? Du machst dich über mich lustig!

TULLIA: Und doch ist es so: Jenen Dolch, der das Zeichen seiner Männlichkeit ist, wird er in jenen Teil deines Leibes senken, der das Zeichen deiner Weiblichkeit ist. Geschlecht wird sich mit Geschlecht vermischen, und in dieser Umschlingung könnte man euch für *einen* Menschen halten, während ihr in Wirklichkeit zwei seid. Dieses aber ist ganz und gar deine Sache allein!

OTTAVIA: Ich möchte alles genau wissen und habe doch Angst, es zu hören. Ich möchte in meines Caviceus Armen liegen und bin doch um meiner selbst willen bange davor.

TULLIA: Zunächst wird er mit seinem Arm dich wie mit Fesseln umklammern, sodass du ihm nicht entrinnen kannst; nackt wird er deinen nackten Leib in engster Umarmung umschlingen.

OTTAVIA: Erzähle mir doch, liebe Schwester, von Callias! Wie machte er bei dir sein Mannesrecht geltend, als du ihm zur Gattin gegeben wurdest? … denn über Caviceus kannst du nichts Gewisses sagen.

TULLIA: Ich will deinen Wunsch befriedigen, und du müsstest von Stein sein, wenn du nach meiner Schilderung des Spieles, das Callias mit mir spielte, als er meiner Jungfernschaft den Gnadenstoß gab, nicht errietest, welches Spiel du mit Caviceus wirst zu spielen haben. Niemals wird die Erinnerung an die Scherze dieser köstlichen Nacht meinem Gedächtnis entschwinden.

OTTAVIA: Im Hause schläft noch alles. Der Sonnengott, das Auge der Natur, der Vater der Tage, öffnet kaum erst seine schlafschwere Wimper über der Erde; die Augen der Sterblichen schwimmen in stillem Schlummer und in sanfter Ruh; überall herrscht tiefes Schweigen. So sind wir in jeder Beziehung sicher, ob wir nun schwatzen oder ob wir Liebesscherze miteinander treiben wollen.

TULLIA: Ganz recht. Also höre! Nachdem meine Mutter mich entkleidet und ins Brautbett gebracht hatte, legte sie ein Tüchlein unter mein Kopfkissen auf den Pfühl; dann gab sie mir wie auch Callias einen Kuss und sagte diesem, er solle mir in ihrer Gegenwart einen Kuss geben. Im Bette liegend und von Scham ganz rot übergossen, empfing ich diesen Kuss; dann ging meine Mutter, verschloss die Tür unseres Zimmers und nahm den Schlüssel mit in ihr Zimmer, wo viele von unseren Verwandten sich aufhielten und unter anderen auch meine liebe Pomponia.

OTTAVIA: Du meinst jene Freundin, die mit dir im gleichen Alter stand, die mit dir in innigster Gemeinschaft verbunden war und die du mehr liebtest als alle deine anderen Gespielinnen?

TULLIA: Wenn du die bezaubernde Anmut, den Geist dieser Frau kenntest, so würdest du Pomponia ebenso innig lieben wie ich. Einige Monate zuvor hatte sie Lucrezio geheiratet, einen durch Gaben des Geistes wie auch durch körperliche Schönheit hervorragenden jungen Mann. Sie hatte mich über alles aufs Beste unterrichtet, hatte mir gesagt, was ich bei den ersten Angriffen würde auszuhalten haben, was ich zu tun und zu sagen hätte; kurz, sie hatte es dahin gebracht, dass ich auch mit den geringsten Einzelheiten des im Dienste der Venus zu bringenden Opfers Bescheid wusste. Mit beredten Worten hatte sie die Wonnen gepriesen, die uns dabei erwarten – Wonnen, hinter denen, bei Juno, alle anderen Genüsse weit zurückbleiben. So vorbereitet und belehrt, erwartete ich meinen Kameraden, dem ich an Kräften nachstehen mochte, aber an mutigem Entschluss sicherlich nicht nachstand. Wenn ich mich nur nicht so geschämt hätte!

OTTAVIA: Aber wozu sollte das Tüchlein dienen, das deine Mutter dir unter's Kopfkissen gelegt hatte?

TULLIA: Das wirst du gleich sehen.

OTTAVIA: Dass du dich in jener Nacht ganz nackt mit Callias ins Bett legtest, nimmt mich nicht wunder, denn ich weiß, dass meine Mutter jede Nacht mit meinem Vater nackt zusammen schläft.

TULLIA: Bezähme ein kleines bisschen deine Begierde, alles, was für dich zu wissen freilich von großem Interesse ist, auf einmal erfahren zu wollen. Du wirst von mir alles hören, aber alles an seinem rechten Ort … Als meine Mutter hinausgegangen war und Callias sah, dass ich ihm allein auf diesem Turnierplatz der Venus in die Hände gegeben war, warf er so hastig die Kleider ab, dass er an der inneren Bettseite nackt neben mir stand, ehe ich auch nur dachte, dass er schon ausgezogen sein könnte. Das Zimmer war so hell wie am Mittag, da überall eine große Anzahl von Wachskerzen brannte. Ich sah einen prächtigen, weißen, von Saft und Kraft strotzenden Körper, und als ich in erheuchelter Scham den Blick senkte, sah ich, wie stattlich und prächtig ihm der Gebärvater herabhing, der im selben Augenblick sein Haupt erhob, wie wenn der Diener meiner Wonne aufstände, um mich zu begrüßen und mir die schuldige Ehre zu erweisen. Die Decken, mit denen ich mich im Bette umhüllt hatte, warf er bald zur Seite – unsere Vermählung fand zu Anfang des Junimonats statt – und stellte meinen nackten Leib seinen Augen zur Schau. Ich bemühte mich, mit der einen Hand meine Brüste, mit der anderen mein Gärtlein vor ihm zu schützen und sie seinen Blicken zu entziehen; er aber schob meine beiden Hände mit Gewalt zur Seite, griff an meine Brüste und legte seine flache rechte Hand auf die Furche, in die er bald seinen Pflugschar versenken sollte. Gleichzeitig verschlang er mit gierigem, scharfem Blick die Blüte der Schönheiten aller meiner Glieder und bedeckte mit tausend Küssen meine Augen, meinen Mund, meine Wangen, meinen Hals, meine Brüste, meinen Leib. Dann steckte er seinen Heiratsfinger in meinen Garten; und dies tat er – er hat es mir später in einer innigen Umschlingung selber gestanden – um meiner Jungfräulichkeit ganz sicher zu sein; denn er glaubte, mit seinem Finger könnte er sich verlässlicher überzeugen, als es mit seiner langen, dicken Stange möglich sein werde.

OTTAVIA: Wie dieser Mann doch schlau war!

TULLIA: In dieser Beziehung ist ein Mann wie der andere. Sie sind alle gleich neugierig; das hast du selber an deinem Caviceus ja auch erfahren. Dieses Misstrauen können und müssen wir ihnen schon verzeihen. Gewiss fühlt ein keusches junges Mädchen sich von großer Freude durchdrungen, wenn sie sieht, dass ihr Blümchen ungepflückt befunden wird, und ebenso durchdringt den Gatten eine selige Freude, wenn er sie so findet; denn um dir die Wahrheit zu gestehen, liebes Mädchen: echte Jungfrauen, wie du es bist und wie ich in meiner Brautnacht es war, haben stets einen ganz sicheren Beweis ihrer Jungfräulichkeit an jener Stelle, wohin sie gehört. Jene Blume der Schamhaftigkeit, die die Alten *hymen* oder *eugium* nannten, ist ein Beweis, dass das Mädchen, das sie besitzt, eine Jungfrau ist. Denn ein Mädchen, dem diese Blüte fehlt, sodass man sie nicht wahrnehmen kann – ein solches Mädchen ist ganz gewiss keine Jungfrau; und wenn sie nicht mit einem Mann zu tun gehabt hatte, so hat ohne allen Zweifel ihre eigene Wollust ihr den Mann ersetzt: Diese Jungfrau hat sich selber ihre Jungfernschaft geraubt, hat sich selber Gewalt angetan.

OTTAVIA: Dank deiner Erklärung begreife ich, wie eine Jungfrau sich selbst ansticht.

TULLIA: Ich habe noch recht viel hierüber zu sagen; aber alles zu seiner Zeit. Als Callias durch seinen tastenden Finger sich überzeugt hatte, dass mein Pförtlein einen so engen Zugang bot, dass ohne Zweifel ein Mann diesen Pfad noch nicht beschritten haben konnte, da stürzte er sich aufs Bett, umarmte mich und spornte mich mit den sanftesten Worten, mit den lieblichsten Scherzen zum Werke der Venus an.

OTTAVIA: Und du, du warst ganz stumm? Du warst ein Stück Holz, ein Stein? Du, die du sonst so heiter, so drollig, so geistreich bist?

TULLIA: Die Stelle der Worte vertraten die Seufzer, die sich meinem wogenden Busen entrangen: Ich stieß ihn von mir, rief ihn zu mir; ich wich vor ihm zurück, schmiegte mich an ihn an; die Scham drängte meine Wollust zurück und entflammte sie zugleich:

… und diese verhaltene Wonne reizte nur
schärfer die Liebeswut …

Callias merkte, wie ich unwillkürlich in Glut geriet, und sagte: »Nun denn, meine Tullia, so neide mir doch nicht meine Glückseligkeit, die ganz von dir abhängt, ganz auf dir beruht. Lass mich, o meine Gebieterin, deinen holden Garten betreten. Öffne mir du selber dieses Heim der Venus und des Cupido in deinem Garten! Hier ist der Schlüssel!« So sprach er lächelnd und legte dabei meine linke Hand an seine Rute. Er bat mich, ich möchte sie anfassen; ich weigerte mich. »Was fürchtest du denn«, sagte er, »meine Bitten zu erhören, um mir zu Gefallen zu sein? Du bist ja doch ganz mein, und was noch mehr ist, du willst ja ganz die meine sein!« – »Gewiss will ich die Deine sein«, antwortete ich, »aber mit solchen Schändlichkeiten will ich mich nicht besudeln, und gerade deshalb nicht, um deines Lobes würdig zu sein. Wenn du mich liebst – was ist denn diese deine Liebe, dass du mich zu beflecken suchst? Solche Liebe von dir sieht mehr nach Hass aus als nach Liebe. Hab Mitleid mit mir! Lass deine Seele von diesen Tränen rühren!«

OTTAVIA: Du vergossest wirklich Tränen?

TULLIA: Ja, ein paar Tränlein rannen mir aus den Augen. »Ei, Tullia!«, rief er, »wenn du mich liebst, so lass diese ganz unangebrachte Schamhaftigkeit für heute Nacht beiseite! Du liegst nackt an meiner Seite – und wagst es, mir, der ich ebenfalls nackt bin, mit vielen Worten von deiner Schamhaftigkeit zu reden? Von nun an wirst du niemals keuscher sein, als wenn du in diesem unserem Hochzeitsbett dartust, dass für dich eine Schamhaftigkeit nicht mehr am Platze ist, die deinem Gattinnenberuf und meiner Liebeswonne zuwiderläuft. Denn die Liebeswonne muss dir von nun an Pflicht und Beruf sein. Sei gegen alle anderen kälter als Schnee – das ist mir sehr recht; bei mir aber sei wollüstiger als eine Taube. Was ich also mit vollem Recht von dir verlange, das musst du tun und darüber hinaus freiwillig noch mehr.« Unterdessen war ihm auf wunderbare Weise der geile Pfropfen gewachsen und klopfte zitternd gegen meinen einen Schenkel.

OTTAVIA: Ach, ich habe Angst um dich! Ich zittere, wenn ich an die Wunden denke, die du empfangen sollst.

TULLIA: Du redest Unsinn, Possenreißerin! Höre eine ernste Sache ernsthaft an. Das musst du, wenn du bei Sinnen bist!

OTTAVIA: Hahaha!

TULLIA: Callias sagte kein Wort mehr, sondern drängte den einen Schenkel gleichsam wie einen Keil zwischen meine Schenkel und bahnte so seinem ganzen Körper eine Bahn zwischen meine Lenden. Er warf sich auf mich und presste seine Brust gegen die meinige. Warum sollte ich es leugnen! Als ich plötzlich ein solch ungewohntes Gewicht auf mir fühlte, bekam ich eine heftige Angst. Er aber zügelte mit der einen Hand seinen rasenden Priapus, setzte seine Wurfmaschine gegen mein Pförtchen und führte den Priapskopf in meine jungfräuliche Grotte ein. Einen Augenblick später tat er einen mächtigen Stoß, wie wenn er von oben auf mich herabfiele und drängte sich mit gewaltiger Anstrengung in mich hinein. Trotzdem nützte ihm dies nichts, denn Wall und Mauer meiner Festung waren stark und von großer Widerstandskraft. Mit dem ersten und zweiten Stoß drang er nicht einmal um eines Nagels Breite in das verschanzte Lager ein; beim dritten und vierten Stoß aber fühlte ich seinen Priapus den Geist aufgeben, schwach und weich werden. Der Geist des Priapus ist natürlich jener Same, das heilige Werkzeug der Fortpflanzung und der Liebeswonne. Wie ein Wasserfall brach er hervor und überströmte in vollem Strome den Eingang meiner Grotte. Es war mehr ein Scharmützel gewesen als ein Gefecht nach allen Regeln der Kunst. Trotzdem verspürte ich infolge der heftigen Stöße einen heftigen Schmerz an jener Stelle, wo wegen der Schwierigkeit des Zuganges der Hebel kräftig angesetzt worden war.

OTTAVIA: Konntest du dich enthalten, in ein lautes Geschrei auszubrechen?

TULLIA: Einen Schrei stieß ich aus und sogar einen ziemlich lauten.

OTTAVIA: Aber als du merktest, dass die Sache schon zu Ende war, als sie kaum begonnen hatte, hast du da ein gehöriges Geschrei erhoben?

TULLIA: Ich erstickte sofort meine Stimme, und im selben Augenblick sprang Callias munter und lachend von mir herunter und streckte seinen Leib an meiner Seite aus. Indem er aber seinen einen Schenkel über meine Lende schlug, gab er seinem strotzenden Stängel eine solche Lage, dass er beinahe bis an meinen Nabel reichte, und indem er unaufhörlich Tropfen um Tropfen hervorquellen ließ, benetzte er meinen ganzen Unterleib. Da erinnerte ich mich der Worte meiner Mutter, nahm das Tuch, das sie unter mein Kopfkissen gelegt hatte, und trocknete zuerst meines Callias Rute, hierauf mein Gärtchen und den ganzen Bauch, den er nass gemacht hatte. Und während ich Callias abwischte, küsste er mich und entbrannte zu heftigster Glut und fühlte neuen Drang in sich erwachen. Von dem Saft aber, den er gegen die Wände meiner Kleinen gespritzt hatte, war ein großer Teil auf die Bettücher herabgeflossen und hatte da Flecke gemacht, die ich nicht wegwischen konnte. Über diese große Überschwemmung machte Callias nachher viele Witze, wie auch über mein Jungfernblut, das die Leinentücher überall befleckt hatte.

OTTAVIA: Aber du sagtest doch, des Callias Dolch sei nicht tief in dich eingedrungen?

TULLIA: Du möchtest ihn wohl tiefer drin haben? Nun, in mich drang er nachher auch tiefer hinein und aus dieser Wunde strömte die Menge Blut. Nach diesem Scharmützel ruhte Callias sich einen Augenblick aus. Dann sagte er: »Ich will des Todes sein, liebe Tullia, wenn ich dich nicht mehr liebe als meine Augen, mehr als mein Leben! Nichts Schöneres kann man unter allen Menschen sehen als dich. Bist du Göttin oder Weib? Wie schwellend deine Brüste! Und doch sind sie nicht von übertriebener Größe. Wie sind sie fest! Wie köstlich ist der Zwischenraum, der sie scheidet!« Zugleich betastete er sie mit der Hand, dann küsste er die Spitzen, nahm sie in den Mund, knabberte leise mit den Zähnen und sog mit den Lippen daran. Dies reizte mich, mehr als ich's je gedacht hätte, zur Wollust und entflammte mich zu einer Glut, die mich ganz und gar verzehrte. Dann ließ er auch seine eine Hand zwischen meinen Schenkeln herabgleiten und spielte mit den Fingern in dem Flaumhaar des Venusberges; bald auch drückte er die Schambeffchen mit den Fingern zusammen und zog sie dann wieder auseinander und entzündete mein ganzes Wesen zur höchsten Glut der Sinnenlust. »Fort!«, rief ich, »fort mit deiner brandstifterischen Hand! Lass ab! Was quälst du mich?« Er aber war hocherfreut über mein Geständnis, dass ich in Feuer geriete. Er ergriff meine linke Hand und sprach: »Dir zu Ehren entzünde ich diese Fackel der Venus; den Brand, den sie hervorgerufen hat, wird sie selber löschen.« Er befahl mir, die Fackel anzufassen; ich war schon kühner geworden und nahm sie in die Hand; kaum vermochte ich sie mit meinen Fingern zu umspannen. Ich erschrak vor dem harten, steifen, heißen Ding. »Mit diesem Keil«, fuhr er fort, »werde ich deine so enge, so schmale und so fest versperrte Pforte sprengen. Sei guten Mutes, meine Nymphe! Um diese Hoffnung verwirklicht zu sehen, hat deine Mutter dich mir überliefert. Wenn sie zu uns käme und ich dich ihr unberührt und in dem Zustand zurückgäbe, wie ich dich von ihr erhalten habe, so würde sie mich der Schlaffheit beschuldigen und mich nicht zu ihrem Eidam haben wollen, da ich dir nicht hätte Gatte sein können.« – »Ich vermag es nicht auszuhalten«, versetzte ich; »du würdest mich töten, wenn du einen so gewichtigen Pflock ganz und gar in meinen Leib hineinschieben wolltest.« – »Sei du selber«, antwortete er, »Schiedsrichterin und Leiterin des Kampfes; bohre du selbst mit eigenen Händen diesen

Wurfspieß, so tief es geht, in diese reizende Zielscheibe, die Amor selbst und Venus für ihn aufgestellt haben.« Er bittet mich, ich möchte den Speer nicht aus meinen Händen entschlüpfen lassen; ich gehorche seinem Befehl. Abermals besteigt er mich; ich setze das Ding an meine Pforte, damit es unter meinen Auspizien verstohlen hineinschlüpfte. Er hatte sich zwischen meine Schenkel geworfen und hob den einen davon hoch empor, indem er ihn mit der Hand stützte. Ich setzte den Spieß an die Öffnung, und sofort begann er mit großer Kraft zu stoßen. Obgleich die Stöße zum guten Teil außerordentlich heftig waren, ertrug ich sie doch mit starkem Mut. Mit drei Fingerspitzen hielt ich den Speer unverrücklich fest, damit er nicht von dem rechten Wege abkäme, der in den Garten führte. Bald geriet Callias in immer wildere Aufregung und nun drehte er mit solcher Gewalt den Speer in mich hinein, dass er zwei Zoll tief in meine Scheide eindrang.

OTTAVIA: Hattest du dabei gar keine Schmerzen?

TULLIA: Im Gegenteil, ich hatte Schmerzen, die ich nur mit der äußersten Anstrengung ertragen konnte. »Du tötest mich, Callias!«, schrie ich, jammerte ich mit kläglicher Stimme.

Dann schrie ich nicht mehr, sondern heulte laut auf. Er ließ sich aber dadurch gar nicht rühren. Da zog ich den Speer heraus. Wütend wurde er und warf mir vor: Das sei eine schändliche und unverschämte Frechheit von mir – so drückte er sich wörtlich aus. Dann zwang er mich, den Spieß wieder in die Öffnung zu stecken, aus der ich ihn herausgezogen hatte. Im selben Augenblick aber fühlte ich einen milchigen Regen, einen sanften Balsam für die Wunde, die er mir zugefügt, aus der Röhre auf meinen Garten niederströmen. Schlaff wird das bis dahin so wilde, jetzt machtlose Glied und sinkt zusammen. Mir wird ein kurzer Waffenstillstand bewilligt.

OTTAVIA: Floss jener Regen bis in den innersten Teil deines Gartens hinein?

TULLIA: Gewiss nicht, süßes Mädchen – nicht ein einziges Tröpfchen; dieser Boden wurde erst im allerletzten Augenblick mit dem köstlichen Tau besprengt. Sobald Callias nun heruntergestiegen war, verlangte er, ich solle ihn abtrocknen. Dann beklagte er sich bitterlich über mich. »Wenn du mich liebtest, Tullia«, so sprach er, »du würdest mir Unglücklichem, der ich vor Liebe zu dir brenne, nicht die wirklichen Früchte deiner Liebe vorenthalten.« – »Ich liebe dich«, antwortete ich, »ich liebe dich über alle Maßen. Aber was soll ich denn tun, ich Ärmste, in diesem verstümmelten Zustand?« – »Weißt du denn nicht«, fuhr er fort, »dass jener Teil deines Körpers nicht mehr dir gehört, sondern nach vollem, unzweifelhaftem Rechte mein ist? Was hinderst du mich denn, über mein Eigentum frei zu verfügen? Schickt es sich für eine in den schönen Wissenschaften erzogene Frau, wie du, meine Gattin, meine süße Wonne, es bist – schickt es sich für eine solche Frau, ihre Pflicht so nachlässig zu erfüllen? Denn deine Pflicht ist es, mir die Gaben der Venus nicht streitig zu machen.« – »Ach, Callias!«, antwortete ich, »wenn du nur wüsstest, wie arg jener Schmerz ist, den du mir zufügst – du würdest Mitleid haben mit deiner Tullia, wenn du sie liebst!« – »Dieser Schmerz ist Ehre und Zier für dich!«, rief er aus; »je heftiger dieser Schmerz hervortritt, um so ehrenvoller stehst du da. Aber dieser Schmerz wird nicht ewig währen; ewig dagegen wird die Wonne sein, die in Zukunft dich aufs Höchste beseligt. Ferner wirst du des Fehls schuldig befunden werden, eine so große Menge keimfähigen Samens nicht in deiner Furche empfangen zu haben, durch den ich ja doch hätte Vater werden können. Das ist ein Verbrechen, glaube mir's, das allerschändlichste Verbrechen! Du selber tötest deine und meine Kinder, ehe sie noch geboren sind, du raubst ihnen die Seele, ehe sie sie noch haben; dein Mangel an Standhaftigkeit ist verbrecherisch, ist geradezu schändlich.« Hierauf antwortete ich: »Ich will nicht mit dir, süßester Gatte, über diese Frage streiten. Ich bekenne mich schuldig – verzeih mir! Zukünftig wirst du ein gehorsames Weib haben; allen Schmerz werde ich mit unbeweglicher Seele und mit unbeweglichem Leibe ertragen, um dir angenehm zu sein.« – »Aber wirklich, mein Püppchen«, sagte er, »woher nimmst du nur den Mut, dir einzubilden, du könntest dem Schicksal entgehen, das alle Frauen, welchen Standes sie auch seien, täglich ertragen müssen! Und dabei sind noch viele von ihnen, wenn sie die Ehe eingehen, viel jünger als du. Nein, von dieser Dienstpflicht kann ich dich nicht befreien! Du bist belesen in der griechischen und lateinischen Literatur, und du benimmst dich, als wärest du eine Unwissende, eine dumme Gans!« … Da rief ich lachend: »So steh denn du mir bei, Göttin Pertunda!* Be-

* Das Amt der Göttin Pertunda war es, darüber zu wachen, dass bei der Begattung das Glied nicht herausschlüpfte.

fiehl mir, lieber Callias, was ich tun soll, und ich werde die gefällige Dienstmagd deiner Wollust sein und will's mit tapferem Herzen sein. Aber ich sehe schon, wenn Pertunda ihres Amtes waltet, werde ich bald zerquetscht sein.« Hierüber lachte Callias so laut, dass im Nebenzimmer meine Pomponia das Gelächter hörte. Nachdem aber sein Lachen sich gelegt hatte, sagte er: »Jetzt bereite dich auf den nächsten Versuch vor! Mein Vordermann hat eine wahnsinnige Lust auf dich bekommen. Wenn ich mich auf deine geliebte Brust stürze, dann umschlinge mich mit deinen Armen, und nichts darf deine Umschlingung lösen! Tu alles, was ich dir befehle, wenn du willst, dass ich dein Gatte sei; tu alles, um was ich dich bitte und anflehe, wenn du willst, dass ich dein Liebhaber sei. Also auf! Hebe die Schenkel empor, so hoch du kannst, bis deine niedlichen Füßchen mit den Fersen deine so glatten Hinterbacken berühren.« Ich versprach ihm, dies zu tun.

OTTAVIA: Und hast du dein Versprechen gehalten?

TULLIA: »Sei nur getrost«, fuhr Callias fort, »für dich würde ich auch den Tod bestehen – und deine Weichlichkeit will sich meiner Liebe widersetzen? In diesem Widerstreit musst du mir deine Liebe bezeugen. Du kannst es so leicht, und darum musst du es auch.« – »Lieber wollte ich«, so antwortete ich, »den Zorn der Venus auf mich nehmen als den deinigen.« Er verschloss mir den Mund mit Küssen und schwang sich behände wieder auf mich hinauf. Ich hebe nun die Schenkel so hoch wie möglich, und umklammere ihn so eng wie möglich. Er bringt seine Fackel an die Pforte des Tempels, schiebt mit den Fingern die Schamflügel zur Seite, steckt die Spitze hinein, legt sich dann mit aller Macht auf mich und stößt die Lanze in jenen halb offenstehenden Teil meines Leibes hinein. Gleich bei den ersten Stößen stak der Dolch drin; ich fühlte nämlich, dass er viel tiefer in mich eingedrungen war als vorher. Mir war's, als würde ich auseinander gespalten, und ich brach in ein langes Jammergeschrei aus, während Tränenströme mir aus den Augen stürzten. Einen Augenblick hielt Callias inne, indem er sagte: »Ich bewillige dir einen kleinen Aufschub, liebe Tullia; ich habe jetzt schon ungefähr den halben Weg zurückgelegt; sieh selber!« Mit diesen Worten führte er meine Hand an jene Stelle und sagte, ich möchte mich selber überzeugen, ob er löge; der letzte Teil des Hindernisses könnte fast ohne Mühe durchbrochen werden, wenn ich mich zur Mitwirkung bequemen wollte … Ungefähr die Hälfte des Gliedes war noch draußen, aber allerdings gerade der dickste Teil. Er gab mir nun vibrierende Zungenküsse und zugleich mit der Lanze den Todesstoß. Ich jammere, ich schreie, Tränenbäche schießen mir aus den Augen hervor, und ich rufe: »Weh mir, du tötest mich! Mildere doch wenigstens ein kleines bisschen diese furchtbaren, wilden Stöße!« Dabei hielt ich ihn aber immer innig umklammert und ließ auch meine Schenkel in derselben Lage. Durch diese Stellung meines Körpers erleichterte ich dem Stürmenden das Eindringen. Endlich glückte es dem Feinde, mit einer letzten Anstrengung in seiner ganzen Größe in meine Schanze hineinzugelangen – aber das war auch ein Stoß, wie ich ihn bis dahin noch nicht erlebt hatte. Das Bett krachte bei diesem Ansturm, dass die im Nebenzimmer Anwesenden glaubten, es wäre in Stücke gegangen. Da stieß ich ein Geheul aus, wie jemand, dem die Eingeweide mit einer Lanzenspitze durchbohrt werden. »Mein ist«, rief er, »das keuscheste Weib, das einst die keuscheste Jungfrau war! Übrigens hast du jetzt nichts mehr zu befürchten: Offen steht dir und mir der Weg, auf dem wir beide in das Reich der Wollust wandeln können.« Mit diesen Worten begann er sich auf und ab zu bewegen, und es tat auch wirklich nicht mehr weh – wenigstens nicht so, dass ich hätte schreien müssen. Einen Augenblick darauf fühlte er den Höhepunkt der Wollust sich nahen und sagte: »Tullia, bald werde ich das Innerste deines Gartens mit dem Venussaft betauen; ich gebe dir einen Kuss, wenn die Flut beginnt.« Kaum hatte er dies gesagt, so gab er mir den Kuss und ich fühlte mich tief unter dem Herzen von einer reichlichen Menge heißen Blutes überströmt; aber abgesehen von einem leichten Kitzeln fühlte ich dabei überhaupt keinen Genuss. Er dagegen gab durch stürmische Küsse, durch Bewegungen, durch abgerissenes Stammeln kund, dass er von der höchsten Wollust durchdrungen war, die er an jener Stelle gefunden hatte, bis zu der er seinen lüsternen Lümmel hineingeschoben hatte. Als nun das Werk vollbracht war, stieg er doch nicht gleich aus dem Sattel, sondern sagte: »Jetzt will ich meinen Lohn für die aufgewandten Kosten haben, liebe Tullia, meine süßeste Tullia! Da ich jetzt die Burg deiner Schamhaftigkeit besetzt halte, so will ich's nach Siegerart machen!« – »Wie machen's denn die Sieger?«, fragte ich ihn; »sag mir's doch, bitte, bitte, lieber Callias. Du hast mich besiegt, und ich bin in deiner Gewalt. Ich will dir als deine Sklavin dienen, wenn du's verlangst; ich will dich hoch in Ehren halten, wenn du mir die Freiheit schenkst!« – »Die Burg, deren Einnahme mir so viel Mühe und Blutvergießen gekostet hat, werde ich nicht so schnell wieder räumen, wie du dachtest. Du sollst wissen und merken, dass ich der Sieger bin, und deine erbrochene und halbeingerissene Schanze soll die Herrschaft meines siegreichen Rammbockes anerkennen.« – »Gewiss!«, antwortete ich, »eingerissen und erbärmlich zerfetzt ist sie. Was für eine weite Grotte hast du aus diesem kleinen Löchlein gemacht! O ich Arme – ich fühle, dass es jetzt bei mir so weit offen steht wie eine Flügeltür.« – »Nun«, sagte er, »je weniger weit du wärest, desto mehr hätte ich zu leiden.« Nach diesen Worten fühlte ich in meinem Leibe seinen Hängemann anschwellen, der, nachdem er den Saft ausgespritzt hatte, kurz vorher mir noch schlaff und welk und winzig klein vorgekommen war. Callias heißt mich guten Mutes sein und fragt mich, wie es mir gehe; ich antworte, von den Schmerzen sei nichts mehr zu spüren, worauf er sagt, das freue ihn außerordentlich, und mir einen

Kuss aufdrückt. »Aber«, fuhr er fort, »hast du denn auch deinen Anteil an meiner Wollust gehabt?« – »Nicht den geringsten«, antwortete ich; »welchen Geschmack von Wonne hätte ich denn auch bei dieser wilden Vergewaltigung durch dich haben können?!« – »Du wirst bald anders reden, Tullia, und wirst gestehen, dass es für uns Menschen nichts Süßeres gibt als die Liebe. Aber sei so gut und tu auch ein bisschen für mich. Wenn ich meinen Hintern abwärts bewege, so stoße mit dem deinigen nach oben und bewege ihn, so heftig du nur irgend kannst! Willst du das? Du kannst es sicherlich und besser als irgendein anderes junges Mädchen – du mit deinem frischen, starken, kräftigen Körper!« Ich verweigere es ihm, indem ich sage, ich wisse nicht, wie diese Bewegung gemacht werde, die mir so völlig ungewohnt sei. Er aber befiehlt mir, ich solle den Rumpf vorstoßen. Ich tu's. Dann lässt er mich dasselbe mit einem heftigen Stoß wiederholen. Ich gehorche. Kurz und gut, er machte meine Hinterbacken beweglicher, als seine eigenen waren; und als er sah, dass ich die Sache hinlänglich verstanden, bat er mich, ich möchte auch meine Lenden nicht schonen. Er stößt heftig; ich stoße noch heftiger zurück. Mit meinen Stößen von unten her dränge ich mich ihm entgegen; er bearbeitet mich mit aller Kraft und so vergalt ich ihm ebenfalls mit aller Kraft die Stöße, die er auf mich führte. Ich rutschte hin und her, er bewegte die Hinterbacken, und während wir so ineinander verschlungen arbeiteten, schien es, als sollte davon unser Bett in Stücke gehen; denn es krachte so laut, dass man den Lärm auf eine weite Entfernung hörte. »Meine Seele, meine Venus«, flüsterte Callias, »wie glücklich machst du mich! Welcher Mann ist seliger als ich! Ach, ach! meine Seele, es fließt mir – es kommt die süßeste Wonne!« – »Ich fühl's«, rief ich, »ach, ach, ach! Was ist denn das, was ich fühle, mein süßer Callias?«

OTTAVIA: Du machst mich tot mit deiner Erzählung! In der Erwartung solcher Wonne sterbe ich!

TULLIA: Enger umschlang mich Callias; in meine Scheide stieß er mit solcher Gewalt die glühende Waffe hinein, dass es wahrhaftig aussah, wie wenn er selber ganz und gar in meinen Leib hineinfahren wollte. Da strömte in mich hinein ein köstlicher Regen, und zugleich fühlte auch ich mich zerfließen, aber mit so unglaublich großer Wollust, dass ich in meiner Liebesraserei Anstand und Scham so ganz und gar vergaß, dass ich selber mit unermüdlichen Stößen von unten aus meinen Callias anfeuerte und ihn bat, er möge schneller machen. Dann lösten sich unsere Glieder, und wir beide sanken zu gleicher Zeit kraftlos hin. Und ich glaube, wenn Venus selbst bei uns als Kampfrichterin ihres Amtes gewaltet hätte, sie wäre im Zweifel gewesen, wem von uns sie den Lorbeer hätte reichen sollen. Kaum hatten wir wieder etwas Atem geschöpft, der bei der langen Dauer des Kampfes, bei diesem Doppelritt beinahe ganz uns ausgegangen war, da hörten wir, wie der Schlüssel ins Loch geschoben wurde und die Tür sich öffnete, und zugleich stürzten meine Mutter und Pomponia fröhlich ins Schlafgemach; hinter sich schlossen sie zu, damit niemand mit ihnen eintrete, und schoben die Riegel vor.

OTTAVIA: Aber wohl nicht solchen Riegel, wie der war, womit Callias deine Tür gesperrt hatte. Hm, hm, hm. Und sollten nicht etwa deine Mutter und Pomponia sich untereinander gelegt haben, um ein Stück von diesem Riegel zu erwischen? Hm, hm, hm!

TULLIA: Du machst noch Witze? Warte nur, binnen weniger Stunden wirst du an deiner Tür einen zweipfündigen Riegel spüren!

OTTAVIA:

Est hic, est animus filii contemptor, et illum
*Qui cuno bene credat emi, quo tendit amorem.**

So hast du selber diese beiden Virgilischen Verse travestiert. Gewiss werde ich mein Bestes hergeben als Preis für die Liebe des Caviceus und für solche Wonnen. Fahre in deiner Erzählung fort.

TULLIA: Geschwind zog ich die Decken herauf, die Callias gleich zu Anfang über das Fußende des Bettes zurückgeschoben hatte, und bedeckte damit des Callias Körper und den meinigen, damit nicht die Augen meiner Mutter durch den Anblick beleidigt würden; um die Pomponia bekümmerte ich mich weniger, denn diese kannte mich so gut, wie ich dich kenne. Meine Mutter lief auf Callias zu, umarmte ihn und rief: »Mein Sohn, hast du wacker gefochten? Dass du Sieger geblieben bist, hat mir das Geschrei meiner Tullia bezeugt; ich wünsche dir zu deinem Siege Glück, dir und auch der Tullia. Wenn du nicht gesiegt hättest, wäre sie Braut und zugleich

* Hier, hier ist ein Herz, das des Kindes nicht achtet und wohlfeil / Glaubt mit der Mädchenscham die Liebe, die es erstrebt, zu bezahlen. (travestiert nach: Est hic, est animus lucis contemptor et istum / qui vita bene credat emi, quo tendis, honorem. [Vergil, Aeneis, IX, 205 f.])

Witwe.« – Pomponia aber schlang ihre Arme um mich, küsste mich und überströmte mit ihren Tränen meine Wange. »Wie fürchterlich hat dieser Henker dich hergerichtet!«, flüsterte sie leise; »als ich dich so schreien hörte, Schwesterchen, habe ich die rücksichtslose Geilheit dieses Taugenichts verflucht. Aber wie geht es dir?« – »Ausgezeichnet«, antwortete ich; »wenn auch der Weg sehr schwierig war, bin ich doch endlich zu dem ersehnten Genuss gelangt. Durch Todesängste und -schmerzen hindurch bin ich der vollen und höchsten Freuden des Lebens teilhaftig geworden.« – »Bist du jetzt Frau?«, fuhr sie fort. – »Gewiss bin ich es, und wenn ich mir die Wonnen überdenke, die ich gleich das erste Mal genossen, nachdem meiner Jungfernschaft ein Ende gemacht ist, so bin ich erstaunt, dass man so viel Glück fast umsonst erkaufen kann. Von nun an möchte ich lieber, der Tag hätte kein Sonnenlicht, als dass die Nacht ohne die Werke der Venus wäre.« – »Gut, ganz ausgezeichnet!«, sagte sie, »gewiss, die Frau, die nicht in ihrer Jugend die Gaben der Venus genießt, die hat, glaube ich, Zeit ihres Lebens keinen Genuss.« Und damit lief sie auf Callias zu, gab ihm einen Kuss und nannte ihn ihren Kaiser, unter dessen Fahnen

Venus einen so schnellen Sieg über eine so reine, so kampfbereite Jungfrau erfochten, nachdem sie die Feinde Eugium, Nympha und Hymen* erschlagen. Wie du weißt, ist Pomponia in der klassischen Literatur sehr bewandert. Meine Mutter reichte hierauf dem Callias in einem ziemlich großen Becher gewürzten Wein zu trinken, indem sie sprach: »Dies wird dir das Herz erfrischen und dir neue Kräfte geben, mein Sohn. Aber wenn ich dir raten darf, so gönnst du dir ein wenig Ruhe. Du hast heute Nacht Ruhmes genug errungen, indem du der Jungfernschaft meiner Tullia den Todesstoß gegeben hast.« Mir aber gab sie drei gezuckerte Nüsse zu essen, die sie mitgebracht hatte, und flüsterte mir ins Ohr, ich solle meinen Gatten dahin bringen, dass er sich und mir ein paar Stunden Ruhe gönnen möge. So kräftig er auch sei, so brauche er nach einer solchen Anstrengung doch Schlaf und Ruhe. Hierauf gingen sie beide. Pomponia wünschte beim Abschiednehmen meinem Callias neuen Mut und neue Glut, mir aber Lust und Liebe zum Dinge und unbesiegbare Standhaftigkeit. Während nun

* Eugium (weibliche Scheide), Nympha (Braut), Hymen (Jungfernhäutchen).

meine Mutter und Pomponia sprachen und meine Mutter die Betttücher und Decken in Ordnung brachte, streckte Callias von unten her die Hand nach mir aus und ließ sie über meine Brüste, meinen Leib und das ganze Schlachtfeld der Venus schweifen, auf dem er so tapfer gekämpft hatte. Augenblicklich erwachten seine Kräfte von neuem, und er rief Pomponia zurück, die gerade schon hinausgehen wollte: »Ich will, Schwesterchen«, sagte er, »dass du selber Zeugin seist, wie fürchterlich ich meine Königin behandle, deine Schwester – ich Taugenichts, der ich bin!« Damit sprang er vor ihren Augen auf mich hinauf und bohrte seine Riesenlanze in meine blutige Wunde hinein, die in neuem Schmerz brannte. In grimmiger Pein mich windend, stieß ich ein lautes Stöhnen aus. Und ich rief: »Ach, meine liebste Pomponia, komm mir zu Hilfe, komm schnell!« Aber sofort liefen Pomponia und meine Mutter laut auflachend aus dem Zimmer. Nach etlichen, allerdings sehr heftigen Stößen verschwand jeglicher Schmerz, und es folgte ein so scharfes Jucken, wie ich es niemals für möglich gehalten hätte. Ich ahme die Bewegungen meines Callias nach und drehe die Hinterbacken hin und her. Für diese Bewegungen, die ich ganz aus freiem Antrieb machte, dankte er mir mit einem zärtlichen Kuss, wie wenn ich ihm den angenehmsten Liebesdienst erwiesen hätte. Dieser Ritt dauerte ein wenig länger als die anderen. Endlich fühlte ich mich im tiefsten Innern mit Samen überströmt, und zugleich löste sich in meinem eignen Leibe ein unbekanntes Etwas, wovon ich mit wonnigstem Jucken gekitzelt wurde. Und alle meine Sinne fühlten, eine größere und süßere Wonne könnte es nicht geben. Als die Sache zu Ende war, zog Callias aus meinem Nest seinen Hahn heraus, der bereits ruhmlos den Kopf hängen ließ. Ich wollte sein Ding mit dem Tuch abtrocknen, Callias aber sagte: »Das ist nicht nötig, mein Aal ist so trocken und rein, wie wenn er gar nicht in diesem Wonneteich herumgeschwommen wäre.« Zugleich fasste er mit der Hand an meine Grotte und steckte den Mittelfinger ganz tief hinein; er fand sie trocken, ohne ein Tröpflein Saft. Da rief er: »Mögen die Götter uns hold sein: Diesmal, geliebte Seele, hat ohne Zweifel dein Schoß empfangen! Deine Gebärmutter, die mir meine Kinder bringen soll, hat meinen und deinen Samen ganz und gar eingesaugt. Gestehe es, geliebtes Herz: Schien dir nicht, als du empfingst, die Wonne größer zu sein als alle Wonnen, von denen du jemals in deinem ganzen Leben überströmt worden bist?« – »Ich gestehe es«, antwortete ich, »was mich aber vor allen Dingen mit dem schönsten Reiz des Genusses kitzelte, das war der Gedanke, dass ich ihn von dir hätte, dass aus deinem Leibe in den meinigen jene Wonnen flossen, und dieser Gedanke schon erhob mich auf den Gipfel des Glücks.« Er küsste mich auf den Mund und sagte dann: »Ruhe jetzt ein wenig, geliebte Tullia, bis ich zu neuen Minnekämpfen dich auffordere und mit neuen Wonnen deinen Kahn belade.« Wir waren beide müde, und ein freundlicher Schlummer umfing uns, hielt uns drei Stunden hintereinander in seinen Armen und gab uns neue Kraft. Als Callias erwachte, bedeckte er mich mit vielen Küssen, vermochte mich aber doch nicht dem Schlummer zu entreißen – so bleiern lastete auf mir die Mattigkeit. Abermals schob er die Decken ans Fußende des Bettes zurück. Da lag ich vor ihm ausgestreckt, die Schenkel geöffnet und bot seinen Blicken die Arena zur Schau, die er schon fünfmal mit heißen Achsen durchmessen hatte. Er betrachtete die Anmut meines Leibes – denn die Kerzen waren noch nicht heruntergebrannt – und sah lachend die Fugen meines Schiffchens klaffen.

Von diesem Schauspiel entflammt, stürzte er sich plötzlich auf mich und schoss seinen Pfeil tief in mein Schwarzes hinein. Ermuntert schlug ich die Augen auf. – »Das ist recht!«, rief er, »du lebst, teure Gattin! Ich fürchtete schon, es mit einer Toten zu tun zu haben, wie man von Periander, dem Tyrannen von Korinth erzählt.« – »Du wirst schon fühlen, dass ich lebendig bin!«, versetzte ich. – »Lass mich's nur fühlen, du kannst mir keinen größeren Gefallen tun«, ruft er, indem er mir einen Kuss gibt.

OTTAVIA: Was tatest du denn, um ihn fühlen zu lassen, dass du lebtest? Ich kann mir freilich schon so ziemlich denken, was du gemacht haben wirst!

TULLIA: Was habe ich denn wohl deiner Meinung nach getan?

OTTAVIA: Du hast dich so heftig wie möglich unter ihm hin- und herbewegt.

TULLIA: Du hast's erraten! Das Gesäß hoch in die Luft erhebend, antwortete ich mit unaufhörlichen Stößen so geschickt auf die Stöße des Callias, dass ich jedes Mal von unten heraufstieß, wenn er von oben den Riegel in meine Tür hineinstieß. Wie bei einem Ringerpaar waren unsere Glieder verschlungen, und hätte Callias einen Samenquell gehabt, der bis oben an seinen Scheitel angefüllt gewesen wäre, ich hätte trotzdem den letzten Tropfen aus ihm herausgesogen.

OTTAVIA: Dauerte dieser Ringkampf lange?

TULLIA: Wenn du ihn nach der Uhr messen willst, drei Viertelstunden; nach der Wonne gemessen aber zwei Jahrhunderte.

OTTAVIA: Möchten solche Jahrhunderte der Wonne mir oft zuteil werden!

TULLIA: Nur Dank solcher Jahrhunderte vermögen gewiss alle Geschlechter lebender Wesen ihre Ewigkeit zu ertragen. Von dieser heftigen Aufregung ermüdet, vermochte ich die Anstrengung nicht länger zu ertragen und rief: »Ich erkläre mich für besiegt! Lass mich ein klein wenig Atem schöpfen!« – »Du ergibst dich? Du legst die Waffen nieder, Tullia? Oh, wie bist du träge! Auf! Mut!« – »Ich bitte um Frieden«, antworte ich, »oder wenigstens um einen kurzen Waffenstillstand. An Kraft der Glieder bist du stärker als ich, aber nicht an Mut – das glaube mir!« Als ich so sprach, da

›bohrt mit gewaltiger Kraft er die Lanze tief
in den Leib mir.‹

Mit befruchtendem Tau füllt er meine Kleine, und auch mir bricht der weiße Saft aus. Vor übergroßer Wollust schwanden uns beiden die Sinne, und innig umschlungen sanken wir ohnmächtig hin.

OTTAVIA: Und du verspürtest keinen Schmerz mehr in jener Gegend, wo der innere Krieg gewütet hatte? Meine Frage ist vielleicht etwas neugierig – aber wie ich in der Hoffnung auf die Freuden der Venus erglühe, so bekümmert mich zugleich die Furcht vor dem Schmerz. Ich

›*hange und bange in schiebender Pein …*‹

TULLIA: Schweig, Närrin! Der Schmerz ist nichts im Vergleich zur Wonne!

OTTAVIA: Ich will dir ja gern glauben, und wie vom brennenden Feuer juckt mir das Ding.

TULLIA: Da kratze dich doch einstweilen! Oder ich will dich kratzen – wer sollte dagegen etwas einzuwenden haben?

OTTAVIA: Mit deinen Schilderungen hast du mich ganz und gar in Flammen gesetzt. Ach, ach! Was machst du da? Ich werde ja rasend! Zieh den buhlerischen Finger zurück, ich bitte dich, liebste Schwester! … Wie ging es dir denn in jener Nacht bis zum Morgen weiter mit deinem Callias?

TULLIA: Endlich fiel er zwei Stunden lang in den festesten Schlaf; ich aber konnte nicht einschlafen, so gerne ich's auch gewollt hätte. Die Kerzen brannten noch; da kam es mir in den Sinn, die Fenster zu öffnen, die auf den Garten hinausgingen. Nackt wie ich war, stand ich auf und öffnete sie, ohne dass Callias erwachte. Ich löschte die Lichter aus, und da ich das Bedürfnis verspürte, mein Wasser zu lassen, so nahm ich den Topf in meine beiden Hände und hielt ihn mir unter die Ritze. Der ausfließende Harn brannte mich und verursachte mir einen stechenden Schmerz, den ich kaum auszuhalten vermochte. Ich stieß daher einen Seufzer aus und von meinem Stöhnen erwachte Callias aus dem Schlaf. Er sah mich, rührte sich aber nicht und blickte mich nur mit scharfem Auge an, sodass ich nicht bemerkte, dass er erwacht war.

OTTAVIA: Was du da erzählst, klingt wunderbar! Das Wasserlassen tat dir weh?

TULLIA: Callias hatte mich dermaßen verkeilt, dass das innere Loch, das zur höchsten Seligkeit führt, wenigstens um eines Zolls Breite gespalten war, und dass an der Stelle meiner zerstampften und entblätterten Blume und meiner gepflückten Knospe drinnen nur noch furchtbare Wunden waren. Der Schmerz, den der heiße Harn meiner Scheide verursachte, war so brennend, wie wenn du eine Wunde, die du dir zufällig mit dem Messer zugefügt hast, mit Salz einriebest, das du mit Essig befeuchtet hättest. Der Harn trat nur stoßweise aus, nicht in einem ununterbrochenen Strahl.

Während ich nun bald das herausdrängende Wasser zurückhielt, bald es schießen ließ, redete Callias mich plötzlich an: »Tut's denn weh, liebe Tullia?« – Von Scham ergriffen stellte ich schnell den Topf hin und sagte: »Ich glaubte, du schliefest; verzeih mir, mein Herz, diese Unvorsichtigkeit und Unanständigkeit! Ich schäme mich, mit einem so hässlichen Anblick deine Augen beleidigt zu haben. Wie? – Du hast mich in meiner Unterhaltung mit diesem Nachttopf gesehen?« – »Was du unanständig nennst«, antwortete er, »kann nicht unanständig sein, da es eine Notdurft ist!« Endlich legte ich mich wieder zu Bett, nachdem ich mit sorglicher Hand vermittels des Tüchleins mich unten herum abgetrocknet hatte. Callias schloss mich in seine Arme und umklammerte mich mit den Schenkeln. Er bedeckte meinen Mund mit Küssen und tätschelte dabei mit beiden Händen sanft meine Hinterbacken. Er bat mich, ich möchte selber seine Lanze in die Hand nehmen und sie zu neuem Kampfe anfeuern; damit würde ich ihm einen großen Dienst erweisen. Ich weigerte mich denn auch nicht. Sofort schwoll das Glied zwischen meinen Fingern an, und Callias setzte das heiße, steife Ding an meinen Nabel an und bohrte es mehrere Male hinein.

»Wie?«, rief ich, »bist du denn so wild, dass du mit deiner Lanze mitten durch meinen Leib hindurch dir einen Weg zur Wollust bahnen willst? Soll ich denn mehr Löcher haben als das Fass der Danaiden?« Callias lachte hierüber, und da ich halb auf der Seite lag, so legte er seine Hand unter mein linkes Bein und hob dieses über seine rechte Seite. Dazu sagte er: »Jetzt will ich dich eine neue Stellung lehren, halb auf dem Rücken und halb auf der Seite liegend.« Er setzte den Riegel an mein Gartenpförtlein an und schob ihn mit einem Stoß hinein. Da er aber nicht ganz eindrang, so sagte er: »Du bist noch ungeübt in diesem Geschäft, liebe Tullia, erlaube, dass ich's dich lehre!« Ich antwortete, ich könnte diese Kunst von niemand anderem besser lernen, er möchte nur fortfahren, er würde an mir eine gelehrige Schülerin haben. Er sagte mir darauf, ich möchte meinen Venusberg ganz dicht an den seinigen heranpressen, sodass meine Kleine seinem Dicken den Kopf küsste; so würde er ganz leicht bis in die Tiefe dringen, wenn ich nur das Bein, das ich über seine rechte Seite gelegt hätte, so hoch wie möglich emporhöbe. Ich tat nach seinem Befehl und mit einem einzigen Stoß brachte er seinen Ladestock bis ans Ende in meine Büchse.

OTTAVIA: Und es tat gar nicht weh?

TULLIA: Seine schnell aufeinander folgenden Stöße benahmen mir jedes Schmerzgefühl. Er wünschte, ich möchte ihm leise seine Testikeln streicheln; ganz sanft führte er meine Hand dahin, und mit den Fingerspitzen drückte ich sie ihm beide; und sofort floß sein Same in kräftigem Strahl in den Kielraum meines Schiffes, sodass auch mir vor Wollust das Wasser übertrat. Und so gewährten wir uns gegenseitig und gleichzeitig die höchste Wonne. Während wir uns diesen Spielen hingaben, war es bereits heller Tag geworden, und meine Mutter hatte versprochen, uns gleich am frühen Morgen zu besuchen. Als wir nun, eng ineinander geschlungen, von allem möglichen plauderten, hörten wir die Stimme eines Menschen, der sich unserer Tür näherte. »Mag kommen, was will«, rief Callias, »nichts soll mich verhindern, in deinen Umarmungen meine Wollust zu sättigen. Ich habe fest beschlossen, meine süße Wonne, dass dein Rösslein« – hiermit zeigte er auf meine Scham – »siebenmal geritten werden solle. Sechs Ritte habe ich bereits vollbracht, der siebente fehlt noch, der mich ganz satt machen soll.« Als er nun merkte, dass meine Mutter ganz dicht an der Tür war, stieg er wieder auf mich hinauf; und gerade als sie den Schlüssel ins Schlüsselloch schob, rief er: »Auch ich stecke meinen Schlüssel in dein Schloss.« Er fing an hin und her zu rutschen und bat mich, auch ich möchte recht schnell meinen Hintern bewegen. Meine Mutter, die inzwischen eingetreten ist, sieht das Bett erzittern; ich aber stoße schamerfüllt Wehklagen und tiefe Seufzer aus. »Was sehe ich denn da, mein Kind?«, ruft sie. »War denn die ganze lange Nacht nicht genug für dich? Und war sie auch dir nicht genug, Callias, um meine Tochter zu genießen?« – »Verzeih mir's, Mutter«, antwortete ich, »lieber wollte ich tot sein als von dir in solcher Schmach gesehen werden!« – »Ich arbeite an meiner Tullia Glück in Tullia selber«, rief Callias. Und damit stieß er nur noch wilder zu. »Kind«, sagte da meine Mutter, »du musst deinem Gatten gehorchen, und besonders darfst du dich nicht schämen, ihm in dem gehorsam zu sein, was den wichtigsten Teil der Pflichten einer Gattin ausmacht. Ich gehe, komme aber gleich wieder; inzwischen vertreibt euch nur munter miteinander die Zeit.« Meine Mutter ging hinaus, und nun sagte Callias zu mir, ich möchte seine Stöße durch möglichst schnelle und zahlreiche Gegenstöße erwidern. Ich begann meinen Hintern hin und her zu werfen und mich auf und ab zu bewegen, indem ich mich nach seinen Bewegungen des Zurückziehens und Vorstoßens richtete. Er lobte meinen Eifer und bewunderte meine Gewandtheit. »Ich aber möchte«, sagte ich, »dass du meine Liebe zu dir lobst, die mich durch diese von dir befohlenen Körperverdrehungen entehrt. Lobe meinen Gehorsam, der sich auch in so schmachvollen Dingen zeigt! Aber ach, Callias, ach – auch mir fließen alle Adern über vor Wollust: beeile dich mit deinem Werk!« Er müht sich noch eifriger an seiner Arbeit:

Immer wieder reitet er hin und reitet zurücke.

Aber wie wenn die Quelle in ihm versiegt wäre – aus seinem Brunnenröhrlein kam kein Tropfen mehr hervor. Mich küssend und zwickend trieb er mich an, ich solle ihm helfen, schnell fertig zu werden, und solle in möglichst schnellem Ritt ihn zum ersehnten Ziel der Venusfreude tragen. Ich stoße und stoße, und infolge meiner vielen Stöße überschwemmt mich mein Liebessaft; er aber gelangte erst lange nach mir ans Ziel … Nachdem er nun, in meinen Armen liegend, die müden Glieder etwas ausgeruht hatte, stieg er aus dem Bett, rief seine Diener und kleidete sich an. Dann gab er mir einen Kuss und bat mich um Verzeihung für seine Trägheit. »Verzeih mir«, sprach er, »diese weichliche Schlaffheit, dass ich in dieser schönen Rennbahn nur so wenige Ritte gemacht habe.« Gerade als er dieses sprach, kam meine Mutter zurück und mit ihr, freudiger von mir begrüßt als der liebe Sonnenschein, meine Pomponia, mein anderes Augenlicht. Jede von ihnen trug eine Tasse Brühe, in die das Gelbe von mehreren Eiern gerührt war. Meine Mutter reichte ihre Tasse dem Callias, Pomponia die ihrige mir. Ich trank meine Brühe mit Vergnügen, Callias aber sagte, er brauche keine; indessen nahm er sie doch. Hierauf sagte meine Mutter zu mir, ich müsse mich ausruhen; »denn ich weiß«, sagte sie, »du hast heute Nacht einen so gewaltigen Ritt gemacht, dass du krank werden könntest, wenn du deinen zarten Körper nicht sorgsam pflegtest.« – »Wir sind im Ganzen sieben Meilen geritten«, rief Callias dazwischen; »und dass sie müde ist, ist höchst wahrscheinlich, denn sie hat mich auf der ganzen Reise mit der größten Schnelligkeit befördert.« – »Hierüber sprechen wir nachher«, bemerkte Pomponia, »du aber stärke unterdessen durch Ruhe und Schlaf die Glieder, die du durch die nächtliche Arbeit ermüdet hast!«

OTTAVIA: Ich sehe, liebe Schwester, in deiner Schilderung ein Gemälde alles dessen, was meiner Jungfernschaft bevorstehen dürfte. Doch wenn meine Ahnung mich nicht trügt, so erwarten mich größere Beschwerden, als du zu erdulden hattest, dafür aber auch größere Wonnen als dir. Mein Nestchen da unten hat eine engere Öffnung als das deinige – umso beschwerlicher wird es sein, sie zu erbrechen; dagegen wird Caviceus mich mit einer um drei Zoll längeren Lanze angreifen, als Callias sie hat, und daher werde ich umso süßere Venusfrüchte ernten, je tiefer mein Gatte in das Heiligtum der Venus eindringt.

TULLIA: Ich kann dir keinen aufrichtigeren Wunsch vollkommener Glückseligkeit darbringen, liebes Schwesterlein, als indem ich sage: Möge Venus dir so hold sein, wie sie es mir war! Nun aber wollen wir das Bett verlassen, süßes Mädchen; morgen wirst du als eine so schöne Frau aufstehen, wie du heute schönes Mädchen bist. Ich denke, du bist jetzt auf den dir bevorstehenden Kampf hinlänglich vorbereitet.

OTTAVIA: Das bin ich, so wahr mich Venus lieben möge! Ja, noch mehr: Ich wünsche, dass meine Standhaftigkeit gepriesen werde. Ohne

Weinen, ohne einen Schrei, mit fest entschlossenem Mut werde ich alles ertragen.

TULLIA: Tu das ja nicht, mein Herzchen! Caviceus selber würde es übel aufnehmen, wenn du allzu tapfer wärst! Wenn du ganz still wärst, würde man dir üble Nachrede anhängen. Es gilt gemeiniglich als ein nicht geringer Ruhm für den Gatten, wenn das Mädchen beim Anstich durch ihn weint und schreit. Man sagt, diese Wehklagen seien die letzten Seufzer der verendenden Jungfräulichkeit unter der Faust ihres Besiegers. Welche Schlüsse man daraus zieht, das sage dir selber.

OTTAVIA: Gut, dass du mich hierauf aufmerksam gemacht hast!

Fünftes Gespräch

Wollüste

TULLIA: Kein Tag war jemals lieblicher für mich, als diese Nacht es sein wird.

OTTAVIA: Wir werden ganz nach Herzenslust plaudern. Ich werde in deinen Armen liegen, liebe Base, und in deinen Armen entschlummern ja alle meine Empfindungen und Gedanken zu süßester Befriedigung –

TULLIA: In deinen Armen aber wird wohl, denke ich, Caviceus nicht so geschlummert haben. Durch ihn dagegen, den du mit deinen unzähligen Reizen entflammt hast, fandest du flugs sowohl Ruhe als auch den Höhepunkt der Wollust.

OTTAVIA: Die Wonne, die du mir prophezeitest – ich habe sie gefunden; ohne Mühe gelangte ich zu jenem Genuss, der hoch über allem anderen steht, der die Sterblichen zu den Unsterblichen erhebt.

TULLIA: Die Tür unseres Schlafgemaches ist verschlossen; so hindert denn nichts dich, meine Ohren mit dem köstlichen Labsal zu weiden, das sie schon so lange erwarten.

OTTAVIA: Ich verstehe, liebe Base, du möchtest, dass ich dir die versprochene Schilderung meiner Brautnacht gebe.

TULLIA: Gewiss! Was könnte es Süßeres für mich geben, als dass du mich an den Wonnen teilnehmen lässt, die du im Übermaß genossen hast? Denn von deiner Erzählung wirst du einen Teil derselben in meine Seele fließen lassen, ohne selber auch nur das Geringste davon einzubüßen.

OTTAVIA: Wie gern wollte ich in deinen Leib die Ströme dieser Liebeswonnen fließen lassen, die in diesen letzten vierzehn Tagen mein Schifflein in den Hafen des wahren Glückes getragen haben! Das sage ich aus aufrichtigem Herzen.

TULLIA: Was für einen hohen, was für einen dicken Mast hat zu dieser Fahrt Caviceus in deinem Schifflein aufgepflanzt! Wie klein ist dir gewiss dein winziges Schiffchen im Verhältnis zu diesem riesigen Mastbaum erschienen!

OTTAVIA: Du machst dich wohl über mich lustig? Caviceus und ich passen sehr gut zueinander. Die Festung, in die er Bresche gelegt, hat den Sieger besiegt. Seine Kräfte sind erschöpft, und er hat die Flucht ergriffen. Als meine Mutter ihn bereits recht erschöpft sah, gab sie ihm den Rat, eine Reise zu seinem Oheim zu machen. Er hat als Anlass dieser Reise ein Geschäft vorgeschützt – aber, um dir die Wahrheit zu gestehen, liebe Base: Der wahre Grund war der, dass seine Kräfte dahin sind; ich habe das wohl gemerkt. Diese Abwesenheit, die einen ganzen Monat dauern soll, wird seine Kräfte wiederherstellen. Der Rat war wirklich nicht dumm.

TULLIA: Was ist das? Du, so zart, so verweichlicht, du bist nicht bei den ersten Stößen deines Caviceus unterlegen gewesen? Was höre ich? So schnell hast du einen solchen Mann untergekriegt? Da bist du ja eine wahre Athletin! O siegreiche, lorbeergekrönte Muschel!

OTTAVIA: Fort, ruchlose Hand! Was lockst du mit mutwilligem Griff die Neuvermählte zur Untreue!

TULLIA: Lass doch, Närrin! Was fürchtest du hier in meinem Bette, das du mit wollüstiger Glut erfüllst? Die Kerzen, die hier brennen, habe ich absichtlich nicht ausgelöscht, um die ganze Blüte deiner Schönheit mit meinen Augen zu genießen.

OTTAVIA: Aber muss nicht das Recht der Freundschaft ein wenig hinter dem Recht der ehelichen Liebe zurückstehen? Wenn ich deine unzüchtigen Wünsche, die ich früher dir gewährt habe, noch länger erfülle, trete ich damit nicht meinem Caviceus zu nahe? –

TULLIA: Hahaha! Was wirst du künftighin mir noch vorzuwerfen haben?

OTTAVIA: Was bedeutet dieses Gelächter?

TULLIA: Eine ganz neue Grotte hat jenes Ritzlein verschlungen, das einst der Sitz deiner Jungfräulichkeit war! Wie ungeheuer weit klafft die Öffnung! Was kannst du mir von nun an vorwerfen?

OTTAVIA: Ich habe dir nichts vorzuwerfen, meine liebe Tullia; und ich will und darf dir auch nichts vorwerfen.

TULLIA: Öffne die Schenkel!

OTTAVIA: Gern.

TULLIA: Wie verschieden ist doch der Liebesbrunnen einer Ehefrau von der einer Jungfrau! Sieh, wie sie gespalten ist! O was für ein Schlund! Ich könnte meine ganze Hand hineinstecken!

OTTAVIA: Ach, ach, ach! Du machst mich gar zu wollüstig. Wenn du nicht aufhörst, so kommt es mir – ich fühle es schon. Willst du denn, dass ich mit deiner Hand Ehebruch begehe? Ich wollte ja lieber sterben als mich durch die verbotene Umarmung eines Mannes beflecken!

TULLIA: Das werden wir schon sehen. Jetzt aber bleibe ich bei der Sache. Welcher Mann könnte diesen Graben ausfüllen außer Caviceus allein? Du bist nicht nur weiter als ich, sondern überhaupt viel weiter als es für eine Frau gut ist, damit sie für einen Mann recht sei, der nicht geradezu ungeheuerlich ausgestattet ist. Im Vergleich zu dir bin ich eng – und ich habe doch so viele Männer auf mir gehabt, ich habe so viele Stöße ausgehalten, und in meinem Schifflein ist ein Kind in den Hafen des Lebens hineingesegelt. Da du dermaßen gespalten bist, liebste Base, so fürchte ich, du bist für keinen Mann zur Liebe zu brauchen außer für Caviceus. Das Glied eines anderen Mannes wäre in deiner Scheide wie ein Zwerglein, das mutterseelenallein im Admiralsschiff segelte.

OTTAVIA: Daraus mache ich mir nichts, wenn nur Caviceus mich immer für sein Liebesvergnügen recht findet und wenn, wie du neulich etwas unverhüllt dich ausdrücktest, sein Dolch immer richtig zu meiner Scheide passt.

Für sich selber, für seinen eigenen Gebrauch und nicht für andere Männer, hat er diese Stechbahn angelegt. Aber wundern wirst du dich, dass er neulich, als er zum letzten Mal mich ritt, mir sagte, sein Glied werde drinnen so eng umschlossen gehalten, wie wenn ich es mit den Händen zusammendrückte, und werde durch diese Umschließung so ausgesogen, dass er meinte, er müsste vor Wollust sterben.

TULLIA: Was sagtest aber du dazu?

OTTAVIA: Ich beseelte mit stürmischen Küssen seinen Eifer und half durch eine sanfte schlängelnde Bewegung des Gesäßes ihm fertig zu werden.

TULLIA: Aber du fängst ja die Erzählung, die ich so gerne hören möchte, vom hinteren Ende an; ich möchte, du begännest mit dem Kopf. Ich weiß, du bist all diese Tage über tüchtig bearbeitet worden, und wenn jemals eine Frau beglückt war, so warst du es. Aber jetzt schildere mir bis in die kleinsten Einzelheiten jeden Augenblick von der Stunde deiner Vermählung an bis zum heutigen Tag, mein Püppchen. Die Geschichte muss nett sein!

OTTAVIA: Den Gefallen will ich dir tun: Meine Schilderung wird dich gewiss kitzeln, und die Wonne, mit denen Hymen meinen Leib überströmt hat, werde ich durch deine Ohren dir in die Seele tröpfeln.

Ich hatte noch nicht dein Bett verlassen, da hatten sich schon meine Verwandten und die Angehörigen meines Caviceus in unserem Hause eingefunden. Erinnerst du dich noch? Als wir mein Elternhaus betraten, kam Caviceus mit fröhlichem Antlitz uns entgegen, gab mit freudestrahlenden Augen uns beiden einen Kuss, wandte sich dann zu mir und sagte fröhlich: »Da bist du ja, meine Morgenröte! Da bist du ja, mein Glück! Deine Mutter wollte nicht, dass ich zu dir gehe; sonst hätten deine reizenden Hinterbäckchen« – dabei tätschelte er diese mit seiner Hand – »für deine Trägheit büßen müssen. Du weißt, du allein bist meine Sonne; wenn nur du mir leuchtest, dann beneide ich den Himmel um seine Sonne nicht.« Hierauf umringte uns der ganze Schwarm der Gäste, die uns begrüßen wollten; schnell war der Ehevertrag unterzeichnet, und die Vermählungsfeier war nach der Sitte und, wie man uns sagte, nach allen üblichen Formen des Rechtes vollzogen. Um die Hochzeit vollständig zu machen, fehlte nur noch die Vollziehung des Opfers.

TULLIA: Unter dem Opfer, das dargebracht wurde, verstehst du deine Jungfräulichkeit.

Ohne deren für beide Beteiligte so angenehme und fröhliche Opferung ist jedoch das Sakrament der Ehe kein Sakrament.

OTTAVIA: Hierauf ging die Gesellschaft auseinander, und Caviceus und ich blieben allein im Hause. Da bat er mich, ich möchte die seine werden; ich antwortete ihm: »Gewiss wünschte ich das von ganzem Herzen, ich gehörte ja schon nicht mehr mir selber.« Nun saugte er sich mit den glühendsten Küssen an meinen Lippen fest und entzündete mein Herz zu höchster Glut. Ich ging ganz und gar in ihm auf und war völlig außer mir. Ein paar Zofen waren an meiner Seite; sie wandten aber die Augen ab, wie es für züchtige Mädchen sich gehört. Da sagte Caviceus: »Lass doch diese Mädchen hinausgehen, meine Seele, meine Hoffnung! Was sollen du und ich mit ihnen an diesem schönen Tage unserer Hochzeit?« – »Das sei ferne von mir, dass ich solcher Zuchtlosigkeit anheim falle!«, antwortete ich; »was würdest du denn von mir denken? Was würden meine Mutter und alle Hausgenossen von mir sagen?« Von neuem verschloss er mir mit Küssen den Mund und diesmal fühlte ich mich von den Waffen seiner Mannheit angegriffen. Aber in demselben Augenblick trat meine Mutter wieder bei uns ein.

Sie fragte ihn: »Wie findest du denn deine Frau, Caviceus? Liebst du sie auch recht?« – »Ich liebe sie heiß und über alle Maßen«, antwortete er. »Amor selber könnte meine Liebe nicht glühender machen. Aber bei allen Göttern und Göttinnen, die die Ehen schützen und schirmen! Erlaube mir, liebe Mutter, mich als Mann zu zeigen, da ich doch, dank deiner Güte, eine so anmutige, so schöne Frau haben soll!« – »Setze noch hinzu«, warf meine Mutter dazwischen, »eine so zarte Frau! Nimm Rücksicht auf ihre Jugend! Bedenke, mein Sohn, wie wenig sie, die kaum fünfzehn Jahre zählt, jenem Kampf gewachsen ist, der euch beiden bald bevorsteht!« – Aber ungeduldig über den Aufschub, rief Caviceus: »Habe doch Mitleid mit mir, Mutter! Ich fühle mich von einem geheimen Brande verzehrt, den allein meine Gattin mit der Arznei der ehelichen Liebe löschen kann! Lass mich jetzt ihrer genießen! Wenn du sie mir vorenthältst, so raubst du mir mein Eigentum! Lass mich doch bitte haben, was mein ist!« – Lächelnd antwortete sie: »Aber wirklich, dieser stürmische Drang deiner Wollust ist ganz unangebracht; das ist keine löbliche Liebe! Warte bis zur Nacht; der Aufschub wird nur dein Glück steigern. Wie alle anderen Früchte, werden auch die Früchte der Liebe umso süßer, je länger man mit dem Pflücken wartet. Du wirst selber einsehen, mein lieber Sohn, wie unangebracht jetzt deine Bitten sind; gewiss möchte ich ja gerne dein Verlangen erfüllen – aber dafür ist weder hier der rechte Ort noch jetzt die rechte Zeit. Ich will deine Liebeslust nicht verzögern, aber gedulde dich wenigstens bis zur Nacht!« – »Ach, Mutter!«, rief Caviceus, »erbarme dich doch deines Eidams! Gewiss weigert Ottavia sich nicht, die Wunde zu heilen, die sie meinem Herzen geschlagen hat.« – »Hörst du?«, sagte meine Mutter, indem sie sich zu mir wandte. »Willst du diese Krankheit heilen? Willst du selber die Arznei sein?«

TULLIA: Warum solltest du das nicht wollen? Du bist doch viel zu klug, um auf eine solche Frage nein zu sagen.

OTTAVIA: Tiefe Röte überzog mein Gesicht, und das war meine ganze Antwort. Ich schwieg. »Du schweigst, Kind?«, sagte sie. »Du bist also einverstanden. Tritt ein wenig zur Seite; es liegt in deinem Interesse, dass ich deinem Gatten einige Ermahnungen gebe; geh ein bisschen weiter ins Zimmer hinein.« Ich trat zwei oder drei Schritte zur Seite, spitzte aber die Ohren und horchte mit gespanntester Aufmerksamkeit auf das, was sie sagen würden, damit mir nur ja nichts entginge. Meine Mutter wandte sich nun zu Caviceus und sagte: »Hier ist weder die Stunde noch der Ort günstig, um die Hochzeit zu vollziehen; das wirst du selber nicht leugnen; bald werden die Verwandten ankommen, die sich mit uns zum Hochzeitsmahl niedersetzen sollen. Außerdem ist in diesem Zimmer nicht einmal ein Bett. Trotzdem will ich meine Ottavia dir anvertrauen, jedoch nur unter der Bedingung, dass sie jetzt deiner sinnlichen Lust nur ein einziges Mal gefällig sein darf. Nächste Nacht wirst du ihrer Umarmungen bis zur Übersättigung genießen. Zur Stunde aber, das weiß ich, wirst du deine Arbeit und dein Öl vergeblich aufwenden, denn hier ist kein Möbel, auf dem du sie in eine passende Lage für das Werk der Liebe bringen könntest. Schließlich nimm Rücksicht auf das jugendliche Alter deines Mädchens; du sollst ja mit einem Hochzeitswerkzeug ausgerüstet sein, wie kein anderer, ja wie nicht einmal ein Hengst es hat. Nach einem Weilchen könnte sie auch einen Stier tragen, habe er's noch so groß, wenn du nur ganz allmählich und unmerklich sie gewöhnen willst und sie nicht gleich beim ersten Versuch zersprengst. Geschicklichkeit wird dir besser helfen als Gewalt, um deinen Ast in ihren Garten zu bringen und einzupflanzen.« Dies sagte sie lachend; dann rief sie mich, und mir kam es vor, als hörte ich Caviceus bereits wiehern. »Du gehörst nicht mehr dir, mein Kind«, sagte meine Mutter zu mir, »du gehörst deinem Gatten, und er hat mich gebeten, dich ihm für einige Augenblicke zu überlassen. Da du durch Hymens Band jetzt für das ganze Leben sein bist, so können weder du noch ich ihm seinen Wunsch abschlagen. Ich habe also in seine Bitten eingewilligt, die für dich Gesetz sind. Aber ich verlange, dass du nur ein einziges Mal seiner Begierde willfährst; sobald du dies getan hast, lauf schnell hinaus; wenn du's anders machst, bin ich dir böse.« Ich versprach, ich würde es tun, und sie fuhr fort: »Du musst dich jeder Art und Weise anbequemen, auf die er die Begattung zu vollziehen wünscht; vor allem aber pass auf, dass nicht durch deine Schuld die Besprengung aus seinem hochzeitlichen Schlauch vorbeigeht! Wenn er auf dich eindringt, so biete dich ihm so dar, dass der Saft in deinen Schoß gelangt, einerlei, welchen Weg er nimmt. Darauf gib mir ja acht, mein Kind!« Nach diesen Worten küsste sie mich und führte mich dem Caviceus zu; dann schloss sie uns miteinander ein. »Ich werde im Nebenzimmer warten, Caviceus«, sagte sie im Hinausgehen, »bis du den Spazierritt gemacht hast, zu dem Ottavia dich bei sich eingeladen hat.« Und laut lachend ging sie hinaus, kam aber sofort zurück und sagte noch: »Ich vergaß noch das Wichtigste!« Inzwischen aber hatte Caviceus mich schon auf einem an der Wand befestigten Klappsitz Platz nehmen lassen; ich musste die Beine spreizen und unter diese sowie unter meine Füße stellte er Stühle zur Stütze. Ich war nackt bis zum Nabel, er selber aber hatte seine Manneswaffe herausgeholt. Als dies meine Mutter sah, rief sie: »Wahrhaftig, erfinderisch ist die Liebe! Wie gut eignet sich diese Stellung!« Caviceus trat zurück und stand mit drohender Rute da. Meine Mutter sah sie an und sagte: »Oh, was für ein ungeheures Ding! Aber sei guten Mutes, mein Kind! Du wirst deine Freude daran haben, wenn du nur deine Mühe dir recht zu Nutze machst.« Ich war von meinem Sitz herabgesprungen und hatte meine Kleider wieder in eine andere Verfassung gebracht. »Ich möchte nicht«, sagte meine Mutter, »dass unsere Gäste, wenn sie deine Kleider zerknittert sähen, Mutmaßungen anstellten, was wohl heute Morgen mit dir gemacht worden sei.« Sie knöpfte mir das Kleid auf, und die einzige Bedeckung meines

Körpers vorn und hinten bildete nur noch mein Hemd. »Jetzt«, sagte sie, »empfange deinen Gatten; aber denke an das, was ich dir gesagt habe!« Noch einmal gab sie mir einen Kuss, sagte aber dabei: »Warum beugst du dich denn vornüber, um die Zwillingsschwestern deiner schwellenden Brüste zu bergen. Verdienen sie denn nicht deines Caviceus Blicke und Küsse?« Und zu Caviceus sich wendend fuhr sie fort: »Sieh, der Kampfplatz steht dir offen, mein Caviceus; nun bezeige dich als wackersten Athleten!« Hierauf ging sie. Fröhlich und lüstern lief Caviceus herzu, hob mir das Hemd auf, und griff mit mutwilliger Hand nach meiner Kleinen. Dann sagte er mir, ich solle mich wieder hinsetzen, wie ich gesessen habe, stellte mir unter jeden Fuß einen Stuhl und ließ mich die Schenkel so hoch heben, dass das Gartenpförtlein sich bequem dem Angriff darbot, den er siegreich durchzuführen hoffte. Außerdem griff er jedoch noch mit der rechten Hand unter meinen Popo und zog mich ein bisschen näher an sich heran. »So«, rief er, »jetzt bietest du mir die Pforte dar, meine süße Herrin, durch die ich zum Ziel des wahren Glückes gelangen werde!« In der Linken hielt er die gewichtige Lanze; dann ließ er sich auf mich fallen.

TULLIA: Weiter doch! Was machtest du denn derweil?

OTTAVIA: Weder weigerte ich mich, noch tat ich etwas von selber. Das eine wäre dumm, das andere frech gewesen. Er setzte den Sturmbock an meine Tür an und schob den Kopf des Kämpfers in die äußere Tür hinein, deren Flügel er mit den Fingern geöffnet hielt. Hier aber zögerte er und machte keinen Versuch mehr, tiefer einzudringen. »Meine süßeste Ottavia«, sagte er, »umarme mich, hebe deinen rechten Schenkel hoch und lege ihn über meine Schenkel!« – »Ich verstehe nicht, was du willst«, antwortete ich; »was beabsichtigst du? Habe doch Mitleid mit mir!« Hierauf fasste er selbst mit der Hand unter meinen Schenkel und brachte ihn in die gewünschte Lage über seinen Lenden. Endlich richtete er den Pfeil gegen die Zielscheibe seiner Liebesglut. Zuerst tat er einen leichten Stoß, dann einen stärkeren und zuletzt einen so gewaltigen, dass ich bestimmt glaubte, in der größten Lebensgefahr zu schweben. Sein Glied war steif und hart wie Horn. Da er nun in die enge Spalte nicht damit einzudringen vermochte, so ließ er, um sich bequemer den Weg in die Tiefe bahnen zu können, seine Hosen auf die Füße herabsinken und begann, als er nackt vor mir stand, sofort mit heftigen Stößen den Wall meines verschanzten Lagers anzugreifen. Mit solcher Gewalt stürzte er sich auf mich und so rücksichtslos spaltete er mich mit seinem Keil, dass ich ausrief, er reiße mich auseinander. Einen Augenblick hielt er in seinem Werk inne und sagte: »Schweig doch, bitte, mein Herzchen! So muss es gemacht werden! Halte ganz mäuschenstill!« Wieder fasste er mit der Hand unter mein Gesäß und zog mich näher heran, denn ich machte ein Gesicht, als wäre ich am liebsten davongelaufen. Und unverzüglich bearbeitete er mich dermaßen mit schnellen Stößen, dass ich beinahe in Ohnmacht fiel. Dann bohrte er ganz plötzlich die Lanze hinein, dass deren äußerste Spitze oben in der Wunde stecken blieb. Ich stieß ein solches Geschrei aus, dass meine Mutter es hörte und eilends herbeilief. »Oh, Caviceus!«, rief sie, »hast du dein Versprechen vergessen? Dieses Turnier, das ich dir erlaubt habe, sollte doch ein Spiel und kein ernstlicher Kampf sein!« Während sie diese Worte sprach, ergoss Caviceus den Saft der Venus. Ich fühlte mich von einem heißen Regen benetzt; er aber bewegte sich nur umso schneller, je mehr Saft ihm entströmte, und diese schleimige Flüssigkeit kam seinen Anstrengungen zugute, wie wenn man einen Zapfen mit Öl einschmiert. Er drang daher zwei oder drei Zoll tief in mich ein und überströmte mich mit solchen Wogen reichlichen Saftes, dass dieser mir tief in den Leib hineindrang und nachher mir auch noch den Venusberg überschwemmte.

TULLIA: Während dieser Zeit warst du fatui puella cunni?* Du machtest dir gar nichts daraus? Hattest du denn nicht ebensolchen Erguss?

OTTAVIA: Ich will es dir gestehen, meine Tullia: Jetzt zum ersten Male begriff ich, was Venus ist! Und doch hatte ich die Süßigkeiten dieser Wonnen durchaus noch nicht vollständig gekostet. Als Caviceus jetzt schlaff wurde, ergriff mich eine juckende Wollust, fast wie ein Drang, mein Wasser zu lassen; da hob ich aus eigenem Antrieb mein Gesäß empor und fühlte mit großem Entzücken, wie in mir sich irgendein Saft absonderte, der mir eine wundervolle Linderung verschaffte. Ich verdrehte die Augen, mein Atem keuchte, mein Gesicht brannte wie Feuer, mein ganzer Körper schien sich aufzulösen. Und ich rief: »Ach, ach, Cavi-

* die Mädchen mit alberner Scham (nach: Si qua est non fatui puelli cunni, Priapea XXXIX).

ceus, ich sterbe! Halte meine entfliehende Seele zurück! Lass ab von diesem Tun, das auf so wonnige Weise tötet!« – »Vorwärts, Ottavia«, antwortete er, »gib dich mit ganzer Seele dieser Wollust hin, gib tapferen Sinnes den Saft von dir, der mit so süßem Kitzeln die Sinne reizt.« Unterdessen hatte er die Spitze des schon schlaff werdenden Schweifes wieder zwischen meine Schenkel gebracht; er unterstützte ihn mit der Linken und schob ihn abermals in meine Pforte hinein. Diese Berührung erregte nun vollends einen neuen Brand an jener Stelle. Eine so reiche Flut eines prickelnden Saftes strömte aus mir heraus, dass es fast mehr nach einem Wasser – als einem Samenerguss aussah. Wären doch in diesem Augenblick meines Caviceus Waffen bereit gewesen – bei meiner Venus: Von Wonne und Liebe trunken, hätte ich selber ihn angespornt, tiefer in mich einzudringen. Es tat mir recht Leid, dass Caviceus mit seinem Ritt so schnell am Eingang der Stechbahn fertig geworden war, und nicht in der Stechbahn selber.

TULLIA: Du schilderst den Vorgang so schön, in so lebhaften Farben, dass du mich in Aufregung bringen könntest, wäre ich auch von Stein! Küsse mich! Willst du meinen Lampridius? Aber du willst ihn nicht. Du machst mich ganz rasend. Ich weiß nicht mehr, was ich will, und was ich nicht will.

OTTAVIA: Was hat denn Lampridius mit dir und mit mir zu tun? Was verlangst du denn von mir? Was soll ich wollen, und was soll ich nicht wollen?

TULLIA: Ich bin von Sinnen, meine Wachtel, mein Turteltäubchen. Ach, ach – leih mir deine Hand.

OTTAVIA: Ich leihe sie dir nicht, ich gebe sie dir zu Eigen. Was willst du denn damit?

TULLIA: Stecke sie zwischen meine Schenkel, flach ausgebreitet, bedecke damit die Zitadelle der Venus, erstürme die Festung, in der der innere Krieg tobt! Stecke deinen Finger hinein! Sei mein Gatte! Komm auf mich hinauf! Drücke, rutsche! Oh, wie herrlich!

OTTAVIA: Könnte ich dir doch sein, was Caviceus mir ist! Aber was ist der Schatten im Vergleich mit dem Körper! Wie du Schambein an Schambein presst! Wie deine Kleine mit meiner Kleinen sich verschlingt! Wie Busen an Busen sich schmiegt!

TULLIA: Ich zerfließe! Ich zerfließe! O Lampridius … o Ottavia … ach, ach, ach!

OTTAVIA: Oh, wie wollüstig du bist! Ein Strom fließt dir zwischen den Schenkeln hervor, auf dessen Fluten beinahe das Knäblein Amor schwimmen könnte!

TULLIA: Lass mich einen kurzen Augenblick von dieser Tollwut mich ausruhen – denn wenn der Saft der Venus strömt, das macht toll! Endlich hat sich die Windsbraut besänftigt, die Glieder ruhen wieder in Meeresstille … Jetzt wieder zu Caviceus, den du verließest, wie ihm bei der Erstürmung deiner Burg der Lebenssaft entströmte.

OTTAVIA: Ich werde gleich weitererzählen. Aber was hatte das zu bedeuten, was du von Lampridius sagtest? Was riefst du, als du in ohnmächtiger Liebeswut rastest? Warum riefst du nicht zur Verrichtung deines Werkes, oder wenigstens eines Teils desselben, nach deinem Callias, den du liebst und der vor Liebe zu dir umkommt?

TULLIA: Du sollst es erfahren. Ich werde dir meine geheimsten Gedanken mitteilen, meine Spiele, meine Entzückungen, meine Wonnen. Ich werde dich rufen, an allen meinen Freuden teilzunehmen, alles soll zwischen uns geteilt werden. Erinnere dich deines Traumes. Er hat dir ja prophezeit, welchen Lauf dein Leben in der Ehe nehmen wird.

OTTAVIA: Teilen und geteilt werden hat, wie du mir einmal sagtest, in Liebesangelegenheiten einen sehr schlüpfrigen Sinn!* Und du willst, dass zwischen uns alles geteilt werde? Möge Venus das böse Omen zu Schanden machen!

TULLIA: Kleine Närrin! Du wirst mit mir teilen und ich mit dir, und einen wackeren Teiler werden wir haben! Und so wird alles Gute zwischen uns so gleichmäßig verteilt werden, wie wenn Venus Herciscunda** dabei als Richterin ihres Amtes waltete! O diese Spiele! O dieses Gelächter! O diese köstlichen Schelmenstreiche! Aber was schneidest du mir für spöttische Gesichter, Possenreißerin? Fahre lieber in deiner Erzählung fort!

OTTAVIA: Possen, Possen! Du hast wohl sehr ernste Sachen im Auge, du ernste und wackere Frau! Du rufst mich zu einer Erzählung zurück, die deiner Philosophie und deiner Sitten recht würdig ist.

TULLIA: Und du hast ja gerade deine Freude dran! Aber vorwärts – erzähle endlich! Du sagst fortwährend, du wollest erzählen, und tust es niemals!

OTTAVIA: Wenn auch meines Caviceus Liebeslümmel lahm geworden war, den Kopf hängen ließ und um Waffenruhe bat, so bot er

* ›Dividere‹, ›di-vidi‹ ist so viel wie ›paedicare‹, ›paedicari‹; ›divisor‹ gleich ›paedico‹.

** Herciscunda: lat., die Erbteilerin.

doch noch an Größe und Schwere einen furchtbar drohenden Anblick. Schaum stand ihm vor dem Munde und dabei küsste er, von seinem und meinem Lebenstau bedeckt und ganz nass, gleichzeitig meine Muschel. Nachdem die Wogen meiner Wollust sich besänftigt hatten, merkte ich, das ich fertig geworden war. Ich war jetzt freier und kühner geworden und rief: »Was verlangst du denn noch weiter von mir, o mein Gebieter? Ich habe dir gehorcht, aber der Angriff, den ich willig ausgehalten habe, hat mich ermattet. Ich habe dir jetzt nichts mehr zu wünschen übrig gelassen. Erlaube mir, dass ich gehe.« Mit dem einen Arm umschlang er mich, mit der anderen Hand liebkoste er meine von seinem und meinem Auswurf bespritzte Muschel; zugleich wollte er mir seine Stange, die er gepackt hatte, die aber nicht mehr aufgerichtet stand, in die Hand drücken. Aber es gelang mir endlich, mich aus seiner Umarmung frei zu machen, und während ich gegen seine Verfolgung mich sträubte, stieß ich mit dem Fuß einen Stuhl um, der auf die Fliesen fiel und keinen geringen Lärm verursachte.

TULLIA: Da eilte also deine Mutter herzu, wie wenn sie durch einen Trompetenstoß vom Ende des Gefechts in Kenntnis gesetzt und herbeigerufen wäre, um dich mit dem Siegeslorbeer zu krönen?

OTTAVIA: Ganz recht. »Unsere liebe Mutter wird sich nicht darüber beklagen«, rief Caviceus, »dass wir der Frau Venus zu Ehren nur ein Scheinturnier aufgeführt haben!« – »Ich weiß«, versetzte meine Mutter, »dass du ein erlauchter Kämpe bist; aber, wie ich dir bereits voraussagte, ich befürchte, du hast hierbei deine Arbeit und dein Öl vergebens aufgewandt. Bist du ein Mann, dem man Glauben schenken darf? Gibst du die Jungfrau, die ich dir anvertraute, als Jungfrau mir zurück?« Ich hatte aber gar nicht bemerkt, dass sie ins Zimmer getreten war, ebenso wenig Caviceus, dem noch vor meinen Augen das entblößte Ding herunterhing.

TULLIA: Mütterchen wird vor dem Anblick nicht davongelaufen sein; denn

Spornstreichs eilen herzu gar würd'ge Frauen:
Gerne sehen auch sie einen langen Dicken!

OTTAVIA: Ich glaube sogar, sie hat mit ihrer weiblichen Neugier ein bisschen an unseren Angelegenheiten herumgeschnuppert, oder sie hatte gar mit eigenen Augen sich alles aufs Genaueste angesehen.

TULLIA: Nach diesen Possen sind wir Weiber alle neugierig, auch die allerfrömmsten und keuschesten. Meine Mutter wusste sich in dem goldenen Zeitalter gleich nach meiner Hochzeit – so nenne ich den Tag, der auf jene selige Nacht folgte – nichts Wonnigeres und Wichtigeres, als sich von mir erzählen zu lassen, was alles ich durchgemacht. Während ich sprach, hielt sie die Arme um meinen Hals geschlungen und gab mir Küsse auf den Mund, die an Süßigkeit kaum denen meines Lampridius nachstanden.

OTTAVIA: Die gleiche Tollheit kann auch ich dir von meiner Mutter berichten … Doch um vorerst wieder auf Caviceus zu kommen: Er war schnell ins Nebenzimmer gelaufen, indem er mit der einen Hand die Hosen festhielt, die ihm auf die Füße heruntergeglitten waren. Meine Mutter machte hinter ihm die Tür zu und sagte: »Nun, mein Kind, und du? Wie war das Liebesspiel? Wie fandest du deinen Gatten?« Bei diesen Worten umschlang sie mich in innigster Umarmung und überschüttete mich mit Küssen. »Lass alle Scham beiseite, Kind! Denke, du erzähltest dir selber, was du mir erzählst; in Bezug auf diese Geheimnisse der Ehe hast du in deiner Mutter eine Freundin. Sprich!«

TULLIA: Und bei meiner Venus, ich wette, als sie dies sagte, da funkelten ihr die Augen, in ihren Adern pochte der Puls und ihre Muschel tat sich klaffend auf! Sie wurde von selber fertig und spritzte. Und dies wundert mich auch nicht, denn sie ist kaum erst neunundzwanzig Jahre alt. Sie heiratete in ihrem dreizehnten; und du, meine Ottavia, erblicktest in glücklicher Geburt das Licht der Welt, als sie gerade eben vierzehn wurde! Oh, von welch heißem Jucken wurde sie entflammt!

OTTAVIA: Anfangs antwortete ich gar nicht; da sie mich aber immer neugieriger zu fragen begann, so antwortete ich endlich: »Was fragst du mich, Mutter? Ich habe dir und Caviceus gehorcht – dir, weil es meine Pflicht war; meinem Caviceus, weil du es befohlen hattest.« – »Damit niemand euch wegen eurer Schelmenstreiche beargwöhnen könne«, sprach sie weiter, »so will ich Caviceus aus unserem Hause schaffen.« – »Sage ihm nur, er möchte sich in ein Zimmer im unteren Stockwerk begeben, nicht aber das Haus ganz und gar verlassen. Das wird anständiger sein, als wenn du ihn wie einen Fremden aus dem Hause schicktest; er ist doch dein Angehöriger, da ja ich deine Tochter bin, und er mein Gatte ist.« Sofort ging sie zu ihm, nachdem sie noch zu mir gesagt hatte: »Setze dich einstweilen, bis ich wiederkomme.« Nachdem sie nun Caviceus ins untere Stockwerk geschickt hatte, kam sie zurück. »So, jetzt sprich frei heraus, mein Kind; du bist ein erwachsenes Mädchen, du bist kein Kind mehr. Dem Verstande nach musst du schon als junge Hausfrau auftreten. Ich und du, wir sind beide Frauen. Dieses Amt der Gattin, zu dem du berufen bist, ist ja für uns die sicherste Quelle einer gesunden Vernunft; die Provinz der ehelichen Pflicht ist sozusagen der Bereich des Urteils und der Vernunft; und wenn wir darin an Urteil und Vernunft es mangeln lassen, so gereicht uns das nicht zur Ehre, gleichviel wie alt wir sind. Wie unsere Gatten unserem Leibe süße Wonnen verschaffen, so flößen sie, als wackere Arbeiter, durch dieselbe Röhre unserer Seele gesunde Vernunft ein.«

TULLIA: Wer könnte daran zweifeln? Du selber bist ja ein vollgültiger Beweis dafür. Bis vor einigen Tagen wusstest du kaum richtig zu sprechen, und jetzt ist alles, was du machst und sagst, so gewandt, so geistreich, so gefällig.

OTTAVIA: Bei uns weilen sozusagen Jungfernschaft und gesunde Vernunft, die beiden kostbarsten Dinge des Lebens, an ein und demselben Ort; der männliche Hebel, der unsere Liebesspalte öffnet, er befreit zugleich auch die Vernunft aus ihrem Versteck. Sie war vielleicht schon seit unserer Geburt da, schnell aber treiben die Männer mit ihrem Stoßen und Schieben sie aus der Tiefe an die Oberfläche.

TULLIA: Schön gesagt, hahaha! Wenn die Mentula dir eine Jungfernschaft ausgetrieben und dir dafür mentale Gaben eingetrieben hat, so trägt dieser Nerv seinen Namen *Mentula* mit Recht, denn dann besitzt er von Natur die Kraft, uns mentale Fähigkeiten zu schaffen.

OTTAVIA: Durch den Zuspruch meiner Mutter kühner geworden, sagte ich nun: »Ich bin nicht anders, liebe Mutter, als ich zuvor war; Caviceus hat nichts weiter gemacht, als dass er mich jämmerlich bespritzt hat.« – »Deine Wunde« – damit zeigte sie auf meine Kleine – »hat also nicht den schnell stoßenden Speer des Caviceus verschluckt?« – »Er ging nicht hinein, liebe Mutter«, antwortete ich, »weil er zu dick war, und ich selber vermochte die rohen Stöße nicht zu ertragen; deshalb schrie ich laut; als er so fürchterlich stieß, hatte ich ein Gefühl, als würde ich gespalten.« – »Ist er aber nicht in deine Schanze eingedrungen? Hat er nicht den Wall durchbrochen?« – »Er konnte es nicht, denn schnell löste sich seine ohnmächtige Wut in einem Samenstrom auf.« – »Nun, zeige mir dein Hemd«, sagte sie. – »Hier, liebe Mutter!«, antwortete ich. Als sie es aber vom reichlichen Regen genässt sah, rief sie aus: »Oh, was sehe ich da, liebe Tochter! Was für einen reichen, unerschöpflichen Born der Wollust hat Caviceus! O wie beseligt, wie glücklich wärest du, wenn diese ganze Samenmenge sich tief in deinen Leib ergossen hätte; ein Erbe hätte uns aus ihm entstehen können, der stärker gewesen wäre als Herkules. Nun aber«, fuhr sie fort, »zieh dich ganz nackt aus; denn ich wünsche nicht, dass du ein so besudeltes Hemd auf deinem schönen Leibe anbehältst.« Was brauche ich weiter zu sagen? Ich wechselte das Hemd und zog mein Kleid wieder an, und meine Mutter beseitigte so sorgsam und geschickt die Unordnung meiner Haare und Kleider, dass sie an Eleganz und Anständigkeit nichts mehr zu wünschen übrig ließen.

TULLIA: Schloss sie das Hemd fort, das du ausgezogen hattest? Verschlang sie es nicht mit den Augen?

OTTAVIA: Sie breitete es mit einer peinlichen Sorgfalt aus, ich aber wurde dabei rot. »Eine Überschwemmung war über dich hereingebrochen, liebe Tochter – nicht bloß ein leichter Regenguss. Aber es sind ja gar keine Tränen der vergewaltigten Jungfräulichkeit zu sehen! Warum schriest du denn so? Wenn eine Jungfernschaft den Todesstoß empfängt, dann fließen blutige Tropfen aus ihrer Todeswunde; dies sind gleichsam die Tränen der Sterbenden. Ich merke, sie empfing kräftige Stöße, aber keine Wunde. Heute Nacht wird die Sache mit besserem Erfolge vor sich gehen. Aber ich sehe, du bist tapfer entschlossen, dir den Preis der weiblichen Standhaftigkeit, den du schon zu erwerben begonnen hast, bald vollends zu verdienen!« Endlich legte sie das Hemd in den Schrank.

TULLIA: Von dem Hochzeitsmahl kannst du mir nichts erzählen, was ich nicht bereits wüsste, denn ich war ja dabei. Schildere mir jetzt die mutwilligen Spiele der darauf folgenden seligen Nacht.

OTTAVIA: Bis zur Nacht hatte ich, beim Castor, keine Gelegenheit, mit Caviceus zusammenzukommen. Fortwährend hatte ich junge Mädchen aus meiner Verwandtschaft und Bekanntschaft auf dem Halse. Einmal raubte er mir verstohlen einen Kuss; ich hatte Angst dabei, aber ihr Götter – wie war dieser Kuss süß! Alle Hoffnung und Möglichkeit, zur vollen Wonne zu gelangen, war uns abgeschnitten.

TULLIA: So will's das Gesetz der Liebe: Am Tage soll man nicht tun, was man für die Nacht begehrt. Ihre Geschenke gehören der Nacht; die Sonne sieht sie nicht gern.

OTTAVIA: Als der Tag starb, begannen wir zu leben; als nur erst die lästige Gesellschaft von Herren und Damen sich entfernt hatte, blieben wir allein und starben vor Begier nach einander. Nur du warst mit Pomponia noch zurückgeblieben. Endlich nahm meine Mutter uns beide an der Hand und führte uns zum Brautlager. »Für heute habt ihr genug Qual und Unruhe gehabt«, sagte sie, »stärkt jetzt eure Seele durch Ruhe und euren Leib durch Schlaf.«

TULLIA:

Auf, ihr jungen Gesponse, ans Werk! Dass der Schweiß euch aus allen
Poren springe! Wie Tauben, so sollen girren die Lippen,
Fest wie Efeu die Arme sich schlingen, wie Muscheln die Küsse
Fest sich saugen! Doch lasset mir brennen die wachsamen Leuchter:
*Alles sehen die Lampen bei Nacht – doch bei Tag ist's vergessen!**

OTTAVIA: Kurz vorher hatte meine Mutter mich mit sich in jenes Zimmer genommen, wo meine Jungfernschaft schon ein bisschen be-

---

* Bruchstück eines Hochzeitsgedichtes, das der Kaiser Gallienus zur Vermählung seines Neffen verfasste. Montesquieu hat es als Motto für seine Erzählung ›Der Tempel von Gnidos‹ benutzt.

schädigt worden war. Ein wunderlieblicher Wohlgeruch, der aus einer verschlossenen goldenen Büchse hervordrang, erfüllte die ganze Luft und umschmeichelte unsere Nasen. »Liebes Kind«, sagte meine Mutter, »hebe das Kleid und dein Hemd bis zum Gürtel hoch.« Ich gehorchte. Als sie mich nackt vor sich sah, lächelte sie und meinte: »Du bist wirklich schön, mein Kind; du bist des Caviceus würdig. Mithilfe dieser wohlriechenden Salbe wird es ihm gelingen, deine Tür aufzubrechen, ohne dass es ihn erhebliche Mühe kostet, während du überhaupt gar nichts wirst auszustehen haben. Salbe dir deine Kleine; das wird für dich die allerbeste Hilfe sein, deine Rolle gut zu spielen.« Ich tauchte zwei Finger in die Büchse und fuhr mit einem großen Klumpen Salbe mir nach dem Venusberg. »Ei nicht doch«, rief meine Mutter, »an jener Stelle ist keine Salbe nötig, du musst sie innerlich anwenden, nicht damit an deinem Venusberg herumschmieren, wie du es tust.« Und flugs salbte sie mir die äußeren und inneren Teile meiner Kleinen, indem sie die Finger hineinsteckte, so tief sie nur konnte. »Als ich mich verheiratete«, erzählte sie mir dabei, »war ich viel jünger, als du jetzt bist, und wenn mich nicht meine Mutterschwester durch dieses Mittel zum Dienste der Venus besser geeignet gemacht hätte, als ich meinem Alter nach es war, so hätte ich gewiss den Angriff deines Vaters kaum aushalten können, den ich dann doch ohne allzu großen Schmerz ertrug.« Und wunderbar, teure Base, ein wahnsinniges Jucken setzte mir sofort die Scheide in Feuer und ein so brennender Liebesdrang überkam mich, dass ich mich kaum beherrschen konnte. Es fehlte nicht viel, so wäre ich von selber zu meinem Gatten gelaufen und hätte ihn gebeten, den Einlauf zu vollziehen.

TULLIA: Dieser Brauch ist in unserem Klima nicht selten, wenn man Jungfrauen eines zarten Alters einen Gatten gibt.

OTTAVIA: Kurz und gut: Du selber führtest mich zu meinem Bette und sagtest – so drücktest du dich ja aus – meiner sterbenden Jungfernschaft das letzte Lebewohl. Als nun Caviceus sich allein mit mir sah, schloss er sorgfältig die Tür der Kammer, um die meinige zu erbrechen; er spähte in alle Winkel, ob nicht irgendwo sich jemand versteckt hätte.

TULLIA: Dieses Spiel will von Zeugen nichts wissen, und doch lässt es sich ohne Zeugen nicht spielen: *Magnis testibus ita res agetur.**

---

* ›Magnis testibus ita res agetur‹ bedeutet sowohl ›Die Sache spielt sich unter so viel Zeugen ab‹ als auch ›Die Sache spielt sich mit großen Hoden ab‹.

OTTAVIA: So ist die Sache auch wirklich vor sich gegangen. Als meine Mutter mich fragte, ob ich sehr große Angst hätte, hatte Caviceus mich ihr antworten hören, eine solche Angst würde beleidigend für meinen Gatten sein; und als sie hinzusetzte: Wenn ich es wünschte, wollte sie Caviceus bitten, mich recht zart zu behandeln – da hatte ich ihr erwidert: Eine Wollust würde mir jeder Schmerz sein, der ihm Wollust bereitete. Er eilte auf mich zu, schlang seine Arme um meinen Hals, neigte sich über mich und flüsterte: »Wie dankbar muss ich dir sein, meine Königin, für ein solches Geschenk! Du willst dich mir bedingungslos hingeben und dieses Vertrauen soll dich nicht getäuscht haben. Ich verpflichte mich, nichts weiter zu tun, ohne dass du damit einverstanden bist; aber, so wie ich dich kenne, so wirst du mit allem einverstanden sein, was mich glücklich macht.« – »Ganz gewiss«, antwortete ich, »wie könnte ich wohl deiner Kraft und meiner Liebe widerstehen?« Inzwischen hatte er mithilfe seiner Diener bereits die Kleider abgelegt und stand jetzt in leinenen Unterhosen da. Auch diese streifte er schleunigst herunter, warf das Hemd ab und stürzte sich nackt auf das Bett, worin auch ich schon völlig entkleidet lag. Er umschlang mich mit innigster Umarmung und leitete mit stürmischen Küssen das Vorspiel zum nächsten Kampf ein. Brüste, Leib, Schenkel, Hinterbacken betastete er mit wollüstigen Händen, alle meine Glieder verschlang mit glühenden Blicken sein bewunderndes Auge.

TULLIA: Aber um das Wichtigste für die Hochzeitsnacht kümmerte er sich nicht?

OTTAVIA: Erst ganz zuletzt. Als er den lieblichen Duft wahrnahm, den meine Kleine aushauchte, sagte er: »Man kann deine Freudengrotte nicht beschuldigen, dass sie mephitische Dünste von sich gebe; aber es ist ja auch kein Wunder, wenn ein Ding gut riecht, das so viele gute Sachen enthält. Du selber bist ja ganz Rosen und Myrten. Aber ich weiß«, fuhr er fort, »deine Mutter wollte mir damit den Weg bequem machen zu dem Tummelplatz deiner und meiner Wonne; dafür werde auch ich die Kunst zu Hilfe nehmen. Gleich im Augenblick will ich deine Kleine mit meiner Stange aufbrechen,« – damit zeigte er auf seinen hoch aufgerichteten, dicken, langen Kolben – »und damit er bei meinen Stößen leichter in deine Röhre eindringt, werde ich ihn ebenfalls mit einer Salbe bestreichen, die ich zu diesem Zweck zurechtgemacht habe.« Er salbte sich und sagte dann, indem er mit der eingeölten Waffe drohend nach mir zielte: »Nun, meine Herrin, mach dich bereit für den Angriff Cupidos!«

TULLIA: Mögen die Göttin Virginensis, der Gott Subigus, die Göttin Prema und die Göttin Pertunda, die freundlichen Gottheiten, die den jungen Ehen hold sind, ihren Beistand gewähren!

OTTAVIA: Caviceus vertrat sie alle in seiner Person.

TULLIA: Diese eilten auf Hymens Befehl an das Hochzeitsbett. Sobald die Paranymphen* sich entfernt hatten, liehen sie der Neuvermählten ihre Hilfe, um sich zu tapferer und unbesiegbarer Ausdauer zu rüsten. Virginensis half dem Gatten den zu einem Herkulesknoten geschlungenen Gürtel zu lösen. Subigus erschien, als der Gatte den Gürtel gelöst hatte, und nun zum Kampf in die offene Arena herniederstieg; Prema half ihm, als er mit seiner ganzen Schwere auf seiner Gemahlin lag, indem sie diese verhinderte, sich seiner Umarmung zu entziehen, und Pertunda bewirkte, das sie sich von der Lanze durchbohren ließ und die Waffe nicht herausriss, als sie fühlte, wie ihr zarter Leib gespalten wurde.

* Brautjungfern, hier aber die Schutzgottheiten der Jungfernschaft.

OTTAVIA: Kräftig und stark, wie er ist, hätte er leicht alle derartigen Versuche von mir zu Schanden gemacht; mit seinen vierundzwanzig Jahren war er für solchen Kampf ein wahrer Herkules. Er selber gab mir die richtige Lage, die er für das Reiten und Stoßen wünschte; mit der einen Hand drückte er mich hintenüber – freilich sträubte ich mich auch nicht – mit der anderen öffnete er mir die Schenkel. Hierauf beugte er sich über mich und warf sich zwischen meine auseinander gehaltenen Schenkel. Das ungewohnte Gewicht machte mir Angst. Er aber rief: »Sei nur guten Mutes und rühre dich nicht, meine Herrin.« – »Ich werde mich nicht bewegen«, antwortete ich, »aber bitte, bitte…« Ein wilder Angriff unterbrach meine Worte, denn im selben Augenblick hatte er seine bereits angesetzte Waffe mit aller Gewalt in die Scheide hineingetrieben. Weitklaffend hatte diese von selber die Spitze verschlungen; er drängte mit seinem ganzen Gewicht nach und begann die Widerstand leistende Scheidewand zu durchbrechen.

TULLIA: Ja freilich,

Das befeuert den Mut, wenn du als erster den Riegel
Sprengen darfst, womit die Natur ihre Schätze verwahrt hat.

OTTAVIA: Jämmerlich zerrissen wurde meine unglückselige Kleine; von Schmerz gefoltert bat sie, meine Hand möchte ihr zu Hilfe kommen, und da ich es nicht länger zu ertragen vermochte, so kam diese ihr wirklich zu Hilfe. Ich konnte mir nicht länger das Schreien verhalten und versuchte, die in meinem Leibe feststeckende Lanze aus meiner Scheide herauszuziehen. Caviceus aber küsste mich und sagte: »Ich lasse jetzt nicht mehr ab, geliebte Seele! Nimm deine Hand weg, die mich stört! Wir beide, du wie ich, brauchen jetzt nur noch eine ganz kleine Anstrengung zu machen, und das Werk ist vollbracht.« – Ich hielt den Angriff aus, fasste aber mit der Hand seinen Stängel an, damit er nicht noch tiefer eindränge. Sofort aber rief er: »Ach, ach, mein liebes Herzchen! Drücke recht fest diesen Muskel, den deine Hand hält! Umschlinge ihn mit deinen Fingern wie mit engen Banden.« Ich drückte heftig und in demselben Augenblick überströmte der heiße Tau meinen Garten; denn die Hälfte seines Schlauches füllte meine ganze Scheide aus; er aber bewegte sich nun nicht mehr wie bisher, sondern enthielt sich jeden Stoßes und ergoss den Saft so geschickt in meine Grotte, dass kein Tröpflein vom rechten Wege, von der Heerstraße der Liebe, abkam. Hierauf begann sein lüsternes Ding in meiner Hand und in meiner Kleinen schlaff zu werden. Nass, schaumbedeckt, todesmatt ergriff es die Flucht.

TULLIA: Brannten die Kerzen noch in eurem Zimmer?

OTTAVIA: Jeder einzelne Gegenstand war so deutlich zu erkennen, wie am hellen Tage. »Ich bin fertig geworden, meine Göttin!«, rief Caviceus, »mit der allerhöchsten Wollust hast du mich beseligt! Jetzt aber wollen wir uns ein wenig ausruhn, du in meinen, ich in deinen Armen.«

TULLIA: Du aber, Schwesterchen, hattest dabei gar keine wollüstige Empfindung gehabt?

OTTAVIA: Höre, wie dumm es mir ging! Sobald Caviceus aus dem Sattel stieg, ergriff mich eine brennende, rasende Geilheit; ich umarmte ihn, bestürmte ihn mit Küssen, suchte ihn mit Seufzern anzureizen. Er gab mir Küsse, züngelte zwischen meinen Lippen, spielte mit den Fingern an meiner Kleinen und in meinem Lustwäldchen. Plötzlich fühlte ich aus meinen Adern einen köstlichen Quell hervorbrechen, der zugleich mit dem Saft, womit Caviceus mich überströmt hatte, aus der Pforte meines Leibes mit großer Gewalt hervorbrach.

TULLIA: So sollen auch einige Flüsse gleich an ihrer Quelle mit großem Ungestüm hervorbrechen.

OTTAVIA: Caviceus aber fing diese Bäche in seiner linken Hand auf und sagte, überrascht durch dieses unerwartete Schauspiel: »Ich war schneller als du, geliebte Seele, bei der höchsten Wonne angelangt.« Aber, wie wenn ich ein Verbrechen begangen hätte, verstummte ich vor Scham. Er hatte inzwischen seine Hand von meiner vom Schaum der Venus besudelten Kleinen zurückgezogen und sagte: »Ich hätte nicht gedacht, dass du in deinem jugendlichen Alter schon so reif für die Liebe wärst. Andere Mädchen werden bei der ersten Begattung nicht von einem einzigen Tröpflein der Wonne benetzt, du aber schwimmst in einem Strom von Wollust. Das ist köstlich, meine süße Wonne, das ist herrlich!« Mit diesen Worten griff seine Linke wieder an meine Kleine. »Alle Wetter!«, rief er, »das ist kein bloßer Strom, sondern eine Überschwemmung! Wie haben nur die Gefäße innen in deinem Leibe einen so reichlichen Regen enthalten können?« Hierauf erwiderte ich: »Dies ist dein Saft, nicht der meinige! Das Nass, das du hineingegossen hast, fließt wieder heraus. Wie könnte ich dies verhindern, da mein Geschirr einen so fürchterlichen Spalt bekommen hat?« – »Wie dem auch sein möge, liebe Seele«, sprach er weiter, »ich freue mich außerordentlich, dass du mit diesen Wonnen bis zur Sättigung angefüllt worden bist. Ist es nicht so? Sprich frei heraus!« – »Ja freilich«, antwortete ich, »allen Schmerz, den du mit deinen Stößen mir zufügtest, hast du durch diese Freuden aufs Herrlichste wieder gutgemacht. Heute Morgen hatte ich sozusagen schon einen Schatten unglaublicher Wollust gespürt, aber die Venus von heute früh war gar nicht zu vergleichen mit der Venus von heute Nacht.« – Unterdessen hatte ich mittels des Leintuchs, so gut ich konnte, mir den klebrigen Schleim vom Körper abgewischt, denn ein Tüchlein unter das Kopfkissen zu legen, hatte meine Mutter vergessen. – »Und nun«, rief Caviceus, »geh frischen Mutes ans Werk! Ich wünsche, dass du in der Befriedigung des Liebesdranges dich nach meinem Geschmack richtest und dass die Art von Wollust, die mir gefällt, auch dir gefalle.« – »Man sagt«, versetzte ich, »nur eine schamlose Person erwidere die geilen Stöße ihres Gatten und richte ihre Bewegungen nach den seinen.« – »Ich verlange nicht«, sagte er, »dass du die Hinterbacken hin und her bewegst und dadurch auf meine Stöße antwortest; ebenso wenig wünsche ich, dass du die Beine hochhebst, wenn ich auf dir liege – weder beide zugleich, noch ein einzelnes. Ich wünsche vielmehr vor allen Dingen, dass du die Schenkel ausspreizest und so weit wie nur möglich öffnest. Halte deine Kleine meinem Nagel hin, sodass er sie gut treffen kann und bleibe unbeweglich in dieser Körperstellung, bis ich fertig bin. Einige weitere kleine Einzelheiten werde ich dir in der nächsten Nacht beibringen.«

TULLIA: Jeder Ehemann schreibt seiner Frau derartige Gesetze vor; jeder hat seine Gewohnheiten und seine Launen. Und *die* Frau ist eines glücklichen Lebens sicher, die den größten Eifer aufwendet, um sich den Gewohnheiten ihres Gatten anzupassen. Mit einem Wort: Eine anständige Frau sucht ihr Vergnügen in dem Vergnügen ihres Mannes.

OTTAVIA: »Schon schwillt mir das Glied an«, fuhr Caviceus fort. Ich lag auf der Seite, an ihn geschmiegt; er gab mir einen Kuss, streichelte meine Brüste mit zarter Berührung, befingerte meine immer noch feuchte Muschel, und nahm dann meine linke Hand, um sie an seine Manneswehr zu legen. Er bat mich, ich möchte sie anfassen; ich tat es. Hierauf heißt er mich die Stellung einnehmen, die er mir vorher beschrieben; ich gehorche. Plötzlich springt er auf mich und setzt den Hebel an die Pforte an; sofort betritt der Gast, steif und starr wie er ist, die Herberge, aber als er bis zur Mitte, etwa fünf Zoll tief, eingedrungen ist, da bleibt er stehen. »Und nun, mein Herzchen«, sagt Caviceus, »wünsche ich, dass du jeden meiner Stöße zählst; nimm dich in Acht, dass du dich dabei nicht verzählst!« – »Ich werde aufpassen«, antwortete ich, »und werde dir gehorsam sein.« Er stößt die Stange tiefer hinein, und während ich Rechnung über die Zahl der Stöße führe und darauf meine ganze Aufmerksamkeit verwende, erbricht er gewaltsam die Tür und dringt mit glühendem Schafte bis an die Testikel in das Heiligtum der Venus ein. Der sehr heftige Schmerz presst mir einen Aufschrei ab, und in meiner Verwirrung vergesse ich das Zählen, das er mir anbefohlen hatte. »Du tötest mich, Caviceus! Du tötest mich!«, rief ich. »Habe doch Mitleid mit mir Armen!« – »Die Sache ist ja schon fertig!«, antwortete er, »sieh doch, meine Wonne, du hast mich ja ganz und gar verschlungen, so lang und dick ich bin.« – »Halte doch nur ein wenig inne«, fuhr ich fort, »geh etwas zurück, zieh einen Teil des Schwertes aus der brennenden Wunde!« – »Im Gegenteil, ich werde es noch tiefer hineinstoßen, wenn ich kann«, rief er, und mit diesen Worten stieß er abermals noch schneller und wilder zu und presste mit solcher Gewalt sein Ding in meine Kleine hinein, dass es aussah, als wollte er mit dem ganzen Leibe in mich hineinfahren. Da erhob ich meine Stimme und rief: »Fühlst du es denn nicht? Du stößt gegen die hinterste Wand meiner Grotte! Wahrhaftig, du tötest mich! Zieh dein Schwert ganz und gar heraus, stoß es nicht tiefer in meinen Leib hinein.« Er wich zurück, wie ich ihn gebeten hatte; als er aber den Dolch zur Hälfte aus der Wunde gezogen hatte, sagte er: »Wie denn, mein süßes Weib? Hat mein Anker den Boden der Tiefe berührt.« Hierauf ließ er unmerklich die Stange wieder hineinrutschen, indem er sagte: »Pass auf! Sobald du dich innen getroffen fühlst, sage es sofort – ich werde auf der Stelle aufhören. Denn es ist zwar süße Wonne, deine Schönheit zu genießen, ich bin aber nicht so wahnsinnig, meine Begier in Rohheit ausarten zu lassen.« Mit diesen Worten stieß er sein Glied tiefer hinein; als er aber immer weiter eindrang, rief ich aus: »Halt, eine süße, aber schreckliche Wunde versetzt du mir mit dem hineingebohrten Dolch.« Abermals zog er zurück. Da sagte ich: »Entschwunden ist mit dem Zurückziehen deiner Waffe auch jeder Schmerz aus dieser Wunde; tiefer, bitte, stecke nicht hinein!« Seine Manneswaffe stand um vier Zoll aus meiner Kleinen heraus. »Jetzt weiß ich also«, sagte er, »welchen Teil meines Gliedes du ohne Beschwerde beherbergen kannst. Wenn nur drei Zoll von ihm draußen bleiben, kann keiner meiner Stöße dir schaden. Leih mir daher deine Hand; sie sei für dich und für mich eine Art Verlängerung deiner Scheide. Du weißt es ja selber: Der Körper eines schönen Weibes, wie du es bist, ist überhaupt ganz und gar Geschlechtsteil.« Ich tat nach seinem Wunsch, streckte die Hand aus und drückte sein Glied, das ich mit meinen Fingern eng umschloss. Von neuem begann er seine Stöße, und beim zehnten wurde er fertig. Auch mich durchzuckte ein leises Kitzeln, als er die Bäche seines Saftes in meinen Teich ergoss. Das war aber auch alles; ich selber spritzte nicht.

TULLIA: Wahrhaftig, du bezauberst meine Ohren durch deine köstliche, naive Erzählung. Aber wie viele Stöße zähltest du bei dieser zweiten Umarmung? Und wie viele empfingst du im Ganzen?

OTTAVIA: Mindestens zwanzig, bevor meine Rechnung in Unordnung geriet, und nachher noch zehn, wie du gehört hast. Aber während ich vor Schmerzen schrie und jammerte, er bringe mich um, hatte er mir außerdem noch eine große Zahl, und zwar sehr heftige, versetzt. Rechne also selber zusammen.

TULLIA: Nur weiter! Welche Spiele hast du während des Restes der Nacht getrieben?

OTTAVIA: Brust gegen Brust gepresst lag er in engster Verschlingung auf mir; er hatte seine Freude daran, wie sein Wonneschlauch ihm ausgesaugt wurde. Ich umschlang ihn mit den schneeweißen Fesseln meiner Arme – wie man zu sagen pflegt – und er küsste mich halb zu Tode; da hörten wir plötzlich die kleine Tür neben unserm Bett sich öffnen; im selben Augenblick stand meine Mutter vor unserem Bett. Du, liebe Base, warst ja inzwischen fortgegangen. »Hm«, sagte sie, »ich dachte, ihr wäret mitten in eurer Umarmung gestorben.« Caviceus streckte sich an meiner Seite aus, ich aber rief, von Schamröte übergossen: »Verzeih mir, liebe Mutter! Ach, was für einem grausamen und unartigen Mann hast du mich überantwortet!« – »Sei guten Mutes, mein Kind!«, antwortete sie, »es war dein Amt und deine Pflicht zu leiden, was du hast erleiden müssen; durch diese kleinen Schmerzen sind dir die Wonnen der Ehe erschlossen.« Dann wandte sie sich zu Caviceus und fuhr fort: »Hast du jetzt neben dir, mein Sohn, eine Jungfrau oder eine vollkommene Frau liegen?« – »Ich bin jetzt in Wahrheit dein Eidam«, antwortete er, »ich habe ganz und gar eine Gattin.« Und damit gab er mir einen Kuss. – »So ist's recht!«, fuhr meine Mutter fort, indem auch sie dem Caviceus einen Kuss gab. »Jetzt erkenne ich als meinen Sohn den Mann an, der so männlich mein Mädchen im Liebesspiel überwunden hat.« Hierauf reichte sie uns einen Trank, der uns neue Kräfte einflößen sollte, und bald nachher ging sie, nachdem sie jedoch erst noch die Kerzen gelöscht hatte, die neben unserem Bette brannten. Als sie hinaus war, umschlang Caviceus mich von neuem mit seinen Armen, und nachdem er mir noch einige Unterweisungen gegeben, was ich tun und was ich unterlassen sollte, sanken wir beide in einen langen Schlaf. Was er mir sagte, lief darauf hinaus, dass er beim Minnespiel vor allen Dingen die heftigen Bewegungen des weiblichen Körpers verabscheue: Er fügte noch etliche andere Bemerkungen hinzu, die, wie ich glaube, mit dieser Erzählung nichts weiter zu tun haben. Es war schon heller Tag, als ich erwachte und mit neugierigen Blicken den Körper des noch schlummernden Caviceus zu betrachten begann. Ich will's dir gestehen, Schwesterchen: Die Natur, die Mutter aller Dinge, hat unter den Menschen nichts Ebenmäßigeres und Schöneres geschaffen. Er lag auf dem Rücken: eine weiße, volle Brust, lange, schön gerundete Arme, ein leicht gewölbter Unterleib, dicke kräftige Schenkel, die Waden weder zu dürr noch zu dick, eine weiße, glänzende Haut, ohne Runzeln, ohne Flecke. Du hättest gemeint, ein Marmorbild vor dir zu haben.

TULLIA: Und deines Caviceus Mittelding entging wohl deiner so eifrigen Neugier?

OTTAVIA: Selbst im Zustand der Ruhe war seine Waffe furchtbar und mitten im Frieden drohend, obgleich sie geschlagen dalag, wie vom Blitz getroffen. Während ich sein Glied bewunderte, glaubte ich wahrhaftig, das neues Leben aus meinen Augen in dasselbe übergegangen wäre. Wie wenn es fühlte, dass seine Herrin es betrachtete, begann es sich zu bewegen und das Köpfchen zu erheben. Caviceus erwachte. Ich tat, als läge ich in tiefem Schlaf; Caviceus aber wandte sich zu mir und fragte mich: »Schläfst du, meine Königin?« – »Warum«, antwortete ich, »entreißt du mich dem friedlichen Schlummer, indem ich lag?« – »Ich glaubte, als ich das Tageslicht sah, du seist erwacht – denn du bist ja meine Sonne.« Er gab mir einen Kuss und befingerte mir Busen, Leib, meine Kleine und die geliebte Muschel. Dann stieg er auf mich und setzte die steife Stange an meine Spalte an. »Habe keine Furcht«, sagte er dabei, »ich werde mich meines Versprechens erinnern. Wenn ich tiefer stoße, als du es ertragen kannst, so sage mir Bescheid!« Dann stieß er in die Furche hinein, aber nur bis zu jener Stelle des Weges, wo, wie er wusste, für mich die Grenze zwischen Schmerz und Wonne lag. Bei dieser letzten Arbeit jener Nacht stampfte er lange auf mir herum und durch die unzähligen Stöße und das brennende Jucken wurde ich zu solcher Wollust entflammt, dass ich mich nicht zurückhalten konnte, die Hinterbacken ein wenig hochzuheben. Da versenkte er mit einem gewaltigen Stoß den Dolch bis ans Heft hinein, und es tat nicht mehr weh wie zuvor. Doch stieß ich einen Seufzer aus, und da nun gleichzeitig seine Wollust auf ihren Höhepunkt kam, überströmte er die Wunde, die er gemacht, mit reichlichem Balsam. Er gestand mir, eine solche Wonne habe er an mir noch nie gehabt. So verging diese Nacht. Nachdem wir noch ein wenig geplaudert hatten, befiel uns ein angenehmer Schlummer, der uns bis tief in den Tag hinein in seinen Banden hielt. Wozu brauche ich dir das Übrige zu erzählen? Du weißt es, du kennst es, du hast es selber in reichem Maße genossen.

TULLIA: Du hast aber wirklich einen recht faulen Mann, da er in einer ganzen Nacht nur bis zum dritten Meilenstein kam! Aber gerade die sind schlaff und faul, denen die Natur ein Gewicht zwischen die Lenden gehängt hat, das über das gewöhnliche Menschenmaß hinausgeht. Aber wahrlich! Die Ehe ist für unser Geschlecht das herrlichste Gut, denn jede Liebe ist verderblich und schändlich, die nicht Hymen geheiligt hat. Ohne Venus aber gibt es kein glückliches Leben. Aber wir verheirateten Frauen machen uns alle unser Glück allein.

OTTAVIA: Da die Liebe eine so süße Sache ist, so wundere ich mich, dass die Männer nicht ohne Unterlass von ihrem Feuer erglühen. Wir sind viel mehr als sie geneigt, diese Früchte des Lebens zu pflücken.

TULLIA: Du bildest dir ein Vorurteil, indem du nach deiner Geilheit und nach der Kälte deines Caviceus auf alle anderen Frauen und Männer schließt; du liebst es, wenn Catulls Sperling in deinem Nest piepst. Da du aber dem Blut deiner Mutter entstammst, so ist es nicht überraschend, dass du von derselben Glut entflammt bist wie deine Mutter.

OTTAVIA: Niemals habe ich etwas gehört, was dem guten Rufe meiner Mutter zu nahe träte.

TULLIA: Um einige Jahre älter als wir, hatte sie mit ihren Ausgelassenheiten Lucrezia, Vittoria und mich dermaßen verdorben, dass es nichts Sinnlicheres gab als uns vier Mädchen. Wir drei waren neun oder zehn Jahre alt; deine Mutter dagegen, Sempronia, war bereits an die vierzehn. In Vittoria war sie sterblich verliebt; sie spielte ihr gegenüber den kleinen Mann und verlangte von mir, ich solle sie ebenso behandeln. Sie war also meine kleine Frau. Zu Lucrezia und Vittoria sprach sie wie ein Liebhaber zu seiner Geliebten und suchte sie durch ihre verbuhlten Reden zur Liebe zu reizen. Sie klagte, sie brenne in Liebesglut, und bat uns, die Qualen ihrer Leidenschaft durch Umarmungen und Küsse zu lindern. Wir drei Kleinen hatten keine verliebten Empfindungen dabei; wir lachten sie aus, küssten sie aber doch und schlossen sie in unsere Arme. Bald kam es so weit, dass sie uns mit der Hand unter die Röcke griff und durch unzüchtige Betastung unsere Schamhaftigkeit verletzte. Zuweilen verlangte sie, wir sollten uns rücklings auf den Fußboden legen, dann knöpfte sie unsere Kleider auf, hob die Hemden hoch und verschlang unsere nackten Glieder mit ihren Augen. Sie befahl uns, die Schenkel zu spreizen, zog sich selber ebenfalls nackt aus, stürzte sich auf uns und rutschte hin und her, wie wenn sie ein Mann wäre. Als Tochter einer solchen Mutter musst du so liebeglühend wie Venus sein! Hahaha – da fällt mir etwas ein. Höre nur!

OTTAVIA: Gerne will ich dir alles glauben, was du mir erzählst; nur musst du mir erklären, wie es kommt, dass eine Frau, die dermaßen zur Wollust neigt, sich trotzdem ganz rein von aller üblen Nachrede erhalten hat.

TULLIA: Ich will es dir sagen, aber höre nur erst, wie weit diese frühzeitige Verderbtheit sie trieb! Drei oder vier Monate vor ihrer Hochzeit mit deinem Vater besuchten wir sie einmal eines Nachmittags. Ihr Vater und ihre Mutter waren nicht zu Hause, und von der ganzen Dienerschaft war nur ihre alte Amme allein bei ihr geblieben, um sie zu beaufsichtigen, aber diese war in einem andern Teil des Hauses durch irgendwelche Geschäfte in Anspruch genommen. Zu Sempronias Füßen saß ein hübscher, reizender Cupido, ein Knabe von etwa vierzehn Jahren – vielleicht ein bisschen älter, vielleicht ein bisschen jünger. Sie erlaubte dem Kind, sich an unseren harmlosen Spielen zu beteiligen; nachdem wir nun lange gelaufen und herumgesprungen waren und alle mögliche Kurzweil getrieben hatten, begann Sempronia durch allerlei Scherze und Stichelreden Jocondus – so hieß der junge Bursche – zu reizen: »O du hübsches Mädchen!«, sagte sie, »wir sind Jungens, aber du bist ein Mädel. Seht doch, liebe Freundinnen, wie züchtig sie aussieht! Ich will auf der Stelle tot sein; das ist kein Junge, sondern ein Mädchen; unter ihren Knabenkleidern verbirgt sich ein Mädchen; ohne Zweifel verachtet sie das weibliche Geschlecht und die weibliche Tracht.« – Nach Knabenart wurde er zuerst rot, dann wollte er weglaufen; wir alle aber eilten dem Flüchtling nach. Als es uns nun gelungen war, ihn nach dem Alkoven zurückzuschleppen, sagte Sempronia: »Nun wollen wir mal sehen, ob es ein Er oder eine Sie ist!« Und damit fuhr sie ihm mit der Hand in die Hosen hinein.

OTTAVIA: Und Jocondus sträubte sich wohl gar nicht? Hahaha!

TULLIA: »Lass das!«, sagte er. »Ganz gewiss bin ich kein Mädchen; ich werde aber bald wissen, ob *ihr* Mädchen seid.« Der lüsternen

Hand kam sein Ding zwischen die Finger und sie zog es aus dem Gefängnis hervor. Und als sie es in ihrer Hand groß werden fühlte, wandte sie sich zu mir und fragte; »Oh! Was ist denn das? Fass es doch auch mal an, Tullia!« Vittoria und ich streckten die in solchen losen Streichen noch unerfahrene Hand aus. Wir fühlten, wie bei unserer Berührung das Hähnchen sich immer mehr aufplusterte. Sempronia griff ebenfalls wieder zu und sagte: »Als ich dies Ding zuerst berührte, fand ich es von Fleisch; jetzt ist es von Elfenbein. Sage mir doch, Jocondus, kennst du den Gebrauch dieses Werkzeuges?« – »Probiert habe ich's noch nicht«, versetzte er, »ich bin noch zu jung; aber ich weiß wohl, was man damit macht.« – »Zeig uns das doch!«, versetzte Vittoria. – »Ich werde es euch allen zeigen, aber einer nach der anderen, und zwar hier an Ort und Stelle« – damit zeigte er auf den Alkoven – »und ich will's der Sempronia zuerst zeigen.« Er nimmt sie bei der Hand und führt sie an diese Stätte der Wollust. Der Fußboden war mit orientalischen Teppichen bedeckt; er warf zwei Kissen auf die Erde und sagte: »Jetzt setze dich, Herrin! Sogleich werde ich dir den Gebrauch dieses Gliedes zeigen« – damit zeigte er auf seine Rute – »und du wirst gestehen, dass es nichts Süßeres gibt.« Sie setzte sich ohne Umstände auf das eine Kissen; flugs knöpfte Jocondus sich die Hosen auf, sodass die Schellen heraushingen, und kniete zwischen Sempronias Schenkeln nieder.

OTTAVIA: Du sahst es?

TULLIA: Ich sah alles so deutlich, wie du mich vor dir siehst. »Ich werde, o Herrin«, sagte Jocondus, »diesen Speer in deinen Leib bohren.« Mit diesen Worten stützte er die eine Hand auf das Kissen, das er unter Sempronias Kopf gelegt hatte, mit der anderen Hand streifte er ihr Kleid und Hemd zurück, so hoch er nur konnte, nämlich bis zum Gürtel. Dann stürzte er sich auf sie und bohrte mit dem ersten oder zweiten Stoß den Spieß in ihre Ritze. Es kam mir vor, als sähe ich Sempronia erzittern. – »Au, au!«, rief sie, »es tut weh, Süßer! Aber süß tut es weh!« – »Willst du, dass ich absteige?«, antwortete er. – »Nein, gewiss nicht!« – Jocondus begann sich nun auf und ab zu bewegen, und bei jedem einzelnen Stoß rief sie immer wieder »Au! au!« – bis sie alle beide durch das ungewohnte Kitzeln fast von Sinnen waren. »Ah, ah!«, rief Jocondus, »umarme mich, Herrin! Ich spritze!« – »Ich auch!«, antwortete Sempronia. »Au, au! Stoß! Stoß feste! Ich sterbe!« Immer schneller stießen sie nun alle beide; Stoß folgte auf Gegenstoß. »Wie geschickt«, rief Jocondus, »wackelst du mit dem Popo! Wie sinnreich weißt du ihn zu bewegen,« – »dich aber«, sagte sie dagegen, »fühle ich in mich hineinpinkeln. O ... wie ... wie ...!« In diesem Augenblick schwanden ihr die Sinne, kurz nachher aber setzte sie hinzu: »... köstlich!« So wurden sie denn beide fertig. Aufspringend warf Sempronia sich in meine Arme und rief: »Oh, welche wunderbare Lust! Zum Teufel mit unseren stumpfsinnigen Kinderspielen! Nur Jocondus weiß es, so süßes und unterhaltendes Spiel zu spielen.« Jocondus gab ihr einen Kuss; er gab auch Vittoria und mir, die wir gleiche Wonnen von ihm erwarteten, einen Schmatz. – »Aber ich fühle mich von dem starken Regen, mit dem du mich besprengt hast, ganz nass unter dem Hemd!«, rief Sempronia. Sogleich griff Jocondus mit der Hand unter ihr Kleid und sagte: »Nimm dich in Acht, Herrin, dass nicht dein Hemd von diesem Saft besudelt wird« – und damit trocknete er selber sie sorgfältig ab – »wenn deine Amme oder deine Mutter diesen Venusausfluss in deinem Hemd bemerkten, so würden sie glauben, du hättest dich selbst befleckt.« – »Und ihre Vermutung würde nicht unrichtig sein«, sagte Sempronia. – »Heh?

Was höre ich? Was habt ihr denn gemacht?«, fragte Vittoria; »ich habe überhaupt nichts gesehen; ich war nicht so neugierig wie du, Tullia!« – »Was eure Eltern zu machen pflegen«, antwortete Jocondus, »was eure Männer machen werden, deren Arme euch dereinst umfangen; was ich selber sofort, ja sofort euch machen werde – das haben wir gemacht. Ich will jetzt die Jüngere von euch beiden vornehmen, solange meine noch unerschöpften Kräfte hinreichen, um die Burg der Venus zu brechen. Die Schwierigkeit ist geringer und die Arbeit erfordert mindere Anstrengung bei einem Mädchen, das schon etwas älter ist.«

OTTAVIA: Ich bin ganz außer mir! Du stürzt mich in ein Erstaunen, das ich mit Worten nicht kundgeben kann. O Mutter! Welches Bild von dir wird mir im Gedächtnis bleiben, Mutter!

TULLIA: »Vittoria ist jünger und weniger entwickelt als ich, Jocondus«, antwortete ich, »aber sie ist viel geistvoller und schöner.« – »Ihr seid alle beide reizend und von seltener Schönheit«, erwiderte Jocondus, »ich werde für euch beide alle meine Kräfte aufbieten. Aber keiner von euch ist schon ein Busen gesprossen; dagegen schmückt er bereits, ohne in unschöner Weise zu voll zu sein, die schneeweiße Brust

Sempronias. Er hatte dabei erst in Vittorias und dann in meinen Busen gegriffen und fand da einen schwachen Ansatz schwellender Brüste, keine vollentwickelten Halbkugeln. Da sagte Sempronia ausgelassen und neckisch: »Wenn du auch oben an ihrem Leibe keine Kugeln findest, so wirst du doch in der Mittelgegend eine Milchstraße finden, die dich geraden Weges in den Himmel führt.« – Jocondus wandte sich zu ihr und sagte: »Lass mich deine kostbaren Brüste küssen, die mich zum Range unsterblicher Götter erhoben haben!« Mit unzähligen Küssen bedeckte er ihre festen, weißen Brüste, die er mir und Vittoria zeigte; dann warf er sie rücklings auf das Bett und tätschelte ihr den Leib und das Heiligtum der Venus. Er forderte uns auf, dass auch wir unsere Augen und Finger daran ergötzen möchten; hierauf warf er mich auf das Kissen und schwelgte im Anblick meines nackten Körpers, den er entblößt hatte. »Komm heran, Vittoria!«, rief er, »und erlaube mir, auch deine Schätze zu genießen.« Sempronia führte ihm die sich Sträubende zu. Er fasste ihr nun mit der Hand unters Hemd, betastete ihre Scham und bog deren Lippen auseinander. Dann steckte er den Finger hinein. Es war ihr an dieser Stelle das Vlies noch nicht gewachsen. –

»Nur zu!«, rief Sempronia, »untersuche in aller Ruhe die Mitgift meiner lieben Tullia!« Zugleich hob sie mir Rock und Hemd hoch empor. »Aber«, fuhr sie fort, »da du wie ein Bittender auf den Knien liegst, so sollst du mir einen Kuss geben.« Er küsste also inbrünstig den Leib und – warum sollte ich lügen – auch das Gefäß der Wollust selbst. Von so vielen Reizmitteln der Liebe entflammt, begann sein Rohr sich emporzurichten; er beugte sich zu der nackt daliegenden Vittoria herab und stieß den steifen Lanzenschaft kraftvoll in die klaffende Wunde. Vittoria erhob die Stimme und schrie: »Lass es! Lass es! Ich kann's nicht aushalten!« Nach dem fünften oder sechsten Stoß aber hatte sie den Speer ganz und gar verschluckt und war völlig in den Dienst der Venus eingeweiht.

OTTAVIA: Hattet ihr, meine Mutter und du, euch nicht entfernt, während Vittoria entjungfert wurde?

TULLIA: Als wir sahen, dass Jocondus mit so geringer Mühe in die Tiefe ihres Leibes eingedrungen war, klatschten wir dem Wettrenner Beifall, dessen Pferde dem Zielstein nahe waren und der im Begriff war, über Vittoria selbst Viktoria zu rufen. Er ergoss den Tau seiner Manneskraft in die Furche des Mädchens, das jedoch nicht von der vollen Empfindung des Genusses beseligt wurde. Hierauf trocknete Jocondus Vittorias Beine ab, diese aber sprang auf und rief: »Es läuft aus meiner Ritze eine sonderbare Flüssigkeit heraus, die ich aus deinem Leibe in den meinigen habe überströmen fühlen.« Auf diese Worte hin hob Jocondus ihr Hemd auf und trocknete sie noch einmal sanft mit dem Tuch ab; wir sahen einen mit Blut vermischten weißen Schleim. Jocondus schlang seine Arme um Vittoria und zog ihre Brust an die seine; sie klagte darüber, dass sie so rücksichtslos behandelt worden sei; er tröstete sie und breitete dann das *von* Blut und Venussaft befleckte Tuch aus, indem er sagte: »Der Jude Apella selber würde bezeugen, dass du eine Jungfrau gewesen bist.« – »Und ich«, rief Sempronia, »ich war es also nicht, nichtsnutziger Page? Du bist ja lasterhafter als alle Diener mit ihren Lastern zusammengenommen!«– »Gewiss warst du es, gewiss, Herrin!«, versetzte Jocondus, »aber dank deines Alters warst du etwas weiter gebaut als Vittoria, und darum hast du meinen Sieg nicht mit so augenfälligen Zeichen geopferter Jungfräulichkeit geschmückt. Wenn diese Zeichen offenkundbar werden, können sie in der Tat als Edelbeute gelten, und der Sieger ist umso glücklicher, je länger und je sehnlicher er danach geschmachtet hat, sie zu erringen. Mühe macht die Wonne umso süßer.«

OTTAVIA: Du tust mir Leid, dass du so lange fasten musstest, während inzwischen meine Mutter und Vittoria in solchen Genüssen schwelgten.

TULLIA: Der zarte, verwöhnte Knabe war ganz schwach vor Müdigkeit wie auch vor Wollust. Ich sagte daher zu ihm: »Du bist jetzt erschöpft und entkräftet, Jocondus; wirst du auch Kraft genug wiederbekommen, um auch mich zu umarmen? Oder werde ich als Witwe diese Hochzeit verlassen!« Sempronia fing an zu lachen und rief: »Nein, du wirst nicht als Witwe nach Hause gehen! Ich bürge für dich, Jocondus. Aber du hast es nötig, deine Kräfte wiederherzustellen, da du so freigiebig deine Reichtümer uns gespendet hast. Geh zu meiner Amme; bitte sie, sie möchte uns, nämlich mir und meinen Freundinnen, einen Imbiss bringen.« Der Page gehorchte und kam gleich darauf mit einem riesigen, dick mit Zucker bestreuten Kuchen zurück sowie mit einer Flasche ausgezeichneten Weines. Ich gab zunächst dem Pagen ein nicht eben kleines Stück vom Kuchen: Er aß ihn nicht, sondern verschlang ihn; dann gab ich ihm ein Glas Wein zu trinken. »Für dich isst und trinkt Jocondus«, sagte Sempronia zu mir. »Pflege recht sorgsam seinen Leib, der recht bald nie geahnte Wonnen in den deinen möge strömen lassen.« Sempronia und auch Vittoria waren ebenso sorglich wie ich um Jocondus bemüht. Durch Speise und Trank von neuem Mut durchströmt, sagte er, die Kräfte, die er in den Grotten meiner Freundinnen gelassen habe, seien ihm zurückgekehrt, und sogleich umarmte und küsste er mich stürmisch. Er warf mich auf das Kissen nieder, während ich zum Schein mich sträubte und Sempronia lachte. Kurz und gut – er gelangte zwischen meinen Beinen auf den Höhepunkt der Wollust.

OTTAVIA: Fand er denn bei dir leichten Zugang?

TULLIA: Weißt du denn nicht, dass wir Italienerinnen schon in der zarten Kindheit recht weit gebaut sind?

OTTAVIA: Für dich und für mich wirst du wohl eine Ausnahme gelten lassen.

TULLIA: Unsinn! Wir beide haben es in unserer Hochzeitsnacht mit einer ganz ungeheuerlichen Manneswehr zu tun gehabt. Wenn Lampsakus, nachdem Priapus zum Range der Götter erhoben war, zwei Männer besessen hätte, wie Callias und Caviceus es sind – die jungen Weiber, die das Jucken der Liebesbrunft verspürten, hätten nicht um den toten Priapus gejammert, der den prachtvollen Ausspruch tat:

Das ist der große Vorteil bei meinem riesigen Penis:
Das unmöglich ein Weib je mir zu weit gebaut ist.

Wir kamen Männern eng gebaut vor, denen kein Weib hätte weit gebaut erscheinen können. Als Sempronia und Vittoria verheiratet wurden, und zwar mit Männern, die gut ausgerüstet und nicht so jung waren wie Jocondus, da wurde ihnen gleich beim ersten Ansturm der Speer in die tiefste Tiefe des Leibes gebohrt, und sie hatten unverkümmerte Freude an einer Begattung, der keine Zutat mangelte. So ist es, Schwesterchen: Es klafft auf die fürchterlichste Weise das vordere Venuspförtlein bei den Italienerinnen und Spanierinnen; es ist, als wären sie nicht nur für Männer, sondern für Maulesel geschaffen. Aber bei uns hatte Jocondus den Weg zu diesen Seligkeiten unseren Gatten schon halb erschlossen.

OTTAVIA: Das dachte ich mir: Ihr hattet den Zugang erweitern lassen, damit er für die Eintretenden nicht zu beschwerlich wäre.

TULLIA: Du irrst dich. Bei dem jugendlichen Alter, worin der Page stand, war sein Glied nicht länger als mein Mittelfinger und nicht dicker als mein Daumen. Wir alle aber bekamen stattlich geschwänzte Gatten; allerdings können Vittorias und Sempronias Männer, so gut sie auch ausgestattet sind, weder mit Callias noch mit Caviceus verglichen werden. Nach der Behauptung gehen Männer, deren Rohr länger als sieben oder acht Zoll ist, über die gewöhnlichen Maßverhältnisse hinaus. Dies ist nämlich, soweit die Länge in Betracht kommt, das übliche Maß; die Dicke aber muss der Länge entsprechen. Man behauptet, die Tiefe der Grotte ließe sich beim Stechen bis zu sieben oder acht Zoll ausdehnen; noch tiefer einzudringen sei nicht möglich, ohne dem Weibe Unbequemlichkeit oder geradezu Schmerz zu verursachen. Ebenso wird das Stechen schwierig, wenn das Glied zu sehr in die Dicke schwillt. Wenn die Grotte bis zum Zerreißen ausgeweitet wird, dringt der grimme Gesell, der nur Liebe verhieß, vielmehr als ein Feind in das Heiligtum des Weibes ein. Aber so viel steht fest: Je jünger wir sind, desto besser passen wir für männliche Pinselchen aller Art. Du weißt: ›Überall waltet ein Maß …‹

OTTAVIA: Ach, und ich glaubte, auf der ganzen Welt habe niemals und nirgendwo eine Frau keuscher gelebt als meine Mutter! Wie hat sie's denn wohl angefangen, liebe Base, dass mein Vater niemals Verdacht geschöpft hat, ja, dass nicht einmal Fama, die in den Städten alles, auch das Verborgenste, erspäht oder doch bekannt macht, wie wenn sie es selber gesehen hätte, niemals an ihr etwas anderes als Preis- und Lobwürdiges bemerkt hat? Mein Vater ist noch immer sterblich in sie verliebt, und alle Welt erhebt sie in den Himmel und rühmt sie als die züchtigste und bravste aller Frauen!

TULLIA: Wenn Frauen ihr Leben verlieren oder ihre Ehre – die noch kostbarer ist als das Leben – so sind die meisten an diesem Unglück selber Schuld. Mit Recht hat man gesagt:

Überall waltet ein Maß und ist eine Schranke bereitet.

Nichts ist an sich ehrenvoll oder schimpflich, sondern alles wird dazu erst durch den Gebrauch, den man davon macht. Ein feiner verschlagener Geist erwirbt den Ruhm der Klugheit, eine kluge Frau aber weiß sich stets mit gewissen Grenzen zu umgeben. Über diese hinaus darf eine vorsichtige und mit gesundem Urteil begabte Frau sich niemals fortreißen lassen – weder durch wollüstige Liebe noch durch ohnmächtigen Hass, die beide uns oftmals blind machen. Willst du gut und glücklich leben, Ottavia, so denke stets, dass alles und dass nichts dir erlaubt ist. Dies sei für dich die oberste Vorschrift in der Lebenslage, in die das für die Ehen gültige Gesetz dich gebracht hat.

OTTAVIA: Kaum – oder eigentlich gar nicht – begreife ich, was dies zu bedeuten hat. Wie soll ich das verstehen, dass alles und nichts mir erlaubt sei?

TULLIA: Was du in aller Bequemlichkeit und ohne Scheu vor deinem Gatten tun kannst, das alles darfst du – verlass dich drauf – tun; was du nicht ohne gewisse Gefahr tun kannst, das alles ist dir – verlass dich ebenfalls drauf – verboten! Für jetzt habe ich dir die Lehren der wahrhaftigen und gediegenen Weisheit einzuflößen; nach ihnen mögest du in Zukunft den Kurs deines ganzen Lebens richten. Ihnen verdanke ich alle meine Wonnen und verdanke ich zugleich, dass der Ruf meiner Züchtigkeit unversehrt dasteht, während ich mich vergnüge und nach Herzenslust die Gaben meiner Jugend genieße. Ihnen wirst auch du deine Glückseligkeit verdanken. Der gleiche Geist beseelt uns Weiber alle und treibt uns zur Wollust; auf derselben Bahn werden wir alle fortgerissen, ob wir gut, ob wir böse sind. Aber die Schlechten kümmern sich nicht um ihre Ehre; die Guten dagegen stellen die Zier eines geachteten und ehrenvollen Lebens höher als die Wollust, ja, höher als das Leben selbst. Dagegen haben die Guten nicht alle ein und denselben Weg zu ihren Wonnen. Da sie fast alle unvorsichtig und dumm sind, so trifft die meisten mitten in ihrer Laufbahn schimpflicher Tod, oder sie geraten in die dichtesten Finsternisse der Schande. Die anderen aber, die sich bemühen, durch die Lehren der Weisheit sich führen zu lassen, die geleitet sogar bis an die Schwelle der Freudenhäuser Preis und Ruhm und Beifallsgeklatsche der betölpelten Menge. Nicht das Ziel also gilt es zu ändern, denn das würde uns von der rechten Bahn abbringen, sondern es sind nur andere Mittel und Wege zu suchen, die zu diesem Ziel führen können.

OTTAVIA: Was ist das für ein Ziel? Und wie gelangt man dahin? Das möchte ich gerne wissen, denn so etwas ist nicht nur sehr angenehm, sondern auch nützlich zu hören.

TULLIA: Diese Frage werde ich mit wenigen Worten abtun. Kaum war ein Monat vergangen, seitdem Callias die Ehe mit mir vollzogen hatte, da kannte ich bereits ganz genau den Charakter meines Gatten wie auch meinen eigenen, und ich stellte für mich selber Gesetze auf, die ich bis auf diesen Tag sorgfältig eingehalten habe. Das ist mir sehr nützlich gewesen und wird auch dir sehr nützlich sein, wenn du dich danach richtest. Zunächst richtete ich meinen Geist auf alles, was über mir, was außer mir und was in mir ist. Über mir ist die Religion, die in der menschlichen Gesellschaftsordnung den höchsten Rang, in der natürlichen Ordnung dagegen überhaupt gar keinen Rang einnimmt. Ich erwog, was ich der Religion, der ich angehöre, was ich meinen Nebenmenschen und was ich mir selber schuldig sei. Zunächst müssen alle verheirateten Frauen durchaus fromm sein oder vielmehr fromm scheinen. Denn wenn eine fromm ist, aber nicht fromm erscheint, so ist sie keineswegs besser dran als eine, die nicht fromm ist, aber fromm erscheint. Das höchste Glück einer Frau hängt von der Meinung ab, die ihr Gatte von ihr hat; selbst eine, die vielleicht gar nichts taugt, ist glücklich, wenn ihr Mann große Stücke auf sie hält; unglücklich ist demzufolge das Schicksal derjenigen, die von ihrem Mann verachtet wird, wäre sie auch mit allen Gaben der Natur und mit allen

Verdiensten der Tugend auf das Reichste ausgestattet. Aber wenn unsere Gatten in unseren Umarmungen die Glut ihrer heißen Liebe abgekühlt haben, dann bemessen sie die Achtung, die sie uns zollen, nach der Zahl der Tugenden, die sie an uns glänzen sehen. Ein Weib, das sie nicht für tugendhaft halten, erachten sie nicht ihrer Liebe würdig. Ehe sie unseren Leib genossen haben, lieben sie uns um unserer Schönheit, um unserer Reize, um unserer Jugend willen; später, wenn sie mit Aug und Hand und durch die freie Verfügung über unseren Körper ihre Leidenschaft befriedigt haben, lieben sie uns nur noch, wenn sie uns achten, wenn sie uns für anständig halten, wenn sie uns mit allen Tugenden geschmückt sehen. Füge dich also, meine liebe Ottavia, diesen Sitten – oder heuchle diese Sitten. Nichts wird den Begriff zerstören oder in Vergessenheit bringen, den Caviceus in den ersten Tagen nach eurer Hochzeit sich von dir gebildet hat. Auf der Bühne dieses unseres Lebens musst du die Rolle, die du einmal gewählt hast, bis zum Ende durchführen.

OTTAVIA: Du verlangst von mir, ich solle mit einer Larve vor dem Gesicht einhergehen? Eine solche Maske der Seele lässt sich aber leichter ablegen als vornehmen!

TULLIA: Als nächstes Kapitel der eheweiblichen Vorsicht folgt nun der Rat: Mache dich niemals über die allgemein anerkannten und üblichen Sitten und Bräuche lustig. Vor den Augen der Welt lebe für die Allgemeinheit; wenn es niemand sieht und wenn du sicher bist, lebe für dich selber. Decke deinen Lebenswandel mit dem Schleier der Frömmigkeit. Für das Leben unserer Gesellschaft ist jemand, der bösen Handlungen durch einen Schein von Rechtschaffenheit einen ehrenwerten Anstrich gibt, viel nützlicher als ein anderer, dessen gute Handlungen durch einen Schatten des Lasters verdeckt werden. Kleide dich in das Gewand der Ehrbarkeit – aber in ein solches, das du nach Bedürfnis leicht abstreifen kannst. Mögen die Leute, die dich in der eifrigen Erfüllung deiner Pflichten ganz und gar aufgehen sehen, schwören, es gebe nichts Frömmeres als deine Sitten; mögen dagegen diejenigen, die du mit deiner Huld beglückst, erfahren, dass es nichts Süßeres gibt als deine Umarmungen, nichts Anmutigeres als dein Benehmen, nichts Freieres als den Verkehr mit dir. Strebe danach, es deiner Mutter Sempronia gleichzutun!

OTTAVIA: Die Lehren, die du mir gibst, sind klar und verständlich, was du aber von meiner Mutter sagst, klingt unbestimmt und dunkel.

TULLIA: Ich kenne sie ebenso gut wie dich selber, ich habe mich ihrer wollüstigen Glut hingegeben, wie du dich der meinigen hingabst. Du musst wissen, diese Kapitel meiner Unterweisung über das Verhalten in der Ehe sind aus dem Lebenswandel und den Ratschlägen deiner Mutter abgeleitet. »Unter den Sterblichen gelte dir dein Gatte als Unsterblicher!«, sagte sie mir, als ich mich vermählte. »Jede Frau, die das Herz auf dem rechten Fleck hat, muss überzeugt sein, dass sie zur Wonne ihres Gatten erschaffen sei und dass alle anderen Männer zu *ihrer* Wonne erschaffen seien. Du hast gewisse Verpflichtungen gegen deinen Gatten, du hast aber auch gewisse Verpflichtungen gegen dich selbst. Tu alles, was dein Gatte von deiner Gefälligkeit verlangt, was ihm angenehm erscheint, darf dir niemals schmachvoll vorkommen. Wandle dich wie Proteus in alle möglichen Gestalten, wenn er es befiehlt. Wenn ihm die Laune kommt, sich ein wenig frei mit dir zu ergötzen, so lass alle Scherze, die er ersinnen mag, dir recht sein. Befriedige gern und willig seine Leidenschaft, andere werden die deinige befriedigen.« So habe ich's mit Callias und habe ich's mit Lampridius gemacht.

OTTAVIA: Schön! Nun begreife ich auch dein Verhältnis zu Lampridius.

TULLIA: Es ist mir lieb, wenn du auch die geheimsten Wonnen meines Liebeslebens erfährst. Fröhlichen Sinnes gewähre ich Callias den Besitz meines Leibes zu beliebigem Gebrauch, aber ich selber finde keine Wonne dabei; Lampridius aber genießt meine Schönheit so, wie es mir den höchsten Genuss und die höchste Freude gewährt. Der eine befiehlt mir, dem anderen befehle ich; dem einen bin ich Sklavin, dem anderen Herrin; der eine besitzt meinen Leib, den Leib des anderen besitze ich. Zwischen einer Geliebten und einer Ehegattin ist ein Unterschied wie zwischen Geld und Blei; zwischen der Glückseligkeit einer freien Konkubine und dem Los einer verheirateten Frau ist ein größerer Abstand als zwischen Himmel und Erde. Erst dann wirst du glücklich und selig sein, wenn du das eine mit dem anderen zu verschmelzen weißt.

OTTAVIA: Du glaubst, ich würde von Sinnen sein, mir einen Liebhaber zu nehmen? Würde einen solchen in meine Arme schließen, ihn in mein Bett aufnehmen? Möge Venus eine solche Schamlosigkeit meinem Sinn fern halten!

Zudem – müsste ich nicht den Zorn meines Gatten fürchten, wenn ich unglücklicherweise in solche Schmach verfiele? Ich kenne ihn ganz und gar. Wenn er mich wegen eines Fehltritts dieser Art auch nur im Verdacht hätte, so würde kein Mensch und kein Gott mich lebend aus seinen Händen befreien!

TULLIA: Ich will deine Schamhaftigkeit nicht leiden, sondern werde die Küsse, die Liebesglut und die Lendenkraft meines Herkules mit dir teilen. Ich selber werde dich ihm in die Arme legen, meine eigenen Hände werde ich ihm darreichen, damit er dich als sein Pferd besteige.

OTTAVIA: Du Spitzbübin, hahaha! Werden seine Lenden es wohl auch aushalten?

TULLIA: Ach, du nichtsnutziges Hurenfrüchtchen! Der Mann, der meinen Ansprüchen genügt, wird schon einen anderen passenden für dich finden, falls er etwa den Anforderungen deiner Venus nicht gewachsen sein sollte.

OTTAVIA: Ich sagte im Scherz, was du als Ernst nimmst. Aber sage mir doch, meine liebe Beschützerin, auf welche Weise hast du einen so treuen und wackeren Freund gewonnen? Ist er dir zum Geschenk gegeben worden? Oder hast du dich etwa aus eigenem Antriebe seinem Willen und Belieben hingegeben? Durch welche Zaubermittel hast du Callias blind gemacht? Welche Listen beseligen dich mit so vielen Wonnen und bieten dir Schutz und Schirm gegen die großen Gefahren, die von allen Seiten unsere verliebten Gelüste bedrohen?

TULLIA: Warum sollte ich's dir nicht sagen, du köstliches, herziges Hürchen? Du wirst dich wundern, was ich zu erzählen habe! Wenige Tage nach der Vermählung meiner lieben Sempronia, deiner Mutter, sollte sie mit großem Pomp in ihres Gatten Vittorios Haus geführt werden. Vorher aber hatte sie ihre Mutter inständig gebeten, ihr den Jocondus mitzugeben – als Leibdiener, denn ihr Leib konnte ihn wirklich nicht entbehren. Vittorio gab ohne viele Umstände seine Einwilligung dazu.

OTTAVIA: Vor sechs Monaten hat Jocondus sich ja sogar verheiratet, trotzdem aber nicht unser Haus verlassen. Und wenn ich mich jetzt auf alles etwas genauer besinne, was ich gesehen und gehört habe, wenn sie allein waren und sich um mich kleines Kind nicht glaubten kümmern zu brauchen, dann bringt wirklich alles mich dazu, mich deiner Meinung anzuschließen. Ja, es ist so, Tullia, meine Mutter tat sich an des Jocondus Leib gütlich!

TULLIA: Sprich doch weiter! Was fürchtest du?

OTTAVIA: Mit welcher Schönheit sie sich den guten Ruf zu Nutze machte, worin sie stand! O trügerischer Anschein von Tugend! Oft habe ich gesehen, wie sie in Abwesenheit meines Vaters miteinander plauderten und schäkerten. Jocondus knutschte meine Mutter; er war längst nicht mehr Lakai, sondern versah das Amt eines Intendanten. Indessen griff er, so viel ich gesehen habe, ihr doch niemals nach den Brüsten oder nach jener gewissen anderen Stelle. Eines Tages trat er in das Zimmer, wo meine Mutter und ich uns aufhielten. Meine Mutter stickte; ich spielte nach Kinderart mit einer kleinen Hündin, die ich an den Ohren hochhob. Lachend geht er auf meine Mutter zu, streckt ihr die Hand entgegen, um ihr beim Aufstehen behilflich zu sein, und zieht sie, halb mit ihrem Willen, halb dagegen fort, bis ich sie nicht mehr sehe. Ich glaubte, sie hätten das Zimmer verlassen und freute mich, allein zu sein, als ich plötzlich das Bett knarren und meine Mutter aufschreien hörte, wie wenn ihr etwas weh täte. Von Furcht ergriffen, spitze ich die Ohren, dann aber springe ich auf und eile zu ihr. Meine Mutter hört mich und läuft mir entgegen, ehe ich bei dem Bett bin; sie schließt mich in ihre Arme und bedeckt mich mit Küssen; Jocondus hatte sich inzwischen aus dem Staube gemacht. »Was tat dir denn weh, Mütterchen?«, fragte ich sie; »ich habe dich seufzen hören.« – »Es war gar nichts«, antwortete sie; »als ich wieder in die Stube kam, stieß ich gegen den Bettpfosten an und habe mir beinahe das Schienbein gebrochen.«

TULLIA: Ei, ei! Und du hast in Bezug auf ihren Verkehr niemals etwas Verdächtiges gewittert?

OTTAVIA: Doch! Aber eine bloße Vermutung ist niemals ein Beweis. Sie nahmen sich beide so sorgfältig vor meinen Blicken in Acht, dass ich niemals Gewissheit erlangen konnte. Nur so viel begriff ich, dass meine Mutter alles aufbot, damit ich die beste Meinung von ihr hätte und überzeugt bliebe, sie sei die Anständigste von allen Frauen der ganzen Stadt.

TULLIA: Das weiß ich. Oftmals und auf das Dringlichste hat sie mich gebeten, sie dir als die anständigste und keuscheste Frau zu rühmen. Und was ich dir heute von ihren Geheimnissen enthülle, bleibt ja doch für die übrige Welt völlig verschwiegen und verborgen.

OTTAVIA: Ich wäre eine Muttermörderin, wenn ich nicht den guten Ruf der Frau schonte, die bis auf den heutigen Tag mich so zärtlich geliebt hat; denn der gute Ruf ist kostbarer als das Leben selbst. Aber höre, mit welcher List sie mich zu täuschen versuchte! Drei Tage bevor ich meinem Caviceus zur Gattin gegeben wurde, sprach sie Folgendes zu mir: »Binnen wenigen Tagen, mein Kind, wirst du Caviceus heiraten; nur dieser kurze Zeitraum trennt dich noch, die keusche und fromme Jungfrau, von dem Schmutz und der Unreinheit des ehelichen Verkehrs. Wenn du deine Jungfräulichkeit hingegeben hast, werden gar viele Tugenden von dir weichen, denn du wirst befleckt sein, und durch kein Mittel der Gewalt oder List wirst du jene Tugenden bei dir zurückhalten können, denen nur sittenstrenger Ernst zusagt. Nichts Himmlischeres gibt es als eine reine Jungfrau, nichts Niedrigeres als ein entweihtes Mädchen.« – »Was soll ich denn tun, liebe Mutter?«, fragte ich; »lass mich meine Jungfräulichkeit mein ganzes Leben lang unversehrt bewahren; lass mich bei den Vestalinnen eintreten.« – »O nein!«, antwortete sie; »unsere Verhältnisse und meine Liebe zu dir verbieten mir, dich lebendig begraben zu lassen. Aber folge meinem Rat: Gelobe, du wollest jeden Gedanken an Ausschweifung und jede Anwandlung wollüstiger Begier hassen und verabscheuen. Halte deinen Geist von diesen Unsauberkeiten fern, wie auch ich es getan habe. Bringe ein Opfer um der Jungfräulichkeit willen, die du verlieren wirst; beweine sie, nachdem du sie verloren hast, dadurch, dass du ein neues Opfer bringst.« – »Gern«, antwortete ich, »will ich dies tun. Aber was ist dies für ein Opfer, liebe Mutter, wozu du mich aufforderst?« – »Ich wünsche und bitte dich recht sehr, liebe Ottavia«, sagte sie, indem sie mir einen Kuss gab, »ich wünsche, dass du aus freiem Antrieb dich zu diesem Opfer entschließt und dass es von deiner und von meiner Hand vollzogen werde. Aber du wirst dazu eines festen und unwandelbaren Mutes bedürfen.« – »An Mut wird es mir nicht fehlen!«, versetzte ich. Sie ließ mich nun durch einen Schwur geloben, alles erdulden zu wollen, was sie mir anraten würde. »Du bist, mein liebes Kind«, fuhr sie fort, »ebenso rein, so gut, so keusch, wie du hübsch, geistvoll und lebhaft bist. Morgen früh wirst du zunächst im Tempel, angesichts der Gottheit, das Versprechen erneuern, das du mir gegeben hast, und dann wollen wir das Notwendige tun. Es wird für dich das rühmlichste, ehrenvollste und nützlichste Werk sein.«

TULLIA: Du sagst mir damit nichts Neues. Sie hat mir die ganze Geschichte erzählt und belustigte sich sehr über deine Leichtgläubigkeit, wobei sie aber zugleich deinem Mut hohes Lob zollte.

OTTAVIA: Dann unterlasse ich's also, dir weiter davon zu erzählen; wenn du's schon weißt, kann ich dir nichts Neues darüber berichten.

TULLIA: Im Gegenteil! Ich bitte dich, fahre fort, wenn du mich lieb hast! Sempronia hat mir die Geschichte nur in den Hauptzügen erzählt und ist nicht wie du auf alle interessanten Einzelheiten eingegangen.

OTTAVIA: Früh am Morgen befahl sie mir aufzustehen, ließ mich ein prachtvolles Kleid anziehen, das sie bereitgehalten hatte und führte mich zu Teodoro, einem Mitglied jener Sekte, deren Angehörige dank ihres struppigen Bartes und wirren Haares bei der großen Menge im Ruf stehen, einen ganz besonders gottseligen Lebenswandel zu führen. Kaum hatten wir das Heiligtum betreten, so ging er auf mich zu und sprach: »Du hast, meine Tochter, eine Mutter, die dich mit allem Guten und Vernünftigen bedacht zu sehen wünscht. Binnen drei Tagen wirst du vermählt sein; du musst deine Seele von allem Schmutz reinigen, um dieser Himmelsgabe würdig zu werden und zu ihrem Empfange vorbereitet sein. Denn du wirst ja Kinder zur Welt bringen; wenn du gut bist, so werden auch sie im Himmel einen jener Plätze finden, von denen die höllischen Geister ausgeschlossen sind; wenn du aber verderbt bist, so werden sie zur Schar der Verdammten hinabgestoßen werden. Was wählst du?« Ich schwieg, von der Röte der Scham übergossen. »Sprich, sprich!«, hub er abermals an. – »Ich will gut sein, und auch meine Kinder sollen gut sein!«, antwortete ich. – »So tritt denn heran!« – Was brauche ich dir mehr zu sagen? Auf meinen Knien vor ihm liegend, beichtete ich alles, auch die geringsten Kleinigkeiten, an denen ich ein Anhauch des Lasters zu entdecken glaubte. Als er mein Geständnis hörte, dass ich auch schon durch einen lüsternen Angriff meines Verlobten befleckt sei, wollte er in einen gewaltigen Eifer geraten; doch begnügte er sich damit, mir zu sagen, ich müsste mich derartiger Dinge enthalten; hierauf befahl er mir, volles Vertrauen zu meiner Mutter zu haben und ihr in allem zu gehorchen, was sie auch immer von mir verlangen möchte. Dann rief er meine Mutter zu sich und gab ihr ein zusammengewickeltes Bündel von Stricken, das er aus seinem rechten Ärmel hervorzog. – »Schone die Haut deiner Tochter nicht!«, sagte er ihr dabei; »schone auch deine eigene Haut nicht, sondern gehe ihr mit gutem Beispiel voran!

Wenn du meine Befehle nicht befolgst, wirst du bestraft werden.« Nachdem er diese Worte gesprochen hatte, gingen wir.

TULLIA: So machen diese Männer sich über unsere Leichtgläubigkeit lustig; dies sind die Mittel, durch die sie uns beherrschen.

OTTAVIA: Mit größerem Recht könntest du sagen: ›So machen wir uns über die Leichtgläubigkeit der Männer lustig; so beherrschen wir sie!‹ Sobald wir in jenem inneren Gemach unserer Wohnung waren, von dem man, wie du weißt, die Aussicht auf den Garten hat, verschloss meine Mutter alle Türen und gab mir lachend das Bündel, um es zu öffnen. Ich tu's und sehe, dass es eine Art Geißel ist, die aus fünf mit sehr zahlreichen und sehr kleinen Knoten besetzten Stricken besteht. »Jetzt, mein Kind«, sagte sie, »musst du mittels dieses Werkzeuges der Frömmigkeit dich verschönen und reinigen; zunächst aber will ich's dir vormachen. Wir haben den Befehl empfangen, aus allen Kräften uns mit Geißelhieben zu zerfleischen. Ich werde gehorchen; und auch du wirst gehorchen, wenn ich dich recht kenne.« – »Ich werde gehorchen«, antwortete ich. – »Du bist noch nicht willensstark genug«, fuhr sie fort, »um dir selber solche Hiebe zu versetzen, wie ich vor deinen Augen sie mir geben werde. Darum will ich dir helfen. Während ich mit leiser klagender Stimme eine Hymne singe, wird in meinem Innern, daran zweifle nicht, meine Seele von unsagbarer Freude überströmen.«

TULLIA: Erschauerte denn nicht dein zarter Leib vor Angst.

OTTAVIA: Ich hielt mich durchaus nicht für so mutig und zur Bußübung bereit, wie ich meine Mutter und mich selber glauben machen wollte. Mit Recht aber behauptet man, dass kein Mensch im Ertragen von Schmerzen so standhaft und entschlossen ist wie eine Frau, wenn sie einmal den festen Willen dazu hat. »Warum sollten wir noch länger Zeit verlieren, liebes Kind?«, fuhr meine Mutter fort, indem sie mir einen Kuss gab. »Zieh mir schnell mein Kleid aus, damit dieser erbärmliche sündenvolle Leib sich nackt und bloß zeige!« Sie streifte ihr Hemd in die Höhe, indem sie es bis über die Lenden hinauf krempelte, warf sich dann auf die Knie und ergriff die Geißel. »Pass gut auf, liebe Tochter!«, rief sie, »und lerne durch mein Beispiel, wie man den Schmerz erträgt!« In diesem Augenblick klopfte ein Finger leise an die Tür. »Ich weiß schon, wer es ist«, sagte meine Mutter; »es ist Teodoro, der würdige Priester; er kommt, um uns beiden zu helfen. Er hatte mir nämlich versprochen, er werde kommen, wenn es ihm nur irgend möglich sei.« Abermals klopfte es. »Ja, er ist's«, sagte meine Mutter. »Mach ihm auf, liebes Kind.« – »Wie, Mutter?«, rief ich, »soll er dich denn nackt sehen?« – »Weißt du denn nicht«, antwortete sie, »dass er für mich ein alter Bekannter ist? Ihm verdanke ich alle nicht sündhafte Schönheit, die ich etwa an mir haben mag.« Indessen ließ sie doch ihr Hemd herunter, während ich ihm öffnete. Er trat lächelnd ein und begrüßte uns beide; besonders aber ermahnte er meine Mutter, sie solle mir auf eine Weise, die ihrer und meiner würdig sei, ein Beispiel geben. Er fügte noch viele andere Worte hinzu, die mich zu solchem Eifer entflammten, dass ich ihn hätte bitten mögen, mich mit seinen eigenen frommen Priesterhänden zu peitschen. In einer langen, sehr gedankenreichen Rede wies er uns nach, dass die Scham, wenn sie nicht einer Sünde gelte, selbst eine Sünde sei; nur diejenigen Frauen müssten mit Recht erröten, die sich in wollüstiger und geiler Absicht nackt den Blicken eines Mannes preisgäben, nicht aber solche, die es aus Gründen der Frömmigkeit und zum Zweck der Buße täten. Das eine sei schändlich, das andere ehrenwert; am einen hätten sterbliche Menschen ihre Lust, am anderen aber die unsterblichen Götter, und Bußübungen dieser Art wären von allerhöchstem Wert. Durch sie würden, gleichsam durch eine wunderwirkende Taufe, alle Besudelungen abgewaschen, mit denen Frauen sich selber befleckt hätten oder befleckt worden wären; sie müssten alle sträflichen Genüsse, die sie sich schamloser Weise durch ihr Fleisch verschafft hätten, dadurch abbüßen, dass sie ihren Sinnen ebenso harte Strafen auferlegten. Mit einem Wort: Diese geheimen Züchtigungen machten den größten Teil der Sünde wieder gut, die aus erbärmlicher Scham den Priestern in der Beichte verhehlt würden.

TULLIA: Oh, was für bequeme Lehren für ein Weib, das zugleich wollüstig und schamhaft ist. Aber ich – ich habe für deine Vorschriften keine Verwendung, guter Teodoro! Fahre fort, Liebste!

OTTAVIA: Nach all diesen Ermahnungen ergriff er selber die Geißel; meine Mutter warf sich auf die Knie, und ich folgte ihrem Beispiel. Er befiehlt meiner Mutter, sich ein wenig zu entfernen, mir aber, meine Augen auf sie zu heften und genau jeden auf sie niederfallenden Schlag zu beobachten. Er trat dann an meine Mutter heran, die ihn bat, er möchte an ihr diese gute Handlung vollziehen, und die zugleich eine Art Hymnus anzustimmen begann. Plötzlich begann ein Hagel von Schlägen auf ihre entblößten Schenkel herabzusausen. Sie schien mir unter diesen Schlägen zusammenzuschauern; die Hiebe wurden leichter, bald aber noch heftiger als die ersten. Kurz, er bearbeitete die Ärmste auf eine solche Art, dass ihre Hinterbacken von Striemen bedeckt waren. Vorher waren sie blendend weiß gewesen, jetzt aber sahen sie aus, als kämen sie von der Fleischbank.

TULLIA: Und sie beklagte sich nicht?

OTTAVIA: Sie wagte nicht einmal den Mund aufzutun; ein einziges Mal ließ sie sich ein Stöhnen entschlüpfen und seufzte: »Ach, Vater!« Er aber wurde durch dieses Wort ganz wild und schrie: »Du wirst nicht ungestraft aus meinen Händen davonkommen!« Er befahl ihr, sich zur Erde herabzubeugen und Kopf und Brust niederzuducken. Sie gehorchte; auf diese Art boten ihre Hinterbacken sich der Geißel noch bequemer dar, und er peitschte sie nun eine volle Viertelstunde lang, ohne aufzuhören. »Jetzt ist deine Seele hinreichend erleichtert. Steh auf!«, befahl Teodoro. Sie stand auf, ließ ihr Hemd wieder herab, zog ihr Kleid an und schloss mich lachend in ihre Arme, indem sie sagte: »Jetzt kommst du daran, mein Kind! Glaubst du, Mut genug zu diesem Spiel zu haben? Denn es ist ein Spiel und kein Leiden.« – »Möge nur mein Leib so viel Kraft haben, wie ich Mut haben werde«, antwortete ich. »Was habe ich zu tun?« – »Bereite deine Tochter zu diesem frommen Werke vor!«, rief Teodoro. »Ich hoffe, du wirst tapferer sein als deine Mutter«. Unterdessen starrte ich mit weit aufgerissenen Augen den Fußboden an. – »Du wirst doch nicht meine Hoffnungen täuschen?«, fuhr er fort; »sprich!« – »Ich werde mir alle Mühe geben, um der guten Meinung zu entsprechen, die du von mir hast, ehrwürdiger Vater.« Mein Kleid war schon herabgefallen, und meine Mutter schob mir das Hemd bis über die Lenden empor. Sobald ich fühlte, dass ich ganz nackt war, überzog tiefste Scham mein Antlitz mit dunklem Rot. »Du wirst nicht niederzuknien brauchen«, sagte meine Mutter zu mir; »bleibe nur stehen, wie du bist, aber rühre dich nicht.« Dann führte sie mich zu Teodoro, der mich fragte: »Möchtest du auf den Gipfel des Glückes gelangen? Willst du durch Dornen und Hindernisse hindurch der himmlischen Seligkeiten teilhaftig werden?« – »An Mut dazu fehlt es mir nicht«, antwortete ich. Sofort begann er durch ganz leichte Schläge meine Gefühle zu erregen, ohne mir weh zu tun. »Könntest du wohl, meine Tochter, stärkere ertragen?«, fragte er mich. – »Ganz gewiss«, antwortete meine Mutter in meinem Namen. – »Ich werde es können«, erwiderte nun auch ich. Da trafen mich furchtbare Geißelhiebe von den Lenden bis zu den Waden hinunter. »Genug! genug!«, schrie ich. »Habe Erbarmen mit mir, liebste Mutter!« – Sie aber rief: »Mut! Willst du selber vollenden, was noch zu tun ist? Das Werk ist jetzt ungefähr zur Hälfte vollbracht.« – »Ganz recht!«, sagte Teodoro; »wir wollen doch mal sehen, wie sie allein sich liebkosen wird. Nimm die Geißel, meine Tochter, und geißele dir selber jenen zur Liebesfreude bestimmten Teil da vorn!« Meine Mutter nimmt meine Hand in die ihrige und zeigt mir nun, wie der dem Angriff des Gatten ausgesetzte Körperteil von allen Seiten her mit kräftigen Hieben gezüchtigt werden müsse. Ich versetze mir mit voller Kraft einen Hieb und dann noch einen; schon beginnt meine Hand zu erlahmen, und ich rufe: »Ich kann mich nicht selber züchtigen, liebe Mutter! Aber von deiner Hand werde ich alles ertragen.« Durch diese Feigheit hatte ich wenigstens einen Augenblick Ruhe vor Teodoro erlangt. Ich gebe die Geißel meiner Mutter; sie stimmt ihren Klagegesang wieder an, den sie mit taktmäßigen Schlägen begleitet. Ich beginne Tränen zu vergießen und tiefe Seufzer auszustoßen; jeden Hieb begleite ich mit einer Drehung des Gesäßes, endlich ergreife ich die Flucht und laufe durch das ganze Zimmer. – »Was ist denn das?«, schreit Teodoro. »Oh, die feige Person! Das Hasenherz!« Meine Mutter hatte nämlich die Geißel auf das Bett geworfen. »Willst du, meine Tochter, mehr Mut zeigen, als eine so mutvolle Tochter?« – »Ich will's!«, antwortete ich; »aber hindert mich lieber am Fortlaufen. Ohne Zweifel wird es mir gelingen, mein Schreien und Stöhnen zu unterdrücken.« – »So gehorche denn, mein Kind!«, sprach wieder meine Mutter. – »Ich werde euch gehorchen in allem, was ihr verlangt«, antwortete ich. Mit einem Seidenband fesselte sie mir nun die Handgelenke; denn mit den Händen hatte ich mich besonders heftig gewehrt; hierauf ließ sie mich den Kopf auf den Bettrand aufstützen. – »Bemühe dich, ganz regungslos zu bleiben, während du gegeißelt wirst«, sagte sie. »Wenn du dich rührst, bist du in meinen Augen die verworfenste und niederträchtigste Dirne.« – »Ich werde mich nicht rühren!«, antwortete ich. »Zerfetzt nur nach eurem Belieben mein armes Fleisch!« – »Komm heran, Teodoro«, sagte meine Mutter zu dem Mönch, »und beehre meine Tochter mit dieser hohen Gunst.« Während nun meine Mutter die Fessel an meinen Handgelenken fester zieht, drückt sie meine Hände in den ihrigen und herzt und küsst mich. Teodoro aber zerfleischt mich und zerreißt mir die Haut mit seinen Schlägen. – »Heil! Heil! Heil dir!«, ruft meine Mutter; »je schmerzhafter die Strafe ist, der du dich unterziehst, desto himmlischere Wonne wird dir zuteil werden!« In demselben Augenblick ruft Teodoro: »Es ist gut! Das jungfräuliche Blut rinnt in Strömen. Die Schamhaftigkeit hat ihr Opfer empfangen, wie es sich gebührt.« Er versetzte mir noch ein paar Hiebe, dann warf er meiner Mutter die Geißel zu, die ganz von blutigem Tau durchnässt war.

TULLIA: Du willst wohl sagen, sie sei von ein paar Tröpfchen besprengt gewesen.

OTTAVIA: Mag das mit der Geißel gewesen sein, wie es will – so viel ist gewiss: Er hatte meine Haut übel zugerichtet. »O meine Tochter!«, rief meine Mutter; »wie soll ich dich beglückwünschen! Wie soll ich dich in den Himmel erheben, wo die Heroen weilen! Wie mutig hast du so grimme Angriffe ausgehalten!« Kurz und gut, nachdem sie mich beide mit Lobeserhebungen überschüttet und mir einen Eid abgenommen hatten, dass ich nach dem Verlust meiner Jungfernschaft eine neue Geißelung über mich wollte ergehen lassen, verließ Teodoro unser Haus. Sobald er fort war, schloss meine Mutter mich innig in ihre Arme und sagte: »Jetzt bitte ich dich zu Bett zu gehen, liebes Kind. Sage nur, du habest Kopfweh. Dir wird die Ruhe gut tun, um deinen zarten Gliedern neue Kräfte zu geben und deinen Leib wiederherzustellen, der durch die so heldenmütig von dir ertragene Geißelung recht hart mitgenommen ist.« Sie brachte mich selber zu Bett und gab mir durch leckere Speisen meine Kräfte wieder. »Ich selber bin schon dran gewöhnt«, sagte sie zu mir; »mir macht so eine Geißelung gar nichts aus.« Sie salbte mir hierauf noch mit einer Rosenpomade meine zerprügelten Hinterbacken, die an zwei Stellen blutig geschlagen waren. »Jetzt schlafe! In zwei Stunden komme ich wieder.«

TULLIA: Weißt du, wohin sie ging, und was sie machte, während du schliefst?

OTTAVIA: Bei Venus – nein! Und doch wollte mir fast eine Stunde lang kein Schlaf kommen. Mein verwundeter Hintern brannte wie

Feuer, aber ein ganz eigentümliches Kitzeln linderte den Schmerz.

TULLIA: Oh, wenn Caviceus gerade in jenem Augenblick gekommen wäre – was für ein Glücksfall wäre das für dich gewesen! Deine Mutter ließ schnell Jocondus kommen, den sie schon einige Nächte knapp gehalten hatte, und sie brauchte nicht lange auf ihn zu warten. Sogleich eilte er herbei, denn er wusste, dass er gerufen wurde, um seine Geliebte zu umarmen. Er fand sie in der dunklen Kammer, die an das Zimmer anstößt, worin du schliefst. Auch sie lag auf einem Bett ausgestreckt; augenblicklich forderte sie durch Küsse, Streicheln, Kneifen ihres Liebhabers Rute zum Kampf heraus; diese erwachte denn auch sofort, schlüpfte aus ihrem Futteral hervor und stürzte sich in das der Sempronia.

OTTAVIA: Was weißt denn du davon? Wer hat dich zur Mitwisserin dieser Liebesgeheimnisse einer anderen gemacht?

TULLIA: Sie selbst kam am nächsten Tage zu mir und erzählte mir die ganze Geschichte. Dreimal durchbohrte sie im Zeitraum einer Stunde Jocondus mit wacker eingelegter Lanze; dreimal ließ er seinen vollen Schlauch in ihre Wonne überströmen. Sie aber ergoss siebenmal das köstliche Nass der Liebe aus dem Innern ihres Schoßes. Sie befürchtete sogar, du möchtest ihre Stimme gehört haben, als sie im Taumel des Liebesrausches immer wieder gerufen hatte: »Ich sterbe! Drücke doch, drücke doch! Mein Herz, mein Herz zerfließt in Wonne!«

OTTAVIA: Das ist wohl richtig. Es kam mir wirklich vor, als hörte ich ganz in der Nähe ein Geflüster; aber es kam mir nicht in den Sinn, mich zu fragen, was es wohl sein möchte. Außerdem hatte Jocondus erst vor sechs Monaten ein schönes, ganz junges früh entwickeltes Mädchen geheiratet, ein Mädchen von sechzehn Jahren – eine natürliche Tochter meines Großvaters von einer Buhlerin.

TULLIA: Setze hinzu, dass sie ehrenhaft, schüchtern, gehorsam ist und dass die Schmach der Mutter alle Keckheit in ihr gebrochen hat.

OTTAVIA: Oft habe ich meine Mutter ihr ihre Geburt vorwerfen hören. »Eine Tochter, die aus unreinem Blut entsprossen ist«, sagte sie, »folgt leicht den Spuren der Mutter.« Sie antwortete auf solche Worte nur durch Tränen und durch Seufzer von beredter Stummheit.

TULLIA: Die unglückliche Julia war bei euren Vestalinnen untergebracht, deren Oberin deine Freundin Teresa ist, als Jocondus, der schon fünfzehn Jahre lang Sempronias Acker mit seiner Hacke bearbeitet hatte, seinen Arbeitslohn zu fordern begann und allmählich schon von Bitten zu Drohungen überging. »Ganz gewiss bin ich mit Leib und Seele dein«, so sagte er zu ihr, »aber welche Belohnung, o Herrin, habe ich bis heute jemals von dir empfangen, sodass ich mit Recht der deinige sein und auch dafür gelten könnte? Was hast du bis jetzt getan, um meine Zukunft zu sichern? Ich bin arm, bin ein Nichts und beklage mich daher mit Recht über meine reiche Herrin. Wenn das Schicksal dich mir entrisse – oh, möchte dann auch die Erde sich unter meinen Füßen auftun! – Was würde aus mir werden, aus mir Unglücklichem, den du leidenschaftlich zu lieben behauptest?« – »Gib dich nicht mit solchen dummen Gedanken ab, halte deinem Geist diese unbegründeten Befürchtungen fern!«, erwiderte Sempronia ihm. »Ich habe mich bereits fest entschlossen, dir ein schönes Mädchen zur Frau zu geben und dir von meinem Gelde eine sehr beträchtliche Mitgift auszusetzen. Ich besitze, ohne Vorwissen meines Gatten, sechstausend Goldstücke; wenn du willst, ist dieses blanke, bare Geld sofort dein.« – »Du magst mich ans Kreuz schlagen lassen«, rief Jocondus, »wenn ich jemals deine Güte vergesse! Welche Bedingungen du auch aufstellen magst, ich nehme sie gern an.« – »Du kennst Julia, die von Teresa ins Kloster zur Erziehung aufgenommen worden ist«, fuhr Sempronia fort; »diese bestimme ich dir zur Frau. Nirgends wirst du ein so reines und so anmutiges Mädchen finden.« – »Ach, Herrin!«, rief Jocondus, »wie kann ich dir für ein so himmlisches Geschenk würdig danken!« Kurz und gut: Der Vertrag wurde aufgesetzt und Julia mit Jocondus verheiratet.

OTTAVIA: Seit einigen Jahren schon war Jocondus, der jetzt Gonsalvi genannt wurde, Verwalter unseres ganzen Hauses. Er hatte die Oberleitung aller unserer Güter, sowohl der Stadthäuser wie der Landbesitzungen; mein Vater hatte stets seine aufmerksame und gewissenhafte Treue gelobt. Ich wunderte mich nicht, dass man zum Lohn für seine vergangenen und zukünftigen Dienste Julia einem Manne gab, dem unsere Familie so sehr zu Dank verpflichtet war. Aber wie lauteten die verabredeten Bedingungen?

TULLIA: Die erwähnten sechstausend Goldstücke sollten im Lauf von vier Jahren bezahlt werden; bis dahin wurden sie bei dem Kaufmann Guelisio hinterlegt; dem Gonsalvi sollten sie erst dann ausgehändigt werden, wenn er die von ihm eigenhändig unterschriebenen

Bedingungen eingehalten hätte, doch sollte er in der Zwischenzeit die Zinsen des Geldes erhalten. Die Bedingungen waren der Hauptsache nach Folgende: Dass er sich mit seiner Frau Julia stets nur mit Erlaubnis seiner Herrin Sempronia zu tun machte; dass er seine Gattenrechte nicht ausüben würde, wenn diese es verböte; dass er alle mündlichen oder schriftlichen Befehle seiner Herrin sofort und freudig ausführen würde; dass er die Interessen seines Herrn und seiner Herrin nach besten Kräften wahrnehmen würde; endlich, dass er mit ihnen unter einem Dache wohnen würde; zu welchem Zweck ihm eine sehr geräumige Wohnstatt im Hause anzuweisen wäre.

OTTAVIA: Julia war also verheiratet, ohne verheiratet zu sein, und Jocondus war Gatte und doch nicht Gatte?

TULLIA: Allerdings. Als die Neuvermählten die erste Nacht zusammen schliefen, verlangte Sempronia, dass Jocondus sein Eherecht nicht mehr als zweimal ausübte, und damit er sie nicht belöge, ließ sie ihn einen feierlichen Eid darauf schwören. Vorher hatte sie durch gute Worte, Schmeicheleien und prachtvolle Versprechungen Jocondus zu solcher Glut entflammt, dass sie in einer ununterbrochenen Umarmung dreimal hintereinander wacker von ihm vorgenommen wurde. Dann erst ließ sie ihn, völlig erschöpft, zu Julia gehen, nachdem sie ihm noch zum zweiten Mal den Schwur abgenommen hatte, dass er nicht mehr als zwei Ritte in Julias Stechbahn machen wollte; übrigens gelang es ihm in jener Nacht wirklich nur mit Mühe und Not, sie zu entjungfern. Am anderen Morgen fragte Sempronia neugierig die junge Frau, wie alles abgelaufen wäre, ob sie jetzt wirklich vermählt und als Frau aus den Umarmungen ihres Gatten hervorgegangen wäre. Julia wurde rot; sie schlug schamhaft die Augen nieder und schwieg; endlich gestand sie, ihrem Gatten zweimal unterlegen gewesen zu sein. In der nächsten Nacht erlaubte Sempronia wieder ein zweimaliges Liebeswerk; bei Tagesanbruch aber wurde Julia ein Keuschheitsgürtel umgelegt; durch ein Gitterwerk, das mit diesem Gürtel verbunden war, war das Venuspförtlein verschlossen und erst acht Tage darauf erhielt sie Erlaubnis, sich abermals ihrem Gatten hinzugeben. Seltsam, seit jener Nacht bis zum heutigen Tage ist sie höchstens fünfzehnmal von ihrem Gatten erkannt worden und hat sich als Ehefrau fühlen können.

OTTAVIA: Ich habe in den letzten Tagen über diesen Keuschheitsgürtel einige Gespräche zwischen Tulia und meiner Mutter gehört. Aber ich weiß nicht recht, was eigentlich dieser Gürtel zu bedeuten hat, der die Frauen keusch macht.

TULLIA: Du wirst es erfahren! Als am Morgen nach jener zweiten Nacht Julia aufstand, trat Jocondus auf sie zu; sie waren ganz allein miteinander. Er zeigte ihr den Gürtel, und sie lachte laut auf und rief: »Was ist denn das für ein Ding in deiner Hand? Ich sehe ja Gold daran leuchten!« – »Du musst diesen Gürtel anlegen«, antwortete er, »damit du gegen den Makel geschützt bist, der deiner Mutter anhaftet. Man nennt dies Ding einen Keuschheitsgürtel. Meine Herrin Sempronia hat diesen hier mehrere Jahre lang getragen; jetzt wirst du ihn tragen. Auf diese Weise hat sie ihren guten Ruf erlangt, und ich hoffe, dir wird ein ebenso guter beschieden sein. Das goldene Gitterchen hängt an vier Stahlkettchen, die mit Seidensamt überzogen und kunstvoll an einem Gürtel von demselben Metall befestigt sind. Zwei dieser Kettchen sind vorn, zwei sind hinten an dem Gitterwerk angebracht und halten es von beiden Seiten fest. Hinten, über den Hüften ist der Gürtel mittels eines Schlosses verschlossen, zu dessen Öffnung ein ganz kleines Schlüsselchen dient. Das Gitterwerk ist etwa sechs Zoll hoch und drei Zoll breit und reicht daher vom Damm bis zum oberen Rand der äußeren Schamlippen; es bedeckt den ganzen Körperteil zwischen den beiden Schenkeln und dem Unterleib. Da es aus drei Reihen von Maschen besteht, so lässt es den Urin ohne Schwierigkeit hindurch; dagegen ist es unmöglich, auch nur eine Fingerspitze hineinzustecken. So ist also die Scham gleichsam durch einen Panzer gegen fremde Eindringlinge geschützt, während ihr rechtmäßiger Eigentümer nach Hymens Gesetz freien Zugang hat, so oft er will.«

OTTAVIA: Was hat wohl die Neuvermählte bei sich selber darüber gedacht?

TULLIA: Was auch du binnen weniger Tage darüber denken wirst, denn auch für dich wird schon ein derartiges Werkzeug angefertigt.

OTTAVIA: Ich wusste nicht, was Caviceus eigentlich bezweckte, als er mit mir vom Keuschheitsgürtel sprach und mir sagte, dieser sei der beste Beschützer der Tugend ehrbarer Frauen; er fragte mich, ob ich nicht auch einen anlegen wollte – und auch meine Mutter riet mir dazu.

TULLIA: »Was soll ich denn tun?«, fragte Julia, während ihr Mann die Decken vom Bett nahm. »Streife über den einen Fuß«, antwortete er, »diese beiden Kettchen, und über den anderen jene beiden anderen.« Sobald sie dies getan hatte, zog er den Gürtel empor, gab dem Gitter die richtige Lage vor der Spalte, legte den Gürtel oberhalb der Hüften um ihren Leib und verschloss ihn mittels des Schlüsselchens. »So, jetzt ist deine Sittsamkeit in Sicherheit; alles ist in Ordnung.« Er bat sie, nackt wie sie war, aufzustehen und durch das Zimmer zu gehen; sie tat nach seinem Befehl, verließ das Bett und machte einige Schritte. Sie meinte, sie gehe nicht so bequem wie sonst, da sie wegen der Größe des Gitters gezwungen sei, die Beine zu spreizen. »Du wirst dich daran gewöhnen«, sagte Jocondus; »dass es dir etwas unbequem ist, hat nichts zu bedeuten; dies ist nur am Anfang so.« Hierauf befahl er ihr, sich glatt auf den Bauch zu legen und betrachtete bewundernd ihren Rücken und ihr Gesäß, während sie so ausgestreckt lag, denn man sagt, die Natur habe ihren Leib gleichsam nach dem Winkelmaß gebaut und wie Marmor geglättet. Er untersuchte, ob man den Finger oder sonst irgendetwas in die Öffnung stecken könnte, probierte es mit seinem eigenen Finger und fand, dass es unmöglich sei. Da sagte er: »Alles ist in Sicherheit!«, und begab sich eilends zu seiner Herrin. »Ich habe jetzt, o Herrin«, so sprach er, »hier zwei Schlüssel für dich – zunächst aber diesen« – hiermit zeigte er ihr seine Lanze – »denn ich kann's nicht mehr aushalten.« – »Gerne nehme ich sie an«, versetzte Sempronia. Sie selbst zog sich Kleid und Hemd aus und warf sich aufs nächste Ruhebett. Er fährt in sie hinein, und mit verhängten Zügeln reiten sie beide ans Ziel der Wonne. Nach verrichtetem Werk spricht Sempronia: »Ich gebe dir diesen Schlüssel zurück, der so trefflich zu meinem Schloss passt; gib mir dafür den anderen.« – »Hier ist er«, sagte Jocondus, »nimm ihn.« – »Und nun«, fährt Sempronia fort, »vernimm meinen Willen. Ich wünsche, dass du dir mit Julia nur insoweit zu tun machst, wie notwendig ist, um von ihr Kinder zu bekommen, dass du dagegen alle Freuden der Liebe nur bei mir suchst. Ich verlange, dass du ihr bloß ein Ehemann bist, mir aber Buhle und Liebhaber. Ich werde dir daher diesen Schlüssel nur alle vierzehn Tage einmal übergeben, und auch dann nur, nachdem du zuvor meinen Garten einoder zweimal mit deinem Tau besprengt hast. Denn ich wünsche nicht, dass Julia wisse, was du in dieser Art Dingen leisten kannst, wie kräftig deine Lenden, wie stark deine Glieder sind. Ferner soll sie überzeugt sein, dass alle

Ehemänner es ihren Frauen gegenüber ebenso halten. Ich werde meine Freundin Teresa bitten, mit ihr zu sprechen und durch Ermahnungen oder Tadel ihre Gluten zu dämpfen oder auszulöschen. Wenn du, wie du's bisher getan hast, auch in Zukunft mich liebst und mir gehorchst, so wirst du in mir eine Herrin haben, deren Wohltaten über deine kühnsten Wünsche hinausgehen; tust du's aber nicht, so bin ich deine gefährlichste Feindin. Du weißt, Frauen beten entweder an oder hassen – ein Mittelding gibt es nicht.« – »Ich nehme diese Bedingungen an«, antwortete Jocondus; »welcher Mann könnte glücklicher sein als ich, den die schönste und edelste Frau mit Wonnen der Liebe überströmt, während zugleich meine reizende Gemahlin mir Kinder bescheren wird! Ich stelle sie dir ganz und gar zur Verfügung, wenn du es verlangst, werde ich nicht einmal mit ihr zusammen schlafen, damit sie nicht von Begierden entflammt werde, denn sie ist ja sinnlich und temperamentvoll und steht in der Vollkraft der Jugend.« – »Fern sei es mir, deinem Ehebette diesen Schimpf anzutun!«, versetzte Sempronia. »Wenn du bemerkst, dass sie in Glut steht, lass es mich wissen! Mithilfe meiner Freundin Teresa, die jedem meiner Winke gehorsam ist, wird der Brand gelöscht werden. Deine Frau soll weiter nichts tun, als dich zum Liebesspiel mit mir entflammen, wie vorhin.« So enthält sie der Gattin den Gatten vor und betrachtet Jocondus als ihr Eigentum, wie wenn er durch eine wirkliche Ehe mit ihr verbunden wäre.

OTTAVIA: Sie enthält ihn vermutlich auch dir vor?

TULLIA: Ja, das tut sie, und damit ich mich nicht beklagen möchte, von ihr angeführt zu sein, hat sie mir zum Ersatz für Jocondus meinen Lampridius verschafft. Lampridius war einer jener Anachoreten, die sogar den Anblick der Menschen fliehen; da er sich aber noch nicht fest gebunden hatte, so ließ er sich einen Urlaub geben und ging heimlich in sein Vaterland und Vaterhaus zurück. Er besitzt ein riesiges Vermögen; indessen steht er wegen seiner Flucht aus dem Kloster hier in der Stadt in keinem guten Rufe. Er ist daher auch zweimal als Freier abgewiesen worden, obwohl er ein ehrenwerter Mann, von vornehmer Geburt, reich und jung ist. Zuerst hielt er um Lucidias Hand an, dann bewarb er sich um Livia, die ebenfalls einem edlen Geschlechte unserer Stadt angehört. Tief gekränkt über diesen Schimpf, den er sich sehr zu Herzen nahm, hat er jede Hoffnung auf eine standesgemäße Ehe aufgegeben und völlig darauf verzichtet. Dein Vater, der gerade zu jener Zeit aus der Verbannung zurückkehrte, nahm ihn als Freund und Verwandten in sein Haus auf. Da ich oft zu euch kam, so hatte ich vielfach Gelegenheit, mich mit ihm zu unterhalten; fast ohne es zu merken, gewann er Geschmack an meinem Witz. Er sagte, Callias sei ein glücklicher Mensch, und wenn ihm selber ein glückliches Schicksal eine Geliebte gäbe wie mich, so würde er die Götter selber nicht um ihre Seligkeit beneiden. Sempronia redete mir zu, ich möchte durch ein anmutiges Benehmen, liebliche Worte und Koketterie bei der Geburt seiner Liebe Hebammendienste verrichten. »Wenn es dir gelingt«, so sprach sie, »Lampridius in Liebe zu dir zu entflammen, so wird keine Macht der Erde ihn dir wieder entreißen können; nur der Tod wird ihn dir rauben. Du weißt, wie charakterfest, wie hartnäckig er ist; er verfolgt mit seinem Groll alle seine Verwandten und Angehörigen – ganz gewiss wird er über den größten Teil seines Vermögens zu Gunsten deiner Familie verfügen.« Nun, kurz und gut: Eine Frau, die sich angebetet weiß, wird sich kaum enthalten können, den Mann, der sie liebt, wiederzulieben. Ich liebte Lampridius, und kurze Zeit nachher setzten wir mithilfe Sempronias, die sich dabei als sehr eifrige Vermittlerin bewährte, fest: Lampridius sollte durch notarielle Urkunde einen Teil seines Vermögens meinem Gatten Callias zum Geschenk machen; außerdem wurde festgesetzt: Wenn er ohne Testament stürbe, solle Callias sein Erbe sein; ich meinerseits sollte ihm durch einen eigenhändig unterzeichneten Vertrag freie Verfügung über meine Reize gewähren; doch sollte diese Verpflichtung für mich nicht eher in Kraft treten, als bis die Abmachung mit Callias erfüllt wäre. Einige Tage darauf wurde mit Einwilligung aller Beteiligten und zu Sempronias großer Freude alles schriftlich abgemacht. Am selben Tage machte ich kurz vor Lampridius' Abschied von eurem Hause einen Besuch bei Sempronia. Ich trug ein Kleid und einen Schmuck, was meinen Reizen neue Schönheit verliehen. Lampridius betrat das Zimmer, worin wir weilten, warf sich sofort vor mir auf die Knie nieder und rief: »Ich bete dich an, meine Göttin! Wahrlich, du wirst für mich stets eine Göttin sein! Gestatte, dass ein armer Sterblicher deine göttliche Schönheit genießt. Ich habe meine Versprechungen gehalten; halte jetzt auch du die deinigen!« – »Sie wird sie halten!«, versetzte Sempronia an meiner statt; »seid alle beide glücklich! Ihr könnt euch gegenseitig in vollem Maße beseeligen, wenn ihr nur wisst, wo euer wahres Heil liegt! Unterdessen macht nur eure Sache.« Mit diesen Worten ging sie und schloss die Tür hinter sich.

OTTAVIA: Und was tat Lampridius?

TULLIA: Er sprang auf, küsste mich, griff an meine Brüste. Ich wehrte mich wie eine, die sich gern besiegen lässt, und er warf mich auf das Bett, streifte Rock und Hemd zurück und griff mit der Hand zwischen meine Schenkel. »Lass mich, lass mich!«, rief ich. »Fort, fort mit dir! Du machst mich unglücklich. Wie könnte ich jemals wieder die Augen aufschlagen, den Himmel anschauen! Warum entehrst du mich?« Er aber erstickte mit Küssen meine Stimme und griff mich sofort mit seiner Lanze an. Mit einem einzigen Stoß war er drin, war er von dem heißen Schlund verschlungen; und im Augenblick des Eindringens fühlte ich mich von reichlichem Saft wie von einem Regen überströmt; niemals hatte Venus in ihrer Huld mit einem reicheren Tau meinen Garten besprengt. Ich vergehe noch jetzt vor Wonne, meine Ottavia, wenn ich mich dieser Stunde erinnere, deren Wonnen größer waren, als ich in meinem ganzen Leben sie je gekostet. Meines Liebsten Kraft war übrigens ungeschwächt; mit neuen Stößen dringt er auf mich ein; immer und immer wieder überströmen mich die neuen Fluten. Endlich springt auch aus meiner von seiner unermüdlichen Kraft so lange bearbeiteten Furche der Quell der höchsten Wonne hervor.

OTTAVIA: Wahrlich, du nennst einen Herkules dein eigen, wie du ja immer sagst. Kein anderer Mann tut es ihm gleich!

TULLIA: Nachdem er zum zweiten Mal gespritzt hatte, arbeitete er rüstig weiter. Wahrhaftig denke ich in aller Unschuld so bei mir selber: »Der hört gar nicht auf zu stoßen!« Ein einziges Mal war Callias, wie ich dir ja erzählte, zwei Meilen ohne Absteigen geritten. Lampridius ritt nicht weniger als drei Posten, was auch von den größten Lieblingen der Venus wohl nur wenige fertig bringen dürften. In diesem Augenblick verspürte ich ein außerordentlich heftiges Jucken, und alle meine Sinne schwanden mir in der Wonne der Liebe. Bis dahin hatte ich mit aller Anstrengung meines Willens noch eine gewisse Scham bewahrt. Jetzt aber vergaß ich mich selber ganz und gar. Ich wusste nicht mehr, wer ich war. Vom Rand der niedrigen Bettstatt hingen meine Füße herab; eine rasende Glut erfasste mich infolge der Stöße meines Reiters. Ich stemme die Füße gegen den Boden, hebe Leib und Lenden so hoch, wie ich nur kann, und erwidere seine Stöße. Da gibt er mir einen Kuss auf den Mund, legt seine Hand unter mein Gesäß und ruft: »Jetzt fühle ich, dass du mich liebst, o meine süße Herrin! Weiter so!« – »Was soll ich denn machen?«, frage ich; »ich bin ganz toll!« Im selben Augenblick schließen sich meine brechenden Augen, das Bewusstsein schwindet mir; während ich stoße und immer wieder stoße, fühle ich ein rasendes Jucken und zerfließe in einem Strom von Saft. Lampridius bemerkt es – er stößt, drängt, schiebt, und bald trifft mich ein glühender Strahl seines Saftes. Und so hauchen wir in inniger Umarmung die Seele aus.

OTTAVIA: Du machst mich ganz geil. Deine Schilderung könnte eine Vesta wollüstiger machen, als die heiligen Vögel der Venus, die Sperlinge, es sind.

TULLIA: Zum Schluss gab Lampridius mir noch einen Kuss; ich war auf dem Bett liegen geblieben. »Bald«, rief er, »werden wir den Kampf wieder aufnehmen. Was würdest du von mir denken, wenn ich mich als schlaffer Ringer bewährte, nachdem ich in dir einen so kräftigen Kampfpartner gefunden habe?« Als ich dann aber vom Bett aufstehen wollte, bemerkte ich, dass ich vor Mattigkeit nicht stehen konnte. Ich bedurfte seiner Stütze, um aufzustehen, und sank trotz aller meiner Anstrengungen sofort wieder auf die Bettkante zurück. »Ach«, rief ich, »mit deinem unbändigen Lieben, Lampridius, hast du meine Kräfte völlig erschöpft. Was soll ich nur machen? Es wird mir ganz unmöglich sein, nach Hause zu gehen.« – »Ruhe dich ein bisschen aus, meine Göttin«, antwortete er, »und mache ein Schläfchen, wenn du kannst. Ich selber bin munter und guter Dinge. Und wie könnte es auch anders sein, da ich bei dir meine Wollust gestillt habe – bei dir, du himmlisch schönes Weib! Bei dir, die du Frau Venus selbst an Liebesmacht übertriffst. Ich gehe jetzt, ruhe dich bitte aus!« – Als er gerade diese Worte gesprochen hatte, trat Sempronia ein, die lachenden Gesichts ein schlüpfriges Schelmenlied trällerte. – »Wie habt ihr denn euren Vertrag besiegelt?«, fragte sie. »Wie habt ihr euch gegenseitig mit Wonnen gesättigt? Mit einem Wort: Wie steht's und wie geht's?« – »Ich bin wahrhaftig ganz tot«, antwortete ich, indem ich einige Tränen abwischte, die mir unwillkürlich aus den Augen traten. – »Warum weinst du, Herrin?«, antwortete Lampridius, »ich bin ja dein! Räche dich ganz nach deinem Belieben an dem Überkühnen, der in deinem Wonnequell sich gebadet hat.« – »Lass doch dies!«, rief Sempronia. »Hast du deine Wollust an ihr befriedigt? Hast du in ihr eine angenehme, wackere Liebeskünstlerin gefunden?« – »Niemals ist ein Mann glücklicher gewesen als ich!«, antwortete er. »Alle Wonnen, die ich mir nur jemals habe erträumen können, ja sogar solche, die ich mir niemals habe träumen lassen – bei ihr habe ich sie gefunden.« – »Aber so sprich doch auch du, Tullia!«, sagte Sempronia zu mir. »Haben auch deine Sinne Befriedigung gefunden? Wie hat Lampridius dir gefallen?« – »Gewiss hat er mir gefallen!«, antwortete ich, »und zwar in dem Maße, dass ich mir keinen besseren und süßeren Geliebten wünschen kann. Aber, wehe mir Armen! Er hat mir förmlich meine Glieder zerbrochen – so matt bin ich. Ich kann kaum drei Schritte gehen; ich bin völlig lendenlahm.« – »Ach, du Ärmste, hahaha!«, rief Sempronia. »Aber gehe jetzt lieber, Lampridius!« – »Ich gehe nicht eher«, antwortete dieser, »als bis Tullia mir verziehen und in deiner Gegenwart mir geschworen hat, dass sie mich liebt.« – »Ich verzeihe dir«, versetzte ich darauf, »und ich liebe dich über alle Maßen! Das siehst du daraus, dass ich um deinetwillen den guten Ruf einer ehrbaren Frau, auf den ich so stolz war, dahingegeben habe und das ich jetzt in diese Schande versunken bin, die mich ganz verwirrt macht, wenn ich nur daran denke.« Er gab mir noch einen Kuss und ging dann; Sempronia aber begleitete ihn an die Tür und sagte: »Bitte noch auf ein Wort! Bleib noch einen Augenblick. Was wir miteinander sprechen, wird meiner Freundin Tullia nicht zu Ohren kommen. Sage mir offen: Hast du bei ihr alle Genüsse gefunden, die du erhofft hattest?« – »Ich habe viel größere gefunden, als ich je gedacht«, antwortete er. »Göttlich ist Tullias Schönheit, göttlich ist ihr Geplauder, göttlich sind die Gaben ihrer Liebesglut. Wie kann ich dir für dieses Geschenk danken, das mich in den siebenten Himmel versetzt? Aber ich bitte dich, überrede sie, dass sie mir erlaubt, noch vor dem Abend mich einmal an ihr recht sattzulieben.« – »Sattlieben darfst du dich nicht«, versetzte sie; »es wäre weder dir noch ihr damit gedient, wenn ihr beide jemals eurer Liebe satt werden würdet!« – »Ich habe mich dumm ausgedrückt«, antwortete er, »aber du weißt recht gut, was ich sagen wollte.« – »Ich werde sie bis zur Dämmerung in diesem Zimmer für dich hier behalten«, sagte Sempronia, »ihr Gatte wird nämlich bei uns speisen. Wenn du morgen bei ihnen dein Heim gefunden hast, wirst du viel leichter mit ihr zusammenkommen können, und dies wird für euch beide bequemer und angenehmer sein. Nimm aber nur ja deine Gesundheit in Acht.« – »Sei deswegen unbesorgt!«, rief er, und damit ging er. Sempronia kam nun wieder zu mir und berichtete mir alles, was sie mit Lampridius gesprochen hatte. Sie fragte mich auch, wie es denn mir bei unserem Liebeskampf ergangen sei; ich erzählte es ihr und klagte über fürchterliche Müdigkeit.« – »Sofort werde ich«, rief sie, »deine durch eine solche Riesenarbeit angegriffenen Kräfte wiederherstellen! Ein leckeres Mahl und ein wenig Ruhe werden dich erfrischen. Schlafe nur unbesorgt, unterdessen werde ich Callias aufsuchen, den ich nach dir rufen höre; wahrscheinlich hat er einen Angriff auf dich im Sinn. Ich werde ihm sagen, du habest Kopfweh.«

OTTAVIA: Sie rief vielleicht Callias, in Wirklichkeit aber ging sie zu Jocondus.

TULLIA: Jocondus war an jenem Tage auf dem Lande; er war zu den Pächtern geschickt. Kaum hatte sich der Schlummer auf meine Augen gesenkt, so hörte ich ein leises Knarren der Tür; diese wurde wieder geschlossen, und ich sah einen köstlichen Imbiss auftragen. »Steh auf«, sagte Sempronia zu mir, »das Essen wird dir deine Kopfschmerzen vertreiben. Komm!« Ich esse und trinke fröhlich und guter Dinge, und sofort fühle ich mich neu gestärkt. Ich springe aus dem Bett und umarme meine liebe Sempronia, indem ich mir selber Glück wünsche. Zwei Stunden darauf kommt Lampridius zurück und begrüßt uns auf die höflichste Weise; es waren nämlich mehrere von der Dienerschaft anwesend. Sobald diese hinausgegangen waren, erging er sich in Lobeserhebungen und Danksagungen gegen mich; Sempronia aber fiel ihm ins Wort und sprach: »Wir müssen nun daran denken, wie wir's anzufangen haben, um glücklich und ungestört lieben zu können. Nimm dich in Acht, dass nicht dem Callias die Augen aufgehen. Gar übel würde es euch ergehen; es würde euch beiden den Kopf kosten, wenn er von eurem Verhältnis das Geringste witterte.« – »Wäre er auch der Klügste der Menschen«, versetzte Lampridius, »so befürchte ich doch von ihm weder für mich noch für meine süße Herrin das Geringste, wenn sie sich nur nach meinen Vorschriften richten will.« – »Dein Wille soll für mich ganz und gar maßgebend sein«, antwortete ich, »von Stund an ist Tullias Seele nur deinem Befehl unterworfen.« – »Zunächst«, sprach Lampridius weiter, »kenne ich meines Freundes Callias Denkweise ganz genau. Er ist weder gut noch böse; aber er kann leicht entweder gut oder böse werden. Binnen weniger Tage, o Herrin, das verspreche ich dir, werde ich sein vertrautester Freund sein. Ich werde ihm seine geheimsten Gedanken zu entlocken wissen. Im Übrigen verlasse dich auf meine Gewandtheit. Du selbst hast vor allem darauf zu achten, dass er weder in deinen Blicken noch in deinen Worten oder auch nur in der geringsten Gebärde ein Anzeichen unserer Liebe entdeckt. Ich werde dir allerlei Ratschläge zu geben haben, die vielleicht nicht immer angenehm sein werden; doch werden sie alle zu deinem und meinem Nutzen sein, und sie werden notwendig sein für unsere Sicherheit und für das Heil unserer Liebe. Von der Geschicklichkeit, womit du deine Rolle spielst, wird unser Leben, wird unser Glück abhängen.« – »Mache dir um mich keine Sorge!«, antwortete ich. – »Wirst du immer vorsichtig und gehorsam sein?«, fragte er, »das werde ich übrigens gleich im Augenblick wissen; ich bitte dich um einen Kuss!« – »Hier!« – »Einen Kuss auf den Mund!

Keinen Anstandskuss!« – »Hier!« – »Ich bitte dich, mich zu umarmen!« – »Ich bin bereit!« – »Ich bitte dich um die volle Liebeswonne.« – Da schwieg ich. – »Du schweigst?«, fuhr er fort, »du verweigerst mir also dieses Glück, o Geliebte?« – »Mach doch von deinem Recht Gebrauch, du Narr!«, rief hier Sempronia; »soll sie etwa dich selber in den Sattel heben? Ich werde hier im Zimmer bleiben, aber an der Tür; denn die Bedienten wissen, dass ihr hier seid, und boshaft und schwatzhaft, wie sie alle sind, würden sie darüber Bemerkungen machen, wenn ich dich mit Tullia hier allein ließe.« Unterdessen bestürmte er mich mit Bitten, ich möchte ihn seine Liebesglut löschen lassen und rief, als er sah, dass Sempronia uns nicht mehr so scharf beobachtete: »Was fürchtest du denn? Sempronia hält ja Wache!« Er warf mich aufs Bett und suchte meinem Körper eine möglichst bequeme Lage zu geben; er drückte mir sein Ding in die Hand und verlangte, ich solle es festhalten. »Was?«, rief ich, »zu solcher Schändlichkeit willst du mich zwingen?« Damit zog ich die Hand zurück, blieb aber ausgestreckt liegen, mit entblößtem Leibe, und bereit, die Lanzenspitze mit meinem Schilde aufzufangen, der zwar nicht weiß, aber auch nicht ruhmlos war. Er ließ seine Hosen herab, presste seine Brust gegen meine Brust, seinen Leib gegen meinen Leib und stieß die Lanze hinein. Dabei rief er: »Nun wird sich's zeigen, ob du mich liebst.« – »Zweifelst du daran? Zweifelst du daran, dass ich dich liebe, da ich mich in solcher Weise jeder Begier deiner Wollust preisgebe?« – »So tu denn mit edlem und tapferen Sinn, was dir zukommt!« – »Das werde ich«, antwortete ich. Da begann er die heftigsten Stöße gegen mich zu führen; ich aber stieß ihm entgegen, hob meine Hinterbacken dabei empor und bewegte, so schnell ich nur konnte, meine Lenden. Er spürte zuerst den Kitzel der kommenden Wonne; aber er bot alle seine Kraft und Gewandtheit auf, um mir die höchste Wollust zu verschaffen. »Ach, ach!«, rief ich, »was quälst du mich so? Mach doch, mach schnell! Ich sterbe!« Im selben Augenblick sprudelte in meinem Leib der Quell des süßen Venustaus. Plötzlich rief Sempronia: »Schnell, schnell! Ich höre Callias kommen!« – Ich warf meinen Reiter aus dem Sattel, obwohl die Arbeit noch nicht ganz fertig war; denn als sein Glied meine Muschel verließ, überströmte er mir den Unterleib mit glühenden Tropfen. Einen Augenblick nachher rief Sempronia wieder: »Es ist nichts, es ist nichts! Irgendeine andere Stimme hat meine Ohren getäuscht.« Kaum hatte er diese Worte gehört, so stürzte blitzschnell Lampridius sich wieder auf mich, legte abermals die Lanze ein und begann den Kampf von neuem. – »Du machst mich tot!«, rief ich, »halte einen Augenblick inne; mir schwinden die Sinne. Ich muss Sempronia rufen!« – Unbekümmert aber fuhr jener mit schnellen Stößen fort; neue Gluten wurden in mir entfacht; reichlicher Saft strömte aus dem Born der Venus in meinen Schoß; abermals streichelte mich die Wonne des sanft kitzelnden Ergusses, und wenn nicht Sempronia zu uns gelaufen wäre und dem Turnier ein Ende gemacht hätte – wahrhaftig, seine unerschöpfliche Liebeskraft hätte mich zum dritten Mal überströmt. – »Jetzt ist's des Scherzes genug!«, rief sie, »ich fürchte nicht die Tücke der Menschen, wohl aber die des Schicksals.« – Wir steigen beide aus dem Bett, und Sempronia bot alle Sorgfalt auf, damit keine Unordnung meiner Kleider oder Haare oder meines Schmuckes meine Ausschweifung verriet. »Du hast ein so schnelles Postpferd, Lampridius«, sagte Sempronia, »wie du selber ein guter und ausgezeichneter Kurier bist.« – »Das habe ich«, antwortete er, »aber nenne mich nicht ihren Kurier, sondern ihren Sklaven – ihren Sklaven aus dem Grunde meiner Seele; und Tullia, die mich auf den höchsten Gipfel der Wonne erhoben hat, ist für mich eine Gebieterin, nicht ein Pferd.« So wurde also unsere Vermählung zum ersten Mal in Sempronias Hause und unter ihren Augen vollzogen; sie hegte und pflegte sozusagen an ihrem Busen unsere junge Liebe. Ihr verdanke ich meinen Lampridius, der auch der deine sein wird; er ist jung, freigiebig, von feinen Sitten, kräftig und mutvoll, selbst mit Herkules vermöchte er es in diesen Kämpfen der Liebe an Körperstärke und Lendenkraft aufnehmen; Aeneas steht hinter ihm zurück an Breite der Brust und in der Ausrüstung mit den Waffen der Männlichkeit; denn seine Brust ist breit und stark, und seine Waffen sind in gutem Stande für jenen Kampf, deren Lohn und Siegespreis wir Frauen sind.

OTTAVIA: Bitte, erzähle mir noch weiter, liebste Tullia, von euren Erlebnissen, deren Schilderung mich außerordentlich ergötzt. Erzähle mir wenigstens das Hauptsächlichste davon, und sage mir, wie er es in den ersten Tagen mit dir trieb.

TULLIA: Du machst dich wohl über mich lustig, kleine Närrin! Bei ihm gibt es keinen Unterschied zwischen dem ersten und letzten Tag.

Er ist stets so heiß und glühend, wie er war; er liebt mich immer noch mit der gleichen Inbrunst. An jenem ersten Tage speisten wir zusammen bei deinen Eltern; auch Callias war anwesend. Was sie miteinander sprachen, brauche ich nicht zu erzählen. Auf dem Heimweg sprach Callias mit mir nur noch von Lampridius; er rühmte seine große Höflichkeit und sagte, er habe sich sofort in aufrichtiger Freundschaft zu ihm hingezogen gefühlt; er sei ein höchst ehrenwerter, gesitteter und geistvoller Jüngling. – Dem Dienst des Bacchus folgte ein Opfer der Venus. Als er mich mein Kleid ausziehen sah und meine schwellenden Brüste seinen Augen ihre Kugeln darboten – es war schon spät in der Nacht und Zeit zur Ruhe –, da ergriff er, ehe ich mich ins Bett legte, meine Hand und führte mich in jenes reizende Kämmerchen neben unserem Alkoven. »Dieser Ort«, sprach er, »sei das Heiligtum der Venus und der Musen!« Mit der einen Hand hob er meinen Unterrock und mein Hemd hoch, in der anderen hielt er die lange, schwere und eisenharte Stange und führte sie in meine Grotte ein. – »Strecke deine Schenkel mir entgegen, Tullia!«, rief er. Ich tat es. Mit einem Stoß drang er dann in meine Grotte ein, deren ganzen

Raum er ausfüllte; er stieß und stieß, außer sich vor Wollust, und erregte mir ein wonniges Jucken. Ebenso schnell und stark stieß auch ich; er ergriff mit beiden Händen meine beiden Hinterbacken und zog mich mit aller Kraft an sich. Ich spürte zuerst die Wirkung des Venusstachels. Ich spritzte; im selben Augenblick aber folgt auch Callias meiner Liebesraserei und ruft: »Meine Adern strömen über! Mach, mach!« Mit immer wilderen Bewegungen raube ich ihm den letzten Tropfen; meine Kleine presst und saugt den Wonneschlauch aus und gerät auf den Gipfel der Wollust … Als wir damit fertig waren, sagte Callias: »Ich möchte jetzt, dass du dich freiwillig meinen Zukunftsplänen anschlössest, meine Herrin, denn stets wirst du meine Herrin sein!« – »Was du willst, das will auch ich«, antwortete ich; »und wenn du mir befiehlst, etwas nicht zu wollen, nun, dann will ich es nicht. Es wäre ein Verbrechen und eine Schmach, wenn ich mein ganzes Leben lang jemals andere Wünsche hätte als du! Was befiehlst du, o Herr, deiner Magd?« – »Gewiss bin ich überzeugt«, antwortete er, »dass du die ehrbarste und keuschste Frau bist, obwohl man zu sagen pflegt, dass die in den Wissenschaften bewanderten Frauen nicht sehr keusch seien. Trotzdem aber habe ich Sorge um deine Tugend, wenn du und ich ihr nicht zu Hilfe kommen.« – »Was habe ich denn getan, welchen Fehltritt habe ich mir zu Schulden kommen lassen, dass ein solcher Gedanke dir in den Sinn kommt, liebste Seele? Was denkst du denn von mir! Übrigens will ich mich dir nicht widersetzen, was du auch immer beschlossen hast.« – »Ich wünsche«, versetzte er, »dir einen Keuschheitsgürtel anzulegen; wenn du tugendhaft bist, wirst du daran keinen Anstoß nehmen; sollte dies aber doch der Fall sein, so wirst du mir zugeben, dass ich alsdann ein Recht zu meinem Wunsche habe.« – »Ich werde alles anlegen, was du wünschst«, antwortete ich, »sei es, was es wolle; ich werde glücklich sein, es dir zuliebe zu tragen. Ich lebe nur für dich; ich bin nur für dich Frau und lasse mich gern von der Außenwelt abschneiden, die ich verachte oder verabscheue. Ich werde mit Lampridius kein Wort sprechen; ich werde ihn nicht einmal ansehen!« – »So ist es nicht gemeint!«, rief er, »im Gegenteil, ich wünsche, dass du mit ihm auf vertraulichem Fuße verkehrst, wenngleich natürlich anständig, und dass weder er noch ich uns über dich zu beklagen haben; er über eine zu schroffe Behandlung, ich über ein zu entgegenkommendes Wesen ihm gegenüber. Der Keuschheitsgürtel wird dir erlauben, in voller Unbefangenheit mit ihm zu verkehren, und wird mir hinsichtlich des Lampridius volle Sicherheit verbürgen.« Hierauf nahm er mit einem seidenen Bande an meinem Leibe oberhalb der Hüften das Maß für den Gürtel; mit einem andern Seidenband maß er den Abstand von den Leisten bis zu den Lenden. Dann sagte er: »Um dir klar und deutlich zu zeigen, wie hoch ich dich schätze, werde ich die Kettchen, die mit Samt überzogen werden, aus reinem Golde anfertigen lassen; aus Gold wird das Gitter sein und außerdem noch mit kostbaren Steinen besetzt. Der geschickteste Goldschmied unserer Stadt, der mir für manche Wohltat zu Dank verpflichtet ist, wird allen seinen Fleiß darauf verwenden, ein Meisterwerk seiner Kunst zu schaffen. So werde ich dir Ehre erweisen, während ich dich scheinbar beleidige.« Ich fragte ihn, wie viel Zeit die Anfertigung dieses Gürtels erfordern werde. »In etwa zwei Wochen wird er fertig sein«, antwortete er; in der Zwischenzeit bat er mich, ich möchte mit Lampridius nicht zu intim verkehren; nachher könnte ich mich ihm gegenüber ganz nach meinem Belieben verhalten. Wir legten uns darauf zu Bett, und in jener

Nacht bestieg er mich dreimal – dreimal ließ er volle Ströme der Wollust in meine Grotte fließen, zu gegenseitiger höchster Wonne.

OTTAVIA: Wahrhaftig, du bist ein Liebling der Venus, da innerhalb einer so kurzen Zeitspanne die Göttin durch eine neunmalige Begattung deinen Garten hat betauen lassen! Und du hast unermüdet dem kühnen Reiter dienen können?

TULLIA: Ja, das konnte ich. Ich habe sogar bei dem letzten Rennen, als dem Anschein nach der Liebessaft nicht aus dem Träufelrohr heraus wollte, mich so munter gedreht und bewegt und so kräftig geschoben, dass eine große Menge Saft hervorspritzte, mochte Callias wollen oder nicht. Am nächsten Morgen besuchte Sempronia mich, sie teilte alles Lampridius mit, der kurz nachher ›als neuer Hausgenoss‹ zu uns zog.

OTTAVIA: Er hatte aber an jenem Tage nichts mit dir vor, nicht wahr?

TULLIA: Überhaupt nicht während der ganzen nächsten zehn Tage. In dieser Zeit wechselte ich mit ihm nicht einmal ein vertrauliches Wort, da wir fortwährend von meinem Callias beobachtet wurden, sowie auch von den Dienern, die er mit unserer Bewachung beauftragt hatte.

Denn an 'nem schlimmen Knecht ist das allerschlimmste die Zunge.

Du weißt ja, wie boshaft und gemein diese Art Leute sind. Aber gib mir einen Kuss; mir kommt es vor, als sähe ich in deinem Gesicht eine eigentümliche Ähnlichkeit mit den Zügen eines französischen Kavaliers, der im vorigen Jahr in Rom als wackerer Kriegsmann mich mit seinem Schießrohr bombardierte, und zwar in Gegenwart und auf Veranlassung meines Lampridius; seine drei Freunde, die auch mit dabei waren und bei der Bearbeitung meines Weinbergs gar vielen Schweiß vergossen, waren zwar auch stramm und kräftig, verschafften mir aber nicht annähernd so hohen Genuss.

OTTAVIA: Was für Gräuel höre ich da? Vier Männer hast du befriedigt – du, die du so zart, so reizend bist? Ist dir denn unter einer so großen Zahl von Reitern nicht das Kreuz gebrochen?

TULLIA: Du wirst die Geschichte noch von mir hören. Aber möchtest du nicht, dass ich erst die angefangene Erzählung zu Ende bringe?

OTTAVIA: Nur zu! Erzähle!

TULLIA: Als am nächsten Tage Lampridius in unser Haus übersiedelte, sagte Callias ihm, er müsse nach unserm Landgut in der Nähe von

Ancona reisen. Du kennst die entzückende Lage und die Pracht unserer Villa. Als mein Mann bei Tische davon sprach, bemerkte Lampridius, er wolle ihn gerne begleiten, wenn's ihm recht sei; denn er betrachtete es als ein großes Glück, in vollen Zügen die reine Landluft atmen zu dürfen. »Nichts könnte mir angenehmer sein«, setzte er hinzu, »als sie mit dir zusammen genießen zu können.« Sie verbrachten auf dieser Reise sieben Tage, und Callias gewöhnte sich so sehr an Lampridius' Gesellschaft, dass er ihn als vertrauten Freund in alle Regungen seiner Seele und in seine geheimsten Gedanken einweihte. Callias pries meinen Geist, mein Benehmen, meine Höflichkeit; und er sagte: was mich als ein leuchtendes Beispiel vor allen Frauen erscheinen lasse, das sei meine Tugend. »Aber wäre es nicht leicht zu machen«, sagte Lampridius, »dass du sogar jede Versuchung zu einem Fehltritt – den sie, wie ich hoffe, nie begehen wird – von ihr fern hieltest? In Bezug auf die Keuschheit kann man sich freilich auf den guten Charakter seiner Frau und auf die Augen der Dienerschaft verlassen; aber ein gutes Schloss ist noch sicherer. Eine Frau kann uns hintergehen, Dienstboten lassen sich bestechen; ein Schloss aber trügt nicht und ist unbestechlich.« – »Ich bin vollkommen deiner Meinung«, antwortete Callias, »darum fertigt auch Meister Stefano, der Goldschmied, für mich ein Kettengitter an, das als vorgeschobenes Verteidigungswerk für die Zitadelle meiner Tullia dienen wird.« – »Du hast Recht getan, dem Goldschmied die Wahrnehmung deiner Interessen anzuvertrauen. Um dir die Wahrheit zu gestehen: Ich wünsche von Herzen durch ein unauflösliches Freundschaftsband mit dir verbunden zu bleiben; aber wir Männer sind alle dem Verdacht ausgesetzt, und ich würde befürchten, wenn ich mit deiner Frau recht ungezwungen verkehrte, so könnte ich dadurch dein Misstrauen erregen, wie könnte es auch anders sein? Das würde dir Kummer machen, mir aber außerordentlich peinlich sein. Wenn du sie mit Schloss und Kette verwahrst, so hast du durchaus nichts mehr zu befürchten und zu argwöhnen. Jetzt aber erlaube mir, morgen nach der Stadt zurückzukehren; übermorgen werde ich wieder hier sein. Mein Sachverwalter wird mir morgen Briefe aus Venedig geben, die eine sehr wichtige und dringliche Angelegenheit betreffen; indem ich mich um meinen Nutzen bekümmere, sorge ich ja zugleich auch für den deinigen.« Lampridius kam also am zehnten Tage zurück und überbrachte dem Meister Goldschmied einen Brief von meinem Gatten, der ihn zur Beschleunigung der Arbeit antrieb; auch mir gab er einen Brief von ihm. »Um dir zu erkennen zu geben«, hatte mein Mann ihm gesagt, »in welch hohem Maße ich überzeugt bin, in dir ein anderes Ich gefunden zu haben, vertraue ich dir mein wichtigstes Geheimnis an: Meine Frau will nicht, dass irgendein Mensch auf den Gedanken kommen könnte, ich hegte Zweifel an ihrer Tugend – deren ich ja in der Tat sicher sein kann.« Als Lampridius in mein Zimmer trat, sah er mich umgeben von einem Kreise von Freundinnen, unter denen besonders Sempronia im vollen Glanze ihrer Schönheit und ihrer Juwelen strahlte. Er macht vor der Gesellschaft eine ehrerbietige Verbeugung, übergibt mir den Brief meines Gatten Callias und sagt mir, die Kettchen nebst allem Zubehör würden in drei oder vier Tagen fertig sein. Als er nachher noch einmal wiederkam, fand Lampridius mich mit Sempronia allein. – »Alles geht vortrefflich, o Herrin«, sprach er, »binnen weniger Tage wird dein Gürtel fertig sein, mit Edelsteinen geschmückt, die deine Schamhaftigkeit selber mit Stolz als ihre Wächter preisen würde, wird das goldene Pförtlein in strahlender reicher Pracht den Eingang deines Gartens beschützen.« Er macht hierauf eine genaue Beschreibung des Kleinods und fuhr dann fort: »Aber der Schlüssel dazu war nicht verschlossen, und indem ich lachend mit dem Goldschmied über dies und jenes plauderte, habe ich mit diesem Stück Wachs einen Abdruck davon genommen. So sehen wir also, wie du, Sempronia, es uns wünschtest, einem frohen Leben entgegen.« Er erzählte uns dann, wie geschickt und gewandt er sich in die vertraute Freundschaft meines Mannes eingeschmeichelt habe, sodass man sich eine innigere Vereinigung nicht denken könne. – »Wie glücklich bist du«, rief Sempronia, »durch diese doppelte Vereinigung, die das höchste Glück im Menschenleben gewährt: Mit Callias stehst du im Seelenbunde, mit Tullia einigen dich Leib und Sinne. Glücklicher Freund! Glücklicher Liebhaber! Du besitzt diese beiden höchsten Güter, Freundschaft und Liebe, in vollem Umfange und kannst ihrer ungestört dich erfreuen. Aber welches von diesen beiden Gütern scheint dir das Süßere?« – »Zweifelst du daran?«, rief er. »Möge Tullia selber dir antworten!« – »Ich wäre eine eitle und einfältige Person«, antwortete ich, »wenn ich behaupten wollte, mit irgendwelchen Reizen begabt zu sein, sodass Lampridius an mir wahre Wollust finden könnte.« – »Ich habe sie gefunden«, antwortete er, »mögen meine Seele zu Stein und mein Herz zu Erz werden, wenn ich es für möglich halte, in den Armen einer andern saftigere Früchte der Liebeswonne kosten zu können!« – »Genug jetzt von euren galanten Redensarten«, fiel Sempronia ein, »wir wollen jetzt zu Nacht speisen. Ich werde heute Abend mit dir zusammen schlafen, liebe Tullia, denn mein Mann ist verreist.« – »Und was wollt ihr denn mit mir anfangen?«, fragte Lampridius.

OTTAVIA: Und Sempronia schlief mit dir zusammen? Da lag wohl Lampridius zwischen euch beiden? Hat er vielleicht euch beide geritten?

TULLIA: O nein! Denn als es nach dem Essen schon späte Nacht geworden war, sodass wir an den Schlaf denken mussten, wurde Lampridius in sein Zimmer geleitet. Sempronia hatte sich selber ihren Keuschheitsgürtel angelegt und Vittorio hatte den Schlüssel mitgenommen; er war nämlich eines Prozesses wegen nach Verona gereist, und Jocondus begleitete ihn auf dieser Fahrt. Um die Zeit der ersten Nachtwache kam der Verabredung gemäß Lampridius zu uns und schlüpfte ins Bett, und zwar von jener Seite, auf der ich lag. – »Was willst du? Wer bist du?«, rief ich. – »Dein Diener, o Herrin!«, antwortete er. Mit diesen Worten gab er mir einen Kuss und lag im selben Augenblick auf mir. »Endlich einmal«, rief er, »werde ich deine ganze Schönheit genießen!« Mit wollüstiger Hand befingerte er meine Kleine, in die er dann eilends seine harte Lanze hineinstieß. Seine bloße Berührung entflammte mich zu einer Glut, wie Mars sie der Frau Venus einflößte. Um dir die Wollüste und Wonne jener Nacht durch einen einzigen Satz anzudeuten: Er ließ mein Rösslein seine zwölf Poststationen beinahe in einem Atem laufen.

OTTAVIA: O Venus! Was höre ich! Caviceus brachte in einer ganzen Nacht ja kaum drei fertig.

TULLIA: Ein- oder zweimal war Callias auf meinem Rösslein bis zur siebenten Station geritten; Jocondus hatte es auf Sempronia bis zur achten oder neunten gebracht. Aber über Lampridius' Leistungen braucht man sich nicht zu verwundern; in seinen Lenden schlummert ein schier unerschöpflicher Venusquell. Das wirst du in der nächsten Nacht selber eingestehen.

OTTAVIA: Schlief denn derweil meine Mutter? Oder ließet ihr sie an euren Liebesspielen und Scherzen teilnehmen?

TULLIA: Es war ihr selber die Nacht vorher aufs Beste besorgt worden. Vittorio hatte sie in unersättlichem Liebesdrang nicht weniger als sechsmal hergenommen, nachdem am Nachmittag schon Jocondus sie dreimal mit seiner Manneskraft erfreut hatte.

OTTAVIA: Und was machte denn während der Zeit die unglückliche Julia?

TULLIA: Ich werde es dir sagen, sobald du mir erzählt hast, wie es der glückseligen Ottavia erging, nachdem sie ihre Jungfernschaft verloren hatte. Ich habe rechte Angst um dich wegen jenes Teodoro.

OTTAVIA: Gut, dass du mich daran erinnerst. Hahaha!

TULLIA: Du lachst? Deine Versprechungen waren also wohl eitles Gerede gewesen? Der geschändeten Jungfräulichkeit wurde also keine Ehre erwiesen, wie du doch gesagt hattest!

OTTAVIA: O nein, meine Worte waren durchaus nicht in den Wind gesprochen; indessen der Schmerz wurde lediglich ein Reizmittel kitzelnder Sinnenlust und eine Steigerung der süßesten Wonne, um die es mir nicht im Geringsten Leid tut.

TULLIA: Wie die Wollust an den Schmerz grenzt, so grenzt auch der Schmerz an die Wollust.

OTTAVIA: Drei Tage, nachdem Caviceus die Brautnacht mit mir gefeiert hatte, erinnerte meine Mutter mich an meinen Entschluss und an die Verpflichtung, die ich dem Pater Teodoro gegenüber eingegangen wäre. »Du bist deiner Jungfernschaft eine Trauerfeier schuldig«, sagte sie, »denn sie ist bis zu diesem Tage deines Lebens deine würdige und unantastbare Begleiterin gewesen.« – »Ich erinnere mich recht wohl, liebe Mutter«, antwortete ich, »und ich werde dieser Verpflichtung, die ich auf deinen Wunsch eingegangen bin, nachkommen, sobald du es befiehlst.« Kurz und gut – wir begaben uns zu Teodoro, der uns befahl, am Nachmittag wiederzukommen, sobald die Sonne sich zum Untergang neige. Um die genannte Zeit waren wir zur Stelle. Er führte mich in eine der inneren Kapellen des Klosters, schloss die Türen und schob den Riegel vor. Dann sprach er: »Du hast hier nicht zu befürchten, meine Tochter, dass die Blicke Unbefugter dich treffen; ich bin der Obere dieses Klosters. Wir können in voller Sicherheit alles erledigen.« Hierauf begann er eine lange Predigt, um mich zu stärken und meinen Mut zu befestigen. Während er sprach, hielt ich den Kopf gesenkt und die Augen auf den Boden geheftet, und seine Predigt bereitete mich so trefflich auf die grausamsten Martern vor, dass ich, hätte er mir zu sterben befohlen, fröhlichen Mutes in den Tod gegangen wäre. Da siehst du, meine liebe Tullia, wie kunstvoll er mir den Sinn umgarnte! Sobald er sah, dass ich vollkommen bereit war zu tun, was er verlangte, fuhr er fort: »Deine Mutter selber wird dir in dieser Bußübung strenger Frömmigkeit mit ihrem Beispiel vorangehen.« – »Das ist durchaus nicht nötig«, antwortete ich, »ich selber habe aus freiem Willen in den Verlust meiner Jungfräulichkeit, dieses so kostbaren Gutes, eingewilligt. Gegen mich allein muss sich daher dein Zorn kehren, ehrwürdiger Mann!« – »Ich aber werde nicht leiden«, rief meine Mutter, »dass du allein diese Strafe erduldest! Auch ich habe zu dieser Schandtat meine Einwilligung gegeben!«

TULLIA: Wirklich, ein edler Wettstreit!

OTTAVIA: »Gut«, sagte Teodoro, »wer von euch beiden den festesten Mut hat, werde ich ja bald erfahren. Mache dich bereit, Sempronia!« – »Hilf mir beim Ausziehen, mein Kind«, sagte meine Mutter, »damit ich mich so schnell wie möglich dieser frommen Pflicht entledige.« Ich ziehe ihr Mieder, Rock und Unterrock aus; sie selber streift sich das Hemd bis über die Hüften hoch, kniet vor dem Altar nieder und ruft: »Schone ja nicht meines unzüchtigen Fleisches, o heiliger Mann! Reinige durch deine Schläge den Tummelplatz meiner Lüsternheit.« – »So reiche mir denn das Werkzeug frommer Zucht«, sagte Teodoro. – »Ganz gegen meine Gewohnheit«, antwortete sie, »habe ich es in der Tasche meines Rockes stecken lassen.« – Während sie die Geißel aus dieser herauszuziehen suchte und zu diesem Zweck ihre Glieder streckte und sich nach links beugte, bot sie meinen Augen die eleganten Formen ihres Unterkörpers zur Schau; ich bemerkte Hinterbacken von blendender Weiße, rund, prall, zur Liebe geschaffen; dazu dicke Beine mit glatter Haut. Mutter Natur hat nichts Vollkommeneres und Schöneres gemeißelt!

TULLIA: Von ihrer Kleinen sahst du nichts?

OTTAVIA: Ich stand im Hintergrunde, sodass es mir kaum möglich war, diese zu sehen. Indessen sah ich sie doch. Teodoro nahm die Geißel in die Hand und sagte ihr, sie solle guten Mutes sein. Dann murmelte er unverständliche Worte, die sich anhörten wie ein Klagegesang, und bearbeitete mit seinen Hieben ihre Lenden, Hinterbacken und Waden. Nachdem er ihr eine kurze Erholungspause gegönnt hatte, rief er: »Beuge deinen Leib und bücke dich, so tief du kannst, damit auch jener Teil, den du nach dem Eherecht beflecken lassen musst, seine Züchtigung empfange!« Sie gehorchte; die Hinterbacken traten mehr hervor, und zwischen ihren Schenkeln wurde die Kleine sichtbar. Ich blickte hin und sah, dass jene Stelle mit schwärzlichen, gekräuselten, nicht sehr langen Haaren bewachsen war; die Spalte klaffte, sie war lang und rot. In demselben Augenblick fielen die Schläge hageldicht auf ihre Kleine und meine Mutter schrie: »Au, au, au! Ich werde ohnmächtig! Du schlägst so stark, dass ich's nicht aushalten kann.« – »Du bist verrückt, Sempronia!«, entgegnete Teodoro, und damit begann er von neuem, sie aus Leibeskräften zu geißeln; sie zerfloss in Tränen und stieß tiefe Seufzer aus, rührte sich aber nicht mehr. »Jetzt dreh dich herum!«, befahl Teodoro. Sie gehorchte, hob ihr Hemd bis über den Nabel empor und entblößte ihren Bauch, ihre Schenkel sowie die ganze Vorderseite ihres Leibes. Voll Erstaunen sah ich zu, als jetzt der fromme Henkerskerl seinen Platz veränderte und an ihre rechte Seite trat.

TULLIA: Du willst sagen: der Henkerskerl, den der Henker holen sollte! Was wollte er denn noch, um noch mehr seine bestialische Grausamkeit anzustacheln?

OTTAVIA: Höre nur! Er schielte mit einem Seitenblick ebenfalls nach ihrer Kleinen; als er sah, dass sie ganz offen, für die Geißel bereitlag, begann er schnell, sie nach Kräften zu prügeln, und seine ersten Hiebe trafen drei oder vier Zoll unterhalb des Nabels. »Schlage höher!«, stöhnte meine Mutter. Er aber ließ die Schläge unterhalb des Bauches auf die Schenkel und zwischen die Schenkel niederhageln, dass ihr bei dieser Marter dicke Tränen aus den Augen schossen – ein Beweis, wie schlimm ihr dabei zu Mute wurde. Nach diesem Unwetter gab es für einen Augenblick wieder heiteren Himmel; die Schläge prasselten nicht mehr hernieder. Meine Mutter küsste den Fußboden, kleidete sich hierauf wieder an und wandte sich zu mir mit den Worten: »Jetzt, liebes Kind, kommst du an die Reihe; betritt nun du diesen Kampfplatz der Tapferkeit, den ich geweiht habe!« Sie knöpft mein Kleid auf, sodass es auf meine Füße niederfällt, streift darauf mein Hemd so hoch empor, wie sie kann und zwar ringsherum, sodass ich Teodoros Blicken und Schlägen den vorderen sowohl wie den hinteren Teil meines Körpers preisgab. »Wirst du auch tapfer sein, liebes Kind!«, fragte sie; »du wirst selber der Wonnen genießen, die auf diese augenblicklichen Schmerzen folgen, ich vermag sie dir nicht zu beschreiben. Wirf dich jetzt auf die Knie!« – »Wie gern möchte ich«, rief ich, »dass du selber, liebe Mutter, diese Aufgabe auf dich nähmst und mir die Schläge gäbest, um mich von der Sünde zu reinigen! Sicherlich würde ich sie mit derselben Tapferkeit und Standhaftigkeit ertragen wie du!« – »Dies ist unmöglich«, antwortete sie, »du bist in Teodoros Gewalt, wie ich selber es bin. Aber soll ich dir vielleicht die Hände zusammenbinden?« – »Gern«, antwortete ich. Die Hände wurden mir gebunden, wie ich es wünschte, sodass ich mich ihrer nicht hätte bedienen können, selbst wenn ich es gewollt hätte.

TULLIA: Während dieser Zeit weideten sich wohl Teodoros Augen an der Blüte deiner Schönheit.

OTTAVIA: Das will ich meinen! Er legte sogar seine Lippen an mein Ohr und flüsterte mir zu, ein mutiges Herz müsse tapfer sein und tapfer leiden.

TULLIA: ›Tapfer sein und tapfer leiden, ist Römerpflicht!‹, sagt Titus Livius.

OTTAVIA: »Ich will jetzt einmal sehen, ob du noch mutvoller bist als deine Mutter!«, sprach Teodoro zu mir. »Wenn du keinen Ton der Klage hervorbringst, ist die Siegespalme dein.« Mit der flachen Hand tätschelte er mir darauf erst die eine, dann die andere Hinterbacke, dann senkte er die Nägel von zweien seiner Finger in mein Fleisch, zwickte meine Haut wie mit einer Zange und riss mit einem Ruck mir einen Fetzen derselben aus. Trotz des Schmerzes schwieg ich, indem ich meinen Atem anhielt und ein Stöhnen mit Gewalt in meine Brust zurückdrängte. Nachdem er hierauf mit seiner glühend heißen Hand die ganze Scham bis zum Damm bedeckt hatte, packte er mit den Nagelspitzen drei oder vier Haare meines Vlieses und riss sie alle auf einmal heraus. Obgleich dies sehr wehtat, ließ ich mir doch nicht den geringsten Schmerz merken.

TULLIA: Du bist mutig, Ottavia! Was ist im Vergleich mit dir ein Cato? Aber verlangte nicht auch deine Mutter die gleiche Art von Folter durchzumachen?

OTTAVIA: »Hebe deine Röcke hoch, Sempronia!«, sagte Teodoro, »und entblöße dein Schandglied!« Kaum hatte er diese Worte gesprochen, so streckte sie ihm schon ihre nackten Hinterbacken entgegen. Er schlug seine Krallen hinein; sie erzitterte und hob vor Schmerz das eine Bein hoch, sagte aber nichts.

TULLIA: Dies war der erste Teil der Komödie. Der Cincinnatus mit dem langen Bart wird wohl gleich zum zweiten übergehen!

OTTAVIA: Meine Mutter streifte Rock und Hemd in die Höhe, sodass ihre Kleine sichtbar wurde; sie zeigte Teodoro ihren reizend schönen Bauch, der glatt war und schneeweiß; sie enthüllte seinen Blicken das lauschige Venusplätzchen, das, wie ich dir schon sagte, von dicht gekräuselten Haaren umbuscht war. Er nimmt ein paar von diesen Haaren, packt sie alle zusammen und reißt sie mit einem Ruck heraus.

TULLIA: O der Schelm! Das war nur ein Vorspiel zu einem unterhaltenderen Spiel!

OTTAVIA: Sie knirschte dabei vor Schmerz mit den Zähnen; ließ aber trotz alledem kein Wort, keine Klage hören.

TULLIA: Bringe nur endlich die Geschichte zum Schluss!

OTTAVIA: Ich wurde gegeißelt, von Peitschenhieben zerfetzt, aber meinem Munde entfloh kein einziges Wort, meiner Brust kein einziges Stöhnen, die mir als Feigheit hätten ausgelegt werden können. Wir gingen wieder nach Hause. Hahaha! Wir waren schon auf der Türschwelle, als meine Mutter mir sagte: »Wie befindest du dich, mein Kind?« – »Ich habe große Schmerzen, liebe Mutter«, antwortete ich. – »Warte nur einen Augenblick! Gleich werden aus dem Schmerz süßeste Wonnen werden! Auch mir brennen Lenden und Schenkel, wie wenn sie von Ameisen zerbissen wären. Verspürst du nicht auch ein Jucken, wie von einer entzündeten Stelle?« – »Ganz genau so ist es!«, antwortete ich, »unter meiner Haut prickelt es unaufhörlich; es ist aber mehr wie das Jucken einer Krankheit, die sich einen Ausweg sucht als wie ein Gefühl von Nadelstichen; mir ist's als stände ich ganz in Flammen.« – »Alle diese kleinen Unbequemlichkeiten, mögen sie sein, wie sie wollen, sie werden sich zu einer Quelle unerschöpflicher Wollust umwandeln!«, versetzte meine Mutter. – Sie führte mich in mein Zimmer und sagte: »Lege dich auf dein Bett! Schütze irgendeine Krankheit vor; ich werde dir gleich im Augenblick deinen Caviceus zuschicken, aber ich verlange, dass du mir nachher genau beschreibst, wie ihr's miteinander getrieben habt.« Bald nachdem sie gegangen war, trat Caviceus bei mir ein. Er umarmte mich, gab mir süße Zungenküsse und regte mich mit seinen Fingern auf. – »Ich höre«, sagte er, »du bist unwohl?« – »Sogar sehr krank!«, erwiderte ich, »denn man hat mir gesagt, du seist verzornig auf mich. Welches Vergehen oder Verbrechen habe ich mir denn nur zu Schulden kommen lassen?« – »Du stehst mir gegenüber rein von Schuld und Fehl da, mein geliebtes Herz!«, antwortete er; »du hast mich mit Wonnen überschüttet, und ich habe in deinen Umarmungen die höchste Seligkeit gefunden. Es wäre schändlich von mir, wollte ich mich über dich beklagen, in der mein Amor alle Entzückungen und alle Genüsse der Liebe besitzt!« Mit diesen Worten holte er das genannte Ding hervor und bat mich, das anschwellende in die Hand zu nehmen; gleich darauf legte er sich auf mein Bett; er hatte seine Hose heruntergelassen und mich bis zum Gürtel aufgedeckt. Er stürzt sich auf mich, setzt die Lanze an, und beim ersten Stoß strömt ein reichlicher Venusregen aus den Tiefen meines Schoßes hervor. – »Möge ich sterben, liebste Ottavia«, rief er, »wenn meine Semia je zuvor solche Wonne gekostet haben!« Um es kurz zu machen: Bei diesem einen Stechen brachte ich nicht weniger als dreimal der Venus ein Sprengopfer, gleichsam zum Dank für die höchste Wonne, die mir zuteil wurde. Als Caviceus fertig wurde, genügte der Strom, den er ergoss, nicht einmal, um den Brand meiner Wollust zu löschen; er wurde von neuem entfacht, und als Caviceus herabstieg, zeigten ihm meine lüstern gebrochenen Äuglein, wie ich in Flammen stand. Da griff er mit der Hand an mein Gärtlein, und sein Finger täuschte mir ein leeres Scheinbild der Venus vor.

TULLIA: Du weißt wundervoll zu erzählen. Indessen hat deine Geschichte mich nichts Neues gelehrt. Durch die Peitschenhiebe werden in allen Körperteilen, die mit unseren Geschlechtsteilen in Verbindung stehen, eine unendliche Menge feiner Geister ins Leben gerufen; sie sind stürmischer und hitziger als Feuerfunken; sie gelangen von selber in unsere Geschlechtsorgane, in die Scheide, in die spermatischen Kanäle; und dadurch wird unsere Venus in Brand gesetzt und durch ein unbeschreibliches Jucken zum höchsten Grad der Geilheit getrieben. Ich will dir etwas erzählen, was dir als ein Wunder erscheinen wird. Unsere Freundin, die Herzogin Leonora, die so erlaucht ist durch ihre hohe Geburt, so glänzend durch ihre Schönheit, so ausgezeichnet durch alle Vorzüge des Körpers und des Geistes – sie verdankt ihre Fruchtbarkeit lediglich Geißelhieben. Ihr Gemahl, der Herzog, starb vor Liebe zu seinem jungen Weib; trotzdem konnte er zu seinem großen Kummer keine Nachkommenschaft von ihr erhalten. Alle Hilfsmittel der Kunst und Geschicklichkeit wurden aufgeboten; mit jedem einzelnen Körperteil wurden Versuche angestellt. Aber alle Hilfsmittel der Kunst und Geschicklichkeit blieben wirkungslos. Endlich wurde, auf den Rat eines Arabers, Leonora mit Ruten gepeitscht, und zwar, wie du, von der Hand ihrer Mutter. Bis dahin hatte ihr die Liebe nicht den geringsten Genuss bereitet; als aber in jenem Augenblick der Herzog sein Schießrohr auf sie richtete, verspürte sie eine lebhafte Wirkung. Einige Tage darauf wurde ein neuer Versuch gemacht: Ihre Lenden wurden mit Geißelhieben gestachelt, ihre Hinterbacken und Schenkel zur Liebesbrunst entflammt. Da wäre sie beinahe unter den Stößen ihres Gatten vor Wollust in Ohnmacht gesunken. Ihre Wonne machte sich in einem wunderbaren Strom von Liebessaft Luft. Kurz und gut, nach ganz kurzer Zeit, während welcher sie stets auf dieselbe Weise zur Liebe angestachelt wurde, empfing sie ihren Gemahl mit größter Wollust in ihrem Schloss und spürte voll Entzücken die kräftigen Stöße des strotzenden Stängels. Sie wurde schwanger, und ihr Leib trug Frucht. – Auch von einem unserer Bekannten, dem Markgrafen Alfonso, habe ich erzählen hören, dass ihn Rutenhiebe zum Liebeskampf anregen müssen; ohne dieses Mittel wäre er gänzlich ohnmächtig. Er lässt sich das Hinterteil mit Ruten streichen – und zwar kräftig; während dieser Zeit liegt seine Gemahlin auf dem Bett schon in der geeigneten Stellung bereit; während man ihn schlägt, richtet sein Hänger sich empor und wird umso steifer, je heftiger die Schläge sind. Sobald er sieht, dass seine Waffe in gutem Stande ist, stürzt er sich auf seine Gattin, überströmt sie mit den himmlischen Gaben der Venus und genießt mit ihr alle Wonnen, die die Göttin der Liebe zu gewähren vermag.

OTTAVIA: Aber wahrhaftig – wenn du es selber mal probiertest, ich glaube, die Wirkung würde dich überraschen!

TULLIA: Ich habe dies Mittel noch niemals versucht, gedenke dies aber zu tun, und zwar schon in der nächsten Nacht. Du aber sollst, ich wünsche das, die Umarmungen meines Lampridius genießen, der seit acht Tagen mit Callias auf dem Lande ist und sich während dieser Zeit der Liebe gänzlich enthalten hat. Er hat mir brieflich mitgeteilt, dass er morgen kommen wird; Callias wünscht, dass ich mich zu ihm aufs Land begebe, wo er irgendwelche Geschäfte habe, die er noch nicht habe erledigen können.

OTTAVIA: Das werden wir schon sehen! Aber du hast vergessen, mir zu erzählen, was meine Mutter dir von den Vorgängen in Julias Brautnacht nach ihrer Entjungferung erzählte.

TULLIA: Die Sache verhält sich so: Wie du weißt, fand die Hochzeit in aller Stille statt; dein Vater war nicht dabei; kein einziger von den Verwandten war dazu eingeladen worden. Die Handlung spielte sich hinter der Szene ab, wie es manchmal in den Theaterstücken des klassischen Altertums vorkommt. Die Zuschauer sahen nichts davon. Ehe nun Sempronia die Neuvermählte ins Brautgemach führte – wie eine Kuh dem Stier zugeführt wird – hatte sie den unschuldigen Geist des Mädchens mit bösen Ratschlägen erfüllt. Du wirst selber hören, was sie ihr zu sagen gewagt hatte, was sie ihr zu sprechen und zu tun befohlen hatte und was das unschuldige Kind in seiner Gewissenhaftigkeit sagte und tat. Jocondus hatte sich in Julias Zimmer begeben, dort sollte nämlich das große Werk vor sich gehen. Von Sempronias Ansprüchen stark mitgenommen, prüfte er seine männlichen Waffen und fragte sich, ob er auch noch kräftig genug sein werde für die Schlacht. Sempronia trat ein und legte ihm Julia in die Arme. »Natürlich will ich Julia für dich entkleiden, mein Jocondus!«, so sprach sie. Sie entkleidete die junge Frau und ließ ihr nur das Hemd, das kaum ihre Scham des Gatten gierigen Blicken entzog. Bald darauf ging Sempronia mit den Worten: »Ich lasse euch nun allein. Macht eure Sache gut!« Sie ging aber nur in ein Nebenzimmer, von wo aus sie alles sehen konnte; denn die Tür stand halb offen – (wie Julias Pförtlein!). Sofort fiel Julia vor Jocondus auf die Knie – (ohne Zweifel war ihr gesagt worden, dass sie dies tun müsse) – und rief: »Ich werde dir folgsam sein in allem und werde mein ganzes Leben lang dem Dienst deiner Freuden gewidmet sein. Wenn ich hiergegen verstoße, so bestrafe die Schuldige!« Jocondus gab ihr einen Kuss und hob sie auf, indem er sagte: »Zieh doch dein Hemd aus, mein Herzchen.« Als er aber sah, dass ihr Gesicht sich mit Schamröte überzog, da zog er es ihr, ungeachtet ihres Errötens und Zitterns, selber aus. Sobald ihr das Hemd um die Füße fiel, warf er sie rücklings auf die Bettkante, streichelte mit den Händen und küsste ihre kleinen, harten, runden, weißen, schwellenden Brüste. Hierauf schweiften seine Augen über ihre Brust, ihren Leib, ihre Schenkel; sein letzter Gedanke, sein letzter Blick endlich galt ihrem Venusgärtlein. Als das unschuldige Mädchen merkte, wie er ihre Kleine betastete, streichelte, die Liebesbeffchen auseinander hielt, seinen Finger hineinsteckte, da schrie sie: »Au! au! au!«, und mischte in ihr Geschrei Stöhnen und Seufzen. »Und nun«, sprach Jocondus, indem er auf das Bett zeigte, »strecke dich auf diesem unseren Kriegsschauplatz aus. O reizende Glieder, wie entflammt ihr mich zu süßer Begier!« Gehorsam legt sie sich aufs Bett. Bei diesem Anblick begann ihm der Stängel zu schwellen und zu erglühen; an des Mädchens Seite wirft sich Jocondus, und sofort legt sich Julia, ohne sich bitten zu lassen, das Kopfkissen unter den Hintern, macht die Beine breit, wie sie nur kann und – du wirst lachen – greift selber mit der Hand ihrem Mann ans Ding. Dieser lacht laut auf und fragt: »Was bedeuten diese neuen Liebesmoden? Vorwärts jetzt!« Und kaum hat er diese Worte gesprochen, so beugt er sich vornüber und liegt schon zwischen ihren Schenkeln; sie ließ ihren Pflock nicht aus den Fingern, sondern lenkte selber den Lauf des Gliedes, das sich auf sie stürzte; hierauf hob sie die Schenkel hoch in die Luft, sodass ihre Absätze ihren Hintern berührten. So gab sie sich selber die richtige Lage für das Venusopfer. Als Jocondus nun fühlte, dass die Spitze seiner Stange in den vorderen Teil der Spalte eingedrungen war, sagte er zu ihr: »Lass jetzt die Hand los; das Übrige mache ich ganz allein.« Sofort umschlang Julia mit beiden Armen das Kreuz ihres Reiters und hielt ihn innigst umschlungen. Jocondus, dessen Glied bis zum Zerbrechen starr und steif war, bohrte die Stange tief ins Innerste hinein und öffnete sich den Weg, der bis dahin seiner Begierde verschlossen gewesen war. Sie stieß einen Schrei aus, verharrte aber in ihrer Körperstellung und mit dem dritten oder vierten Stoß drang der glühende und glückliche Amor in das geheimste Heiligtum der Venus ein.

OTTAVIA: Fand denn Jocondus bei dem Mädchen die Blume der Keuschheit unversehrt? Überzeugte er sich, dass sie noch durch keines Mannes Umarmung befleckt war?

TULLIA: Er fand sie unberührt, wie es gewöhnlich den Männern geht, die beim ersten Ansturm mit vollem Vertrauen auf die Jungfräulichkeit einer Jungfrau vorgehen.

OTTAVIA: Nach der Art, wie sie sich selber bei dem Hergang benommen hatte, befürchte ich, er möchte Verdacht geschöpft haben.

TULLIA: Jocondus bemerkte mit leichter Mühe, dass diese Kunststücke ihr von Sempronia gelehrt worden seien, und nachdem er in diesem ersten Liebeskampf Julia zu seiner wirklichen Frau gemacht hatte, fragte er sie: »Wer hat dich denn nur so vorzüglich unterrichtet, meine liebste Julia? Du hast mich wirklich mit der größten Bewunderung für deinen Geist erfüllt, als du selber meine Waffen gegen dich lenktest und durch sie deiner Jungfernschaft den Todesstoß versetztest, als du mich mit deinen Armen umschlangst, als du so schnell mit dem Gesäß wackeltest, als du durch deine Seufzer und leidenschaftlichen Ausrufe Zeugnis gabst von der Wollust, die dich entflammte.« – Sie schwieg. »Ei was!«, fuhr er fort, »offenbare mir doch das Geheimnis, das du unter diesem Schweigen verbirgst!« – »Ich wage es nicht«, antwortete Julia, »aber ich habe sagen hören, dass die keuschesten Mädchen, wie ich eins bin, es so machen und es so machen müssen.« – »Wer hat dir denn gesagt, dass man sich dabei so benehmen müsse?«, fragte Jocondus. – »Zwinge mich nicht, dir dieses einzugestehen«, antwortete Julia. – »Ich verlange, dass du mir dies sagst!«, versetzte er darauf. »Tust du es nicht, so werde ich dich nicht für so keusch halten, wie du zu sein behauptest!« – Da sagte Julia: »Ich bitte dich, erzähle keinem Menschen wieder, was du mich dir zu gestehen zwingst. Unsere Herrin Sempronia hat mir gesagt, dass es meine Pflicht sei, mich dir in dieser Weise gefällig zu zeigen, und sie hat mir einen Eid darauf abgenommen, das ich dies tun werde.« – »Gut!«, sagte Jocondus, »aber nimm dich in Acht und lasse niemanden merken, dass du mir dieses Geheimnis enthüllt hast.« Weder er noch sie dachten daran, dass Sempronia alles hörte und sah.

OTTAVIA: Was hoffte sie denn dadurch zu erreichen, dass sie die Harmlosigkeit des jungen Dinges durch so verderbliche Ratschläge missbrauchte.

TULLIA: Ohne Zweifel hoffte sie, wenn Julia sich in solcher Weise gefällig zeigte, so würde Jocondus Verdacht gegen ihre Tugend schöpfen. Bis jetzt aber hat deine Mutter weder zu Jocondus noch zu Julia ein Wort von ihren Wahrnehmungen gesagt.

OTTAVIA: Du hast mir noch nicht das Ende dieser Geschichte erzählt.

TULLIA: Als der dicke harte Stößel den ganzen Mörser des Mädchens erfüllte, in den er bis an den Schaft eingedrungen war, seufzte Julia: »Du folterst mich! Schone mein! Erbarmen! Erbarmen!« Er aber stieß unbekümmert weiter, und als seine Stöße immer heftiger wurden, rief Julia: »Ach, ach, ich sterbe vor Wonne! Weiter, weiter, weiter! Mehr, mehr! Drücke! Stoß recht heftig! Stoß ihn tiefer hinein!«

OTTAVIA: Hahaha!

TULLIA: Dies hatte Sempronia ihr ebenfalls angeraten. Sie hatte nämlich gesagt: »Sobald du ein juckendes Kitzeln in deiner Kleinen fühlst, Julia, so tu, als ob du noch größere Wonne empfändest, als du sie in Wirklichkeit verspüren wirst. Rege deinen Mann durch deine Worte, Küsse, Seufzer, Bewegungen auf; sonst wird er glauben, du seist von Stein und kaltsinnig, und davor möchte ich dich bewahren, weil ich dich liebe.« Dies war der Grund, warum das keusche junge Mädchen, sobald es das erste Jucken in ihrer Kleinen verspürte, die Hinterbacken hin und her zu bewegen begann und Gegenstöße gegen die Stöße ihres Gatten führte, den sie dadurch mit nie geahnten Wonnen überströmte. Übrigens war die Wollust, die Julia empfand, ganz gewiss nicht geringer. Denn als sie infolge ihrer langen, schnellen Bewegungen ihren Venussaft strömen fühlte, rief sie: »Ach, ach, ach! Was fühle ich denn da? Mir schwinden die Sinne!« Nach diesem Ausruf schwieg sie, seufzend und zitternd, wie wenn sie nicht mehr bei Sinnen wäre. Jocondus fasste mit der Hand an die Kleine der halb Ohnmächtigen und zog den Bengel heraus, sodass nur dessen Kopf noch drinnen blieb: Da fand er, dass ihre Kleine ganz von Venussaft gefüllt war, während er doch selber das Nass seiner Wollust noch nicht in Julias Muschel gespritzt hatte. Da bohrte er wieder die Lanze hinein, stieß und drückte. Sie rührte sich nicht mehr. Er hielt inne und fragte weiter, indem er ihre Rosenlippen mit Küssen bedeckte: »Was bedeutet denn dieses unbewegliche Daliegen, liebste Julia.« – »Ich bin tot!«, antwortete sie, »du hast mich mit solcher Wonne überströmt, dass ich glaube, höhere Seligkeit wird es niemals für mich geben.« Wieder begann er zu stoßen. »Ich bin ganz außer mir«, flüsterte sie, »dieses Reiben versetzt mich in den siebenten Himmel.« Von neuem begann sie sich zu bewegen und hin und her zu rutschen, bis sie sich plötzlich von heißem Tau benetzt fühlte. Da rief sie: »Ach, ach, ach! Was ist denn dieses ...?«, Mit beiden Händen presste Jocondus ihre Hinterbacken und zog sie an sich; sofort hob sie Bauch und Lenden empor, so hoch sie nur konnte, und während dieser Zeit spritzte ihres Gatten heißer Schlauch seinen Saft in ihre Muschel. Sie war so außer sich, dass sie mit den Händen seinen Zapfen ergriff, während er seinen Wonnekleister in reichlicher Menge in sie hineinträufelte; sie rieb und drückte ihn, damit von der köstlichen Gabe nichts verloren ginge. Indem sie seinen Schellenbeutel zart zusammenpresste, hätschelte sie gleichsam seinen Dingerich und schnauzte ihn so geschickt, dass nicht ein Tröpfchen mehr herauskam, als Jocondus ihn aus ihrem Futteral zog.

OTTAVIA: Waren denn nicht durch einen so langen Kampf dem jungen Mädchen alle Glieder gebrochen? Die Liebe und deren Freundin, die Wollust, müssen ihr wohl die nötigen Kräfte gegeben haben.

TULLIA: Bis zum nächsten Morgen wurde Julia außer diesem nur noch durch ein einziges Lanzenstechen erfreut; dieses erste aber konnte für zwei oder drei andere gelten! Das zweite – das hat sie selber eingestanden – bereitete ihren Sinnen genügend Wollust, denn bei Jocondus regnete es schon nach dem sechsten oder siebenten Stoß, während bei Julia sich erst der Anfang eines brennenden Juckens zeigte; wohl wurde sie feucht, aber sie gelangte nicht ganz bis ans Ziel.

OTTAVIA: In der nächsten Nacht umarmte Jocondus sie ja wohl zweimal, wenn ich mich deiner Worte recht erinnere?

TULLIA: Ja, aber erst, nachdem er der Kleinen deiner frommen Mutter seinen Tribut gezahlt hatte – was ihm durchaus nicht lieb war. Julia hat die volle Lendenkraft ihres Gatten nur zweimal genossen, und zwar erst im zweiten Monat darauf!

OTTAVIA: Nun ja, da die Umarmungen meiner Mutter Jocondus' ganzen Saft in Anspruch genommen hatten, konnte für Julia wohl bloß der Schaum übrig bleiben.

TULLIA: Als im zweiten Monat nach der Hochzeit Jocondus einmal seine Scherze mit Sempronia trieb, fragte er sie: »Wünschst du nicht, dass ich Vater werde, hohe Herrin?« – »O ja«, antwortete sie. – »Wie könnte ich aber je Vater werden, wenn du mich niemals Julias Acker mit heißem, fruchtbarem Samen bestellen lässt? Erlaube mir, dreimal ihr beizuwohnen und die ganze Flut meiner Leidenschaft ungeschmälert in ihren Schoß strömen zu lassen! Die Arme hat, wie ich gehört habe, eine recht harte Behandlung zu erdulden gehabt; ich weiß, wie schlecht deine Freundin Teresa gegen sie war, weil du sie für eine entartete Dirne hieltest, obwohl sie unschuldig war.« – »Ich erlaube es dir«, antwortete Sempronia, »aber nur unter der Bedingung, dass du sie schwanger machst. Den Samen, der sich in den nächsten acht Tagen in deinen Lenden ansammelt, sollst du in einer einzigen Nacht und in einem dreimaligen Angriff in den Umarmungen deiner Dione verpulvern.« In der achten Nacht, die auf diesen Tag folgte, wurde der Keuschheitsgürtel abgenommen, und da das Pförtlein der jungen Frau geöffnet stand, so begoß Jocondus ihren Garten mit einer reichlichen Menge fruchtbaren Regens. Seitdem glaubt Sempronia, Julia sei schwanger; sie hat auf ihrem Gesicht die Schwangerschaftsflecken bemerkt, und Julia ist auch bereits von Übelkeitsanfällen heimgesucht worden.

OTTAVIA: Ich will des Todes sein, wenn ich nicht Teresa von Herzen verabscheue, weil sie dieses gute und einfältige Kind so misshandelt hat!

TULLIA: Und ich will ebenfalls des Todes sein, wenn nicht nach meiner Meinung deine Mutter für diese Grausamkeit verantwortlich ist!

Kaum hatte sie sich eingebildet, Julia werde von verliebten Lüsten und Begierden verfolgt, so ging sie zu Teresa und sagte ihr, sie habe große Sorge um die Tugend der jungen Frau. Sie glaube, sie sei nicht mehr so züchtig wie bisher und werde einer strengen Arznei bedürfen, um bei der Pflicht einer guten Familienmutter erhalten zu werden; man müsse sich gegen die Jugendhitze vorsehen, die ihr einmal einen Streich spielen könne. Teresa bat sie, ihr doch das Mädchen einmal zuzuschicken. Dies geschah, doch wurde ihr zuvor der Keuchheitsgürtel abgenommen, den Sempronia in Verwahrung behielt. Teresa empfing lächelnd ihre frühere Schülerin, gab dem Begleiter einen Brief für Jocondus mit und bat, man möge ihr Julia auf drei Tage dalassen, sie wolle sich einmal recht an dem Anblick der jungen Frau sättigen, die sie aufgezogen und nun so lange nicht gesehen habe. Nach vielen Hin- und Herreden fragte sie endlich Julia, ob sie bereit sei, vor ihr den Beweis abzulegen, dass sie tugendhaft, und zwar im vollen Sinne des Wortes tugendhaft sei. Julia antwortete ihr, sie sei dazu von Herzen gern bereit. – »Nun«, sagte Teresa, »so wirst du während dieser drei Tage den Leib mit Fasten kasteien und wirst dich von meinen eigenen Händen geißeln lassen!« – »Ich werde alles tun, was du wünschst, hochwürdige Mutter«, antwortete Julia; »alles, was du mir befiehlst, werde ich als ein Gebot der Pflicht ansehen.« Am ersten Tage wurde sie gepeitscht, jedoch ziemlich gelinde; am zweiten Tage sehr grausam; am dritten etwas weniger stark. Nach dieser Züchtigung wurde sie gegen Sonnenuntergang nach Hause geschickt. Sempronia war nicht da, wohl aber Jocondus, und als dieser sein reizendes Frauchen kommen sah, da eilte er in ihre Arme. – »Ich komme nach Hause«, sagte sie lächelnd, »wie es sich für eine tugendsame Gattin gehört; von dem heißesten Wunsch erfüllt, meinen Gemahl wiederzusehen.« Nach einer kurzen Unterhaltung führte er sie in sein Zimmer, und sie erzählte ihm weinend, wie es ihr ergangen sei. Jocondus tröstete das arme Kind wegen seines Missgeschicks und versprach ihr, er wolle in Zukunft dafür sorgen, dass man ihr keinen Schmerz mehr bereitet und ihr nichts zu Leide tut. Hierauf gab er ihr einen Kuss und fuhr ihr mit der Hand unter den Rock. Zu seiner großen Freude bemerkte er, dass ihr Gürtel nicht da war, um seinen Begierden zu wehren. Er warf sie auf das Bett und verjagte durch eine dreimalige Liebesarbeit aus ihrem Geist jede Erinnerung an diese drei bösen Tage und an die von ihr ausgestandenen Schmerzen.

OTTAVIA: Erfuhr denn meine Mutter nichts davon? Wurde sie nicht böse auf Jocondus?

TULLIA: Gar nichts erfuhr sie! Sie schöpfte nicht einmal Verdacht. Kurz vor ihrer Rückkehr hatte Jocondus sich heimlich aus dem Hause entfernt; als er bald nachher wiederkam, begrüßte er seine Frau, wie wenn er sie seit drei Tagen nicht gesehen hätte.

OTTAVIA: Aber er ließ doch sicherlich meine Mutter nicht ungegrüßt?

TULLIA: Sie sagte zur Julia, Jocondus habe ihr über einen ihm erteilten Auftrag Bericht abzustatten. Sie gingen darauf zusammen hinaus und begaben sich in deines Vaters Schlafzimmer. Julia hatte Befehl erhalten, auf die Rückkehr ihres Gatten zu warten. – »Glaubst du etwa, o Herrin«, sagte Jocondus zu ihr, »ich wollte Julias Umarmungen den deinigen vorziehen? Jeden Tropfen Wollust, der in mir ist, will ich in dich ergießen!« – Er küsst sie, betastet sie, wird geil. Sie hebt sich selber Kleider und Hemd auf – das war so ihre Gewohnheit – und umarmte den mit gezückter Lanze vor ihr Stehenden. Dann sinkt sie auf das Bett zurück und der Kampf beginnt. Mit einem einzigen kräftigen Stoß vergräbt er die Lanzenspitze in ihren Bauch. Kurz und gut – sie brachten ihre Sache zu Ende; dann begab sich Jocondus mit Sempronia zu Julia zurück, die er mit den Worten ansprach: »Ich wünsche, Julia, dass unsere Herrin dich in deinem wahren Charakter erkennt, dass sie weiß, wie keusch und züchtig du bist. Ich wünsche, dass du aus ihren Händen diesen Keuschheitsgürtel empfängst, womit du dich bekleiden wirst; es wird zu deinem und meinem Besten sein, da du alsdann in unserer Herrin eine Zeugin deiner Ehrbarkeit besitzt.« – Sempronia lobte Julias Tugend und die Bereitwilligkeit, womit sie ihren Gehorsam erklärte; und so wurde Julias Kleine unter Verschluss gelegt. Was aber die deine anbelangt, liebe Ottavia, so werde ich nächste Nacht schon erfahren, ob du zu allen der Frau Venus bekannten Spielen ebenso geeignet bist, wie du an Schönheit und Anmut der süßen Göttin gleichst.

OTTAVIA: Ich hoffe, ich werde mich derart bewähren, dass du nicht mehr daran zweifelst und dass seiner hohen Wonne Lampridius bemerkt, dass ich ein Born süßester Wollust bin.

Sechstes Gespräch

Liebeskünste und Stellungen

OTTAVIA: Wie köstlich die Liebesfreuden sein werden, die uns diese Nacht erwarten, davon hast du mich durch deine aufregenden Schilderungen bis ins Mark meiner Knochen überzeugt.

TULLIA: Wie viel ich dir auch versprochen haben mag, du wirst das Doppelte der Wonne empfinden, die ich deiner frühreifen Sinnlichkeit in Aussicht stellte!

OTTAVIA: Lampridius wird doch mit Rangoni kommen, und beide werden sich uns gegenüber als wackere Kämpen bewähren?

TULLIA: Ohne Frage werden sie beide mit dir fechten.

OTTAVIA: Um Gottes willen! Binnen weniger Stunden würden zwei so schneidige Reiter mein Rösslein zu Schanden reiten!

TULLIA: ›Um Gottes willen‹ sage ich zu dir, du kleine Närrin. Du allein wirst sehr gut mit beiden fertig werden, und wenn du's durchgemacht hast, wirst du eingestehen, dass im Vergleich mit dir die Heldinnen des Goldenen Zeitalters nichts sind.

OTTAVIA: O nein, o nein, liebe Schwester – das werde ich nicht tun! Hältst du mich denn für so geil? Ich sollte mich eine ganze Nacht lang von Wollüsten überströmen lassen, sollte mich mit der Speise von Göttinnen voll stopfen, und du solltest von all diesem Guten nichts erhalten? O nein, o nein – das tue ich nicht!

TULLIA: Mag dem sein, wie ihm wolle – tu es nur! Und du wirst es tun, du wirst es tun. Sieh hier:

... in den Werken der Venus zur Siegerin bist du berufen.

Sieh hier!

OTTAVIA: Oh, oh! Du hast dein Pförtlein mit jenem abscheulichen Keuschheitsgitter verschlossen? Was denkst du dir denn? Was wird aus mir werden, wenn du mir nicht einen Teil der Anstrengungen abnimmst? So gut auch deine Absicht gemeint ist, so schlecht wird sie mir bekommen.

TULLIA: Sei nur getrost! Ich bin mit vieren fertig geworden, und du fürchtest dich vor zweien?

OTTAVIA: Aber diese beiden sind besonders stark und übertreffen alle anderen Männer durch die Unerschöpflichkeit ihrer Liebesbegier. Du versicherst, Lampridius mache auf deiner Poststraße für gewöhnlich seine zehn Meilen, und du erzählst von Rangoni Dinge, die ans Wunderbare grenzen. Für diese beiden Helden würde Kotytho nicht genügen, wenn sie allein wäre.

TULLIA: Lampridius hat mir von Rangoni Heldentaten erzählt, die allerdings selbst Kennern auf diesem Gebiete unglaublich erscheinen. Wie du weißt, sind sie sehr eng befreundet.

OTTAVIA: Was hat er dir erzählt? Ist denn Rangoni selber noch nicht mit dir handgemein gewesen?

TULLIA: Als Lampridius vorgestern wieder in unserer Stadt eintraf, führte er ihn, im Einverständnis mit Callias, als Gast in unser Haus ein. Denke dir, wie gefällig mein Lampridius ist: Er selber entflammt in ihm die Liebe zu mir, und als Rangoni sich in rasender Begier verzehrt, tröstet sein Freund ihn durch Versprechungen. Er versichert ihm, er werde alles aufbieten, um ihm den ›Genuss des höchsten Glückes‹ – wie er sich ausdrückt – zu verschaffen, und sagt ihm, er möge nur guter Hoffnung sein. Ohne mich um meine Einwilligung zu befragen, verbrieft und besiegelt er ihm den Genuss meiner Liebe!

OTTAVIA: Und du bist darob nicht zornig?

TULLIA: Das kannst du dir denken! Ich war sehr aufgebracht und ließ ihn es ganz gehörig fühlen. Jener aber antwortet mir, um meine Aufregung zu besänftigen: »Verzeih mir, o Herrin, meine Königin, meine Gattin, diese Unbesonnenheit! Ich weiß, es liegt nur an dir, mein Wort halten zu können. Rangoni hat dich gesehen und siecht elend dahin. Ich hatte einst seine Base in Neapel gesehen und glaubte, vor Liebe zu ihr sterben zu müssen; da stellte er sich, um meine Liebe begünstigen zu können, als sei er in Liebe zu ihr entbrannt; er erhielt ein Stelldichein von ihr bewilligt und führte mich in die Schlafkammer des Mädchens; die ganze Nacht hindurch genoss ich die heiß begehrte Liebe, während Laura – so hieß sie – sich Rangonis Umarmungen hinzugeben glaubte. Musste ich mich nicht für einen derartigen Liebesdienst dankbar erweisen? Verzeih mir, meine Königin; indem ich glaubte, einer Dankesschuld gegen ihn mich zu entledigen, habe ich dich beleidigt, ohne es zu wollen.«

OTTAVIA: Was hast du darauf geantwortet?

TULLIA: Die Stimme meines Geliebten erweichte mein Herz. »Was soll ich denn tun?«, fragte ich ihn. »Schämst du dich nicht, mich so schmachvoll zu behandeln – mich, die ich ganz und gar dein bin?« – »Ich weiß wohl«, antwortete er, »ich mute dir einen Fehltritt zu, aber begehe ihn doch bitte, nur dieses eine und einzige Mal! Lass dich durch Rangonis Liebe und durch die Bitten deines Lampridius bewegen! Fürchte in Zukunft nichts von mir; ich werde niemals etwas von dir verlangen, was dir nicht angenehm ist, was der Ehrbarkeit widerstreitet.« Schließlich willigte ich ein; aber ich fragte: »Lampridius, kennst du Ottavia?«

OTTAVIA: Aber höre, diese Frage gibt mir das Recht, auf dich so böse zu sein, wie du auf Lampridius warst!

TULLIA: Sei nur still, Närrchen! Ich eröffnete ihm meinen Plan, nämlich dich in seine Arme zu legen. Ich sagte, dadurch würde ich dich glücklich machen. »Aber unterdessen«, fiel er ein, »steht meinem Freund Rangoni und mir das Ding, dass wir's nicht mehr aushalten können! Wenn du die Stunde der Wonne bis zur Dunkelheit verschieben willst, so gehen wir beide zu Grunde an dem Anblick deiner Holdgestalt, deren Feuer uns verzehrt. Lass doch ihn und mich nur einmal glücklich sein!« – »Welche Ehre erweist du deinem Manne«, erwiderte ich, »wenn du mich durch die fleischliche Berührung mit einem anderen entehrt hast? Du für deine Person magst von deinem Recht Gebrauch machen.« Endlich ließ ich mich erweichen, doch stellte ich die Bedingung, dass ich dem Rangoni nur für ein einziges Mal meine Liebes-, Renn- und Stechbahn öffnen und nachher nichts mehr bewilligen würde. Denn ich wünschte, dass sie beide unerschöpft und mit frischer Kraft deine Furche bearbeiteten.

OTTAVIA: Wie könnten sie wohl mit frischer Kraft aus deinen Umarmungen hervorgehen?

TULLIA: Der Vorfall trug sich in unserem Park zu, den man von keinem Zimmer des Hauses außer von meinem Schlafgemach aus überblicken kann. Alle Zugänge waren verschlossen, und wir waren in vollster Sicherheit. In Erwartung des Bescheides, den sein Freund erhalten würde, ging Rangoni in der Nähe auf und ab, indem er mich fortwährend mit glühenden

Augen ansah. Lampridius begab sich zu ihm und sagte: »Danke meiner Tullia in Ewigkeit für das himmlische Geschenk, das sie dir macht, und komm heran; dir winkt die höchste Seligkeit.« – Nun bin ich aber von Natur so erschaffen, dass Schamlosigkeit meinem Wesen gänzlich fremd ist. Als er auf mich zutrat, überzog sich daher mein Gesicht mit glühender Röte; er gab mir einen Kuss, warf sich aber dann sofort selber seine Kühnheit vor und bat mich dafür um Verzeihung. Während ich seine Reden anhörte, waren wir in jene künstliche Grotte eingetreten, die in der einen Ecke des Gartens angelegt worden ist, um in ihr die Kühle genießen zu können. Lampridius trat mit uns zusammen ein und sagte, zu mir gewandt: »Vor allem auf eins möchte ich dich aufmerksam machen, o meine Königin – und auch in deinem Interesse, Rangoni, ist es gut, wenn sie es weiß.« – »Was denn?«, fragte Rangoni. – »Tullia selber wird es dir gar bald sagen durch ihre Seufzer, ihre Küsse und die wilden Bewegungen ihrer Lenden.« – »Möchte Venus dir den Garaus machen, du süßer Windbeutel!«, rief ich. Lampridius aber ergriff meine Hand und zog mich aus der Grotte, indem er zu seinem Freunde sagte: »Entschuldige mich, Rangoni!

Ich werde sie dir sofort zurückgeben, und zwar so rein, wie sie in diesem Augenblick ist. Du sollst sie nicht aus den Augen verlieren – sie ist ja das Licht deiner und meiner Augen. Nur zwei Wörtchen, und ich bin fertig!« Hierauf wandte er sich zu mir und sagte: »Du weißt noch gar nicht, welch einen wackeren Reiter du erhalten wirst. Die Römerinnen und Venezianerinnen, die mit ihm zu tun gehabt haben, versichern, kein Mann habe je mit einem so reichlichen Regen die weibliche Furche benetzt wie Rangoni. Hieronymus Mercuriali hat alles, was über ihn berichtet wurde, sorgfältig geprüft und erklärt, die Erscheinung sei nicht nur erstaunlich, sondern geradezu wunderbar.«

OTTAVIA: Was machte denn unterdessen Rangoni mit seiner Liebeswut, mit seiner Herzensglut und seiner Wollustwurzel? Hahaha! Aber ich höre ein Geräusch! Da sind sie schon. Wie ängstlich mir zu Mute ist, wie ich mich schäme!

TULLIA:

Du kommst, o Hymen, o Hymenäus –
O Hymen, Hymenäus, du bist da!

Hier ist Lampridius. Aber warum bist du allein, Lampridius? Was ist denn aus deinem Freunde geworden?

LAMPRIDIUS: Wir haben bei unserem wackeren und freundlichen Bürgermeister Mendoza zu Abend gespeist. Er hält Rangoni noch zurück, indem er über seine Verhältnisse, seine Eltern und Verwandten viele Fragen an ihn richtet, wobei er mit der auserlesenen Höflichkeit, in der er Meister ist, die ernstesten Angelegenheiten in einem Ton scherzhafter Plauderei zu behandeln weiß. Ich habe mich heimlich entfernt, denn die Liebe, die mich stachelte, hatte sich durch den Gedanken an euch zur Raserei gesteigert. Diese vermag Ottavia zu heilen, wenn sie mich annehmen will, wie ich bin: voller Kraft und voll Eifers, ihr zu dienen. Aber du schweigst, Ottavia?

OTTAVIA: Ach, liebste Tullia, meine Gedanken sind ganz und gar von Scham verwirrt. Mir fehlt jeglicher Mut, ich vermag kein Wort hervorzubringen.

LAMPRIDIUS: Du verweigerst mir sogar einen Kuss? Ach, ich Unglücklicher!

TULLIA: Vorwärts, Ottavia – warum weichst du zurück? Kaum wird, wenn auch Rangoni da ist, dies Bett uns vier aufnehmen können; es wird nicht das geringste Plätzchen übrig bleiben, nicht einmal für die Scham? Lass doch diesen Unsinn beiseite, kleines Närrchen!

OTTAVIA: Du bist selber eine Närrin! Wie, du wirfst die Decken ab und stellst mich nackt Lampridius' Augen zur Schau?

LAMPRIDIUS: Wie hübsch sie ist! Wie zart sind ihre Glieder!

TULLIA: Ich verlange, Ottavia, dass du dich als mein anderes Selbst ansiehst! Rangoni kann es nicht mehr aushalten – tut dir denn der arme Mensch gar nicht Leid?

LAMPRIDIUS: Bitte, liebe Tullia, rede doch der Ottavia zu, dass sie sich von mir lieben lässt, dass sie mich die Blüte ihrer Schönheit und Jugend pflücken lassen wird. O dieser Leib! Er ist ja für die Liebe geschaffen.

OTTAVIA: Lass es, lass es! Wenn du mich nicht in Ruhe lässt, fange ich an zu schreien!

TULLIA: Was sind denn das für Verrücktheiten? Bist du denn noch bei Sinnen? Bei der Göttin Pertunda! Wenn du Lampridius nicht zum Freunde haben willst, bin ich deine Feindin!

OTTAVIA: Aber dein Lampridius betastet mit unzüchtiger Hand meine Brüste und alle meine Glieder!

LAMPRIDIUS: Wie reizend klafft dir die Venusmuschel! Wie bequem zum Gebrauch liegt dein Liebeswinkel! Wie weich ist der Busch, womit er bewachsen ist!

OTTAVIA: Ah, ah! Was machst du denn? Du liegst ja schon ganz auf mir! Was soll ich anfangen, wenn ich derart geschändet bin? Ich bin ja dann eine ehrlose Dirne.

TULLIA: Küsse Ottavia, Lampridius! Und du, Ottavia, küsse Lampridius. Auch ich werde in dieser Komödie meine kleine Rolle spielen, mit eigener Hand werde ich den männlichen Pfeil in sein Ziel lenken. Bravo! Er sitzt tief drin! Wie gut passen eure Teile zueinander! Nun aber schone ihren Schoß nicht, Lampridius!

OTTAVIA: Was willst du denn! Wie du dich an mich presst! Wie du schiebst und wie du stößt! Nimm deine Hand weg, Tullia. Warum kitzelst du mich? Oh, oh, oh!

TULLIA: Hebe die Hinterbacken hoch! Hoch mit ihnen, sag ich dir! Noch höher! Stoße schnell, kräftig gegen! So ist's gut! So ist's schön!

LAMPRIDIUS: Wenn es dir Wonne ist, Ottavia, meinen drin zu haben, so gib mir einen Kuss.

OTTAVIA: Wonne … ach ja … Wonne!… Ich sterbe! Ach! Ach! Bereite ich dir genug Wollust? Dir, der du meine höchste Wollust bist? Soll ich noch heftiger stoßen? Ich will alles tun, was ich nur kann.

TULLIA: So tu's doch! Zu Redensarten ist jetzt nicht die Zeit. Wundervoll! Wie beweglich, wie gewandt sind deine Hinterbacken! Unterdessen, mein Lampridius, will ich dir die Oliven streicheln und kitzeln. Mit leiser Berührung werde ich sie an ihre Pflicht erinnern, da sie den Schaum der Liebe auszuspritzen haben.

LAMPRIDIUS: Wie selig macht ihr beiden mich. Wie gebt ihr meiner Wollust süße Weide: du, Tullia, mit deinem Nektar; du Ottavia, mit deiner Ambrosia! Mir kommt's, mir kommt's! Jetzt, jetzt, Ottavia, hebe die Lenden hoch empor! Feste, feste!

TULLIA: Du wirst ohnmächtig, Ottavia? Dir schwinden die Sinne?

OTTAVIA: Ich fühle … fühle…, wie heiß bespritzt mich der Saft! Mit welchem Ungestüm fährt er in mich hinein! Küsse mich, küsse mich! Sieh, auch ich fließe! Die Adern der Venus öffnen sich mir! Oh, oh! Ich habe ein Gefühl, wie wenn ich Juno wäre, die ihr Jupiter begattet. Die Wonne ist ein Himmelsgeschenk! Oh, ach! Grund! … ich kann nicht mehr … Grund! … ich kann nicht mehr!…

TULLIA: Was faselst du da? Was stammelst du da? Ist Lampridius' Anker bei dir auf Grund gestoßen?

OTTAVIA: Ich glaubte, er habe ihn berührt. Aber Lampridius erschlafft schon, er entfernt sich, er lichtet den Anker. Lass mich dich doch immer und immer wieder küssen, o mein Lampridius! Ich möchte dich zu Tode küssen, ehe du aus dem Sattel steigst.

TULLIA: Willst du etwa, du wollüstige Taube, ihn zu neuem Kampf anfeuern, obgleich sein Rüssel jetzt kraftlos und saftlos ist? Das darf nicht sein! Geh jetzt wieder zu Rangoni, lieber Freund; er möchte sonst dich wie uns im Verdacht haben, ein wenig der Ehrbarkeit vergessen zu haben.

LAMPRIDIUS: Ich werde deinen Rat befolgen und mich wieder zu meinem Kameraden begeben. Ich werde ihm sagen, ich hätte einige Augenblicke beim Neffen unseres Bürgermeisters verweilt.

TULLIA: Aber wie findest du Ottavia? Welche Wonne hast du an ihr genossen?

LAMPRIDIUS: Ich habe an ihr nichts gefunden, was nicht auch du, meine Tullia, besitzt und was mir nicht einen Begriff von der wahrsten und höchsten Wollust gibt. Aber hierüber werden wir später noch sprechen! Lebt wohl!

OTTAVIA: Wie dankbar muss ich dir sein, o meine Tullia! Jetzt weiß ich, was Liebe ist – solche Wonne hat er mir bereitet! Besonders die Länge seines Speeres hat mich höchst angenehm gekitzelt – denn an Dicke kann er's mit meines Caviceus Deichsel bei weitem nicht aufnehmen. Jetzt erst habe ich alle Entzückungen der Venus so recht durchgekostet.

TULLIA: Ich freue mich recht sehr, dass du alles, was ich dir von Lampridius erzählte, als wahr befunden hast.

OTTAVIA: Hast du bemerkt, wie munter er aus dem Bett sprang, wie er mich küsste, wie er mir ein paar sanfte Klapse auf die Hinterbacken gab? Wie glücklich bist du, dich seinen Umarmungen hingeben zu können, so oft es dir gefällt! Aber hat nicht auch Rangoni dir unglaubliche Wollust bereitet?

TULLIA: Ich nehme also die unterbrochene Erzählung wieder auf; es kommt mir vor, als habest du Lust, das Ende zu hören, und auch mir macht es recht viel Vergnügen.

OTTAVIA: Auf diese Weise lässt du mich den besten Teil deiner Freuden mitgenießen.

TULLIA: Wie von allen Tieren der Mensch, so hat von allen Menschen Rangoni die größte Menge Samen. »Ich mache dich darauf aufmerksam«, sagte Lampridius zu mir, »damit du deinen Körper die richtige Stellung einnehmen lässt, um keinen Tropfen davon zu verlieren. Mein höchstes Glück ist es, wenn du von der höchsten Wollust überströmt wirst.« Mit diesen Worten entfernte er sich.

OTTAVIA: Wie ging es dann weiter?

TULLIA: Rangoni eilte auf mich zu und sagte: »Nichts wird dich jetzt meinen verliebten Wünschen entreißen!« Er ergriff meine Hand und führte mich, halb mit meinem Willen, halb mit Gewalt, zu der Ruhebank, die, wie du weißt, in der einen Ecke der Grotte steht. Mit einer Hand griff er mir an den Busen, mit der andern deckte er den Venusberg auf, indem er meine Kleider bis zum Gürtel emporhob. Schnell nestelte er dann auch seinen Hosenlatz auf und entblößte seinen Priapus.

OTTAVIA: Du sahst seine Harpune zum Stoß bereit? War sie groß, steif – des Helden und deiner selbst würdig?

TULLIA: Sie war ungefähr wie die des Lampridius; soviel ich sehen konnte, ist kaum ein Unterschied zwischen ihnen, die Länge mochte etwa elf oder zwölf Zoll betragen. »Ha, schon fühle ich mich erleichtert!«, rief er; »ich bitte euch, schöne Dame, begnadigt meine Liebe mit der eurigen.« Unmerklich hatte ich mich inzwischen auf die Ruhebank gleiten lassen, er stürzte auf mich zu und kitzelte mir zunächst mit spielenden Fingerspitzen den Venusberg, dann jene Zwischenstelle, die man, wie ich dir gesagt habe, den ›Damm‹ nennt und wo die glühendsten Fackeln der Venus brennen. »Vorwärts, vorwärts!«, rief ich, »lasst doch dies sein! Ihr macht euch über mich lustig. Wozu wollt Ihr mich noch erst anfeuern!« – »So nehmt denn«, sprach er, »alles hin, was an Liebe in mir ist!« Und sofort stieß er den Stachel in mein Venusröhrchen. Sobald ich dies fühlte, rief ich aus: »Pfui, du Bösewicht, du tust mir ja weh!« – Lampridius hörte mich, lief herzu und sagte: »Nimm dich in Acht, Tullia, dass man nicht in der Nebenstraße, hier hinter dieser Mauer, deine Stimme hört, die ja jeder Mensch hier kennt. Halte deine Zunge im Zaum – lass dagegen deinen Hinterbacken freien Lauf!«

OTTAVIA: Er sah euch in der Arena der Venus turnieren? Konnte er sich denn des Lachens über eure Liebeswut enthalten, zu der ja immer die nackte Venus anstachelt?

TULLIA: Er sah uns, und da er bemerkte, dass mein linker Fuß auf dem Erdboden ruhte, so sagte er: »Ich will euch beiden meinen persönlichen Beistand leihen!« Mit diesen Worten schob er einen Stuhl unter meinen Fuß. Infolgedessen drang Rangonis Bohrer noch tiefer in meinen Leib hinein. Lampridius aber versetzte mit der flachen Hand Rangoni einen Klaps auf den Hintern und verließ die Grotte.

OTTAVIA: Haha! Muss das komisch ausgesehen haben! Ihr beide, Rangoni und du, müsst einen lächerlichen Anblick geboten haben.

TULLIA: Einen Augenblick verhielt mein Reiter sich unbeweglich; dann rief er: »Umarme mich, meine Königin! Seit drei Monaten habe ich der Venus nicht geopfert! Kein Weib hat in süßer Hingebung den ungeduldigen Drang meiner Wollust beschwichtigt. Aber schwerlich würdest du – du weißt es – jemand finden, der deinen Garten mit einem so reichlichen Tau besprengt wie ich!«

OTTAVIA: Den Sporn hatte er ja eingesetzt; konntet ihr denn nun beide das Rennen zu Ende bringen?

TULLIA: Er begann sich heftiger zu bewegen, und beim sechsten oder siebenten Stoß ergoss sich ein heißer Regen in mich hinein. Dies erregte in meiner Kleinen ein so wonniges Jucken, dass ich unwillkürlich selber die feurigsten Stöße zu führen begann.

OTTAVIA: Ohne Zweifel befürchtetest du, Rangoni möchte glauben, wenn du unbeweglich, kalt und gefühllos bliebst, du seist von Stein, besonders da Lampridius dich wegen deiner Weiße seine Marmorgöttin nennt.

TULLIA: Sinnlos vor Wollust rief ich aus: »Ich sehe den Himmel …, ich sehe den Himmel offen!« Und im selben Augenblick öffneten sich meine Schleusen, und mein Saft strömte. Er fühlte, wie ich meine Seele verhauchte, und kam in glühender Brunst mit noch schnelleren Stößen meiner Wollust zu Hilfe. Sein Samen mischte sich mit dem meinigen, denn auch Rangoni spritzte. Viermal ergoss ich mich in vollen Bächen, während mein Reiter unaufhörlich seinen glühenden Saft spritzend, alle Fibern meines Schoßes auf den Gipfelpunkt der Erregung brachte. Endlich nahte sich dieser Kampf seinem Ende. Ich will es dir gestehen, Ottavia, niemals ist bei einem einzigen Ritt mein Liebesheiligtum mit so viel Wonne überströmt worden.

OTTAVIA: Hat er dich mit Wollust gesättigt? Würdest du, wenn ein neuer Kämpfer sich dir dargeboten hätte, den Kampf verweigert haben? Hat nicht auch Lampridius dich hinterher noch bestiegen?

TULLIA: Ganz gewiss würde noch ein solcher Liebeskampf mir in jenem Augenblick mehr Schmerz als Lust bereitet haben. Mein Leib war bis obenhin von dem Saft angefüllt, den er verschluckt hatte, und verlangte nach keiner Liebesfreude mehr, noch hätte er solche gewähren können.

OTTAVIA: Man sagt, jedes Geschöpf sei nach der Begattung traurig.

TULLIA: Auf Rangoni trifft dies nicht zu; durch sein fröhliches Gesicht, durch seine munteren Worte bezeugte er seine innige Freude darüber, dass er mit den Schätzen meiner Schönheit nach freiem Belieben hatte schalten und walten dürfen. Er rief Lampridius herbei; aber dessen Armen entwand ich mich, damit ich nicht, gern oder ungern, gezwungen würde, dem Lampridius zuliebe noch einmal der Venus ein Opfer zu bringen. Inzwischen, liebe Ottavia, habe ich von dem aus Rangonis Schlauch in meine Muschel geflossenen Saft nicht ein Tröpflein wieder herausrinnen gefühlt. Was das zu bedeuten hat, weiß ich nicht; sollte ich aber bei dieser Gelegenheit geschwängert worden sein, so würde mich das untröstlich machen, denn ich liebe meinen Callias.

OTTAVIA: Aber was wollte denn dieses Scharmützel besagen im Vergleich mit deinem Viermännerkampf?

TULLIA: Ich verstehe – du möchtest, dass ich dir von meinem römischen Feldzug erzähle?

OTTAVIA: Allerdings.

TULLIA: Callias war nach Rom gereist wegen eines sehr heiklen Prozesses, den er mit meinem Vetter Ottoboni führte, er verfiel in eine Krankheit, die die Ärzte gleich von Anfang an für sehr langwierig, ja für lebensgefährlich erklärten. Dieser Anlass führte mich nach Rom; und wenn Callias seine volle Gesundheit wiedererlangt hat, so verdankt er dies nur meiner sorgfältigen und liebevollen Pflege. Übrigens leugnet er dies auch nicht. Sobald er auf dem Wege der Genesung und alle Gefahr beseitigt war, erfasste mich die Lust, mich etwas zu zerstreuen, nachdem ich drei volle Monate nur in Kummer und Sorgen vergraben gewesen war. In unser Haus kam oft eine unserer nächsten Nachbarinnen, eine noch ziemlich junge Dame aus dem Geschlecht der Orsini. Wir wurden sehr eng befreundet; sie schlief oft mit mir zusammen und war der einzige Trost meines Kummers. Nachdem wir uns eines Nachts über alle möglichen ernsten und heiteren Angelegenheiten unterhalten hatten, kam ich auch darauf zu sprechen, dass ich seit so langer Zeit keine Freude der Liebe mehr gekostet hätte. Sie ging mit einigen Fragen näher auf dieses Thema ein, und ich antwortete ihr: »Dieses Feuer, das ich in meinen Adern wieder aufleben fühle, kann keine Tugend, keine Charakterfestigkeit, keine Schamhaftigkeit wieder löschen!« Hierauf sagte mir die Dame mit jener vornehmen Weltgewandtheit, die sie besonders auszeichnete: »Ihr sollt schon morgen die Gaben unserer Venus genießen, die Ihr so lange habt entbehren müssen; erfreut euch ihrer bis zur Übersättigung – und ich bin überzeugt, dass Ihr davon Gebrauch macht, denn sonst wäret Ihr ja sehr töricht. Im Übrigen könnt Ihr in Bezug auf Eure Ehre und Euren guten Ruf völlig unbesorgt sein. Ich verlange nichts weiter, als dass Ihr euch vollkommen meinen Anordnungen überlasst.« – »Gewiss bin ich dazu bereit«, antwortete ich; »denn was hätte ich zu befürchten, da Ihr mir bürgt? Ich vertraue mich Eurer Führung an und bin bereit, jedem Eurer Winke zu folgen.« Als der Morgen gekommen war, empfahl sie mir, ein leichtes Frühstück einzunehmen, mich aber nicht mit Speisen zu überladen. Mit eigenen Händen wusch sie mir darauf Busen, Brüste, Leib, Schenkel und Lenden mit wohlriechendem Wasser, den Kelch der Venus aber salbte sie mit Myrrenöl. Dann kleidete sie mich in ein ganz weißes, seidenes Gewand, es kam mir vor, als sei ich nicht in ein Kleid, sondern in eine leichte, durchsichtige Wolke gehüllt. Hierauf fuhren wir vor die Stadt hinaus nach einer Villa, die von herrlichen Gärten umgeben war. Hier scherzen und spielen frei und heiter Flora und Venus und lachen des Wechsels der Jahreszeiten, denn hier herrscht ein ewiger Frühling. Wir betraten ein prachtvolles Haus, und sie führte mich in ein Gemach, das durch verborgenes Licht in beständigem Halbdunkel gehalten wurde, also in einer Beleuchtung, die der Schamhaftigkeit wie der Schamlosigkeit gleichermaßen willkommen ist.

OTTAVIA: Das rechte Heim für die stürmische Begier der Wollust.

TULLIA: Eine alte Frau von bescheidener Miene und bescheidenem Wesen eilte uns entgegen und sagte zu Frau von Orsini gewandt: »Ich werde dafür sorgen, dass diese Dame, die Ihr mir zugeführt habt und die binnen kurzem sich an Sinnenlust berauschen wird, Euch ewig dankbar sein soll.« Mit diesen Worten ergriff sie meine Hand; Frau von Orsini entfernte sich, die Tür schloss sich hinter ihr, und die Alte zog mich trotz meines Sträubens in das Innere des Hauses. »Zunächst, mein Kind«, sagte sie, »erfahre, was du zu erwarten hast und was dir bevorsteht; du gehörst jetzt nicht mehr dir selber, sondern den vier Athleten, die ich für den Liebeskampf mit dir bereitgehalten habe. Der eine ist ein Franzose, der andere ein Deutscher; der dritte und vierte stammen aus Florenz. Meine Herrin hat nämlich eine Vorliebe für die Florentiner. Sie alle stehen in der vollsten Jugendkraft, sind einander eng befreundet und sind, was noch mehr besagen will, alle vier von adeliger Herkunft.« – »Nein, nein!«, rief ich, »so viele Kämpfer würden mich totmachen; habt Mitleid mit mir, liebes Mütterchen! *Einer* wird genügen; es sei ein Zweikampf, nicht eine Schlacht; lasst die Übrigen sich entfernen!« – Die Alte lachte, und während ich noch sprach, erschienen plötzlich alle vier im Zimmer. »Wählet«, sprach die Alte, »wen Ihr zuerst haben wollt; bestimmt selber für einen jeden seinen Platz im Gefecht; sobald ihr Eure Anordnungen getroffen habt, werden sie zu Kampf und Umarmung Euch nahen.« Ich reichte meine Hand dem Franzosen, einem jungen Mann namens Latour; nach diesem sollten der Reihe nach Aloisio, Konrad und Fabrizio mich besitzen. Aloisio und Fabrizio waren die beiden Florentiner, Konrad war der Deutsche. Die alte Dame blies nun zum Kampfe und rief: »Ihr jungen Herren, zeigt jetzt diesem hübschen zarten Kinde, wie sinnreiche Liebeskämpen gleich Euch den weiblichen Körper der Wollust dienstbar zu machen verstehen! Wer auf dem Schlachtfeld der Venus am wackersten sich hält, der wird zum Lohn für seine Tapferkeit und als Siegespreis diesen Ring empfangen.« Sie zeigte ihnen einen Ring, worin ein Diamant funkelte – ein Geschenk, das die Frau von Orsini machte, damit sie um so eifriger in den Kampf gingen. »Und nun vorwärts und macht Eure Sache gut!« Mit diesen Worten verließ sie das Zimmer.

OTTAVIA: Und du zittertest nicht, als du dich auf allen Seiten von vier starrenden Lanzen bedroht sahst?

TULLIA: Das wirst du gleich hören. Latour küsste mir die Hand und führte mich unverweilt in die Ecke des Zimmers, die durch einen Vorhang den Blicken entzogen war. Das Ruhebett, das dort stand, erhob sich kaum fußhoch über den Boden, und eine Lampe verbreitete ein zitterndes Licht, wie wenn sie von unserer Wollust angesteckt wäre. Von draußen rief Fabrizio: »Heda, lieber Freund, beeile dich ein bisschen mit deinem Geschäftchen, denn wir können es kaum noch aushalten. Wir sind keineswegs neidisch auf dich, dass du die erste Nummer hast – aber beeile dich, bitte!« – »Habt keine Angst, dass ich euch um euren Genuss betrügen werde!«, versetzte Latour; »was jemand mit so großer Wonne tut, das wird er – daran zweifelt nicht!

– schnell besorgen!« Ich war von Schamröte übergossen, dies entspricht meiner Natur, und ich war ganz außer mir. Er bat mich, ich möchte mich selber auf das Bett ausstrecken; ich hörte nicht, was er sagte; da legte er mich mit sanfter Gewalt hin. Ich sträubte mich beinahe dagegen. Schon aber hatte er mir mit der einen Hand unter den Rock gegriffen. Die anderen drei hörten mich mit einem ziemlich starken Geräusch auf das Ruhebett fallen und lachten laut auf; ich aber stieß einen Seufzer aus und rief: »Was widerfährt mir denn, mir, die ich bisher rein und keusch einen makellosen Lebenswandel geführt habe! Was werdet ihr von mir denken?« – »Lasst nur diese törichte Scham beiseite!«, antwortete Latour; »Ihr seid nicht die erste, die in unsere Arme geführt wird; viele von den hübschesten und ehrbarsten Frauen haben sich unserer Liebeslust hingegeben, wie auch Ihr Euch hingeben werdet. Wir haben das Mittel gefunden, das Bordell ehrbar, die Wollust schön zu machen. Niemand wird Euch vorwerfen, was niemals ein Mensch erfahren wird; und während wir als wollüstige, aber anständige junge Leute Euch vornehmen, da werdet Ihr selber Euch sagen, dass Ihr nicht vom Wege der Tugend abgewichen seid.« – »Mach doch schnell, Latour!«, rief wieder Fabrizio; »du tötest uns mit deinen Umständlichkeiten!« – »Ich gehorche!«, versetzte er; und im selben Augenblick ließ er die Hosen herunter, zog seinen Stößer hervor und legte sich auf mich. Er stieß seinen Stachel in meine klaffende Muschel mit einem heftigen Stoße tief hinein. Da ich mich aber gar nicht rührte, so rief er: »Helft mir doch wenigstens jetzt ein wenig, wo ich beinahe fertig bin!« Ich machte ihm zu Gefallen eine wellenförmige Bewegung und fühlte ein paar Augenblicke darauf, wie der geheime Sitz meiner Wollust vom Tau seines strotzenden Saftengels besprengt wurde. Da vergaß ich alle Schamhaftigkeit und wohlberechnete Ehrbarkeit; ich wusste nicht mehr, wer ich war, und auch ich begann zu spritzen. Er aber war schon am Ziele angelangt, und kaum hatte ich noch die Zeit, unter ihm fertig zu werden. Konrad eilte herzu, ein ausgezeichneter Mensch, aber ohne feine Manieren. »Wenn es Euch recht ist, o Herrin«, rief er, »so werde ich mich der Worte enthalten und nur Taten reden lassen.« Ohne ein Wörtchen hinzuzusetzen, bohrt er seine harte, dicke Stange kräftig in meinen Leib hinein; beim vierten oder fünften Stoß schon überströmt mich sein glühender Saft und erregt in mir ein neues Jucken, das wiederum den Venusbalsam aus meinem Schoße hervorlockt. – »Warum, Konrad«, sagte ich zu ihm, »habt Ihr denn die vorgeschriebene Ordnung abgeändert und Aloisios Platz eingenommen?« – »Wir haben das untereinander so abgemacht«, antwortete er; »die Herren aus Florenz werden beide zusammen kommen, und wahrscheinlich auch zusammen wieder gehen. Sie sagen, wir Deutschen und Franzosen seien Dummköpfe, die in ihrem Eigensinn nicht einsehen wollen, was die wahre Liebeswonne sei.« Konrad geht; Aloisio und Fabrizio treten auf. »Hebt die Schenkel hoch«, sagt Aloisio, indem er die Lanze einlegt. Ich tue es; er wirft sich auf meinen Leib und taucht die Lanze in die ewig offene Wunde. Dabei hält er meine beiden Unterschenkel hoch, indem er seine Hände unter die Kniekehlen legt, und bewegt meine Lenden hin und her, ohne dass ich mich im Geringsten anzustrengen brauche. Wirklich eine eigentümliche und ergötzliche Art, ein Weib in Bewegung zu setzen! Ich rufe: »Ich brenne!« – Aber kaum habe ich dies Wort gesprochen, so löscht bereits eine schäumende Flut von Venussaft die Feuersbrunst. Aloisio steht auf, zu neuem Kampf rüstet sich Fabrizio; hochrot und drohend starrt ihm schwellend der Brunzrüssel. »Ich bitte Euch, gnädige Frau«, sagt er, »dreht Euch herum!«

OTTAVIA: Ich weiß schon, wie's kommt!

TULLIA: Seinem Wunsche gemäß drehe ich mich herum, denn ich wusste schon, dass ich's mir zum Gesetz machen musste, in ihrer Wollust die Befriedigung der meinigen zu suchen. Als er aber meine Hinterbacken sah, neben deren Weiße Elfenbein und Schnee dunkel hätten erscheinen müssen, da rief er: »Oh, wie seid Ihr schön! Aber bitte, richtet Euch auf die Knie auf und neigt den Oberkörper vornüber!« Ich senke Kopf und Brust und hebe den Hintern hoch. So standen denn beide Wege offen, die zu den beiden Arten der Liebe führen; der eine rein und keusch, der andere schmutzig und verbrecherisch. – »Welchen wählst du?«, fragte Aloisio. – »Denselben, den du gegangen bist«, antwortete Fabrizio, »nachher wollen wir weitersehen.«

OTTAVIA: Das war ja eine Drohung!

TULLIA: Er ging also den rechten Weg, wie sich's gehört und ziemt; schnell und feurig stößt er den Riegel tief in mein Schloss hinein. Mit seinen Händen packt er meine beiden Brüste. Dann beginnt er sich hin und her zu bewegen und bald strömt ein wonniger Bach in den weichen Schoß der Liebe. Auch ich verspüre wunderbare Wonnen, und es fehlt nicht viel, so schwinden vor Wollust mir die Sinne; eine solche Menge Samen aus Fabrizios Lenden überströmt und benetzt mich; eine solche Menge meines eigenen Saftes erschöpft alle meine Kräfte. Diese eine Tour kostete mich mehr Kräfte als die drei vorhergehenden zusammengenommen. – Dies war also der aus vier Szenen bestehende erste Akt der Komödie.

OTTAVIA: Deine Erzählung, dass Fabrizio diese bestimmte Körperstellung verlangte, hat mich zu einer irrigen Meinung verführt. Die Florentiner finden ja Vergnügen daran, sich in diesen Spielen der Venus zu ›irren‹. Man sagt, sie ergötzen sich mit Knaben und schätzen besonders solche Weiber hoch, die ihnen zu Gefallen sich in Knaben verwandeln und den Liebesdienst von Knaben übernehmen.

TULLIA: Ich selber habe diese Erfahrung gemacht, und kann dir die beste Auskunft darüber geben, was sie in dieser Hinsicht leisten. Um es kurz zu machen, denn es wäre langweilig für dich, wollte ich ganz genau auf jede Einzelheit eingehen – Latour und Konrad erschienen wieder in meiner Stechbahn und ließen verhängten Zügels ihr Rösslein laufen. Als dann wieder Aloisio an die Reihe kam, erschien plötzlich die Alte. Sie machte Aloisio und Fabrizio darauf aufmerksam, dass sie mir keinen Anlass zu der Klage geben dürften, ich wäre durch eine unflätige Begattung befleckt worden. Gewiss dürften sie die Furche wählen, die sie mit ihrer Pflugschar bearbeiten wollten, den Samen aber dürften sie nur in die richtige streuen. Wenn sie gegen dieses Gebot verstießen, so hätten sie die Verantwortung dafür, und Frau von Orsini würde in großen Zorn geraten; dieser Tribut der Liebe dürfte nur meiner Kleinen dargebracht werden. Hierauf wandte sie sich zu mir und ermahnte mich, ich möchte immer guten Mutes sein, auch wenn ich die Art der Liebesangriffe nicht kennte ... Die jungen Herren losten daraufhin, wer zuerst den Vorzug haben sollte, in meinem besseren Teil stochern zu dürfen. So drückten sie sich aus. Für diese gemeinen, stinkigen Kinäden hat die Frechheit ihrer unlöblichen Wollust mehr Reiz als die Wonne einer wirklichen Heldentat. Ich aber rief: »Das halte ich nicht aus! Zum mindesten bitte ich um einen Aufschub, wenn's auch nur ein kurzer ist.« Sie gingen daher den geraden Weg der keuschen Venus. Auf diese Weise wurde ich achtmal beritten. Latour war recht nach meinem Geschmack; ich kam daher auf den

Gedanken, ihm die Erstlinge des mir noch unbekannten Venusopfers anzubieten und den geliebten Jüngling die Stichprobe in jenen Körperteil machen zu lassen.

OTTAVIA: Für die Florentiner hat jedes Weib eine doppelte Jungfernschaft!

TULLIA: Latour antwortete mir, damit mache ich ihm nicht ein Geschenk, sondern tue ihm einen Schimpf an; und er überhäufte mich mit Vorwürfen. »Für was für einen Menschen haltet Ihr mich, Signora?«, rief er, »Gott soll mich bewahren, jemals einen solchen Wahnsinn zu begehen, wenn ich auch recht viele tolle Sachen mache! Es ist eine Ruchlosigkeit, an so etwas zu denken, eine Schmach, sich zu Derartigem herzugeben! Keine Liebesfreude könnte mir Vergnügen machen, wenn Ihr sie nicht teiltet. Ich habe nur eine einzige Bitte an Euch zu richten, und ich hoffe, Ihr schlagt sie mir nicht ab!« – »Verlangt nur, was Ihr wollt«, antwortete ich; »was es auch sein mag, ich gewähre es Euch.« – »So lasst meine Augen in voller Freiheit am Anblick Eurer göttlichen Schönheit sich weiden!« Ohne mich länger bitten zu lassen, zog ich selber alle meine Kleider ab, und dies war freilich keine große Arbeit, denn außer Rock und Hemd hatte ich nichts auf dem Leibe; er selber ließ mein

Hemd auf meine Füße sinken. Sowie er mich nackt sah, bedeckte er mich mit glühenden Küssen und ließ seine Finger über meinen ganzen Körper schweifen. Endlich stieß er sein strotzendes schweres Ding in meine Kleine, und sein Leib vermischte sich mit dem meinigen. Nach ihm kam Konrad; auf Konrad folgten wieder Aloisio und Fabrizio. Eine neue Art des Kampfes begann. Als sie mich nackt sahen, hüpften sie vor Freude und klatschten in die Hände. Aloisio legte das Kopfkissen quer über das Ruhebett unter meinen Hintern und sagte dann zu mir: »Jetzt legt Euch auf den Bauch, bietet Eure köstlichen Hinterbacken unseren Augen zur Weide und unserer Liebe zur Lust!« – »Was wollt ihr denn von mir; schont meiner! Ich habe Angst! Vergesst ihr, dass ich ein Weib und kein Knabe bin?« – »Schweigt doch«, rief Fabrizio; »was von den vornehmsten, geistvollsten und schönsten jungen Römerinnen keine einzige uns zu verweigern gewagt hat, das wollt Ihr uns verweigern – Ihr, eine so geistvolle und schöne Dame?« – »Aber ich habe Abscheu vor so etwas!«, versetzte ich, »ich werde es nicht ertragen können.« – »Ihr werdet es schon aushalten!«, antwortete Aloisio, »jüngere denn Ihr sind berühmt bei uns wegen ihrer Geschicklichkeit in dieser körperlichen Übung. Der Anstich Eurer Vorderseite wird Euch teurer zu stehen gekommen sein!« Da ich sah, dass mein Reden mir nichts nützte, so fügte ich mich dem Willen dieser Rasenden. Aloisio neigte sich über meinen Hintern, setzte die Stange an das Hinterpförtlein an, stieß, bohrte und sprengte sie schließlich mit einer kräftigen Anstrengung. Ich stöhnte auf. Sofort zog er den Speer aus dem Loch heraus, vergrub ihn in meine Kleine und überströmte mir die Furche mit reichlichem Regen. Nachdem er fertig geworden war, ging Fabrizio in der gleichen Weise ans Werk. Mit schnellem Griff legte er die Lanze ein und stieß sie mir sofort in den Leib. So steckte er eine Zeit lang abwechselnd sie hinein und zog sie wieder heraus. Mich aber – ich hätte es wahrlich nicht für möglich gehalten – mich versetzte ebenfalls das Jucken in eine solche Raserei der Sinne, dass ich bestimmt glaubte, ich würde mich an diese Art von Vergnügen recht gut gewöhnen können, wenn ich wollte. Aber möchte ein solcher Wahnsinn niemals Callias in den Sinn kommen. Übrigens stellte Fabrizio meine Geduld nicht allzu sehr auf die Probe; er verlangte nicht über Gebühr von mir, ihm zu seiner schimpflichen Lust gefällig zu sein, sondern wandte sich bald wieder meiner Kleinen zu und ließ die süßesten Wonnen in die Tiefen meines Leibes strömen. Und so raubte die Ausgelassenheit dieses Taugenichts mir nichts an meinem eigenen Genuss.

OTTAVIA: Aber sage mir bitte: Hat dein Callias niemals ein solches unzüchtiges Ansinnen an dich gestellt?

TULLIA: Ich muss dir gestehen, meine liebe Ottavia, er hat's!

OTTAVIA: Und ich, meine liebe Tullia, muss dir von meinem Caviceus ein gleiches Geständnis machen.

TULLIA: Im zweiten Monat nach unserer Hochzeit war eines Nachmittags mein Callias mit mir allein, und da verlangte er von mir, ich solle mich nackt ausziehen, sollte sogar mein Hemd ablegen. Aber horch, … horch!

OTTAVIA: Ah, ich merke, unsere Athleten kommen!

TULLIA: Ich höre sie sprechen. Mut! Ottavia! Ein köstliches Spiel steht dir jetzt bevor! Mut! Möge deine durstige Kleine Becher von Nektar einschlürfen!

OTTAVIA: Ich zittere vor Angst.

TULLIA: Viel Glück, Rangoni! Hier führe ich dir das hübscheste junge Weib in deine Arme. Nirgends wirst du eine finden, die deiner

Liebe würdiger wäre, und bald wirst du – dessen bin ich sicher – offen eingestehen, dass du vor Wonne trunken bist.

LAMPRIDIUS: Rangoni ist dir dankbar, liebe Ottavia; und bald wird er seinen Dank dir noch besser beweisen, indem er dein Rösslein tummelt, wie dieses es verdient.

RANGONI: Ich weiß, dass ich damit auf den höchsten Gipfelpunkt meines Glückes gelangen werde. Ihr aber, Ottavia, warum bleibt Ihr so traurig, so unbeweglich? Wisst Ihr denn nicht, dass es eine Nachtfeier der Venus gilt?

OTTAVIA: Schweigt, schweigt! Ich springe aus dem Bett! Ich schreie! Warum wollt Ihr mich quälen, Bösewicht? Warum besudelt Ihr mich mit diesen ehebrecherischen Küssen, mit diesen verruchten Betastungen?

RANGONI: Oh, wie bist du schön! Oh, wie bist du göttlich! Sei doch auch so barmherzig und gut, wie du hübsch bist!

TULLIA: Wo versteckst du dich denn? Du bist unvernünftig, Ottavia. Rangoni, verlege ihr doch mit vorgehaltener Hellebarde den Weg zur Flucht. Vorwärts!

LAMPRIDIUS: Was bedeutet denn dieser Streit? Wozu der Lärm?

OTTAVIA: Habe Erbarmen mit mir, Lampridius!

LAMPRIDIUS: Ei, was denkst du denn? Du willst dich nicht zur höchsten Wonne hergeben, und ich sollte Erbarmen mit dir haben? Was soll uns hier Erbarmen?

OTTAVIA: Du siehst, wie die beiden mich misshandeln; deine Tullia und dieser so genannte Freund, den du mitgebracht hast. O weh mir Armen!

TULLIA: Es ist alles in Ordnung. Schüttle nur diese Schwerfälligkeit ab, Ottavia, von der du noch besessen bist. Tritt zurück, Lampridius!

LAMPRIDIUS: Warum willst du denn nicht Augen und Seele an diesem wollüstigen Schauspiel weiden?

OTTAVIA: Ach, ach, ach! Wie wild bist du, Rangoni! Jetzt … jetzt will ich alles, was du willst, Rangoni! Ich werde alles tun, was du verlangst. Allen deinen Launen werde ich mich fügen … allen … allen! Halte nur einen kurzen Augenblick inne, ich möchte eine etwas bequemere Lage einnehmen, um dir noch mehr Wollust zu bereiten.

TULLIA: In dieser Raserei deiner Sinne hattest du das eine Bein aus dem Bett herausgestreckt!

LAMPRIDIUS: Mach fertig, Rangoni; lass dich durch nichts mehr aufhalten. Mit meinen eigenen Händen werde ich diese Marmorsäule stützen und hochhalten!

OTTAVIA: Lass doch, Taugenichts! Lass das doch sein! Was kitzelst du mir die Ferse mit deinen Nägeln? Oh, oh! Und du, Rangoni – wie schnell du zu … stoßen … weißt … Ach! … ich sterbe!

TULLIA: Vorwärts, Rangoni, vorwärts! Mach schnell! Ich werde dir deine Schellen streicheln, den Quell aller Entzückungen. Siehst du, wie deiner Buhle die Sinne schwinden? Überströme schnell, schnell die Sterbende mit deinem Lebensbalsam!

RANGONI: Einen Augenblick! Da! Es flammt mir die Ader der Liebe und beträufelt mit göttlichen Wonnen meine Liebesgöttin.

OTTAVIA: Nur keine Rücksicht! Nur keine Schonung! Da! Wie gefiel dir dieser Stoß? Und dieser? Und dieser?… Ach, was fühle ich! Wie es juckt … wie du mich besprengst … mit … heißem … Tau … Ah, ah! Und wie reichlich! Ach, ach! … und … wie süß! Wie du mir das Leben gibst und wieder nimmst. Oh, du mein Herr über Leben und Tod.

TULLIA: Und du bist ja trockener als Bimsstein! Sind denn bei dir die Venusquellen verstopft, Ottavia?

OTTAVIA: Schweig doch! … Ach, ach! … Sei still! … Schweig … Alles ist … in Ordnung. Hah! … Hah! …

TULLIA: Reite noch schneller, Rangoni! Schnell, schnell! Setze noch schärfer den Sporn ein und hilf deiner Geliebten ihrer schon kommenden Wollust Luft machen! So ist's gut! So ist's gut!

OTTAVIA: Oh! Mit diesem Stoß hast du mich beinahe zerdrückt! Und mit diesem wieder! Die Raserei, zu der du mich entflammt hattest, hat sich ein bisschen gelegt. Und noch immer strömt dein Wonneschlauch seinen Saft in meine Spalte? Ja … ich fühl's … ich fühl's … Das nimmt ja gar kein Ende! Oh, wie süß weißt du hineinzuspritzen! Du wirst mich ganz voll machen mit diesem heißen Samen. Ich bin kein Weib mehr – ich bin ein Schlund, in den ein Strom von Venussaft hineinbraust!

LAMPRIDIUS: Und mir steht er derweil, dass ich's nicht mehr aushalten kann. Mach, dass du endlich fertig wirst, Rangoni! Das Übermaß von Wonne, das du genießt, macht mich unglücklich!

OTTAVIA: Was störst du uns, Lampridius? Ich sterbe – ich sterbe wieder. Du tötest mich, Rangoni … aber wenn du nachlässt, tötest du mich erst recht. So schnell verlässt du mich schon?

TULLIA: So schnell? Du bist wohl wahnsinnig, Ottavia! Bei Venus, mit dieser Begattung kann sich höchstens Jupiters Leistung vergleichen, als er Alkmenes Schoß mit Herkules segnete. Sieh doch, wie Lampridius' Glied Funken sprüht! Wie steif, wie feurig, wie prächtig es ist! Nimm es in dich auf!

LAMPRIDIUS: Wenn du diesen feurigen steifen in deine feurige Spalte…

TULLIA: Und dieser schnelle Stoß war der passendste Schluss für deine Rede.

OTTAVIA: Aber du, Lampridius, hilf dabei! Hilf dabei!

LAMPRIDIUS: Hilf auch du, Ottavia! Und auch du, Tullia!

TULLIA: Was sollen denn wir beide dabei helfen?

LAMPRIDIUS: Während ich Ottavias Brüste drücke, soll sie selber mit einer sanften aber schnellen Bewegung die Hinterbacken drehen. Gleichzeitig soll deine Hand, liebe Tullia, meinen Schellenbeutel kitzeln und mich so auf den Gipfelpunkt der Wollust führen.

TULLIA: Kümmere dich nur um deine eigene Rolle, du kleiner Narr! Wir beiden werden uns mit den unsrigen aufs Beste abfinden.

OTTAVIA: Du regst mich fürchterlich auf, Lampridius! Aber das soll dir nicht straflos hingehen! Auf deine Stöße werden noch schärfere Stöße von meiner Seite antworten. Da! Da! Da! Mach ich's gut?

TULLIA: Du erweist dich wirklich als ein prächtiger Kämpe, Lampridius. Wie geschickt hast du deinen Dolch bis ans Heft hineingebohrt! Und doch gibst du damit meiner Ottavia, die dem Sterben nahe zu sein scheint, nicht den Tod, sondern süßestes Leben! Du siehst aus, als wolltest du die Seele aufgeben, Ottavia, während dieser Held der Liebe sich ganz und gar in deinen Leib hineindrängen zu wollen scheint.

OTTAVIA: Lass doch dies störende Geschwätz! Warum willst du meine Aufmerksamkeit von dieser köstlichen Empfindung unermesslicher Wollust ablenken? Aber … aber … ach, da schießt ein Strom lebendigen Feuers in mich hinein!

TULLIA: Ja, von der Fackel, die Lampridius drinnen in deinem Heiligtum schwingt! Inzwischen will ich dir, mein Lampridius, einen Kuss geben!

LAMPRIDIUS: O dieser süße Kuss! Wie mehrt er noch meine köstliche Wonne! Reiche mir die Elfenbeinkugeln deiner Brüste, dass ich sie küsse! Jetzt … jetzt … Ottavia, Tullia … da strömen sie … hin … die Bäche … meiner … Wollust!

OTTAVIA: Ich fühle sie, ich fühle sie, wie sie in mein Becken sich ergießen! Mehr! Oh! Mehr! Auch mir kommt es! Auch mir!

TULLIA: Auch dir, auch dir fließt der Strom der Wonne. Helft doch einander! Gut gemacht – beim Gotte Subigus! Gut gemacht! Aber, du, Rangoni, woran denkst denn du? Du stehst ja ganz stumm da und rührst dich nicht!

RANGONI: Sieh her und sag's dir selber!

TULLIA: Du zeigst mir deinen Stängel. Wie ist er plötzlich zum Kampfe bereit angeschwollen! Ich sehe schon, ihr werdet dem armen Kind keinen Augenblick Ruhe lassen.

RANGONI:

Jeder hat Anspruch auf Ruhe wie jeder zur Arbeit.

LAMPRIDIUS: An dir, Rangoni, ist jetzt die Reihe, den leeren Platz auszufüllen – diesen Platz, der kein Marsfeld, sondern ein Venusfeld, obwohl Mars sich gerne darauf tummeln möchte. Wie hat sie mich mit Wonne beseligt!

RANGONI: Du fliehst vor mir, meine Göttin? Du drehst mir den Rücken zu?

OTTAVIA: Ich fliehe nicht. Ich bitte nur um einen kurzen Waffenstillstand.

TULLIA: Errege durch eine andere Stellung aufs Neue die sinkende Liebesbegier, denn du bist müde, du bist matt. So muss man die Wolllust würzen, auf dass aus der Wollust ohne Unterlass immer neue Wollust erstehe.

OTTAVIA: Sieh doch nur, wie Rangoni drängt

und die Besiegte quält! Das ist nicht schön von ihm.

RANGONI: Oh, ich werde warten! Was sollen wir denn machen, Tullia? Setze du die Bestimmungen für das Liebesturnier fest, dessen Schiedsrichterin neben Venus du bist.

TULLIA: Du siehst, Ottavia, wie ich mich auf die Knie stütze, den Hintern hoch erhoben, den übrigen Körper herabgebeugt. Lege dich rücklings auf meine Lenden, sodass dein Rücken sich an meinen Rücken, dein Hintern sich an meinen anschmiegt. Dann mache deine Schenkel breit, damit mich dein Gewicht nicht zu sehr drückt und du dich recht fest aufstützen kannst.

OTTAVIA: Eine solche Last zu ertragen, wird über deine Kräfte gehen, wenn auch noch Rangoni sich auf mich legt. Ich gehorche indessen dem Befehl meiner Königin, damit mich nicht Strafe treffe.

TULLIA: Rangoni wird mich gewiss nicht zerquetschen, davon bin ich überzeugt; er wird sich nicht mit dem ganzen Gewicht seines Körpers auflegen, und er wird schon wissen, was mit Geschicklichkeit und Kraft in diesem Fall zu machen ist.

RANGONI: Ich werde euch alle beide so sehr schonen, wie's mir nur möglich ist. O welch eine wollüstige Gruppe! Sofort bohre ich meinen hässlichen Speer in diese göttliche Schönheit hinein. Ich hoffe, du bist damit einverstanden, Ottavia.

OTTAVIA: Mach schnell, mein König! Ich fühle tief in meinem Leib ein ganz neues kitzelndes Gefühl. Ist es so gut, Tullia? O was für tolle Sachen, was für tolle Sachen!

TULLIA: Bewege die Hinterbacken, Ottavia, wie ich sie bewege. Mache genau dieselben Bewegungen wie ich! Das wird dir wie ihm umso größere Wollust bereiten. Sehr gut, sehr gut so! Wie feurig, wie unartig süß du das Gesäß zu drehen weißt!

RANGONI: Auf und ab, Ottavia! Schnell, schnell! Stoße doch! Und auch du, Tullia! Helft mir, helft mir! Lasst durch euch mich sterben! Lasst mich feurig werden! Vorwärts, vorwärts!

TULLIA: Ich fühle euer glühendes, zügelloses Drücken; ich fühle mit, wie das köstliche Nass aus dem Quell in euren Lenden hervorsprudelt. Hilf ihm doch, Ottavia, indem du deinen Hintern bewegst! Höre doch, wie er keucht! Auch ich werde ihm helfen.

OTTAVIA: Tullia! Tullia! Rangoni, du machst mich rasend! Ich kann nicht mehr. Ich muss schreien, sonst werde ich wahnsinnig. Ich fühle, wie er seinen Saft in mich hineinträufelt. Ach! Ach!

TULLIA: Ein Regen …

OTTAVIA: Ja, ein Regen, den Danae, die Tochter des Königs Akrisius, dem goldenen Regen ihres Jupiter vorziehen würde. Ans Werk, Tullia, ans Werk!

TULLIA: Was ich tun kann und muss, das mache ich getreulich.

OTTAVIA: Zweimal bin ich schon fertig geworden, zweimal bist du fertig geworden, Rangoni! Ach! Ach! Und da bin ich selber zum dritten Mal fertig! Ach, ach, ach!

TULLIA: Dreimal also hast du in barer Münze der Frau Venus den schuldigen Tribut bezahlt.

RANGONI: In der ganzen Stadt sind nicht zwei andere so wollüstige und muntere Frauen wie ihr beide! Ich kann mir keine angenehmere Art der Liebe denken als die soeben von uns probierte – und wollten sich selbst die Grazien nackt mir preisgeben. Ich will des Todes sein, wenn Venus selbst, die Aufspürerin und Erfinderin aller Lüste, jemals eine köstlichere Gruppe erdacht hat, die so wie diese die lieblichste Wonne verschafft!

LAMPRIDIUS: Willst du's auch mit mir einmal probieren, Ottavia? Dann rühre dich bitte nicht von der Stelle, Tullia.

TULLIA: Ich bin gerne einverstanden, und Ottavia ist es auch. Aber vor Mattigkeit brechen mir die Glieder zusammen, und ich fürchte, ehe wir fertig werden …

OTTAVIA: Wie ist er hart! Wie hart ist dein Stachel, den du in die zarte Blume der Wonne hineingestoßen hast!

TULLIA: Sachte, liebster Lampridius! Du schiebst heftiger, als ich's aushalten kann, da ich, wie du weißt, schon müde bin. Du musst im Nu fertig sein! Mach schnell! Meine Knie tragen mich nicht mehr, ich falle um!

OTTAVIA: Möge Venus dich strafen, Tullia! Du hast die süßeste Wonne verdorben oder wenigstens doch gestört. Da nimm, Lampridius, nimm meine Schenkel! Alle Wonnen, über die ich verfüge, ich gebe sie dir preis.

LAMPRIDIUS: Ich möchte nur mal mit der äußersten Lanzenspitze ganz vorne in deinem Futteral ein bisschen tändeln. Gewähre mir dieses Gelüste, bitte, Ottavia!

TULLIA: Sie gewährt es dir! Nicht wahr, Ottavia?

OTTAVIA: Ich gewähre ihm seinen Wunsch, aber er verweigert mir die Erfüllung des meinigen.

TULLIA: Ich werde in meine Linke die Lanze nehmen, mit der du in den Streit ziehst, lieber Lampridius.

LAMPRIDIUS: Ach, süße Herrin! Indem du deine Finger eng über ihr zusammenschließt, wird meine Stange in einem zweifachen Spalt zwiefache Wonne finden: einen Spalt findet sie, Ottavia, in jenem, den die Natur dir beschert hat; einen zweiten, Tullia, in jenem, den deine geschickten Finger mir künstlich bereiten.

OTTAVIA: Macht doch! Macht alle beide! Hier geht's famos!

LAMPRIDIUS: Was willst du denn, o Herrin? Sieh, da springt schon der heiße, brennende Venusschaum hervor. Mach! Mach! Mach!

TULLIA: Verschlinge doch, Ottavia, diesen glühenden Feuerbrand! Da hast du ihn schon drinnen!

OTTAVIA: Mach doch, Lampridius, mach doch! Ich schwebe in den Himmel der Venus empor. Stoß ... ach! Stoß ... ach! Stoß ... ach!

LAMPRIDIUS: Ich habe noch was übrig – fühlst du's? – um dir deine Jugendblüte zu besprengen. Sieh, hier bringe ich als Priester des Priapus und der Venus dir, dem Opfer meiner Wollust, Nektar dar! Hier ... hier ...!

TULLIA: Bist auch du fertig geworden, Ottavia?

OTTAVIA: Ja. Umarme mich, Lampridius! Gib mir einen süßen Kuss!

TULLIA: Ei, was bist du für eine frühreife, wollüstige Buhle!

OTTAVIA: Aber allmählich befällt meine Glieder eine unbegreifliche Mattigkeit, die mich mit dumpfer Schlaffheit umhüllt.

RANGONI: Du wirst dich ausruhen, meine süße Venus, sobald ich mich an den Früchten deiner Wonnen gesättigt habe. So nimm denn, wenn es dir recht ist, von mir die Liebe an, wie sie sich gehört!

TULLIA: Und du – an den Galgen mit dir, wenn du dir jemals solltest einfallen lassen, sie zu bereiten, wie sich's nicht gehört!

RANGONI: Beim Subigus! Mit einem hübschen Weibe, wie Ottavia es ist, ist jede Art von Liebe gehörig. Man sagt ja, der Leib eines schönen Weibes sei ganz und gar Geschlechtsteil. Aber lassen wir diese Scherze und beschäftigen wir uns mit ernsten Dingen. Lege dich zurecht, meine Venus, lege dich zurecht!

TULLIA: Wie soll sie sich denn hinlegen, damit du einen recht süßen Genuss hast?… Halt, da fällt mir etwas ein! Ich werde aufstehen, Ottavia bleibt liegen, und ich hebe dann ihren rechten Unterschenkel, so hoch ich kann, empor, sodass ihr Fuß den Betthimmel berührt. Das Bein streckst du, Ottavia, von dir ab, so weit du nur kannst. Auf diese Weise wird dein Eingangspförtlein recht eng und für den Reiter umso angenehmer. Vorwärts, hoch das

Bein, Ottavia! Ans Werk, Rangoni! Steig in den Sattel, drücke die Sporen ein!

OTTAVIA: Kaum gesagt, schon getan! Was für einen gelehrigen Athleten hast du hier auf diesem Ringplatz, Tullia! Aber, Liebste! Du bewegst mein Bein so heftig auf und ab, dass ich's gar nicht aushalten kann. Ich fürchte, wenn du dich nicht in Acht nimmst, wirst du mir das Hüftgelenk ausrenken.

RANGONI: Du bist wirklich wunderbar geschickt in diesem Spiel, Tullia. Du brauchst die Lenden gar nicht zu bewegen, Ottavia! Tullia allein macht alle notwendigen Bewegungen.

OTTAVIA: Dann habe ich ja fast nichts anderes zu tun, als dass ich mich deiner Liebeswut geduldig hingebe; für den Rest bedanke dich bei Tullia. Aber schon spüre ich in meinem innersten Heiligtum einen glühenden Stoß. Oh! Ach … ach!

TULLIA: Aber fühlst du dich denn nicht durch diese beständige Bewegung zum höchsten Entzücken fortgerissen? Ah, ja, dir brechen ja schon die Augen. Es wird dir kommen, es wird dir kommen, ich seh's!

OTTAVIA: Ja, ja! Es kommt auch mir. Ach! Ach! Halt einen Augenblick auf, Rangoni! Es kommt! Ach … ach!

RANGONI: Niemals hat Venus ein so entzückendes Hürchen gesehen, wie du es bist! Du hast meinen ganzen Stängel verschluckt; wie kümmerlich und schlaff du ihn mir gemacht hast! Als ich dir ihn darbot, war er dick, purpurrot, glühend. Gib ihn mir im selben Zustand zurück, du Böse! Der, den du mir wiedergibst, ist nicht der meine; ich erkenne ihn nicht an!

TULLIA: Komm, Lampridius, und räche du den Schimpf, der deinem Kameraden angetan worden ist! Ich sah dich eben einen Becher gewürzten Weines trinken. Du hast deine Kräfte wieder, und wie ein Wildbach strömt dir der Quell der Venus über seine Ufer.

LAMPRIDIUS: Freilich hab ich getrunken, und mit dem Wein habe ich wirklich neues Feuer eingeschlürft; das wird bald auch meine Ottavia merken!

OTTAVIA: Ich glaube, bei diesem Spiel werdet ihr mich noch durch die Maßlosigkeit eurer verliebten Lust ganz tot machen!

TULLIA: Davor brauchst du keine Angst zu haben. Alle Geschlechter lebender Wesen empfangen ja hierdurch ihr Dasein: Das Glied, das Leben erzeugt, wird nicht den Tod bringen – darauf kannst du dich verlassen, Ottavia. Höre, Rangoni! Hebe diese siegreiche Heldin auf und lege sie dir über die Schulter!

RANGONI: Und wenn ich sie auf meine Schultern genommen habe, was wird es dann geben?

TULLIA: Hebe sie nur erst hoch. Du, Ottavia, wirst schnell aus dem Bett springen!

OTTAVIA: Aber meine Lenden sind völlig matt. Ihr tut, als sei ich ein Elefant und nicht eine junge Frau!

TULLIA: Du bist nicht zart und benimmst dich recht verzärtelt. Tu, was ich dir sage, Rangoni, und packe das Närrchen an! Diese Zurichtung ist zu deinem Besten, Lampridius.

OTTAVIA: Warte noch ein Weilchen, Rangoni. Ich werde mich freiwillig auf deine Schultern legen.

TULLIA: Hier kommt's auf das Tun an und nicht auf das Reden! Sieh doch nur, wie er dem Lampridius steht! Steck das brennende Licht in deine Laterne! So ist's recht! So gehört sich's.

LAMPRIDIUS: Höchst gewandt hast du dich auf deinen Gaul geschwungen, Ottavia!

TULLIA: Jetzt, Rangoni, klemme ihre Arme ganz fest zwischen deine Arme! Mach die Beine breit, Ottavia!

LAMPRIDIUS: Öffne, meine Göttin, meine geliebte Herrin, öffne die Seligkeiten deines Venusgartens!

TULLIA: Öffne ihn dir nur selber! Stecke den Schlüssel in das Loch!

OTTAVIA: Ich hatte Angst, mir würde irgendetwas nicht ganz Sauberes passieren; ich fürchtete, du wolltest mich an einer Stelle anbohren lassen, wo sich's nicht gehört.

RANGONI: Wir wollen uns mit unseren Stößen und Liebesbeweisen nur auf den guten und freundlichen Akt beschränken. Aber beeile dich, Lampridius! Tu, was du tust, ordentlich!

LAMPRIDIUS: Ich werde mich zunächst zwischen Ottavias Beine schieben, dann hebe du, Tullia, ihr die beiden Schenkel hoch, damit ich den Stachel leichter in die klaffende Wunde bohren kann.

TULLIA: So schnell du befahlst, so schnell gehorchte ich!

OTTAVIA: Das wird aber, meiner Treu, für mich eine sehr unbequeme Sache werden; die Haut meiner Kleinen wird bis zum Bersten ausgeweitet werden. Unterdessen aber wird die Stange, die du hineinstößt, Lampridius, nur mit Mühe Unterkunft finden.

LAMPRIDIUS: Dadurch wird für dich wie für mich das Spiel nur umso süßer werden. Nicht auf einem geraden Pfade werde ich zum geheimsten Sitz der Venus gelangen, sondern gleich nach dem Eintritt wird sich der Weg ein bisschen krümmen, weil hier auch der Gang, der ins Innere führt, eine Biegung macht.

OTTAVIA: Schon gut, schon gut!

TULLIA: Mit leichten Drehungen werde ich dir, Ottavia, die elfenbeinweißen Schenkel bewegen, um dadurch unserm Lampridius zu helfen. Ach, wie er bei seiner Arbeit schwitzt! Aber feurig und schnell sind auch deine Stöße, Lampridius! Du bist im Stande, Ross und Reiterin über den Haufen zu werfen. Sei nicht gar so hitzig!

OTTAVIA: Warum hältst du ihn auf, wenn er Eile hat? Hol dich … ach! … was hältst du im vollen Lauf an? … ach … ach … hol dich der Kuckuck!

TULLIA: So schnell schon springt bei dir das Blümelein der Venus. Ich hätte nicht gedacht, dass bei dir der Samenstrang so langsam in Brand geriete. Ottavias Kleine, die einen Jupiter zu beseligen würdig wäre, hat wohl alle Kraft deines Steifen behext.

OTTAVIA: Du irrst dich, du irrst dich! Du redest Unsinn. Oh, oh! Er spritzt! Ich sterbe!

LAMPRIDIUS: Und empfange noch diese … ach, ach … paar Tropfen … ach … Liebesbalsam, die dich aus deiner Ohnmacht wieder aufwecken werden.

TULLIA: Stoß ihn hinein! Zieh ihn heraus! Kein Tröpflein ist mehr im Schlauch, das meiner Ottavia verloren gehen könnte. Saug ihn aus, Ottavia, mit deinen Schamlippen! Saug ihn aus, den göttlichen Honig!

LAMPRIDIUS: Fertig! Dieser Ritt mit seiner wonnigen Lust hat mich auf wunderbare Weise wieder erfrischt; er hat mich mit Seligkeit erfüllt, aber nicht meine Kräfte erschöpft.

TULLIA: Setze jetzt, Rangoni, deine kostbare Bürde nieder! Nach solchen Kämpfen erlaubt ihr doch, dass die ermüdeten Glieder eurer so anmutigen Freundin durch ein wenig Ruhe sich stärken? Seht doch: Sie kann sich kaum auf den Beinen halten. Ihr Bösewichte! Dem zarten Kinde zittern die Knie von euren Lanzenstößen!

OTTAVIA: Ich bitte dich, Rangoni, hilf mir ins Bett hinein! Allein kann ich nicht hinaufsteigen.

TULLIA: Schütze nur keine Müdigkeit vor! Das wird dir nichts nützen. Es ist vereinbart worden, dass jeder von unseren beiden Athleten zehnmal dich besteigen soll, um seine Liebe an dir zu weiden. Vorher kommst du aus ihren Umarmungen nicht frei; höchstens auf einen Waffenstillstand kannst du von Zeit zu Zeit rechnen.

OTTAVIA: Behandelt mich doch menschlicher, o ihr meine Herren! Wenn ihr zwanzig Stechen von mir verlangt, werde ich sterben. Behandelt mich menschlicher, o ihr meine Herkulesse!

TULLIA: Magst du wollen oder nicht: Heute Nacht wirst du sie zwanzigmal drin haben!

OTTAVIA: Ungeheuer! Was du da sagst, ist ja gräulich!

TULLIA: Bis jetzt hast du sieben Gänge gefochten; an der Zehnzahl fehlen dir also noch drei. Dann werden wir beide, du und ich, ins Nebenzimmer gehen, wo ich deinen Leib pflegen und dich erfrischen werde. Diese Waffenruhe wird das Vorspiel zu einem neuen Kampfe sein.

OTTAVIA: Ich möchte dir etwas ins Ohr sagen, Tullia.

TULLIA: Sprich nur, sprich! Aber nicht leise!

OTTAVIA: Ich wäre eine ganz schamlose Person, wenn ich so etwas laut sagte: Neige dein Ohr her zu mir. Es juckt mir fürchterlich – du weißt schon, wo! Es brennt wie Feuer! Was soll ich machen? Ich kann's gar nicht aushalten.

TULLIA: Haha! Hört doch mal, Rangoni und Lampridius! Ottavia hat hier eine ganz komische Beschwerde. Sie klagt darüber, ihr hättet ihr mit eurem Reiten wehgetan …

OTTAVIA: Schweig still! Sonst schlag ich dich! Schweig still!

RANGONI: Sie beklagt sich. Bitte sage doch, liebste Tullia; worüber beklagt sie sich denn?

TULLIA: Es brenne ihr wie Feuer…

OTTAVIA: Was tuschelst du da? Was hast du zu tuscheln!

TULLIA: Ihr Amüsierding!

OTTAVIA: Du bist die abscheulichste Schwätzerin! Ich möchte dich beinahe verabscheuen!

RANGONI: Erinnerst du dich unserer Laura, Lampridius?

LAMPRIDIUS: Gewiss erinnere ich mich ihrer! Und ich erinnere mich auch der Dienste, die du mir erwiesen hast; denn dir hab ich's zu verdanken, dass mein Stier ihren Acker gepflügt hat.

TULLIA: Diese Laura ist gewiss jene junge Schöne, deren Reize du deinem Freunde verschafft hast? Du hast dem heißblütigen jungen Mädchen einen Streich gespielt! Es war ein Freundschaftsdienst ganz eigener Art!

OTTAVIA: Wenn ich dir einige Wonne bereitet habe, Rangoni, wenn du mich liebst, Lampridius, so erzählt mir bitte den Hergang jenes Abenteuers!

RANGONI: Erzählen muss Lampridius. Ich habe bei der Geschichte nur als Zuführer gedient; eine andere Rolle habe ich in dieser Komödie nicht gespielt.

LAMPRIDIUS: Im Spätherbst war ich in Rom bei Rangoni zu Besuch. Laura, so keusch und jungfräulich sie war, bezauberte mich durch ihre Schelmenaugen. Ich verzehrte mich vor Liebe zu ihr; sie war aber sterblich verliebt in Rangoni. Dieser bemerkte, dass sie ihn liebte und ich sie liebte. Er überredete ihre Amme, ihn mit Einbruch der Nacht in Lauras Schlafzimmer einzulassen. Das Mütterchen wusste um die Leidenschaft des Mädchens und versprach ihr alle Wonne der Liebe, wenn sie tun würde, was sie ihr riete. Laura folgte ihr. Aber anstatt selber zu kommen, ließ Rangoni sich durch mich vertreten. Zur verabredeten Stunde war ich vor der Kammertür, und die Alte führte mich an der Hand dem Mädchen zu, das schon im Bett lag. Alles war nämlich pechdunkel. Im Zimmer nebenan schlief Rangonis Mutter, deren Schwestertochter Laura war. Die Alte machte uns drauf aufmerksam, dass wir keine langen Gespräche führen dürften, sondern höchstens einige Worte flüstern könnten, um nicht den Verdacht ihrer misstrauischen Herrin zu erregen. Schließlich flüsterte sie mir ins Ohr, ich hätte es mit einer Jungfrau zu tun und würde langsam stoßen sowie mich dabei leise verhalten müssen, damit nicht das Knarren des Bettes die Tante aufweckte.

TULLIA: Welch einen sachverständigen und pedantischen Bettgenossen hat Laura in jener Nacht gehabt! Ohne Zweifel hast du's ihr mit einem Ernst gemacht, um die ein Cato dich hätte beneiden müssen.

LAMPRIDIUS: Der Witz ist nicht schlecht! Ich fand die Jungfrau nackt, hatte in einem Nu meine Kleider abgestreift und lag an ihrer Seite. »Du weißt, mein Kind«, sagte die Alte zu ihr, »was ich dir empfohlen habe! Du wirst die Liebe deines Rangoni genießen, und ohne einigen Schmerz wird es nicht abgehen, denn seine Liebe betätigt sich mit einem dicken, steifen, wilden Ding. Trotzdem verhalte dich ganz still, wenn du nicht willst, dass ihr alle beide des Todes seid.« Gleich darauf packte die Alte meinen Schwengel, indem sie murmelte: »Ich selber will den Weg zeigen, der zur höchsten Seligkeit führt. Umarme ihn, Laura!« Ich schwinge mich auf Laura hinauf. Die Alte setzte, ohne einer Aufforderung zu bedürfen, die Brechstange an. Ich stoße. Die Tür ist erbrochen, und ich dringe drei Zoll tief ein. Die Alte lässt los, nimmt aber meinen Beutel in die hohle Hand und kratzt ihn leise mit den Fingerspitzen.

OTTAVIA: Was machte denn aber Laura mit sich selber und mit dir?

LAMPRIDIUS: Mit der anderen Hand fasste die Alte unter deren Hintern und hob sie empor; dadurch drang meine Klinge bis ins Heft in den zarten jungfräulichen Leib ein. »Ach, ach, ach!«, seufzte sie, und sofort strömte aus meiner Rinne eine reichliche Flut von Venussaft in ihre Grotte. Eng umschlangen mich ihre Arme, sie verzehrte mich mit glühenden Küssen, da sie sich von mir zur Frau gemacht sah. Und sie girrte mit leisen süßen Seufzern wie eine Turteltaube, wenn sich der Täuberich von ihr gewandt hat. Die Alte aber, geschäftig in unser beider Dienst, drückt mit gefälligen Fingern mir das Ding aus; kein Tröpfchen ging dem Mädchen verloren.

TULLIA: Gab denn nicht aber auch der Schoß der Schönen seinen Saft zum Werke her?

LAMPRIDIUS: Volle Befriedigung fand bei uns beiden die Raserei der Wollust. Aber während Laura bald den einen, bald den andern Schenkel hochwarf, während sie immer wilder hin- und herrutschte und mit erhobenem Gesäß Leib an Leib presste, während sie, aller Ermahnungen vergessend, mit Seufzern, Bewegungen, wollüstigen Worten das Hervorsprudeln des Wonnequells begleitete, da trat plötzlich Rangonis Mutter in unser Zimmer.

TULLIA: Oh, ich habe Angst, ich habe Angst um euch! Die gar zu laute Raserei eurer ohnmächtigen Brunst werden Rangonis Mutter aus dem Schlaf geweckt haben.

RANGONI: Du hast's erfasst! Was für eine schlaue kleine Bettschläferin du doch bist!

LAMPRIDIUS: »Was für einen Lärm höre ich denn hier, liebe Laura?«, ruft die Dame. »Bist du allein?« – »Wir sind ganz allein«, antwortete die Alte. – »Ein Gespenst erschien mir im Schlafe«, fügt Laura schnell hinzu; »ich bin beinahe aus dem Bett gefallen, als ich in meiner Angst die Flucht ergriff.« – »Du bist noch so jung und hast schon solche Fieberträume?«, antwortete Margaris (so hieß die Dame). »Beruhige dich nur! Diese Schreckgespenster der Träume sind eitel Blendwerk.« – »Ich bin aus dem Bett gesprungen«, rief die Alte, »sobald ich mein Kind stöhnen hörte.« Und damit lief sie, fortwährend sprechend, im Zimmer hin und her und machte gewaltigen Lärm. Angstvoll aber presste mich Laura in schüchterner Umschlingung gegen ihren Busen, als wir wieder allein waren. »Ich bin des Todes«, flüsterte sie; »und vielleicht ist es auch um dein Leben geschehen, teuerster Vetter! Das ist furchtbar. Aber ich werde mit dir zusammen sterben, und da wird der Tod mir leicht werden.« Ich aber warf mich auf sie, damit sie fühlen möchte, dass sie nicht stürbe, legte meine Lanze ein und bohrte die Strotzende in die heiße Venus hinein. Nachdem so die Vermählung fröhlich vollzogen war, schob mich die Alte trotz meines Sträubens aus dem Zimmer hinaus.

RANGONI: Laura hat wie du, Ottavia, einen üppigen Körper voller Saft und Kraft; ihre schwellenden Brüste aber stehen nicht so weit voneinander ab wie bei dir. Wie wenn sie sich liebten, scheinen sie einander zu küssen.

TULLIA: Ohne Zweifel ist ein so nahes Beisammenstehen der Brüste ausgezeichnet für die höchste Wollust, aber es ist kein unbedingtes Erfordernis vollkommener Schönheit.

OTTAVIA: Wieso ›zur höchsten Wollust‹?

TULLIA: Du wirst das schon noch einmal verstehen. Für jetzt aber merke dir nur dies eine: Es fehlen dir noch drei Ritte zur höchsten Wollust.

RANGONI: Sieh doch nur, wie schon mit meiner Lanze Priapus kampfbereit ihr zuwinkt! Sieh, wie sie mir steht! Aber ich will auf einem neuen Wege ans Werk gehen.

TULLIA: Auf einem neuen Wege? Nein, so wahr mich's juckt! Auf einem neuen Wege wirst du nicht ans Werk gehen!

RANGONI: Ich habe mich versprochen. Ich wollte sagen, in einer neuen Stellung.

TULLIA: In welcher denn nur? Aber da fällt mir gerade die richtige ein. Man nennt sie Hektors Ross. Lege dich auf den Rücken, Rangoni, und lass deine hoch aufgerichtete, blitzeschleudernde Lanze sich dem Feinde entgegenstrecken, den sie durchbohren will. So ist's gut. Aber was stellst du dich so stolz zur Schau, was brüstest du dich, du geiler Schwanz?

OTTAVIA: Er wird mir dafür büßen, der Bösewicht, ja das soll er! Was soll ich denn machen, Tullia?

TULLIA: Steh auf und nimm von hinten Rangoni zwischen deine Schenkel, sodass die Spitze seines Dolches genau auf deine darüber befindliche Scheide trifft. So ist's gerade die richtige Stellung. Alles in Ordnung!

RANGONI: O dieser Rücken einer Dione! O diese elfenbeinweißen Schenkel! O dieser Hintern, welch eine Feuersbrunst entzündet er in mir!

TULLIA: Lass doch solche schlecht angebrachten Redensarten! Wer unseren Hintern rühmend preist, unserer Kleinen kein Kompliment erweist. Ich sehe wohl, worauf deine Bemerkung über den Hintern hinausläuft. Ich hasse solche sündhaften Lobreden! Aber du, Ottavia, du bist vernünftig! Ihre lüsterne Kleine hat deinen Dicken ganz und gar verschluckt, Rangoni.

OTTAVIA: Lass es kommen, Rangoni! Mach, mach doch! Lass, es kom…, Rangoni, hilf mir doch! Dieser Halm, den du in mein Gewässer hinabgelassen hast, er lockt die süßeste Wonne aus der Tiefe meines Schoßes hervor. Mach fertig … Rangoni!

RANGONI: Ich bin … fertig … Ottavia! Ich bin fer… tig! Kommt es dir auch? Kommt es dir auch?

OTTAVIA: Ja, es kommt … kommt … mir auch … mir auch … mir auch! Ach … ach!

TULLIA: Oh, was für Seufzer! Frau Venus könnte dich um sie beneiden. Aber so schnell seid ihr beide erschlafft? Das ist zu schnell, Ottavia! Aber sieh, hier brennt dir noch eine Liebesfackel, und du musst sie auslöschen, wenn du von der höchsten Wonne durchströmt werden willst.

LAMPRIDIUS: Wo willst du denn hin, kleine Ausreißerin? Machst du dich über mich lustig? Soll ich denn nicht fertig werden? Da wäre es besser gewesen, du hättest mich überhaupt nicht herangelassen.

OTTAVIA: Ich sage die aufrichtige Wahrheit; ich kann nicht mehr. Dieser letzte Kampf hat mich im Nu erschöpft; meine Kniekehlen hatten eine gar zu große Anstrengung auszuhalten.

TULLIA: Unsinn! Das war nur ein Scharmützel, kein richtiger Kampf. Du sahst aus, als wolltest du die Keule des Herkules schwingen, und jetzt, im Augenblick darauf, stellst du dich, als seist du ganz kraftlos. Das ist Unsinn.

OTTAVIA: Alle meine Sinne sind wie betäubt, sind wie in sich selber begraben. Bin ich denn wirklich am Leben? Du musst dich schämen, Lampridius, was du trotzdem mit mir gemacht hast. Mit einem Leichnam hast du dich schmachvollerweise vergangen!

LAMPRIDIUS: Ich werde dich ins Leben zurückrufen mit diesem Merkurstab, mit diesem glühenden Zepter der Venus, mit diesem goldenen Ast. Sieh ihn an! Fass ihn an! Mit Unsterblichkeit werde ich dich begnaden. Durch diese Apotheose der Liebe werde ich dich zum Range einer Göttin erheben!

OTTAVIA: Aber … aber… Höre, Lampridius! Da klopft jemand ganz fürchterlich laut an die

Haustür. Was hat das zu bedeuten? Möchten die Götter und Göttinnen, die den Spielen der Liebe Huld und Gunst gewähren, den Schelm verderben, mag er sein, wer er will, der unser herrliches Kampfspiel zu stören sich unterfängt!

LAMPRIDIUS: Der Lärm wird immer größer. Ich werde hingehen. Aber die Tür ist schon geöffnet, und mit eiligen Schritten nähert sich jemand unserem Zimmer. Er ist schon ganz nahe.

TULLIA: Geht hinaus, geht hinaus! Zieht euch in das Zimmer zurück, das ich für euch habe zurechtmachen lassen, damit ihr keinen Anlass zu bösem Gerede gebt.

RANGONI: Haltet aber ja euer Schlafzimmer verschlossen!

OTTAVIA: Leb wohl, mein Rangoni! Leb wohl, mein Lampridius! Ihr beide seid das Licht meines Lebens. So freundschaftlich habt ihr mich getötet! So wonnig habt ihr mich umgebracht! Kein Leben ist so lebenerfüllt wie dieser Tod!

TULLIA: Wir brauchen nichts zu befürchten. Unsere Gatten sind abwesend, und ich habe sorgfältig die Vorkehrungen getroffen, dass unsere Diener, diese misstrauischen Bestien, von unseren Liebeswonnen keinen Wind bekommen können. Wir sind in voller Sicherheit. Aber du kennst den Charakter unseres Stadtpräfekten. Er ist's! Er ist liebenswürdig, höflich und ein Freund des Vergnügens, der sich über das Gerede der Leute hinwegsetzt. Seine Nächte verbringt er nicht mit Schlafen, sondern beim fröhlichen Lärm der Tafelfreuden und beim Spiel, das er leidenschaftlich liebt, im Kreise junger Leute, die er gern hat oder an deren Liebe ihm etwas liegt. Wen er liebt oder hoch schätzt, den zieht er als Genossen seiner freien Gespräche, seiner Scherze und Possen heran. Durch diese angenehme Freiheit seines Benehmens hat er sich bei allen Ständen beliebt gemacht, ohne seinem guten Ruf Abbruch zu tun. Bei Venus! Nur der Mensch ist zu leben würdig, der zu leben weiß! Denn ein Leben, das nichts von Venus, Bacchus, von Scherz und Lust wissen will, das ist überhaupt kein Leben. Aus dem Wege gehen aber muss man der dummen Scheelsucht gewisser Menschen, die sich allein für weise halten. Sie leben nur sich selber, ihren eigenen dummen, faden Begriff vom Leben:

›*Ungerecht gegen die andern, nachsichtig*
gegen sich selber.‹

Fliehen wir vor den Augen dieser Menschen, Ottavia, fliehen wir von diesen Harpyien, diesen schmutzigen, scharfklauigen Raubvögeln mit Menschengesichtern! Mit der ernsten Miene von Zensoren begeifern sie alles Schöne und beflecken mit ihren Gemeinheiten auch das Anständigste. Auf den Anstand aber muss man stets Rücksicht nehmen.

OTTAVIA: Was verstehst du denn aber unter einem anständigen Lebenswandel? In diesem Punkte stimmen die Ansichten durchaus nicht überein.

TULLIA: Das Wesen des Anstandes ist, als anständig dazustehen. Die Menschen kümmern sich nur um das, was sinnfällig ist. Umgib dich mit dem Schein des Anstandes. Wer durch diesen sich sorgsam zu decken weiß, der gilt allgemein als anständig. Gib dich allen Wollüsten hin, aber unter dem Schein der Ehrbarkeit, und du wirst trotz alledem eine ehrbare Frau sein. Lässt du aber den Vorhang nur um eines Nagels Breite zur Seite schieben, und sieht man, dass du von der strengen Sitte der Dummköpfe abweichst, die für die einzigen Weisen gelten wollen, so werden sie dich mit ihren Schmähungen verfolgen, sie werden dich als eine Gefallene verschreien und mit hinterlistiger Heuchelei sich den Anschein geben, als beklagten sie dein Schicksal – die boshaften, erbarmungslosen Menschen. Sie selber wissen sich zu verbergen, sie gehen nur in Masken umher, und sie verwenden die größte Sorgfalt darauf, dass sie stets in ihrer Verborgenheit bleiben. Darum ist es gut, wenn auch wir uns verbergen. Die ganze Welt spielt Komödie. Im Theater loben oder tadeln wir, solange gespielt wird, jedes Wort und jede Handlung, die von den Schauspielern auf offener Bühne uns vorgeführt werden. Aber von dem, was nach dem Fallen des Vorhangs hinter der Szene gesagt oder getan wird, davon ist niemals die Rede. Im alltäglichen Leben unterliegt dem Urteil der Welt alles, was vor aller Augen vor sich geht, nicht aber das, was unter dem Deckmantel der Heimlichkeit betrieben wird. Oh, wenn wir nur mal unsere großen Herren und jene stolzen Leute, die sich so demütig und so sittenstreng stellen, wenn wir sie nur mal unbehindert in ihrem eigenen Wesen sehen dürften, wie sie sich den Leidenschaften hingeben, die die Natur ihnen in die Seele gepflanzt hat! Wenn wir sie nur einmal sähen! … Aber da kommt Lampridius zurück.

LAMPRIDIUS: Es waren ein paar schön gelockte Pagen da und sagten uns, der Herr Stadtpräfekt habe uns etwas Wichtiges mitzuteilen. Er bittet uns, wir möchten zu ihm kommen, wenn wir keine Abhaltung hätten.

RANGONI: Was ist da zu tun, Tullia? Was rätst du uns, Ottavia?

TULLIA: Tut, was der Anstand verlangt!

RANGONI: Aber wäre es wirklich anständig, sich von seinen Geliebten zu trennen, wenn es so anmutige, so reizende, so geistreiche Geschöpfe sind?

OTTAVIA: Es wird mir sehr schwer, mich zu trennen.

TULLIA: Aber ihr müsst dem Befehl gehorchen! Denn vonseiten so hoch gestellter großer Herren ist ein Wunsch Befehl, ist eine Bitte ein Auftrag. Ihr müsst gehen. Gib mir einen Kuss, Lampridius!

OTTAVIA: Mit euch scheiden alle meine Wonnen. Gib mir einen Kuss, Rangoni! Oh, du bist mein halbes Leben!

LAMPRIDIUS: Dieser süße Kuss, den ich mitnehme, muss mir deine Gegenwart ersetzen. Aber gewähre mir noch einmal den vollen Genuss, Ottavia.

OTTAVIA: Nein, ich tu's nicht.

RANGONI: Auch nicht mit mir?

TULLIA: Mit dir so wenig wie mit ihm. Denkt jetzt an das, was die Umstände erheischen, und nicht an die Liebe, ihr Spaßvögel und raffinierten Liebeskünstler!

LAMPRIDIUS: So soll mich Juno, die Schützerin des Ehebetts, mit scheelem Blick ansehen, wenn ich nicht lieber aus dem Leben scheiden als mich aus euren Armen reißen wollte!

RANGONI: Und ich wollte lieber diese eine Nacht mit euch verbringen, ihr meine Liebesgöttinnen, als alle meine Lebenstage mit Jupiter, dem Schützer der Fürsten!

TULLIA: Fort sind sie! Ach, trau jemand auf Menschenglück und hege große Hoffnungen in seiner Seele! In brennender Unruhe erwartete meine arme Ottavia zwanzig Besamungen, vielleicht eine mehr, vielleicht eine weniger; und kaum hat sie's bis zur achten gebracht! Ja, da baue nur auf Menschenpläne!

OTTAVIA: Meine Lenden wären einer solchen Anstrengung nicht gewachsen gewesen. Vielleicht hätte ich munter und gesund es zehnmal ausgehalten, aber darüber hinaus nicht. Wonne, die gegen die Wonne abstumpft, ist keine Wonne mehr.

TULLIA: Und doch hast du, so zart und fein gebaut du bist, den Ansturm der in deine Festung eingedrungenen Rangoni und Lampridius abgeschlagen, hast ihre Kräfte erschöpft, ihre Säfte ihnen ausgesogen.

OTTAVIA: Diese Aufregungen haben mir aber ganz und gar die Müdigkeit verjagt. Selbst wenn ich mir die größte Mühe gäbe, würde ich nicht einschlafen können. Da müssen wir eben ein bisschen plaudern!

TULLIA: Du möchtest bis zum Morgen die Gaben der Venus genießen, denn zu diesen Gaben muss auch ein freies und wollüstiges Geplauder gerechnet werden. Aber da seh ich einen Zettel auf dem Fußboden liegen, den hat Lampridius oder Rangoni fallen lassen. Wir wollen doch mal sehen, was darin geschrieben steht.

OTTAVIA: Einverstanden! Gib ihn mir zu lesen.

TULLIA: Da! Lies ihn mir vor!

OTTAVIA: Es ist ein kunstvoll und flüchtig geschriebener Brief. Dass er von der Hand eines jungen Mädchens ist, sieht man auf den ersten Blick:

LAURA AN RANGONI,
DEN HEISS GELIEBTEN

›Heil dir!‹, wage ich dir nicht zuzurufen, denn ich Unglückliche erwarte kein Heil von dir, und du machst dir nichts daraus, mir Heil zu bringen. Was hat denn mein böses Geschick in seiner Wut verfügt, dass du nicht zu der Stunde kamst, die du meiner rasenden Leidenschaft bewilligt hattest? Inzwischen lebe ich nicht und kann auch nicht sterben. Ich lebe für dich, mein Lebenslicht, und ich würde willig für dich sterben, denn ich bin dein. Die eine

Möglichkeit ist eine süße schmeichelnde Hoffnung für meine kranke Seele; der Gedanke an die andere hält mich einzig und allein vom Strick zurück, zu dem ich, in meiner Sehnsucht nach dir, sonst greifen würde. So stehe ich auf der Grenze zwischen Leben und Tod. Wenn du kommst, kehre ich zum Leben zurück; wenn du dieses Glück mir verweigerst, eile ich in den Tod: Der Weg dahin ist nicht lang. All mein Frohsinn ist entschwunden – ja ich selber bin mir entschwunden, wenn du fern von mir weilst. Unruhige heiße Begierden, zitternde Ängste, bange Sorgen umschließen mich Arme wie ein Festungswall und stürmen von allen Seiten auf mich ein. Wohin ich mich auch wende – überall steigen Qualen vor mir auf, wenn du mir nicht zu Hilfe kommst und mich so vielen Leiden und meiner eigenen Liebeswut entreißt. Wenn ich fühle, dass du mich verschmähst, dann seh ich das als mein Todesurteil an; denn an dem Tage, als ich von der Liebe zu dir bis zum Wahnsinn entflammt wurde, da begann schon mein Sterben. Komme schnell, wenn du willst, dass ich meine Vernunft wieder erlange.

Leb wohl!

TULLIA: Wahrhaftig, diese Laura, die so gewandt schreibt, hat Witz und Verstand. Wer sie liebt, wird, glaube ich, alle Seligkeiten der Liebe finden, so geistreich ist sie.

OTTAVIA: Hat sie denn auch Rangoni in ihre Arme geschlossen? Ich glaubte, sie habe nur seines Freundes Lampridius Lendenkraft genossen?

TULLIA: Das Feuer der Liebe brannte dem jungen Mädchen bis ins Mark. Eine juckende Glut erhitzte jenen Ort, die die bis dahin ihr unbekannte Frau Venus dem Dienst der Wollust geweiht hatte. Die ganze Nacht hindurch wälzte sie in ohnmächtigem Liebesdrang ihre zarten Glieder auf dem Bett hin und her. Sie schrie: »Ich verbrenne!« Die Amme glaubte, sie habe den Verstand verloren. Und da sagte sie zu ihr: »Kind, ich werde deine Krankheit heilen, aber lass diese unsinnigen Bewegungen! Sei guten Mutes. Er, der dich in diese Raserei versetzt hat, wird auch die Wunde deiner Seele heilen. Aber lass ab von diesen Ausbrüchen deiner Leidenschaft; sie schaden dir und sind geradezu mein Tod.« Gleich am andern Morgen läuft die Alte spornstreichs zu Rangoni und erzählt ihm, wie die Sache steht; sie bittet ihn, das liebende Mädchen zu trösten, ihre Schönheit zu retten, die würdig sei, dass Jupiter selbst als Freier sich ihr nahe. Rangonis Mutter war bei Tagesanbruch schon nach ihrer Villa hinausgefahren, die zwei Meilen vor der Stadt lag. Was konnte der Jüngling machen? Er ließ sich rühren, er folgte der Alten, wohin sie ihn führte. Da findet er das Mädchen auf ihrem Bett sitzend, mit aufgelösten Haaren wie eine Mänade, aus ihrer zarten Brust tiefe Seufzer ausstoßend, mit dicken Tränentropfen die Sonne ihrer Augen verdunkelnd, vor denen die Sonne am Himmel sonst hätte erbleichen mögen. Sobald sie ihn eintreten sah, sprang sie auf, halb nackt wie sie war, und rief, indem sie ihm um den Hals fiel: »So bist du denn zu mir gekommen! Zu mir, du Zauberer, um mir den Sinn zu betören; zu mir, die bis jetzt von keinem Makel etwas wusste. Mach mich wieder keusch – du kannst es nicht! So gib dich denn ganz mir zu Eigen und bleib mir treu – das kannst du!« Dabei strömten ihr die Tränen wie Bäche aus den Augen. »Hinter keinen von den adeligen Jungfrauen dieser Stadt, die in Ehre und Ansehen stehen, stand ich zurück!«, so fuhr sie fort. »Ich strahlte im Ruhme der Ehrbarkeit. Nur dir zu Gefallen habe ich dieses Vorzuges mich begeben. Zu Schanden ward mein ganzer guter Ruf in demselben Augenblick, wo ich in wahnsinniger Liebe zu dir entbrannte. Habe Mitleid mit mir! Wenn du es kannst, so mache, dass ich wieder ich selber werde; aber ich kenne mich selbst zu gut. Das wirst du gewiss nicht können. Oder so mache, dass du mein seist, und zwar von ganzem Herzen; das wirst du können. Aber ich kenne auch dich zu gut: Du wirst es nicht wollen; denn für eine Venus hältst du deine Umarmungen zurück, die einer Venus allein würdig sind.« Nun, kurz und gut, Rangoni hielt es nicht länger aus, sich mit solchen Vorwürfen überhäufen zu lassen. Sie schlossen Frieden miteinander. Die Göttin der Liebe winkte huldvoll Gewähren, und zu ihrer beider höchsten Wollust wurde der Venus das süße Opfer dargebracht.

OTTAVIA: Und die geile Brunst der lüsternen Laura wurde wie die deinige gestillt – in dem anständigen Freudenhaus, der Villa der Dame Orsini?

TULLIA: Du verdrehst boshafterweise den Sinn eines unanständigen Wortes. Du redest Unsinn, Kind! Pass auf! Freudenmädchen und Buhldirnen sind jene Weibsbilder, die nicht um der Liebesfreude willen, sondern um Geld sich hingeben oder wenigstens allgemein im Rufe stehen, dies zu tun; das sind missduftende Geschöpfe, die aus dem erbärmlichsten hungrigen Pöbel hervorgehen. Wohin diese Elenden auch gehen mögen, überall schleppen sie den Schmutz des Bordells mit sich. Sie sind ein Schimpf und eine Schande für sich selber. Auf uns aber, Damen von so hohem Rang, darf diese ehrenrührige Bezeichnung nicht angewandt werden. Wir müssen nach Rang und Stand beurteilt werden, wenn man gerecht urteilen will. Die Worte *Freudenmädchen* und *Freudenhaus* brandmarken die niedrige Stellung, nicht die sittliche Verfehlung.

OTTAVIA: Eine schöne Beweisführung! Aber du hattest, glaube ich, schon zwölf Wurfspieße mit deinem Schilde aufgefangen, als Rangoni dich in der Schilderung deiner Ausgelassenheiten unterbrach, um solche mit mir zu treiben. Er hat den Faden deiner Erzählung zerrissen; ich möchte, dass du sie zu Ende bringst.

TULLIA: Dazu bin ich gern bereit.

OTTAVIA: Möge Frau Venus dem Aloisio und Fabrizio alles Böse antun – diesen argen Taugenichtsen, die sich gegen die ehrbare und natürliche Befriedigung der Wollust auflehnen.

TULLIA: Es gibt aber doch geistreiche Leute, die behaupten, dass dabei eigentlich nichts Tadelnswertes sei. Die hintere Grotte eines Weibes sei ein Körperteil so gut wie die Hände. Es sei, ihrer sich zu bedienen, nichts Schlimmeres, als wenn eine Ehefrau den Stecken ihres Gatten in die Hand nimmt; nur dann wird es Sünde, wenn der Samenregen nicht den weiblichen Garten überströmt. Mag das sich nun verhalten, wie es will, liebe Ottavia; die Sache erscheint mir, wenn nicht gar höchst schändlich, so doch jedenfalls lächerlich.

OTTAVIA: Und mir erscheint sie lächerlich und ekelhaft. Was kann es für ein Vergnügen sein, in der Raserei der Sinneslust sich ein anderes Geschlecht vorzutäuschen. Welchem Menschen, der der Menschheit die ihr gebührende Ehre erwiesen wissen will, wäre nicht diese Gemeinheit ein Gräuel? Ein Mann, der auf diese abscheuliche Weise ein Weib missbraucht, entweiht wahrhaftig die Würde eines schönen Menschenleibes. Ich begreife nicht, wie ein derartiger Wahnsinn unsere Landsleute hat befallen können!

TULLIA: Die Astrologen, die die Sprache der Himmelskörper verdolmetschen, behaupten, die Ursache sei eine feindliche Konstellation, die den Menschen jenseits der Alpen nicht in gleichem Maße mit ihrem Pesthauch gefährlich werde. Die Italiener und die Spanier finden ein ganz besonderes Gefallen daran, Knaben und Mädchen zu solchem Zweck zu brauchen. Wenn sie diesen Dienst von uns verlangen, so bezeichnen sie ihn als ›Extra‹; wird er ihnen von Knaben erwiesen, so ist er in ihren Augen nur etwas, was sie erwarten können. Bei den oskischen Völkerschaften galt es als eine Belustigung, die nichts Entehrendes an sich hatte. Du weißt doch, auf welcher geistigen Höhe die Griechen standen? Nun, sie verehrten die Venus Kallipygos, will sagen, die Venus mit dem schönen Popo, und sie erkannten den Preis der höchsten Weibesschönheit den kallipygischen Schwestern zu. Diese Ehre galt nicht ihren Glutaugen, nicht der Anmut ihrer Gesichtszüge, sondern ihren schönen Hintern. Und gewiss, wem schöne Schenkel nicht zuwider sind, der kann auch gegen einen schönen Popo nichts einzuwenden haben. Denn du wirst nicht leugnen, dass er als Grundlage der Schenkel deren wichtigster Teil ist.

OTTAVIA: Freilich ist er angenehm zu sehen, wonnig zu befühlen; Auge und Hand finden ihr Entzücken an ihm. Aber wer außer den genannten noch andere Genüsse von ihm verlangt, den betrachte ich als einen abscheulichen Schandmenschen, der die liebe Gottesluft verpestet.

TULLIA: Schön gesagt! Ich sehe aber eigentlich nicht ein, was man jemandem vorwerfen kann, der sich gegen einen markierten Feind im Gebrauch einer Waffe übt, die er bald darauf gegen den wirklichen Feind in Anwendung bringen wird.

OTTAVIA: Du behandelst eine Schmach vom scherzhaften Standpunkt aus, weil du sie selber über dich hast ergehen lassen!

TULLIA: Und du? Willst du etwa in Abrede stellen, was dir mit Caviceus passiert ist? Die Schamröte, die dein Gesicht überzieht, spricht gegen dich. Seh mir einer diese Unverschämtheit! Was beleidigst du mich, du kleine Schwerenöterin?

OTTAVIA: Ich muss gestehen, ein- oder zweimal hat Caviceus den Versuch gemacht, ob er könnte. Aber er konnte nicht. Seitdem hat er sich dieser Versuche von hinten beständig enthalten. Eines Nachmittags verlangte er von mir, ich sollte mich nackt mit ihm zu Bett legen. Küsse, Koseworte, Streicheln erregten in ihm eine neue Begier. Leise tätschelte er meinen Popo und sagte zu mir: »Stütze dich auf die Knie auf, Ottavia, und strecke deinen marmorweißen Popo in die Höhe! Sei meiner Liebe gnädig, die du zur Raserei entfachst! Stelle mir beide Wege zur Verfügung, den rechten und den hinteren, und erlaube, dass meine Liebesglut jenen Weg einschlägt, für den sie sich entscheiden wird; verlass dich darauf, du wirst dabei nichts verlieren. Das innerste Heiligtum der Venus werde ich mit dem Tau besprengen, der ihm zukommt, mit einer vollkommenen und unverfälschten Begattung werde ich dich beglücken. Ich beginne das Werk in der Hinterkammer, aber ich vollende es am gewohnten Ort. So werden wir beide, du wie ich, Befriedigung finden.« Ich gehorche, und eine gegabelte Straße bietet sich ihm dar, deren beide Äste zur Venus führen: Der eine ist die breite Heerstraße, der andere ein abschüssiger von Dornen eingefasster Fußpfad. Indessen setzte er an diesen den Rammbock an. Doch es nützte ihm nichts. Wir beide keuchten, und er stieß so heftig, dass ihm der Schweiß ausbrach. Da sagte ich zu ihm: »Du wirst deinen Wunsch nicht erreichen. Denkst du, du könntest in eine Öffnung, die nicht einmal einer Federpose Einlass bietet, einen großen, dicken Balken hineinstoßen? Willst du mich denn spalten? Willst du mich zersprengen? Soll aus meinen zwei Löchern eines werden?« – »Du hast Recht, Ottavia«, erwiderte er, »ich bin wahnsinnig.« Und im selben Augenblick ließ er das Hähnchen weiter unten in das Nest schlüpfen, das seiner Begier einen bequemeren Eingang bot. Einige Tage darauf wiederholte er seinen Versuch, aber mit demselben Misserfolg. Wieder ließ er von seinem

Beginnen ab und machte mir's auf die Art, von der wir beide Genuss hatten.

TULLIA: Genau dasselbe, was du hier erzählst, ist auch mir mit Callias passiert. Nur machte ich noch viele Worte, um ihm die Schwierigkeit des Weges noch größer erscheinen zu lassen. »Als Weib bin ich dir vermählt worden«, sagte ich ihm; »ein Weib suchtest du in meinen Umarmungen. Kinder und Liebeswonne hofftest du durch mich zu erhalten; aber Kinder und Genuss kann ich nur in meiner Eigenschaft als Frau dir geben; und dabei verletztest du weder meine Ehrbarkeit, noch trittst du meiner Schamhaftigkeit zu nahe. Wenn du Kinder willst, so schaffe sie, als geschickter Arbeiter, der du bist, in dieser Fabrik, aus deren Werkstatt das Menschengeschlecht hervorgeht. Willst du Genuss – hier sprudelt der Quell aller Freuden, die die wollüstige Venus mit ihren Lockungen und Scherzen würzt. An diese Quelle tritt heran. Der Weg dahin ist nicht zu steil, nicht zu steinig; auch ist er nicht breiter, als der Wanderer ihn braucht, dessen Ziel das Heiligtum der Liebe ist. Er ist eher ein Fußsteig als eine Straße zu nennen. Dorthin sporne dein Rösslein! Es wird, bei Venus, lustig dahintraben und nicht wie jetzt mit einer unsinnigen Arbeit sich abquälen. Es sucht seine Last irgendwo abzusetzen; gewiss würde es seinen Weg ganz allein finden, wenn es allein ihn suchen dürfte, wenn du ihm die Zügel schießen ließest!« – Callias lachte und sagte: »Nun, dann lass ich sie ihm schießen; mag das Rösslein nach Belieben traben, denn der Bursche da vorn ist in der Tat das eigensinnigste Ding, das man sich denken kann.« Sofort eilte das Rösslein in den Stall, den es offen vor sich sah, und befreite sich hier zu unserer beider Genuss von seiner Last. Nachdem dieser Drang einer wilden und blinden Wollust einmal besänftigt war, hat Callias niemals wieder etwas versucht, was mir unangenehm hätte erscheinen können oder dessen wir beide uns hätten schämen müssen.

OTTAVIA: Da wir nun mal über diese Schändlichkeiten sprechen, so bitte ich dich, liebste Tullia, sage mir, was du im Grunde deines Herzens davon hältst; erzähle mir die ganze Geschichte: Wie sie entstanden ist, wie die wollüstigen Menschen sie aufgenommen haben, wie sie stärker wurde, und endlich, wie es kommt, dass dieser Brauch bei einigen Völkern im Schwange ist, vielen anderen dagegen unbekannt blieb. Ich denke mir, dieses Schwefelfeuer muss aus den stygischen Höhlen ausgespieen sein, denn es verpestet auch die reinen Flammen keuscher Liebe, sobald es sich mit ihnen mischt.

TULLIA: Du urteilst ganz richtig. Die Sache verhält sich folgendermaßen: Alle Menschen ohne jeden Unterschied,

... soweit die beiden Himmelslichter wandeln,

sind von den gleichen Leidenschaften beseelt, ihre Glieder bestehen alle aus dem gleichen Stoff. Sie sind alle in gleichem Maße dem Genuss ergeben. Genuss aber nennen sie jene brennende heftige Begier, nicht etwa die höchsten Wonnen dem Leibe und den Sinnen eines anderen zu verschaffen, sondern sie vielmehr durch den Leib eines andern sich selber zu bereiten. Sie lieben bis zur Raserei, bis zur Erschlaffung jener Körperteile eines anderen, durch deren Mitwirkung bei ihnen selber Ströme von Wollust hervorsprudeln und aus ihrem Mark jener geile Saft fließt, den sie ›Samen‹ nennen, weil er Menschen erzeugt, wenn er unseren Acker besprengt. In dieser Ergießung – das weißt du ja selber, Ottavia – finden sie die Seligkeit, die sie bei uns suchen. Ist die Ader der Venus versiegt, so sind sie, du siehst es, unserer Reize überdrüssig; aus unseren Küssen, unseren Umarmungen und den anderen Gaben der Venus machen sie sich nichts: Entweder gehen sie in fluchtartiger Eile davon oder sie schweigen, wie wenn sie blödsinnig oder von Stein wären. So macht ein Mensch, der sich mit Wein und Essen den Magen überladen hat, sich nichts aus mehr Wein und mehr Essen. Nun ist es richtig, dass die Männer von Natur eine ausgesprochene Vorliebe für den Liebesverkehr mit unserem Geschlecht haben; sie benutzen vor allen jene Teile unseres Körpers, die die Merkmale des Weibes sind, und ohne Zweifel geschieht dies auf Antrieb der Allmutter Natur. Denn durch die Vereinigung der beiden Geschlechter verheißt sie den lebenden Wesen Unsterblichkeit. Aber zu den Zwecken der Fortpflanzung wird nicht die ganze Menge des Samens gebraucht, der im Schoß der Männer und Weiber sich sammelt. Dies soll wenigstens die Meinung gerade der weisesten Menschen sein. Die Natur hat für diesen Samen genau das gleiche Gesetz aufgestellt wie für den der Pflanzen und Bäume. Von dem Samen des Getreides nun zum Beispiel dient ein Teil Menschen und Tieren als Nahrung und wird von diesen verzehrt; ein Teil nur dient zur neuen Aussaat. Als man aufhörte, Eicheln zu essen, lehrte Ceres die Menschen die Kunst, aus Getreide Brot herzustellen, und man nannte das Brot *panis,* weil ein Bild des Gottes Pan in Umrissen darauf eingeritzt war. Dieser Teil des Getreidesamens dient also dem Magen und dem Gaumen. Wer würde aber wohl behaupten wollen, dass durch diesen Gebrauch der Natur ein Schimpf angetan werde? Von dem Samen anderer Pflanzen, den der Mensch nicht einerntet, weil er kein Bedürfnis dafür hat oder weil er ihn nicht als Genussmittel verwendet, lässt die Natur einen gewissen Teil zur Erde fallen, und es entsprießen neue Pflanzen daraus; dass der andere Teil zu Grunde geht, daraus macht sie sich nichts. Ebenso verhält es sich nach der sokratischen und platonischen Auffassung mit dem Samen, der zur Fortpflanzung des Menschen dient; es wäre töricht, sich einzubilden, dass die Natur die ganze Menge des menschlichen Samens zur Fortpflanzung des Geschlechtes bestimmt habe. Denn in unserem Leib, liebe Ottavia, ist ein Weg vorhanden, durch den der Same auch dann aus der Scheide austreten kann, wenn wir schwanger sind. Dieser Weg würde nicht vorhanden sein, wenn die Herrscherin Natur gewollt hätte, dass die ganze Menge des Samens nur einem einzigen Zweck diente. Die Männer aber können ihren Samen loswerden, wann und wie es ihnen beliebt; ohne Zweifel würden sie ihren Samen nur in den zur Fortpflanzung bestimmten Teil unseres Körpers ergießen können, wenn der Same nur zur Erschaffung des Menschen bestimmt wäre. Ferner, wenn unsere Gebärmutter, von fruchtbarem Samen erfüllt, anzuschwellen beginnt, wenn die Schwangerschaft das Stadium des sechsten, des achten, des neunten Monats erreicht, ja mehr noch, im Augenblick, da die Schmerzensstunde des Gebärens uns naht, da behaupten unsere Männer immer noch, das Recht zu haben, sich mit uns zu schaffen zu machen, und ganz gewiss haben sie wirklich dieses Recht. Es widerspricht also völlig der Wahrheit, wenn jemand behauptet, dem Samen müsse lediglich die Aufgabe der Fortpflanzung des Menschen vorbehalten bleiben, und zu einem anderen Zweck dürfe er nicht verwandt werden. Denn dass man unmittelbar vor dem Gebären eine neue Schwangerschaft herbeizuführen erwarten dürfe, dies wäre eine mehr als geradezu unverschämte Behauptung. Was sich hieraus ergibt, das siehst du wohl selber ein, nicht wahr, Ottavia?

OTTAVIA: Gewiss.

TULLIA: Nur aus diesen Gründen wenden die Ärzte so genannte Pessare an, um in jungen Frauen von kaltem Temperament wollüstige Triebe zu erwecken und die faulen Säfte auszulösen, die in den Tiefen des Schoßes stecken und die Ursache mannigfaltiger böser Krankheiten bei Unvermählten sind. Und doch macht man den Ärzten hieraus keinen Vorwurf oder nennt die Hilfe, die sie bringen, eine verbrecherische Handlung. Wir sehen ja, wie dadurch so manche Dahinsiechende neue Kräfte empfängt, wie Sterbende ins Leben zurückgerufen werden.

OTTAVIA: Auf diese Weise hat deine Base Livia, die sieben Monate vor ihrer Vermählung eine so blasse, schmutzigfahle Gesichtsfarbe hatte, die wie eine blutlose, wandelnde Leiche aussah, ihre volle Gesundheit wiedererlangt.

TULLIA: Aus diesen Gründen, die nach Wahrheit aussahen, obgleich sie in Wirklichkeit falsch waren, geschah es, dass eine Handlungsweise, die anfangs nur auf Rechnung einiger Wollüstlinge zu schreiben war, allmählich sich in vielen Ländern allgemein verbreitete. Die Männer nahmen sich Gattinnen, bestellten jedoch deren Äcker nur in der Absicht, Nachkommenschaft zu haben, aber nicht aus Liebe. Sobald eine Frau schwanger war, wurde sie wie eine verurteilte Verbrecherin behandelt, der Verkehr mit ihr wurde gänzlich abgebrochen, man verwies sie in den entlegensten Winkel des Hauses und würdigte sie fortan keines Kusses, keiner Umarmung mehr. Mutter sein war für solch ein armes Geschöpf ein Schimpf, wurde ihm als Verbrechen angerechnet. In den Augen asiatischer Könige galt unser Geschlecht sozusagen als etwas Unreines. Bagoas war der heiß geliebte Freund des Königs Darius; sogar Alexander entbrannte in Liebe zu ihm. Das Beispiel der Fürsten ist auch für die von ihnen beherrschten Völker maßgebend. Diese Infamie befiel in gleichem Maße jeden Rang und Stand. Alle verzehrte die gleiche wahnsinnige Glut: Volk, Adel, Könige. Dem König Philipp von Mazedonien kostete dieser Wahnsinn das Leben; er fiel von der Hand des Pausanias, den er vergewaltigt hatte. So ergab sich dem König Nikomedes Julius Caesar, der allen Männern Weib war, wie er allen Weibern Mann war. Augustus hielt sich diesem schimpflichen Treiben nicht fern; Tiberius und Nero rühmten sich dessen sogar. Nero heiratete Tigellinus, Sporus heiratete Nero. Den besten aller Fürsten, Trajan, begleitete ein ›Paedagogium‹ auf seinem siegreichen Zuge durch den ganzen Orient; dieses so genannte Paedagogium war eine Schar anmutiger und schöner Knaben, die er tags und nachts zum Liebesdienst in seine Arme rief. Antinous war Hadrians Geliebter: Nebenbuhler der Plotina, aber glücklicher als diese. Um seinen Tod trauerte der Kaiser, und da er nicht mehr unter den Lebenden weilte, so erhob er ihn zu den Göttern, indem er ihm Altäre und Tempel weihte. Von Antonius Heliogabalus, dem Neffen des Kaisers Severus, berichtet ein Schriftsteller des Altertums, er habe die Gewohnheit gehabt, zum Liebesgenuss ›alle Löcher seines Leibes‹ zu benutzen; daher hätten ihn seine Zeitgenossen als ein Scheusal betrachtet. Als Zuschauerin solcher Liebesorgien tanzte mit feierlicher Miene die Philosophie im Chor der Päderasten. Alkibiades und Phädon waren des Sokrates Bettgenossen, wenn sie ihrem Lehrer einmal ein Vergnügen machen wollten. Von den geschlechtlichen Gewohnheiten dieses heiligen Mannes stammt der Ausdruck: ›sokratische Liebe‹. Jede Handlung, jedes Wort des Sokrates galt allen Philosophen der verschiedenen Richtungen für geheiligt; man erbaute ihm einen Tempel, man errichtete ihm einen Altar. Seine Handlungen erhielten Gesetzeskraft; seine Worte genossen die Autorität von Orakelsprüchen. Die Philosophen verleugneten nicht das Beispiel ihres Heroen und Nationalgottes, denn zu den Heroen wurde Sokrates gerechnet. Lykurg, der einige hundert Jahre vor Sokrates der Gesetzgeber der Lakonier war, erklärte, niemand könne ein tüchtiger Bürger sein, der nicht einen Freund zum Beischläfer habe. Er ließ die Jungfrauen sich nackt vor aller Augen auf der Schaubühne zeigen, damit die Männer durch den freien Anblick abgestumpft würden und nicht mehr den Stachel der Liebe empfänden, der sie von Natur zu uns Weibern treibt, sondern mit erhöhter Glut sich ihren Freunden und Gesellen zuwendeten. Was man öfter sieht, das reizt ja nicht. Und nun gar erst die Dichter! Anakreon glühte für Bathillos, und die Witze des Komödiendichters Plautus betreffen fast alle dieses Thema. So zum Beispiel: ›Ich werde es machen wie die Lustknaben; mich niederbückend werde ich mich auf ein Kistchen aufstützen‹, oder: ›Passte des Soldaten Klinge gut in deine Scheide?‹ Ja, der größte Meister der Dichtkunst, Vergilius Maro, der wegen seiner angeborenen großen Schamhaftigkeit ›Parthenius‹, das heißt ›der Jungfräuliche« genannt wurde, er liebte einen gewissen Alexander, der ihm von Pollio geschenkt worden war und den er unter dem Namen Alexis besungen hat. Auch Ovid litt an dieser Krankheit; indessen zog er die Mädchen den Knaben vor, weil er bei diesen Belustigungen der Liebe eine gegenseitige Wonne und nicht eine einseitige verlangte. Er liebte, sagte er, diejenige Liebe, die *beide* Teile auf den Gipfelpunkt der Wonne führe, und darum mache die Knabenliebe geringeren Eindruck auf ihn. Da nun die Mädchen und Frauen sich, wenn sie nur ihre weiblichen Reize darzubieten hatten, vernachlässigt sahen, die einen durch ihre Liebhaber, die andern durch ihre Gatten, in deren Häuser sie durch die Ehe eingetreten waren, so ließen sie sich dazu herbei, die Stelle von Knaben zu vertreten. Dieser Wahnsinn wurde zu einer solchen Höhe getrieben, dass man zu dieser Gefälligkeit, zu der die verheirateten Frauen sich schon herbeigelassen hatten, sogar schon die Neuvermählten in der Brautnacht zwang. So hatte der Gatte abwechselnd einen Knaben und ein Mädchen in seiner Frau, und die beiden Geschlechter waren in einem und demselben Körper vereinigt. In einem Scherzgedicht, das uns aus dem Altertum überliefert ist, droht Priapus jedem Gemüsedieb, der seinem Pflock zu nahe komme, er werde ihn zwingen, ihm zu gewähren,

was in der Hochzeitsnacht die Braut dem
gierigen Gatten
zitternd gewährt voll Angst, er konnte sie
sonst wie verwunden.

Von dem Recht der Künstler und Dichter Gebrauch machend, lässt Valerius Martial seine Einbildungskraft spielen und gibt in einem seiner Epigramme vor, er höre seine Frau murmeln, auch sie habe einen Popo, und er möge doch von seiner unsinnigen Liebe zu Knaben ablassen. Juno, sagt sie, gefalle auch von hinten dem Jupiter. Der Dichter aber lässt sich nicht überzeugen; er antwortet, der Knabe habe eine andere Rolle zu spielen als die Frau, und sie habe sich mit der ihrigen zu begnügen. In den Freudenhäusern saßen unter der Lampe und dem Täfelchen, das ihren Namen trug, Knaben und Mädchen; Erstere unter ihrem Gewand mit weiblichem Putz geschmückt, Letztere unter ihrem Rock Manneskleider tragend und mit Knabenfrisuren. Unter dem äußeren Anschein des einen Geschlechtes fand man das andere. ›Alles Fleisch ging sündhaft den verkehrten Weg.‹ Bedenke, wie allgemein verbreitet dieser Brauch der Knaben und der Mädchen war, ein falsches Geschlecht vorzutäuschen! Ganymed und Juno boten abwechselnd dem Vater Jupiter ihren Hintern dar, um ihn durch die Fülle der Reize zu bestricken, die sie in diesem Körperteil besaßen. Die Betrüger, die diese Göttergeschichten auslegen oder weitererzählen, brauchen nicht zu befürchten, einer Verletzung der Religion beschuldigt zu werden, ebenso wenig wie diejenigen, die, aus Dummheit oder weil es ihnen zur Befriedigung ihrer Lüste gerade passt, an diese Fabeln glauben, der Gottlosigkeit geziehen werden. Denn wie sollten nicht die Menschen frisch und fröhlich einen Weg betreten, auf dem die Götter ihnen vorangehen? Hat doch Jupiter seinen Ganymed zum Geliebten, Apollo seinen Hyazinth, Herkules seinen Hylas (›und wer hat nicht seinen Hylas‹), und ist doch Jupiter der Gott der Majestät, Apollo der Gott der Wissenschaften, Herkules der Gott des starken Mutes! Der ursprüngliche Sitz dieser Krankheit war Asien; aber auch Afrika hielt sich von dieser Pest nicht frei, die bald auch Griechenland ansteckte und sich über die angrenzenden Länder Europas verbreitete. Orpheus, der in Thrakien diese schmutzige Liebeslust eingeführt und durch seine Lieder auch andere dazu verführt hatte, wurde von den sikonischen Frauen, die sich verschmäht sahen, zerrissen. Man erzählt aus jenen Zeiten des Altertums von den Kelten, sie hätten jeden mit Spott und Hohn überschüttet, der sich von dieser Krankheit freigehalten; ein solcher habe kein Amt und keine Ehrenstellung erhalten können. Wer sich sittenrein bewahrte, den floh man wie einen Unreinen. Wenn eine ganze Stadt wahnsinnig ist und ihren Wahnsinn offen zur Schau trägt, dann ist es nicht gut, der einzige Weise zu sein; und weil es nicht gut ist, ist es auch nicht anständig.

OTTAVIA: Welcher Mensch, und wäre er noch so beredt, ist beredter als du! Wie unumwunden, wie geistreich bringst du alles vor, was du sagst!

TULLIA: Unter der Bezeichnung ›Kelten‹ verstand man nicht nur jene Völkerschaften, die jenseits der Alpen in Gallien lebten, sondern überhaupt alle Nationen des westlichen Europas, darunter auch die Italiener und Spanier. In der Jetztzeit tragen vorzugsweise die Franzosen den größten Abscheu gegen widernatürliche Geschlechtsbefriedigung zur Schau; den Sünder, der sich damit befleckt, übergeben sie zur Reinigung der strafenden Flamme, da nach ihrer Meinung die Schärfe des Schwertes noch nicht genügt, die beleidigte Keuschheit zu rächen. Den Italienern und Spaniern erscheint dies unbegreiflich, und erst recht natürlich den Völkern, die dem Gebot des Propheten Mohammed Untertan sind. In den Augen der Südländer sind die Franzosen und die anderen Nationen des

Nordens zu stumpfsinnig zur Wollust; sie hätten nicht wie sie den richtigen Begriff von den Freuden der Liebe. Aber im Grunde werden durch uns Frauen die widernatürlichen Begierden der Männer angestachelt. Wir zwingen sie, anderweitig einen Genuss zu suchen, dessen volle Befriedigung sie nicht bei uns finden können.

OTTAVIA: Ich verstehe dich nicht.

TULLIA: Du wirst die Sache schon verstehen, so gut wie ich selber! Bei uns Italienerinnen und Spanierinnen steht das Venuspförtlein, wer könnte das leugnen wollen, viel weiter offen als bei Frauen anderer Völker. Wenn ein Mann, der mit uns zu tun hat, nicht in ganz besonderer Weise begabt und ausgestattet ist, so muss er glauben, nicht ein Liebesspiel zu treiben, sondern in einer weiten Halle sich im Speerstoßen zu üben. Wenn der Zutritt zur Grotte zu leicht gestattet wird, macht ihr Besuch weniger Vergnügen. Die Liebeswurzel hat es gern, wenn sie zusammengepresst und ausgesaugt wird; wenn sie allzu frei herumspazieren kann, ist sie nicht zufrieden. Beim Liebesgenuss von hinten geht die Sache angenehmer vor sich. Die Liebeswurzel findet nur mit Mühe Eingang, und wenn sie drinnen ist, füllt sie nicht nur den Raum aus, sondern dehnt sogar dessen Wände. Die Stechbahn ist also nicht breiter, als der Reiter sie wünscht; die Herberge richtet sich nach dem Gast, dem sie Unterkunft gewährt, da die Muskeln sich nach Belieben zusammenziehen oder ausdehnen können. Wenn dagegen unsere Grotte einmal mit Gewalt geöffnet und zu einem fürchterlichen Schlund geworden ist, dann vermag eine Frau es durch keine Geschicklichkeit, durch keine besondere Stellung oder Bewegung zu bewirken, dass sie nicht weit bleibt: sie ist nach wie vor ein fürchterlicher Schlund für das arme Glied, und das nimmt der Liebe viel von ihrem Wert. Darum sind bei uns die Liebhaber der unreinen Lust so zahlreich, während es deren im Gegenteil bei den Franzosen und den Deutschen nur wenige gibt. In den nördlichen Ländern sind die Frauen nicht so weit gebaut; es ist, wie wenn durch die Kälte sich die Glieder zusammenzögen. Da also die Männer im naturgemäßen Verkehr mit ihren Frauen alle nur wünschenswerte Lust finden, was könnten sie mehr verlangen als die Hausmannskost, die sie im Speiseschrank haben? Auch bei uns halten sich ja diejenigen Männer, die von der Natur reich ausgestattet sind und einer stattlichen Manneszier sich rühmen können, von diesen Sachen frei; sie machen es nicht von hinten, noch lassen sie sich's machen. Da hast du die gewünschten Aufklärungen, liebe Ottavia!

OTTAVIA: Du hast noch vergessen, mir zu sagen, ob du diese Art des Liebesgenusses für gut befindest oder ob du sie verabscheust, wie ich, so wahr mir Gott helfe, sie verabscheue.

TULLIA: Wenn ich sie billigte, wäre ich verrückt! Wenn auch die Erde zu diesen Schändlichkeiten schweigt, so verdammt sie doch die Donnerstimme des Himmels. Lukian hat sehr scharfsinnig über beide Arten des Geschlechtsverkehrs geschrieben; er verdammt weder die eine noch die andere; nachdem man ihn gelesen hat, könnte man wirklich nicht sagen, welcher von beiden er den Vorzug gibt. Auch Achilles Tatius hat in seinem ›Klitophon‹ seine wahre Meinung unter einer zweideutigen Sprache verhüllt. Diese beiden Schriftsteller waren Griechen. Auch von den römischen Autoren spricht kein einziger sich offen dafür oder dawider aus. Merkwürdigerweise hat kein Gesetzgeber daran gedacht, den widernatürlichen Geschlechtsgenuss zu verbieten; ohne Zweifel erblickten sie in Belustigungen, die nicht lebensgefährlich sind, kein strafwürdiges Verbrechen. Aber ich will dir ganz aufrichtig und ohne sokratische Verstellung meine Meinung sagen: Der widernatürliche Liebesgenuss ist des schärfsten Tadels, der härtesten Strafe würdig! Die Begierden des einen Geschlechtes suchen ihre naturgemäße Befriedigung nur beim andern Geschlecht; der Mann, der sich mit einem Knaben ergötzt, tut dem Naturtrieb Gewalt an. Cupido flößt Liebe ein; aber wer hätte jemals Cupido schänden wollen? Der kleine Liebesgott würde es weder selber machen noch sich's machen lassen. Sobald das Feuer der Liebe in den Adern eines Jünglings zu lodern beginnt, fühlt er sofort, obgleich er sich über sein Denken noch keine Rechenschaft ablegen kann, dass er in den Umarmungen eines Weibes das rechte Mittel finden wird, um diese Feuersbrunst zu löschen. Ein Mädchen entflammt den Jüngling, der eben mannbar ist; ein Jüngling entflammt die Jungfrau. Sie brennen in gegenseitiger Begier; so geht's mit der Liebe! Nicht die Natur, sondern sittliche Verderbtheit flößt verdorbenen Seelen den Wahnsinn widernatürlicher Liebe ein. Wenn die Hinterseite unseres Leibes zu dem Gebrauch bestimmt wäre, den diese Sünder davon machen, so wäre dieser Teil entsprechend gebaut; das Schamglied würde ohne besondere Anstrengung eindringen können und ohne Gefahr für die, die sich zu so etwas hergeben. Mädchen können schon vor ihrer Mannbarkeit und ehe sie noch für geschlechtlichen Verkehr reif sind, entjungfert werden; ohne Zweifel verursachen die ersten Stöße ihnen einen sehr heftigen Schmerz, aber in wenigen Stunden ist dieser Schmerz nicht mehr da, und an seine Stelle tritt sehr bald die höchste Wollust. Viel schlimmer sind die Folgen, wenn einem Mädchen oder Knaben auf widernatürliche Art Gewalt angetan wird. Abgesehen von unerträglichen Schmerzen, die sich unvermeidlich einstellen, entstehen aus dieser Ausschweifung meistens, wenn der Eingang mit einem zu starken Instrument erbrochen wurde, die fürchterlichsten Krankheiten, die selbst die Kunst eines Äskulap nicht heilen könnte. Die Muskelbänder werden zerrissen, und es kommt vor, dass die Exkremente von selbst austreten, weil sie nicht mehr gehalten werden können. Lässt sich etwas Ekelhafteres denken? Ich habe vornehme Frauen gekannt, die durch die Bildung bösartiger Geschwüre in so schwere Krankheit verfielen, dass sie kaum in zwei oder drei Jahren wieder gesund wurden. Auch ich bin nicht heil und gesund aus den verruchten Umarmungen Aloisios und Fabrizios hervorgegangen. Schon gleich am Anfang, als sie ihre Dolche in mich hineinbohrten, stand ich einen entsetzlichen Schmerz aus; bald tröstete mich dann freilich, so schwer ich auch verwundet war, ein gewisses kitzelndes Gefühl für meine Schmerzen. Aber als ich wieder zu Hause war, ergriff mich von neuem ein brennender Schmerz an der von ihnen verletzten Stelle; ein rasendes, brennendes Jucken verzehrte mich und ließ sich trotz der freundlichen Pflege meiner Freundin Orsini kaum besänftigen. Wären meine Wunden vernachlässigt worden, ich hätte eines elenden Todes sterben müssen. Du, Ottavia, die du erst eben mannbar geworden und noch so zart und fein bist, du hättest derartige Liebesspiele nicht aushalten können. Die Angriffe der härtesten und dickesten Lanzen hast du ausgehalten, ohne dass es dir etwas geschadet hat. Aber wie wäre es dir ergangen – schon der Gedanke macht mich zittern –, wenn eine solche Riesenkanone ihre Ladung in einen andern Teil deines Körpers hineingefeuert hätte? Alles, was diese Feinde des Menschengeschlechts, die Päderasten, die abgestumpften Wollüstlinge zugunsten ihrer Sache vorbringen, was sie von der Natur der Dinge, von der Macht der Sitten und Gebräuche, von der hohen Bedeutung gewisser erlauchter Männer reden, die diesem Laster frönen – dies alles macht auf mich keinen Eindruck. Kein vernünftiger Mensch wird sich einreden lassen, dass die bewusste Vergeudung menschlichen Samens durchaus nichts Schimpfliches an sich habe und dass man es nicht als Schande ansehen dürfe, wenn jemand einen Menschen tötet. Wer aber seinen Samen anderswohin ausstreut als in die Ackerfurche des Weibes, der will einen Menschen töten und tötet wirklich einen, der sich hätte entwickeln können. Er ist ein Mörder und ein Ehebrecher. Denn durch diese schändliche Befriedigung der Wollust werden Menschen getötet, die noch nicht geboren sind. Lebensverweigerung ist gleichbedeutend mit Tötung. Wenn die Natur in ihrem Allerheiligsten an der Bereitung des Samens arbeitet, dann hat sie dabei die Fortpflanzung im Auge, nicht die Befriedigung der Wollust. Ihr Wille war, dass Weib und Mann sich umarmen sollen, obwohl diese die Schmerzen der Niederkunft, jenen die Sorge für die heranwachsenden Kinder abschrecken könnten. Der Fortpflanzung um ihrer selbst willen würden die Menschen aus dem Wege gehen; die Natur bringt sie dazu durch die süßen Lockungen herrlichster Wonnen. ›Aber‹, wendet man dagegen ein, ›wer könnte bestreiten, dass der Same, der in die Ackerfurche einer bereits schwangeren Frau gestreut wird, ebenfalls verloren ist?‹ Unsinn! Die Ärzte versichern, dass eine schwangere Frau noch eine neue Frucht empfangen könne. Sie versichern, das sei tatsächlich vorgekommen, nämlich jedes Mal, wenn eine Frau, die ein Kind geboren hatte, einige Tage darauf durch eine zweite Niederkunft noch einmal Mutter geworden sei. Sie nennen dies Superfoetation, Überfruchtung. Wer wollte nicht der Natur, der allmächtigen Schöpferin, die Sorge überlassen, den Stoff, mit dem sie sich fortwährend zu tun macht, nach ihrem Gutdünken zu verwenden? Wer wollte nicht zur Natur volles Vertrauen haben? Wenn man dagegen als Beispiel die Samenkörner des Getreides und derlei Sachen anführt, so handelt es sich überhaupt gar nicht um Samen, und nur ein Witzbold kann das Gegenteil behaupten. Diese Körner sind vollkommen ausgebildete Früchte, die ihren Samen in sich tragen – jenen Samen, dem die Eigenschaft innewohnt, sie fortzupflanzen und zu vervielfältigen. Der Stier, der Widder, der Hahn sind ebenfalls vollkommen ausgebildete Geschöpfe, jedes in seiner Art. Wer möchte etwa behaupten, wir dürften sie nicht essen, weil auch sie den lebensfähigen Samen in sich tragen, durch den der Fortbestand jeder Rasse gesichert wird? Damit vergeht man sich keineswegs gegen die Natur, und aus demselben Grunde hat noch keine Philosophenschule, mochte sie sich für noch so scharfsichtig halten, in dem Verzehren von Getreide und Früchten etwas Unrechtes erblickt.

OTTAVIA: Das ist alles recht schön und gut; aber du hast gegen dich, dass diese Sitten durch langen Gebrauch eingewurzelt sind und dass zu allen Zeiten erlauchte Männer diesem Brauch gefrönt haben.

TULLIA: Keine noch so lange Zeitdauer vermag zu bewirken, dass man schlechte Sitten als Vorbild aufstellen darf; denn dieses Recht kommt nur guten Sitten zu. Solange die Welt steht, sind alle Arten von Verbrechen begangen worden: Totschlag, Raub, Giftmord. Aber wer wird solche Taten loben oder sich ihrer rühmen? Länder und Städte sind durch Pest und Krankheit entvölkert worden, ganze Familien sind zugrunde gegangen. Wer aber möchte behaupten, Pest und Krankheit seien keine Übel, denn seit den ältesten Zeiten bis auf unsere Tage sei eine ununterbrochene Reihenfolge solcher unglücklichen Ereignisse zu verzeichnen. Man muss die Dinge nach ihrem eigenen Wesen beurteilen, nicht nach den begleitenden Umständen. Folglich kann, ebenso wenig wie eine schmachvolle Handlung durch die Länge der Zeit gemindert wird, auch nicht der Ruhm der erlauchtesten Männer eine Schande zur Ehre machen. Lichtumflossen auf Bergesgipfeln stehend, haben sie sich durch die Wolken ihrer eigenen Taten verdunkeln lassen; indem sie ihren wilden Trieben nachgaben, sind sie durch eigene Schuld von der Höhe ihres Ruhmes gekommen. Aber dieser Schandfleck haftet ja auch beileibe nicht allen an, die durch Ruhm und große Taten hervorragen! Die allermeisten haben sich vor dieser Ansteckung zu bewahren gewusst; darüber kann kein Zweifel obwalten. In einigen Ländern wütet im Verborgenen diese Leidenschaft; aber wenn du den Adel, das Volk und jeden Stand einzeln in Betracht ziehst, so ist doch der allergrößte Teil frei geblieben und gesund; seine Tugend ist für diese fürchterliche Krankheit unzugänglich und rein von jeder Schandtat. Um über etwas richtig und weise urteilen zu können, muss man die Dinge nach ihrem eigenen Wesen, nicht nach den Umständen beurteilen.

OTTAVIA: Da wundert es mich nicht, dass jener Latour, der von diesem Laster sich unberührt erwies, deinen Augen wohlgefällig war; denn du bist ja eine fromme und würdige Frau.

TULLIA: In der Hitze der Unterhaltung waren wir von dieser Geschichte abgekommen; ich nehme den Faden der Erzählung wieder auf, da du, kleine Närrin, mich daran erinnerst. – Latour kam sofort nach Aloisio und Fabrizio. »Wie konnte nur deine Nachsicht, meine Göttin«, so sprach er, »es dulden, dass dein schöner Leib besudelt und mit deiner himmlischen Anmut Spott und Hohn getrieben wurde? Befiehlst du, dass ich die Verletzung der deiner Schönheit und deinem Adel schuldigen Ehrfurcht räche? Soll ich, meine Göttin – denn für mich wirst du stets eine Göttin sein –, soll ich mit rächender Hand sie beide auf deinem Altar opfern?« – »Nein, das wünsche ich nicht«, antwortete ich; »ich kannte, ehe ich kam, die Bedingungen, die auf diesem Kampfplatz gelten. Sie haben von ihrem Recht Gebrauch gemacht. Aber mir gefällt deine edle Offenheit; je heißer mein Hass gegen jene ist, desto heißer liebe ich dich.« Mit diesen Worten gab er, liebe Ottavia, mir einen Kuss, der so süß war, dass man hätte meinen mögen, Frau Venus selber habe ihm ihre wollüstigsten

Reize verliehen. Nackt, wie ich war, sprang ich vom Bett herunter; ihm bäumte sich der Schweif. Da säumte er nicht länger; mit beiden Händen ergriff er meine beiden Brüste und bohrte mir zwischen die Schenkel seinen heißen und steifen Speer. »Sieh, o Herrin«, rief er dabei, »wie dieses Geschoss auf dich losfährt! Aber es wird dir nicht den Tod, sondern süßeste Wonnen bringen. Sei bitte des blinden Priaps Führerin auf diesem dunklen Pfade, damit er nicht das Ziel verfehlt; meine Hände möchte ich nicht zurückziehen, um sie nicht des Glückes zu berauben, dessen sie genießen.« Ich tat nach seinem Wunsch; den heißen Speer bohrte ich in die heiße Wunde. Er fühlte es, er stieß, er war drin. Gewiss, die Wollust in den Armen eines geliebten Mannes ist viel größer, als wenn man alle anderen Männer hat, mögen sie noch so hübsch und wollüstig sein. Sofort, beim zweiten oder dritten Stoß, kam es mir und brach mit einem unglaublich wonnigen Kitzel hervor; es fehlte nicht viel, so wären meine Knie unter mir zusammengebrochen. »Halte sie auf!«, rief ich; »halte sie auf – meine Seele entflieht mir!« – »Ich weiß wohl, auf welchem Wege sie flieht«, versetzte er lächelnd. »Ohne Zweifel denkst du, sie werde durch jene untere Öffnung entweichen, die ich besetzt halte. Aber ich halte sie auf das Beste verschlossen!« Während er so sprach, hielt er zugleich den Atem an, um dadurch den strotzenden Kameraden noch dicker zu machen. »Ich werde deine flüchtige Seele zurücktreiben!«, fuhr er fort, indem er mir einige sehr heftige Stöße versetzte. Tiefer drang der Dolch in die Wunde ein. Und so kräftig führte er diese süßen Stöße, so köstliche Wonne durchdrang mich, dass mir die Besinnung schwand und in der seligsten Verschlingung meine Seele sich ergoss. Als er nun das heiße Nass fühlte, das ich in meiner rasenden Wonne verspritzte, da griff er mit beiden Händen unter meinen Popo und hob mich hoch empor. Ich umschlinge ihn, so eng ich kann, mit meinen Armen und umklammere seine Lenden und sein Gesäß mit meinen Schenkeln und Füßen; so hing ich ihm am Halse, ohne den Boden zu berühren; ich hing, wie wenn ich von einem Nagel festgehalten würde. Da die Arbeit sich in die Länge zog, verlor ich die Geduld, und abermals löste Venus in mir einen Springquell heißer Glut. Vom brennendsten Feuer der Liebe verzehrt, rief ich unwillkürlich aus: »Ich fühle, … ich füh…, ich fühle alle Wonnen der Juno, deren Schoß ihren Jupiter als Gatten empfängt! Ich bin im Himmel!« – »Verlass nur uns gewöhnliche Menschenkinder nicht, ehe du deinen Konrad mit deiner Schönheit gesättigt hast!«, rief plötzlich draußen eine Stimme; »lass auch Konrad an deiner Unsterblichkeit und an deiner Seligkeit seinen Anteil haben!« In diesem Augenblick trieben Venus und Amor meinen Latour auf den Höhepunkt der Wollust, heiß spritzte sein Saft hervor, sein Same ergoss sich über mein Saatfeld. Eng, wie der Efeu den Nussbaum umschlingt, umklammerte ich mit Armen und Schenkeln Latour. Kaum war er fertig, so trat Konrad ein und rief: »Wie? Soll ich denn da ganz allein mich langweilen? Die Florentiner Windbeutel sind fortgegangen. Ich weiß nicht, wohin ihr böses Geschick sie geführt haben mag.«

OTTAVIA: Ich wollte, an den Galgen! Sie hätten Todesmarter verdient, da sie dich mit ihren wahnwitzigen Forderungen gemartert hatten.

TULLIA: Völlig ermattet waren sie in ein nahes Wäldchen grüner Linden und Eichen gegangen, um in der frischen Luft ihre erschöpften Kräfte wiederherzustellen. Ich hatte mich abermals auf das Bett gesetzt und wurde von Konrad mit folgenden Worten angesprochen: »Als Deutscher verabscheue ich die Gemeinheit, die jene beiden Schurken an dir begangen haben; du wirst sehen, dass ich nicht weniger heiß in Liebe entbrannt bin als Latour. Aber sage mir doch bitte, wie soll ich's dir machen? Was hättest du besonders gern? Du schweigst?« Ich schwieg wirklich; Latour hatte sich entfernt. »Ich«, fuhr der Deutsche fort, »werde dir ehrlich alles offenbaren.« Damit offenbarte er seinen Lustengel, der ihm prachtvoll stand, und öffnete mir die Schenkel.

OTTAVIA: Nun, da offenbarte und öffnete er dir ja alles, was du verlangen konntest. Du hattest aber wirklich keine Ruhe und Rast; als Heldin von herkulischer Tapferkeit empfingst du den Befehl zur vierzehnten Arbeit!

TULLIA: Konrad war mir nicht unangenehm, gefiel mir aber auch nicht eben besonders. Ich verweigerte mich ihm nicht, gab mich ihm aber auch nicht hin. Seine Wünsche befriedigte er sozusagen an einer Schlafenden; denn auf alle seine Schmeichelreden erwiderte ich ihm nicht ein einziges Wort. Ich will's dir gestehen, liebe Ottavia: Nach so vielen Kämpfen war die Hitze meines Blutes erloschen, und es rollte mir träge durch die Adern; ich war wie erstarrt, und meine erschöpften Kräfte ließen diesen blühenden Jüngling entgelten, dass ich mich sozusagen alt und halb tot fühlte. Übrigens versuchte er abermals eine neue Art, die eigentlich recht sinnreich war. Er hieß mich auf den Rücken auszustrecken und legte sich mein rechtes Bein über seine linke Schulter; dann versetzte er mir den Stoß, den ich erwartete, wenn ich ihn auch nicht begehrte, nachdem er noch mein linkes über mein rechtes Bein gelegt hatte. In die tiefste Tiefe drang seine Lanze ein, und dann begann er zu stoßen, zu schieben, zu drücken. Was brauche ich dir noch weiter zu sagen? Den Rest kannst du dir selber denken.

OTTAVIA: Darauf kehrten wohl auch Aloisio und Fabrizio zu ihrer Aufgabe zurück? Waren ihre Leistungen deiner Meinung nach befriedigend?

TULLIA: Ich würde mit meiner Erzählung niemals zu Ende kommen, wenn ich genau auf alle Einzelheiten eingehen wollte. Konrad vollbrachte es im Ganzen sechsmal, Aloisio fünfmal, Fabrizio siebenmal und Latour ebenfalls siebenmal. So bestand ich ganz allein fünfundzwanzigmal den Streit und ging als Siegerin daraus hervor. Alle gestanden mir zu, dass ich wegen meines wackeren Kriegens und Siegens mit Recht den Lorbeerkranz der Venus für meine Stirn verdient habe. Dennoch war ich – das kann ich dir versichern, liebste Ottavia –, nachdem ich solche Leistungen vollbracht und so viel Saft verloren hatte, dermaßen erschöpft, dass ich fast am Ende aller meiner Kräfte war. Nach dem zwanzigsten Mal vermochte ich mich kaum auf den Füßen zu halten, und doch blieb der Sieg mein!

OTTAVIA: Gewiss warst du von Männerliebe matt, nicht satt.

TULLIA: Matt und satt! Latour, der das Gefecht eröffnet hatte, schloss es auch. Er empfing auf mein Verlangen den Siegespreis. Der edle Kavalier und wackere Kämpe brachte mich sogar dazu, ihm meinen Namen und meine Wohnung zu sagen und ihm zu erlauben, mich zu besuchen. Wirklich kam er später sehr häufig zu mir. Aber mich hatte ein so ernstlicher Liebesüberdruss befallen, dass ich während voller drei Monate kaum ein- oder zweimal ihm trotz seiner Liebesglut meine Arme öffnete, und auch diese wenigen Male gewährte ich's ihm nur, weil ich seinen Tränen, seinen Bitten, seinen Schwüren nicht widerstehen konnte.

OTTAVIA: Was war die Ursache dieses Liebesüberdrusses?

TULLIA: Ich war ein wahrer See, voll von ihrem Liebessaft. Dieses Nass hatte die Muskeln und Bänder meiner Kleinen dermaßen erschlafft, hatte all mein Feuer so gründlich gelöscht, dass während dieser ganzen Zeit nicht einmal ein einziger wollüstiger Gedanke mich zur Wollust reizte. Endlich ließ ich mir von meinem in der Rosenblüte der Jugend strahlenden Liebhaber die Gewährung der höchsten Gunst abpressen. Ich gab sie ihm nicht freiwillig, und ich selber verspürte kaum etwas dabei. Später erholte mein ermatteter Schoß sich wieder, und es schwand der Ekel am Liebesgenuss; da riefen wir uns gegenseitig Liebesspiele, die in ferner Vergangenheit hinter uns zu liegen schienen, ins Gedächtnis zurück und trieben sie von neuem. Ein anderes Mal, liebe Ottavia, werde ich dir alles erzählen, was mit uns im Verlauf eines ganzen Jahres geschah. Da wirst du Heiteres hören, was dich mit Neid erfüllen, und wirst Trauriges vernehmen, was ein schmerzliches Mitleid in dir erregen wird. Durch eine Freveltat Aloisios wurde Latour mir entrissen. Ach, ach! Warum hat seine Tücke, die ihn dem Tode weihte, mich am Leben gelassen!

OTTAVIA: Betrübe deine Seele nicht mit dieser Erinnerung, sondern wende dich zu angenehmeren Bildern! Sage mir, liebste Tullia, gibt es außer der von dir selber erprobten noch andere Arten des Liebesgenusses? Gütige Venus, in wie viele Gestalten hast du in deiner Gefälligkeit dich doch verwandelt!

TULLIA: So viele Stellungen der Körper einzunehmen vermag –, so viele verschiedene Arten des Liebesgenusses gibt es. Ihre Zahl lässt sich nicht angeben; ebenso wenig lässt sich sagen, welche Stellung die wollüstigste sei. In der Wahl der Stellung ist für jeden Menschen jedes Mal Laune, Ort, Zeit maßgebend. Gleiche Liebe für alle Menschen gibt es nicht. Eine junge Griechin, Elephantis, hatte auf Gemälden alle Arten des Liebesgenusses dargestellt, von denen sie wusste, dass sie bei wollüstigen Liebespaaren im Schwange sind; sie gedachte damit eine gemalte Anleitung zum Lieben zu geben. Eine andere machte sich die Mühe, zwölf Arten der Begattung abzubilden, die dem Reiter den größten Genuss versprachen; dies war das so genannte Dodekaminkanon. In unserem Jahrhundert hat ein Mann von göttlicher Begabung, Pietro Aretino, in seinen ›Gesprächen‹ eine recht große Zahl mit witziger Satire geschildert; die ausgezeichneten Maler Tizian und Caracci haben sie später in Bildern dargestellt. Aber viele von diesen Stellungen sind unausführbar; sie würden selbst dann unausführbar sein, wenn Glieder und Leiber der im Heiligtum der Venus Opfernden in einer Weise biegsam wären, wie man es bei Menschen nicht voraussetzen kann. Dem grübelnden, klügelnden Geist kommen ja viele Gedanken, die sich in Wirklichkeit nicht ausführen lassen. So wie den Wünschen einer ungezügelten Seele nichts unerreichbar erscheint, so will auch eine ausschweifende und maßlose Fantasie keine Schwierigkeit anerkennen. Schmiegsam schlüpft sie immer ans Ziel, überall sieht sie einen Weg; aus starrenden Felszacken und klaffenden Abgründen macht sie sich eine Ebene. Aber für den Leib ist nicht alles so einfach, wie der Geist – sei's im Guten, sei's im Bösen – es hinstellen möchte.

OTTAVIA: Wenn es nur eine einzige Venus gibt, so gibt es auch nur eine einzige Art der Liebe, die ihr angemessen ist. Alle anderen, die Mann und Weib in Wut und Glut selber erfunden haben, sind vom Übel, sind sündhaft.

TULLIA: Manche behaupten, die von der Natur selber gewiesene richtige Stellung für den Liebesgenuss sei die, wobei das Weib sich nach Art der Tiere vorne aufstütze und ihre Lenden nach hinten hinausstrecke; denn auf diese Weise dringe die männliche Pflugschar bequemer in die weibliche Furche ein, und der Same gelange sicherer in das Ackerfeld:

… Man glaubt, auf die Art, wie die Tiere
Meist sich begatten, empfange das Weib
gewisser und leichter

In den Schoß den Samen, die Brust vornüber
geneiget
Und die Lenden emporgestreckt; doch nicht
das geringste
Nützet dabei die geile Bewegung des
brünstigen Weibes,
Sondern sie hindert vielmehr und störet das
Werk der Empfängnis.
Dieses wissen die Dirnen, indem sie sich
solcher bedienen,
Um die Empfängnis zu hindern und mehr
noch die Wollust zu reizen.
Unsern Frauen jedoch sind nicht vonnöten
*die Künste**

Andern gefällt am besten die gewöhnliche Art des Liebesgenusses und die dabei übliche Stellung, indem das Weib auf dem Rücken liegt und der Mann auf ihr; Brust an Brust, Leib an Leib gepresst, Scham an Scham, während das steife Glied die zarte Ritze spaltet. Einige verlangen vom Weibe schnelle und heftige Bewegungen während des Liebeswerkes; andere wieder verbieten solches. Jede derartige Meinung hat ihre Berechtigung. Doch behaupten die Ärzte, jene Stellung, wobei das

* Lukrez, De rerum natura.

Weib rittlings auf dem Manne sitze, sei nicht der Natur angemessen; sie widerspreche der Bildung der zur Fortpflanzung bestimmten Teile. Ich aber, meine liebe Ottavia, preise einzig und allein die übliche Art.

OTTAVIA: Wie solltest du auch nicht! Denn, ich bitte dich, was lässt sich Süßeres denken als das Bild eines auf dem Rücken liegenden Weibes, das die wonnige Last eines geliebten Mannes trägt und in den Verzückungen einer rastlosen, aber willkommenen Aufregung schwelgt? Welch herrlichere Augenweide gibt es als das Antlitz des Geliebten, welch höheren Genuss als seine Küsse, seine Seufzer, die Glutblicke seiner vor Wonne brechenden Augen! Was wäre köstlicher, als liebend sich in seine Arme schmiegen, sich Gefühlen hingeben, die kein Hindernis kennen, die nichts vom Altwerden wissen! Was reizt ein Liebespaar so sehr zu süßester Wollust, zu höchstem Genuss wie die brünstigen Bewegungen der gegebenen und erwiderten Stöße! Und wenn sie beide vor Wollust ihre Seelen aushauchen, was ruft sie sicherer ins Leben zurück als das Elixier ihrer flammenden Küsse! Wer der Göttin der Liebe von hinten seine Huldigung darbringt, der befriedigt nur diesen oder jenen seiner Sinne, nur einen einzigen zurzeit;

wer aber von vorne ihrem Heiligtum sich naht, der befriedigt sie alle!

TULLIA: Auch hierbei, liebste Ottavia, pflegt es zu gehen, wie es – wir sahen es ja – fast immer gerade den Glücklichsten ergeht, wenn sie ihr Glück gewöhnt werden. Wie wenn sie der Segensgaben überdrüssig würden, mit denen sie in reicher Fülle überschüttet sind, so siehst du Männer, die ihre wunderschönen Ehefrauen verschmähen, mit Zweigroschenhuren sich zu tun machen und an der missduftigsten Liebe ihre Lust finden. Andere sind der köstlichen Speisen ihres reich besetzten Tisches bis zum Ekel überdrüssig; Falerner und Leckerbissen schieben sie zur Seite und schlingen Grobbrot und sauren Krätzer hinunter, wie wenn sie vor Hunger stürben. Das Ungewohnte freut uns, das Verbotene reizt!

Aber sieh, da ist die Nacht herum! Schlaflos haben wir sie verbracht – du mit süßem Minnespiel, ich mit Plaudern. Nur noch ein paar Stunden, und wir müssen schon wieder aufstehen. Da wird es gut sein, wenn wir im Schlafe frische Kräfte suchen; ganz gewiss bist du der Ruhe bedürftig. So wünsche ich dir denn, liebe Ottavia, einen ebenso süßen Schlaf, wie dein Wachen süß war. Das wolle Frau Venus in Huld und Gnaden gewähren.

Siebtes Gespräch

*Fescenninen**

TULLIA: Wir wollen uns doch hier unter diese breitästigen Ulmen setzen. Ist es dir recht, Ottavia?

OTTAVIA: Von Herzen gern! Und wir wollen hier dem Hymen zu Ehren unser Lied anstimmen.

TULLIA: Schön! Graf Alfonso hat dich ja vorgestern ganz nackt gesehen und ist sofort in Liebe zu dir entbrannt.

---

* Fescennini versus: ursprünglich Gesänge festlicher Art und bei festlichen Gelegenheiten, die einen heiteren und fröhlichen Charakter an sich trugen, aber nicht ohne derben Witz waren; später neckende Hohn- und Spottlieder voll zweideutigen und oft unsittlichen Inhalts, die die freude- und weintrunkene Jugend in Wechselversen, die an kein bestimmtes Aletrum gebunden waren, bei Erntefesten, Hochzeiten und dergleichen gegeneinander ausstieß. – Der Name stammt von der etruskischen Stadt Fescennia, wo diese Dichtung zuerst aufkam.

OTTAVIA: Nackt? Mich?

TULLIA: Ja, dich! Und nackt! Er erzählt es ja ganz öffentlich.

OTTAVIA: Ich gebe dir eine Ohrfeige, du böse Schwätzerin!

TULLIA: Und ich gebe dir einen Kuss, du süße Ergötzerin!

OTTAVIA: Bei deinen wollüstigen Augen schwör ich's: Außer meinem Caviceus hat niemals ein Mann mich nackt gesehen!

TULLIA: Dann rechnest du also Teodoro nicht zu den Männern!

OTTAVIA: Ach ja, jetzt erinnere ich mich – und schäme mich ... Lass doch dies! Was sollen denn diese sonderbaren Bemerkungen, meine goldene Venus?

TULLIA: Ich habe so eine Ahnung, was du mir verschweigen und doch erzählen möchtest! Ich habe von deinen wollüstigen Heldentaten gehört; ja, beim Eierstock der Venus, ich habe von ihnen gehört!

OTTAVIA: Das sind ja recht niedliche Worte! Aber was wirfst du mir da in Bezug auf Alfonso vor, du Närrin? Bin ich ihm vielleicht im Traume nackt erschienen?

TULLIA: Du wirst begreifen, wie's gemeint ist, mein Täubchen! Wer Ottavias Seele gesehen, wer ihren Charakter und die Einfalt ihres Herzens näher kennen gelernt hat, hat der nicht Ottavia nackt gesehen? Bei Platos Manen – ja, er *hat* sie nackt gesehen!

OTTAVIA: Du plapperst da sehr gescheiten Unsinn! Aber ich begreife jetzt, was für eine Frau Alfonso in mir liebt und begehrt, nämlich meinen Geist und Verstand, nicht meinen Leib und meine Glieder. Wofür, glaubst du, würde er sich entscheiden, wenn er die Wahl hätte? Wohin würde seine Begierde ihn treiben, wenn er bei Vernunft wäre?… Alfonso war draußen vor der Stadt in der Villa unserer Freundin Eleonora. Auch Isabella Menez und die, gleich mir, kürzlich erst verheiratete Aloisia Fonseca waren anwesend. Nach einem üppigen Mahl begann die Unterhaltung – und eine recht ausgelassene, recht unanständige Unterhaltung. Du hättest uns für betrunken halten können. Indessen erntete ich großen Beifall.

TULLIA: Du gefielst Alfonso; Alfonso gefiel dir!

OTTAVIA: Verhasst ist mir die Unbeständigkeit der Männer, verhasst ist mir ihre Liebe! Niemals, so lange ich noch meinen Verstand habe, würde ich diesen Überläufer aus Eleonoras Lager aufnehmen.

TULLIA: Du bist eine sehr hochherzige und edel empfindende Frau, eine großmütige und groß denkende dazu! O herrliche Heldin du! Eines besseren Zeitalters wärest du würdig, nämlich jenes goldenen, da es zweipfündige Schwänze in Überfluss gab! Aber man sagt ja, was sonst für schimpflich gelte, das könne in der Liebe zuweilen löblich erscheinen. Aber sagen muss ich dir doch, dass alle die Geschichten von den Listen und von den Treulosigkeiten der Liebhaber, die unter Liebenden im Schwange sind, lauter Traumbilder nicht von Liebesentbrannten, sondern von lauter Hirnverbrannten sind.

OTTAVIA: Es ist wirklich reizend: Vor einem Jahr fiel Eleonoras Gatte im Krieg gegen die Franzosen, und seit sechs Monaten ist die geistreiche, schöne, reiche, in der Blüte der Jugend stehende Frau unsterblich in Alfonso verliebt. Man sagt ja auch, sie habe ihm nichts verweigert, was nur ein Liebhaber von seiner Geliebten erwarten kann; sie habe nichts mehr zu vergeben, um den liebeglühenden Jüngling damit zu beseligen. Würdest du es recht finden? O nein, ich weiß bestimmt, du würdest es *nicht* recht finden, wenn ich die Nebenbuhlerin einer ausgezeichneten Frau würde, die mir arglos ganz und gar vertraut.

TULLIA: Ich liebe an dir, Ottavia, die Stärke deines edlen Herzens! Bleibe immer so, wie du bist!

OTTAVIA: Es wird dir wohl nicht unangenehm sein zu hören, was wir bei dieser Unterhaltung an munteren Reden, an Possen, Scherzen und Belustigungen zu Tage brachten! Und mir wird's Spaß machen, dies zu erzählen ... Als wir alle versammelt waren, wandte sich Eleonora lächelnd, liebeglühend, wollustatmend zu Aloisia und sagte: »Nun, wie gefällt dir denn das Verheiratetsein? Habt ihr's euch beide recht tüchtig gemacht, dein Rodrigo und du? Ihr branntet ja lichterloh in Liebe zueinander!« Die junge Frau errötete, lächelte aber mit einem eigentümlich zärtlichen und sinnlichen Ausdruck. Da rief ich: »Du wirst rot, Aloisia? O was für eine schamlose Schamhaftigkeit! Ich sehe in deinen Augen und auf deinem ganzen Antlitz ein wollüstiges Feuer brennen; in deinem Schweigen höre ich das Liebesgestammel des auf dem Höhepunkt der Wollust entflammten Weibes. Was fürchtest du dich denn, kleine Närrin? So unbedenklich, wie du dich deinen Gefühlen hingegeben hast, schildere sie uns jetzt!« – »Ohne Frage«, antwortete Aloisia, »wird einer Frau, die sich solcher unanständiger Gespräche enthält, leichter der Preis der Tugend zuerkannt werden als einer, die sich der Liebe und Wollust gänzlich enthält. Keusch ist nicht diejenige, die wirklich keusch ist, sondern diejenige, die für keusch gilt.« – »Sehr richtig, sehr richtig!«, fiel Alfonso ein; »keusch ist eine Frau, die tugendhaft zu reden und ein strenges Gesicht zu machen versteht. Dass ihre Sitten züchtig sind, ist durchaus nicht nötig.« – »In meinem Hause«, rief Eleonora, »erlaube ich geistreichen Leuten, sich so zu geben, wie sie überall anderswo sind.« – »Wer fortwährend ängstliche Rücksichten nimmt«, fügte ich hinzu, »der hat nichts von seinem Leben. Das Glück stößt die Herzhaften von sich, und die Liebe verabscheut sie. Die erste Vorbedingung des Glückes ist, dass man es wagt, in den köstlichen Genüssen der Liebe sein Glück zu suchen.«

TULLIA: Du hast doch nicht vergessen zu sagen, was es mit dieser Stufenfolge von Seligkeiten auf sich hat? Nur auf diesem Wege gelangen wir zum höchsten Glück.

OTTAVIA: »Alles ist gut und anständig unter guten und anständigen Menschen«, rief Eleonora; »gute und anständige Menschen aber sind jene, die die Bosheit der gemeinen Menge sorglich von sich und ihren Freuden fern halten und die nicht weniger sorglich das dumme Urteil der Welt sich vom Leibe halten. Glaube meinen Worten, wie wenn Venus selber aus dem Allerheiligsten der erlesensten

Liebeswonnen sie dir verkündet hätte!« – »Wer wollte es leugnen«, bemerkte nun wieder ich, »dass wir Frauen die Freude, das Licht, das Leben des Menschengeschlechtes sind? Wenn wir die Freude der Menschheit sind, so besteht der bessere Teil dieser Freude in Scherzen, in munterem Geplauder; wenn wir ihr Licht sind, so muss ich rufen: Wie köstlich, ach, wie köstlich ist dieses Licht, das den mannigfaltigen Formen aller Dinge plastische Gestalt gibt, oder soll ich lieber sagen: das ihre Schönheit in bunten Farben malt! Ein Leben, das jedes Reizes entbehrt, ist nur scheinbar Leben, in Wirklichkeit aber Tod, und jedes Reizes entbehrt es, wenn die so mannigfachen Empfindungen der Liebeslust ihm fehlen. Die Liebe ist des Lebens Würze; wenn sie uns fehlt, wird das Leben uns zum Ekel. Darum muss jede Fiber an uns von Fröhlichkeit, von stürmischer Begier, von Wollust zucken. Wenn es Frauen mit strenger Stirn, mit ernstem Gemüt gibt, die mögen doch gehen! Ja, in Bärenzwinger mögen sie gehen, denn sie sind es wert, von Bären sich lieben zu lassen! Welcher Mann möchte wohl einem solchen Untier Verehrung und Huldigung zollen, von dem er ja nicht den geringsten Genuss erwarten kann! Und ebenso süß, wie es ist, diese Wonnen zu kosten, ist es auch, sich ihrer zu erinnern. Manche finden in der Erwartung oder in der Erinnerung des Genusses den höchsten Genuss, erblicken in deren Schilderung eine Wonne, wie ihnen die Handlungen selber sie nicht boten. Beim wollüstigen Nest deiner Liebesfreuden, Aloisia, die Wonne gewinnt Dauer erst in der Erinnerung, denn sonst entschwindet sie uns, da sie ja, ach, so schnell dahin ist. Aber wenn unser Gedächtnis sie herbeiruft, dann wachsen sie von selber und werden größer. Willst du angenehm und glücklich leben, dann ernte Früchte, pflücke Rosen in den Gärten der Venus! Einer Frau, die sich auf die Wonnen der Liebe versteht, gerät alles nach Wunsch. Selbst im Scheinbilde der Wollust findest du wahre Wollust, wenn du es willst.«

TULLIA: Welch reicher Inhalt in so wenig Worten! Wie geistreich, wie treffend ist dies alles bemerkt!

OTTAVIA: Nun, kurz und gut, Aloisia ließ sich endlich überreden. Alle falsche Scham abwerfend, begann sie ohne jeden Rückhalt uns alle möglichen drolligen Geschichten zu erzählen. Eleonora lächelte, ich lachte; Isabella aber und Alfonso erfüllten das ganze Haus mit dem Lärm ihrer Heiterkeit.

TULLIA: Eigentlich gibt es doch nichts Dümmeres als ein dummes Lachen.

OTTAVIA: Hättest du selber dir das Lachen verhalten können? Höre nur, was Aloisia sagte: »Als ich zum ersten Mal Rodrigos Dolch in den Leib bekam, er stieß ihn mir bis ans Heft hinein, da konzentrierten sich sofort alle meine Sinne, alle meine Gedanken in diesen einen Körperteil. Im Nebenzimmer waren alle meine Verwandten in stattlicher Menge versammelt; sie waren sehr laut. Wollt ihr's glauben? Ich hörte sie mittels meiner Kleinen! Die Kerzen brannten, während mein Gatte es mir besorgte! Ich sah sie mittels meiner Kleinen! Und als Rodrigo fertig wurde, da war ich – es klingt wunderbar – ganz und gar in meiner Kleinen oder vielmehr, ich selber war ganz und gar meine Kleine. Wenn ich einigen Geist besitze – und man sagt ja von mir, ich habe welchen –, so hatte meine Wollust ihn irgendwie dazu gebracht, sich auf diesen Ort der Lust zu konzentrieren.« – »Wer könnte leugnen«, bemerkte ich, »dass mit dir ein geistreiches Lieben sein muss, da du so eine geistreiche Kleine hast?« – »Wer mich sucht«, versetzte Aloisia, »der suche mich in meiner Kleinen; denn da wohne ich, und die Wohnung ist nicht groß, das kannst du mir glauben, Alfonso, denn ich verlasse mich auf das Zeugnis meines Rodrigo.« – »Wenn es dir recht ist, Aloisia«, rief Alfonso, »so wird es mir nicht unangenehm sein, dieser Behausung der Liebe einen Besuch abzustatten, um mich bei dir deines Geistes und Witzes zu erfreuen; solltest du diese Wohnung vermieten wollen, so wird es dir, so wahr Venus mir hold sein möge, an Mietern nicht fehlen, und sie werden dir jeden noch so hohen Mietzins zahlen.«

TULLIA: Bei Jupiters Hodensack! Die wollüstige Venus selber könnte auf der ganzen Welt keine ausgelassenere Spaßmacherin finden als Aloisia!

OTTAVIA: Dann wurde viel geredet über die Kunst des Liebens, über die Schönheit, über den Geist der Frauen, über die honigsüße Wonne der Umarmungen zweier Liebenden. Venus wurde von uns angerufen, und sie weilte unter uns, eine lachlustige, ausgelassene Venus! Huldvoll lächelte uns die verbuhlte, die zügellose Göttin, die immer der Kitzel treibt, neuen Kitzel zu suchen. Alle Scherze, unsere Erzählungen waren von unverhüllter, unverfälschter Wollust beseelt.

TULLIA: Um zu lieben und geliebt zu werden, sind wir auf der Welt. Wer von uns nicht lieben und nicht geliebt werden will, der liegt schon im Grabe; der fault schon und duftet den Pestgeruch der Verwesung aus.

OTTAVIA: Schönheit und Anmut sind zweierlei. Die Schönen formt Mutter Natur mit eigener Hand; die Anmutigen verdanken ihre Anmut ihrer Kunst, ihrer Sorgfalt. Die einen herrschen kraft eigenen Rechtes; das Recht der andern ist nur auf Widerruf gewährt. Wirklich schöne Frauen versetzen auch die härtesten Herzen in Liebesglut. – »Was aber eigentlich Schönheit ist, darüber gehen die Meinungen auseinander«, sagte Alfonso. »In *einem* Punkt indessen stimmen alle Kenner überein: dass nämlich einem jeden die am schönsten erscheint, die am besten zu ihm passt. Denn gerade wie nicht jede Speise allen Menschen gefällt, so passt nicht jede Art von Schönheit jedem Mann. Soviel Köpfe, soviel Sinne; soviel Augen, soviel Reize. Aber die Frau, die nach dem Urteil der größten Anzahl von Männern als schön bezeichnet wird, die ist ganz gewiss für die meisten Männer die Richtige, sowohl zur Befriedigung der Wollust als auch zum Kindergebären. Soll ich die ganze Frage in *ein* Wort zusammenfassen? Nur Blinde nennen das Liebeswerkzeug blind, denn es gibt auf der ganzen Welt nichts Scharfsichtigeres als dieses. Nur auf dieses Werkzeug muss man sich verlassen, wenn man sicher sein will, die rechte Wahl zu treffen. Sobald das Weib erscheint, das dem Mannesglied gefällt, merkt dieses es, ohne dass man sie erst aufmerksam zu machen braucht; von selber bäumt es sich empor. Und die recht eigentlich allerschönste Frau ist jene, der zu Ehren die meisten Schwänze stehen. Dein Vetter Federico liebte Lucia, eine plattnasige, zahnlose Hure; er war bis über die Ohren in sie verliebt. Sein Vater stellte dem jungen Mann seine Dummheit vor; dieser aber antwortete: »Ach, Vater, lieber Vater, sieh doch Lucia nicht mit deinen Augen, sondern mit meinen Augen an, und du wirst anderer Meinung werden. Du wirst sagen, dass sie schön ist, würdig meiner Liebe und der Liebe aller Männer.« Ohne Zweifel stand bei Lucia sein Ding besser als bei allen anderen Weibern, mochten sie für noch so schön und reizend gelten. Der eine legt Wert auf einen strammen, saftstrotzenden Körper; andere nennen eine Frau, die sich einer recht derben blühenden Gesundheit erfreut, einen Küchendragoner. Die alten Griechen liebten allgemein die recht stämmigen, dicken Weiber von kräftigem, starkem Wuchs. So sah Helena aus, die unter den Griechen für ein Muster vollkommener Schönheit galt. Die Phrygier dagegen zogen die Schlanken vor. Darum hielten sie ihre jungen Mädchen knapp in der Kost, sodass sie schlank wie ein Halm wurden. Diesen Geschmack haben auch die Franzosen, die Italiener und die Spanier dagegen nicht. Ein schöner Körper muss zwischen diesen beiden Extremen die Mitte halten; er darf weder mager noch fett sein. Eine dürre fleischlose Frau, ach du gütige Venus, die weiß ganz und gar nichts von deinen Mysterien, von deinen feuchten Küssen, von deinem wonnigen Aneinanderschmiegen, von deinen langsamen Stößen, von deinem heißen Regen. Eine hübsche, dabei aber dürre und magere Frau – wenn eine Dürre und Magere überhaupt hübsch sein kann – ist das lebende Ebenbild einer toten Venus. Wer möchte es wohl einer toten Venus machen, es sei denn etwa ein Schwerenöter von Totengräber! Wer möchte mit einer zu tun haben, die aussieht wie eine Leiche! Der Tyrann von Korinth, Priander, der ja auch mit Bias und Theles zusammen im Reigen der sieben Weisen dahinzog, der senkte freilich die Pflugschar in die Furche seiner schon todesstarren Gattin und brachte der Venus ein priesterliches Totenopfer.

TULLIA: Er wusste wohl, dass, wie bei den Männern das Herz, bei den Frauen der

Schamteil zuerst zu leben beginnt und zuletzt stirbt. Er nahm daher an, dass seine Frau an jenem Punkt wohl noch leben könnte, während alles Übrige schon tot war. Denn wie unser Schamglied seine Bewegungen für sich hat, so hat es auch sein Leben für sich; es hat mehr Lebensenergie und daher auch längere Lebensdauer als alle anderen Glieder. Aber fahre bitte fort.

OTTAVIA: »Ein hoher Wuchs wird viel gepriesen«, sprach Alfonso weiter. »Der Hauptvorzug Alkmenes, der Mutter des Herkules, war ihr stolzer Wuchs. Aber wenn ich die Wahl hätte, so zöge ich eine kleine Frau einer großen vor; der Lorbeer gefällt mir besser als die Fichten, obgleich«, so setzte er hinzu:

»Mir gefallen die Langen, desgleichen lieb ich die Kurzen.

Ein übermäßig großer Wuchs ist aber meistens nur auf die Länge der Beine zurückzuführen; der Oberleib entspricht nicht dem unteren Teil des Körpers, und das ist nach meiner Meinung – beim Kastor – ebenso unschön wie lächerlich. Man möchte glauben« – ja, lache nur, Tullia –, »man möchte glauben, man sähe eine Wickelpuppe, die auf der Spitze von zwei langen Stangen einhergetragen würde. Wer müsste bei dieser Vorstellung nicht laut auflachen? Wir lachten ja auch jedes Mal, wenn wir an Magdalena dachten. Wenn man sie nackt sah – ich habe diesen Anblick gehabt –, so glaubte man, nach ihrem Oberleib urteilend, sie sei viel kleiner, als sie in Wirklichkeit war. Wenn man aber ihre Waden und Schenkel sah, dann hielt man sie für groß; und sie ist ja auch in Wirklichkeit sehr groß. Aber Frauen von sehr kleinem Wuchs stehen in schlechtem Ruf. Man behauptet nämlich, dass bei den Kleinen ein gewisses Ding durchaus nicht klein sei. Gertrudis würde selbst bei den Pygmäen für eine Zwergin gelten. Bei ihr stehen alle Glieder in einem vollkommenen harmonischen Größenverhältnis zueinander, nur das Mittelglied passt nicht.«

TULLIA: Ich weiß es, Ottavia. Sie hat da unten eine hohe und weite Grotte, nicht ein Nest für einen zwitschernden Sperling. Im Alter von dreizehn Jahren wurde sie, die bis dahin gänzlich unberührt geblieben war, dem Alfonso Guzman vermählt. Alfonso aber fand sie bei der ersten Umarmung weiter gebaut, als selbst Venus es war, nachdem sie die süße Last des Mars getragen hatte. Renommistisch hatte er seinen Kameraden versprochen, sie sollten das Klagegeschrei der Jungfrau hören, wenn er den blutigen und glorreichen Mord an ihrer Jungfernschaft vollbrächte. Die Jungfrau aber stieß nicht den leisesten Seufzer aus, und keine einzige Träne floss bei ihr – ich meine jene blutigen Tränen, die die Jungfräulichkeit bei ihrer Hinopferung vergießen muss. In weitem Raum spazierte der dicke Gebärvater herum. Was sollte er machen? Er wirft das Pferd herum; das Mädchen muss sich aufs Gesicht legen, und mit mächtigem Stoß bohrt er ihr am verbotenen Ort die Lanze in den Leib. Unwillkürlich heulte die Jungfrau laut auf, als sie fühlte, wie sie auseinander gesprengt wurde. Da sagte er: »Weiter wollte ich nichts; es sollten nur alle meine Freunde wissen, dass du Jungfrau bist, so gut wie *ich* es weiß.« Hierauf legte er sie wieder auf den Rücken und nahm den unterbrochenen Kampf auf dem der anständigen Liebe gebührenden Blachfeld wieder auf; er bearbeitete sein Weibchen, das ihn aufs Beste mit Wackeln, Schieben, Spritzen unterstützte, und beide vollbrachten glücklich das Opfer.

OTTAVIA: »Die allzu großen Frauen aber«, so fuhr Alfonso fort, »sind völlig oder doch beinahe kraftlos in den Kämpfen der Liebe. Mitten im Werk sind sie plötzlich schlaff, wie wenn ihnen die Glieder gebrochen wären. Wird ihnen der Sporn so recht tief eingesetzt, da antworten sie kaum mit einer ganz leisen Bewegung darauf – ja, »kaum« ist eigentlich sogar noch zu viel gesagt. Die anderen, wie zum Beispiel du«, fügte er hinzu, »sind kräftiger und feuriger!« – »Ich«, antwortete Aloisia, laut auflachend, »ich würde sogar den Gott Mars müde machen, wenn er sich mit mir ins Gefecht einließe, obgleich ja Mars unsere Frau Venus müde gemacht hat. Er soll nur kommen, er soll nur kommen!«

TULLIA: Auch dir fehlt es nicht an Kraft der Lenden, liebe Ottavia! Schwarz bist du von Haaren, schwarz sind deine funkelnden Augen, dunkel ist die Farbe deines Antlitzes und deiner Glieder. Weiter brauche ich nichts zu sagen.

OTTAVIA: Ach, du Böse! Du selber hast meinen Charakter gebildet. Pfui, wie kannst du mir etwas vorwerfen! Ich bin ja ganz und gar dein Werk. Ich bin dir so ähnlich, wie du der süßen Venus ähnelst. Weiter habe auch ich nichts zu sagen. Man behauptet freilich, die Frauen seien wollüstiger, deren Scheitel dunkle Haare bedecken. Wenn hieran etwas Wahres ist, so seid auch ihr wollüstig, denen ein schwarzes Vlies die Kleine umkränzt. Dummes Gerede ist all dieses – dummes Gerede und nichts weiter. Denn wie ist es mit dir? Hast du etwa blondes Haar?

TULLIA: Ich will dich ja nicht böse machen – du bist ja die linke Hode der Venus. Du hast Recht, Ottavia, aus der Farbe lässt sich nicht mit Sicherheit auf die Leistungsfähigkeit in den Kämpfen der Liebe schließen. Hierin folgt ein jeder seinem Geschmack. Der eine liebt die Blonden, der andere die Schwarzen, noch wieder ein anderer die Braunen. Blonde Haare bildeten die Zier Aspasias und der jungen Mädchen von Attika. Als Theseus zwei von den Jungfrauen verloren hatte, die er dem Minotaurus nach Kreta zuführte, da ersetzte er sie durch zwei Jünglinge, deren Haare er blond färben ließ, damit sie leichter für Mädchen gehalten würden. Venus, die kyprische Herrscherin, erfand, so erzählt man, die Kunst, sich die Haare zu färben – eine Kunst, die noch jetzt bei uns Italienerinnen sehr beliebt ist. Diesen Törinnen gefällt einzig und allein die rotblonde Farbe; um diesen Zweck zu erreichen, tragen sie kein Bedenken, sich barhäuptig den sengenden Strahlen der Sonne auszusetzen. Welch eine Unvernunft! Sie suchen ihren Haaren diese Farbe zu geben, indem sie sich verbrennen lassen! Pindar und Anakreon aber dachten hierüber anders. Jener nannte die Musen schwarzlockig; dieser pries die schwarzen Haare seiner

Geliebten; der eine war aus Theben, der andere aus Teos; wahrscheinlich war Schwarz die Lieblingsfarbe der Thebaner und der Tejer. Die Stadt Teos liegt in Mittel-Ionien. Die Farbe, die bei seinen Landsleuten die beliebteste war, war nach der Meinung des Schwans von Theben der Musen würdig. Und diese schwarzen Locken pries der tejische Sänger als Schmuck seiner Geliebten, die er in jenem Liedchen als die herrlichste Schönheit schildert. Braun steht in der Mitte zwischen Blond und Schwarz; es hat von diesen beiden Farben etwas, steht aber doch dem Schwarz näher als dem Blond. Ovid dichtete ein Lied zum Trost eines jungen Mädchens, dem die Haare ausgegangen waren, weil sie sie so sorgfältig gepflegt hatte. Nichts Schöneres, ruft er, habe sich denken lassen als diese Haare:

Eigentlich schwarz ja waren sie nicht, noch glänzten sie goldig.
Aber von Schwarz und Blond borgten die Schönheit sie sich.

Er sagt, sie hätten jenen Haaren geglichen,

Die auf Bildern zuweilen wir sehn, wenn die nackte Dirne
Sie, dem Bade entsteigend, mit triefenden Händen emporrafft.

OTTAVIA: Über die Augen wusste der beredte Alfonso viele treffende Bemerkungen zu machen. Aber du bist viel belesener als er, Tullia; einen Vergleich mit dir, deren Scherze von gründlichem Wissen zeugen, vermag er nichts entgegenzuhalten.

TULLIA: Heimtückische, aber köstliche Hinterhalte der Liebe lauern in den Augen. Die von Achilleus so heiß geliebte, aber nur so kurze Zeit ihm angehörende Briseis hatte schwarze Augen, und Catull, der köstliche lateinische Dichter, spottet über eine gewisse Schöne, indem er ihr nachsagt, sie habe ›weder einen schönen Fuß noch schwarze Augen‹. Jedoch preisen die Dichter die blauen Augen der Minerva, und Dichter legen ja mit souveräner Willkür den Göttern gerade jene Schönheiten bei, die allgemein geschätzt und geliebt werden. Besonders preisen sie die großen Augen; sie nennen sie Sterne. Die Griechen nennen sie Ochsenaugen; solche Augen hatten Juno, Venus und Harmonia, die Gemahlin des Amphiaraus. Indessen auch den kleinen Augen fehlt es durchaus nicht an Liebhabern!

OTTAVIA: Wie im Kriege die Bogenschützen, um sicherer zu treffen, mit halb geschlossenem Auge zielen, so sendet auch aus kleinen, nicht weit geöffneten Augen die Liebe mit vollkommener Sicherheit ihre Pfeile und trifft unfehlbar. Die Königin Isabella hatte Äuglein, nicht Augen; aber unzählige Blitze schossen aus ihnen hervor, und wer sie ansah, um dessen Herz war es geschehen. Niemand hat dich, meine Tullia, je ansehen können, ohne dich zu lieben. Wenn deine Augen klein sind, so sind sie dafür um so lebhafter, um so feuergefährlicher für den Unvorsichtigen, der sich ihrer Glut aussetzt. Hinsichtlich der Farbe des Gesichtes und des ganzen Leibes sind die Meinungen verschieden. Die einen geben den Weißen, die anderen den Braunen den Vorzug. Hoch in Ehren freilich steht jene milchweiße Hautfarbe, womit Kydippes begabt war:

Wenn sein weißes Gesicht in rosigem
Schimmer erglänzte.

Die leuchtend weiße Farbe der Haut ist eine Zier ersten Ranges. Sie ist gleichsam ein Licht oder, besser gesagt, eine Ausstrahlung des Lichtes, die heller ist als das Licht selbst. Aber die Braunen sind leidenschaftlicher im Liebeskampf, und ihre glatte Haut fühlt sich angenehmer an. Die Weißen ertragen nicht so gut wie sie die Last der Jahre und eine längere Anstrengung des Bettkampfes. Flugs sind sie matt, wie wenn ihre Lenden erlahmt wären;

schnell sind sie schlaff und welk. Ihre Jugend grenzt nahe ans Alter, ja, sie sind in der Jugend sogar schon halb und halb alt.

TULLIA: Isabellas Schwester Antonina übertrifft durch diese Weiße ihrer Haut die Weiße der Milch und der Lilie. Isabella dagegen ist dunkel.

OTTAVIA: Ich will dir erzählen – das ist dir doch recht –, wie es jeder von diesen beiden Schwestern in ihrer Brautnacht erging. Der einen war das Liebesgeschüttle eine mühselige Anstrengung, der anderen eine angenehme Belustigung.

TULLIA: Wir wollen doch erst unsere Schilderung eines schönen Weibes zu Ende führen. Über Mund, Lippen, Zähne sind wir so ziemlich einig. Ein kleiner Mund ist, sagt man, der köstliche Sitz des Liebesgottes, der Orakelsprüche von sich gibt; ferner gilt es allgemein als feststehend: Hat ein Mädchen einen kleinen Mund, so ist das untere Heiligtum der Venus bei ihr nur mit einer ganz engen Öffnung versehen.

OTTAVIA: Das ist aber falsch! Fernando Guzman hat sich bitterlich beklagt, auf diese Weise getäuscht worden zu sein. Er heiratete Fulvia, die wegen der Schönheit ihres winzig kleinen Mundes berühmt war, und fand bei ihr nicht ein enges Pförtchen, durch das er keuchend sich ins Reich der Venus hätte hineinzwängen müssen, sondern eine gähnende Grotte, in dessen Abgrund, als er den ersten Ansturm machte, sein Pfahl verschwand wie in einem stygischen Sumpf. »O dieser schöne Mund!«, rief Fernando, indem er ihr einen Kuss aufdrückte; »aber dieser Mund ist ebenso verlogen wie schön! Lass nur wenigstens, meine liebste Fulvia, deinen vertrauensvollen Liebhaber nicht auch im Übrigen betrogen werden!« – »Ich weiß ganz bestimmt, dass ich dir niemals etwas vorgelogen habe«, antwortete jene; »aber vielleicht war das Gerät, das du mir ins Haus brachtest, gar zu winzig. Du machst mir einen Vorwurf, den du gegen dich selber erheben solltest.« Da lachte Fernando und brachte das Werk zu Ende.

TULLIA: Sehr gut! Leicht aufgeworfene Rosenlippen, wie du, Ottavia, sie hast, möchte man mit einem Bogen vergleichen, der in der höheren Region des Liebeshimmels mit küsseschwerem Köcher zum Streit sich rüstet. Weiße, blanke, glänzende Zähne, die wie kostbare Edelsteine in tadelloser Reihe um die Zunge herumstehen, sind nicht nur ein Schmuck, sondern auch ein nützlicher Besatz.

Denn wer wäre nicht voll Bewunderung darüber, dass die Zunge allein durch ihre Beweglichkeit und Sprechfertigkeit hinreicht, um alle die unzähligen verschiedenen Gedanken zum Ausdruck zu bringen, mit denen der Menschengeist sich trägt – ja sogar sie noch zierlicher und treffender zum Ausdruck zu bringen, als der denkende Geist sie zu bilden vermochte. Welche honigsüßen Wonnen aber die mutwillige Zunge in die Küsse hineinlegt, das weißt du ja, liebe Ottavia, und es wissen alle Liebenden, die nicht von Sinnen sind. Wie dem auch sei, so viel ist unumstößliche Wahrheit, dass einem jeden das wirklich schön ist, was ihm als schön erscheint. Du, Ottavia, hast keinen kleinen Mund, und doch gefällst du allgemein. Viele andere junge Mädchen haben schmale Lippen, unregelmäßige und keineswegs an Elfenbein erinnernde Zähne, sprechen mit stammelnder Zunge allerlei geschmackloses Zeug, und doch gefallen sie. Manche lieben sogar Blödäugige, aber in der Tat ist ja Priapus halb blind, und blind ist auch das Werkzeug, das die Menschen erschafft und sie beglückt.

OTTAVIA: Wie köstlich ist der feurige Angriff einer heißen Zunge, wenn sie plötzlich unzähmbar aus dem Gehege der Zähne hervorbricht und stürmisch den begehrten Kuss erheischt! Ja, wenn Caviceus und ich einander küssen, dann ersterben wir in allerhöchster Wonne – ich, wenn ich fühle, dass ich zwei Zungen habe; er, wenn er fühlt, dass er zwei Zungen hat! Unsere Seelen und unsere Atemzüge vermählen sich auf unseren Lippen in unbeschreiblicher Wonne, die sich nur mit jener anderen vergleichen lässt, die weiter unten Leib mit Leib, Geschlecht mit Geschlecht verbindet. Eleonora, die Königin der Sarmaten, sagte, der Kuss sei Amors Ammenspeise. Beim Munde müsse dieses Kindlein seine wahre Nahrung suchen; sonst werde sein Hunger nur durch ein Gaukelspiel betrogen, wie die Sage von Tantalus erzähle. So täuscht auch die Hoffnung des brünstigen Weibes der Mann, der seinen Sämann, der unserer Kleinen Liebesfutter bringt, nur bis an den Rand der Schambeffchen bringt, ihn aber nicht in die Tiefe eindringen lässt, obwohl er schon auf dem Bauch der Geliebten liegt. Möge die gütige Venus solch ruchlosen Wahnsinn mir stets fern halten. Denn die Liebe siecht dahin, wie von einer Pest und tödlichen Krankheit getroffen, wenn sie vom Nass der Wollust nur oberflächlich bespritzt und nicht gründlich begossen wird.

TULLIA: Beim Anblick der Brüste lebt der Liebende wieder auf, und hätte er auch kein Tröpflein Blut mehr in den Adern. Sieht er zwei feste, weiße, kleine Brüste, so ersteht er fröhlich und blühend zu neuem Leben. Bei den Phrygierinnen galten jedoch recht dicke Brüste als besonders schön, die, wie Ovid es ausdrückt, den ganzen Busen bedeckten; schöner aber sind doch die harten, aufrecht stehenden, die, wie ein anderer sagt, ›gerade eine Hand voll ergeben‹. Was zu einer vollkommenen Schönheit gehört, ist übrigens von geistreichen Leuten genau festgestellt worden, und zwar haben sie folgendes Gemälde entworfen. In jeder Beziehung glücklich, sagen sie, sei das Weib, dem die Natur, die das Weltall so weise geordnet hat, für jeden Teil des Körpers gewisse Eigenschaften bewilligt hat, die als besonders köstlich gelten. Nämlich die Haut, die Zähne, die Nägel sollen weiß sein; Haare, Augenbrauen schwarz; rosenfarbig Lippen, Wangen und der untere Teil der Nägel; Haare, Hände und Körperwuchs seien lang; drei andere Dinge aber kurz: Zähne, Ohren und Unterleib; dagegen sei die Stirn breit und hoch, die Schultern müssen breit sein, die Brauen durch einen breiten Zwischenraum voneinander geschieden; der Körperwuchs sei schlank, der Mund klein, die Muschel sei nur ein ganz klein wenig geöffnet, nur so viel, um den ersehnten Tau empfangen zu können. Lippen, Schenkel, Waden müssen fleischig sein, die Finger dagegen schlank und fein, desgleichen die Nase; und die Haare müssen es an Feinheit mit den Fäden der Spinne aufnehmen können; der Kopf, die Brüste und die Füße müssen klein sein. Man bevorzugt Haare, die sich in natürlichen Locken wallen, die Stirn soll nicht allzu breit sein, die Haarwurzeln aber dürfen auch nicht tief in sie hineinwachsen; die Nasenflügel seien leicht geschweift. Jedem Menschen, meine liebe Ottavia, dient sein eigener Geschmack als Regel und Richtschnur. Aber der Geschmack rechtfertigt sich selber, und kein vernünftiger Mensch wird sich's einfallen lassen, für Eigenheiten des Geschmacks einen andern Grund zu suchen.

OTTAVIA: Wie du weißt, zählt man zu Lucrezias besonderen Schönheiten ihren marmorweißen, strammen Hintern. Er bildet ein köstliches Kopfkissen für Cupido, wenn er bei ihr schläft, und zugleich einen Amboss, um auf ihm neue Menschen zu schmieden.

TULLIA: Lendenlos, plattärschig nennt Horaz das Weib, dessen Hinterbacken sich durch keine Rundung auszeichnen; ›plattärschig und plattnäsig, mit kurzem Rumpf und langem Fuß‹ nennt er eine, die ihm offenbar nicht gefallen hat.* Bei den Griechen waren die Mädchen berühmt, die man, wegen ihres schönen Hintern, Kallipygen nannte. Wenn sie auch dem geringsten Stande entstammten, brauchten sie nichts weiter zu besitzen als diesen Vorzug, um reiche und vornehme Gatten zu finden. Ihr Hintern war ihre Mitgift; und dank dieser Mitgift erschienen sie schön genug.

OTTAVIA: Wenn die beiden Brüste durch einen ziemlich großen Zwischenraum getrennt sind, gelten sie für schöner, das weiß ich wohl; bei mir stehen sie, wie du dich durch den Augenschein überzeugen kannst, so nahe zusammen, dass sie sich berühren; Caviceus findet sie darum nicht weniger schön; denn sie sind beide von nicht gewöhnlicher Schönheit, weiß und fest, und er sagt oft bei unseren verliebten Scherzen und wollüstigen Gesprächen, er wundere sich nicht im Geringsten darüber, dass meine Brüste in einander verliebt sind und sich beständig küssen.

TULLIA: Sonst nichts?

---

* Horaz, Satiren, I, 2, 93.

OTTAVIA: Ich will des Todes sein, wenn ich dich nicht mehr liebe als meine Augen selbst!

TULLIA: Und auch ich will des Todes sein, wenn ich dich nicht mehr liebe als meine Augen, ja sogar mehr als die Augen der Natur, die man Sonne und Mond nennt! Aber verliebte Leute machen manchmal, wenn Liebesglut sie befeuert, von den Brüsten einen gar nicht üblen Gebrauch. Du lächelst! Das ist für mich so gut wie ein Geständnis, liebste Ottavia! Auch du hast es schon probiert, liebe Seele!

OTTAVIA: Bei den Löchern unserer lieben Frau Venus – ich fühle mich ganz von Scham übergossen! Ich schäme mich der Erinnerung, dass dieser Zwischenraum zwischen meinen Brüsten zum Mitschuldigen dieser ruchlosen oder doch wenigstens gar zu freien Befriedigung der Wollust gemacht worden ist! In unserem Hause ist ein Laubengang, der, wie du weißt, auf unseren von Blumen aller Art prangenden Garten hinausgeht. Hier wandelten Caviceus und ich auf und ab; er umarmte mich, küsste mich, versetzte meinen Lippen leise Bisse und geriet völlig in Feuer. Plötzlich griff er mit der linken Hand mir an den Busen und rief: »Mir fällt etwas recht Unartiges ein! Zieh dein Kleid aus, liebes Herz!« Was sollte ich machen? Ich zog mich aus. Er verschlang mit seinen Blicken meinen nackten Busen und fuhr fort: »Ich sehe Venus zwischen deinen Brüsten schlummern! Soll ich sie wecken?« Während er noch sprach, warf er mich rücklings auf die Ruhebank, die in jener Galerie steht, und schob mir den glühenden, flammenden Schwengel, er stand ihm wirklich wunderbar, zwischen die Brüste. Wie hätte ich mich wohl seiner blinden Leidenschaft entziehen können? Mochte ich wollen oder nicht, ich musste alles über mich ergehen lassen; übrigens wusste ich auch, dass unter verliebten Leuten an gewissen Tagen gewisse Dinge geschehen, gegen die die Tugend selber nichts ausrichten könnte. Und da ich mit diesem bösen Feinde der Keuschheit schon handgemein gewesen war und seine Stöße mit dem Unterleib pariert hatte, so musste ich mich der harten Notwendigkeit fügen und auch zwischen meinen Brüsten den Kampf aufnehmen.

TULLIA: Wie? Feind nennst du den Bohrer, der doch so freundschaftlich allen deinen verliebten Begierden dient?

OTTAVIA: Mit leisem Druck der Hände hielt er die Brüste zusammen, um sie einander noch näher zu bringen, und ohne Zweifel in der Absicht, dass sein lüsterner Muskel einen recht schmalen Weg zu dieser neuen Wollust finden sollte. Kurz und gut, während ich noch ganz verblüfft war über dieses ungewohnte Scheinbild einer lächerlichen Venus, überströmte er mich mit heißem Tau; er wurde fertig. Dann sagte er: »Dass du mir, der ich vor Liebe zu dir wahnsinnig bin, diese Wonne bereitet hast, das wird auch für dich nicht unangenehm gewesen sein, mein Täubchen! Weißt du auch, dass du hier oben ebenso gut Weib bist wie da unten, wo du den klaffenden Spalt hast?« – Dabei zeigte er mit dem Finger auf die Stelle. »Folglich bin ich vollkommen in meinem Recht, wenn mich die Laune anwandelt, aus der Tiefe emporzusteigen zu diesen lieblichen Hügeln, auf denen man eine Aussicht genießt, wie Venus sie liebt.«

TULLIA: Wenn er so auf die höchsten Gipfel aus ist, wird er gar noch höher steigen.

OTTAVIA: An den Geschlechtsteilen saugen, mit dem Munde zu Willen sein, lesbischer oder phönikischer Liebe frönen, sich's mit der Zunge machen lassen – das meinst du wohl, wenn du davon sprichst, dass Caviceus auf die höchsten Gipfel aus sei! Ach du gütige Venus! Wie viele Herbergen und Ställe für ihre Rösslein haben nicht nichtsnutzige Schlingel an unserem Frauenleibe entdeckt! Aber gewiss, eine anständige und züchtige Frau wird es anekeln, ihre Gedanken mit solchen Schändlichkeiten zu besudeln. Die Wollust soll sich rein erhalten von aller Infamie; sie ist darum nur umso entzückender!

TULLIA: Wer Ehrbarkeit und Anstand in der Wollust sucht, der sucht Finsternis am hellen Mittag. Wenn die Leidenschaft siedend aufwallt, sodass brodelnd die Geister überschäumen, dann gibt es für sie nichts Unanständiges. Der Sokrates, der mit Phädon und Alkibiades verliebte Kurzweil trieb, war ein ganz anderer als der Sokrates, der der Chorführer seiner schönen, jungen Freunde war. Auch der Weiseste hat niemals ganz und gar den Menschen abstreifen können, hat die angeborenen Triebe des Menschentums niemals verleugnen können. Er könnte es nicht, selbst wenn er es wollte. Aber ein Mensch, der nichts von den Freuden der Liebe weiß, der kann sich auch nicht wahrhaft als Mensch fühlen; der ist ein stumpfsinniger oder verdorbener Tor. Der wahrhaft Weise weiß, wie süß es ist, bei passender Gelegenheit einmal recht unweise zu sein, und weiß dafür den rechten Ort und die rechte Zeit auszuwählen. Anderen Leuten gegenüber sei stets vernünftig; dir selber gegenüber sei oftmals unvernünftig, wenn du glücklich und angenehm leben willst. Manche verstellen sich; während sie im Liebesrausch sich selber nicht mehr kennen, spielen sie vor der Welt den Curius oder Cato. Manche, die von inneren Begierden bis zur Raserei verzehrt werden, zetern laut über die Genüsse, die den Menschen Frau Venus schenkt. Ihr Geist findet vor lauter Begierden keine Ruhe mehr; da gestehen sie sich selber ein, dass sie unter einem unglücklichen Stern geboren sind und dass wir anderen unter einem glücklichen Stern geboren sind, da die Götter und die Planeten uns mit ihrer Huld begnaden. Wenn die Sonne für ewig unterginge, was würde dann aus der Natur, die die Mutter aller Dinge ist? Wenn kein Strahl von Liebesfreude den Menschen lächelte, was würde dann aus dem Menschen, der in der Natur den Gipfelpunkt der Schöpfung bedeutet! Unglücklich und dahinsiechend wäre ihm sein Leib sein eigener Sarg. Lebend, ohne zu leben, tot, ohne gestorben zu sein, stände er mitten im Leben dem Tode näher als dem Leben. Kurz und gut, willst du wirklich behaupten, dass Menschen, die so geistreiche Gründe für ihr Tun anzuführen wissen, ihren Mund zu einer Infamie hergeben?

OTTAVIA: Du weißt gar geschickt mit Worten zu spielen. Dieser Aasbande von Philosophen sagt man ja allerdings nach, sie melken den Bock.

TULLIA: Im Machen sind sie groß, ihr Wissen ist gleich null! Beim Ersteren gibt es ja auch lauter Vergnügen, beim anderen des Traurigen und Unangenehmen gar viel. Gerade so einer ist auch dein Teodoro. Du kennst ihn doch, liebe Teodora?

OTTAVIA: Was nennst du mich, du Närrin, Teodora? Ich bin ja doch Ottavia, und du bist Tullia. Soll ich weitererzählen?

TULLIA: Gern! Aber ich möchte auch die komische Geschichte von Antoninas und Isabellas nächtlichem Kampfe hören.

OTTAVIA: Deine Base Antonina war ja nicht mehr so ganz jung, denn sie zählte neunzehn Jahre, als sie Maffeo heiratete, der in der vollen Manneskraft seiner dreißig Jahre stand. Isabella, fünfzehn Jahre alt, wurde mit Raimondo vermählt, einem kräftigen, starken, rüstigen Jüngling von fünfundzwanzig Jahren. Antonina beschämt den Schnee durch die Weiße ihrer Haut; Isabella ist braun wie nur eine Tunesierin. Ihre Kräfte erwiesen sich in dem Liebeskampf der ersten Nacht als sehr ungleich, und sie hatten Recht verschiedene Erlebnisse. Sie brachten der Frau Venus ihr Opfer nicht mit gleicher Geschicklichkeit dar, nachdem sie ihren Gatten übergeben worden waren. Antonina gewann, nachdem sie angestochen worden war, ohne besondere Mühe viermal die Palmen im Liebeskampf. Dann aber war es für sie keine Lust mehr, sondern eine sehr unbequeme und ermüdende Last, die ihr Leib und ihre Seele verspürten. Als bei Tagesanbruch der immer noch unermüdete Reiter ihr wiederum den Sporn einsetzte, da unterlag sie, nachdem sie schon lange mit einer Ohnmacht gekämpft hatte. Zum munteren Ritt hatte der Renner die Kampfbahn der Wollust betreten. Als sie gegen Mittag das Ehebett verließ, sah sie blass, leichenblass aus, wie wenn sie aus dem Grab auferstanden wäre. Isabella dagegen, die braune, deren Adern von Bächen flüssigen Feuers durchströmt zu werden scheinen, die befand sich besser trotz der Zartheit ihrer Glieder und Lenden, hatte sie sich unerschütterlichen Mutes den Strapazen der Brautnacht gewachsen gezeigt. Unermüdlich hielt sie die stürmischen Angriffe des unermüdlichen Athleten aus. Lachend hielt sie ihrer Schwester vor, dass sie ihrer Schlaffheit sich schämen müsse. Mit spöttischer Lustigkeit tanzte sie um sie herum. »Geh mir doch!«, rief sie. »Ich, die ich so viel jünger und keineswegs kräftiger bin als du, ich habe mich trotzdem wacker benommen. Ich bin lebendig, du bist tot! Denn du lebst doch nicht etwa? Beim ersten Angriff, das will ich gern gestehen, da wurde ich ganz gewiss nicht leicht verwundet; ich hielt jedoch den Schmerz aus, damit mein Mann, der mir diese Wunde versetzt hatte, nicht lange damit renommieren könnte. Bei Juno! Von den Zinnen meiner Festungswälle trieb der Sieger meine Jungfräulichkeit, trotz all ihres Widerstands, in die inneren Teile der Verschanzung zurück. Wie ein Wirbelwind warf er alles nieder, nachdem er die Blume meiner Jungfernschaft gepflückt hatte, zerstampfte er sie ganz und gar. Aber als er den Kampf von neuem beginnen wollte, da gab die unverschämte Kühnheit des stürmenden Feindes mir meinen Mut zurück. Ich hielt dem Ansturm seiner Manneskraft stand. Bald fühlte er, wie seinen Lenden der Sieg entglitt. Mein Herkules erlag unter seinem und meinem Siege, und ich, als neue Amazone, konnte mein Hohn- und Triumphgeschrei anstimmen. Darum Mut, liebe Schwester!« – »Was willst du?«, antwortete Antonina, »ich verspürte nicht wie du nur einen leichten Schmerz zu Beginn des Kampfes, sondern einen furchtbaren, stechenden, zerreißenden Schmerz, den ich kaum ertragen konnte. Nachher, als immer von neuem der Kampf begann, da befiel eine so furchtbar schwere niederdrückende Müdigkeit meine misshandelten Glieder, dass ich glaubte, sie hätten sich in Blei verwandelt. Ich bat um einen Waffenstillstand von einigen Stunden, Alcides verweigerte ihn mir, indem er mich noch dazu verhöhnte, und so bekam ich keinen Augenblick Schlaf.« – »Schlaf habe ich auch nicht zu sehen gekriegt«, versetzte Isabella. »Was redest du denn von Schlaf? Worüber beklagst du dich? Der Schlaf hat doch nichts Köstlicheres als jene zwar nichtigen, aber entzückenden Traumbilder der Liebeswonne, die er uns vorgaukelt. Was wagst du es, den Schlaf der Venus vorzuziehen, die in unserer Person mich verkörpert und ihre süßen Spiele treibt – den Schlaf, dessen Traumbilder uns ja gerade …?« – »Aber die Übersättigung bemächtigt sich auch der wackersten Kämpen der Minne,« antwortete Antonina. »Ich möchte nicht beständig Nektar, diesen Göttertrunk schlürfen, und du möchtest dies ebenso wenig.« – »So hat denn alle deine Standhaftigkeit«, fuhr Isabella fort, »dir kein Glück gebracht und keine Wonne bereiten können. Du wurdest reich beglückt mit Hymens Gaben, denn solche Lust ist ein wahres Geschenk und nicht bloß das Scheinbild eines solchen. Und das nennst du ein Glück, liebe Schwester? Geh mir doch! Nimm dich in Acht, dass nicht alle Welt dich auslacht, wenn du dich so benimmst!« – »Ich will nicht mit dir streiten, liebe Schwester. Du denkst wie ein hochherziger Held; und ich weiß wohl, dass dieser Denkweise das Menschengeschlecht seine ewige Fortdauer verdankt. Wie dem nun immer sei, meine Kräfte würden wohl hinreichen, um in einer Nacht drei- oder viermal den Liebeskampf zu bestehen. Soweit hilft mir mutvoll meine Jugend, die Leidenschaft, die mir den Busen bläht und meine Jugend beseelt. Beim fünften Mal fühlte ich unter den Angriffen meines rücksichtslosen Mars mich schwach werden. Mir wurde übel. Beim sechsten Mal bespritzte und befleckte er mich, ohne dass ich etwas davon empfand. Mir war's, als hätte er mit einem fremden Weibe zu tun. Ich empfand nicht den geringsten Genuss dabei; als er's zum achten Mal begann, wurde mir übel, und ich vermochte kaum noch Atem zu schöpfen. Beim neunten Mal fiel ich völlig in Ohnmacht, trotzdem machte er seine Arbeit fertig. Ich seufzte nicht mehr, ich bat nicht mehr; ich lag in tiefer Bewusstlosigkeit. Nun, jetzt weißt du also alles, was vorgefallen ist, lieb Schwesterchen! Meine Seele prophezeit mir böse Folgen dieser Brautnacht! Unverheiratet möchte ich nicht leben, und sollte ich mitten unterm Werk der Liebe sterben.« – »Sage mir doch noch, liebe Schwester«, erwiderte Isabella, »wie fing Maffeo es an, dass du ihn doch wieder gern hattest, nachdem du aus deiner Ohnmacht zu dir gekommen warst? Wer möchte wohl einem Mörder einen Doppelmord verzeihen: den Mord der Jungfernschaft und der Jungfer?« – »Mit sanften Worten«, antwortete Antonina, »machte er sofort sein rücksichtsloses Vorgehen wieder gut. Und wie komisch! Auf dieselbe Weise, wie er mich getötet zu haben schien, rief er mich ins Leben zurück. Noch einmal und sogar ein zweites Mal machte er von seinem Gattenrecht Gebrauch; ich fügte mich ihm und verspürte keinen Schmerz davon. Ja, so ist's, liebe Schwester: In der Liebe bereiten dieselben Wunden Wonne, die vorher geschmerzt hatten.«

TULLIA: In jener Nacht kam sie in die Schule und machte zugleich ihr Examen. Heute weiß Jaime Ximenez, was für eine herrliche Streiterin der Liebe sie ist.

OTTAVIA: Du kannst ihr nachsagen, dass sie eine Frau von leichter Lebensart ist, deshalb ist sie aber doch anständig; in ihren Augen ist Schamhaftigkeit nicht eine Tugend, sondern ein Laster. Sie sah, wie dieser schöne Jüngling um ihretwillen ganz verstörten Geistes war, da hatte sie Mitleid mit ihm. Sie sah seinen glühenden Schaft; sie begriff, dass er von ihr Hilfe erwartete; und sie gewährte sie aus Mitleid. Wenn sie sich ihm fleischlich hingegeben hat, so darfst du das eigentlich nicht der ehrbaren und feinfühligen Antonina zuschreiben, sondern musst es auf Rechnung ihres Mitleids setzen. Denn der Jüngling wäre gestorben.

TULLIA: Ganz ähnlich hast du auch mit Teodoro Mitleid gehabt; nicht aus Zuchtlosigkeit, sondern aus frommem Mitleid. Ihr habt euch natürlich in allen Ehren beschlafen, denn ihr handeltet aus tugendhaften Antrieben.

OTTAVIA: Ich schäme mich dieses Fehltritts und bereue ihn. Als, wie du weißt, vor einem Monat mein Caviceus nach der Provinz Tarragona verreiste, kam der Stoiker Teodoro zu mir und sagte: »Ich teile deinen Schmerz. Er tut mir Leid, dass du für eine lange traurige Zeit als Witwe zurückgelassen bist. Mit Caviceus hat dich die Hälfte deiner Seele und deines Lebens verlassen. Glücklicher, ach allzu glücklicher Caviceus!« Ja, es ist so, Tullia, ich schäme mich meines Fehltritts und bereue ihn.

TULLIA: Weiter, weiter, kleine Närrin! In meinem ganzen Leben gibt es nichts, was du nicht ebenso gut wüsstest wie ich selber, und du trägst Bedenken, die geheimen Falten deines Gewissens mir offen zu legen?

OTTAVIA: Als er den Namen meines Caviceus aussprach, da rannen mir einige Tränen aus den Augen. Und ich antwortete ihm: »Es gibt nichts Aufrichtigeres als meinen Schmerz und gibt nichts Schmerzlicheres für mich. Mir fehlt, ich leugne es nicht, ein Trost, um meinem Geist und meiner Seele Ruhe zu geben; denn jetzt sind sie in wilder Jagd in Gedanken auf der Verfolgung meines Gatten.« – »Ich selber werde sie anhalten«, sagte Teodoro; »ich werde diese unberechenbaren Erregungen beschwichtigen, wenn du nur so gut sein willst, meinen Worten Gehör zu schenken.« – »Das will ich«, antwortete ich; »und ich rufe zum Zeugen meinen Kummer an; ich werde nach deinem Befehl handeln, denn ich erkenne an, dass ich alle Tugend, die in mir ist, deiner Erziehung verdanke.« – »Du wirst auf mich hören?«, versetzte er; »du wirst auf mich hören? Wirklich? Aus Herzensgrunde? Du wirst meinen Vorschriften und nötigenfalls meinen Befehlen gehorchen? Du wirst gelehrig sein und mir deine Gelehrigkeit bezeigen?« – »Ja!«, antwortete ich. »Wenn du dies tust, so ist es dein Glück. Bald wirst du nichts mehr davon merken, dass Caviceus fern von dir weilt. Du brauchst nicht mehr deine Sehnsucht dem Abwesenden nachreisen zu lassen und dich in glühender Liebe nach ihm zu verzehren.« Von neuem versicherte ich ihm, ich würde mich seinem Willen fügen und würde seine Sklavin sein, wie er es verlangte. Hierauf sagte er: »Zunächst verlange ich von dir einen Eid, dass du meinen Befehl mit dem soeben versprochenen Gehorsam unverbrüchlich ausführst.« Kurz und gut – ich schwor ihm, wie er es verlangte, einen Eid, indem ich ganz eingeschüchtert seine Worte nachsprach. Ich ließ mich durch die Religion zu einem Verstoß gegen die Religion verpflichten.

TULLIA: Ich verstehe. Als er dich durch deinen Schwur zu seiner Sklavin gemacht hatte, war für dich jedes Recht auf freien Willen völlig verloren.

OTTAVIA: Ganz recht, und zwar vom selben Augenblick an. Er herrschte als unumschränkter Gebieter über mich; er drohte mir, er werde mein erbitterter Feind sein und sich für meinen Verrat rächen, wenn ich mich nicht, sobald er etwas befehle, willig zu allem hergäbe, was man von einer Sklavin verlangte.

»Bis jetzt«, sagte er, »hast du in mir nur einen Lehrer gehabt, der dich in die Schule der strengsten Zucht nahm; du bist gegeißelt, bis auf das Blut gegeißelt worden. Mehr als einmal habe ich staunend deine Heldenhaftigkeit, die heroischen Anstrengungen deiner Standhaftigkeit bewundert. Nun aber gibt es für dich nicht mehr solche harten und schmerzhaften Prüfungen zu bestehen! Die Strafe, die deine himmlische Schönheit verdiente, obwohl du selber unschuldig daran warst, diese Strafe hast du erlitten. Nichts mehr von den perversen Lüsten deiner Mutter Sempronia, die mit trügerischen Vorspiegelungen dich irreführte. Du irrtest damals fern vom rechten Wege, durch Waldesdickicht auf steilen, dornenbewachsenen Pfaden. Was hattest du getan, um solch ein elendes Schicksal zu verdienen? Wenn du jetzt mich zum Führer nimmst, dann wirst du auf einem bequemen und angenehmen Wege wandeln, der dich zum Glücke bringen wird. Wisse, auch wir Mönche sind Männer, so gut wie Caviceus; aber wir sind vorsichtiger und klüger als die Übrigen; wir thronen auf dem höchsten Gipfel der Menschheit. Daher braucht eine junge Frau, die ihrem Triebe nachgibt und mit uns Kurzweil treibt, durchaus nicht um ihren guten Ruf besorgt zu sein, wenn sie sich nur zu benehmen weiß; sie braucht nicht leichtgläubig auf das Gerede der Leute zu hören und zu meinen, sie habe durch ihre Nachgiebigkeit sich den geringsten Schimpf oder Makel zugezogen. Glaube mir, wir dürfen alles tun, wenn wir es im Geheimen tun können. Die Weisen dürfen tun, was ihnen gefällt, eben weil es ihnen gefällt. Wenn dir die Gnade zuteil geworden ist, zum höchsten Sitze und zum hellsten Lichte der Weisheit zu gelangen, nachdem du deine Scham beiseite gesetzt hast, so wird dies keine Befriedigung deiner Wollust, ja es wird nicht einmal ein sinnliches Vergnügen sein. Sondern es wird ein Teil deiner Pflicht sein, wird zur Erfüllung des Guten und Rechten gehören.«

TULLIA: Das war scharfsichtig und geistreich von ihm gesprochen! Was antwortetest du ihm darauf?

OTTAVIA: »Was soll ich dir zu Gefallen tun?«, versetzte ich ihm. »Soll ich als sterbliches Geschöpf dem Geheiß eines Sterblichen gehorchen?« Denn, bei Venus, ich begriff nicht, liebe Tullia, worauf seine Rede hinauswollte. Hierauf sagte er: »So wie du mich hier vor dir siehst, mit finsterem Gesicht, mit Augen, die traurig mit erloschenen Blicken starren, von einem fadenscheinigen zerrissenen schmutzigen Gewand bedeckt, bin ich weiter nichts als eine künstliche Maschine ehrwürdiger Philosophie, ein Witz pedantischer Architektonik. Aber wenn du es willst, so werde ich dir ein neuer Merkur sein, werde mich dir nicht als solche Maschine, sondern als Mensch von Fleisch und Blut erweisen. Ich werde ein anderer Mensch sein und doch bleiben, was ich war. Soll ich meine Verkleidung von mir abtun? Dann tue auch du deine Befürchtungen ab. Lass Ottavia ganz und gar Ottavia sein. Sieh, wie du in Nebeln des Irrtums wandelst; du verbirgst dich vor dir selber; du merkst nicht, was du bist, du siehst es nicht! Du bist anders, als du selber glaubst! Zum Muster nimm dir die vielen adligen Frauen, die ihre Person, ihren guten Ruf, mit einem Wort, *alles* uns anvertrauen, weil sie wissen, dass wir die Männer sind, zu denen man das größte Vertrauen haben kann. Sie begeben sich aller ihrer Hoffnungen, aller ihrer Freuden, um sie uns anzuvertrauen, und sie tun es in voller Sicherheit, da sie unter dem Schilde unserer bewunderungswerten Vorsicht stehen. Die gebräuchlichste und nützlichste Vorsicht unserer Philosophie lautet: Freut euch des Lebens, so sehr ihr nur könnt, aber freut euch im Stillen und nicht in der Öffentlichkeit; so macht es der Vorsichtige und der Weise. Seine Freuden, seine Genüsse offen vor den Augen aller Leute zu suchen, kann nur ein Dummkopf, ein Tor, ein Wahnsinniger sich einfallen lassen. Wer vorsichtig handelt, ist lobenswert; wer aber unvorsichtig ist und sich nicht dem Lichte der Öffentlichkeit entzieht, der hat den herbsten Tadel verdient. Hübsche Frauen wie du, liebe Ottavia, müssen auf diesem Wege ein angenehmes, glückliches Leben führen. Gaben euch nicht die Unbesonnenen die Lehre, dass ihr euch vor den Fallstricken zu hüten habt, die die böswillige Welt euch legt? Mögen sie zu Grunde gehen, deren Untergang um des Beispiels willen zu wünschen ist. Leben aber, glücklich leben mögen jene Klugen, die begriffen haben, was Leben heißt! Mögen sie leben, um immer ihren Grundsätzen treu zu bleiben, um sich an das Beispiel der Törichten nicht zu kehren; mögen sie sich ihre eigene Klugheit und das schlechte Beispiel der anderen zu Nutze machen! Mach es wie deine Mutter Sempronia!« Hierauf erzählte er mir von meiner Mutter, wie sie die Ratschläge und die Lendenkraft eines Klosterbruders Chrysogonus sich zu Nutze zu machen wisse und in Freuden und Wonnen ihre Lebenstage verbringe.

TULLIA: Ich habe Chrysogonus gekannt, der ja ebenfalls Stoiker ist, und ich wundere mich keineswegs, dass er mit Teodoro eng befreundet ist; da ihr Charakter so völlig gleich ist, kann es ja gar nicht anders sein. Teodoro und Chrysogonus ähneln einander wie ein Ei dem anderen; doch soll Teodoro, wie man sagt, etwas jünger sein als sein Freund.

OTTAVIA: Chrysogonus hatte meine Mutter bei der Hand ergriffen, und sie waren zusammen in deren Schlafzimmer gegangen; ich aber blieb mit Teodoro allein. »Was glaubst du wohl«, sagte dieser zu mir, »was Chrysogonus mit deiner Mutter anstellen wird? Genau dasselbe, was du mit Caviceus treibst, und was gar bald, jawohl, gar bald, ich mit dir machen werde! Denn glaube mir's nur, ich werde dir eine Quelle von Wonnen, voll Tugenden sein! Und, bei deinem Schutzgeist, nicht nur dies, sondern auch eine Quelle allgemeinen Lobes; du dagegen wirst für mich eine Quelle ehrenhafter Wollust sein. Denn wie könnte wohl auch zwischen uns irgendetwas Unehrenhaftes stattfinden, da ja du so züchtig, so ehrbar bist, da ich so bieder, so ehrwürdig bin?« Als er so zu mir sprach, da, meine liebe Tullia, kam es mir – ich muss es dir nur gestehen – vor, als sei er ein ganz anderer Mensch geworden, als sei er anmutiger, hübscher. Wie ich ihn ansah, begann ich in Feuer zu geraten, und dabei hatte ich eben noch vor Furcht und Angst gezittert! Er lächelte mich verliebt und zärtlich an, ich lächelte ebenfalls; auch Venus lächelte, und es lächelten alle Liebesgötter. Und da ich selber kühner geworden war, so machte ich dadurch auch ihn kühner, und er sprach: »Heute feierst du von neuem Hochzeit! Heute habe ich eine neue Gattin!« In demselben Augenblick sah ich, wie an der Stelle, wo seine Manneswehr verborgen liegt, seine Kutte sich aufbauschte. Unwillkürlich lachte ich laut auf.

TULLIA: Es juckte dich wohl?

OTTAVIA: Ich fühlte mich von einer derartigen Brunst ergriffen, ich will es dir nicht verhehlen, dass nicht viel fehlte, so hätte ich mich ihm in die Arme geworfen und selber den Beischlaf verlangt! Auch er war sehr aufgeregt und sagte: »Freilich dünkt es mich, dass ich wohl weiß, welchen Gebrauch ich von deinem Leibe zu machen habe; und doch weiß ich nichts Gewisses. Ich war fünfzehn Jahre alt, als ich in unsere Brüderschaft eintrat. Bis vor einem Jahre habe ich niemals ein Weib angesehen; seither habe ich sie wohl angesehen, aber weiter auch nichts. Chrysogonus gab mir mit Wort und Beispiel den Rat, ich solle doch kühner sein. Der Aberglaube verbot es mir; denn für einen frommen Stoiker wäre das eine Sünde gewesen. Seit meinem Eintritt ins Kloster habe ich niemals mit einem Weibe zu tun gehabt; nun aber habe ich dich, du schönste aller Frauen, und für dich habe ich meine Glieder rein und unversehrt erhalten. Auf mein Betreiben haben meine Klosterbrüder Chrysogonus zu unserem Oberen gewählt. Da er durch diesen bedeutenden Dienst mir verpflichtet ist, so hat er vor unserem Besuch bei euch lang und breit und in voller Aufrichtigkeit mit mir über alle seine Angelegenheiten gesprochen. Er hat mir gesagt, in Sempronias Armen habe er das wahre Glück gefunden, das wir in unserem Drange nach der himmlischen Seligkeit suchen. Er hat mir geraten, ich möchte doch den Versuch machen, auch dich, die du so jung und feurig bist, den Eindruck strenger Autorität und freundlicher Worte wirken lassen. Er hoffte, deine Jugend einerseits, die Abwesenheit deines Gatten Caviceus andererseits würden meinen Wünschen und meinen Bitten hilfreiche Kuppeldienste leisten. Außerdem hieß er mich meine Muskeln nicht zu schonen. ›Denn‹, sagte er, ›die Frauen erwarten in dieser Hinsicht Wunderdinge von uns. In Dingen der Liebe gilt in ihren Augen jeder Mönch für eine Art von Herkules.‹ Natürlich ist ja auch unsereiner, wenn er so lange Zeit mit Frau Venus auf dem Kriegsfuß stand, nur umso kräftiger und von ungestümerem Drang erfüllt, wenn der Friede geschlossen und die Freundschaft wiederhergestellt ist. Du wirst also, meine liebe Ottavia, meine süße Venus, einen Liebhaber haben, der weder hinter seiner Aufgabe noch hinter deinen Wünschen zurückbleiben wird, einen Athleten, wie keine Königin ihn sich kräftiger wünschen könnte!« Mit diesen Worten gab er mir einen Kuss auf den Mund. Ich aber rief: »Was soll dies heißen? Was willst du von mir? Ist das deine Weisheit? Ist das deine strenge Würde?« – »Was ich will?«, versetzte er, »frage dich lieber, was du willst, kleine Närrin! Willst du etwa das Heiligste verachten und durch einen Meineid deine Seele beflecken?« – »Das will ich freilich nicht!«, antwortete ich. – »Nun, so werde ich tun, was ich zu tun habe, und ausgezeichnet werde ich's machen! In dem Liebeskampf mit dir will ich sterben, wenn meine Kraft nicht ausreicht!« Und im selben Augenblick warf er mich auf das Bett; ich wehrte mich nur zum Schein ein bisschen.

TULLIA: Das war recht von dir!

OTTAVIA: Wie ich nun so dalag, hob er schnell mit zitternder Hand meinen Rock hoch. »Wie bequem«, rief er, »hast du doch deinen Spalt gerade an der rechten Stelle sitzen!« Und denke dir, Tullia, von welch heißer Wollust er entbrannt war! Er warf sich auf die Knie und küsste …

TULLIA: Was? Er küsste deine …? Oje! Oje!

OTTAVIA: »O Heiligtum der Venus, die der Götter und Menschen Mutter ist!«, rief er, während er seine Zunge spielen ließ; »demütig flehend, betrete ich deine Schwelle! Ich bete dich an! Nimm meine Küsse als Liebesopfer hin! Höre mein Gebet, gütige Venus, und erhöre es?« Nachdem er dies gesprochen hatte, stand er auf, und – o Wunder! Tullia, Tullia! – aus dem Gefängnis ließ er seinen Häftling heraus – einen Riesen, oh, den König aller Riesenbengel! So einen hat nicht einmal Venus bei ihrem Mars gesehen, so einen fanden nicht die Frauen von Lampsakos bei Priap, so einen fand nicht Omphala bei Herkules! Wollte man mit ihm die Werkzeuge unserer Männer Callias und Caviceus vergleichen, da könnte man ebenso gut mit dem riesigen drohend aufgerichteten Schwanz eines Löwen ein dünnes Rattenschwänzlein vergleichen. Wirklich, ich lüge nicht!

TULLIA: Ja, bei den Mönchen, da wird gerade dieses Glied immer dicker, während alle ihre anderen Glieder immer dünner werden. Gerade so ist's bei anderen Menschen mit der Milz, wenn diese anschwillt, dann magern alle anderen Glieder ab.

OTTAVIA: Du meinst, Teodoro sei zu mager?

TULLIA: Dass Chrysogonus sehr dürr ist, wirst du nicht leugnen wollen.

OTTAVIA: Teodoro ist bei den anderen Stoikern, seinen Klosterbrüdern, angesehen wie kein anderer! Hinter ihm bleiben alle anderen weit zurück; mit dem Ruhme seines Weihwedels vermag es niemand aufzunehmen. Aber ich hasse Chrysogonus, obwohl ich damit nach der Meinung seines Freundes Teodoro Unrecht habe. Sie teilen sich gegenseitig alle ihre Gedanken mit; jede Wonne, jedes Glück, das sie genießen, haben sie auf diese Weise gemeinsam. Denn so, sagen sie, genießen sie von neuem ihre Genüsse; glücklich und fröhlich kosten sie Tage und Nächte lang Freuden aus, die in einem flüchtigen Augenblick dahin waren. Aber wehe dem unreinen Wollüstling Chrysogonus! Er treibt in seiner Liebesraserei Frevel mit dem Haupte meiner Mutter!

TULLIA: Der Mensch benutzt ihren Mund? Sie ist ihm mit Zunge und Lippen zu Willen?

Sempronia erlaubt ihm, ihre Geschlechtsteile an einem Ort zu suchen, wo sie nicht sind? Ja, sie lässt ihn sie dort finden? Sie ist also eine Frau unreinen Mundes und unreinen Atems geworden? Von der vornehmen Kurtisane Claudia sagte man, sie sei bei Tische eine Koerin, im Bette eine Nolanerin. Diese besondere Art der Wollust schändet nämlich die Nolanerinnen, die Oskerinnen und Lesbierinnen. Ovid in seinen Priapeen nennt sie ›die dritte Strafe‹. Von den Raben behauptet man, sie treiben Unzucht mit dem Schnabel, und hierauf spielt das nicht unelegante Distichon an, worin es heißt:

Corve salutator, quare fellator haberis,
*Cum caput intrarit mentula nulla suum?**

Diese schändliche Unzucht kam zuerst in Lesbos auf und verbreitete sich dann fast in allen Ländern und bei allen Menschen. Kaiser Tiberius war dieser Wollust teils von Natur, teils wegen seines Alters leidenschaftlich ergeben. Wer sie einmal probiert hat, der liebt sie über alle Maßen. Denn die Mentula gehorcht den Greisen nicht mehr so, wie sie, in den schöne-

---

* *Rabe, der du zu grüßen verstehst, warum glaubt man pervers dich?*
Nie hat ein Dingelchen doch Platz in deinem winzigen Kopf.
Martial, 14. Buch, 74; dt. v. R. Helm, Zürich 1957)

ren Zeiten der Jugendkraft, ihrem Befehl bereit stand:

... *Glaube mir: die Dinger sind ja keine*
Finger.

Sie sucht höhere Regionen auf. In ihnen lebt Großväterchens Schlappschwanz wieder auf; was der eine Mund versagt, das gewährt der andere. Sich aussaugen zu lassen, ist für so einen erschöpften, schlaffen Stängel eine süße Wonne. Aber wenn der fußlange Schlauch deines Teodoro zu seiner vollen Dicke anschwillt, so fürchte ich, verletzt er dir den Mund, der ja so niedlich und eng ist. Dieser Frevel ist sogar den schönsten Jungfrauen der Heroenzeit angetan worden. Meleager hat sich in seiner Leidenschaft nicht abhalten lassen, mit Atalantas Mund solchen Missbrauch zu treiben. Parrhasios hat Atalanta gemalt, wie sie dem Meleager mit ihrem Munde zu Willen ist. Tiberius stellte in seinem Schlafzimmer im Lararium dieses Gemälde zur Schau.

OTTAVIA: Zur Schau stellte er es: Ja, seiner eigenen Wollust und seiner ohnmächtigen Schamlosigkeit!

TULLIA: Darum ärgern dich die Geilheit und die Unverschämtheit, womit Chrysogonus deine Mutter behandelt. Ich wundere mich, dass sie zu solcher Schändlichkeit sich hergegeben hat, und noch mehr wundere ich mich, dass sie davon geschwiegen hat. Niemals hat sie mir gegenüber ein Wörtlein darüber verlauten lassen.

OTTAVIA: Oh, diese Schändlichkeit übersteigt ja jeden Begriff von Schändlichkeit! Vorgestern Nachmittag kam Chrysogonus zu meiner Mutter. Das ganze Haus lag in tiefem Schweigen, und die beiden waren in voller Sicherheit. Der Mönch trieb seine Kurzweil und geriet in Feuer. Plötzlich sagt er: »Gestern früh habe ich von einer neuen Art von Wollust Kenntnis erhalten. Einer unserer vornehmsten Herren sagte mir, ohne sich der Sache im Geringsten zu schämen, er könne sich nichts Ekelhafteres, nichts Unreineres denken als jenen unteren Körperteil seiner Gemahlin, durch den sie sich als Weib von ihm als Mann unterscheide. Nebenbei bemerkt hat er eine sehr schöne Frau. ›In jenem Kielbodenwasser wohnen‹, sagte er, ›die übel riechenden Nymphaliden; im Munde dagegen«‹, bei diesen Worten gab Chrysogonus ihr einen Kuss auf die Lippen, »›wohnt die wahre Venus, wohnen die wahren Liebesgöttern‹. Daher flieht und hasst er jene Grotte, die einen mephitischen Geruch ausströmt; er liebt dagegen den reinen Mund, das reizende Gesicht. Nur von diesem will er etwas wissen, nur für dieses steht er ihm! Seine Gemahlin ist ebenso geistreich wie schön, und sie ist noch gefälliger, als sie geistreich und schön ist. Sie kennt keinen anderen Genuss als den Genuss, den ihr Gatte hat; was ihm gut dünkt, das dünkt auch ihr gut; willig fügt sie sich allen seinen launenhaften Einfällen. Und so leistet sie ihm auch mit ihrem Munde den verlangten Liebesdienst. Nun, und du, Sempronia? Was würdest du tun, wenn ich dich darum bäte? Wenn du mir diesen Gefallen verweigern solltest, da wäre ich aller meiner Versprechungen ledig, so brauchte ich mich nicht mehr meines dir gegebenen Wortes zu erinnern. Ferner wird es dir nicht entgehen, dass der schöne Leib eines schönen Weibes, wie Sokrates zu sagen pflegte, nichts weiter ist als eine lebendige Schatzkammer, der die Männer ihre Wollüste anvertrauen, um bei Bedarf stets wieder darüber verfügen zu können. Was kommt es denn auch, ich bitte dich, darauf an, ob der Strom der Wollust sich durch diesen reinen Kanal ergießt«, hiermit küsste er ihren Mund, »oder durch jenen schmutzigen?«, damit zeigte er nach unten. »Wenn du von deiner Pflicht reden willst, so wird von Genuss für dich nicht die Rede sein, denn ganz gewiss wirst du von deiner Pflichttreue keinen haben!« Er hätte ja einfach befehlen können; aber er überredete sie zu etwas, wozu sie schon von selber sich entschlossen hatte. »Oh«, sagte sie lächelnd, indem sie ihm das sich aufrichtende Instrument unter der Kutte hervorholte, »was für Weisen lässt du mich bei unserem Konzert spielen, und auf was für einer Flöte!« Hierauf setzte sie ihre Lippen an, ließ die Zunge spielen und verschaffte der Mentula nie gekannte Wonnen, indem sie sie bald so, bald so drehte. Als sie aber merkte, dass der Strom des Venussaftes hervorbrechen wollte, da ekelte ihr, und sie wich zurück. Was ich noch zu erzählen habe, das sollte lieber mit ewigem Schweigen bedeckt werden. O entsetzliches Geheimnis! »Du verlangst doch wohl nicht«, sagte meine Mutter, »dass ich mich mit solcher Schändlichkeit beflecke? Ich sollte einen flüssigen Menschen trinken?«

TULLIA: Im Samen ist ja allerdings der Mensch enthalten.

OTTAVIA: Kaum hatte sie dies gesagt, da bespritzte ein reichlicher Regen ihr die Kleider. Der Mönch wurde ganz wütend und schrie: »Du erdreistest dich, du Törin, solch ein schönes Stück Arbeit zu verderben!« – »Verzeih mir!«, sagte sie, »ein anderes Mal wirst du mich gehorsamer finden; wenn ich's nicht bin, so töte mich, ganz nach deinem Belieben! Wenn du von mir eine Wollust erwartest, nimm sie dir. Mir wird das Wollust sein, was du befiehlst, sollte mir auch übel werden.«

TULLIA: Und hielt sie ihr Versprechen? Trank sie flüssige Menschen? Der Witz hat Salz! Denn der Same hat ja salzigen Geschmack.

OTTAVIA: Du hast's erraten … Vorige Nacht schlief ich mit Eleonora zusammen. Eleonoras Bett ist ein Nest voll ausgelassener Scherze. Was für verbuhlte Dinge sie sagte und trieb! Sie gab mir einen Kuss und beglückwünschte ihren Mund, dass er in diesem Kuss auf meinen Lippen ein himmlisches Geschenk gefunden habe. »Aber wer weiß«, fuhr sie fort; »vielleicht werden diese schönen Lippen sich eines Tages dazu herbeilassen, unerlaubter Wollust zu dienen? Ich fürchte, in der Raserei der Liebesbrunst werden sie zu einem anderen Dienst herhalten müssen, als wozu sie eigentlich bestimmt sind. Meine Base Mancia ist mit dem Neapolitaner Marino vermählt; in Marinos Busen aber brennen höllische Schwefelfackeln der fürchterlichsten Lüste. Der Wüstling sucht in Mancia das Weib auch oberhalb der Brüste, während doch bei den Brüsten das Weib aufhört oder anfängt. Er will ihren Mund, wie wenn ihre Kleine sich versteckt hätte oder wie wenn der Mund mit dieser in gewisser Verbindung stände, um gemeinsam an den Spielen der Venus teilzunehmen. Ich machte ihr Vorwürfe, wie sie nur leiden könne, dass ihr und ihrem Geschlecht ein solcher Schimpf angetan werde. ›Was willst du?‹, antwortete sie mir. ›Wenn Marino sich dieser Schändlichkeit enthält, so habe ich ihm keinen Vorwurf zu machen. Wenn er aber meinen Mund sich zum Schauplatz seiner Wollust aussucht, so verstopft er ihn und hält dadurch die Worte zurück, die ich sagen wollte. Tut er es nicht, so habe ich keinen Anlass zur Beschwerde. Tut er es, so *kann* ich mich nicht beschweren. Wir gefallen unseren Gatten nur dadurch, dass wir Weib sind. Wenn eine Frau sich als Weib erweist, so wird sie überall und stets gefallen.‹ – Denke dir, liebe Ottavia, wie weit Alfonsos Raserei geht«, fuhr Eleonora fort. »An einem dieser letzten Tage hatte er in ehrlichem Kampfe zwei- oder dreimal schon seine Waffe erprobt. Plötzlich kehrt er sie gegen meinen Mund. – ›Dein Katapult‹, sagte ich zu ihm, ›ist nicht dazu da, diese Tür zu erbrechen. Du bist wahnsinnig und möchtest auch mich wahnsinnig sehen.‹ – ›Gewiss will ich das nicht‹, antwortete er; ›das sei mir fern; denn wenn du mich liebst, so verdanke ich das nur deiner leidenschaftlichen Glut und keineswegs meinem eigenen Verdienst. Wenn ich in Wahnsinn geriete, vergäße ich vielleicht die Achtung, die ich dir schulde, und lieber wollte ich sterben, wenn ich nicht für dich allein leben darf!‹ – Diese Worte erweichten mein hartes Herz und bestimmten mich, auf den Spaß einzugehen. Ohne mich zu sträuben, öffnete ich meine Lippen und küsste sein heißes, vor Verlangen zitterndes Glied. Weiter kam es aber nicht, denn bald kehrte die kluge Mentula von selber zu dem Ort zurück, von dem sie sich verirrt hatte. Das sündhafte Werk, das sie eben begonnen hatte, vollendete sie, wie sich's gehört, in der Mitte.«

TULLIA: Dann hätte Eleonora es nicht gemacht wie Mallonia in ihrem keuschen Zorn. Nein, bei deiner Geilheit, Ottavia, das hätte sie nicht gemacht. Um dieser Schmach zu entgehen, durchbohrte Mallonia, als sie dem Kaiser Tiberius zugeführt wurde, mit dem Dolch sich die Brust. Lieber wollte sie mit dem Eisen dem Tode einen Weg bahnen, als die schlaffe Nudel des stinkigen Greises in den Mund nehmen. Nicht mit Gold, sondern mit Eisen erkaufte sie sich den Ruhm der Keuschheit. Elvira und Teodora – du kennst sie ja beide – sagen, sie besitzen in ihrem Munde ein Lusthäuschen für ihren Freund, wenn er spazieren gehe, und sie seien dessen froh. Weißt du, woher dieser wahnsinnige Brauch stammt? Höre zu! Prometheus hatte den Mann gebildet; nur die Mentula war noch zu machen, und dieses Glied im eigentlichen Sinne des Wortes bereitete er aus reinerem Lehm als die andern Glieder. Bevor er es aber am Leib befestigte, wusch er es im Wasser einer Quelle ab. Hierauf begann er das Weib zu erschaffen und blies dann beiden zu gleicher Zeit den Odem des Lebens ein. Das Weib hatte Durst; es neigte seine Lippen über die Quelle und trank. Und davon stammt die angeborene Wahlverwandtschaft des weiblichen Mundes mit dem männlichen Glied … Man erzählt von dem großen Kriegshelden Gonzala von Cordova, dass er in seinem Alter diese Art der Wollust sehr geliebt habe. Er war auch ein großer Schlecker, und zwar, das lasse ich mir nicht ausreden, wegen seines hohen Alters. Ein hübsches Mädchen von zwanzig Jahren diente diesen seinen Lüsten. Wollte er lecken, so sagte er, er mache eine Reise nach dem Lechfeld; nach Maulbronn dagegen reiste er, wenn er den höheren Regionen einen Besuch abstattete und mit ihrem Munde Unzucht trieb. In seiner Jugend war er sehr scharfer Päderast gewesen, und wenn's seinem Dingerich einmal nach einem hübschen Knaben gelüstet hatte, so pflegte er zu sagen, er wolle nach Hinterindien. Aber dahin führt doch für unsere Landsleute kein Weg!

OTTAVIA: Ich will dir offen meine Meinung sagen. Was die Menschen gemeiniglich ›Tugend‹ nennen, ist weniger Charakterfestigkeit als vielmehr eine stolze Anmaßlichkeit; sie streben nach Tugend nicht mit bewusstem Willen, sondern weil ihre Fantasie ihnen eine Illusion vorgaukelt; es ist ein blinder Drang und nicht das sichere Urteil eines im Gleichgewicht befindlichen Geistes.

TULLIA: So war es mit Elisabeta. Sie war verlobt mit einem französischen Hauptmann, den sie heiraten sollte. Da hörte sie deinen Chrysogonus nach der bekannten Art der Stoiker gegen die Ehe zetern und alle möglichen weniger richtigen als gesuchten Behauptungen vorbringen. Wie wenn sie plötzlich eine ganz andere geworden wäre, änderte sie alle ihre Ansichten und wollte von Heiraten durchaus nichts wissen. Weder die Tränen ihres Liebhabers noch die Bitten ihrer Mutter und ihrer Verwandten vermochten die Hartnäckige zu rühren. Sie ging ins Kloster zu den Vestalinnen, oder vielmehr, sie ging nicht, sondern sie flog dahin mit der Schnelligkeit des Adlers. Aber ein oder zwei Jahre darauf tat dieser Schritt ihr Leid. Sie sah sich selber und ihre Verhältnisse mit ganz anderen Augen an; sie sah sich selber unglücklich, während ihre Freundinnen, die sich den Umarmungen der Männer hingegeben hatten, glücklich waren. Hatte zuvor schon die Hoffnung, sie dereinst zu besitzen, den Hauptmann entflammt, so entzündete jetzt die Verzweiflung über ihren Verlust noch viel heftigere Begierde in ihm. Mithilfe einer anderen Nonne gelang es ihm, Elisabetas Leib zu genießen; sie wurde schwanger, und er entführte sie. Wunderbare Wirkungen der Frömmigkeit! Sie wurde die Beischläferin desselben Mannes, dessen Ehefrau sie aus Frömmigkeit nicht hatte werden wollen. Wunderbarer Erfolg für Chrysogonus! Er nahm sie dem Gatten und schenkte sie dem Entführer. Aber diese Mönche suchen ihren Ruhm beim großen Haufen; die Achtung gebildeter und ernster Männer können sie sich nicht so leicht erwerben, denn diese lassen sich nicht so bequem betrügen. Sie ziehen die große Menge den Auserlesenen vor; die Krankhaften sind ihnen lieber als Menschen von gesunder Urteilskraft.

OTTAVIA: Man erzählt sich von Livia ein Geschichtchen, das wirklich nicht übel ist. Livia stand vor ihrer Heirat mit Alexander Borgia im Rufe großer Keuschheit; sie wusste sich diesen auch in der Ehe noch zu bewahren. Als ihr Gatte durch seinen Tod aus der Reihe der Lebenden verschwand, da entschwand auch sie den Blicken der Menschen. Um sich noch heller strahlenden Ruhm zu erwerben, flüchtete sie sich – die Wahnsinnige! – in die Dunkelheit der Vestalinnen. Sie überließ den Blinden, so sagte sie, die Erbärmlichkeiten des Lebens und gewann echte Reichtümer durch die Verachtung von Reichtum und Ehren. Sie begrub sich lebendigen Leibes, und Chrysogonus führte das Leichengefolge. Aber ein paar Monate darauf fühlte sie sich zu neuem Leben erwachen, und Chrysogonus selber ließ die Tote aus dem Grabe auferstehen. Er selber erbot sich zuerst, der frommen züchtigen Frau neues Leben einzuflößen; einem so hervorragenden Manne musste wohl eine so hervorragende Tugend unterliegen. Und in dem Schoße der Venus vermischte sich ihre beiderseitige Tugend.

TULLIA: Mit einem Wort: Die Tugend machte es der Tugend.

OTTAVIA: In jenem Hause der Keuschheit hielt sich ein hübscher, kräftiger, starkgliedriger Jüngling auf. Er arbeitete im Dienste des Klosters als Gärtnerbursche. Die junge Livia war oft mit dem jungen Gärtnerburschen zusammen und hatte ihre Freude an diesem Verkehr. Nun verbreitete sich das Gerücht, in den Nachbarhäusern sei die Pest ausgebrochen. Angstvoll ergriffen die Vestalinnen die Flucht. Nur Angela, Brigitta und Livia blieben zurück als Hüterinnen des Hauses und mit ihnen die Obervestalin Maxima, unter deren Befehl das ganze Kloster stand. Öde und verlassen war die Stadt. Ein trostloser Anblick ... Pedro, so hieß der junge Gärtner, fühlte wohl, dass er verliebt war, und er schämte sich seiner Liebe nicht. Er wusste auch sehr gut, dass er wiedergeliebt wurde, und er war stolz darauf. An günstiger Gelegenheit fehlte es ihm nicht, sondern nur am rechten Ort, um die Gelegenheit auszunützen. Doch er brauchte nicht lange zu warten. Maxima fiel die Treppe herunter und riss in ihrem Sturze Brigitta mit sich. Sie kamen beide schwer zu Schaden und wurden erst nach vielen Tagen wieder gesund und kräftig. Während dieser Zeit konnte Livia machen, was sie wollte. Die jungen Nonnen setzten große Hoffnungen auf Pedro und hatten viel Vertrauen zu ihm, weil er unermüdlich und mit immer gleicher Bereitwilligkeit die beiden Kranken pflegte. Eines Nachmittags, da die Sonne heiß vom Himmel herabbrannte, hatte der Schlaf sich aller Bewohnerinnen des Klosters bemächtigt, die während der vorhergehenden Nacht vor Hitze kein Auge hatten schließen können. Nur Livia ging in einem der inneren Gemächer auf und ab und dachte an Pedro, an ihre Liebe und an ihr Unglück. Plötzlich trat Pedro ein, die verliebte Livia breitete ihm ihre Arme entgegen, und er fiel ihr um den Hals. So bereiteten sie sich gegenseitig jene Wollust, die die Hälfte aller Freuden ist. Am nächsten Tage unternahm Pedro im Einverständnis mit Livia und unter ihrer Mitwirkung den Sturm auf Angela. Angela war schon eine reifere Jungfrau, denn sie zählte mindestens fünfundzwanzig Jahre; sie verabscheute die Liebe, aber ihr ganzes Wesen atmete Liebe, und sie flößte Liebe ein. Der Sieg wurde nicht schnell erfochten und war nicht leicht; doch unterlag sie schließlich; die Liebe triumphierte über alles. Mochte sie wollen oder nicht, Pedro besorgte es ihr zweimal; beim zweiten Kampfe aber wurde bis aufs

Messer gekämpft. Als die Geschichte zu Ende war, kam Livia darüber hinzu. Obgleich auch sie ihre Keuschheit verloren hatte, wagte doch Angela, von dunkler Schamröte übergossen, nicht, die Augen zu ihr aufzuschlagen; doch umspielte ein eigentümliches verführerisches und wollüstiges Lächeln ihre Lippen. Als die Nonnen zu Abend gegessen hatten und die Nacht hereingebrochen war, sagte Maxima ihnen, sie sollten ihre Gesundheit in Acht nehmen und sich schlafen legen, was geschah. Pedro schlief bei den drei Vestalinnen, und auf diese Weise nahmen sie ihre Gesundheit in Acht. Brigitta unterlag wie die beiden andern; ein Zufall hatte ihr mit Maxima die Glieder verletzt, ein Zufall machte sie glücklich mit Pedro.

TULLIA: Welches Los ist wohl auch dir beschieden, gute Maxima? Lass dir's machen, lass dir's machen! Auf diese Ehre kannst du wohl Anspruch erheben, wackere Matrone!

OTTAVIA: Maxima war zwar wieder völlig bei Kräften, trotzdem aber beklagte sie sich mit vielem Seufzen, sie habe noch ein tüchtiges Stück Weges zurückzulegen, um wieder völlig gesund zu sein. Livia war bei ihr und sagte: »Willst du nicht, hohe Frau, in raschem Lauf den noch übrigen Teil dieses Weges zurücklegen?« – »Das möchte ich über alle Maßen gern!«, versetzte die Oberin; »aber was muss ich zu diesem Zwecke tun?« – »Zuerst: genießen!«, antwortete Livia, »hierauf: genießen! Und nachdem du alle Genüsse ausgekostet hast: genießen und immer wieder genießen! Jeden Tag, den man der Traurigkeit widmet, raubt man seinem Leben.« Maxima ließ sich bereden; das war ja auch am besten für sie. Verliebte Leute, die sich den Himmel der Götter wünschen, verschmähen um dessentwillen doch unsere Erde nicht. Sogleich beginnen alle drei Nonnen, ihr Wunderdinge von Pedros Fröhlichkeit und munterer Laune zu berichten. Er zeichne sich aus, sagen sie, durch seinen lieblichen Gesang, durch seine Geschicklichkeit im Tanz, durch die geschmeidige Gelenkigkeit seiner Glieder. Sie befiehlt, ihn zu rufen; er erscheint. Er trällert sein Liedchen, er gefällt. »Jetzt tanze!«, sagt Maxima zu ihm; »du bist ja ein ausgezeichneter, berühmter Tänzer. Die Mädchen hier preisen deine Geschicklichkeit.« – »Verzeiht, teure Herrin, aber die Ehrfurcht, die ich Euch schulde, schwächt meine Muskeln. Ich wage es nicht«, versetzte Pedro. – »Stelle dir nur vor, ich sei eine von meinen Nonnen«, antwortete darauf Maxima. »Versuch es nur.« – »So sei es denn!

Auch wird Euch, wie ich glaube, mein Tanz nicht unangenehm sein. Man nennt ihn den ›Schütteltanz‹.« – »Was ist denn das für ein Tanz, lieber Pedro? Den kenne ich ja gar nicht. Als ich den Dingen der Welt Lebewohl sagte, hatte ich von solchem Tanze niemals sprechen hören; vielleicht war er damals nicht Mode.« – »Doch! Mode war er wohl, aber Ihr tanztet ihn nicht«, antwortete Pedro. »Was dieser Tanz ist, das werdet Ihr nicht sehen, Ihr werdet es auch nicht hören, aber Ihr werdet es fühlen. Ihr werdet ihn mit mir tanzen, und wir werden die Beine schwingen.« Während sie so miteinander sprachen, hatten alle Nonnen das Zimmer verlassen. Maxima war dreißig Jahre alt, ein Weib von herrlichen Gliedern und feurigem Geiste. Sie saß auf ihrem Bett; als sie nun sah, dass sie allein war, merkte sie, dass sie in eine Falle gegangen war. Aber was wollte sie machen? Pedro stürzt sich auf sie, gibt ihr einen Kuss und fährt mit der einen Hand an ihren Busen, mit der andern unter ihren Rock. Sie wehrt sich, sie sträubt sich, sie erhebt ein lautes Geschrei. Aber rings war alles taub und stumm; das freche Ding des Pedro tut in der unverschämtesten Weise ihrer frommen Kleinen Gewalt an. Ein bisschen wurde schon durch diesen ersten Angriff Maximas tobender Zorn besänftigt; aber sie weinte doch und seufzte laut: »Wessen hast du dich erkühnt, du Taugenichts!« Er lachte und sagte: »Beim Nabel der Venus und bei dem deinigen! Wenn du erfährst, dass Pedro, gegen den du so aufgebracht bist, ein Adliger, ein Verwandter von dir ist, da wird, dessen bin ich sicher, diese Hochflut deines Zornes gar bald abebben. Aber ich will dafür sorgen, dass du dich beruhigst, ehe du auch nur erfährst, wer ich bin. Lass nur ab von dieser Schamhaftigkeit, die deinen und meinen Freuden den Todesstoß versetzt. Es ist nun mal geschehen, und was geschehen ist, kannst du nicht mehr ungeschehen machen. Wenn du weise bist, so begräbst du alles – mag es sein, wie's ist – in tiefstem Schweigen!«

TULLIA: Sehr richtig.

OTTAVIA: Gleich darauf genoss er mit Maxima die höchste Wonne, und er brauchte dazu keine Gewalt anzuwenden. Sie bestand diesen zweiten Kampf in einer bequemeren Stellung, indem sie sich mitten im Bett ausstreckte. Pedro stieß ihr den heißen Dolch in den Leib; ihr schwanden die Sinne, und sie verlor alle Selbstbeherrschung. Mit heißen Küssen bedeckte sie ihren Schütteltänzer, mit stürmischen Stößen erwiderte sie die seinigen. Bald fühlte sie das wonnige Kitzeln der sich ergießenden dionäischen Flut und hervorbrechenden heißen Liebesquellen. Livia, Angela und Brigitta standen vor ihrem von den Stößen des Liebespaares krachenden Bett und sangen Fescenninische Lieder.

TULLIA: Wer ist denn dieser Pedro?

OTTAVIA: Er stammt aus der Familie Ponce, die als ein altadliges Geschlecht in Portugal in hohem Ansehen steht. Rodrigo Ponce liebte Margarita Meniz; sie erwiderte seine Liebe mit gleicher Glut. Aristippo, der in ein Kloster eingetreten war, neidete dem Rodrigo ein solches Glück. Der arme Mensch liebte sie heiß, aber ohne jede Hoffnung. Und da er ein schlechter Mensch war, so beschloss er, Margarita Rodrigos Armen zu entreißen. Er verbot ihr die Heirat, die schon in naher Aussicht stand. Er wusste für seine böse List viele gute Gründe anzuführen. Er wusste ihre junge, leicht lenkbare Fantasie durch alle Kunstgriffe der Lüge zu blenden. Sie wird Nonne; sie ist nicht mehr Margarita. Ein gleiches Fieber befällt Rodrigo; Aristippo stößt ihn in dieselbe Gruft, in die er auch gefallen war. Er stellt ihm aber diese Gruft als eine Schule der Weisheit, als eine philosophische Sekte dar. Doch höre nur weiter, meine liebe Tullia, und du wirst lachen! Es war noch kein volles Jahr vergangen, da tat ihm die Geschichte bereits sehr Leid, und er kehrte in sein Haus, in den Schoß seiner Familie zurück, die übrigens damit, wie auch sein eigenes Gewissen, vollkommen einverstanden war. Inzwischen hatten die maßgebenden Persönlichkeiten dafür gesorgt, dass Margarita in unsere Stadt kam, und zwar zu ihrer Mutterschwester Clementia. So hatte, als sie noch lebte, die Oberin Marina geheißen.

TULLIA: Hahaha! Jetzt lebte sie also nicht mehr? Und doch machte sie's und ließ sich's machen! Haha! Aber so redet man nun gedankenlos ins Blaue hinein. Die Stoiker trinken, essen, lieben – und behaupten dann noch dabei, sie gehörten nicht mehr den Lebenden an. Haha! Der Witz ist wirklich sehr gut! Sie leben nicht mehr!

OTTAVIA: Ja, die Nonne, die den Namen Livia trägt, ist in Wirklichkeit Margarita. Sie hat einen anderen Namen bekommen, wie es in den Klöstern Brauch ist. Der geschickte und kräftige Arbeiter im Weinberg aber fand in seiner Verkleidung Margarita wieder und behackte und besämte im Schweiße seines Angesichts die Jungferngärtlein.

TULLIA: Wie Teodoro das deinige beackert. Du hast ja am Pförtlein deines wohlbewässerten

Gärtchens den milchstrotzenden Dicken stehen lassen, der des Gärtners Priap würdig wäre. Was säumst du denn noch? Warum lässt du ihn untätig? Was säumst du denn noch? Lass ihn doch ein!

OTTAVIA: Ich habe ihn ja eingelassen! Göttin Pertunda steh mir bei! Der riesige Brunzengel sprang vor Begier in die Höhe. Und ich sagte: »Du hältst mich wohl für eine junge Kuh, nicht für eine junge Frau? Welches Weib könnte solch ein Ding ertragen. Ich kann's gewiss nicht!« – »Nur Mut!«, antwortete er, »du wirst es schon aushalten. Du hast ein Kalb tragen können, so wirst du wohl auch einen Stier tragen. Vorwärts, meine Göttin! Du wirst dann weder Venus noch Juno zu beneiden brauchen!« Mit diesen Worten ließ er sich mit einer schnellen Bewegung in den Schoß der Wollust sinken. So fürchterlich hatte Caviceus mich nicht einmal bei seinem Anstich verwundet. Ich stieß einen Schrei aus. Er aber rief: »Schweig!« Ich erstickte meine Stimme, und er erstickte meine Kleine. O diese Keule des Herkules! Dreizehn Zoll ist sie lang, und dick wie sein Arm! Sie könnte in dem geräumigen Schiff der Frau Venus als Mast aufgepflanzt werden.

TULLIA: Man sagt jedoch, jedes Weib könne ohne sonderliche Unbequemlichkeit in ihre

Wunde einen Speer von der Dicke ihres eigenen Armes empfangen. Du kennst doch Clementia, die sich vorgestern mit unserem Nachbarn, dem Markgrafen Raimondo, verheiratete.

OTTAVIA: Gewiss, sie hat einen eleganten, schlanken Wuchs.

TULLIA: Raimondos Gerät ist nur kurz; sein feuriger Gebärvater ist höchstens fünf Zoll lang. Aber dick ist er, dass man's kaum zu glauben vermag. Die Eingeweihten bedauerten das arme Mädchen, denn sie wussten, dass es für sie eine schlimme Geschichte sein würde; sie behaupteten, einem Kämpen mit einem so ungeheuerlichen Instrument würde sie nicht standhalten können. Auch die Mutter empfand Besorgnis um ihre Tochter; aber Raimondo ist ein sehr reicher und ein sehr kluger Mann. Clementia lebt in sehr beschränkten Verhältnissen, und sie ist vollkommen reif für einen Mann, denn sie ist ja schon zwanzig Jahre alt. Was sollte nun die Mutter dabei tun? Sie sprach mit ihrer Schwester Anna Guzman über ihre Besorgnisse; diese sprach mit Clementia über die Angelegenheit, sobald deren Mutter hinausgegangen war: »Ein Mädchen von deinem Alter und Verstand, meine liebe Clementia«, so begann sie, »weiß vollkommen Bescheid, was ihr bevorsteht, wenn sie einen Mann wie Raimondo heiratet. Es ist deine Pflicht und Schuldigkeit, ihn von deiner Kleinen Gebrauch, ja sogar Missbrauch machen zu lassen.« – »Wie es hergehen wird«, antwortete lächelnd das Mädchen?, »denke ich mir schon so einigermaßen.« – »Ja, aber Raimondo, der dir bestimmte Gatte, hat einen dicken Ast wie ein Maulesel. Trotzdem muss er sich bei dir den Weg zur vollen Wonne bahnen, und zwar durch deine so zarte und empfindliche Kleine. Dies wird nicht ohne grausamen Schmerz für dich abgehen; vielleicht wird er's überhaupt gar nicht fertig bringen. Nun musst du selber wissen, was du zu tun hast.« – Clementia, die Schelmin, macht ein ganz ängstliches Gesicht und antwortet: »Du weißt, liebe Tante, wie bedrängt es in unserem Haushalt hergeht, und in welcher Enge wir Armen leben müssen.« – »Das weiß ich wohl«, versetzte Anna, »aber ich möchte noch etwas anderes wissen, und dass ich's weiß, liegt in deinem eigenen Interesse, nämlich wie es mit der Enge unter deinem Rock steht. Denn wenn dein Gatte nicht einen hinreichend breiten Weg zur Wonne findet, so kannst du daran sterben, und das Band eurer Ehe wird flugs gelöst sein. Man erzählt sich allgemein, er habe noch niemals einen vollständigen Beischlaf mit einem Weibe vollziehen können; keine von denen, die sich ihm zur Verfügung stellten, hat die Geduld gehabt, das Ende seiner Versuche und Bemühungen abzuwarten; du aber wirst dazu gezwungen sein.« – »Und ich werde die Geduld haben!«, erwiderte Clementia fröhlich und mutvoll. »Die Liebe wird mir Mut und Kraft geben. Ich liebe ihn über alle Maßen. Vielleicht ist mir auch gar nicht der Tod beschieden.« – »Aber höre«, begann Anna wieder, »lass mich mal sehen, ob dein Venusfeld sich zum Kampfplatz eignet.« Mit diesen Worten fuhr ihre unzüchtige Hand Clementia unter den Rock. »Oh, oh!«, rief das Mädchen, »du tust aber meiner Schamhaftigkeit in einer Weise Gewalt an, die für eine anständige Frau sich in keiner Weise schickt!« – »Ach, diese dumme Schamhaftigkeit!«, sagte Anna, ohne sich stören zu lassen; und damit betastet sie die Kleine, die von einem feinen lockigen Vlies umbuscht ist, schiebt die Schambeffchen zur Seite und steckt den Finger hinein. Das Mädchen schauert zusammen, von einem ihr bis dahin unbekannten kitzelnden Gefühl ergriffen. »Was machst du denn da, liebe Tante?«, fragt sie, »du erregst in mir ungeahnte Begierden; du entzündest im

Mark meiner Glieder ein Feuer, das ich verabscheue. Halt ein und quäle nicht mehr eine reine Jungfrau!« – »Dies ist aber doch nur eine ganz unbedeutende Probe der ehelichen Ausgelassenheit«, versetzte Anna. »Dein Körperbau und deine Kleine sind jedoch derart, wie Venus sie ihren Kindern zum Geschenk machen oder wie sie sie ihnen wünschen könnte; deine Grotte ist keineswegs zu eng, sondern so recht zur Wollust geschaffen. Alles wird gut und glücklich vonstatten gehen. Du bist ganz vortrefflich zum Kampfe gerüstet. Halte ihn nur wacker aus, denn er wird dich wacker bearbeiten!« Sie fügte noch einige andere Bemerkungen hinzu, die sich jedoch nicht auf diesen Gegenstand bezogen. Zum Schluss sagte sie noch: »Übrigens ist es besser für dich, du lässt dich im Brautbett in Stücke spalten, als dass du vor den Augen aller Menschen ein so erbärmliches Leben führst.« Warum sollte ich dich noch länger hinhalten, liebe Ottavia? In der nächsten Nacht bestand Clementia sechs Angriffe; sie wurde zu Stücken zerfetzt und stieß trotzdem keinen einzigen Schmerzensschrei aus. Beim dritten Mal drang der Stummel der Herkuleskeule, so dick er auch war, in ihren zarten Leib ein; sie wurde zur Frau gemacht und mit einem reichlichen Guss heißen Venusregens gebadet. Am anderen Morgen sah das Brautgemach vollkommen wie eine Folterkammer aus; wo die Jungfrau während der Operation gelegen hatte, waren die Bettücher mit Blut getränkt; sie selber war dermaßen zerfetzt, dass irgendeine andere es nicht hätte aushalten können. Kaum vermochte sie sich auf den Füßen zu halten, kaum einen Schritt zu machen.

OTTAVIA: So wahr dich deine Kleine juckt! Ich spritze, wenn ich bloß an die Wollust denke, die die heiße Besprengung aus Teodoros Schlauch meinen Sinnen bereitete! Ich fahre in meiner Erzählung fort: Ich lag am Bettrande in einer recht unbequemen Stellung auf dem Rücken; der dicke Ast des Helden durchbohrt mich mit großer Gewalt; er durchbohrt mich, ohne dass ich mich zu wehren vermag. Dabei waren volle vier Zoll draußen geblieben; dieses Ende umpresste ich mit meinen Fingern; weiter ging es nicht hinein. O gütige Venus! Sofort begann er zu spitzen; mir war's, als ob alle Wollust, die es gibt, gegeben hat oder jemals geben wird, sich in meine Kleine ergösse, als ob alle Wollüste sich in ihr versammelten, damit meine Wollust umso süßer, fröhlicher und angenehmer sei. Mir war's, als strömten aus dem Himmel der Frau Venus die himmlischen Freuden der köstlichsten Wonnen auf meinen Schoß herab. Die flüssigen Blitze der Liebe trafen mich, und ich lag ohnmächtig da; selber glühend heiß, schlürfte ich die heißen Tropfen ein. Kein einziger ging verloren. Dann sah ich den Eindringling die Flucht ergreifen; er war völlig erschöpft und nur noch ein Schatten seiner selbst – kein stolzer Held mehr, sondern nur noch ein runzeliger, schlaffer Fetzen.

TULLIA: Du warst also Siegerin und triumphiertest über Teodoro. Ging es deiner trefflichen Mutter Sempronia mit Chrysogonus ebenso?

OTTAVIA: Oh, die Sache war nicht wenig spaßhaft, das versichere ich dir bei unseren Späßchen! Du wirst lachen. – »Ist es dir recht«, sagte ich zu Teodoro, »wenn wir uns jetzt mal ansehen, wie Chrysogonus und meine Mutter sich belustigen? Wie sie miteinander kämpfen?« – »Mir ist's recht!«, antwortete er mir mit einem Kuss; »ich behaupte aber, meines Freundes Chrysogonus Glück, so groß es auch sein mag, lässt sich in keiner Weise mit dem meinigen vergleichen! In deinen Umarmungen, in deinen nektarsüßen Küssen, o du meine Königin, o du meine Göttin, habe ich eine unglaubliche Seligkeit gefunden.« – »Komm mit!«, sagte ich, »tritt aber leise auf!«

In der Wand, die uns von dem Zimmer trennte, darin das Pärchen sich ergötzte, hatte sich ein Brett gelockert. Durch die Ritze, die infolgedessen sich gebildet hatte, konnte man bequem das ganze Zimmer überblicken und darin auch das Bett meiner Mutter. Es war für sie und Chrysogonus Mars- und zugleich Venusfeld.

TULLIA: Die Klügsten vernachlässigen oft irgendeinen Umstand, und das stößt sie dann ins Verderben. Fürchte alles, und du brauchst nichts zu fürchten! Ein Hinterhalt dieser Art, den sie nicht geahnt hatte, wurde Lucia, der Gattin des Maurico Fonseca, zum Verderben. Denn war sie nicht völlig zu Grunde gerichtet, da sie die Sklavin der Wollust einer anderen und ihrer eigenen Furcht wurde? Sie liebte einen ihrer Pagen, Juan, ein reizendes Kerlchen. Eine ihrer Zofen, ein sehr heißblütiges Mädchen, war ebenfalls in Juan verliebt. Diese lockerte mehrere Bretter im Fußboden ihrer Kammer, die gerade oberhalb des Zimmers ihrer Herrin lag, und machte mit einem Bohrer mehrere Löcher in die Decke des Zimmers, sodass sie dieses überblicken konnte. Als sie sich nun von Juan verschmäht sah, beobachtete sie Tag und Nacht wie von einer Warte aus alles, was in Lucias Zimmer vor sich ging; von Liebe und Eifersucht verzehrt, ließ sie ihrem neugierigen Blick nicht die geringste Kleinigkeit entgehen, die ihre Wut nähren konnte. Eines Morgens begab es sich, dass Juan, zeitiger als gewöhnlich, zu Lucia gerufen wurde; Maurico, der ein wahrer Meleager war, war schon mit Tagesanbruch auf die Jagd gegangen. Die Spitzbübin hört es und eilt auf ihren Beobachtungsposten; sie sieht Lucia im Bett liegen und auf eine Weise in ihre Decken gehüllt, dass ihre Absicht nicht zweifelhaft sein konnte; sie wollte sich ganz nackt sehen lassen, ohne sich jedoch den Anschein dieser Absicht zu geben. Wie wenn es nur Zufall wäre, zeigte sie ihren Hals, ihre Brüste, ihre Schenkel völlig nackt; nur der Unterleib und die Kleine waren bedeckt. Nun höre, welche entsetzliche Schandtat die wutentbrannte Zofe beging! Sie läuft zu Mauricos Schwester Judith, die auf die allgemein gepriesene Schönheit ihrer Schwägerin Lucia eifersüchtig war, und sagt ihr, sie möge sich doch ansehen, was da unten vorgehe. Juan bat seine Herrin, sie möchte endlich Mitleid haben mit seiner ihr längst bekannten Liebe, die ihn elendiglich verzehre. Er drang in sie, sie sollte ihm ihre Tugend ergeben; sie schlug ihm seine Bitte ab, sie setzte sich zur Wehr.

»Lass dir daran genügen, mein Juan«, sagte sie, »zu wissen, dass ich dich aufrichtig liebe. Niemals werde ich einwilligen, durch ehebrecherische Umarmungen mich zu besudeln. Niemals, nein! Und wenn Könige um meine Liebe buhlten! Was ich für dich tun kann, werde ich dir herzlich gern bewilligen. Weide nach Herzenslust deine Augen an meinen Reizen! Lass deine Augen und deine geschäftigen Hände nach Kräften meine Schätze genießen! Aber versuche nichts weiter zu erlangen; der Liebe Müh würde völlig umsonst sein!« – »Ich verstehe, o Herrin!«, versetzte Juan; »was Ihr scheinbar meiner Liebe preisgebt – in Wirklichkeit verweigert Ihr es ihr. Ja, ich verstehe! Ich Armer! Bei Euch ist all meiner Liebe Müh umsonst!« – »Ich will alles tun, was du verlangst«, antwortete Lucia; »da hast du meine linke Hand. Mache Gebrauch von ihr!« Dem Jüngling, der noch nicht eben hervorragend ausgerüstet war, er war erst sechzehn Jahre alt, bäumte sich's im Hosenlatz. Er sagte zu Lucia, sie solle seinen Ständer in die Hand nehmen. Lachend tat sie es, indem sie sagte: »Da siehst du, was für eine gute und mildherzige Herrin ich bin! Ich gebe mich zur gefälligen Dienerin deiner Wollust her.« Juan griff mit der Hand erst nach Lucias Brüsten, dann an ihre Kleine. Lucia aber hielt das Hähnchen fest gepackt und streichelte es, während der Knabe, vor dem Bettrand stehend, seine geschäftigen Finger an ihren Schambeffchen spielen ließ. Dabei rief er: »Oh, was für eine weiße, schöne Hand Ihr habt! Wie wunderbar versieht sie mir den Dienst Eurer Kleinen! Wie glücklich würde ich Euch mit meinem machen, wie würde ich Euch mit Seligkeit überschütten! Macht schnell! Schneller!« Lachend, aber unermüdlich, erwies Lucia ihre Dienstfertigkeit dem geschäftigen Röhrchen, das in diesem Augenblick eine große Menge Lebenssaft auf das Leintuch spritzte. Unterdessen war auch die Hand des Pagen nicht untätig geblieben. In der Venusgrotte der keuchenden jungen Frau war sein Mittelfinger eifrig am Werk; vom Brand der Liebe verzehrt, rutschte sie hin und her, und gleichzeitig mit dem Jüngling wurde auch sie fertig. – »Vorwärts! Vorwärts!«, rief sie liebeglühend; der Page verschloss ihr mit stürmischen Küssen den Mund. Aus seinen heftig von ihm bewegten Lenden brach ein Strom weißen und heißen Liebesgiftes hervor und kitzelte sanft das junge Weib, das die Ehe brach und doch ihre Keuschheit zu wahren wusste. Aber Leid ist nahe verwandt mit der

Lust, so wollte es das erbarmungslose Schicksal. Judith frohlockte in freudigem Stolz und rief: »Jetzt habe ich dich reif, Lucia, für Ketten und Pranger! Ich werde herrschen, du wirst die Sklavin sein. Komm mit, Mancia!« – so hieß die Zofe – »komm mit! Wir wollen geraden Weges zu der Hure gehen; wenn sie nicht einwilligt zu tun, was ich von ihr verlange, so soll sie sterben.« Diese Drohungen, im Verein mit ihrer Liebe zu Juan, erfüllten Mancia mit Mitleid, und sie sagte: »Ich leugne keineswegs, dass beide eine Strafe verdienen. Aber sie haben doch nur einen ausgelassenen Streich unvernünftiger Jugend gemacht, haben sich nicht die schmachvolle Verfehlung einer Jugend zu Schulden kommen lassen, die sich dem Laster ergeben und sich mit Verbrechen befleckt hat.« – »Das werden wir ja sehen!«, antwortete Judith. »Komm nur mit! Sobald wir in das Lupanar dieser Dirne eingetreten sind, verschließe sorgfältig die Türen; wenn du dies tust, wendest du ein großes Unglück von dir ab. Die Folge dieser ganzen Geschichte waren sehr traurige und bittere, teils sehr lustige und süße Erlebnisse, die sich wohl des Erzählens lohnen würden. Aber fahre fort in der Schilderung deiner Erlebnisse mit Teodoro!

OTTAVIA: Als wir auf unserem Beobachtungsposten standen, bemerkten wir Chrysogonus, wie er seine Göttin an der Hand zu dem in der Ecke stehenden Bett führte. Und er sprach: »Was meinst du wohl, meine Göttin, was Teodoro und Ottavia miteinander machen?« – »Ich weiß es«, antwortete sie; »ich habe ein Stöhnen gehört, wie wenn er ihr Gewalt angetan hätte. Er zeigt meiner Tochter den mühseligen Weg zur Seligkeit, und ich bin dessen froh.« – »Durchaus nicht!«, rief Chrysogonus; »er zersprengt die Ärmste mit seinem fußlangen Keil! Darum schrie sie so! Gerne hätte ich meinen treuen Freund in deine Arme geführt; aber die Liebe, die ich für dich empfinde, erlaubte mir nicht, daran zu denken. Ich bin von wütender Eifersucht gegen deinen Gatten erfüllt, weil er meine Genüsse teilt. Ich habe daher meinen Freund überredet, seine Angriffe gegen deine Tochter zu richten; ich wusste, dass er nicht würde abgewiesen werden.« Mit diesen Worten warf er sie rücklings auf das Bett, indem er rief: »Oh, was für himmlische Wonnen sind mir beschieden! Flöße mit deinen Küssen deinem Geliebten die Wahnsinnsglut der Liebe ein. Errege durch die sinnreichen Künste deiner Wollust in mir dieselben Leidenschaften, die auch dich beseelen.« – »Hole der Henker«, antwortete meine Mutter, »hole der Henker diese abgetragene Kutte mit ihren schäbigen Flicken, die mir so viele Schönheiten philosophisch dunkler Weisheit verhüllt! Eigenhändig werde ich diese Nebelwolken zur Seite schieben, die dich, mein Licht, meinen Augen entziehen. So hoch wie möglich werde ich diesen Weiberrock emporheben. Hol der Henker den Schneider, der ihn gemacht hat! Wie könnte solch ein elender langer Rock das richtige Kleid für einen Philosophen sein, da er ja nicht einmal das richtige Kleid für einen Mann ist? Was ein Mann haben muss, das ist ein langer Pflock, nicht ein langer Rock!« Sie gab dem sich Aufbäumenden abwechselnd Stüber und Küsse, indem sie sagte: »Sieh doch nur diesen Frechling, der sich gegen die Schamhaftigkeit vergeht! Sieh ihn doch, den stolzen Kaiser aller Schwänze! Faul und kraftlos liegt er mir in der Hand. Aber sieh doch nur, du schläfriger Schwanz, meine Kleine, wie sie dich zum Zweikampf herausfordert! Durch ihren Herold, meine linke Hand, erklärt sie dir den Krieg!« – »Mache deine Brust bloß, entblöße sie, meine Königin!«, rief Chrysogonus. »Das kannst du ja so leicht, da dein Leib nur von diesem durchsichtigen Röckchen bedeckt ist. Lass mich die milchweißen Kugeln deiner Brüste sehen! Zieh deinen Rock aus, wenn du mich vollkommen glücklich machen willst! Zwar auch so bist du schön, aber noch schöner wirst du ganz nackt sein; deine eigenen Reize sind dein schönster Schmuck. Du brauchst keine Kleider und keine Juwelen.« Sie tat nach seinem Willen und legte ihr Mieder und ihren Rock ab; nur das Hemd behielt sie an. Chrysogonus befiehlt ihr, auch dieses auszuziehen; herab sinkt das Hemd, und die Wangen der ehrbaren Matrone bedecken sich mit dunklem Purpur der Schamröte. »Welchen Höhepunkt der Schändlichkeit wirst du mir nun noch zumuten?«, ruft sie. »Was wirst du mir jetzt noch befehlen, du mein Herr und Meister, dem ich wohl meine Seele verkauft haben muss!« … Beim Castor, sie hat wirklich einen schönen Körper, eine prachtvolle blendend weiße Haut.

TULLIA: Ich weiß es.

OTTAVIA: Chrysogonus vermag vor Ungeduld nicht länger zu warten und ruft: »Deine Kleider hast du ausgezogen, jetzt, Sempronia, nimm jene Stellung ein, die, wie du weißt, mir so hohen Genuss bereitet!« Er legt sich auf den Rücken, sie steigt auf ihn, beugt sich zusammen, um sich auf ihn zu setzen, und verschlingt dabei mit ihren Blicken seinen schlanken Speer, den sie mit eigener Hand sich hineinstößt, nachdem sie die Schenkel auseinander gespreizt hat … »Dieser Anblick«, flüsterte Teodoro mir zu, »erfüllt mich mit Liebesglut. Wir wollen uns doch unseren eigenen Angelegenheiten zuwenden, meine liebe Ottavia; wir sind ja auch nicht von Stein.« Wir gehen; er streckt mich auf das Bett hin und lässt mich eine bequemere Stellung einnehmen, als ich sie das erste Mal gehabt hatte. »Sieh dir doch mal das Ding an, liebe Ottavia«, sagte er, indem er es in der Hand wog; »wenn du es dir einmal ordentlich angesehen hast, wirst du deine Mutter nicht mehr um ihren Chrysogonus beneiden.« Eine unanständige Neugier, ich muss es gestehen, erfasste mich; ich gebe ihr nach und messe sein Ding. Willst du's glauben, süße Tullia! Dreizehn Zoll maß bis zur Spitze das Instrument, das vor Aufregung zitterte und mich armes Frauchen mit dem Todesstoß bedrohte! »Ich habe große Angst«, sagte ich, »dieser lange und dicke Balken passt nicht in mein Sparrenwerk hinein. Versuchen will ich's gern; doch bei Venus, schiebe, aber stoße nicht! Lass ihn hineingleiten, nicht mit Gewalt einbrechen! Mach es spielend, zerreiße mich nicht!« Er hatte schon das Katapult an die Tür angesetzt und bereitete sich zum Sturmlauf auf meine Festung vor. Ich hebe die Schenkel empor, er lässt den Rammbock arbeiten; ich rühre mich nicht. Er schiebt mit aller Kraft; ich rühre mich nicht. In meinem Leib ist alles zerrissen, zerfetzt, zersprengt. Schrecklich stieß das Ding gegen die innersten Wände an, und unter dem heftigen Andrang des sich hineinschiebenden Keils droht das ganze feste Mauerwerk meiner Burg zusammenzustürzen. Ich reiße den Speer aus der Wunde heraus; kaum konnte ich das wilde Ding mit meinen Fingern umspannen, solch ein gewaltiges Werkzeug war's! Schnell presse ich's zusammen, und ein starker Strom von Liebesbalsam bricht hervor. Er reizt auch mich zur höchsten Wollust, und mit einem unglaublich süßen kitzelnden Gefühl lasse auch ich es spritzen. Niemals, beim Castor, hat mit größerer Wonne meine durstige Kleine die Ambrosia der Liebe geschlürft. Wie glücklich war sie in jenem Augenblick, dass sie so wacker zu schlucken versteht! … Dann gebe ich Teodoro einen Kuss, werfe die Last von mir ab, denn sie war mir zu nichts mehr nutze, und schlüpfe munter unter ihm hervor. Dabei fasse ich schnell mit einem lauten Lachen den langen Bart des ehrwürdigen Herrn, indem ich sage: »Dies ist das Einzige, was an dir meiner Wollust missfällt. Lass mich dir, bitte, diesen gelben Bocksbart abschneiden!« Und damit komm ich ihm schon mit der Schere nahe … »Um Gottes willen, lass das sein!«, ruft er; »wenn du mir meinen Bart nimmst, nimmst du mir meine ganze Tugend. Tu doch so was nicht, kleine Närrin! Unsere Weisheit besteht vor allem in unserem Bart und nicht in unserem Lebenswandel; dank unserem Bart sind wir Jupiter und die zwölf oberen Götter. Die Halbgötter und der große Haufe der anderen Gottheiten sind bartlos. Der Bart ist das Zeichen eines ernsten, bedeutenden Mannes; auch ein Kaiser bedarf der Majestät eines solchen langen, starken Bartes. Ich sah einmal, der Vikar des Abtes von Saint-Denis zeigte sie mir, die in griechischer Sprache geschriebenen Betrachtungen des Arepagiten Dionysius, ein Geschenk, so behaupteten sie wenigstens, des byzantinischen Kaisers Manuel an Kaiser Karl den Kahlen. Auf dem Deckel des Buches sieht man das Bildnis Manuels mit seiner Gattin und seinen Kindern. Manuel trägt einen langen Bart, der ihm bis zur Mitte der Brust herabwallt. Das Buch war sehr kunstvoll mit einem reichen Schmuck von kostbaren Steinen und Gold verziert. Das Gold und die Edelsteine hatten die ehrlichen Mönche entfernt. Der ist nämlich nicht von Gold. Ihrem heiligen Dionysius hätten diese Mönche von Saint-Denis seinen goldenen Bart nicht vorenthalten, gerade wie bei den Syrakusern Apollo seinen goldenen Bart bekam.« So sprach Teodoro. Ich aber antwortete: »Auch ich werde die Zier deines Bartes nicht anrühren. Meinetwegen mögest du ihn behalten. Du hast mich ja, obwohl arm und bloß, mit so vielen Gaben beschenkt, nämlich mit den reichen Schätzen der gütigen Venus.«

TULLIA: Aber du hattest ja deine Wonne nicht einmal voll auskosten können, du armes Kind! Und doch hat dein Caviceus auch nicht weniger als elf Zoll.

OTTAVIA: Unsinn! Höchstens neun! Was will das besagen im Vergleich mit Teodoro?

TULLIA: Bei meiner lieben Frau Pertunda! Warum hat weder Callias noch Lampridius eine so schöne Mitgift erhalten! Aber ich werde sie auch kosten! Ja, ich werde sie kosten!

OTTAVIA: Du sagtest doch vorhin, wenn eine Frau für schön gelten solle, so müsse ihre Muschel nur eine schmale Öffnung haben, um den Liebestau empfangen zu können. Übermächtige Dicke ist daher am Männerspeer kein Vorzug, weil eine von solchem bearbeitete Kleine nicht ihre schöne Form bewahren kann. Der Weg, der zum Glücke führt, muss eng sein; das Opfer der Liebe ist niemals süßer, als wenn es in recht engem Raum vollzogen wird. Hierauf bezieht sich das witzige Wort des Fürsten Don Juan de Austria, der zugleich auch der Fürst der Onanisten war. Er sagte nämlich: In seiner Hand besitze er jede ihm beliebige Scheide, und zwar eine, die niemals zu weit sei und niemals üblen Geruch aushauche.

TULLIA: Außerdem preist man besonders jene Muscheln, die nicht gar zu weit unten sitzen, sodass sie völlig zwischen den Schenkeln verborgen sind; sie darf vielmehr nur neun bis zehn Zoll vom Nabel entfernt sein. Bei den meisten Frauen sitzt die Liebesgrotte so tief unten, dass man sie leicht mit dem anderen Wege zur Wonne verwechseln könnte. Mit solchen ist der Beischlaf schwer zu vollziehen. Teodora Aspilqueta konnte nicht entjungfert werden, als bis sie sich platt auf dem Bauch legte, die Knie aufstützte und die Lenden emporstreckte. Vergebens hatte, solange sie auf dem Rücken lag, ihr Gatte bei seinen Vesuchen sich in Schweiß gearbeitet. Der Liebe Müh war völlig umsonst gewesen … Endlich muss das Schiffchen unter einem etwas erhöhten Hügel, gleichsam unter dem Schutz eines Vorgebirges liegen. Sind alle diese Eigenschaften vereinigt, so ist das, was jedem, der es sieht, schön erscheint, auch für den schön, der darin arbeitet. Dagegen ist es an einem Weibe geradezu ein Schönheitsfehler, wenn es zu eng gebaut ist. Ich habe Rechtsgelehrte behaupten hören, ein Mädchen, das so eng gebaut sei, dass es nicht zur Frau gemacht werden könne – dies ist der technische Ausdruck –, könne nicht als gesund angesehen werden. Die Frauen, deren Scheide zu eng gebaut ist, sind fast immer unglücklich. Von Cornelia, der Mutter der Gracchen, erzählt man, sie habe von Geburt an eine so enge gehabt, dass sie mit größten Schwierigkeiten habe zur Frau gemacht werden können. Als dann die Gracchen erschlagen waren, erschien ihre Mutter umso unglücklicher, je glücklicher sie wegen der Geburt ihrer Söhne gepriesen worden war. Was man von ›versperrten Jungfrauen‹ erzählt, ist alles unwahr; das sind lauter zu betrügerischen Zwecken erfundene Kniffe.

OTTAVIA: Man behauptet auch, der Mund oben im Gesicht gebe einen Maßstab an, wonach man auf die Größe des Mundes unten schließen könne. Ein Weib, das einen kleinen

Mund zum Sprechen habe, besitze, sagt man, auch einen kleinen Mund zum Lieben.

TULLIA: Geschwätz! Und Geschwätz ist auch, was diese Geometer der Liebe sonst noch faseln: Die Größe des Fußes zeige die Weite der Tür an, durch die man ins Allerheiligste der göttlichen Jungfräulichkeit eintritt. Possen! Ich kannte Frauen, die ein kleines Mündchen und ein kleines Füßchen hatten, zwischen ihren Beinen aber klaffte ein weiter Schlund, worin die Spinnen ihre Netze webten. In dieser Beziehung gibt es keine feste Regel. Die einzige, die sich aufstellen lässt, ist Folgende: Für jede Klinge ist eine passende Scheide vorhanden. So hat es die Natur eingerichtet. Ist es eine dünne Klinge, so zieht die weite Scheide sich von selber zusammen! Ist es ein riesiges, unhandliches Schwert – eine Durendorte oder ein Flamberg – so dehnt die Scheide sich aus, und beglückt empfängt das Haus den beglückten Gast.

OTTAVIA: Ja, so ist es. Das weiß ich aus eigener Erfahrung. Bestimmtes lässt sich nicht aufstellen – bei Perags Hodensack. Wenn die Kämpen mit einer fürchterlich starrenden Lanze nicht für alle Weiber gut sind, so passen sie doch der einen oder der anderen. Heliogabal hatte einen Sklaven mit einem ungeheuerlichen Glied. Er hieß Onon. Den Pygmäen hängt das Glied bis an die Fußknöchel herab. Wenn er bei unseren Landsleuten bis zu den Knien herabhinge, würdest du deshalb vielleicht glauben, eine solche Stoßmaschine sei unverwendbar? Du würdest dich täuschen. Aber bei den allermeisten Männern geht die Länge des Gliedes nicht über sieben oder acht Zoll hinaus. Dies ist das gewöhnliche Maß. Was meinst du wohl? Die sind durchaus nicht gänzlich unnütz zu den Werken der Venus, und die Göttin versagt auch ihnen nicht ihre Huld. Sie finden bei Frauen Verwendung, für die die Größe des Gliedes keine Rolle spielt, und dieser Vorzug empfiehlt sie als Gatten. Herzog Fernando und Markgraf Vasto sind Männer von großen Namen, aber kleiner Dinger. Und doch haben auch sie Frau und Kinder. Vastos Gattin ist schön und eifrig im Liebeskampf; ihre Kinder sind hübsch und berechtigen zu den höchsten Hoffnungen. Ein Glied ist immer dick genug und lang genug, wenn es dem Liebhaber und der Geliebten gefällt. Wenn einer einmal gefällt, so gefällt alles an ihm. Lieber will ich mir in mein Schifflein von einem Freunde ein Nägelchen einschlagen lassen als von einem andern einen knüppeldicken Nagel. Diese Erfahrung mache ich selber gerade in diesem Augenblick, liebe Tullia, denn ich nähre in meinem Busen eine hübsche kleine Turteltaubenliebschaft. Ein Knabe, den Venus und die Grazien selber so schön gemacht haben, wie sie nur können, genießt bei verschwiegener Nacht meinen Leib, und sein Stachel ist weder lang noch dick. Und doch hat niemals ein Mann mir größere Wonnen bereitet. Ich bedeute für ihn den Gipfelpunkt der Wollust, und dasselbe ist er auch für mich.

TULLIA: Was erzählst du mir da? Wer ist denn jener Knabe?

OTTAVIA: Meine Mutter hat ihn mir zum Geschenk gemacht, sie hat ihn unter den hübschesten Pagen zu diesem Zweck ausgewählt. Seine Mutter ist Manilia, die Schwester meiner Amme. Am 20. September ist er vierzehn Jahre alt geworden; an Schönheit muss man den Knaben noch über Phöbus stellen.

TULLIA: Ich habe den hübschen kleinen Mann selber schon gesehen. Sempronia hatte ihn den Akademikern zur Erziehung anvertraut; sie sind Gelehrte, und das ist ein großer Vorzug; sie sind brave Leute, und das ist noch mehr wert.

OTTAVIA: Ich will vor dir keine Geheimnisse haben, liebste Tullia. Wenn unsere Liebhaber aus ihrem Leibe in den unsrigen den hervorsprudelnden Saft der Wonne sich ergießen lassen, so sagen sie, sie genießen unser. So genieße auch ich deiner Seele und deiner ganzen Persönlichkeit, wenn ich dir meine geheimsten Gedanken in die Seele einflöße. Oh, welch süßer Genuss! Oh, welch süße Wollust voller Liebkosungen für meinen Geist liegt in dieser Vereinigung unserer Seelen.

TULLIA: Und ich, mein geliebtes Herz, bin immer der Meinung gewesen, du seist nicht nur mein anderes Ich, sondern du seist geradezu eins mit mir. Ich habe meine Leidenschaften deinen Augen zur Schau gestellt, und ich schäme mich dessen nicht. Ich habe dich in die geheimsten Regungen meines Herzens eindringen lassen, und ich bereue es nicht. Sprich!

OTTAVIA: Ich komme gleich auf diese Geschichte zurück! … Nachdem Alfonso eine Menge geistreicher und anmutiger Bemerkungen gemacht hatte, stand Aloisia auf und sprach: »Soll ich auch meine Meinung sagen? Ein freimütig redender Mund, ein Herz ohne Falsch, eine Kleine, die weder zu leicht gewährt noch zu störrisch weigert, bewegliche Lenden, ein gewandter Geist – dies alles zusammen macht, meiner Meinung nach, die

Schönheit aus. Sokrates wird derselben Meinung sein wie ich, wenn's ihm juckt.« Sprach's, und wir lachten. Plötzlich klopft es an die Tür. Gütige Götter!

TULLIA: Wer klopfte denn?

OTTAVIA: Teodoro und Chrysogonus. Ich dachte, ich sei des Todes, als ich sie sah. Sie begrüßten Eleonora. Teodoro schielte zu mir hinüber und grüßte mich mit einem Zwinkern seiner Augen, Alfonso warf sich Chrysogonus in die Arme. Unter eifrigem Plaudern führte Teodoro mich in den Park. Er pries meine Schönheit und Jugendfrische und überhäufte mich mit einer größeren Menge Redeblumen, als im Garten natürliche Blumen wuchsen. »Wenn ich dich sehe«, sprach er, »entbrennt meine Liebe in neuer Glut. Habe Mitleid mit mir. Chrysogonus und Eleonora sind glücklich und zufrieden; sie besorgen ihre Angelegenheiten. So lass auch uns an die unseren denken!« – »Wie geht es denn meiner Mutter Sempronia«, antwortete ich; »hast du mir nichts von ihr zu bestellen?« – »Sie hat mich beauftragt, ich möchte dir empfehlen, an deine Gesundheit zu denken. Sie war gerade dabei, einen Pagen zu kämmen und zu putzen. Glücklich die Frauen, die dereinst mit diesem anmutigen Jüngling schlafen werden!«

Diese Worte entzündeten in mir ein heftiges Feuer, liebe Tullia. Ich fühlte das Mark in meinen Knochen brennen und meine Venusader wild werden von verliebter Begier; seit zwei Monaten verkehre ich mit Roberto … »deine Mutter«, fuhr Teodoro fort, »erwartet eine von euren Verwandten. Wen, das weiß ich nicht. Nur so viel ist mir bekannt, dass sie aus der Familie Ponce stammt. Roberto hat mich gebeten, dir zu sagen, dass er deinen Sperling, den du ihm anvertraut hast, mit der größten Sorgfalt pflegt. Das Vögelchen piepst fortwährend nach dir und sucht in unermüdlichem Hin- und Herfliegen immer wieder deinen Busen. Aber habe Mitleid mit mir, Ottavia! Ich sterbe vor Liebe. Wer könnte auch wohl, nachdem er dich einmal gesehen hat, sich dem Tribut entziehen, den wir alle ohne Ausnahme der allmächtigen Wollust zahlen müssen?« Während wir im Garten lustwandelten, war ein Diener aus Eleonoras Hause uns nachgeschickt worden, um mir einen Brief zu bringen. Er sagte, mehrere Personen, die zu Wagen aus der Stadt gekommen seien, wünschten mich zu sehen. Ich folgte dem Diener, der mir den Weg zeigte, und las im Gehen den Brief. Er war von meiner Mutter, die mir Folgendes schrieb:

›Ich schicke, liebes Kind, deinen schönen Liebesgott zu dir, die du seine Liebesgöttin bist. Er hat mir durch seine Bitten und Tränen diese Gunst abgepresst. Der Flüchtling hat sich jedoch in eine unseres Geschlechtes verwandelt, indem er ein Kleid angezogen hat, und er verleiht unserem Geschlechte einen neuen Glanz. Wer ihn sieht, wird ihn für ein Mädchen halten und seine Schönheit preisen; ich möchte, auch du merktest nichts davon, dass er ein Knabe ist. Schone nur seine zarten Glieder! Wie dem aber auch sei, ich werde mich deines Glückes freuen. Das Übrige wirst du von der Amme erfahren. Genieße und behalte mich lieb.‹

›Welche Genüsse‹, sagte ich mir selber, ›werden mich zu den Himmlischen erheben! Ich glückliches Weib! Durch dieses Geschenk meiner Mutter bin ich den Göttinnen gleich!‹ … Als ich wieder den Saal betrat, fand ich dort ein Mädchen von göttlicher Schönheit, sorgfältig frisiert, elegant gekleidet, auf einem Stuhl sitzen. Sie war allein, mit einem köstlichen Ausdruck der Bescheidenheit auf ihrem Antlitz begrüßt sie mich, sowie ich eintrete, mit einem tiefen Knicks nach Frauenart. Ich erwidere ihre Verbeugung. Neugierig hefte ich meine Blicke auf sein Gesicht, bleibe stehen und denke: ›Es ist Roberto!‹ Dann aber sage ich mir wieder: ›Nein, er ist es nicht!‹ Je näher ich komme, desto stärker werden meine Zweifel. Er kam mir nämlich viel größer vor, und sein Gesicht trug einen ganz eigentümlich jungfräulichen Ausdruck. »Sind schon viele Tage verflossen«, rede ich sie an, »seitdem du, o schöne Göttin, vom Himmel herabgestiegen bist.« Das junge Mädchen lächelt, und am Lächeln erkenne ich Roberto. Er schlingt seine Arme um meinen Hals und gibt mir einen Kuss; ich küsse ihn wieder. Was für Küsse, gütige Venus, gibt er mir, gebe ich ihm! Die Amme eilt herzu und sagt zu uns: »Nehmt euch in Acht! Nehm euch in Acht auch vor der boshaften, scharfäugigen Neugier der Diener, die hier überall herumstreichen. Deine Mutter empfiehlt dir zu sagen, das junge Mädchen sei eine Verwandte von dir, eine Ponce, und sie habe aus religiösen Gründen eine weite Reise gemacht. Was ich dir außerdem noch zu sagen habe, wirst du später erfahren. Für den Augenblick nehmt euch nur in Acht, dass euch keine Unvorsichtigkeit entfährt, die euch allen beiden schaden könnte.« Während wir noch sprachen, traten plötzlich Aloisia und Isabella mit Alfonso und Teodoro ein. Diana Ponce – unter diesem Namen ließ Roberto sich vorstellen – grüßte die ganze Gesellschaft mit vollendetem Anstand wie eine vornehme junge Dame. Alle bewunderten das schöne Kind; alle sagten, sie sei von einer seltenen Schönheit, von einer übermenschlichen göttlichen Schönheit. – »Mit Tagesanbruch«, erzählte Roberto, »bin ich in der Stadt angekommen, und morgen in aller Frühe muss ich meine Reise fortsetzen. Aber es war mir eine süße Freude, ein paar Stunden die Gesellschaft und Unterhaltung meiner Base genießen zu können; eure höfliche Liebenswürdigkeit aber bewirkt, dass mein Glück mir doppelt so groß erscheint, wenn dies überhaupt möglich ist!« Niemand dachte an eine Verkleidung, und um dem Verdacht keinen Anhalt zu geben, sagte ich, ich wolle eilends Eleonora aufsuchen, um sie nicht länger des Anblicks einer solchen Schönheit zu berauben. Teodoro ging mit mir. Wir begaben uns zu Eleonora. Die Türen ihres Zimmers waren verschlossen; sie hatte sich noch nicht den wilden Angriffen des Chrysogonus entzogen. Ich sah durch das Schlüsselloch…

TULLIA: Und was sahst du? Du lachst ja.

OTTAVIA: Eleonora hatte den Rock hochgehoben und saß mit gespreizten Schenkeln auf einem Stuhl. Auf ihr ritt Chrysogonus und bewegte mit mächtigen Stößen den Hintern. Teodoro sah ebenfalls durchs Schlüsselloch und sprach darauf zu mir: »Jetzt, o meine Hoffnung, habe doch Mitleid mit der Begier, die mich verzehrt. Ein solches Bild der Wollust macht mich tot!« Ich wollte ihm aber nicht zu Willen sein. Es war sicherer, wenn ich mich für meine Liebe zu Roberto und für die schlaflose Nacht, die uns bevorstand, keusch erhielt. Daher antwortete ich: »Leider kann ich nicht; die Menstruation befleckt mir den Sitz der Wonne. Eleonora allein wird dich und deinen Freund befriedigen können; gerade eben ist sie ja fertig geworden.« Sie kam nämlich in diesem Augenblick lachend auf uns zu und sprach: »Nun, Ottavia, ist dir Frau Venus hold gewesen?« – »Sie hat mich nicht einmal angesehen!«, antwortete ich; »und in den nächsten acht Tagen ist jede Hoffnung auf Liebe für mich völlig ausgeschlossen. Aber ich habe eine Bitte an dich, und zwar eine ganz ernstliche!« – »Was denn für eine? Ich bewillige sie dir im Voraus. Was könnte ich wohl abschlagen, meine süße Ottavia?« – »Schön!«, versetzte ich; »ich bitte dich, mir deinen Gaul, deine beweglichen Lenden zu leihen!« – »Du treibst Possen, Närrin!«, antwortete sie; »was wolltest du mit meinem Rösslein anfangen?

Du hast ja keinen Sporn.« – »Wenn du es Teodoro leihst, so ist das so gut, wie wenn du es mir selber liehest.« Chrysogonus vereinigte seine Bitten mit den meinen, und dank unserer Beharrlichkeit trugen wir endlich den Sieg davon. »An den Galgen mit euch allen«, rief sie lachend, »die ihr mich zwingt, mich zum zweiten Mal unter die Presse nehmen zu lassen.« Wir entfernten uns; Teodoro aber umarmte Eleonora und sprach: »Fürwahr, Ihr müsst ein Liebling des Schutzgottes der Philosophie sein, denn Euch wird der Ruhm zuteil, an einem und demselben Tage von zwei philosophischen Schwänzen bedient zu werden. Mögen günstige Gestirne dir vergelten, was wir deiner klugen und edelmütigen Kleinen verdanken. Mögen Amor und Venus sie beständig mit unendlichen Strömen von Wollust übergießen und mit wonnevollem Tau sie benetzen! Mögen deine Wonnen über alles Maß und Ziel hinausgehen!« Hierauf wirft er sie rücklings auf das Bett, legt sich auf sie und tut in die wohlgesalbte Venuspfanne das dicke saftige Stück Speck, das er aus seinem Speiseschrank hervorgeholt hat. – »In mir allein«, ruft er, »besitzt Ihr, o Herrin, drei Lampsakische Priape und vier Herkulesse. Macht euch das zu Nutze, denn deine Lenden sind ja nicht lahm, und dein Cherson ist voller Weichheit.« – »Gewiss werde ich's mir zu Nutze machen«, sagt Eleonora; im selben Augenblick aber, wo Teodoro seine Riesenrute in ihren Unterleib hineinstößt, schreit sie auf: »Du tötest mich ja, du Henker!« Er lässt sich in seinen heftigen Stößen nicht stören, und bald geht der Schuss seiner Wurfmaschine los. »Das heißt aber kein Liebesspiel treiben, sondern ein Weib auf das Erbärmlichste zerfetzen!«, ruft Eleonora. »Du hast mir den Tod in den Leib gepflanzt und nicht das Kraut Moly.« Ich eile herbei, umarme, küsse sie. Die beiden Freunde verabschiedeten sich und gingen nach der Stadt zurück, nachdem sie den Zoll erhoben hatten, den die Regeln ihres philosophischen Instituts ihnen einzufordern vorschrieben. Sie waren über alle Maßen fröhlich und guter Dinge. Eleonora streckte ihre ermatteten Glieder auf einem Bett aus, und wir verbrachten den Rest des Tages mit Spielen und Belustigungen. Diana erregte mit ihren Fragen wie mit ihren Antworten die höchste Bewunderung der Gesellschaft. Alfonso pries begeistert ihre Anmut, und Eleonora stimmte ihm zu. Diana aber sagte: »Warum preist ihr an mir diese Schönheit, die nur ein vergängliches, schnell dahinwelkendes Verdienst ist? Ihr preist mich nicht wegen des Besitzes einer so ausgezeichneten Base, die der Tugend selber als Muster von Tugend dienen könnte! Und doch hat dieses Geschenk, mit welchem mich die Götter begnadet haben, einen viel höheren Wert!« Ich erwiderte nur wenige, aber wohlgesetzte Worte. Roberto gefiel der Gesellschaft ganz außerordentlich durch solche Reden, und er versetzte mich dadurch von neuem in Liebesglut. Aber wenn's dir recht ist, liebe Tullia, so will ich die Geschichte von Beginn an erzählen.

TULLIA: Wäre Roberto nicht dein, so wollte ich, er wäre mein!

OTTAVIA: Vor sechs Monaten etwa befand ich mich eines Tages mit meiner Mutter zusammen in unserem Park. Sie sprach viel von ihrer Liebe und Sorge um mich und rief mir alle jene Beweise, die sie mir seit meiner zartesten Kindheit davon geben hatte, ins Gedächtnis zurück. »Jetzt aber«, fuhr sie lächelnd fort, »mache ich dir ein Geschenk, das an Wert alle früheren bei weitem übertrifft.« Ich dankte ihr. Ein paar Tage darauf kam Roberto in unser Haus. Sie sagte ihm, er solle mit uns speisen; bei Tische betrachtete er uns unverwandt mit Augen, denen man die Begierde nach so viel Reizen deutlich ansah. Ich war bezaubert; und obwohl ich von der Sache noch nichts wusste und nichts erriet, wuchs doch schon meine Liebe zu dem Knaben. »Ich möchte, du zeigtest dich ein wenig kecker«, sagte meine Mutter zu dem Pagen; »sprich frei heraus, ich weiß, du hast bedeutende Geistesanlagen.« – »Da Ihr es denn befehlt, o Herrin, so werde ich ein wenig die Ehrfurcht außer Acht lassen, die ich Euch schulde, und werde von meiner Pflicht abweichen, um nur nicht ungehorsam zu erscheinen. Denn ich bin von Natur der ergebenste Diener, und es ist meine Pflicht, ein solcher zu sein.« – »Er weiß seine Worte wohl zu setzen«, fiel ich ein. – »Aber«, fuhr er fort, »beseelt mit Eurem Geist den Geist, den Ihr mir zutraut, und ich werde Geist haben. Denn in Euch vereinigen sich, durch Jupiters Huld, Schönheit des Körpers und Vorzüge des Geistes.« – »Höre, Roberto!«, begann meine Mutter wieder; »Ottavia findet sich selber nicht schön. Ist sie es nach deiner Meinung?« – »Sehr schön erscheint sie mir, bei allen Göttern und Göttinnen! Und sie ist wirklich schön! Sie könnte den Göttern Liebe und den Göttinnen Eifersucht einflößen!« – »Aha! Und wenn Ottavia deine Liebe erwiderte, würdest du sie dann lieben?«, fragte meine Mutter lächelnd. – »Ich werde sie lieben«, antwortete er, »auch wenn sie meine Liebe nicht erwidert. Ich bin nur ein armer Knabe. Wie wäre es möglich, dass sie meine Liebe erwidern könnte? Sie ist reich beglückt mit allen Gaben der Natur und des Schicksals und mit allen Tugenden. Wie wäre es möglich, dass sie mich liebte?!« – »Gewiss wird es mir angenehm sein, von dir geliebt zu werden, der du ein so liebenswürdiger Knabe bist. Willst du mein zweiter Gatte sein?« – »Ihr entehrt den Namen ›Gatte‹«, versetzte er, »wenn Ihr ihn mir beilegt. Lasst mir den Namen eines Sklaven, eines Bedienten. Ich werde ihm durch meine Bemühungen für Euch Ehre machen, so sehr ich's nur vermag.« Als das Mahl zu Ende war, kehrte er zur Akademie zurück, und ich fühlte, dass mit ihm ein Teil meiner Seele ging. »Was hältst du von dem jungen Menschen?«, fragte meine Mutter mich. – »Er ist ein Liebesgott, der hübscheste aller Liebesgötter, und er ist vom Busen der Frau Venus zu uns geflogen.« – »Meinst du nicht«, fragte meine Mutter weiter, »dass diejenigen recht glücklich sein werden, die ihn dereinst in ihre Arme schließen dürfen?« – »Wie sie unglücklich sein sollten, das vermag ich in der Tat nicht einzusehen«, antwortete ich. »Eine Königin würde froh sein, ihn als Eidam zu erhalten.« So hielt ich in meinen Adern die geheime Wunde offen, liebe Tullia. Endlich, nachdem ein Monat verstrichen war, kam meine treffliche Mutter meiner aufkeimenden Liebe zu Hilfe. Sie befahl Roberto, uns wieder zu besuchen; sie ließ ihn in zwangloser Weise mit mir verkehren. Die Liebe, die die Schicksalsgötter uns einflößen, ist erfinderisch. Das Kind, das infolge seines Alters noch nicht so recht geschickt zur Liebe ist, verzehrt sich vor Liebe, weil es nicht weiß, wie es anzufangen ist. Um jene Zeit geschah es, dass meine Mutter in eine schwere Krankheit verfiel. Sobald sie ihre Gesundheit wiedererlangt hatte, sagte sie zu mir: »Dank deiner Pflege und Sorgfalt, meine liebe Ottavia, bin ich dem Tode entronnen, und ich wäre undankbar, wenn ich dir für deine Güte nicht in derselben Weise danken würde. Ich versprach dir, erinnerst du dich, ein Geschenk, das an Wert alle meine anderen Geschenke übertreffen würde.« – »Wohl erinnere ich mich, liebe Mutter«, antwortete ich, »und alles, was von dir kommt, wird mir über alle Maßen wertvoll sein.« – »Ich will«, fuhr sie fort, nachdem sie mir einen Kuss gegeben hatte, »ich will dir Roberto zum Geschenk machen, diesen süßen Knaben, den Juno mit Freuden als Geschenk empfangen würde. Du wirst rot? Ich habe wohl gesehen, dass du ihn liebst.« – »Das leugne ich nicht, liebe Mutter«, antwortete ich. – »Um deinetwillen lass ich ihn erziehen; für dich habe ich ihn bestimmt. Damit er deines Wohlwollens würdig ist, wünsche ich, dass er sorgfältig in allen Tugenden und Wissenschaften unterrichtet wird. Ich selber werde ihn dir in die Arme führen. Aber er ist ein sehr zartes Kind. Wenn du zu heftig deine Liebe zu ihm befriedigst, wirst du ihm schnell Schönheit und Leben rauben. Vergiss das ja nicht!« – »Ich werde es nicht vergessen«, sagte ich. Drei Tage darauf fragte sie mich bei Tische, ob ich den nächsten Tag zu Hause zu bleiben gedenke. Ich antwortete, dies sei meine Absicht. Hierauf lobte sie sehr das Hauskleid, das ich trug – ein weites, faltenreiches Gewand aus dem feinsten Linnen. »Dieses Kleid«, sagte sie, »verbirgt deine Reize nicht, und enthüllt sie doch nicht. Du siehst wundervoll darin aus. Ziehe kein anderes an!« Ich versprach ihr, das Kleid anzubehalten.

TULLIA: Was dachtest du selber bei dir von deiner Liebe?

OTTAVIA: Ich dachte nicht, dass ein solches Glück mir so bald schon beschieden sein sollte. Meine Mutter gab mir eine angefangene Stickerei, indem sie sagte: »Ergänze mit deiner Nadel die noch fehlenden Stellen; du bist ja eine so geschickte Stickerin.« Ich ging in mein Zimmer. Es war am 20. Mai. Ich setzte mich auf ein mit einer seidenen Decke belegtes niedriges Ruhebett. Mein Geist erging sich in den fantastischen Wolkengebilden meiner Gedanken, und ich verfiel in einen Zustand zwischen Schlafen und Wachen. In diesem Augenblick tritt Manilia ein und führt mir den Knaben zu: An seinen Schultern waren Flügel befestigt, ein Köcher hing ihm zur Seite, in der Linken trug er einen Bogen, in der Rechten einen Pfeil. Er sah aus wie Cupido – und wahrhaftig, er war ein Cupido! »Venus, meine Mutter, schickt mich zu Euch«, sagte das Kind zu mir mit schmeichelnder Stimme. »Sie weiß, dass sie an Schönheit von Euch besiegt ist, und darum wünscht sie, dass ich Euch diene, denn Ihr seid die Königin der Liebesgötter.« – »Du sollst nicht dienen!«, antwortete ich. »Nicht dienen sollst du, allerschönster Amor; sondern wenn du aus Herzensgrund der meine sein willst, so sollst du herrschen!« – »Aber«, sagte Manilia, »ihr dürft doch nicht den ganzen Tag mit Redensarten verlieren. Tritt ein wenig zur Seite, schöner Amor!« –

Sobald er sich etwas entfernt hatte, fuhr sie fort: »Deine Mutter und ich schenken dir in aller Form rechtens diesen Knaben. Er ist von zartem Körper, und seine Lenden sind noch nicht so recht fest. Verwende ihn zu deiner Wonne, aber gehe sparsam mit seinen Kräften um. Wenn du anders handelst, so wird er verwelken wie eine Blume, die der Frosthauch des Winters trifft.« – »Ich Arme, ich sterbe ja vor Liebe zu diesem Kinde«, antwortete ich, »und meine Liebe und meine Wünsche sind befriedigt, wenn ich nur weiß, dass er wirklich mir angehört.« – »Schone den Jungen!«, wiederholte die Amme. »Für heute, das glaube nur, wird es für deine Wollust völlig genügen, wenn du dem Knaben seine Jungfernschaft nimmst, was übrigens nicht ohne Schmerz für ihn abgehen wird. Denn sein Bürzel ist noch von der Vorhaut bedeckt, und nicht ungestraft wird er sein Haupt vor ihrer Königin entblößen. Er hat versprochen, sich wacker halten zu wollen; flöße ihm nach deinem Belieben heiße Begierden ein, indem du deine wollüstigen Reize ihm zur Schau stellst!« Hierauf nahm sie dem schönen Amor die Flügel ab, indem sie sagte: »Ich will, dass du beständig bist; ich will nicht, dass du ihr davonflatterst!« Auch den Köcher und die Pfeile nahm sie ihm ab mit den Worten: »Jetzt musst du von anderen Pfeilen Gebrauch machen; mit anderen Waffen musst du kämpfen.« – »Ich verstehe«, erwiderte er, »und meine Göttin wird es spüren, dass ich einen Pfeil habe, mit dem ich sie bekämpfen kann.« Die Amme ging und schloss hinter sich die Tür.

TULLIA:

Nun singt den Päan! Singet ihn stets aufs neu!
In meine Netze ging die Beute, die lang ich begehrt!

OTTAVIA: Freudetrunken eilt der Knabe auf mich zu und ruft: »O Herrin, o Herrin, jetzt schäme ich mich meiner Jugend! Ich fühle so recht, wie sehr man sich schämen muss, nur ein Kind zu sein. Ich werde meiner Seligkeit nicht gewachsen sein!« – »O nein!«, antwortete ich, »du wirst dich allen Anforderungen gewachsen zeigen, wenn du meine Liebe, die deine Seligkeit sein wird, mit deiner Liebe erwiderst, die mich beseligen wird. Mehr verlange ich für meine Person nicht von dir.« – »Aber dies macht noch nicht die ganze Liebe aus!«, rief er, »ich bin ein Anfänger, und darum wird mein Anfang nichts taugen; ich bin ein Kind, und darum wird das Ende auch nicht besser sein!« – Wir setzen uns auf das

Ruhebett; ich gebe ihm einen Kuss; meine Augen sprühten nicht bloße Funken, sondern ganze Feuersbrünste. Er lässt seine Hand in mein Mieder gleiten. Da sage ich: »Was willst du denn? Du beträgst dich ja kecker, als sich's geziemt.« Er befingert meine Brüste, er küsst meinen Mund, er entflammt mich. Und so niedlich und wonnig machte er dies alles, dass ich mich nicht enthalten konnte, ihn mit meinen Armen zu umschlingen. Da fährt er mit seiner Rechten mir unter den Rock. »Nun?«, frage ich, »was suchst du denn da?« – »Ich suche meine Gattin!«, antwortet er, »da drinnen wohnt sie.« – Ich lache laut auf und sage: »So etwas Unanständiges kann ich nicht dulden, denn ich bin eine anständige Frau!« – »Wie könnte wohl an Euch etwas Unanständiges sein? Quält doch nicht Euren kleinen Mann, indem Ihr mich zurückstoßt! Ergebt Euch der Liebe!« – »Ich ergebe mich«, antworte ich, »einem so hübschen, so geistreichen Liebesgott. Dein bin ich, mein Amor. Ich gehöre nicht mehr mir selber; nur für dich lebe ich noch!« Unterdessen hatte seine Knabenhand sich verirrt; sie kannte ja noch nicht den Weg der Venus. Dicht über dem Knie hielt sie inne; dann irrte sie an den Schenkeln umher und endlich, Tullia, kam sie an meine glatten, sanft gerundeten Hinterbacken. Weiter ging seine Kühnheit nicht; überhaupt benahm er sich hierbei ganz und gar wie ein Kind. »Weißt du schon, mein Cupido«, fragte ich ihn, »wozu dein und mein Leib gut sind?« – »Ich glaube wohl, es zu wissen«, antwortete er, »aber ich bin doch meiner Sache nicht ganz sicher. Ich habe auf Gemälden das Liebesspiel abgebildet gesehen.« – »Du wärst würdig, eine schönere Frau zu besitzen, als ich es bin«, fuhr ich fort. »Nimm dir alles, was du willst; brauche es, genieße es, sei mein Gatte.« Er holte seinen Bürzel aus seinem Gefängnis heraus. »Was gedenkst du denn mit diesem niedlichen Ding zu machen?«, fragte ich ihn. – »Ich werde alles damit machen, was Ihr verlangt.« Das Vorspiel begann; er geriet in Feuer. Er fühlte, wie seine Venusfackel sich entzündete, wie seine kleine Portion vor Wonne anschwoll. Er fiel vor mir auf die Knie und bat mich, ihm zu verzeihen, wenn er sich ungeschickt und unpassend benehmen sollte. Ich lag auf dem Rücken; schnell streift seine linke Hand mir den Rock bis zum Busen empor, und schon hat er die Finger an meiner Kleinen. Mit den Fingerspitzen zupft er an meinem Lustbusch, kitzelt die Spalte, nimmt ihr Maß; sie war glühend heiß. »Sag mir doch bitte, mein Amor«, frag ich ihn, »was sucht denn wohl da dein Vögelchen?« Denn das Hähnchen stand ihm. »Ich glaube«, antwortet er, »es sucht sein Nest, das ich hier in meiner Hand halte.« – »So lass es doch, lass es doch da hineinfliegen.« – »Da fliegt es ja schon«, ruft Roberto, und mit einem fröhlichen Satz fährt er zwischen meine gespreizten Schenkel. Hahaha! Ich hatte das Küchlein dem Habicht gezeigt!

TULLIA: Bei meinem Schutzengel! Deine geistreiche Erzählung regt mich auf, wie ich's nie für möglich gehalten hätte! Du bist eine wundervolle Erzählerin solcher Nichtigkeiten.

OTTAVIA: Vor Aufregung keuchend, setzt der Knabe den Dolch an die Scheide an.

TULLIA: Wie lang und dick war er?

OTTAVIA: Dick wie dein Daumen und sechs Zoll lang. Aber glaube mir, wir passen sehr gut zueinander. »Du kommst vom geraden Wege ab, der zur Wonne führt!«, sage ich, und dabei komme ich dem blinden Hähnchen mit meiner Hand zu Hilfe. Er tritt in den dunklen Weg der Seligkeit ein. »Und nun«, rufe ich, »stoße kräftig, schieb ihn hinein, töte, durchbohre mich! So muss es gemacht werden.« Da springt er vor und stößt das Schwert mir in den Leib; ich aber springe dem Stoß entgegen. »Ich habe das Gefühl, als sei ich da innen verwundet worden«, sagt er. »Was mag das wohl sein?« Er stößt einen Seufzer aus; dann aber beginnt er sich hin und her zu bewegen, mich zu drücken, zu stoßen. Seine Augen brechen, er haucht die Seele aus. Ich aber stoße von unten auf und dränge ihm entgegen; in meiner Brust erzitterten die Fibern meines Herzens. Meinen Begierden schmeichelte der Gedanke, dass Amor selber in meinen Armen liege. Ich umschlang mit meinen Armen die marmorweißen Hinterbacken des auf mir liegenden Knaben und regte ihn auf, indem ich mit leisen Schlägen dieselben tätschelte. Laut hörte ich Hymenäus lachen; Frau Venus aber keuchte in den heißen Tiefen meines Schoßes. Ich fühlte mich zerfließen; der Knabe war noch nicht soweit, und meine Worte vermöchten dir, liebste Tullia, nicht unsere glühenden, wollustfeuchten Küsse zu beschreiben, unser stammelndes Geflüster, unsere engen Verschlingungen und die unzähligen Wollüste, die wir in einer einzigen Wollust fanden. Stelle dir Psyche vor, wie sie mit Cupido schläft, so schlief ich mit Roberto. Ich war ihm die Seele, er war mir der Gott der Liebe. Endlich begannen des Knaben Augen sich zu trüben, zu brechen, sich in ihren Höhlen zu drehen, vor Glück zu sterben; in meinem Leibe – ich war schon fertig geworden – hüpfte sein Hähnchen. Von einem neuen Gefühl erfasst, bewegte er sich hin und her; seine beweglichen Lenden erschauerten, während er mich umklammert hielt; ein seiner Seele bis dahin unbekannter Schwindel raubte ihm die Besinnung. »O Herrin, o meine Königin!«, rief er, »das Leben entschwindet mir! Was ist denn dies für ein ungekanntes Gefühl?« Er gibt mir einen Kuss, und im selben Augenblick spritzt er. Nachdem er fertig geworden ist, nehme ich den ganz ermatteten Knaben zärtlich an meinen Busen. Küsse vermischen sich mit Küssen, Seufzer mit Seufzern. – »Hast du es denn süß bei mir gefunden, mein süßester Gatte?«, frage ich. – »In dieser Wonne«, antwortet er, »habe ich alle Wonnen genossen. Ihr, geliebte Ottavia, seid der lebende Quell höchsten Glückes.« – »Ich will es dir sein, und du wirst dasselbe mir sein. Aber stelle jetzt durch einen kurzen Schlummer deine erschöpften Kräfte wieder her. Wer uns sähe, würde denken, ich sei Kypris und du seist Cupido, der im Schoße seiner Mutter schlummert.« – »Er braucht keinen Schlaf!«, rief in diesem Augenblick Manilia, die wieder ins Zimmer getreten war. »Lass ihn nur ohne Unterlass von deinen Purpurlippen die duftenden Blumen deiner Küsse pflücken! Weiter braucht er nichts.« – Hierauf führt sie uns beide, ein schönes Liebespaar, meiner Mutter zu. Diese flog in meine Arme; ich aber war von Schamröte übergossen. – »Was bedeutet denn«, fragte sie mich, »dieses traurige Gesicht? Schämst du dich etwa, Ottavia, dieses schönen Knaben? Errötest du, Roberto, darüber, dass du mit einem so schönen jungen Weibe dich ergötzt hast? Ist denn die Hochzeitsfeier etwa unglücklich verlaufen? War Hymenäus nicht zugegen? War Venus dem Cupido nicht hold?« – »Nichts von alledem!«, antwortete Manilia, »alles, was Brautleute machen müssen, ist glücklich vonstatten gegangen. Mein Roberto hat sich wacker gehalten im Kampf mit Eurer jungen Tochter; Ihr habt einen Schwiegersohn, und er hat eine Gattin!« – »Schön!«, ruft meine Mutter und überschüttet uns von neuem mit Liebkosungen und Küssen. »Ein Bravo«, fährt sie fort, »dem starken und tapferen Athleten! Sie haben alle beide gesiegt.« – »Ach nein, ich erkläre mich für besiegt«, versetzt Roberto, »sie würde Mars selber besiegen, wenn er sich in einen Kampf mit ihr einließe.« – »Schweig nur mit deinen Witzen, mein schöner Mann, rufe ich, »schweig! Du trägst Wunden aus dem

Kampfe davon, aber es sind ehrenvolle Wunden.« – »Ja, mit meinem eigenen Dolch habe ich mich verwundet«, erwiderte der Knabe. »Dein Balsam aber hat die Wunde benetzt und geheilt.« Meine Mutter lächelte; man trug einen leckeren Imbiss auf. Meine Mutter trank auf die beiden Liebenden und ihre Wünsche; Roberto trank auf Juno, nämlich Sempronia, seine Königin, und auf Hebe, Junos Tochter. Du möchtest meinen, Tullia, er habe diese Redensarten aus der Schule mitgebracht, aber nein, die Liebe hatte ihm die Worte eingegeben. Meine Mutter fragte ihn, ob er sich wohl befinde. – »Fragt Ottavia danach!«, antwortete er, »denn wenn sie mich von ganzem Herzen liebt, so befinde ich mich wohl.« – »So befindest du dich also sehr wohl«, rief ich, »denn ich habe dich sehr lieb.« – »Durch Euch, o meine Gattin, bin ich in den Tempel der wahren Wonne eingetreten; ich bin mit dem Leben in Berührung gekommen, das im Allerheiligsten dieses Tempels sich verborgen hält.« – »Ja, gewiss«, sagte meine Mutter, »du bist jetzt kein Kind mehr, du bist ein Mann geworden; in einem Nu hat Ottavia dich zum erwachsenen Manne gemacht. Wehe, wehe denen, die behaupten, man nenne Venus die Verticordia, weil sie den Sinn der Menschen zu allem Bösen lenke! Sie lügen. Im Gegenteil, sie wendet den Geist von kindischen Beschäftigungen zu ernsten Gedanken; sie lässt aus den Händen kleiner Knaben und kleiner Mädchen, indem ihre Macht sie ergreift, Bälle und Puppen fallen.« Nach dem Essen schickte sie den Knaben wieder zu seinen Lehrern, den Akademikern. »Die Liebe«, sagte meine Mutter, »macht vor der Zeit klug, aber sie gibt auch vor der Zeit graue Haare. Ich wünsche, dass du Roberto nicht vor Ablauf eines Monats wiedersiehst. Er soll nicht in deinen Armen krank und alt werden. Wenn der Monat um ist, kann er eine Nacht bei dir schlafen. Eine ganze Nacht wirst du süßeste Wonnen genießen. Aber er ist leidenschaftlich und nicht leicht zu lenken; er ist schön, aber ebenso hochfahrend wie schön. Ich habe mich vor ein paar Tagen geärgert, als ich in der Akademie war und dieser Sohn des Volkes, dieser Knabe dunkelster Herkunft, es wagte, sich nicht nur den jungen Edelleuten, die dort erzogen werden, ebenbürtig zu dünken, sondern sich auch so zu gebaren. »Ihr täuscht euch, o Herrin«, sagt er zu mir, »ich werde von Ottavia geliebt und bin folglich auch adlig: ich bin Graf, ich bin Markgraf; ja ich bin ebenso gut wie ein Herzog und Fürst.« – Ich befehle ihm, er solle in die Hauskapelle gehen und beten; er antwortet mir: »Ich bedarf des Schutzes der Götter nicht mehr. Der Sterbliche, den Ottavia liebt, hat von den Göttern nichts mehr zu erbitten.« – Wir ermahnen ihn, er solle sich fleißig und mit allen Kräften seines Geistes den Studien hingeben; er erwidert uns, du liebtest ihn, und er brauche nichts mehr zu wissen; wer dir zu gefallen wisse, der sei gelehrt genug. – »So ist er um meinetwillen schuldig«, antwortete ich meiner Mutter, »und um meinetwillen möge man ihm verzeihen.« … Am bestimmten Tage wurde also Roberto in unser Haus eingeladen. Er speiste mit uns. Nach dem Essen sagte meine Mutter: »Du wirst heute Nacht bei Ottavia schlafen, aber ich mache eins zur Bedingung: Ihr werdet die Nacht keusch und ehrbar verbringen. Nimmst du die Bedingung an, Ottavia?« – »Ich nehme sie an«, sagte ich, »aber sie ist zweideutig.« – »Ich werde sie auslegen!«, rief Roberto. – »Ich wünsche, dass du dies machst, wie es dir gefällt«, sagte meine Mutter zu mir, »jedoch so, dass du meine Bedingung nicht umgehst.« … Wir hatten reichlich gespeist, und durch die Fürsorge meiner Mutter war Robertos Rüstkammer reich mit Vorräten versehen worden. Denn von Ceres und Bacchus erhält Venus ihre Waffen. Nachdem wir so unseren Leib gestärkt hatte, gingen wir zur Ruhe.

TULLIA: In den Kampf gingt ihr! Der Philosoph von Chäronäa hat die Frage aufgeworfen, welcher Augenblick der beste für die Liebe sei, um seine Kräfte nicht zu erschöpfen. Wenn diese durch einen langen Schlaf wieder erfrischt seien, könne man sich, sagt er, den süßesten Wonnen der Venus hingeben, nachdem Seele und Sinne erwacht seien. Aber nach meiner Meinung sind diese langbärtigen Philosophen verrückt, wenn sie der unartigen Manneszier und seiner wollüstigen Bettgenossin Gesetze vorschreiben wollen. Mögen sie doch auch dem Himmelsgewölbe verbieten, sich zu drehen! Denn wie die Lustwaffe blind ist, so ist sie auch taub. Auch die Sprache ward ihr nicht verliehen. Welcher Sokrates oder Zeno würde nicht lachen, wenn er unter seinen Schülern aufgerichtete Schwänze die Ohren spitzen sähe? Wenn er sähe, wie Priapus und Conysallus mit entblößtem Haupte den göttlichen Lehren der Philosophie lauschen? Ein wunderbares Schauspiel wäre das! Wie die Ammen den Kindern die Gläser zumessen und sie nicht in vollen Zügen trinken lassen, so wollen diese Tölpel dem Gebärvater sein Futter verkürzen! Warum nicht auch den armen Menschen ein Gesetz vorschreiben, wie sie auszuspucken oder sich zu kratzen haben? Ist diesen Wirbelköpfen das menschliche Leben noch nicht elend genug? Müssen sie uns auch noch Sinne und Seele mit harten Ketten fesseln? Ich werde aufgebracht, Ottavia, wenn ich an diese Dummköpfe denke! Nimm diesen hochnäsigen Gesellen ihr freches Selbstbewusstsein, ihren falschen Anschein von Würde, und du findest nichts weiter als einen Lümmel, einen elenden Bedienten, der der Hefe des Volkes entstammt. Sie haben keinen Geist, ja nicht einmal Verstand, sondern nur freche Dummheiten und ein undurchdringlich dickes Fell.

OTTAVIA: Aloisias Mann hat auf Anraten des Pelagius vor vier Monaten einen Entschluss gefasst, um den ihn sicherlich niemand loben wird.

TULLIA: Was war das für ein Entschluss?

OTTAVIA: Nur jede zehnte Nacht verkehrt er mit seiner leidenschaftlichen und wollüstigen Gattin; die übrigen Nächte liegt er als Hagestolz in seinem Bett; seine Witwe – denn die Frau hat ja keinen lebendigen Mann und ist daher Witwe – wird von Begierden verzehrt. Caviceus ist ebenfalls abergläubisch geworden; er besucht mich weniger oft, aber das geht ihm auch nicht ungestraft hin! Wenn der, dessen Pflicht es ist, uns nichts zu trinken gibt, so oft wir Durst haben, wer wollte uns dann einen Vorwurf daraus machen, wenn wir uns selber zu trinken verschaffen oder uns von demjenigen bedienen lassen, der uns den Trunk darreicht, wenn wir durstig sind?

TULLIA: Marina Genoveva Pimentel, die so tief in Schulden steckt, obwohl sie sehr reich ist, heiratete Federigo Mendoza. Wenn auch in der Blüte der Jugend und Schönheit stehend, setzte sie sich's in den Kopf, ihren jungen Gatten jeden Monat nur zweimal zu empfangen. Der liebeglühende Jüngling vermochte nicht die Seele seiner jungen Gattin zu rühren. Welche Früchte trug diese törichte Tugend? Sie führte zu Verbrechen. Federigo verführte im Laufe eines Monats alle Zofen seiner Gemahlin, nicht weniger als fünf an der Zahl; jetzt sind sie schwanger. Was tat nun Genovevas Mutter Lionella? Sie sprach zu ihrer Tochter: »Du selber bist die Kupplerin dieser unglücklichen Mädchen gewesen; deine Kuppelei hat sie ins Verderben gestürzt. Diese Tugend, auf die du so stolz bist, hat ein abscheuliches Verbrechen zur Folge gehabt. Du Törin glaubtest, dein Verhalten sei Frömmigkeit, und es war nichts weiter als Kuppelei.« … Gallicua fürchtete, ihr Gatte Luitprando werde ihr Gewalt antun, und trug daher nachts eine Unterhose, die so genäht war, dass sie nirgends eine Öffnung hatte und dass man ihr nicht beikommen konnte. Auch sie erfüllte ihr ganzes Haus mit ehebrecherischer Unzucht. Ei, du höchste und dümmste Weisheit, mach dir doch ein Spielzeug aus der kurzsichtigen Leichtgläubigkeit! Auf welchen Zeitvertreib wirst du noch verfallen mit all deinen argen Listen? Aber dies alles betrifft lediglich die Sitten, und diese haben nur in den Einbildungen der Menschen ihren Ursprung. Die einen sind von Natur zu den Spielen der Venus geneigt, die anderen sind gleichgültig dagegen. Mit dem Appetit ist's ähnlich: Der eine wird kaum von einem ganzen Ochsen satt – dies erzählt man von Milon aus Kroton –; dem anderen genügt ein Krümchen Brot. Ein Gläschen löscht den Durst des einen; der andere hat nicht mal an einem Humpen genug. In Bezug auf Essen und Trinken allen Menschen das gleiche Gesetz vorschreiben zu wollen, das wäre ja über alle Maßen dumm und ungerecht. Dem einen ist es zu viel, wenn er alle zehn Tage einmal der Venus huldigen soll; anderen dagegen glüht Tag und Nacht ein unbesieglicher Liebesdrang in den Adern, ein Liebesdrang, der durch ein einziges Beilager nicht nur nicht befriedigt, sondern nur noch mehr angereizt wird. Mit dieser Waage muss man messen, an diese natürlichen Anlagen muss man denken, um gerecht zu urteilen. Diese alten Esel hätten Alter und Gewohnheit in Betracht ziehen müssen; aber sie lassen sich ja freilich nicht von der Vernunft leiten. Die Ärzte gestehen ein, dass man bestimmte Verhaltensmaßregeln nicht geben könne. Doch sind sie der Meinung, vor allen Dingen müsse man dabei an seine Gesundheit denken. Ohne gute Gesundheit ist das Leben nur ein Grab des Lebens. Sie verwerfen daher die Ansicht des wunderlichen Epikur, welcher etwa sagte: Die Wollust sei zwar nicht der Zweck des Lebens, aber sie führe zum Glück. Die Ärzte sagen, ein zu reicher Liebesgenuss schade Knaben und Mädchen, die noch nicht das erforderliche Alter erreicht haben, er schade aber auch allen Leuten, die sich dem Ende ihrer Lebensbahn nahen. Die einen wie die anderen, die zu Jungen wie die zu Alten, dürften sich der Liebe nur einmal im Monat hingeben. Aber in der Blüte der Jugend, mit kräftigen Muskeln, mit derben Lenden, da kann man es ohne den geringsten Schaden für die Gesundheit monatlich viermal, ja auch fünfmal machen. Bei den Lakedaimoniern gebot das Gesetz dem Gatten, seiner Gattin fünfmal im Monat die Manneskraft zu zeigen, fünfmal im Monat ihre Festung zu erobern. Nun kam es ja vor, dass jemand eine Frau nahm, die nicht mehr jung war; dies befreite ihn jedoch nicht von der gesetzlichen Verpflichtung. Aber ein ruchloser Feigling ist der Mann, der nicht einen Tag um den andern der Venus opfert, wenn sein Alter ihm nicht erlaubt, an die Kraft seiner Lenden größere Ansprüche zu stellen. Wer du auch seist, o Mann, hast du ein Weib genommen, so bist du deines Weibes Schuldner. Bezahle, du Bösewicht, bezahle, was du schuldig bist! Bezahle oder gib dein Vermögen her, und deines Vermögens bester Teil ist ja deine Frau. Wahnsinnige Sachen haben diese schwerfälligen pedantischen Philosophen ausgeklügelt. Geradezu blödsinnige Vorschriften haben sie gegeben! Lache, Ottavia! Sie haben Gesetze aufgestellt, in denen sie – hahaha – bestimmen, wie der Mann, wenn er seine Sache richtig und ehrbar machen will, hineinschieben und herausziehen muss. Diese schlaffen Gesellen verbieten alle heftigen Bewegungen; verbieten auch ungewöhnliche Stellungen einzunehmen. Sie behaupten, kein Weib könne keusch und ehrbar sein, das

... im krachenden Bette
Den Popo bewegt um die Wette.

O diese ehrwürdigen, weisen Gesetzgeber! Hast du schon mal vom römischen Frauensenat gehört? Man nannte ihn den ›Senatulus‹. Matronen von erlauchtem Adel und reifer Lebenserfahrung übten in ihm senatoriale Würde aus. Sie traten zusammen und berieten über Dinge, die für uns von Wichtigkeit sind. Ihre Urteile wurden geachtet, wie wenn sie der Autorität des allgemeinen Rechtes genossen hätten. Messalma, die Frau des Kaisers Claudius und aller Männer, befragte diese ehrwürdigen Matronen, welche Aufgabe die Schenkel zu erfüllen hätten, welche verschiedenen Stellungen einzunehmen seien, ob sich das Weib beim Liebesgenuss tätig oder teilnahmslos zu verhalten habe. Sie fällten darauf folgenden Spruch: ›Sintemalen bei äußeren wie beim inneren Menschen die Zahl Sieben die größte Rolle spielt, so muss sie auch beim Beilager ihre Geltung finden. Wenn ein Mann in einer Nacht es bis zur Zahl Sieben bringt, so ist dem Recht Genüge geschehen; mehr aber können beide Teile nicht verlangen. Wer der Frau verbietet, den Popo zu bewegen, der will sich mit einer toten Venus zu schaffen machen; diese beiderseitigen Bewegungen sind die eigentliche Seele der Wollust. Jede Stellung, die einem Menschen gefällt, hat als erlaubt zu gelten. Im ganzen Reiche der Liebe muss das Gesetz in Kraft sein, dass von der gegenseitigen Liebe erlassen worden ist. Die höchste Instanz in Liebesangelegenheiten ist die Gottheit der Wollust. Ihr steht es zu, Gesetze zu erlassen und sie auszulegen.« So lautete ihr Senatsbeschluss, Ottavia! Darum brauchte die unermüdliche Messalina in einer einzigen Nacht mehrere Männer. Von keinem forderte sie Bezahlung, aber sie nahm sie, wenn er sie freiwillig anbot. Bei Tagesanbruch weihte sie, als Siegerin, dem Priapus, dem Marsyas und anderen komischen Göttern vierundzwanzig Rosen- und Myrtenkränze. Das war der Siegeslohn, den sie allein davongetragen hatte. Die Gemahlin des Kaisers Sigismund, eine zweite Messalina, brach in dieser Ringbahn Lenden und Glieder der Helden ihrer Zeit; einen hengst- oder stiermäßigen Pfahl verschlang, verschluckte sie mit einem einzigen Stoß. Deine Mutter Sempronia brachte in *einem* Atem mit Chrysogonus zwölf Ritte fertig. Ich selber, die ich doch so zart gebaut bin, habe binnen weniger Stunden vier starke Männer ausgepumpt. Aber das ist freilich wahr, liebe Ottavia: Wenn ein Liebespaar sich herzhaft geschüttelt hat, so ist nach sechs oder sieben Kämpfen die Wollust erschlafft und dahin. Über diese Zahl hinaus ist es keine ehrbare Lust mehr. Die Frauen, die keine Wollust zu sättigen vermag, gleichen, so sagte einmal meine Base Vittoria zu mir, jenen Schenkenläufern, die niemals voll sind und doch niemals ihre Kehle trocken werden lassen. Wie diese Trunkenbolde vom Bacchus gar kein Vergnügen haben, so haben auch jene Frauen von der Venus gar keine Lust. Dies ist der Grund, warum diese verfaulten Weiber sich's regungslos machen lassen; und doch machen gerade die sanften Stöße Frau Venus so wonnig heiter! Wenn der Mann seine Lenden, die Frau ihre Hinterbacken tanzen lässt, dann sprühen Feuerfunken aus ihren Leibern. Und wenn Venus diese nicht hat, dann friert sie. So überlebt die Leidenschaft sich selber, so findet sie Wonne in ihrem Tode.

OTTAVIA: Wer könnte es wohl für einen Liebeskampf halten, hätte er mit einer marmornen Venus zu tun, und wäre sie auch von Phidias. Aber wem ein teilnahmslos daliegendes Weib gefällt, dem kann wohl auch eine Statue die Wollust befriedigen.

TULLIA: Gewisse Dummköpfe behaupten, die Geilheit habe ihren Sitz im Nabel. In Wirklichkeit besteht für Mann und Weib die höchste Wollust in der wogenden Bewegung der Lenden, im Aneinanderreihen, im Stoßen und Zurückstoßen. Aber auch diese Bewegungen haben ihre Kunstregeln. Langsam müssen sie beginnen, dann immer schneller werden, und endlich sich wieder besänftigen. So besänftigen sich nach dem Sturm die aufgeregten Wogen, sobald die Winde wieder schweigen. Das weißt du ja am allerbesten, die du durch die wunderbare Beweglichkeit deines Hintern strahlenden Ruhm gewonnen hast. Thais selber könnte dir, meine süße Ottavia, diesen Ruhm nicht streitig machen. Was aber die Stellungen anbelangt, so meine ich, jeder Mensch hat das Recht, sich diejenige zu wählen, die ihm die Angenehmste erscheint. Kein Mensch vermag in Worten alle denkbaren Stellungen zu schildern, keiner vermag sie alle im Bilde darzustellen. Amor ist ein Proteus, der die Verwandlungen liebt. Jene tollwütigen Solons zetern, es sei unanständig, von diesen Stellungen zu sprechen und sie in Bildern abzumalen. Aber über alle die vielen Stellungen des Kampfes und der Schlachten zu sprechen, das verbieten sie nicht. Über jene, die zur Vernichtung des Menschengeschlechtes dienen, ärgern sie sich nicht; aber über die Stellungen, durch die es fortgepflanzt wird, erzürnen sie sich. O diese wilden Bestien! Wenn's nach ihnen ginge, sollte lieber das Menschengeschlecht auf alle mögliche Art vernichtet werden, als immer von neuem zu erstehen! Auch die Diebe lieben Trauer und Tod; Lust und Leben aber hassen sie. Die Lesbier, die von allen Griechen die Geistvollsten waren, hatten in dieser Beziehung mehr Verstand. Sappho, die zehnte Muse, war ja eine Lesbierin. Auf ihren Münzen, die sie zum allgemeinen Verkehr prägten, ließen sie alle möglichen Stellungen von Liebespaaren abbilden, darunter auch ganz ungewöhnliche. Es war allgemein gültiges Geld. Ich selber sah im Hause der Frau von Orsini zu Rom zwei Münzen, eine kupferne und eine silberne, die, wie man mir sagte, auf der Insel Lesbos geprägt worden waren. Auf der einen lieferte die nackte Sappho einem nackten Mädchen einen tribadischen Kampf. Auf der anderen hob ein nackter Mann, der sich auf das rechte Knie niedergelassen hatte, ein nacktes junges Mädchen empor und durchbohrte sie mit seinem Spieß, was sie ihm mit gespreizten Schenkeln erleichterte.

OTTAVIA: Jener Mann, der das Knie gebeugt hatte, betete zur Venus!

TULLIA: Und jenes Mädchen, das die Lenden emporhob, strebte gen Himmel! Bei deiner ovalen Venusmedaille, Ottavia! Aus diesen Medaillen kann man die Kunst studieren, solche Gruppen zu lernen, wie man einst nach den in den Tempeln Apolls und Äskulaps aufgehängten Gemälden die ärztliche Kunst lernen konnte. Wenn ich mich nicht irre, so hatten die Milesierin Elephantis, Philaenis und Hermogenes von Tarsos, die über diese Scherzchen so sachverständige Bücher schrieben, solche Münzen vor Augen und in Händen gehabt.

OTTAVIA: Man sagt jedoch, Elephantis sei unter ihren milesischen Mitbürgern eine wackere und züchtige Matrone gewesen; sie habe aber einen witzigen Schriftsteller sich zum Feinde gemacht; dieser habe das unanständige Buch verfasst und habe der guten Frau, die niemals an Derartiges gedacht, die Mutterschaft desselben zugeschrieben.

TULLIA: Wer sich auf Feindschaft mit Schriftstellern einlässt, ist kein vernünftiger Mensch. Sie vermögen sich für jede Beleidigung auf ewige Zeiten zu rächen. Die Gemälde, die sie entwerfen, haben eine Dauer, wie sie den Bildern eines Zeuxis und Apelles nicht beschieden ist. Die Jahrhunderte verleihen ihnen Kraft und Würde. In Italien lebt zurzeit ein Mann* von göttlichem Genie, der köstliche Gespräche über diese hübschen Sachen verfasst ... ›Wie man von allen Punkten der Erde zum Himmel emporsteigen kann, so erlangt man überall am Körper der Frau und in jeder Stellung, die sie einnimmt, die höchste Wollust, die der Venushimmel ist. Nicht nur ein einziger Weg führt dahin. Die Rosenlippen, die schneeigen Brüste, die unzüchtigen Hände, der bewegliche Hintern – sie alle sind eben so viele Wege, die zum süßen Ziel führen; sogar diejenigen, die der Venus von hinten opfern, vollenden doch ihre Anbetung in dem vorderen Heiligtum.‹

OTTAVIA: Genug! Nichts mehr von diesen Schändlichkeiten! O welch eine ekelhafte Verderbtheit!

TULLIA: Gewiss, weder die Gewässer des Weltmeeres noch die Flammen des Ohlegethon vermögen den zu reinigen, der sich damit besudelt hat. Nein, und wenn auch die Erde selbst zum Tartarus würde – für diese verruchten Päderasten wäre es nicht Strafe genug! O

---

* Pietro Aretino (vgl. Nachwort).

Scheußlichkeit! Ein hoch begabter Mann, Giovanni della Casa, hat in einem schönen Buch diese Verruchtheit zu empfehlen gewagt! O Zeiten, o Sitten! Bei den Italienern sind allerdings die Witze über diese Sittenverderbtheit üppig ins Kraut geschossen. Man kann die Sachen von verschiedenen Gesichtspunkten aus betrachten. Der eine sucht ein Mädchen im Knaben, der andere einen Knaben im Mädchen – immer das eine Geschlecht im anderen! Hole sie alle der Geier! Der Mann lässt sich heiraten wie ein Weib; Venus nimmt andere Gestalt an. In Rom wurde diese Schändlichkeit durch die Lex Seantinia bestraft. Die Pythagoräer sagen, die Päderasten würden nach ihrem Tode in Mistkäfer verwandelt. ›Die lenuvinischen Hoden sind anständig, die cliterninischen sind unanständige.‹* So lautet ein altes Sprichwort. An den Galgen mit denen, die durch solche Kunststücke die Waffen der Liebe selber gegen die Liebe kehren, die durch Venus Venus verderben! Ihre Göttin ist Cotytto, ihre Lehrer sind die Florentiner. Von allen Tieren ist der Mensch das einzige, das seinen Körper missbrauchen lässt; nur lässt er es

* Cicero, epist. 9, 22, 4. Lanuvium war eine Stadt der Latiner, Cliternum eine Stadt der Aequer.

nicht öffentlich geschehen. Höre doch, was Plinius sagt: ›Ein Einziges unter den lebenden Wesen vermag zu weinen; ein Einziges nur kennet die Wollust, und zwar übt es sie auf unzählige Arten und bedient sich dazu jedes einzelnen Gliedes.‹ Und an einer anderen Stelle sagt er: ›Unter den Menschen sind alle Abwege von den Männern ausersonnen worden. Es sind lauter Verbrechen gegen die Natur.‹

OTTAVIA: Meine Entrüstung gegen dieses Verbrechen, von dem ich ein neues Beispiel gehabt habe, wird nur immer größer. Höre nur, wie jemand in den Hinterhalt gelockt wird! Knaben, die in der Blüte der Schönheit stehen, vermögen sich solcher Nachstellungen nur mit Mühe zu erwehren.

TULLIA: Du meinst Roberto.

OTTAVIA: Nach der Mahlzeit, von der ich dir erzählt habe, wollte meine Mutter Roberto und mich zu ungezwungenem Gespräch allein lassen. Sie ging also. Wir setzten uns nebeneinander und er sagte: »O meine Göttin, du siehst mich vom Hauch eines fremden Atems befleckt. Es fehlte nicht viel, so wäre ich in der Zeit, die wir uns nicht gesehen haben, zur Frau gemacht worden.« Bei diesen Worten bedeckte sein Antlitz sich mit einer tiefen Röte: »Juan Luiz Vives liebt mich. Man nennt ihn einen Quintilian. Alle anderen Akademiker lieben ihn so sehr, dass sie sagen, es gebe auf der ganzen Welt nichts, was sie in gleichem Maße lieben. Die Liebe ist anpassungsfähig und listenreich. Ich lag während der ersten Stunden der Nacht in meinem Bett auf dem Bauch. Luiz trat ein. Er tätschelte mir die Hinterbacken. Ich erwachte. ›O was für ein herrlicher Popo!‹, rief er. ›Solch einen möchte der ehebrecherische Jupiter seinem Ganymed wünschen. Einen schöneren fand der verliebte Herkules nicht bei seinem Hylas, fand Hadrian nicht bei seinem Antinous. Der verwöhnteste Kenner würde ihn zur Befriedigung seiner Wollust dem schneeweißen Busen Hebes vorziehen. O wenn er sich doch meiner Liebe bequemen wollte! Ich würde ihn der Venus selbst vorziehen!‹ Er stieß einen Seufzer aus, gab mir einen Kuss auf den Mund. Er wollte mich erkennen. Ich schlug ihm seine Bitte ab und drohte ihm, mich über den Schimpf zu beklagen, den er mir habe antun wollen. ›Aber Kindchen!‹, rief er da; ›Margaris hat meine Liebesglut nicht verschmäht; sie ist die Schwester deines Freundes, des Markgrafen Rodrigo, der mit dir zusammen in diesem Hause lebt, sie ist schön, adlig, geistreich, eine Freundin der Literatur, eine

Göttin von sechzehn Jahren. Und doch hat sie meine Liebe nicht verschmähte.‹ Er gab mir einen Kuss, bat um Verzeihung und ging.«

TULLIA: Luiz Vives ist ein schöner, netter, gebildeter Mann und noch ziemlich jung. Ich will dir später erzählen, wie es mit ihm und der genannten jungen Dame zuging, und du wirst lachen. Jene Männer, die sich in ausgesprochener Abneigung von Weibern fern halten, die nehmen ihre Zuflucht zu Knaben, mögen sie wollen oder nicht. Die Liebe hat Mann und Weib zur Liebe geschaffen; sie hat sie für sich selber geschaffen. Von der Liebe für die Liebe gesät, keimen wir empor, um zu lieben. Die Liebe ist unsern Adern mit dem Blut eingeflößt. Beraube die lebenden Wesen der Liebe, und du beraubst die Natur der lebenden Wesen. Wir lieben sogar unseren Willen; wir lieben so, wie wir geliebt werden. Daraus ergibt sich, dass diejenigen, die von der erlaubten Liebe nichts wissen wollen, sich leidenschaftlich der unreinen Liebe ergeben. Du kennst Justina Gomez, die unter unseren Vestalinnen in so hohem Rufe steht. Sie ist leidenschaftlich verliebt in Alfonsina Albuquerque, Juana Menez und Antonina de Castro. Sie schläft mit ihnen in *einem* Bett. Sie hat auch nichts dagegen, in derselben Weise geliebt zu werden, wie sie liebt. »In diese heiligen Häuser«, sagt sie neulich zu mir, »die man der Keuschheit geweiht glaubt, dringt die verzagte Liebe unter einer anderen Form wieder ein. Wir nehmen den Schleier, und Amor nimmt mit uns den Schleier. Aber er blendet die Augen der Menschen. Niemand sieht ihn. Er lebt in unseren Gliedern, er versteckt sich in unsern Adern. Das Blut strömt in unseren Adern, und dass es strömt, dagegen können wir nichts machen. Amor verbrennt unsere Adern, und wir können nichts dafür, dass wir das Feuer in unsern Adern haben; denn Amor hat sie in Brand gesetzt. Und da wir nicht anders können, so lieben wir uns untereinander und werden wieder geliebt. Die Liebe ist die Nahrung der Seele. Es ist vorgekommen, dass Menschen, um ihren Durst zu löschen, ihren eigenen Harn getrunken haben; andere haben, da der Hunger sie quälte, mit ihren Zähnen Stücke von Fleisch aus ihren eigenen Gliedern gerissen. Ebenso ist es, wenn dem Weibe der Mann, wenn dem Manne das Weib verweigert wird. Der Mann wird einen Mann lieben, das Weib ein Weib. Wenn der Liebe, die von Natur zum anderen Geschlecht neigte, der Weg versperrt wird, so wird sie blutschänderisch werden. Du hast das Bedürfnis, deine Blase zu entleeren; man verbietet es dir, du wirst trotzdem nässen. Wenn du keinen Nachttopf hast, wirst du deine Kleider besudeln. Auch das Weib ist ein Nachttopf. Die Liebe hat bei dir den Drang, sich zu entleeren. Ist der Drang zum Wasserlassen ein Verbrechen? Die Liebe will spritzen und sie wird spritzen. Wie viele Menschen werden verrückt durch diesen Keuschheitswahnsinn, dem wohl Geizhälse und verbohrte Dummköpfe ihren Beifall zollen, den aber die Natur nicht billigt. Vor langen Zeiten, im goldenen Zeitalter, waren Menschen, die solche Art von Weisheit betrieben, selten. Nur alte Leute ließen sich das einfallen. Man trug der Verschiedenheit der Charaktere Rechnung. Wie lächerlich! Wer von einem erschöpften, gelähmten Greis die Arbeitsleistung eines Jünglings verlangen wollte, der würde nicht für vernünftig gehalten werden; wer aber verlangt, dass ein Mensch in der Blüte der Jugend und der Kraft sich in der starren Winterkälte des Alters begrabe, der soll für weise gelten!? Aber fahre fort, Ottavia, du bist ja unter einem glücklicheren Stern geboren!

OTTAVIA: »Bei Euren Augen, die meine Sterne sind!«, rief Roberto; »ich werde mich sorgfältig vor jeder Befleckung in Acht nehmen.

Durch eine ungekannte Tugend werde ich ungekannten Ruhm erwerben. Ich werde mir das Glück verdienen, Euch anzugehören.«

TULLIA: Viele behaupten sehr eifrig, das Haupthindernis für Jünglinge, die gerne tugendhaft sein wollten, sei der weibliche Umgang. Diese Blinden täuschen sich aber ganz gewiss! Sieh doch nur, wie viele Spieler und Schlemmer der Umgang mit uns ehrbaren Frauen zu besseren Sitten bekehrt hat! Sie haben bei uns nicht nur Wonne, sondern auch wahre Ehrbarkeit gefunden. Was die Tugend, auf sich allein angewiesen, nicht vermocht hätte – dank dieser Hilfe hat sie es fertig gebracht. Sie haben gesehen, dass sie Dank dieser Tugend gefallen, und darum hat ihnen schließlich die Tugend gefallen. In einer unserer Nachbarstädte waren die Sitten der jungen Leute im höchsten Grade verderbt. Der Senat verbot durch zahlreiche Erlasse die Ausschweifungen der Kurtisanen und das Gewerbe der Kupplerinnen. Aber junge Männer können den geschlechtlichen Verkehr so wenig entbehren wie die Lebensluft. Da wandten sie ihre Blicke und ihre Liebe anständigen Frauen zu. Und diese empfingen auf Geheiß der Eltern mit freundlicher Miene alle jene, die sich eines anständigen Wandels befleißigten; von denen aber, die sich nicht bessern wollten, mochte keine etwas wissen. Den Liebkosungen einer geistvollen Frau wohnt mehr Überzeugungskraft inne als dem ganzen Plato. Ein Jahr war noch nicht vergangen, da waren die Sitten ganz andere geworden: Die früheren ›Schweine von Epikurs Herde‹ waren Muster von männlichen Tugenden. Das eine Geschlecht muss durch das andere gebessert werden; man darf sie also nicht voneinander trennen. Die Männer folgen den Frauen auf dem Wege, den diese vorangehen, und dazu treibt sie die Kraft der Natur. Wenn die Frauen gut sind, so werden sie sie zum Ruhme führen; sind sie schlecht, so führen sie sie zur Schande … Jetzt aber fahre bitte in deiner Erzählung fort!

OTTAVIA: »Wahrhaftig, ich sterbe vor Liebe!«, rief Roberto; »warum neidet mir Sempronia so lange mein Glück?« Meine Mutter hatte ihn gehört, trat ein und antwortete: »Ich neide es dir nicht; aber Venus liebt das Warten. Die Wonnen der Liebe steigern sich, wenn die Liebenden auf sie haben warten müssen. Aber ich will großmütig gegen euch sein: Geht zu Bette! Geht nur!« Und sie lächelte.

TULLIA: Ich verstehe: »Geht zur Liebe!«, sagte sie auch damit; »Geht zum Leben!« Sie stieß in die Trompete und gab das Zeichen zum Beginn des Gefechtes.

OTTAVIA: Sie gab uns beiden einen Kuss. Dann führte uns Manilia in die Stechbahn der Liebe. Sie zog mir mein Kleid aus und legte mich nackt in mein Bett. Roberto sprang mit einem Satz zu mir hinein. »Endlich habe ich«, rief er, indem er mich in seine Arme schloss, »das höchste Glück! Endlich habe ich das ganze Glück!« – »Und möge den glücklich Liebenden alles zum Besten gedeihen!«, sagte Manilia. »Ich will diese Kerzen nicht auslöschen, Roberto; deinem Triumphe soll nicht das Licht mangeln, auf das er Anspruch machen kann.« – »Fürwahr«, erwiderte Robert, »der zarte Leib eines jungen und schönen Weibes ist der Triumphwagen der Liebe. Auf deinem Triumphwagen thronend, Ottavia, werde ich auf diesem dunklen Wege«, bei diesen Worten krabbelte er an meiner Kleinen, »dem Ruhm entgegengehen.« Meine Kleine, meine Schenkel, meinen Busen verschlang er mit gierigen Blicken. Und dem Knaben schwoll sein Lümmelchen. »Erlaube«, sprach er, »erlaube mir, meine Venus!« Und er gab mir einen Kuss. – »Ich erlaube dir, ich erlaube dir alles, was du begehrst. Dir zu dienen, werde ich als Befehl ansehen. Wie du mich wünschst, so werde ich sein.« – »O die Schwätzerin!«, rief Manilia, indem sie auf unser Bett zueilte: »Jetzt gilt's zu handeln und nicht zu reden! Ich will euch beiden helfen, und dank mir wird eure Wollust neue Wonnen erhalten. Schön steht er dir, mein Roberto! Nun vorwärts! Auf Ottavias weiße Brust schwinge dich und überströme sie mit deiner Liebe.« – »O Mütterchen«, versetzte ich, »willst du denn bei meiner Schande dabei sein? Ich bitte dich, geh!« – »Närrin! Hast du denn zu deiner Amme kein Vertrauen, liebes Kind? Auf in den Kampf, Roberto, zeige mir aber dieser unvergleichlichen Heldin gegenüber einen wahren Heldenmut!« Während Manilia noch sprach, sprang Roberto auf mich hinauf; sein Geschoss traf meine Kleine; Manilia aber fing mit dienstfertiger Hand den Speer auf, der doch nicht ganz das Ziel getroffen hatte und zurückgeprallt war. »Komm, kleiner Ausreißer!«, sprach sie, »komm in das Liebesgefängnis! Hier erwartet dich die Arbeit, die du deiner Herrin zu leisten hast.« Mit diesen Worten stemmt sie die Hände gegen des Knaben Hinterbacken und schiebt; augenblicklich hab ich ihn ganz und gar drin. Manilia sagt mir, ich solle mich nicht rühren. »Hebe das linke Bein hoch, Ottavia, und stemme dich mit dem anderen gegen!« Ich gehorche. – »Und du, Roberto, stoße ganz sachte mit leisen Stößen. Du, Ottavia, küsse ihn, aber rühre dich nicht.« Wir gehorchen. »Wenn ihr's kommen fühlt, dann stoße du, Ottavia, einen Seufzer aus; du aber, Roberto, küsse Ottavia mit sanften Bissen.« – Ich umarme ihn, ich küsse ihn, bewege mich aber nicht dabei. O gute Venus! O gute Tullia! Ich fühle, wie ich fertig werde; da stoße ich einen Seufzer aus. »Jetzt, jetzt, Roberto!«, ruft die kupplerische Amme, »mach es der Ottavia, mach's ihr gut! Stoße, stoße, schnell, schneller!« Er stößt, er schiebt. In meinen Hals schlägt er seine Zähne ein. Wieder stoße ich einen Seufzer aus. »Jetzt, jetzt«, ruft wieder Manilia, »verschaffe Roberto die Wonne deiner schnellen Stöße! Hebe die Lenden hoch, stoße flink von unten rauf. Gut so, mein Kind! Ich glaube, selbst Laïs besaß nicht den Vorzug eines so beweglichen Popos!« Der süße Knabe beginnt zu spritzen, und ich fühle meine Herzgrube von heißem Liebessaft überströmt. Niemals war ich in so schnellem Lauf ans Ziel der Wollust gelangt. Manilia aber streichelte mit der einen Hand meine, mit der anderen Robertos Lenden; zugleich presste sie mir mit den Fingerspitzen die Schambeffchen zusammen und zog sie wieder auseinander; zugleich streichelte sie dem auf mir liegenden Knaben in so geschickter Weise die Oliven, dass sie den letzten Tropfen hergaben. Ohnmächtig sank das Kind an meine Seite; die Amme aber ging hinaus und klatschte der so wohlgelungenen Vorstellung Beifall. Unzählige Küsse gab ich dem an meiner Seite ruhenden Knaben. »Liebst du mich auch wirklich?«, fragte ich ihn. »Haben die Gaben meiner Venus dir Freude gemacht? Ist dir etwas nicht recht? Ist dir etwas an mir nicht recht?« – »Frage doch, o Herrin«, antwortete er mir, »ob es einem nicht recht sei, sich bei Jupiter, Juno und den großen Göttern im Himmel befunden zu haben!« – »Oh, ich weiß wohl, wie es ist! Die Männer stürzen sich uns Frauen in die Arme und nachher haben sie Ekel.« – »Du bist kein Weib wie die andern, die ich kenne«, antwortete er mir. »Du bist die Göttin der Liebeswonne. Wenn ich jemals deiner satt würde, dann könnte man auch des himmlischen Glückes und der Gelage der Götter satt werden.« – –

[Lücke im Original]

»Ich habe eine schlaflose Nacht verbracht. Das Bett krachte, dass der Fußboden zitterte;

ich befürchtete, es könnte zusammenbrechen. Ich zweifle nicht daran: Ihr habt eine Komödie gespielt. Diese pfeilbewaffnete Diana ist dein Apollo gewesen; sie würde deinen Drachen Python durchbohren! Du wirst darüber nicht rot werden, meine Ottavia. Als sie heute Morgen bei der Abreise uns Lebewohl sagte, presste ich ihren Busen gegen den meinigen, und ich fühlte unter ihrem Mieder keine schwellende Rundung. Sie hatte auch nicht mehr jene lebhafte strahlende Gesichtsfarbe, die gestern ihre Wangen schmückte. Die nächtliche Arbeit hatte sie blass gemacht.« – »Du täuschst dich, Eleonora«, antwortete ich ihr, »ich habe keinen Mann in mein jungfräulich gebliebenes Witwenbett aufgenommen. Wir haben allerdings, mit Scham muss ich dies gestehen, Liebesspiele getrieben wie Sappho und Andromeda. Oh, wenn du, Eleonora, die keimenden Halbkugeln ihrer Brüste sähest, du würdest für sie entbrennen. Oh, wenn du – ich darf nicht sagen ihr V…, oh, wenn du ihr V…lein sähest, du würdest noch heißer entbrennen. Ich war ihr liebender Gatte, sie war mir liebende Gattin in der Liebeswut unserer Tribadenkünste.

TULLIA: Fernando Porcios Schwester Enemonda war von großer Schönheit. Ihre Freundin war die nicht weniger schöne Francesca Bellina. Sie wussten selber nicht, wer von ihnen beiden die Freundin am heißesten liebte. Oft schliefen sie zusammen in Fernandos Haus. Dieser legte Francesca jene geheimen Schlingen, an denen Frau Venus ihren Spaß hat; das schöne Mädchen wusste, dass es begehrt wurde, und war stolz darauf. Von seinen Begierden gefoltert, hatte der Jüngling schon beim ersten Schimmer der Morgenröte sein Bett verlassen; er kühlte seine Glut, indem er auf dem Balkon die frische Morgenluft einsog. Im Nebenzimmer krachte das Bett seiner Schwester, von heftigen Stößen erschüttert. Die Tür stand offen; Venus war dem Liebenden hold gewesen, indem sie die Mädchen diese Nachlässigkeit begehen ließ. Er tritt bei ihnen ein; blind vor Wollust, trunken vor Wollust, sahen sie ihn nicht. Nackt ritt Francesca auf der nackten Enemonda; sie ritt auf ihr Galopp. – »Die adeligsten und geilsten Lustzapfen«, sagte Francesca, »bewerben sich um meine Jungfernschaft. Ich werde den schönsten wählen – aber nicht für mich, sondern für dich. So will ich deinen und meinen Geschmack befriedigen.« Bei diesen Worten bearbeitete sie sie mit aller Macht. Fernando springt nackt in ihr Bett; die Mädchen in ihrer

Angst wagen nicht davonzulaufen; er umklammerte mit seinen Armen die von ihrem Ritt ermüdete Francesca, er küsst sie und ruft: »Wie, du Bösewicht, du wagst meine so reine, so keusche Schwester zu schänden? Das sollst du mir bezahlen! Ich werde die Schmach rächen, die meinem Hause angetan ist. Erdulde meine Glut, wie sie die deinige erduldet hat.« – »Bruder, lieber Bruder«, erwidert Enemonda, »verzeih zwei Liebenden! Gib uns nicht der Schande preis!« – »Niemand wird etwas davon erfahren«, versetzt er, möge Francesca mir ihre Kleider schenken, dafür schenke ich euch beiden meine Zunge. Niemand wird etwas erfahren.« – – –

[Große Lücke im Original]

OTTAVIA: Unsere modernen Hochwohlweisen, unsere modernen Catos verbieten es, nackte Menschen zu malen; wenn diese Catos vom Himmel gefallen sind, so fielen sie sicherlich vom Mondhimmel.

TULLIA: Der dümmste und albernste Mensch ist stets auch der hochnäsigste. Wenn du bei einem solchen richtiges Urteil und Bildung suchst, so ist das verlorene Mühe. Die Natur, die Mutter aller Dinge, hat uns nackt geschaffen. Gott ist kein Schneider und Schuster. Die Kleidung wurde erfunden, um den Unbilden der Luft und der wechselnden Jahreszeiten Trotz bieten zu können, nicht weil es unserem Leibe in irgendeiner Beziehung an Schönheit mangelt, nicht weil das Werk, das aus den Händen eines solchen Schöpfers hervorgegangen ist, irgendetwas Unanständiges an sich hat, dessen man sich zu schämen brauchte und das man verbergen möchte. Die Schönheit des Leibes besteht im regelmäßigen Bau der Glieder; sie besteht, beim Herkules, wahrhaftig nicht in der Pracht der Kleider. Der Menschenleib ist das schönste Werk des ewigen Gedankens. Wer könnte es leugnen? Die Kunst des Schöpfers findet ihren höchsten Ruhm in diesem Gebilde. Wer es bedeckt, der tadelt es. Wenn Gott nicht gewollt hätte, dass man den Menschen sähe, so hätte er ihm die Fähigkeit gegeben, seinen Leib unter Haaren zu verbergen. Wäre ihm dieses etwa nicht möglich gewesen? Glaubst du, er müsste, um ein so wunderbares Werk zu vollenden, auf die Beihilfe des Menschen rechnen? Wer so spricht, ist ein Narr. Der größte Teil des Erdballs wird von Menschen bewohnt, die nackt bleiben, wie sie geboren werden, und es gibt Zonen, wo die Siedehitze der Luft den Gebrauch von Kleidern unmöglich macht. Mögen diese Luchse nur hinsehen! Die allmächtige Natur zwingt die Menschen, ihre Glieder und Lenden nackt zu zeigen. In jenen Zonen kennt man keine ›Schamteile‹. Nackt sein ist durchaus keine Schande. Sollte denn also dieselbe Allmacht der Natur sich Lügen strafen und verlangen, dass in anderen Zonen diese Teile verborgen würden, wie wenn sie unzüchtig wären, und verdeckt würden, wie wenn sie Verbrechen begangen hätten? Könnte die Natur dies wollen, selbst wenn diese Glieder scheinbar unanständig wären? Mögen doch diese Luchse die Augen aufmachen! Die Griechen, die durch ihre Kunst und ihren Geist auf ewige Zeiten erlaucht sind, malten ihre Heroen und die Söhne von Heroen nackt. Ich sah in Rom das Standbild Alexanders, ein Werk des Praxiteles. Der Sprössling des Herkules hat über dem einen Arm ein Löwenfell, alles andere ist nackt. Wer das Bildnis des Kaisers Karl sieht, der ein Nebenbuhler Alexanders war, der sieht das Antlitz und die Hände eines Fürsten; an allem Übrigen aber sieht er nichts Fürstliches. So zu malen heißt Kleider malen, nicht Menschen malen. Wer dich niemals ganz nackt gesehen hat, würde eine dumme

Behauptung aufstellen, wenn er sagte, er habe dich gesehen. Auf diese Weise sind Malerei und Bildnerei von ihrer früheren Würde herabgesunken. Die Maler und Bildhauer unserer Tage sind unwissende Dummköpfe; und in den Wissenschaften ist es wie bei den Künsten. Mit Ausnahme von einem oder zweien sind Künstler wie Gelehrte nichts weiter als Scharlatane und Trunkenbolde, die von ihrer Kunst oder von ihrer Wissenschaft nichts verstehen. Aber es sei gefährlich, sagt man, nackte Männer und nackte Weiber darzustellen; es könne darin eine geheime Verleitung zu Ausschweifungen liegen ... Unsinn! Unsere Landsleute, die in Indien oder in Amerika leben, wo die Frauen ihre Geschlechtsteile offen zur Schau tragen, geben sich darum keinen geilen Lüsten hin. Sie gewöhnen sich an den Anblick, und die Gewohnheit stumpft die Begierde ab. Glaube nur, Ottavia, wenn wir die Schätze unserer geheimen Schönheiten auf das sorgfältigste allen Blicken entziehen, werden die Männerherzen dadurch nur umso heißer entflammt. Sie sehen in ihrer Einbildung viel mehr Schönes, als nachher ihren Blicken wirklich zuteil wird. Wenn wir ihnen unseren Leib preisgegeben haben, ist ihre Glut viel weniger heiß. Die

Reize, die sie soeben noch anbeteten, ohne sie gesehen zu haben, diese Reize sind plötzlich nicht mehr vorhanden. Wenn das Gesetz etwas verbietet, so gibt es dadurch dem Verbotenen nur umso größeren Reiz. Die meisten Menschen wären keuscher, wenn sie mehr Freiheit hätten. Wenn der Wein frei flösse, wie die Fluten eines Stromes, so würde man kaum hier und da einen Trunkenen finden. Wenn die Frauen alle nackt einhergingen, so würde die Liebe sich nicht mehr, wie sie es jetzt tut, an unzüchtigen Begierden entflammen. Die Besitzer von Gemälden, auf denen nackte Weiber dargestellt sind, empfinden bei ihrem Anblick keine sinnliche Regung; die beständige Gewohnheit, sie zu sehen, hat sie kalt wie Marmor gemacht. Die vorgedachten Hochwohlweisen reden also Unsinn, weil sie's nicht besser verstehen. – –

[Lücke im Original]

– »Willigst du ein?« – »Ich nehme die Bedingung an«, antwortete sie lächelnd, »aber sie soll mir kein Omen sein, denn ich will, liebe Schwester, in dir eine Freundin, nicht eine Feindin haben. Als eine Schandtat stellst du den kleinen Scherz hin, zu dem die verliebte

Raserei des Pagen mich getrieben hat. Er war doch nur ein Spiel. Aber gleichviel, ich nehme die Bedingung an. Verschone mit deinem Zorn den Knaben und lass ihn an mir allein aus.« – »Ich werde es mir überlegen«, versetzte Judith. »Den Sohn meines Vetters, dem er von einer reizenden Geliebten beschert wurde, darf ich nicht hassen. Auch ich habe kein ehernes Herz. Ich verlange nichts weiter, als dass du meinen Befehlen gehorchst, gleichviel was für eine Laune mir in den Sinn kommen mag.« – »Ich werde gehorchen«, sagte Lucia. – »Und ich nehme alles auf mich«, fuhr Judith fort, »fürchte dich nicht vor deinem Gatten. Er liebt die Wälder, nicht das Ehebett. Der kühne Jäger Kephalos macht sich ja nicht viel aus seiner Gattin Prokris. Ich verlange, dass du dir eine Keuschheitsspange anlegst.« Als sie dies hörte, entströmten Fluten von Tränen den Augen der jungen Frau, und Judith fühlte ihr grausames Herz weich werden. Außer sich vor Aufregung riss sie Lucia die Bettücher vom Leibe. Und als sie alle Schönheiten dieses von Jugendkraft strotzenden Körpers erblickte, da rief sie: »O die reizende Venus!« Aber sie vermochte kein Wort mehr hervorzubringen. Endlich fand sie ihre Stimme wieder und sagte: »Juno wird der Unglücklichen huldvoll zur Seite stehen.« – »Verzeih mir, Schwester«, wiederholte Lucia, »lass mich meinem eigenen Geschlechte angehören! Ich bin Weib, und ich sollte nicht mehr Weib sein dürfen ohne ausdrückliche Erlaubnis jener Keuschheitsspange? Verzeih mir, gute Schwägerin!« Mancia und der Page waren fortgegangen. – »Wie schön du bist in deiner Trauer, Lucia, meine Schwester und Hebes Schwester!«, sagte Judith. »Willst du mein sein? Wenn du mein bist, dann gehöre ich nicht mehr mir selber an.« – »Gern will ich das«, antwortete Lucia, »aber ich kenne mein Unglück und dein hartes Herz.« Sie weinte; Judith gab ihr einen Kuss und sprach: »Du hast mein steinernes Herz weich gemacht! Aus diesem Felsen hast du nicht einzelne Funken geschlagen, sondern hoch lodernde Flammen der Liebe sind daraus hervorgebrochen.« Sie gab ihr noch einen Kuss und entbrannte in neuer Glut. Dann fuhr sie fort: »Ich bitte dich nur um eins: dass du mich liebst und Juan hasst! Sei die Sklavin meines Willens; durch diese Knechtschaft wirst du die Herrschaft erlangen.« Lucia versprach, alles zu tun, was sie verlangte. »Nun denn, so werde ich diese Nacht bei dir schlafen«, sagte Judith; »ich werde der Gatte meiner neuen Gemahlin sein.«

OTTAVIA: Hahaha!

TULLIA: Die ganze Nacht erfüllte sie mit ihrer Brunst das Bett der jungen Frau; sie gab ihr tausend und Abertausend Küsse, unermüdlich ritt sie sie, und die unkeuschen Rasereien ihrer Hände marterten diese zarten Glieder. Mit Sonnenaufgang ging sie. An den folgenden Tagen schien sie nicht mehr zornig auf Juan zu sein, aber dem armen Jungen wurde verboten, seine Herrin zu sehen. Er war ganz außer sich vor Schmerz und ging an seinem Kummer zu Grunde. Endlich begab er sich zu Mancia und sagte: »Mancia, ich war wahnsinnig. Dich allein liebe ich wirklich!« Sie sanken einander in die Arme, und diese Umarmungen Mancias verschafften Juan die Umarmungen Lucias wieder. »O Mancia, mein Lebenslicht!«, rief Juan. »Der Zorn tötet mich; ich sterbe. Diese Undankbare, diese Treulose soll sich über mich lustig gemacht haben? Und ich soll sterben, ohne mich gerächt zu haben? Nein! Ich werde nicht sterben, wenn du es willst, sondern ich werde für dich leben!« – »Ich werde dir helfen«, sagte jene. »Aber was hast du beschlossen? Was gedenkst du zu tun?« – »Ich will die Hochmütige in meine Gewalt bekommen! Mit meinen Füßen werde ich sie in den Kot treten!« – »Ich verstehe nicht, woran du eigentlich denkst. Vielleicht willst du sie im Bett zertrampeln, nicht im Kot.« – »Lieber wollte ich Tisiphone beschlafen, zwischen deren kotigen Leisten eine gräuliche Kröte ihren Schlund öffnet; lieber wollte ich Charons Geliebter sein!« – »So schwöre mir denn!«, rief sie. – »Ich schwör's bei allen Göttern und Göttinnen; ich schwöre es bei dir selber, die du die mächtigste Göttin sein wirst, wenn du mir beistehst.« – »Ich werde dir beistehen, verlass dich drauf! Du wirst glücklich preisen, dass meine treue und eifrige Geschicklichkeit dir dient. Ich weiß es: Wenn du ein Herz im Leibe hast, so wirst du, bei Venus, es wagen, deine Herrin zu hassen, die dich verachtet, weil sie nicht weiß, was du wert bist.« – –

[Lücke im Original]

»Ich habe alle ihre Ränke zu Schanden gemacht, o Herrin. Auf Umwegen musste ich dem Glücke zusteuern.« – »Sehr scharfsinnig ausgedacht, mein liebes Herz!«, antwortete Lucia; »Judith, die ich verabscheue, betet mich an und quält mich mit ihrer sündhaften Liebe. Sie ist rasend, aber alle ihre Mühe ist vergebens. Eher möchte ich eine Natter lieben.« Das Röhrchen des Knaben, von der Begierde angestachelt, richtete sich empor, ganz stattlich und löblich richtete es sich empor. Lucia verschlang es mit ihren Augen. »Meine Seele entflieht mir, meine Seele!«, hauchte sie. »Und zu dir nimmt sie ihre Zuflucht!« Und damit überschüttete sie den Pagen mit Küssen. – »Auch ich sterbe, o Herrin!«, rief Juan. »Auf, wir sind hier in Sicherheit!« Das Antlitz der jungen Frau überzog sich mit dunklem Purpur; furchtsam begann sie zu zittern. – »Weise weit von dir«, fuhr Juan fort, »diese lächerliche Keuschheit; sie ist ein Ungeheuer. Lass es mich mit meinem Spieße durchbohren!« Lucia lächelte. »Stelle dir Venus vor, die den Knaben Adonis in ihren Armen hält.« – –

[Lücke im Original]

OTTAVIA: Margaris, eine Jungfrau von anmutigem Wesen und göttlicher Schönheit, heiratete vor einigen Tagen den Grafen Emanuel. Sie war würdig, von Roberto geliebt zu werden; und ich glaube, ich hätte ihm verziehen, wenn er sie geliebt hätte.

TULLIA: Wie wenn verwundete Liebe überhaupt verzeihen könnte.

OTTAVIA: An Klugheit und Verstand tut sie es den erfahrensten Frauen zuvor, auch denen, die viel älter sind als sie, und an Schönheit übertrifft sie selbst die, deren Reize in größerem Rufe stehen. Die Höflichkeit, die Liebenswürdigkeit, die Güte dieses im Schoße des Reichtums aufgewachsenen Mädchens von höchstem Adel sind geradezu sprichwörtlich. Diese Tugenden hat ihr Luiz Vives durch seine Erziehung und seine Lehren seit ihrer frühesten Kindheit eingeflößt, wie er zugleich auch ihr Lehrmeister in der Wollust gewesen ist. O wie glücklich ist das Weib, das unter eurem Stern geboren ist, Apoll und Venus! Margaris war von großer Liebe zu den Studien beseelt, und auf das Sorgfältigste pflegte ihre Mutter, Catarina Harrtro, ihre guten Anlagen und Talente. Sie vertraute ihre Erziehung dem gelehrtesten Manne unserer Zeit an: Luiz Vives. Das Mädchen gefiel dem Lehrer über die Maßen, und er wurde von einer heftigen Liebesleidenschaft zu ihr ergriffen. Der bedeutende Mann schämte sich seiner Liebe, zugleich aber bereitete sie ihm Wonne. Er wollte und wollte auch wieder nicht. Was sollte er machen? Auch wer nicht lieben will, muss lieben – ja noch mehr, man muss lieben, wen man nicht lieben will. Amor hat keine freie Wahl. Die Mutter war abwesend. Sie hegte keine Besorgnisse um ihre Tochter und hatte nicht das geringste Misstrauen gegen Luiz. Sie hatte sie ganz allein im Hause gelassen, und in diesem Hause herrschte, dank seinem bedeutenden Wissen, der ehrwürdige Lehrer. Eines Tages erklärte er ihr den Bau des menschlichen Körpers, und da kam er auch auf das Herz zu sprechen. »Das Herz«, sagte er, »ist der wundervolle Sitz aller Gefühle; in ihm wird die Liebe, wird auch der Hass geboren. Alles Gute und alles Böse entspringt im Herzen. Was meinst du, Margaris, ist wohl die Liebe stärker als der Hass?« – »Bis auf den heutigen Tag«, antwortete sie, »haben weder Liebe noch Hass mit ihren verderblichen Ratschlägen mich angespornt; ich bin gut und bin rein.« – »Aber«, entgegnete Luiz, »du bist jetzt in das Alter gekommen, wo oft die Adern von einem verborgenen Feuer erglühen, obwohl man sich ganz wohl befindet. Du bist ja in der Tat von blühender Gesundheit. Aber du liebst, du brauchst nicht rot zu werden, du liebst den Grafen Emanuel, der ja in der Tat ein ganz reizender junger Mann ist. Du liebst ihn, Margaris, du liebst ihn! Und ich freue mich dessen!« – »Ich liebe den Mann, den meine treffliche Mutter mir zum Gatten bestimmt hat. Wenn ich dies leugnen wollte, so würde ich lügen, und die Lüge verträgt sich nicht mit den Lehren, die Ihr mir eingeflößt habt.« – »Nun«, fuhr Luiz fort, »könntest du denn außerdem nichts lieben? Würdest du mich hassen?« – »Gewiss nicht; im Gegenteil, ich liebe Euch sehr; ich wäre undankbar, wenn ich Euch nicht liebte.« – »Und wenn ich dich liebte, dich, die du so schön, so geistreich bist, würdest du mir das als Verbrechen anrechnen?«, fragte Luiz. – »Als Verbrechen? O nein! Ich würde vielmehr Euch für diese Liebe dankbar sein und, so wahr mir die Götter gnädig sein mögen, ich würde sie vergelten.« Während dieser letzten Worte betrat Rodrigo das Zimmer; sofort wechselte Luiz das Thema des Gespräches … Am nächsten Tag hielt er dem Mädchen zuerst einen langen Vortrag und legte ihr dann Zeichnungen des Herzens, des Gehirns und der Brust vor. – »Da du so dicht vor deiner Hochzeit stehst, göttliche Margaris«, so sprach er, »so musst du die Lage, Gestalt und Funktion jener Körperteile kennen lernen, deren eigentümlicher und höchst süßer Gebrauch in der Brautnacht die Menschen zum Range der Götter erhebt. Männer und Frauen werden zur Ehe veranlasst durch die Wollust, die sozusagen deren verheißene Belohnung ist.« Mit solchen wollustatmenden Reden, mit denen er noch lange fortfuhr, setzte er das leicht entzündliche Mädchen in helle Glut. Luiz bemerkte, wie die Jungfrau die Vernunft verlor, und er selber verlor die Vernunft. »Der Held«, rief er, »der dir, o Heldin Margaris, deine Jungfernschaft rauben wird, er wird mir glücklicher erscheinen als Jupiter. Auf welche Bedingungen hin, o Göttin, hast du dich einem Sterblichen ergeben? Welcher Preis kann auf unserer Erdenwelt solche Schätze bezahlen? O ich Unglücklicher!« – »Die Götter werden Euch beistehen, und auch ich werde Euch helfen!«, antwortete Margaris. »Die Götter werden Euch hold sein, wie auch ich es sein werde.« – »Sei mir hold, Margaris, und auch die Götter werden mir hold sein; wenn du mir hold bist, müssen auch die Götter es sein, mögen sie wollen oder nicht.« Die Jungfrau errötet und schweigt. »Willst du denn nicht«, fährt Luiz fort, »ein einziges Wort sagen, das mir Unglücklichem ein bisschen Hoffnung gibt?« – »Ein Wort werde ich nicht sprechen«, antwortet Margaris, »aber was soll ich tun?« – »O Schönheit! O Jugendblüte!« Sie stößt einen Seufzer aus. »Du machst mich den Göttern gleich!«, ruft Luiz. Das Mädchen schwieg und hielt den Blick auf den Boden geheftet. Ein seidenes Mieder, das durch eine goldene Spange zusammengehalten wurde, bedeckte ihre elfenbeinglatten Schultern; außer ihrem Hemd und Rock trug sie sonst keine Kleidungsstücke. Ihr Busen war unbedeckt, die Brüste lagen bloß. Von der Glut der Venus entflammt, ergreift er, seiner selbst nicht mehr bewusst, die beiden Halbkugeln; sie waren klein und so marmorhart, dass man hätte Funken aus ihnen schlagen können; er küsst sie mit heißer Inbrunst. »Was ist denn dies?«, seufzt die Jungfrau, und dicke Tränen rollen ihr über die Wangen. – »Bin ich dir denn zuwider, o meine Göttin?«, fragt Luiz. – »Nein, das seid Ihr nicht, aber ich will Euch nichts gewähren.« – »Aber du wehrst mir doch auch nicht?« – »Auch verweigern will ich Euch nichts.« – »Was willst du denn, liebes Kind?«, fragt Luiz. »Du willst nicht gewähren, willst nicht verwehren; aber wenn man nicht gewährt, so verwehrt man eben.« Glühende Küsse begleiteten diese glühenden Worte. – »Wenn ich gewähre«, versetzte Margaris, »so benehme ich mich wie eine Kurtisane; wenn ich so schlecht bin zu verwehren, so bin ich eine Undankbare.« – »Ich verstehe, ich verstehe schon!«, ruft Luiz. »Du wünschst, dass ich dir Gewalt antue, wenn ich ein Mann bin; keusch wie du bist, ist es dir nicht lieb, wenn ich mit Worten dich bitte, mir deine Ehre hinzugeben.« – »Bis auf den heutigen Tag«, antwortet Margaris, »hat niemals auch nur der Schatten eines unkeuschen Gedankens meinen Geist gestreift. Die Strahlen der Sonne sind nicht reiner als mein Geist und meine Seele.« – »Ich weiß es!«, ruft Luiz, »du bist die reinste Reinheit?« Während er so spricht, löst er ihr die Spangen und zieht ihr Mieder und Rock ab; nur das Linnenhemd blieb allein auf ihrem Leibe und beschützte, wie ein leichtes Wölkchen, nur unvollkommen ihre Scham. Margaris weinte, aber sie leistete keinen Widerstand; sie wurde rot und blass, aber sie leistete keinen Widerstand. In einer Ecke des Zimmers stand ein niedriges Bett für eine einzige Person; eine schwarzseidene Decke lag darauf. Hierhin führt Luiz, mit seiner Venuswaffe drohend, das zitternde Lämmlein. – »Setz dich doch auf das Bett, o meine Göttin!«, sagte er. Margaris setzte sich. Dann legte er sie mitten auf's Schlachtfeld, so nannte er das Bett, und sagte: »So führt man Krieg!« – »O ich Unglückliche!«, seufzte Margaris; »schont meine Keuschheit! Wenn Ihr mich liebt, so schonet meine Scham. Was habe ich getan, ich Ärmste! Und Ihr, was werdet Ihr nicht noch tun? Ich bin des Todes!« – »Ich werde dir in meinen Armen«, ruft Luiz, »das Glück der Götter bereiten, wie ich in den deinigen es finden werde.« Er hatte ihr das Hemd bis über die Brust emporgestreift. Tausend Reize erschienen seinen Augen, die vor Wollust nicht mehr klar sahen. Brust, Leib, Schenkel – alles war wunderbar schön. »Jetzt wollen wir sehen«, ruft Luiz, »wem die Liebesgötter den Besitz dieser Burg zusprechen werden. Schau! Ich lasse aus meinen Laufgräben alle meine Truppen einen Ausfall machen.« Er ließ den Hosenlatz herabsinken und bedrohte mit seiner Manneswehr das zitternde Mädchen; prachtvoll stand ihm der Ast neun Zoll lang; besonders aber zeichnete er sich durch seine Dicke aus. – »O Mutter!«, rief Margaris; »o geliebte Mutter! Würdest du es für möglich halten, dass ich einer solchen Schicksalstücke mich ausgesetzt sehe? Ich geschändet! Oh, es ist um mich geschehen!« – »Unsinn! Lauter Unsinn!«, sagte Luiz. »Nur Mut, meine Göttin, du wirst mich wegen meiner Tat beglückwünschen; du wirst, das weiß ich, Triumphgesänge anstimmen, du wirst in der höchsten Wonne und Seligkeit schwimmen.« Auf ihre Muschel heftet er seine unersättlichen Blicke; dann prüft er, in diesen Dingen wohlerfahren, mit glühendem Finger ihre glühende Spalte. »Unter dieser purpurroten Blume«, sagt er, »sehe ich deine hübsche Jungfernschaft schlummern. Vorwärts, Jungfernschaft! Was machst du da, du Faulenzerin! Hinaus mit dir, du Dumme! Warum quälst du meine süße Herrin? Du bist ja eine Feindin des ganzen Menschengeschlechtes, denn du hinderst es, sich zu verewigen, du betrügst es um seine Liebesgenüsse, du musst sterben! Ich werde dich töten, dich opfern! Und nun sofort hinein mit dem Speer.« Das zarte junge Mädchen wird durchbohrt. Sie erschauert, stößt einen tiefen Seufzer aus und dann einen durchdringenden Schrei. Die brennende Hymenfackel ist nämlich mit Macht hineingefahren und nicht sanft und allmählich in das Heiligtum der Wonne hineingeglitten. In ihrem Schoß tummelt munter sich Kolytto und reizt sie zu geiler Brunst. Kurz und gut, die schöne Jungfrau ist geopfert. Aber sie ersteht als schönere Frau, als Gattin vom Tode wieder auf … Gütige Venus! Wenn ich, geliebte Tullia, an solche Genüsse denke, da brennt mir das innerste Mark der Knochen von blinder Glut. Geht es nicht auch dir ebenso?

TULLIA: Ich bin vor Wollust außer mir, du Dumme! Fahre fort. Deine Schilderung gefällt mir köstlich.

OTTAVIA: Den Rest fasse ich in ein einziges Wort zusammen, liebe Tullia. Sie verschafften sich gegenseitig jene höchste Wonne, die selbst für Jupiter, Juno und die großen Götter die höchste ist. Luiz fand sich am Ziel aller seiner Wünsche; höheren Genuss hatte auch Seneca nicht, wenn er Agrippina bearbeitete, hatte auch Ovid nicht, wenn er des Kaisers Augustus Tochter Julia besaß. Warum lachst du? Auch Lampridius hatte noch niemals einen schöneren Erfolg, wenn er keuchend und schwitzend auf dir lag … »Durch dieses Vorspiel, liebe Margaris, bist du in die Geheimnisse der Ehe eingeweiht«, sagt Luiz. »Morgen nach der Trauung wird Emanuel mit dir, seiner neu vermählten Gattin, den wirklichen Kampf beginnen. Heute hast du einen Mann gehabt, teure Margaris; morgen aber wirst du einen Eselhengst tragen. Rodrigo nennt seinen Neffen Emanuel, diesen sonst in jedem Betracht angenehmen und vortrefflichen Jüngling, Onosander, das heißt: Eselsmensch, denn nicht weniger als vierzehn Zoll lang ragt ihm das Ding, o Graus, und schwillt ihm an, wie wir's bei einem Esel sehen.« – »Ich weiß, dass er ungeheuerlich ausgerüstet ist«, sagte Margaris. »Justina hat mich auf die Gefahr vorbereitet. Ich werde gemartert werden, aber der Marter wird, sagt sie, eine doppelt so große Wonne folgen. Nun, ich werde ja sehen ... Aber du, Luiz, hast mir wunderbar gefallen; Emanuel wird mir nicht so gefallen wie du, davon sei überzeugt.« – »Und du wirst über alles meine Wonne sein, o meine Göttin!«, antwortete Luiz. »Wenn ich dich besitze, so habe ich in diesem Leben nichts mehr zu wünschen.« – »Du wirst mich besitzen, solange ich lebe«, sagte Margaris; »du warst der erste, der meine Liebe gewann, und kein Mann, kein Flug der Zeit soll dich aus diesem Besitz vertreiben ... Niemals soll Emanuel an deiner Wonne teilnehmen. Nur dir allein möchte ich angehören und außer dir keinem andern!« ... Und nun kommt eine schmerzhaft komische Geschichte! Als sie zum Brautbett geführt wurde, sagte sie, sie habe Kopfweh. – »Alle Wetter!«, rief ihre Mutter lachend, »wenn meine Hoffnung mich nicht trügt, so wird dir, ehe eine Stunde um ist, etwas anderes wehtun, und zwar ganz gehörig. Was für Schmerzen erdichtest du, liebes Kind, um deine Unvernunft zu verbergen? Hast du deinen Gatten gebeten, dass er deiner Angst zuliebe auf seine Brautnacht verzichte! Du kleine Närrin! Aber was fürchtest du denn in deiner Feigheit? Er wird dich durchbohren, aber nicht töten. Ich war jünger als du, da hielt ich viel fürchterlichere Schmerzen aus, als sie dir beschieden sein werden. Ich hatte noch nicht mein zwölftes Jahr vollendet; aber meine Brautnacht ist mir ganz außerordentlich gut bekommen. Willfahre deinem Gatten, das wird nur zu deinem Besten sein.« Nachdem sie ihr diese Ermahnung gegeben, ließ sie sie nackt in ihrem Bett allein. Aber Margaris hatte eine seidene Unterhose angezogen, die überall zugenäht war, sodass Hymens Knecht von keiner Seite her Zugang finden konnte … Emanuel tritt ein; er gibt ihr trotz ihres Sträubens einen Kuss. Sie weint bitterlich. »Warum weinst du denn, meine Wonne?«, fragt er. »Neidest du mir mein Glück?« Er befiehlt seinen Dienern hinauszugehen, aber die Kerzen brennen zu lassen, und umschlingt dann mit seinen Armen das auf dem Rücken liegende Mädchen. Sie sträubt sich und weicht ihm aus. Der Jüngling wirft die Kleider ab; hoch bäumt sich sein Stammbaum; das Mädchen sieht es und glaubt ihren Tod vor Augen zu sehen. Sie schaudert. ›Er hätte mir die Eingeweide durchbohrt!‹, sagt sie bei sich selbst. ›Aber ich bin in Sicherheit.‹ Emanuel spielte an ihren Brüsten, die so schön waren, wie Venus, als sie der Meeresmuschel entstieg, sie nicht schöner hätte wünschen können. Dann greift er zwischen ihre Schenkel und findet ihre Kleine gepanzert. Er wundert sich, entrüstet sich, regt sich auf. Was soll er machen? Da gibt ihm sein Zorn guten Rat. Er ruft: »Was, glaubst du, könnte solch eine Schutzwehr dir nützen?«, und reißt sofort die Unterhose entzwei. Dies kostete ihm nicht einmal allzugroße Mühe, denn Metina hatte der törichten List ihrer Herrin mit Absicht schlecht gedient. Margaris beklagt sich laut und gerät in Zorn. Emanuel aber steigt zu Pferde. – »Warum willst du mich quälen?«, ruft sie. »Ehe du mir meine Keuschheit nimmst, musst du mir erst mein Leben nehmen?« Mit den Fäusten schlägt sie auf den keuchenden Jüngling los; dieser reitet jedoch unverdrossen weiter, denn in seiner Liebesglut kümmert er sich um nichts. Er hatte sich, nicht ohne Kampf den Weg zur höchsten Wonne gebahnt und hatte beinahe schon den Sieg in Händen. Als Margaris nun aber fühlt, dass ihre Kräfte zu schwinden drohen, da verliert sie alle Besinnung; sie krallt ihre Nägel in das Gesicht des auf ihr liegenden Gatten und reißt ihm die Haut herunter. Eine regelrechte Schlacht entspinnt sich; es wird geprügelt, es wird geschimpft. Entrüstet steigt der Jüngling aus dem Sattel der Jungfrau. Diese aber springt aus dem Bett. Feindselig stehen sie einander gegenüber. Der Zorn macht sie besinnungslos; die Mutter hört den Lärm und eilt herbei. Sie sieht ihre Tochter, die sich in einer Ecke hinter einem Teppich verbirgt; sie sieht ihren Schwiegersohn, der in einem Spiegel sein zerkratztes Gesicht betrachtet und es mit kaltem Wasser kühlt. »Gütige Venus!«, ruft sie. »Was ist das für eine neumodische Brautnacht? Was bedeutet dieser Streit? Ist das eure Hochzeitsfeier, lieber Sohn, liebe Tochter? Liebt ihr so einander? Was muss ich sehen!« – »Nicht eine Frau, süße Mutter, habt ihr mir gegeben«, antwortet Emanuel, »sondern eine Tigerin. O Hymen! Welche Laune des Schicksals hat es gefügt, dass sie, die die balsamischste Blüte der Jungfrauen war, sich plötzlich in eine Tigerin verwandelt hat? Sicherlich ist dies nicht durch meine Schuld geschehen. Seht doch, liebe Mutter, was für Schrammen sie mir ins Gesicht gezeichnet hat.« Die gute alte Dame gerät in Hitze und ruft Margaris zu: »Heda, du Scheusal! Wo hast du meine sanfte, so gehorsame, so gute Tochter begraben? Fürwahr, du bist nicht meine Tochter. Aber du sollst nicht straflos davonkommen! Du wirst deine Züchtigung erhalten.« – »Verzeiht Eurer Tochter, liebe Mutter!«, ergreift Emanuel das Wort. »Als ihr Gatte verzeihe ich meiner Gattin. Lieber wollte ich sterben, als mit ansehen zu müssen, wie Ihr sie straft. Denn sie ist meine Seele, ich liebe sie über alles, wenn sie auch undankbar ist.« – »Was hast du zu sagen, du Böse«, fragt die Mutter; »was antwortest du?« – »Ich gestehe mein Unrecht ein und bedauere es von Herzen«, sagt Margaris; »fußfällig bitte ich um Verzeihung. Verzeiht mir diese augenblickliche Wutaufwallung; nicht ich bin an ihr schuld, sondern mein Schicksal.« – »Ich verzeihe dir«, sagt Emanuel. »Aber wer wäre ich, dass ich meiner Königin zu verzeihen hätte? Wenn ich dir in irgendetwas zu nahe getreten bin, so will ich nichts gesagt haben, will ich nichts getan haben.« Diese edlen Worte brachen Margaris' wilden Zorn, und sie sprach: »Lass, liebe Mutter, mich mit meinem Gatten wieder aussöhnen; und lass mich dies zuwege bringen ohne deine Hilfe. Ich hoffe, ich werde ihn besänftigen, werde seiner Verzeihung teilhaftig werden. Geh hinaus, lieb Mütterchen, ich bitte dich. Soll ich mich denn nackt vor deinen Augen zeigen. Ich werde deinen Befehlen gehorchen; ich werde den Launen und der Liebe meines Gatten gehorchen.« – »So gehe ich denn, liebe Tochter«, antwortete die Mutter. »Bemühe dich, deine Pflicht zu erfüllen, wie eine Gattin es mit Freuden tun muss, wie man von einer ehrbaren Frau es erwarten kann.« Nackt, wie sie war, eilte die junge Frau in die Arme ihres Gatten. Sie küsst ihn, bittet ihm um Verzeihung. »Komm!«, ruft sie, »räche dich an der Sünderin, wie du willst, mein süßer Emanuel; ich werde mich gegen keine Strafe wehren!« Er drückt die Seufzende an seine Brust und antwortet: »Wenn ich auch besser wäre, als du gewesen bist, welche Rache könnte ich nehmen? Ich begnüge mich mit deinen Küssen und mit der Blüte deiner Jugend.« Er wirft das liebestolle Mädchen aufs Bett. Seine Augen genießen alle Schönheiten ihres Leibes. Er lobt, er bewundert, er ist außer sich vor Erstaunen. Zeuxis hätte bei ihr allein jene der Venus würdige höchste Schönheit gefunden, deren einzelne Bestandteile er sich bei mehreren Frauen zusammensuchte … Plötzlich stürzt er sich auf sie, seine Lanze schwingend, wie die einst war, womit Herkules Omphale bedrohte. Die Mauer vermag nicht zu widerstehen, der Stoß des kräftigen Rammbocks legt Bresche in sie. Der Speer wird tief hineingestoßen; er steckt fest. Die Jungfrau stößt einen lauten Schrei aus. Ihre

Mutter horchte an der Tür des Brautgemachs; wie freute sie sich, als sie diesen Schrei hörte! »Mut, lieber Eidam, Mut!«, rief sie mit lauter Stimme; »räche dich für das, was dir angetan wurde! Lass dich von keinem Mitleid rühren. Sie muss wissen, dass du ihr Mann bist, dass sie deine Frau ist!« Angespornt durch diesen Trompetenstoß, erneuert Emanuel den Angriff; die Jungfrau verdoppelt ihr Gezeter. »O meine Mutter! Zu Hilfe! Ich sterbe – ach, meine Mutter!« Vergebens aber schluchzte und schrie sie. Ihr Geschrei wurde zum Geheul. Tränenströme stürzen aus ihren Augen. Emanuel aber führte noch einen letzten Stoß; noch tiefer bohrte er den Speer hinein, und die Jungfrau zitterte vom Schmerz der empfangenen Wunde. Noch einmal seufzt sie, noch einmal schreit sie auf. Da schwinden dem Jüngling die Sinne ... Ins Zimmer tritt die Mutter mit ihrer Zofe Justina. Sie hatte gehört, wie die Liebesraserei sich beruhigte; Margaris schwieg, das Bett krachte nicht mehr, Emanuel lag ganz still da. Die Mutter aber sagte: »Jetzt, liebe Margaris, erkenne ich mein Kind wieder an. Du hast mir meine Tochter wiedergegeben, indem du deinem Gatten seine Gattin wiedergabst.« – »O Mutter«, rief Margaris, »kein Mensch ist der Gatte, den du mir gegeben hast, denn einen Menschen kannst du doch nicht jemanden nennen, der einen Eselsschwanz hat.« Laut auflacht die Mutter; auch Emanuel lacht. »Aber dieser Eselsschwanz, liebes Kind«, versetzte die Mutter, »passt ganz ausgezeichnet zu deiner Kleinen. Sei guten Mutes! Die höchste Wonne musste freilich recht teuer von dir erkauft werden, aber so wollten's die Liebesgötter.« Sie gab hierauf ihrer Tochter zwei gezuckerte Nüsse, ihrem Schwiegersohn aber vier. »Ihr müsst«, sagte sie, »lieber Sohn, Eure Kräfte wieder auffrischen; Ihr werdet Eure Muskeln heute Nacht noch nötig haben.« Unterdessen brachte Justina die zerknitterten und zerwühlten Betttücher in Ordnung und seufzte dabei. – »Was hast du denn zu seufzen?«, fragte Catarina. – »Seht doch, o Herrin«, antwortete Justina, »seht doch, welche grausige Metzelei Eurem Kinde widerfahren ist!« Da sah die Mutter, dass die Bettlaken reichlich mit Blut bespritzt waren, und sie antwortete: »An diesem roten Jungfernblut erkenne ich die Keuschheit und Züchtigkeit meiner Tochter.« – »O liebe Mutter!«, rief Margaris, »du hast mir eine Hochzeit versprochen; für dich wie für mich hofftest du auf eine Hochzeit, und es ist eine Schlächterei gewesen!« – Ihre Mutter gab ihr einen Kuss und sagte: »Sei starken Mutes, so wirst du beweisen, dass du deiner Pflichten eingedenk bist. Du aber, lieber Schwiegersohn, stoße fest! Ich weiß, du wirst feste stoßen, denn du bist ja voll Liebe und Jugendkraft.« Mit diesen Worten ging sie hinaus. Emanuel aber drückte seine junge Frau ans Herz und sagte: »Verzeih mir, Gebieterin! Dein Held musste so kämpfen, da er seine Heldin in ihren Verschanzungen anzugreifen hatte.« – »Ich verzeihe dir«, antwortete sie; »ich weiß, aus Liebe hast du mir wehgetan. Wenn du mich weniger liebtest, wärest du nicht so stark und eifrig ins Gefecht gegangen. Aber einen Trost habe ich: Aus dem nächtlichen Kampf bringen wir beide Wunden heim.« – »Unsere Seelen hatten sich zusammengefunden, ehe unsere Leiber vereint waren«, antwortete Emanuel. »Aber, teuerste Gattin, wenn du mich liebst …« – »Zweifelst du, dass ich dich liebe, o mein süßester Gatte?«, unterbricht ihn Margaris. »Dein Zweifel ist mein Tod!« – »Nun denn, wenn du mich liebst«, fährt Emanuel fort, »so ergib dich meiner Begier, gib mir diesen köstlichen Leib voll Schönheit und Kraft!« – »Gewiss!«, antwortet sie, »und von Herzen gern werde ich deiner Lust dienen.« … So wurde zwischen ihnen der Friede geschlossen. Margaris aber hatte gar nicht gewusst, wie wollüstig sie war, denn in der Zeit von neun Stunden machte sie zehnmal den Ritt in ihrer eigenen Stechbahn. Seit dieser Nacht brannte sie vor Liebesbegier. Als Luiz sie fragte, wie sie einen so gewaltig ausgerüsteten Gatten habe befriedigen können, antwortete sie, selbst dieser Gatte befriedige sie bei weitem nicht. Von diesem Augenblick an verbrachte sie keinen Tag und keine Nacht allein. Nachts erschöpfte sie im Liebeskampf Emanuel, tags aber Luiz. Erst nach Verlauf von zwei Monaten bekam sie allmählich genug davon. Sie bat ihre Mutter um die Erlaubnis, einige Nächte von ihrem Gatten getrennt schlafen zu dürfen. Denn sie sei, so behauptete sie, einem solchen Athleten an Kraft nicht gewachsen. Ihre Mutter erhielt für sie die Erlaubnis. Margaris schimpfte auf das Verheiratetsein, ihre Mutter hat mir's erzählt, und preist die Jungfrauen selig wegen ihrer unschuldigen Ruhe. Lache, Tullia! Sie kehrte zur Keuschheit zurück, nachdem ihre Tugend unzählige Stöße erlitten hatte.

TULLIA: Ein bequemer Weg! Hahaha.

[Lücke im Original]

»Und dies war eben der Irrtum«, sagte er, »der mich zur Liebe entflammte. Ich hielt sie für gut, und sie war eine Bärin; ich hielt sie für keusch, und sie war eine Wölfin.« Als seine Gefühle sich änderten, übertrug er auch seine Liebe auf einen anderen Gegenstand. Juan verließ die wollüstige, unzüchtige, ihrer tollen Leidenschaft Hingegebene und wandte der guten, der ehrbaren, der geistvollen Clementia seine Neigung und seine Liebe zu. Der schöne Jüngling gefiel der trefflichen Frau. Doch Clementia wollte wohl geliebt werden, aber nicht wiederlieben. Padilla starb an seinem Herzenskummer, und Clementia sah mit Schmerz, wie ihr Liebhaber dahinsiechte; sie tröstete ihn nach Kräften durch Worte und kleine Gefälligkeiten. »Wenn Ihr mich liebt«, sagte sie oft, »so werdet Ihr Euch nicht durch ein Verbrechen besudeln wollen. Ihr habt mich geliebt, weil ich ehrbar bin, weil ich keusch bin; und wenn Ihr selber ehrbar seid, so werdet Ihr mich nicht mehr lieben, sobald Ihr erfahrt, dass ich meinen Charakter geändert habe und ausschweifend und unrein geworden bin. Wahrlich, meine Ehrbarkeit steht mir höher als selbst mein Leben; wenn ich nicht in Züchten leben kann, so will ich lieber sterben. Ihr aber gleicht nicht dem gewöhnlichen Tross der Menschen, die wie vernunftlose Tiere sich in schmutzigen Lastern wälzen, sondern Ihr liebt meinen Geist, meine guten Sitten.« Sie begleitete diese Bemerkungen mit Küssen, aber es waren trockene, eiskalte Küsse, Küsse, wie einst Philistaea sie ihrem Bruder Sokrates gab. – »Wollt Ihr denn«, sagte Padilla, »dass ich als Opfer Eurer grausamen Keuschheit sterbe? Gerne will ich mich opfern. Aber warum gebt Ihr Eurer blutdürstigen Grausamkeit den Vorwand der Ehrbarkeit? Glaubt Ihr, es sei ehrbar, Euren Liebhaber sterben zu lassen?« Da weder seine Klagen noch seine Bitten ihn auch nur um einen einzigen Schritt weiterbrachten, so wurde er krank. Die Ärzte erklärten seine Krankheit für tödlich. Da sie keine Ursache derselben entdecken konnten und demnach auch im Zweifel waren, welche Heilmittel sie anzuwenden hätten, so nahmen sie ihre Zuflucht zur chimärischen Kunst des Jabalus. Raimondo weinte, als er seinen Vetter, diesen trefflichen Menschen, in der Blüte seiner Jahre dahinwelken sah; Clementia weinte ebenfalls, denn sie wusste wohl, dass sie die Ursache war für den Tod des Jünglings. Raimondo bat sie, den Kranken zu besuchen, weil dieser in seinen Fieberträumen irgendetwas von Clementia murmelte, wie wenn er ihr eine Mitteilung zu machen hätte. Als nun der Sterbende sie mit tränenüberströmtem Antlitz vor seinem Bett stehen sah, da lächelte er; er hieß alle Anwesenden aus seinem Zimmer hinausgehen und sprach: »Ich bin ein zu unbedeutendes Ding auf dieser Welt, göttliche Clementia. Warum weint Ihr? Ich gehorche Eurem Willen. Ihr habt mir zu sterben befohlen – und seht: Ich sterbe!« – »Ich habe dir solches nicht befohlen«, antwortet sie, »im Gegenteil, wenn ich irgendwelche Macht über dich habe, so befehle ich dir zu leben. Wenn du nicht lebst, so wird mir Unglücklichen das Leben zur Last sein. Ich werde bald dem Tode angehören. Wenn du aus dem Leben scheidest, so werde ich dir folgen, der du auch von mir geschieden bist. Lebe also, mein Padilla, wenn du nicht willst, dass ich mir den Tod wünsche! Denn ich bin dein Leben, wie du oftmals sagtest, mein Lieb! Du wirst mich gefälliger finden; du wirst dich meiner und des Lebens freuen.« Sie gab ihm einen Kuss und entriss ihn dadurch seinem Verhängnis. Augenblicklich kehrten die Kräfte des Armen zurück, und die Kraft der Krankheit war gebrochen. Er erlangte seine frühere Gesundheit wieder und konnte wenige Tage darauf bereits aufstehen. Clementia war darüber hocherfreut und wünschte ihm Glück zu seiner Genesung. – »Aber«, sagte Padilla, »du hast mich von den Ufern des Styx zurückgerufen, indem du mir das Leben versprachst; ich sehe aber dieses mir verheißene Leben sich mir nicht nahen. Du weißt, um welchen Preis du mich der Verzweiflung entrissen hast. Nicht aus Liebe zum Leben bin ich dem Leben wiedergegeben worden; auf eine bessere Hoffnung hattest du mir Aussicht gemacht.« Er bat sie, Mitleid mit ihm zu haben oder ihn ruhig sterben zu lassen. Sie wich seinen dringenden Bitten aus und nährte den von Begierden erfüllten Jüngling mit leeren Hoffnungen. Seit acht Tagen war Raimondo verreist; da begab es sich, dass Kaiser Karl Padilla zu sich berief; der ausgezeichnete große Kaiser stellte den von Charakter wie von Geburt gleichermaßen edlen Jüngling an die Spitze eines Regimentes, das er nach Italien sandte. Vor dem Abmarsch begab er sich noch einmal zu Clementia; er traf sie allein in ihrem Schlafzimmer, und sie ergab sich ihm halb willig, halb gezwungen. Der Kampf war heftig und wurde viermal wiederholt; erst die Nacht machte dem Gefecht ein Ende. Nun sieh, Ottavia, wie mächtig bei einer ehrbaren Frau die Tugend und der Stolz auf ihren guten

Ruf wirken. Als Padilla gegangen war, bereute sie, was sie getan; sie sah, mit welchem Verbrechen sie sich Leib und Seele befleckt hatte, und sie war von Entsetzen darob erfüllt. »Was habe ich getan, ich Verbrecherin! Was ist mir geschehen, mir Unglücklichen!«, rief sie. »Weh mir! Wehe der Unreinen! Darf ich noch wagen, das Tageslicht zu sehen, das meines Fehltritts Zeuge war? Darf ich's noch wagen, mich sehen zu lassen? Wohin soll ich fliehen? Aber, ich Unglückliche, mir selber werde ich ja doch niemals entfliehen können! Wohin ich auch gehen mag, ich selber werde mir ewig zum Vorwurf, ewig zur Qual sein! O Tugend, meine Schutzgöttin! Wie werde ich mein Leben ertragen können? Eine Verbrecherin zu sein, kann ich nicht ertragen; lieber will ich den Tod ertragen. Ich muss sterben!« Sie verurteilte sich zum Tode. Den übrigen Teil des Tages enthielt sie sich jeglicher Nahrung; dann verbrachte sie eine lange Nacht unter Weinen, Seufzen, Schluchzen. Am andern Tag kam Padilla wieder. Clementia saß in einem Winkel; sie weinte, sie schlug sich mit den Fäusten vor die Brust. »Auf dieses Haupt, o Götter!«, rief sie, »lasst eure dreispitzigen Blitze herabfahren! Befreit Himmel und Erde von dem Anblick eines Ungeheuers, wie ich es bin.« Als aber Padilla vor ihr stand, da schwieg sie und bezähmte die Aufregung ihres Geistes. – »Was sehe ich, ich Unglücklicher!«, rief er, »hast du mir das Leben geschenkt, um es mir zu nehmen, o meine Clementia, die du mein Leben bist? Was ist dies für eine wahnsinnige Laune eines schwankenden Willens?« Er wollte seine Worte mit innigen Küssen begleiten; Clementia aber warf ihm einen wilden Blick zu und stieß ihn entrüstet zurück. – »Du hast mich mit deiner schmutzigen Unzucht besudelt, Giftmischer!«, rief sie, »und du verlangst, dass ich leben soll? Lieber will ich sterben.« – »Wenn du stirbst«, antwortete Padilla, »so wirst du einen Todesgefährten haben, daran zweifle nicht. So also hast du dich über meine Leichtgläubigkeit lustig gemacht! Du entrissest mich dem Tode ohne Zweifel nur, um mich einem noch grausameren Tode zu überantworten. Aber höre, o meine Hoffnung: Wenn du nicht zu einem vernünftigeren Entschluss kommst, wenn du nicht aufhörst, Anschläge gegen dein eigenes Leben zu machen, so durchbohre ich mich auf der Stelle vor deinen Augen mit diesem Dolch.« Er hatte einen Dolch aus der Scheide gezogen. Von Schrecken erfasst rief Clementia: »O nein, o nein, mein Padilla, denke nicht an so etwas! Ich werde leben. Ich verspreche es dir ohne Hinterhalt. Aber du wirst mir die Bitte nicht abschlagen, die ich an dich richten werde.« – »Nein«, antwortete Padilla. – »So versprich es mir denn«, fuhr Clementia fort, »und schwöre, es mir nicht zu verweigern.« – »Ich verspreche es dir, ich schwöre es dir bei den Göttern und Göttinnen. Wenn ich mein Wort breche, so möge dein Zorn mich treffen, o meine Göttin. Dies ist der höchste Schwur. Denn lieber noch will ich mich dem Zorn aller Götter und Göttinen aussetzen!« – »Nun denn, so verlange ich, dass wir fortan in geschwisterlicher, in ehrbarer Liebe uns lieben.« Padilla zauderte und ließ sich seinen Verdruss anmerken. »Denn sieh«, fuhr Clementia fort, »wenn du dies nicht willst, so ist es mein Tod, Grausamer! Vergebens wirst du mich am Sterben zu hindern suchen.« – »Du sollst Leben und Gesundheit behalten, o du preiswürdigste Hausfrau! Da du mir's befiehlst, meine Königin, so gehorche ich; ich nehme diese Bedingung an.« Wie am klaren Himmel die Sonne schöner erscheint, nachdem die Wolken sich verzogen haben, so lächelte auf Clementias Antlitz eine reizendere Schönheit, nachdem ihr Kummer gestillt war. Ungezwungen und heiter speiste sie mit diesem Bruder, der soeben noch ihr Liebhaber gewesen war. Trotzdem aber bemächtigten sich unzählige Sorgen der jungen Frau, nachdem Padilla nach Italien abmarschiert war. Unaufhörlich seufzte und stöhnte sie. Sie schämte sich ihres Fehltritts, sie schämte sich, dass sie noch am Leben sei; aber sie vergaß auch das Versprechen nicht, dass sie dem Jüngling gegeben hatte und unternahm daher nichts gegen sich selbst. Vier Monate darauf empfing sie die Nachricht, er sei in der Schlacht bei Pavia gefallen, wo König Franz gefangen genommen wurde. Da war es mit der Festigkeit der jungen Frau vorbei, und sie überließ sich der Verzweiflung; eine Beute ihres ungeheuren Schmerzes, verzehrte sie sich binnen weniger Monate. Endlich erlag sie ihrem Kummer, und ihr Lebenslicht erlosch. Raimondo fragte sie, warum sie freiwillig aus dem Leben und von einem Gatten scheide, der sie, wie sie wohl wisse, heiß und innig liebe. Es war einen Augenblick, bevor sie ihre Seele aushauchte, und sie antwortete ihm: »Ich bin nicht würdig, einen so trefflichen Gatten zu haben; du aber verdienst eine bessere Gattin zu bekommen. Ich Unglückliche habe gesündigt – gesündigt gegen mich und gegen dich. Aber als Rächerin habe ich das an dir und an mir begangene Unrecht gesühnt. Auch darin bin ich löblich, dass ich, sobald ich mich als deiner Liebe unwert erkannte, mir selber wegen meines Verbrechens das Todesurteil sprach. Habe Mitleid mit mir und verzeihe mir!« Kaum hatte sie diese Worte gesprochen, so verschied sie in den Armen ihres Gatten. In ihrem Fehltritt, Ottavia, siehst du das Weib, in ihrer Sühne die Heldin.

OTTAVIA: Du scherzt, Tullia, du sprichst nicht im Ernst. Wer wollte so töricht sein und eine Wahnsinnige, die ein blinder Anfall von Verzweiflung fortriss, eine Heldin nennen! Uns alle ohne Ausnahme erwartet der Tod. Nicht ihrem eigenen Willen ist sie gefolgt. Die Schicksalsmächte haben die Willenlose mit sich fortgerissen.

TULLIA: Und doch ist auch der Selbstmord ruhmwürdig. Da ist Cato Zeuge, der Hand an sich selber legte, als er an sich selber und an der Republik verzweifelte. Die Stoiker verehren in Cato die majestätische Verkörperung heroischen Mutes. Als Clementia keine Hoffnung mehr sah, fortan auf der Höhe der Ehre bleiben zu können, wo sie gethront hatte, siechte sie dahin. Meiner Meinung nach ist sie würdig, von uns anständigen Huren verehrt zu werden, nämlich verehrt zu werden als Verkörperung der unzüchtigen Tugend.

OTTAVIA: Übrigens hatte sie alles von ihrem Gatten zu befürchten, wenn er hinter ihren Ehebruch gekommen wäre, und diese Furcht gab ihr Mut. Auch ich würde mich dem Tod in die Arme werfen; auch ich würde, um der Schande zu entgehen, meine Seele entweichen lassen.

TULLIA: Auch ich wollte lieber von meiner eigenen Hand sterben als von der meines Gatten. Oh, wie unmenschlich sind die Männer! Sie selbst erlauben sich alles, und uns versagen sie alles! Als Schande für sich selber – welche Dummheit – sehen sie es an, uns unsere Verfehlungen zu vergeben, ihre Frauen zu verschonen, die doch sogar ein wilder Löwe verschonen würde! ... Als König Franz von Bourbon und Lannoy nach der Niederlage seines Heeres bei Pavia gefangen genommen wurde, da überströmte Francisca von Foix, die schönste, ja die allerschönste aller Frauen, mit Tränen ihren Busen und erfüllte mit Wehklagen die Lüfte. Ich werde dir, liebe Ottavia, die Geschichte erzählen; sie ist interessant und rührend. Mars focht mit dem Fürsten, der Fürst focht mit Frau Venus; als großer Feldherr kämpfte er mit Mars, als wackerer Soldat mit Venus. Er liebte es, sein Haupt mit Lorbeer und Myrte zu umkränzen. Unter den Edelleuten seines Hofes war auch Jean de Chateaubriand, der Spross einer sehr vornehmen Familie der Bretagne und Gatte einer Frau von göttlicher Schönheit. Er kannte die Sitten des Königs und den Charakter der Frauen. Seine Freunde fragten ihn, warum er sie und den ganzen Hof des Anblicks seiner Gemahlin beraubte, wie wenn er sie des Anblicks der Sonne berauben wollte. Die junge Frau, die erst ein einziges Kind gehabt hatte, war kaum zwanzig Jahre alt; aber sie sah noch jünger aus. Jeder, der sie sah, hätte sie für eine Jungfrau gehalten. Der Ritter erwiderte stets, seine Frau finde keinen Geschmack am Reisen und wolle die Bretagne durchaus nicht verlassen. Er schrieb ihr auf Drängen des Königs, sie solle doch kommen. Alles war vergeblich. Der Schelm tat, als sei er auf seine Frau zornig. Eines Abends lässt er beim Schlafengehen, ohne es zu bemerken, die Hälfte eines goldenen Ringes fallen; ein Kammerdiener sieht das Kleinod, hebt es auf und gibt es seinem Herrn zurück. – »Lieber hätte ich«, ruft dieser, »eine halbe Million verlieren wollen!« Der König, ein schlauer Fuchs, erriet den Sachverhalt. Der Kammerdiener wurde durch Geld und gute Worte gewonnen, seinem Herrn den halben Ring auf einen Augenblick zu entwenden, und nach diesem Muster ließ man eine völlig gleiche Ringhälfte anfertigen. Die Arbeit war so geschickt gemacht, dass kein Unterschied zu entdecken war und dass der Gatte leicht die falsche Ringhälfte für die rechte halten konnte. Die echte wurde seiner Frau übersandt, die wenige Tage darauf fröhlich in Paris ankam und ihrem Gemahl um den Hals fiel. Er war erstaunt und aufgebracht, dass sie seinen Befehl missachtet habe und ungerufen gekommen sei. Sie ist ebenfalls erstaunt und zeigt ihm den halben Ring, indem sie fragt: »Verlangst du von mir, dass ich dir eine vollgültigere Erlaubnis vorweise? Du hast mir befohlen, zu dir zu kommen, sobald du mir den halben Ring schicken würdest. Ich bin nicht ohne deine Erlaubnis gekommen; ich habe diesen halben Ring empfangen, der genau zu der von mir aufbewahrten Hälfte passt.« Der Ritter begriff, dass man ihm einen Streich gespielt hatte, und verhehlte seinen Kummer, um nicht ausgelacht zu werden. Am nächsten Tage rief die Königin-Mutter, Louise, die junge Frau zu sich; sie begünstigte nämlich stets nach besten Kräften die Liebschaften ihres Sohnes. Sie sprach zu ihr: »Ihr seid die Erste bei Hofe an Geist und Schönheit. Warum haust Ihr versteckt in einem Winkel des Reiches, wundervolles Weib? Dieses Gestirn hat dem Hof gefehlt.« Den Rest darf ich dir wohl in ein paar Worten sagen. Die junge Frau gefiel dem König über alle Maßen, und ebenso sehr gefiel der König ihr; nichts stand dem Glück der Liebenden im Wege. Dem Gott Amor ist alles willfährig, selbst wenn er nicht herrscht und auf dem Throne sitzt; aber sogar die trotzige Jungfrau Minerva ist ihm zu Willen, wenn er König ist. Der Gatte ließ sich merken, dass er sich die Geschichte zu Herzen nahm. Er brummte, er drohte. Seine Frau schwebte in tausend Ängsten und war mehr tot als lebendig. Ihr königlicher Liebhaber bemerkte ihren geheimen Schmerz; er ließ sie fortbringen und verbarg sie an einem sicheren Ort. So flossen ihnen in innigem Verein glückliche Tage dahin; aber der blutdürstige Mars beneidete die friedliche Venus um solche Seligkeit. Ein paar Monate darauf erklärte der König, mehr kühn als vorsichtig, den Mailändern den Krieg. Die arme Geliebte fand sich vom Gipfel des Glückes herabgestürzt, als er bei Pavia gefangen genommen und nach Spanien gebracht worden war. Ins tiefste Elend versetzt, wen sollte sie um Rat fragen, fragte sie ihre Verzweiflung um Rat. Die Eumeniden wollten sie verderben: Sie begab sich zu ihrem Gatten. Verwandte hatten sich ins Mittel gelegt, um eine Versöhnung herbeizuführen. Aber kein Franzose, nein, ein Skythe war der Mann, der das blasse, tränenüberströmte Weib in sein Haus aufnahm. Und er nahm sie nicht einmal in Gnaden auf. Er behandelte sie nicht wie seine Gattin, sondern wie eine Hexe und Giftmischerin. Mit ihrem Kind und einer Magd sperrte er sie in ein Schlafzimmer ein, jeder Verkehr mit anderen Menschen war der Unglücklichen abgeschnitten. Seine Tochter schied in zartem Kindesalter aus diesem Leben und nahm durch ihren Tod jeden Rest von Menschlichkeit mit, der etwa noch in der Brust des Mordgesellen gewesen war. Noch waren keine zehn Tage seit dem Tode des Kindes verflossen, da drang er, wütend vor Zorn, in ihr Zimmer ein und brüllte: »Du weißt, Ehebrecherin, welche unverdienten Brandmale du mir aufgedrückt hast! Durch deinen Fehltritt hast du dich selber zum Tode verurteilt. Fürwahr, das Leben muss dir zur Last sein; seitdem du die Ehre verloren hast, bist du in Wirklichkeit nicht mehr am Leben. Denn für ehrenhafte Menschen ist die Ehre das wahre Leben. Du musst sterben. Alles ist zu deiner Hinrichtung fertig. Bist du bereit? Habe wenigstens den Mut, durch einen edlen Tod dieses Leben wieder zu Ehren zu bringen, das du mit Schmach besudelt hast. Glaube nicht, mich durch Bitten rühren zu können. Eher würdest du den Acheron rühren.« – Zwei Trabanten und ein Henker von einem Arzt leisteten dem Schurken Beistand. Die junge Frau wird trotz ihres Schreiens aus dem Bett gerissen; vergebens fleht sie Götter und Menschen um Hilfe und Beistand an; an Armen und Beinen werden ihr die Adern geöffnet, und sie stirbt eines grausamen Todes. So ging sie zu Grunde, die eines besseren Geschickes oder eines besseren Gatten würdig gewesen wäre. Und diese erbärmlichen Henkersknechte rühmen sich noch einer Handlung, die bei Bären und Leoparden, wenn diese Bestien einer solchen überhaupt fähig wären, als eine Sünde gegen die Natur, die Mutter aller Menschen und Tiere, gelten würde. Nach meiner Meinung wäre es für dieses adelige junge Weib eine hinreichende Strafe gewesen, wenn sie gewusst hätte, dass sie den Tod verdient, dass ihr Gatte die Macht hatte, das Urteil an ihr zu vollziehen. – –

Aber während wir plaudern und schwatzen, liebe Ottavia, geht der Tag zur Rüste. Wenn du morgen Zeit hast, wollen wir uns mehr erzählen. Lebe wohl, mein Herz, und liebe mich, wenn du willst, dass ich glücklich bin.

OTTAVIA: Niemals hat der gütige Amor bei Nacht mir größere Wollust bereitet, als du, liebe Tullia, mir am heutigen Tage mit deinen Geschichtchen verschafft hast! Bei der vertrockneten Muschel der Minerva! Lieber wollte ich einen ganzen Tag in solchem Geplauder mit dir verbringen, als eine ganze Nacht hindurch mich von Amor selber reiten lassen. Lebe wohl, Base!

TULLIA: Holdes Kind, leb wohl! Wenn es dir nicht wohl ginge, das wäre mein Tod. Lebe wohl!

OTTAVIA: Lass auch du dir's gut gehen, meine Kotytho! Wärst du nicht eine so geistreiche Frau, so wäre ich eine dumme Gans geblieben. Meine Eltern gaben mir das Leben; doch den Geist habe ich von dir empfangen. Ohne Geist aber ist eine Frau nichts weiter als Kot.

TULLIA: Wenn eine Frau nicht durch eine mutige Anstrengung ihrer Seele sich über ihre Niedrigkeit emporhebt, was gibt es denn (ich frage dich, Ottavia!), was gibt es denn Gemeineres, Elenderes, Schmutzigeres als das Weib? Es ist ein lebendiger Nachttopf, in den der Mann, der es beschläft, seine Blase entleert. Genug! Pfui des Schmutzes! Pfui der Schande! Und nun: Leb wohl und gib mir einen Kuss!

Nachwort

Ein erotisches Buch aus dem 17. Jahrhundert – gibt es denn das überhaupt? Dieses Säkulum ist doch eigentlich berühmt ob langatmiger Schäfereien und barockem Wortgestelze in der Literatur! Und doch strotzte diese Epoche gerade in Frankreich von Frivolem und von Sinnlichkeit, übrigens sehr zum Missfallen sauertöpfischer Wissenschaft, der Kirche und staatlich bestallter Moralapostel.

›… ihr gelahrten Herren‹, ruft Meister Béroalde de Verville (1558–1612) in seinem Werk ›Wie die Welt will beschissen sein‹ (1610), ›wisst ihr wohl die sieben Wunder der Welt? Ihr sprecht kein Wort! Ich werde euch gar schöne Dinge vermelden – wofern ich will. Und nun bereitet euch vor zu hören. Besinnt ihr euch nit des, dass die Mäuse im Stroh laufen, ohne sich die Augen blau zu schlagen? Ich werde euch noch vernehmlichere Geheimnisse berichten, so jegliche Wissenschaft in sich bergen. Die sieben Mirakel oder Wunder sind: 1. Eine schwarze Henne, so ein weißes Ei legt. 2. Der bleichrote Wein, so getrunken wird wie der Weißwein und weiß gepisst, nit etwan rot. 3. Das Glied eines Mannes, so keine Ohren hat und doch hört, wofern man vom Anbinden spricht. 4. Das Glied einer Frau, so ein Gefäß ist, dessen Schnauze nach unten geht und luftdicht verschlossen ist. 5. Das unzüchtige Werkzeug eines Liebhabers, so sich ohne Haspelwelle von selbsten spannt. 6. Die Muschel einer Frau, so das Mark aus den Knochen zieht, ohne sie zu zerbrechen. 7. Und der A..., so sich wie eine Börse ohne Schnüre schließt und öffnet. Ho, ho, ho, ha, ha!‹

Ja, Meister Béroalde hatte gut lachen und ›Läuten mit der Sauglocke‹, er gehörte sozusagen noch zu den gallischen Altvorderen, zu den pantagruelischen Kumpanen des François Rabelais. Zeiten und Sitten hatten sich aber seit Seiner Nullität Ludwig XIII. erheblich geändert. Das Zotige war nicht mehr so gefragt, man suchte jetzt, angeregt durch die pretiöse Gesellschaft im ›Salon bleu‹ der Marquise de Rambouillet, seine Manieren zu schleifen. So wurde etwa das Grüßen mit dem Hut Mode, und seit 1650 soll am französischen Hofe die Gabel sogar als zweckmäßiges Essinstrument anerkannt worden sein. Und auch die Umgangssprache war nicht mehr dieselbe, da schuf man sich in den besseren Kreisen ein lächerlich verrenktes Idiom, wo man zum Beispiel für Nase ›Schleuse des Gehirns‹ sagte.

Doch trotz aller modischen Kavalierstour und allem Repräsentationsgehabe im Paraderock und in der Allongeperücke, man liebte das Sinnliche, jetzt Erotische in der strotzenden Fülle menschlichen Fleisches, das Bacchanale, wie es der Flame Peter Paul Rubens, ›der König der Maler und der Maler der Könige‹, auf die Leinwand brachte. Die ›Weiber auf seinen Gemälden … sind … fette rosige Fleischstücke mit exemplarischen Becken, Busen und Hintern, nur dazu da, um nach wildem Brunstkampf, der den Genuss nur erhöht, aufs Bett geschmissen zu werden‹ (Egon Friedell).

Nicht verwunderlich, wenn ausschweifender Lebensgenuss auch als Thema in zahlreichen Büchern dieses Zeitalters vorherrscht, doch wurden Bücher, die ja preislich erschwinglicher und deswegen weiter verbreitet waren als die teuren, großen gemalten ›Schinken‹ und somit die pompöse Anständigkeit des absolutistischen Staates nach außen störten, als sittenverderbende Skandalosa hart verfolgt und ihre Verfasser, sofern man ihrer habhaft werden konnte, als Frondeure gegen die Sitten ins Gefängnis gesteckt.

Beredtes Beispiel dafür sind die vorliegenden ›Gespräche der Aloisia Sigea‹, der wohl berühmteste erotische Stimmungsmacher unter den Skandalschriften jenes Jahrhunderts. Während sich die genießerische Leserschaft, nachdem das Buch 1658 oder 1659 in Lyon erschienen war, den Lustschweiß von der Stirne wischte, müssen der Buchhändler, der die ›heiße‹ Ware gedruckt und vertrieben hatte, und vor allem der Autor vor Angst Blut und Wasser geschwitzt haben. Den Buchhändler kannte man, der hatte aber längst das Weite gesucht. Wer aber war der ruchlose Verfasser?

Die im Titel genannte Aloisia Sigea (1530–1560), eine spanische Hofdame der Maria von Portugal, Gemahlin des allerkatholischsten Philipp II., war es jedenfalls nicht. Sie war im frömmsten aller Länder Europas hochberühmt wegen ihrer Gelahrtheit (sie beherrschte mehrere alte und lebende Sprachen und schrieb Gedichte) und wegen ihres reinen Sittenwandels, obwohl die Donna solchen Ruhm ziemlich sauer erworben haben musste, denn am Hofe von Spanien ging der Unhold Don Carlos um.

Ebenso wenig war es der holländische Altertumswissenschaftler und europäische Spitzengelehrte Johannes Meursius (eigtl. Jan de Meurs, 1579–1639, [es kann auch dessen Sohn gleichen Namens gewesen sein, 1613–1653]) von der Universität Leiden, der das Opus ins Lateinische übersetzt haben soll.

Der Verdacht des Bischofs von Grenoble, Étienne Le Camus, und seiner Sittenwächter richtete sich im Laufe der Jahre und besonders nach Erscheinen der zweiten erweiterten Ausgabe der ›Aloisia‹ (1678) auf den Stadtadvokaten Nicolas Chorier (1612–1692). Nicht etwa, dass Seine Eminenz (nach Aussagen der Zeitgenossen, der Choriers natürlich eingeschlossen, soll er ein ausgesprochenes Ekel gewesen sein) spitz auf diesen Untertanen seiner Diözese war, weil dieser, so behaupten manche Kenner ›abseitiger‹ Literatur, aus des Bischofs Archiven drei Kapitularien entwendet und seinem Besitzer für teures Geld zurückverkauft haben soll, nein, aus des Choriers Feder stammten zwei Gedichte (›Poematio de laudibus Aloisiae‹ und ›Tuberonis Genethliacon‹, erschienen 1680 in seiner Gedichtsammlung ›Nicolai Chorerii Viennensis Carminum liber unus‹), die in dem inkulpierten Sotadicum zitiert waren. Der Rechtsgelehrte und Verfasser einer ›Geschichte der Dauphine‹ war bzw. tat selbstverständlich entrüstet über die Verdächtigung, bestritt die Autorschaft an der ›Aloisia‹ mit dem Hinweis, dass seine Verse, vor Jahren in Paris geschrieben, die einen zum Lobe einer jungen gelehrten Dame und der von ihr verfassten Satire (die er natürlich nur vom Hörensagen kannte), die anderen in der derben Art gegen eine bekannte Persönlichkeit von heuchlerischer Gesinnung (dieser Tubero soll, so vermutet man, ein Monsieur Lamoignon, Requetenmeister am Parlement von Grenoble, gewesen sein), zu üblen Zwecken nachgedruckt worden seien. Das war nichts Ungewöhnliches in Zeiten der Raubdrucker. Nichts Ungewöhnliches war aber auch das rigorose und harte Vorgehen der Justiz, wenn sie einmal einen Verdacht hatte oder unbedingt einen Schuldigen brauchte. Und wer weiß, was Chorier nicht alles passiert wäre, wenn er nicht einflussreiche Protektoren wie Monsieur Gue de Bagnol, bis 1679 königlicher Prokurator in Grenoble, gehabt hätte, den Vater der Madame de Coulanges, einer intimen Freundin der Madame de Maintenon, die ja mit dem König … wie man weiß! Nun, beweisen konnte man dem Herrn Advokaten zu seinen Lebzeiten die Autorschaft nicht, das hat erst die einschlägige Forschung späterer Jahrhunderte getan. Die Fahndung muss auch im Laufe der Jahre im Sande verlaufen sein, denn Chorier blieb unbehelligt und angesehener Bürger der Stadt Grenoble.

Inzwischen war die ›Aloisia‹ durch Nachauflagen und zahlreiche französische Übersetzungen zu *dem* Kopfkissenbuch in Frankreich und Europa geworden. Einer der Übersetzer wählte den bezeichnenden Titel ›Der französische Aretino‹, und das keineswegs zu Unrecht, denn der Vergleich mit den ›Ragionamenti‹ (Gespräche) des ›göttlichen‹ Italieners drängt sich unwillkürlich auf, ja, vieles spricht dafür, dass Chorier sich Aretino zum Vorbild genommen hatte. Dies nicht allein, weil er ihm an verschiedenen Textstellen seine Reverenz erweist, sondern weil die ›Handlung‹ der ›Aloisia‹ in das Rom um 1530 verlegt ist und etliche Namen auftauchen, die uns aus der Vorrede zu den ›Ragionamenti‹ als Bekannte oder Freunde Aretinos geläufig sind. All dies machte andererseits die inszenierte literarische Fiktion unglaubwürdig, denn die angebliche Verfasserin hatte ja in Spanien gelebt und hätte somit über die italienischen Sitten nichts zu berichten gehabt. Chorier beeilte sich also, der zweiten Ausgabe von 1678 einen siebenten Dialog beizufügen, der in Spanien spielt und in dem auch Aloisia als Gesprächspartner auftritt. Um das Märchen von den ›zufällig aufgefundenen Aufzeichnungen‹, wie es in der Vorrede heißt, plausibler zu machen – es glaubte mittlerweile keiner mehr daran –, sind ›Lücken‹ und ›große Lücken‹ eingeschoben worden. Zu vermuten ist, dass Chorier der Jux mit der Autorschaft erst nach Abfassung seiner ›Gespräche‹ eingefallen ist. Er hätte das Buch, wie es in jener Zeit oft gebräuchlich war, ebenso gut anonym erscheinen lassen können. Ursprünglich wollte er gewiss nur sein Vorbild nachahmen, die ›Ragionamenti‹ durch Schilderung der losen Sitten der oberen Stände ergänzen. Diese Sphäre hatte der Italiener im Wesentlichen unberücksichtigt gelassen.

Dass aber Chorier, wenn er die Ausschweifungen der italienischen Damen im 16. Jahrhundert beschrieb, auf französische Verhältnisse seiner Zeit zielte, auf die Skandalaffären der besseren Grenobler Gesellschaft, ist bewiesen, denn es existiert ein Exemplar der ›Aloisia‹, in das sein ›zeitgenössischer Besitzer‹, so berichtet Franz Blei und beruft sich dabei sicher auf G. Desnoireterres (Les Cours galantes, Paris 1863), ›den Schlüssel verzeichnet hat, der die Namen der handelnden Personen dechiffriert. Auch wird der Autor nicht müde, seinen Zeitgenossen den Rat zu geben, sich mit dem Schein der Wohlanständigkeit, der Begriff der ›bienséance‹ kam in diesem Jahrhundert auf, zu umgeben.

Trotzdem, an die literarischen Qualitäten und die Schärfe der Kritik seines Vorbildes kommt der französische Advokat an keiner Stelle heran. Aretino hatte den ›Gestank der Sittenverderbnis‹ mit aller Detailtreue, mit allem Lokal- und Zeitkolorit und vor allem in einer italienischen Volkssprache, d.h. im konkreten gesellschaftlichen Rahmen, abkonterfeit; Choriers in einem sehr eleganten Latein und teilweise in einem orgiastisch wuchernden Stil verfasste Sündenfibel hingegen bleibt zu sehr im Alkoven stecken. Aber auch darin ist er seinem Vorbild eng verbunden, vor allem dessen Sexualphilosophie. Was Aretino in einem seiner Briefe zur Rechtfertigung seiner ›Sonetti lussuriosi‹ (Lustvolle Sonette) schrieb, könnte ebenso gut aus Tullias Munde kommen: ›Hole der Teufel die erbärmliche Meinung und die sogenannten guten Sitten, die unseren Augen verbieten, gerade das zu sehen (oder zu lesen, E.W.), was ihnen am meisten Vergnügen bereitet. Was ist denn Schlimmes dabei, wenn wir sehen, wie ein Mann auf eine Frau klettert! Sollen etwa die Tiere mehr Freiheit haben als die Menschen? Ich bin der Meinung, wir sollten Nachbildungen des Werkzeuges, das Mutter Natur uns zur Selbsterhaltung gegeben hat, als Anhängsel an der Halskette oder als Spange am Barett tragen.‹

Das ist so recht im Sinne des alten römischen Wortes ›Humana non sunt turpia‹ (Was menschlich ist, ist keine Schande) gesprochen, und Chorier, der Verehrer antiker Dichtung, hat es wörtlich genommen: ›Ein freimütig redender Mund, ein Herz ohne Falsch, eine Kleine, die weder zu leicht gewährt noch zu störrisch weigert, bewegliche Lenden, ein gewandter Geist – dies alles zusammen macht, meiner Meinung nach, die Schönheit aus. Sokrates wird genauso denken wie ich, wenn es ihn juckt.‹ Dieses Bekenntnis der Aloisia aus dem Siebenten Gespräch könnte dem Buch als Motto voranstehen, denn ums Jucken, ums ›machen und machen lassen‹ geht es auf den etwa 800 Seiten. Liebe, die schlürft man noch nicht wie hundert Jahre später einen raffinierten Liqueur, nein, das ist noch der frohe, brünstige Schlagabtausch der Geschlechter mit all dem Erfindungsreichtum, wie er seit der Antike bekannt war: vom einfachen Vibrato bis zur Sexualakrobatik, vom Zwei-Personenstück über changierende Partner bis zur Gruppendynamik; und das Ganze mit einer Freude am Detail und gleichzeitig aber auch wieder mit Sinn fürs Ganze, wobei das Liebesgelände in diesem Konzert der form- und potenzstrotzenden Instrumente zollgenau vermessen ist, dass selbst dem verstocktesten Kleriker der Zeit ein sexuell befreiender Einfluss nicht ausbleiben konnte.

›Hier kommt's auf das Tun an und nicht auf das Reden!‹, sagt Tullia, die in allem Tun und allen Dingen Erfahrene. Und getan wird ja immer etwas, wenn eben nicht zwischen dem dauernden Jucken, sagen wir, zwischen Nachglühen und Vorglühen immer ausgiebig und gelehrt gesprochen und belehrt würde.

Für den Zeitgenossen, der das Buch ›nur mit einer Hand‹ las, wird diese Art Katharsis zwischen den Lust-Rationen sicher eine Zumutung gewesen sein, aber der Verfasser musste ja immerhin halten, was er in seiner Vorrede versprochen hatte: ›über die Ausschweifungen des weiblichen Geschlechts, seine schamlose Unzüchtigkeit‹ herzuziehen, die Unzüchtigen ›wenigstens zum Erröten‹ zu bringen. Die unzüchtigen Partner der unzüchtigen Damen hat der Autor, das wollen wir zu seinen Gunsten annehmen, in seiner ›Standpauke‹ sicher nur versehentlich vergessen. Nun, die ›Gespräche der Aloisia Sigea‹ als eine besondere Zeitsatire zu feiern, wie manche Kommentatoren es getan haben, dazu fehlt denn doch das höllische Gelächter, mit dem Aretino seine Zeitgenossen überschüttete. Die ›Aloisia‹ ist gewiss ein Stück Zeitkritik, die die Laster striegelt, wie es damals hieß, aber auch und vor allem ein barocker, in pretiösen Formen schwelgender Preisgesang auf Lendenlust und Leibesherrlichkeit, und ihr Autor einer, der sich um das französische Bett im 17. Jahrhundert verdient gemacht hat.

Eberhard Wesemann